Orange

橘子洲

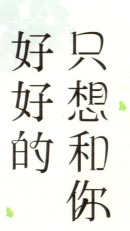

只想和你好好的

上册

东奔西顾 著

江苏凤凰文艺出版社
JIANGSU PHOENIX LITERATURE AND
ART PUBLISHING LTD

目录 / contents

上篇

下篇

南有喬木

不可休思

東畬西顧

第一章

骄阳似火，明媚如光

那天的天很蓝，

微风吹起你的长发和衣角。

你在画风景，而我在画你。

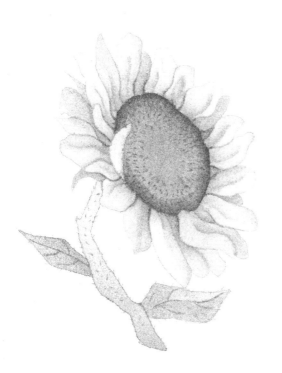

那年夏天，天气异常的炎热，十八岁的纪思璇在看到自己的大学录取通知书时愣了一下，眨了眨眼睛，在几处突出的字体处又重点扫了几眼，然后极快地把通知书塞回快递袋子里，扔到了书桌抽屉的最底层，如同往日一样，骑着自行车欢快地出门去了。

　　那一年，处在弱冠之年的乔裕已经在那个学校混迹了一年，算得上风云人物，学着自己喜欢的专业，做着自己想做的事，顺风又顺水，就差一个他爱且爱他的人出现收了他。

　　纪思璇收到录取通知书的那天，乔裕正在参加学期末的最后一场考试。授课的教授别出心裁，选了一处古迹写生，作为结课考试。

　　那天，他坐在队伍的最后，建筑物前的助教还在讲着一些注意事项，或许是天气太热，他听得有些不耐烦，这种固化的思维把学生都教傻了。他一直觉得建筑是有灵性的东西，创意是最重要的，他不愿再听，百无聊赖地扭头看向一边。

　　那是他第一次见到纪思璇，他没有告诉过任何人。

　　在此之前，他从来不知道一个女孩子可以漂亮得如此惊艳，明媚到让你无法直视，或许就因为太明媚，在后来的日子里她一不高兴，乔裕就会有种天要塌下来的阴沉感觉。

那个时候的纪思璇青春逼人，松松散散地绾着马尾，穿牛仔背带短裤，白 T 恤，帆布鞋，眼波流转间莞尔一笑，清澈如水。

她站在离他们不远的柳树下，拿着画笔不时抬头看着建筑物，然后一脸专注地在画板上涂绘。

他觉得她身上有股特殊的灵气，她手底下的那幅作品一定是佳作。

考试很快开始，耳边除了风声和蝉鸣，便只有笔触在纸上的沙沙声，乔裕没忍住，再一转头却发现那个女孩儿的身边站了一个男孩儿，她正歪头看着他，脑后的马尾斜斜垂在耳边，娇俏调皮。

乔裕这才看到她的正脸，皮肤晶莹剔透，五官立体精致得像个漂亮的洋娃娃。小姑娘被打扰了似乎有些不高兴，皱着眉懒懒地抬眸，听着听着不知道为什么眼底忽然闪过一丝狡黠，继而坏坏地笑起来。不知道她又说了句什么，那个男生落荒而逃，她看着男生的背影露出得意的笑容，眼底带着细碎晶亮的光，让人移不开视线。

他不自觉地弯唇，继而抬笔在图纸的右下角开始画，那天的天很蓝，微风吹起你的长发和衣角。

你在画风景，而我在画你。

乔裕就这样画过了考试时间，等他回神的时候交卷时间已经到了，他只能硬着头皮交上去。

等他再转身去看时，却发现那个女孩子已经走了。

那个时候太阳快落山了，暑气没那么重，地面还是滚烫的，可风中已经带了些许的凉意，乔裕站在微风中忽然间有些失落。

那天晚上纪思璇把自己下午的那幅画拿给纪老爷子看的时候，纪老爷子罕见地夸她有长进。

而纪思璇的笑容里似乎多了点儿意味不明的心虚。

她一切如常地度过了学生时代最漫长、最轻松的一个假期，直到临去报到的前一天都没有告诉任何人，她报错了专业。

在此之前，她根本不知道临床医学是个什么鬼。

新学期一开始，乔裕似乎就过得不是那么顺利。

林辰匆匆跑进寝室看了看，萧子渊靠在床上看书，温少卿正努力把一根骨头模样的东西往钥匙扣上穿。

"哎，乔二呢，不是说好去迎新吗？"

萧子渊眼皮都没抬，慢条斯理地开始磨刀："建筑系第一大才子刚才被最看重他的老教授叫去办公室臭骂了一顿，又匆忙回来拿了工具去补考。"

林辰一脸惊愕："谁？乔裕？补考？"

温少卿终于成功地把从解剖室顺来的尾骨穿到了钥匙扣上，抬手指了指桌上的图纸："喏，犯罪证据在这儿。"

乔裕补考回来的时候就看到同寝室的三个人正站在一起津津有味地研究那张图纸，还讨论得热火朝天。

看到他进来，三个人极有默契地抬起头来轮番发问。

萧子渊："咦，什么时候画的？很不错啊，怎么画在图纸上了？"

温少卿："哎，你不是说你肖像画得不好吗？这张很不错啊。"

林辰："嘿，这姑娘是谁啊？"

乔裕走过来抢过图纸收起来："没谁，就是顺手随便画了一下。"

萧子渊眯着眼睛："考试的时候？"

温少卿补刀："顺手？随便？"

林辰总结："还顺便挂了科？"

乔裕皱着眉把图纸塞进抽屉里："滑铁卢不行啊？！"

那个时候的乔裕不知道，他正在迎接他人生中最大的滑铁卢。

相比之下，纪思璇的大学生活却过得优哉游哉，除却报错专业的遗憾，她对自己的大学生活基本满意。

同寝室的三个女孩子刚刚接触，看上去性格也很好，直到有一天……

或许是时间久了，刻意伪装的面具纷纷脱落，暴露出真实面目，纪思璇这才发现自己的三个室友都是神人。

先是三宝因为"烫手事件"暴露了她令人担忧的智商。

某天，纪思璇从外面回来就看到三宝翘着兰花指作忧思状，便问了一句："手怎么了？"

三宝继续翘着僵硬的兰花指："烫了。"

何哥从电脑前抬起头来："不是跟你说了吗？牙膏清凉止痛。"

三宝一脸委屈，指着旁边扁了的牙膏盒："我都吃一管了，还是疼！"

随忆抱着书从外面进来，听到这句话不见丝毫吃惊，慢悠悠地接了一句："你吃的品牌可能不对，要不你再吃一管试试？"

何哥在电脑旁笑得不可自抑。

纪思璇摇摇头，摸摸三宝毛茸茸的脑袋："我还是带你去医院吧。"

三宝笑嘻嘻地开口："还是妖女你最好了！"

纪思璇看她一眼："挂神经科，你的手没事，我觉得你是脑子坏了。"

说完三个人哈哈大笑，留下三宝一脸哀怨。

几天之后，何哥彪悍的本性也暴露无遗，先是上课的时候一只手把人体骨骼模型捏碎震惊全系，还奇思妙想地用502和透明胶带粘粘缠缠，企图蒙混过关但被揭穿。继而在体育课上一个过肩摔把号称是跆拳道黑带的体育老师放倒，最后体检的时候凭借非一般的身高、体重、肺活量数据傲视全班男生。

从此何文静的大名再也没人提起，何哥的名号实至名归。

最让纪思璇看不明白的是随忆，明明看上去温婉可人，却总是透着一股若有似无的腹黑，常常语出惊人。

某日，同一楼层的一个女孩儿在寝室楼下和男朋友缠绵时偶遇她们四个，四个人打了个招呼便自动退散。

谁知当天晚上那个女孩儿便来到她们寝室，叽里呱啦说了半天甜蜜恋爱史。不知是炫耀呢，还是真的来询问她们的意见。

同一楼层，低头不见抬头见，四个人又不好直接翻脸，捧着笑脸其实早就听腻了，纷纷低头拿出手机在四人群里吐槽。

何哥：她是在炫耀吗？

三宝：她到底什么时候走？妖女！你不能看着她这么嘚瑟！要不你去勾引她男朋友吧？肯定手到擒来！

妖女：……我没那么无聊，还是何哥把她打出去比较解恨。

随忆：不可以打女人。

女孩儿说了半天，大概是没有收到任何羡慕嫉妒恨的信息，虚荣心没得到满足，主动开口问："我男朋友是不是很高大上？"

随忆一直安安静静地听着，听到这里忽然开口："高应该是够了，其他就不知道了。"

三个人愣了一下，集体笑喷，女孩儿灰溜溜地走了。

至此，纪思璇便知道，这个叫随忆的女孩子，跟她的名字一点儿也不符，是不可以随意招惹的。

其实纪思璇和随忆在某些方面很像，只不过一个毒舌在嘴上，简单直接，一个腹黑在心里，委婉内涵。相似的人关系总是很微妙，气场不和，便是王不见王，气场和了，便是英雄相惜。

纪思璇和随忆恰好是后者，是知己，是好友。纪思璇是第一个觉察到随忆喜欢萧子渊的人，而随忆也是第一个意识到纪思璇动了凡心的人。

其实纪思璇没想过要在大学里谈恋爱，可是她喜欢的那个人却毫无预兆地突然出现在她的生命中，躲不开，避不了。

那个人就是乔裕。

那个时候，她打算从医学院转到建筑系，这也是她本来的计划，便找了同学的姐姐，一个建筑系的师姐打听一下，约在了建筑学院的教学楼见面。

其实各个院系教学楼的结构都差不多，建筑学院的教学楼也没什么特别之处。她从一间间自习室外走过的时候，再一次被一个陌生男生拦住了去路。

纪思璇从小到大一路顶着美女的名头，这样的情形不知道经历了多少遍。男孩儿红着脸支支吾吾半天，眼看和师姐约好的时间已经到了，可男孩儿还在说。她便有些不耐烦，随意地往旁边看了一眼，一歪头就看到旁边教室里坐着的一个男生，和她只隔着一层薄薄的玻璃。

那天的天气很好，好到若干年后她仍旧记忆深刻。阳光特别明媚，明媚到刺目。他坐在一团阳光里，温情帅气得像个王子，动人心弦，那一刻她的心都是软的。连因为不耐烦而紧抿的唇角都不知道在什么时候放松下来，微微弯成柔和的弧度。

喋喋不休的男生因为她的浅笑而失神，可她早已听不见拦路的男生在对她说什么，眼前只有那张清俊的侧脸。

她被叫醒，回神，愣愣地接过男生递给她的一个信封，机械地往前走。

走到拐角再回头，玻璃那侧的男生依旧垂着眉眼静静地看书。

一本书，一支笔，一杯水，一个侧影，许久不散。

直到出了教学楼，她才彻底清醒，又急匆匆地冲进楼里，找到约好的自习室，见到约好的人，可她却有些心不在焉了，随便问了几个不痛不痒的问题之后便不再开口。

师姐送她的时候，再次经过那间自习室。

纪思璇犹豫了一下，状似无意地问："哎，那个男生是谁啊？"

师姐忽然就笑了："眼光不错啊，这个问题好多女孩子都问过我，不过你怎么连他都不认识？"

师姐看她一头雾水的样子便不再逗她："建筑学院这个地方，向来是以才子众多而出名的。你问起的这位呢，恰好稳坐建筑学院才子的头把交椅，该才子姓乔名裕，南有乔木的乔，富裕的裕，校学生会四大贝勒之一。"

纪思璇挑了挑眉，忽然笑了。

南有乔木，不可休……思……

于是一连几天，纪大美女都是一副时而出神时而诡笑的恍惚状态，搞得同寝室的三个人都以为月圆之夜就是她变身之时。

再见他，却是在学生会的面试上。

乔裕也没想到会再见到这个女孩儿。

纪思璇推门进来的时候，原本安静的会议室忽然骚动了起来。

林辰坐在面试桌后挑眉看了一会儿，忽然靠近坐在他旁边的乔裕，在他耳边小声嘀咕："这姑娘怎么看着那么眼熟啊？"

乔裕这才抬头看了一眼，很快又低下头去翻手里的报名表，没接话，却忍不住弯了唇角，心里默默认同，确实眼熟。

旁边有人听到了便凑过来："你们不认识她啊？"

林辰转头看了一眼身后，隔了几排的一群男生目光不停地往那个女孩儿身上扫，便来了兴致："这是谁啊？"

那人也八卦："医学院的那个美女嘛，一进校那叫一个轰动啊，不知道被多少男生奉为女神！X大多少年没出过这么妖娆的美女了，她就是很火很出名的那个纪思璇嘛！人美也就算了，听说还是个才女，特别会画画，是画得特别好的那种。妖女姓纪，甜到忧伤。"

乔裕和林辰听了一会儿，纷纷摇头表示没听说过。

纪思璇气定神闲地坐在椅子上看着他们议论，微微歪着头，又轻轻蹙着眉，澄澈漂亮的眸子眨呀眨，看上去格外清纯无辜，清纯中却又带着一丝妖气。

这个男人长得真好看，脸部的线条清晰漂亮，五官深邃立体，那双眼睛又是极难得的丹凤眼，笑起来的时候整张脸温暖柔和，清俊异常。没有那种刺目的惊艳，而是如同他浑身上下散发着的温和气息一般，不紧不慢、不动声色地缓缓流入人心中。

静水流深，大抵便是如此吧。

乔裕一抬头便看到她睁着一双纯净的大眼睛盯着他们，轻咳一声，示意其余两个人开始面试。

女孩一直盯着他看，乔裕不知为何竟然有些尴尬和紧张："那个……"

纪思璇好整以暇地看着他，微笑着慢条斯理地开口提醒："纪思璇。"

林辰似乎看出了点儿什么，歪着身子小声调侃："到底是谁面试谁？你紧张什么？"

乔裕睨了他一眼，很快神色恢复正常，刚开口准备提问便被她硬生生地打断："坐在最右边的这位同学，你长得很是我的菜，你以后就是我的人了。"

清脆甜美的女声之后，便是一片哗然。

纪思璇神情自若，言辞轻佻。

乔裕坐在她对面，一脸错愕，不知所措。

只有纪思璇自己知道，刚刚在大庭广众之下宣布他的归属问题时，她是如何心跳如雷。

面试结束后，林辰一副拼命忍笑的模样揽着一脸无奈的乔裕出门，而从另一间办公室里面试出来的萧子渊和温少卿同样有些异常。温少卿弯着眉眼一副发现了什么不得了的事情的神情，萧子渊的脸上倒是看不出什么，只不过似乎……心情很好？

四个人面面相觑，而后自然而平静地各自移开目光，各怀鬼胎。

林辰主动问："对了，我妹妹面试怎么样？"

温少卿看了萧子渊一眼："别叫那么亲热，人家姓随，你姓林。"

林家和随家是世交，林辰和随忆从小就认识。林辰知道随忆也报了这所大学时，兴奋了好久，相比之下，这个妹妹倒是很淡定。

林辰摆摆手："从她出生我就认识她，我是没有亲妹妹。她啊，跟我亲妹妹没什么两样。到底怎么样啊？"

沉默许久的萧子渊忽然开口，言简意赅："你这个妹妹……很特别。"

温少卿想了想："你这个妹妹是不是压根儿就不想来学生会？你

逼她来的？"

林辰一脸惊愕："你怎么知道？"

刚才在那间办公室围观的群众立刻跳出来："她每个问题的答案都像是来砸场子的！问她为什么加入学生会，她竟然说是为了加分，可以少修门课。少修门课就可以节省时间用来睡觉！"

一群人立刻又笑疯了。

然后有人从后面探出脑袋："这么巧？我们这边也有个砸场子的！"

"哦？"

"是啊是啊，还翻了乔大才子的牌子。"

"快讲讲！"

一群人闹得欢，乔裕抚额苦笑："人家小姑娘就是开个玩笑，你们不要当真好不好？"

说实话，乔裕真的只当这是场玩笑，他还记得几个月前第一次见到她，她坏笑着吓走那个上前搭讪的男孩儿时，眼底也是带着这样的狡黠和得意，像个恶作剧得逞的小孩子，和今天一模一样。

回去的路上，乔裕仔细想了想，这个女孩子还是挺有意思的。长得那么漂亮明明是被别人调戏的命，却喜欢调戏别人，而她的可爱之处在于从不掩饰自己的调戏，那抹轻佻和风流从眼底眉梢漫出来，让人不敢相信却又不得不承认，自己被戏弄了。

温少卿歪头看了一眼，碰碰林辰："他一个人在那儿偷乐什么呢？"

"大概是被当众宣布了归属权问题，有了归属感。"林辰摸着下巴若有所思，"说真的，我真的觉得那女孩很眼熟，在哪里见过来着？我想想啊……"

更让乔裕没想到的是当天晚上竟然又遇到了纪思璇。

那天晚上是林辰请随忆吃饭，叫了自己寝室的三个作陪，顺便见一见随忆同寝室的三个女生。

纪思璇、三宝和何哥之前也不知道，原来随忆的这个哥哥和他同寝室的三个男生这么有来头。

随忆报到的时候，林辰带了室友来见过她，所以随忆便挨个儿做了介绍。

"机械学院的萧子渊萧师兄，建筑学院的乔裕乔师兄，这位是咱们学院的温少卿温师兄，最后这位是和我一起长大的哥哥，法学院的林辰。"

四个男生都是风华正茂的年纪，身材样貌样样出众，坐在一起的时候对视觉的冲击太大，以至于在相当长的一段时间内，包厢里都是一片寂静。

紧接着，在三宝的一声尖叫后，场面似乎有些失控。

三宝扑过去抱着温少卿的裤脚不放，因同是医学院的便直呼"亲师兄"，饱含热泪地诉说着敬仰之情。

"亲师兄！你好！我一进校就听说你的名字了！没想到长得这么帅！"

温少卿低头抚额，无奈地假装自己是块木头。

何哥一脸嫌弃地使劲拉着三宝："你能不能不要这么丢人！我都不想认识你了！"

喧闹声中，纪思璇则安安静静地单手支着下巴，盯着乔裕笑得志得意满，像只狐狸。

林辰认出纪思璇就是下午面试时"砸场子"的女孩儿之后，便挤眉弄眼地看向乔裕，乔裕直接抬手简单粗暴地给了他一巴掌，他才老实下来。

乔裕看到纪思璇时也很惊讶，但很快镇定下来，温和地冲她笑了笑，视线自然地从她脸上收回，低头拿起面前的水杯抿了一口，动作自然流畅，似乎对于之前的事情并没有放在心上。

乔裕捏着杯子的手指动了动，她笑起来的时候，左边脸颊有一个浅浅的梨涡，妖媚中带着几分俏皮可爱，让他忍不住想要去摸。

纪思璇轻轻皱眉，对他的这个反应很不满意，一般人遇上这种事要么脸红心跳，要么厌恶烦躁，可他这么淡定是什么意思？当她是小女孩儿恶作剧？根本没往心里去？

随忆似乎看出了什么，碰了下纪思璇："怎么，认识？"

纪思璇把视线从乔裕脸上收回来，笑得别有深意："今天面试我来着。"

随忆更不解了："那你离得那么远盯着人家看什么？"

纪思璇想了想，点头赞同："你说得对，是有点儿远。"

说完便站了起来，搬着椅子硬生生地插在乔裕和林辰之间的空隙里，近距离地去看了。

林辰一脸看好戏的模样很配合地给纪思璇腾位。

随忆抚额，她们寝室的三只就没一个正常人。

一屋子的人，大概只有随忆和萧子渊在干正事儿，一脸淡定地无视他们胡闹，开始对着菜单点菜。两个人坐在一起，一个念菜名，一个写，分明没有多熟却看上去亲昵默契。

纪思璇无意间扫了一眼，挑了挑眉，继而眯着眼睛笑得更像只狐狸了。

那天晚上的一顿饭吃得热闹非凡，只是回去的路上，纪思璇有些神游。

吃饭的时候无论她怎么似真似假地调戏乔裕，他都是一脸宽容的笑。四个男生坐在一起，他最安静，气质也最温和，却无法让人忽视。

晚上熄灯后女生寝室的卧谈会，笑闹声不断。

三宝躺在床上翻滚："阿忆！你手里有那么好的资源为什么不早点儿告诉我们！哇咔咔！学生会四大贝勒啊！啊啊啊啊！我太激动了，完全睡不着！"

何哥拿手电筒照了照纪思璇的床位："妖女妖女！你平时不是最毒舌的吗？评价一下四位师兄啊。"

纪思璇躺在床上盯着天花板上的光影，两眼放空，懒懒开口："温少卿呢，只是看上去温润如玉罢了，毒舌起来攻击性不可估量，我等后辈无事千万不要招惹。林辰嘛，看起来开朗闹腾，不过肯定也不是个简单的角色，破坏力还要静候观察。萧子渊呢，话不多，是个十足的腹黑男，大概只有阿忆才能驾驭得了喽。"

随忆在黑暗中接招，很快笑着回击："怎么不说乔师兄？"

"乔裕？"纪思璇顿了顿，声音渐渐低下去，"乔裕当然哪儿都好啊，就差我选个黄道吉日收了他！"

何哥的手电筒再次照过来："不会吧？纪大美女，你看上乔师兄了？真的不再挑逗了？"

三宝的声音在黑暗中听起来搞笑又夸张："糟了糟了，我好像听到 X 大男生集体心碎的声音了！"

纪思璇拿起床上的玩偶往对面床位扔过去，世界立刻安静了。

乔裕是学校里的风云人物，纪思璇进校时间虽短却以美貌迅速横扫校园，这件事想瞒都瞒不住，只不过后来事情的演变有点儿脱离轨道。

乔裕自然是没人敢去挑衅，可纪思璇……就没那么好过了。

某日寝室四人在食堂吃饭时，就受到不明物体的攻击。

几个女生站在餐桌前看着纪思璇，语气傲慢中带着嘲讽："听说你在大庭广众之下说乔师兄是你的人？"

纪思璇打小儿就是唯恐天下不乱的性子，抬头睥了来人一眼，语气更加傲慢："哪个乔师兄啊？"

"当然是乔裕乔师兄！"

纪思璇懒懒地点着头，一开口颇为坦荡："乔裕啊，是啊，我说的，怎么了？"

其中一个女生敲着桌子叉着腰："知不知道什么叫尊重人啊！你是今年的新生吧？我们都算是你的师姐，不知道叫师姐啊？"

纪思璇眼底的挑衅愈加明显："尊老爱幼是传统美德，那么请问各位老师姐，你们谁想做乔裕的女朋友？你？你？还是你？"

被指到的几个女生一脸心虚，硬着头皮反驳："你胡说！我们才没有这么想！他是我们的男神，我们才没想过把他据为己有。"

纪思璇双手抱在胸前，气定神闲地微笑："那不正好吗？既然你们都不想要，那就给我咯，有什么问题吗？"

"你……"

纪思璇的话实在是太有道理了，几个女生竟然无力反驳，仔细想来，似乎也没什么不对。

随忆终于吃饱了，擦了擦嘴慢条斯理地开口："师姐啊，平时没事儿的时候多吃点儿维生素吧。"

几个女生警惕地看着她："什么意思？"

三宝笑得奸诈："治口臭啊，哈哈哈哈。"

"你们！"

何哥刚上了跆拳道课回来，身上的道服都没换，活动着手指，沉着声音问："怎么，想打架吗？"

"神经病！"几个女生吓了一跳，毫无面子推推搡搡地走了。

随忆看着纪思璇："纪大美女，收敛点儿吧，这都是这周的第三拨了，这个学校里的师姐基本都被你得罪光了。"

三宝立刻摇着头纠正她："不对不对，不止三拨。那天我们俩从图书馆出来，有个男生小心翼翼地来问妖女那些传闻是不是真的，看到妖女点头之后就哭着跑走了。我忘了告诉你们了，这个也应该统计进去。"

何哥点头附和道："还有啊，我们跆拳道协会的会长本来对我很热情的，自从知道妖女看上乔裕之后，对我都爱搭不理的。"

随忆在旁边补充："这么说的话，侧面打听的也要算进去，隔壁寝室那个短头发的女孩儿，你们记得吧？她老乡的同学的闺蜜的姐姐是乔师兄的同班同学，她也偷偷来问我，妖女是不是真的那么彪悍。"

纪思璇认真地拿着笔在笔记本上写写画画："算进去算进去，都算进去！我数学学得很好，我会好好统计的，我高考数学考了一百四十九分呢！"

三宝好奇："为什么被扣了一分？"

纪思璇拿着笔支在下巴上，望着窗外一脸忧伤："大概是评分老师嫉妒我的美貌吧。"

三个人无语。

"评卷老师根本不知道你长什么样子好吗！"

纪思璇转过头来想了想，恍然大悟，继而陷入深思："是哦，那我到底是为什么被扣了一分，难道是评卷老师嫉妒我的字写得太好看了？"

三个人一脸黑线。

因为随忆和林辰的关系，乔裕和纪思璇渐渐熟络起来，从此光芒万丈胆大彪悍的妖女在大胆调戏乔大才子的大道上勇往直前，越走越远。

某天上午，女生寝室。

在看课表的随忆忽然开口："你们还记得上节检验课老师说什么了吗？"

三宝抓了抓脑袋努力回想："说什么了？说这节课可以不用上啦？"

何哥一巴掌挥过去："想得美！不知道检验课老师点名方式最变态啊！"

纪思璇摸着下巴："好像是让带什么东西去？"

随忆点点头，视线从三个人的脸上滑过："是啊，是让带什么东西去，就是自身条件允许就自制，自身条件不允许就去借的那样东西。"

下一秒，随忆、何哥、三宝异口同声地抢占先机看向妖女："你去借！"

纪思璇忽然想到了什么，眼睛一亮，唇角弯起，若有所思地开口："我去借。"

乔裕收到短信的时候正在学生会开会，纪思璇时不时的调戏短信他早已习惯，随手点开。

"乔裕乔裕。"

乔裕抬头扫了一眼，没人注意他，便开始回复短信。

"叫师兄。"

"乔裕师兄，我下午要上检验课，能不能借我点儿东西？"

"什么？"

"碱性乳白体，5毫升。"

乔裕头疼，他怀疑这个姑娘是不是在整他，他又不是学医的，碱性乳白体是什么东西？

还没等他查出来碱性乳白体是什么，手机再次振动。

"老师说要保持新鲜，你别提前准备，我下午上课前去找你拿哦，就这么说定了！"

乔裕查完之后就开始坐立难安，坐他对面的温少卿看到他一脸不自然的样子，敲了敲桌子："你干什么？想去厕所啊？"

乔裕抬头看到他时眼前一亮："你也是医学院的！"

温少卿看了他一眼："你才知道？"

乔裕压低声音："我不是这个意思，我是说……你之前上检验课的……呃，标本，从哪儿来的？"

温少卿努力消化着这个名词："标本？"

乔裕有些不好意思："就是那个……"

温少卿心领神会，摸着下巴极自然地说出那个词。

"嗯"了半晌，乔裕极为难地点了点头："你能不能找师弟帮我借点儿？"

温少卿上上下下地打量了他几秒钟，视线最终落在了某处，调侃道："你没有？"

乔裕的神色愈发窘迫了："我不太方便。"

这下温少卿眯着眼睛看着他不说话了。

乔裕抚着额头叹气，最后皱着眉头无奈地开口解释："我不是变态。"

下午一点，正是阳光大好的时候，男生寝室楼下的树荫下站着一男一女。

纪思璇盯着一脸不自在地把东西塞给自己的乔裕，摇晃着手里的小瓶子看了看，忽然笑着开口建议："乔裕你真是个好人，你都送我这个了，我也给你个回礼吧，我给你生个孩子吧！"

乔裕一头黑线，脸上泛起可疑的红色，强装镇定："不是我的！"

纪思璇似乎有些失望，细长的眉毛皱成一团："那是从哪儿来的？"

"借的。"

纪思璇一脸认真地询问："那要还吗？"

细碎的阳光从树叶间的缝隙穿过，在她晶莹白皙的侧脸上留下一片金色，乔裕看她半晌，硬生生憋出两个字："不用！"

纪思璇看到乔裕为难的样子，坏心又起，笑得狡黠："乔裕，你平时都是怎么解决的？"

乔裕以为换了话题，终于松了口气："什么？"

"就是……"纪思璇举着手里的东西暗示他，"就是这个啊。"

乔裕瞪她一眼，转身走了。

纪思璇心里乐开了花，原来这个人连瞪起人来都这么温柔的啊。

她跟在乔裕后面继续开口，一副冠冕堂皇的模样："哎，你不要不好意思嘛，所谓月满则亏，水满则溢，总要解决出来的啊。我是学医的，你不要不好意思……"

女孩儿跟在男孩儿的身后摇头晃脑地念叨着什么，男孩儿脚下一趔趄，跑得更快了，直到一向淡定稳重的男孩儿落荒而逃的身影消失在教学楼前，女孩儿才弯着腰笑起来。

乔裕本以为事情到此结束了，谁知这才刚刚开始，随着医学院课程的不断加深，他浑身上下被那个叫纪思璇的女孩儿"醉翁之意不在酒"地占尽了便宜。

没过几天，纪思璇在学校食堂里又明目张胆地调戏了乔裕一把。

当时乔裕正和几个同学在餐厅吃饭，坐在对面的两个人忽然笑得格外不正常，边笑还边冲他使眼色，他一回头就看到纪思璇站在他身后。

纪思璇笑呵呵地跟乔裕打了声招呼之后，放下餐盘，抬手搭上乔裕捏着筷子的手，并不断顺着骨骼抚摸。乔裕大概是被调戏得久了产生了抗体，看着交叠在一起的两只手，眉头都没皱，镇定地抬头看她："你这是干什么？"

纪思璇摸得正起劲儿："认骨啊，人的单手手骨有二十七块，下节课老师要考的，整天摸人体骨骼模型都要吐了，还是摸真的比较有利于记忆。"

说完之后她忽然哎呀了一声，动作极快地从包里拿出护手霜，开始给乔裕涂护手霜："乔师兄，经常画图和笔啊纸啊接触多了，很伤手的，没事儿涂点儿护手霜保养一下。"

说完又开始上下其手地摸起来。

她的手指细长冰凉，指尖轻轻搭在他的手上，微微用力按压着他的手骨。乔裕的汗毛不自觉地直立起来，一身的鸡皮疙瘩，他一抬头便看到她带笑的眉眼。

"小猫小狗恐惧和愤怒时，身上的毛发会直立，这样会使自己显得体形比较大，想要从气势上压倒对方，"纪思璇弯下腰靠近乔裕，眨了眨眼睛一脸纯真地问，"乔裕，你想压倒我吗？"

乔裕忽然笑了，清俊的眉眼愈加夺目，半是好笑半是无奈地问："纪思璇，你到底什么时候……能正经点儿？"

"我一直很正经啊。"纪思璇直起身来，手也收了回来，规规矩矩地背在身后认真地看着他的眼睛回答，"一直很正经地在调戏你。"

乔裕忽然敛了神色，眸色渐深，似笑非笑地看着纪思璇不说话，看不出喜怒。

纪思璇没见过乔裕这个样子，有些慌神刚想开口解释什么，就看到他已然绷不住低着头笑出来，摆摆手："好了，不闹了，她们在等你，快走吧。"

说完，示意她去看等在食堂门口的三个室友，纪思璇刚才被他一吓，神色未定，竟然乖乖地点点头转身走了。

她的身影消失在食堂门口，和乔裕一起吃饭的两个人才拍拍胸口。

"吓死我了，刚才差点儿以为你要翻脸。"

"是啊是啊，你板起脸来太吓人了，刚才纪小师妹的脸都白了。"

乔裕低头盯着餐盘，笑了笑没说话，继续吃饭，心底却愈加开心。

本来就是想吓吓她，哪里舍得真的凶她了，到底是个小姑娘，脸色都变了。

几天之后，乔裕在图书馆再次"偶遇"纪思璇。

乔裕从书架上拿下一本书，恰好对面也抽下一本书，然后他便从书本与书本的缝隙里看到了一双带笑的眉眼。

对面的人很快消失，下一秒那人就绕过书架来到他面前。

图书馆里静悄悄的，或许是上次的事让她有所顾忌，纪思璇也不说话，只是笑着看他。

乔裕无声地打了个招呼就准备走开。

纪思璇一低头看到乔裕的鞋带，眼前一亮，边小声开口边蹲下去："你鞋带开了，我帮你系上吧！"

一个女孩子蹲在自己面前，任乔裕再镇定也不能堂而皇之地站着，跟着她蹲下来："不用不用，我自己来。"

纪思璇的动作很快，乔裕当时也只是觉得她系鞋带的手法有些奇怪，并没多想，可等她系完直起身来时，他才觉察到不对劲。

他一脸迷茫地看了看这个死结，又看了看眼前这个言笑晏晏的女孩儿，他这是……又被耍了吗？

温少卿一进寝室就看到乔裕坐在椅子上弯腰跟自己的鞋带较劲，林辰大摇大摆地在他面前走来走去，边走边叹气。

乔裕像赶苍蝇一样赶了赶林辰，一抬头看到温少卿立即求救："快过来帮我看看！"

温少卿一眼就认出来了："外科结？谁给系的？"

林辰一脸兴奋："还能有谁啊，我今天才听说有人几天前在食堂里，看到乔某人被人占了便宜。"

乔裕低着头继续奋战："别瞎说，她就是在认骨。"

"嘶，这理由真的是……让我无力反驳啊。"林辰望着屋顶做忧伤状，"怎么就没人来摸我的手认骨呢？"

温少卿又看了几眼，抬头认真回答："从手法上来看，打这个外科结的应该是个初学者，两只手用力不均匀，所以拉紧之后有些歪，从歪的方向来看，这个人习惯用右手。"

乔裕无语："谁让你点评这个了？"

温少卿一脸无辜："不是你让我看看的吗？"

"我是让你看看到底怎么解开！" 乔裕忍无可忍，转头看向一直在灯下沉默地看书的萧子渊投诉，"老大，你还管不管了？"

萧子渊从书里抬起头，瞟了一眼，平静地看着乔裕一脸正义凛然："当然要管。"

说完，看向温少卿和林辰，微微带着冠冕堂皇地谴责："谁让你们解开的？没看出来某人根本就不想解开吗？缠得越紧越好，最好这辈子都不要解开。"

一句话说得一语双关，温少卿和林辰抖着双肩笑得不可抑制。

萧子渊说完又重新看向乔裕，还温和地笑了一下："管好了，你继续。"

于是，当晚很多人看到外界传闻性情安静温和的乔裕踩着打成死结的鞋带在走廊里暴走。

那段时间，纪思璇练外科结练得走火入魔，看到绳子状的物体就想打结，其恐怖程度让乔裕在相当长的一段时间里都不敢穿带鞋带的鞋子。他怕这个女孩子不知道什么时候就忽然跳出来蹲在他面前打结，拦都拦不住。

其实乔裕和纪思璇在众人眼里都是小打小闹，无非是一个追着，一个躲着。乔裕的态度是关键，一直以来他似乎对纪思璇并没什么特别的，看上去格外淡然，众人也就乐得看热闹。可事情堆积到一定程度，总会出现导火索来打破这种平静，而这件事的导火索便是一张照片。

X 大有处标志性建筑，历经百年风雨的洗礼，为了保护建筑，只在每个月的第三个周六才开放，由学生会出人当摄影师允许学生拍照留念。

纪思璇从入学之初就想拍一张，可不是因为忘记了而错过开放时间，就是来得太晚排不上。

某个周六，她破天荒地早起，准备拉着室友一起去拍照，可三宝卷着被子在床上装死，何哥是"重量级"人物，她自然拖不动，一向最注重睡眠质量的随忆，她又不敢去招惹，最后只能孤身前往。

那几天天气有些反常，虽然艳阳高照，却刮了很大的风。纪思璇等在一旁，不时遇到有人抢着插队，时间久了，她隐隐有些恼怒，索性就看着他们能抢到什么时候。

那天早上乔裕约了人打篮球，因为风太大打了一会儿便回来了。

一群人说说笑笑地路过，看到不远处围着的人群小声讨论着。

"现在还有这么多人来排队拍照啊？"

"标志性建筑嘛，你敢说你没拍过？"

不知道乔裕看到了什么，停下脚步在一旁看了半天，忽然若有所思地开口："我好像……真的没拍过。"

那群女生明显是对纪思璇有敌意的，一个接一个地抢着上前拍照，人数还越聚越多，趾高气扬地看着她，一脸嘲讽。

纪思璇翻了个白眼不去看她们，按捺住脾气，忍了又忍。就在她濒临发飙的时候，乔裕忽然出现在她身后，拉着她的手臂走到了建筑物前，笑着示意准备抢位的几个女孩子和负责拍照的男生："不好意思，我赶时间，帮忙拍个合影，不介意吧？"

乔裕是出了名的好人缘，再加上明明是别人插了队，他的话却说得客气，几个人红着脸不好意思地忙着说没关系。

那个负责拍照的男生笑得开心："不介意的，乔师兄。"

这一切纪思璇始料未及，等她被乔裕推到镜头前才反应过来，歪过头惊喜地看着他。

乔裕轻轻拍了拍她的后背，笑着看向前方："看镜头了。"

闪光灯才闪过，就有女生冲上去。

"乔师兄，我也想和你合影！"

纪思璇被挤到一边也不生气，远远地看了一眼被一群女生围着的乔裕，笑得志在必得，转身离开了。

乔裕推辞不过，拍了几张合影之后很快脱身出来，环顾着四周正想找纪思璇，脚下才挪动了两步就听到身后几个女生的讨论声。

"你刚才有没有看到纪思璇的脸，都要憋出内伤了呢！"

"活该！她不是最不要脸吗？乔师兄明明不喜欢她，她还没皮没脸地追着。"

"对嘛，叫什么妖女嘛，姓纪嘛，叫'妓女'得了！"

"哈哈哈，说得好！"

话说得越来越难听，乔裕阖了阖眼，唇边一贯挂着的温和笑意渐渐敛起，眉头也轻轻蹙着，转身扫了那几个女生一眼便垂下眼帘，让人看不清他眼底缓缓流过的情绪，一开口声音也清冷了几分："不过是开了个玩笑，何必把话说得那么难听。我一个当事人都没说什么，你们这些旁观者大可不必如此。再说了，以纪思璇的条件，追她的人也不会少，如果是因为我，我自认没那么大的魅力。即便非要说般配，也许，是我配不上她。如果是因为追她的男生里有你们的心仪者，你们嫉妒，那你们也怪错了对象，你们该怪的是自己，怪自己为什么不能让心仪对象注意到自己，而不是怪她。"

在一旁等乔裕的一群人本来百无聊赖地在看热闹，看到这里忽然轰动了。

"喂喂喂，快看快看，乔裕这是……生气了？真难得啊。"

"他上次生气是什么时候来着？"林辰边转着篮球边眯着眼睛想了半天，"时间太久，不记得了。"

向来沉默寡言的萧子渊忽然开口："细微处见真章，你看，跟乔裕表白过被拒绝的，再见到他竟然会神情自若、不见尴尬地笑着打招呼，别人谁做得到？这才是高手。"

温少卿点头赞同："这倒也是，你看高手如你萧子渊，不也是绯闻缠身，谁都知道萧子渊身边有个喻芊夏，可唯独乔裕，清清爽爽，干干净净。"

温少卿说完余光扫过萧子渊："你瞪我干什么，又不是我说的。"

林辰糊涂了："听乔裕的意思，不像是对纪思璇没意思啊。"

温少卿补充："是啊，还有上次，竟然帮她借检验标本。"

乔裕走近就只听到这句："那东西……总不能让女孩子去借吧？"

"纪思璇是女孩子啊？她的彪悍程度恐怕十个男孩子也比不上吧。"

"纪思璇勾勾手指，不知道多少人愿意借给她。"

"你管那么多，人家一个愿意追，一个愿意被追，这叫情趣！你懂什么？"

"所以，温少卿，那个标本你到底是问谁借的？"

……

一群人没正形地开着玩笑走远了，走在最后的乔裕转身看了身后一眼，好像在找什么人。

那张合影后来被那个负责拍照的男生特意送来，乔裕打开看了一眼才反应过来："哦，不用专门给我送来的，多少钱，我拿给你。"

"不用不用，乔师兄，就几张照片，我送给你。"那个男生挠挠头，"对了，你那天为什么忽然要去拍照？"

乔裕笑了笑没说话。

"其实那天，我看到那个女孩子在那里等了很久，可是我说话她们都不听，我也没办法。"他又挠了挠脑袋，指了指乔裕手里的另几张照片，"我知道你不想和她们合影，所以你和她们的合影，我就洗了一张，你愿意的话就给她们，不愿意就扔了吧。她们来问我，我就说曝光了，没法儿用。"

"谢谢你。"

"所以，那个真的是你女朋友喽？"

乔裕没回答，而是低头去看照片，照片上的两个人挨得不远也不近，规规矩矩的安全距离。可两人的衣角却在风中纠缠在一起，不知道是不是风吹的原因，两个人的脸上都泛着淡淡的粉红，单纯而美好。

纪思璇大学生涯的第一年很快到了尾声，转专业的通知和申请表也已经挂在了校园网上，她坐在电脑前边看说明边填申请表。

三宝坐在一旁抱着纪思璇的胳膊不撒手："妖女啊，你不要转专业，不要抛弃我们啊！"

纪思璇百忙之中伸出手捏上三宝越来越圆的脸，笑嘻嘻地回答："放心，不会抛弃你的，你这体重，我想抛，也抛不起来啊。"

何哥一口水喷出来，边咳嗽边捶着桌子笑。

三宝一脸羞愤地投进随忆的怀抱。

好在还有随忆这么一个正常人，随忆道："我说，妖女，你当年真的是填错了志愿才进的医学院吗？转到建筑系真的不是为了乔师兄？"

纪思璇继续填表："是啊，报志愿那天我发烧，看东西都是重影，学校没报错我就谢天谢地了。"

何哥卷起一本杂志举到纪思璇嘴边："纪大美女，我想采访你一下，你收到录取通知书看到录取你的是临床医学专业时，是什么心情？"

纪思璇停下来想了想："第一个反应是，天哪天哪，千万不要被我娘发现。第二个反应是，千万千万不要被我娘发现。第三个反应是，千万千万千万不要被我娘发现。"

"然后呢？"

纪思璇回想起来仍旧心有余悸："然后我就出门写生了。那幅画还被我爸夸奖了，你不知道那个时候，我有多心虚。"

何哥咽咽口水，一脸佩服地竖起大拇指："你心真大。"

乔裕还是从别人那里知道纪思璇要转来建筑系，所以当纪思璇来问他，建筑系转专业要求做的几项作业时，他并没有表现出吃惊，只是每年都会有盲目转了专业又后悔的人，他不得不提醒几句。

"转专业是件很严肃的事情，开不得玩笑，你真的想好了？"

纪思璇点头："想好了啊。"

"那就好。"乔裕这才接过她手里打印出来的作业要求，"哪里不明白？"

纪思璇问了几个问题，认认真真地记录好之后才开口："你为什么不问我为什么转专业？他们都说，我转专业是为了你哦。"

"因为我……"乔裕本想告诉她，在那个炎热的午后他见过她，他看过她作画时的样子，这么有灵气的人就应该学建筑，所以他相信她真的是报错了专业，可话一出口，他又不想告诉她了。

乔裕顿了一下："没什么，你喜欢就好。"

纪思璇歪着头咬着唇笑得娇羞："我喜欢就好……喜欢什么？喜欢你？我当然喜欢你啊。"

乔裕无奈地叹了口气，又来了……

纪思璇弯着眉眼，继续调戏他："叹什么气啊，就算不是为了你，你也不要这么失望嘛，毕竟'南有乔木，不可休思'啊。"

乔裕一头雾水："这跟'南有乔木，不可休思'有什么关系？"

纪思璇摇头晃脑地解释："'南有乔木，不可休思'就是乔裕不能休了纪思璇的意思啊！"

乔裕愣了一下，继而朗声大笑，觉得这个女孩儿实在是可爱得不行，忍不住揉了揉她的脑袋："你到底是怎么考上 X 大的？"

纪思璇耸耸肩："就是……随便考的啊。"

乔裕看她这么得意忍不住呛她："所以志愿也是随便报的吗？"

纪思璇恼了，再也笑不出来，沉着一张脸看他："都说过了，是手滑！"

几天之后，纪思璇在教学楼前拦住刚下课的乔裕："你一会儿去哪儿？"

乔裕不知道她又出什么幺蛾子："上自习。"

纪思璇笑得乖巧："考试周快到了，以后你每天和我一起上自习吧。"

乔裕似乎闻到了阴谋的味道："为什么？"

纪思璇忽然变了脸，眨着眼睛扮楚楚可怜状，声音柔软无力："你可以不和我一起上自习啊，可是万一到时候我心情不好情绪不稳定，面试的时候胡说八道。比如老师问我为什么要转专业啊，我就回答，因为乔裕说如果我能转到建筑系他就娶我之类的，不知道面试的老师有没有成人之美的爱好。"

乔裕相信，这种事情纪思璇绝对干得出来，而且会演得格外逼真。

他深吸两口气，断然开口："好！"

一直以来，纪思璇那种随便听听课随便上上自习就能考好的形象太过深入人心，结果导致她现在早出晚归地上自习让三只室友感到格外不适应。

三宝看着背着包哼着曲儿走出寝室的妖女，开口问："妖女最近怎么上自习上得这么勤啊？"

何哥也很疑惑："是啊，她以前没这么爱学习。"

随忆想起某次自习室里的偶遇："她哪是去上自习，她分明是去找……乔裕。"

"哦……"

一语中的，剩下的两只恍然大悟。

正是吃饭的时间，自习室里没什么人，两个人坐在角落里。纪思璇完全不知道那三只的议论，扯着自己的头发给乔裕看："怎么样，好看吧？我自己卷的。"

乔裕没说好看，也没说不好看，只是笑了笑："你啊，已经够好看了，有时间多用点儿心在学业上，听说这次申请转到建筑系的人很多，竞争很大。"

纪思璇忽然睁大眼睛："你刚才说什么？"

乔裕没意识到自己说了什么，重复了一遍："我说申请转专业的人很多，竞争大。"

纪思璇摇头："前面那句。"

乔裕想了一下："你要好好学习。"

"再前面那句。"

……

乔裕终于回忆起来，继而抚额无语。

纪思璇凑过去小声讨好打商量："就说这一次，以后都不问你了。"

乔裕把头偏到一边："看书！"

纪思璇抱怨着从书包里掏出厚厚的医学课本："你说学习就学习嘛，干吗要考试呢，人和人之间为什么连最基本的信任都没有呢？"

乔裕看了她一眼："真的那么难学吗？好像温少卿学起来很轻松啊。"

纪思璇耷拉着脑袋："温少卿是想做医生，当然有兴趣，有兴趣了什么都不是难事。如果不是规定考试排名前几名才可以转专业，我才不学这个呢！我又不想做医生，白大褂又不好看。"

乔裕被她的碎碎念逗笑："你做事的原则就是为了好看吗？"

纪思璇咬着唇想了想："也不全是。"

乔裕来了兴致："比方说呢？"

纪思璇看向他，眼底闪过一丝狡黠："比方说，追你啊，又难又没面子。"

乔裕就知道自己不该多问，敛了笑容："还是看书吧。"

过了半天纪思璇还是无精打采地打着哈欠，书都没翻一页，乔裕想了想，一脸严肃地叫她："纪思璇。"

纪思璇趴在桌上歪头看他一眼，懒懒地回答："嗯哼？"

乔裕顿了一下，神色复杂地看了她一眼，极快地开口："你要好好读书，不能仗着自己长得好看就混吃等死。"

纪思璇愣了一愣，眨了眨眼睛，然后脑袋砸在书本里笑得浑身抖动。

乔裕有些尴尬，轻声咳嗽了一下转移话题："转专业的申请写好了吗？拿来我看看。"

纪思璇低头去书包里找："写好了。"

乔裕不放心："那么快啊，是手写的吗？"

纪思璇翻出夹在书里的一张纸递过去："是啊，给。"

乔裕接过来，一打开就愣住了。

一张白纸上，写着三行字，其中标题就占了一行——

转专业申请，医学院考试那么难，我想去建筑系看看。

乔裕叹了口气不说话，只觉得自己上辈子一定是欠了她的，所以这辈子来还。

纪思璇看看申请，又看看乔裕："这么写不行吗？"

乔裕默默折起来还给她："不行，建筑系的考试也很难。"

"不能这么写啊……"纪思璇重新打开补了两行上去，"这样呢？"

乔裕虽然知道她不靠谱还是忍不住好奇，探头过去看，然后收回视线低下头不发一言地开始看书。

虽然建筑系考试也很难，但是建筑系的汉子多啊。

纪思璇看着乔裕越来越黑的脸，吐吐舌头，又添了两行——

就算建筑系的汉子再多，我也只喜欢你啊。

写完之后递到乔裕手边给他看。

乔裕此刻的心情格外复杂，他不知道这个姑娘到底是天赋异禀还是一早就设计好了，无论他们在讨论什么话题，她总是能把话题七拐八拐地绕到调戏他上面来。

他被撩拨得心头冒火，把那张纸狠狠地折了两下夹进书里："回去重写！找个正经理由！多写点儿字！至少三千字！"

"不如……"纪思璇伸手捏住乔裕的衣袖，小幅度地晃了两下，一脸乖巧的笑，"你帮我写？我来抄……"

乔裕又翻了一页书，抬起头面无表情地看了她一眼。

纪思璇立刻举手投降："知道了，不行！我自己写！"

直到后来的后来，纪思璇都一直很怀念一点，那就是乔裕宠她归宠她，可绝不是那种没有底线没有原则的宠，对于她那些小毛病，他绝对不会纵容。那个时候的她才明白，他是真的爱她，知道做什么事真的为她好。也是在那个时候，纪思璇才知道什么叫作——宠爱。

新学期再开始的时候，乔裕依旧表现得不太正常，心绪不宁地坐在寝室里盯着手机出神。

一个假期纪思璇都没有动静，开学几天了，也不见她的影子。

以前走在学校里，不知道什么时候她就忽然蹦出来笑着叫他的名字，校园的小道、教室、食堂，有那么多的"偶遇"。可现在，他试着去搜寻她的身影，却发现根本没有了。

这个时候，他才明白，或许这个世界上根本就没有那么多的偶遇，所谓的偶遇，总归是其中一人偷偷努力了一下，当然，另一个人是不会知道的。她把她的一颗心都掩藏在轻佻的笑容里。

乔裕回过神叫住准备去上课的林辰："晚上一起吃饭，叫上你妹妹一起吧。"林辰刚准备应下就看到乔裕欲言又止的样子，"顺便把她们寝室的都叫上吧。"

林辰笑而不答，转头看了一眼寝室里另外两个，然后别有深意地盯着乔裕。

萧子渊和温少卿对视一眼，同样别有深意地看向乔裕。

乔裕有些窘迫地看向别处："那个……人多热闹。"

这顿饭终究是没有吃成，不过几天之后，乔裕还是见到了纪思璇。

建筑系转专业面试的时候，教授叫上了他的得意门生乔裕。老教授傅鸿邈是个老顽童，开始之前还在逗乔裕："一会儿觉得哪个不错就给我使眼色，我们就收了他，毕竟年轻人看年轻人比较准。"

他说完似乎又想起什么，上上下下地打量着乔裕，摇头叹气地补充了一句："算了算了，就你那性子，连个恋爱都不谈，哪里算得上什么年轻人。"

在座的其他几个老师都是傅鸿邈的学生后辈，想笑又不敢笑。

乔裕看着其他老师憋笑都把脸给憋红了，更加哭笑不得，低头去看手里的面试名单了。

面试顺序是打乱的，纪思璇排得比较靠后。教授们面了几个之后，乔裕罕见地有些压抑，有些急躁，好不容易挨到纪思璇前面一个人时，他又有些莫名的紧张。

眼前的男生说了什么他基本没听进去，当男生出去后，他听到门口有声音叫纪思璇的时候，视线便一直盯着门口。

那道身影很快推门进来，跟以往轻快的脚步不同，她是一跳一跳的，右脚上缠着绷带。她看到乔裕的时候笑了一下，很快收起笑容规规矩矩地在椅子上坐好。

那抹笑容在乔裕看来有些疏离，有些淡然，还有些……太正经，好像过了一个假期，一切都有些不一样了。

很快有老师问："小姑娘脚怎么了？"

纪思璇老老实实地回答："暖水瓶炸了，烫伤了。"

"怎么不用拐杖？"

纪思璇皱了皱鼻子一脸嫌弃："用拐杖太丑了。"

几个老师哈哈笑了几声就切入正题，又问了几个专业问题。

乔裕看她不疾不徐地回答，看样子准备得很充分，完全不像之前和他上自习时不上心不靠谱的模样，回答得不知道比之前的竞争者好了多少。

几个老师交换了眼神之后点点头，问起常规问题。

"当初为什么报医学院？"

纪思璇轻咳一声，极快地开口："手滑。"

……

纪思璇的视线从一张张写着"不可置信"四个大字的脸上扫过，又补充了一句："真的是手滑……"

"那为什么要转到建筑系来呢？医学院不是挺好的？"

"您知道鲁迅吗？您知道鲁迅先生为什么要弃医从文吗？"

"为什么？"

"因为医学院的考试实在是太难了。"

"哈哈哈……"

"这个小姑娘挺有意思的。"

纪思璇出去之后，几个老师开始讨论。

老师A："小姑娘怎么看上去有点儿不靠谱啊？报志愿都能报错了。"

乔裕："只是看上去吧，看她成绩挺高，应该还是不错的。"

老师B："嗯……这几张图倒是画得挺不错。"

乔裕："嗯，看得出来有些功底。"

老师C："医学院转过来的，跨度有些大，基础课都没学，不知道转过来跟不跟得上。"

乔裕："她很聪明，应该没问题的。"

老师 A："嗯，这倒也是，她的成绩是这几个人里面最好的。"

乔裕："对的对的。"

老师点评一句，乔裕就不自觉地小声接一句，几句下来气氛有些诡异了。

一直沉默的傅鸿邈抬眼看他："你干什么？"

乔裕不好意思地摸摸鼻子："没干什么，就是……就事论事。"

老教授什么没见过，笑着打趣他："我看你明明就是对人不对事嘛，怎么，认识的？"

乔裕犹豫了半天，还是笑着点了点头："嗯，认识。"

老教授恍然大悟："看上了？"

乔裕没想到教授会这么直接，有些反应不过来："啊？"

"纪思璇交的这几份作业里都有你手笔的影子，别以为我看不出来。看上了就说话啊。"老教授拿起笔在纸上勾了几笔，还不忘跟其他几位老师打招呼，"这个就通过了啊，叫下一个。"

几个老师纷纷表示同意，乔裕一脸黑线地继续打酱油。

面试结束后，乔裕在校医院找到纪思璇。她正坐在窗边的病床上输液，歪着头看向窗外，不知道在想什么，没受伤的那条腿搭在床边摇啊摇晃啊晃，听到脚步声转头看过来，看到乔裕也不惊讶，规规矩矩地笑着叫了一声："乔师兄。"

这一声"乔师兄"却让乔裕心里咯噔了一下，以前想让她叫一声师兄不知道多难，她总是乐呵呵没大没小地叫他乔裕。

乔裕站在她面前，应了一声，并不去看她，而是低头去调了一下点滴的速度，轻声开口："还疼吗？"

纪思璇盯着自己受伤的脚："不疼了，就是不知道会不会留疤，留了疤以后就不能穿漂亮裙子了。"

她的声音有些沮丧，乔裕却不知道该怎么安慰她，他弯腰想要去拆她脚上的绷带看："很严重吗？"

纪思璇不着痕迹地躲了一下，笑嘻嘻地回答："逗你的！不严重，而且我是无疤痕体质哦，肯定不会留疤的。"

乔裕看着她忽然开口："好像很久没见了。"

纪思璇乐了："师兄你得健忘症啦？刚才面试的时候不是才见过？"

输液器里的药液一滴一滴地滴落下来，乔裕似乎听到了自己的心跳声："我是说最近好像就只见了这一次。"

纪思璇一愣，继而又笑起来，"嗯，假期里好吃懒做长胖了，太丑了不好意思去见你。"

乔裕看了她一眼，不知道是不是因为受了伤，不只没胖，巴掌大的小脸好像清瘦了不少，而更让他担心的，却是她的轻描淡写。

他轻轻皱眉，低声呢喃："不丑，一点儿都不丑。"

周围忽然安静下来。

乔裕本就是个安静的人，平时都是纪思璇逗他说话，现在纪思璇也安静下来，一时间气氛有些尴尬。

这个时间输液室里没什么人，耳边只有空调吹风的声音。纪思璇似乎也没打算打破这份沉寂，不再管乔裕，低下头百无聊赖地拿出手机开始玩游戏。

乔裕转头去看输液器，药液一滴一滴地滴落，当他数到二百九十八下的时候，纪思璇的声音在游戏音乐声中缓缓响起。她的手指不停地在屏幕上跳跃着，她的声音中带着几分心不在焉："那天我打了水去找你，暖水瓶爆炸的时候，我看到一个女孩儿站在树下跟你表白，你也是那样温柔地笑着摇头。那一刻我好像看到了另一个自己，那么卑微，那么……不自量力。我忽然明白，或许我对你而言，和其他人也没什么两样，你怎么对我，也就会怎么对别人，原来，你是真的不喜欢我。"

乔裕看着纪思璇，或许是从未见过她如此正经地说话，竟有些不忍打扰。直到游戏结束的声音响起，纪思璇才从手机屏幕中抬起头看着他，云淡风轻地笑着开口："所以，乔师兄，我放弃了，以后再也不会缠着你了。"

乔裕安安静静地听完，在纪思璇的注视下竟没有半点儿反应，很快抬头看了一眼输液袋："滴完了，我去叫护士给你拔针。"

说完转身去叫护士。

纪思璇盯着那道淡定的身影咬牙切齿。

乔裕，我连撒手锏都出了，竟然还不行？你到底是不是男人？！

护士拔了针，纪思璇一边按住手背止血，一边无精打采地用没受伤的那只脚去够鞋。

乔裕看了几秒钟，很快弯腰捡起了那只鞋，继而半跪在她面前，轻轻拉着她的脚放在自己膝盖上，低着头认真地给她穿鞋。

他的侧脸温柔帅气，声线轻缓悦耳："认识你以来，看你一直都是嘻嘻哈哈的没个正形，就当你是开玩笑，所以没给你个正经的答复。再说了，哪有人会像你那样，大庭广众之下那么轻佻地跟别人表白？"

乔裕抬起头来有些好笑地看了纪思璇一眼，又低下头去系鞋带。

"我没给其他女孩子穿过鞋，除了我妹妹。"修长干净的手指灵活地打了一个蝴蝶结，乔裕这才抬眸重新看向纪思璇，依旧保持着半跪的姿势，"我这个人并没有表面看上去那么好，小毛病很多，没什么特别好的地方，不懂浪漫，不怎么会照顾人，比较闷，也不会说甜言蜜语，和我在一起可能没有你想象的那么好。"

他顿了一顿，再次开口时声音温柔干净，隐隐带着笑意："这些话我也没有对别的女孩子说过，包括我妹妹。"

这时的纪思璇已经傻了，愣愣地看着他说不出话来。

乔裕忽然笑了起来，如画的眉目顿时柔情四溢："如果你实在喜欢，我可以去学，我想应该不难吧。"

夕阳西下，她坐在床边，他半跪在她面前，一只手捏着她的一只脚搭在他的膝上。男孩儿笑得眉清目朗，女孩儿微微红着脸目瞪口呆，因为低着头，细碎的长发垂下来，风一吹，在男孩儿脸旁轻轻飘动。

"不要学！我不喜欢！"反应过来之后纪思璇脱口而出，"你现在这样就很好。"

乔裕站起来坐在她旁边，目光清湛地看着她："既然决定在一起，我也会接受和包容你的缺点和习惯。"

纪思璇本来很乖巧地听着，听到这里忽然皱着眉恶狠狠地反驳："我没有缺点！"

乔裕忍不住扭过头去笑，真的是个别扭、自恋又霸道的姑娘啊。

夏季的傍晚，暑气未消，晚霞未散，在漫天的五彩缤纷里男孩儿耐心极好地扶着一只脚包裹着白色绷带的女孩儿，看她一步一步地往前跳，嘴角始终噙着一抹笑，女孩儿低着头看路，没有看到他眼底的柔情和宠溺。

春末的午后，日暖风轻，明媚的金色阳光斜斜地照进来，一束束打在地板上，温暖惑人，宽大的落地窗边纱帘随着微风起伏。

这个时间大多数人都在午休，X大画图室里，只有一男一女两道身影在忙碌着。

没过一会儿，女孩儿便直起身，拿起画图板上的图纸一脸得意地凑到不远处男孩儿的位置上，笑嘻嘻地歪着头叫他："乔裕，我画好了！"然后便拿着铅笔在图纸上指点江山。

男孩儿正站在桌前画图，白衬衣随意挽起露出白皙坚实的手臂，听到声音便抬起头，单手撑在桌上一脸宠溺地看着正张牙舞爪的女孩儿，温和地笑着。看着她卷翘的睫毛上镶着金边，轻轻颤动宛如一只栩栩如生的蝴蝶，他突然伸出手去触摸她的脸。

纪思璇吓了一跳，还在半空中挥舞着的手臂来不及收回，睁着乌黑澄澈的眼睛看着他。

乔裕的指尖在她的眼睛下方蹭了蹭，然后捏着一根掉落的睫毛给她看。

他刚画完图，指间带着木头和薄荷混合的气息，指尖微凉，却热了她的脸，乱了她的心。

乔裕看着纪思璇忽闪着一双大眼睛到处乱看，知道霸道洒脱的她是不好意思了，便轻咳一声慢条斯理地笑着问："其实我一直想问你，你有没有想过，以后你真进了这一行，别人会怎么称呼你？"

纪思璇得意扬扬地打算开口，却忽然垮下脸来，愣愣地看着乔裕。

纪工……

纪工……济公……

她苦着一张脸扑进他怀里："乔裕，我恨你！"

乔裕轻揽着她入怀，眉目舒展，一脸满足。

教室里的窗户大开，窗外花开叶落，阳光溜过窗前留下满地斑驳。

第二章

春光正好，而你不在

春光正好，春风正暖，

再见你时，心里有春风，

满山地吹。

门锁转动带起很轻的咔嚓一声，乔裕猛然惊醒，怀里空荡荡的感觉让他心慌，一时间竟有些不知所措，那个名字就要脱口而出却被他逐渐苏醒的理智硬生生止了回去。

尹秘书走了进来，站在他身后轻声唤他："乔部，时间差不多了，该走了。"

乔裕正靠在落地窗前的沙发里，手里还拿着看了一半的文件，不知什么时候竟然睡着了。他有些恍惚，只是瞬间他便抬手去抚眉心，一开口才发现声音沙哑无力："好，你先出去等我，我马上来。"

尹和畅走了出去轻声带好了门，乔裕才收起刚才的镇定自若，面无表情地保持刚才的动作久久不动。

一样的时节，一样的风轻日暖，如此熟悉的感觉竟然让他以为她还在他的怀里，以为他一睁开眼睛就能看到她带笑的眉眼。

乔裕转头去看窗外的春光，喃喃低语："思璇……纪思璇……"

春光正好，春风正暖，而你却不在。

随忆才出医学院的教学楼就看到纪思璇站在不远处的树下等她，

旁边还站了一个学生模样的男生，一脸青涩。

那个男生不知道对纪思璇说了什么，纪思璇轻佻地抬眼看着他，薄唇轻启说了几个字，眼底清清楚楚地呈现出熟悉的两个字——调戏。

继而那个男生抽了抽嘴角，落荒而逃。

随忆边摇头边笑着走近，也难怪，今天纪思璇穿着 T 恤牛仔裤小白鞋，那张精致妩媚的脸上仿佛没有留下时光的痕迹，乍一看倒真像个在校大学生。

"我说，这么多年了，你这调戏人的毛病怎么还没改？"

纪思璇还在对着那个男生的背影坏笑，回过头来的时候脸上已经挂上了大大的笑容，抱了随忆一下才一脸无辜地回答："是他先招惹我的。"

随忆回抱了她一下："那人胆子也大，不知道'此女如妖，甜到忧伤'的纪思璇是纵横 X 大的女匪首吗？"

纪思璇笑得弯了腰，揽着随忆往校外走："他竟然叫我同学？我都毕业多少年了，竟然还有人叫我同学！"

随忆轻笑："然后呢？"

"然后问我能不能把电话给他啊，现在的孩子们搭讪还是这么没创意吗？"

"那你怎么回答的，吓得他跑那么快。"

"我说，"纪思璇用刚才的口吻重现了一下，"电话啊，我的电话我还要用，恐怕不能给你。"

随忆忍不住笑："人家是说电话号码。"

纪思璇微微歪着头坏笑："他也是这么说的啊，我跟他说，那就更不行了，别人还要找我呢，给了你我怕别人找不到我了。"

随忆终于明白那个男生为什么会跑那么快了，转头看着旁边人明媚的笑脸，那笑意从眼角溢出来铺满整张脸："妖女，欢迎回来。"

纪思璇听到熟悉的称呼，熟悉的声音，心里一动，轻声开口："阿忆，好久不见。"

当年纪思璇在这所学校里度过了人生中最好的几年，从医学院转到建筑学院，一毕业又去了国外读书，毕业之后留在国外工作，辗转了那么多年，她终于又回来了。

两个人边走边闲聊，纪思璇随手拿过随忆手里的书翻看着："你现在也开始代课了吗？"

随忆毕业以后边工作边读博，始终没有离开学校："许教授的课，他忙不过来的时候我就来代几节。"

纪思璇看着熟悉的校园，感叹道："这里真的是一点儿都没变啊。"

随忆笑着看了她一眼："这次回来会待多久啊？"

纪思璇漫不经心地东张西望："要看公司安排啊，这次是回来做个项目，要看项目的进度啊，快的话一年，慢的话就难说了。"

随忆不时地感觉到周围人的目光，莞尔一笑。当年纪思璇才踏进校门便惊艳全校，一张精致的脸庞妖娆妩媚，身材玲珑有致，行事作风又不走寻常路，让人摸不着头脑，因此得了个"妖女"的外号，走在校园里回头率极高，没想到几年过去了，回头率还是居高不下。

随忆没再多提，转而说起别的："今晚来我家吃饭吧？叫上三宝跟何哥。"

纪思璇听到这两个名字便弯了眉眼，像当年还是学生时那样挽上随忆的胳膊："对了对了，那两个活宝怎么样啊？"

随忆似乎想起了什么，也跟着笑起来："何哥一边忍受着导师的折磨，一边相亲。你走的这些年她至少也相了几十个了吧？三宝就厉害了，搞定了医院里的一个帅师兄，羡煞旁人。"

纪思璇不可置信道："她吃什么了，这么走运？"

随忆想了想："大概是陈师兄没见过三宝这种人来疯的，被镇住了。"

纪思璇一脸赞同地点头："有道理。"

随忆抬手看了眼时间："想吃什么，我一会儿去买菜。"

纪思璇摇着头："不去。"

随忆转头看她："为什么？"

纪思璇还在看校园，懒懒地回答："去干吗，去看你和萧子渊秀恩爱啊？"

随忆拉住她，认真地看着她："去看我儿子啊，你还没见过。"

纪思璇的注意力却被三五成群从她们身边匆匆跑过的学生吸引："哎，他们在干什么？"

随忆顺着他们跑的方向看过去："大概是礼堂有什么活动吧。"

恰好有医学院的学生上过随忆的课，路过她们的时候停下来打招呼："随老师好。"

随忆笑了一下："嗯，你们好，你们这是去干什么？"

两个女生满眼的粉红泡泡："校长请了几年前毕业的校友回来做访谈，听说那个校友出色得不得了，而且又年轻又帅！"

纪思璇听了并没当回事儿："杰出校友啊？我以为除了你们家萧子渊没人担得起'出色校友'这四个字呢。"

那个女生认识随忆，自然也知道师公萧子渊是当年 X 大的风云人物，一脸兴奋地继续开口："听说这位校友就是和萧师兄一届的，也是当年四大贝勒之一！"

当年学校里的"天龙八部"和"四大贝勒"没有人不知道。

天龙八部，就是指组织部、学习部、生活部、体育部、外联部、卫生部、勤工助学部、社团部。至于四大贝勒，就是指其中四个副主席了，机械学院的萧子渊，医学院的温少卿，建筑学院的乔裕和法学院的林辰。

他们已经毕业好几年了，没想到名气依旧在。

既然不是萧子渊，而这个女生又是医学院的，自然也是认识温少卿的，林辰去了国外显然不可能出现在这里，那就只剩那个人了。

随忆并不知道会这么巧，小心翼翼地去看纪思璇的脸色。

纪思璇的脸上倒也看不出什么，似乎只是听到了一件再平常不过的事情。那个名字就那么看似不经意地从她口中滑出："哦，乔裕啊。"

两个女孩子一脸激动："对对对！就是这个名字！随老师和这位……漂亮姐姐要一起去吗？"

随忆怕再说下去这位"漂亮姐姐"会当场发飙，开口催促："你们先去吧！"

等两个女孩子走远，随忆才半是探究半是审视地看向纪思璇。

纪思璇倒是一脸无所谓，嘴角勾起漂亮的弧度，懒懒地掀起眼帘："看我干什么？哎，陈芝麻烂谷子的事情了，我早忘了。当年是我太不懂事了，其实乔师兄没什么对不起我的，是我自己太矫情了，我早就想开了，男人嘛……"

纪思璇的语气轻快欢脱，却异常啰唆，随忆也不揭穿，安静地听完她冗长的解释之后，开口问："那……要去看看吗？"

纪思璇转身往反方向走："有什么可看的，又不是没见过，乔师兄你不认识啊？走吧！"

"去哪儿啊？"

"去你们家吃饭！"

"不是不去吗？"

随忆看着纪思璇越走越快，还没来得及告诉她，礼堂前年翻修了，她往反方向走去的是礼堂后门，只会比走前门更快地到达礼堂。

礼堂的后门正对着主席台侧面，又因为角度的问题，主席台上的人看不到这边，而这里的人却能看到台上人的侧面。

纪思璇极快地往里扫了一眼，隔着厚厚的玻璃，不知道那个男人微弯嘴角说了一句什么，下面人立刻哄堂大笑，听到随忆走近，她才转头一脸嫌弃地开口："这礼堂谁设计的，太没品位了。"

阳光太刺眼，照在玻璃上，带来一片模糊。其实纪思璇根本没看清那个男人的脸，却被刺得眼睛疼。

随忆默了一默，没好意思告诉她，设计这礼堂的都是当年教过她的建筑学院的教授们。建筑业的圈子就那么大，她竟然说出这么欺师灭祖的话，她也不怕那帮老教授们联名抵制她！

萧子渊接到自家夫人电话的时候正在茶水间门口听八卦，他不过是路过而已，才听了几个字就停下了脚步。

似乎是有新人入职，其余几个人在"科普"。

"刚才那位就是传说中的乔部长？乔家二少爷？看上去好帅啊！笑起来好温柔！"

"就是他，听说啊，乔家的接班人一直是乔家的大少爷乔烨，不知道为什么忽然变成了这位二少爷。乔部长之前不混这个圈子的，几年前忽然冒了出来，当真是平步青云啊。不过说起来也奇怪，豪门嘛，不是一向内斗的吗？可乔家大少爷似乎一直在给这个亲弟弟铺路，一手把他推上了高位。"

"这位乔部长看上去……挺低调的。"那人意思表达得委婉客气。

有人嘿嘿笑了两声："是不是看上去人畜无害又很好说话？"

"有点儿。"

"你可别小瞧了他。南边的虎狼之窝他都待过，其实这也没什么稀罕的，可稀罕的是他去之前什么样，回来以后还是什么样，一样温润儒雅，看不出半分的狠绝和戾气，还顺手把那帮老家伙收拾得服服帖帖，你说这种本事谁还有？那可是一场持久战啊，一招招试探与挑衅，都被他一张看似温和无害的工牌笑脸给打散了。从他回来之后就再也没人敢小觑这位半路出家的乔家二少爷了。"

"那刚才和他说话的那个男人呢？看上去也很帅！两个人站在那里，真是气质出众啊！"

"那个是萧部长，说起萧部呢，长得也帅，只看颜值的话，两人不分伯仲，不过萧部稍微冷了那么一点儿，不如乔部长看起来让人如沐春风。更何况萧部已经结婚，更没人敢染指了。"

萧子渊就是这么边听八卦边接完了电话，挂了电话之后，转身下楼，出电梯走到走廊尽头那间办公室，推开门，开门见山地问里面的人："今晚要来我家吃饭吗？"

萧子渊和乔裕自小就认识，大学又是室友，关系本就非同一般，如今又到了同一栋楼里办公，缘分匪浅。

乔裕正在窗边打电话，听到声音吓了一跳，转过身莫名地看向萧子渊。

萧子渊等他打完电话才再次问出口："今晚要来我家吃饭吗？"

乔裕带着疑惑问："今天是什么特别的日子吗？"

萧子渊挑眉，话到嘴边又咽了回去："没什么，你今天不是回母校做访谈嘛，随忆看到你了，说很久没见，就让我叫你一起吃个饭。"

乔裕笑了笑："改天吧，我晚上要去看看我哥。"

萧子渊也没多说，点点头转身走了。

萧子渊回到家才进门就听到厨房里的笑声，他抱了抱在客厅里自己玩玩具的儿子，换了衣服便钻进厨房，解下随忆身上的围裙，把她推出厨房："你现在是非常时期，不能闻油烟，我来。"

妖女、三宝、何哥皆是一脸探究地看向随忆，随忆脸上一热，轻咳一声。

三个人继而异口同声地大喊："哦，又有了。"

纪思璇拍了拍随忆的肩膀："萧夫人，有前途！"

三宝有样学样地准备去拍萧子渊的肩膀，手伸到一半又弱弱地收回来："萧师兄，好样儿的！"

何哥咬着手帕在角落里捂着荷包仰天大喊："我的钱包啊！我怎么觉得你又要瘦一圈了呢？这些年我随出去的份子钱到底什么时候才能收回来？"

四个人被萧子渊赶出厨房，便去了客厅说话。

萧子渊和随忆的儿子萧云醒今年两岁，名字是萧家老爷子给取的，坐看云起，举世独醒，性子随萧子渊，小小年纪便有一股清贵的气质，虽长得粉雕玉琢，却让人不敢随意上前逗弄。

这两年三宝、何哥看着他长大，不知道在他身上吃了多少亏，不敢上前，便怂恿不了解敌情的纪思璇迎战。

纪思璇才靠近，小云醒就从一堆玩具里抬起头，忽闪着一双大眼睛开口："我认得你，你是那个方形盒子里的漂亮阿姨。"

纪思璇一愣，这才想起来随忆带着他和自己视频过几次，微微笑

了起来，看上去明媚亲和："乖，要叫我漂亮姐姐！"

小云醒想了一下，乖乖地叫了声："漂亮姐姐。"

纪思璇转头冲三宝和何哥笑得得意，似乎在说，这小子也没你们说的那么可怕嘛。

谁知她才转过头就听到小云醒牵着随忆的手一本正经地做介绍："漂亮姐姐，这个是我妈妈，你要叫阿姨。"

纪思璇抚额无语中。

这腹黑程度，活脱脱一个翻版的萧子渊。

身后的三宝、何哥早已笑疯，随忆把头扭到一边，很给纪思璇面子没笑出声。

后来吃饭的时候三宝喝多了，和妖女勾肩搭背地坐在一起："妖女啊，你不知道当年入学的时候，我第一眼见到你时都震惊了，惊为天人啊，怎么会有女孩子长得这么好看，特别是笑起来的时候，那个词儿怎么说来着，对！妖气横生！我当年一直怀疑你是狐狸精幻作人形来人间报恩的！"

纪思璇还算清醒，笑着横了她一眼，妖媚慵懒："是不是白狐啊？不是白狐我可不认。"

"啊，你不要这么看我，我的小心脏受不了啊！"三宝捂着心口倒地。

四个人嘻嘻哈哈半天，萧子渊悄然拿了手机去阳台打电话。

电话很快被接起来，萧子渊看着正拿筷子挑肉吃的某人，又对电话那端的人确认了一遍："你……确定不来了？"

电话那头的乔裕轻笑了一声："真的赶不过去了，下次再去。"

萧子渊很干脆利落地挂了电话："好。"

三宝还在饭桌前拉着何哥絮絮叨叨："妖女啊……"

何哥也喝多了，一脸烦躁地推开她："我不是妖女！"

三宝却没有听进去，继续凑上来："妖女啊……"

纪思璇早已离桌，端着杯茶靠在厨房门口，静静地看着里面两个人洗碗，萧子渊洗干净之后递给随忆，随忆接过来擦干放到碗柜里，全程没说一个字，连肢体接触都没有，却无端地让人觉得亲昵默契。

她的长相本就惊艳，又喝了酒，眉眼间带了抹若有似无的慵懒春色，唇角微微弯起，勾起一抹漫不经心的笑意。随忆无意间一回头只觉得妖女整个人在朦胧的灯光下明艳不可方物，身为女人都不自觉地心跳加速。

当年上学的时候虽然纪思璇无论走到哪里都是艳惊四座，可到底还带着青涩，如今的妖女无论是容貌还是气质都不只是惊艳可以形容的了，还隐隐带了些迫人的气势。

随忆总觉得此次女王大人霸气回归会掀起点儿什么，她很快回神笑着问："看什么呢？"

正说着话，萧云醒不知从哪个角落滚了出来，跑过去抱住随忆的腿，抬着胖胖短短的小胳膊一脸迷糊地揉着眼睛："妈妈，我困了。"

纪思璇端着杯子抿了口水，轻声笑了起来："没什么，就是突然觉得……好羡慕啊。"

萧子渊恰好洗好了碗，擦了擦手，抱起搂着随忆的腿就快睡着的小家伙："妈妈要和漂亮姐姐说话，走，爸爸带你去睡觉。"

纪思璇刚才半是玩笑半是轻叹的一句话，真假难辨，竟让随忆察觉出她笑容里藏着的落寞，连那道身影都显得格外孤独。

随忆不自觉地过去揽住纪思璇的肩，却很贴心地没有说话。

闹到后来萧子渊开车送走了三个醉汉，回来一进门，随忆就问："你怎么不跟乔师兄明说？"

萧子渊慢条斯理地换了鞋，坐到沙发上才缓缓开口："当年我追你的时候，他嘲笑我。"

随忆先是无语，继而有些疑惑地问："你什么时候追过我？"

萧子渊睨了她一眼，随忆轻咳一声，不敢再提往事。

萧子渊继续慢悠悠地开口："我今天听到部里的同事私下里讨论我们俩，说我没有乔裕温润儒雅清风朗月，我就是想试一试乔部到底有多清心寡欲。"

随忆这下彻底无语了，男人小气起来果然比女人还可怕。

过了会儿，萧子渊看随忆有些担忧的样子才再次开口："刚才妖女说为了一个项目回来的，那个项目我听着耳熟，没猜错的话项目应该会落到乔裕手里，他们俩啊，不愁见不着。"

随忆有些不放心："我有点儿担心，今天妖女去学校找我的时候恰好遇上乔师兄在学校礼堂做报告，她听到'乔裕'这两个字的时候，神色没有一丝变化，还笑着跟我开玩笑。你也知道，妖女这个人最是洒脱大气了，我怕她……是真的放下了。"

"深刻如斯，才显平静，越是放不下才越是藏得深，"萧子渊扯过妻子揽在怀里笑得胸有成竹，"当年她和乔裕分开之后，这么多年都不肯回来，有意无意地从来也不肯见他一面，一个对自己这么狠的人，一旦爱了又怎么会轻易忘记，不过是演技好罢了。要不，我们打个赌？"

随忆摇摇头，摸着自己的小腹拒绝："还是算了，胎教不好。"

萧子渊揽着她大笑。

纪思璇回到酒店以后，泡了澡躺到床上，她认床，躺了许久都睡不着。

半晌过后，她忽然坐起来，打开电脑登上 X 大的网站，翻来覆去地在网站新闻里找乔裕做访谈的新闻和视频。

找到后也不去看，直接点下载按钮，竟然要登录，纪思璇的学号不知道过期多少年了，她犹豫了半天给随忆发微信要她的号。

终于搞定之后关了电脑，重新躺回去，可脑海里都是刚才无意间看到的那几秒视频。镜头里的男人微微笑着说着什么，衣着妥帖，清俊儒雅，久久不散。

几年过去了，这个男人笑起来还是这么温柔。

随忆把自己的账号密码发给纪思璇之后握着手机一脸疑惑："她要我的账号密码干什么？"

萧子渊下午问他要不要一起吃饭的时候，乔裕正在接温少卿的电话，之后便提前下了班，到了医院，也没让人跟着，自己上了楼。

一袭白袍的温少卿从电梯里走出来的时候就看到乔裕站在放射科门前，手里拿着 CT 片，愣愣地站在那里。

温少卿和身后的几个学生模样的年轻医生交代了几句，走过去拍拍乔裕的肩膀："别这样……你哥还在等着你。"

乔裕抬手抵了抵眉心："他自己知道吗？"

温少卿点头："知道。还特意交代我，让他们告诉你的时候缓着点儿说，怕你接受不了。"

乔裕苦笑，眼底有些湿，有些恼："他自己都能接受得了，我又有什么接受不了的……"

乔裕的哥哥乔烨早些年查出癌症，因为是早期，手术很成功。本以为没事儿了，谁知过了几年又复发了，这次连手术都不能做了，只能保守治疗，能拖到今天已属奇迹，只不过最近又恶化了，所有人都知道这意味着什么。

温少卿心里也有些难受，但在医院里每天生离死别见得多了，脸上也看不出什么："去看看他吧。"

乔裕站在病房门口透过玻璃窗看了半天才推门进去，轻声叫了一声："哥……"

乔烨正在窗边看报纸，一脸病容，听到声响回头看到乔裕满目愁容，就知道他见过温少卿了，想了想说了一句："别跟爸说啊。"

乔裕点了一下头，坐在窗边看着窗外不再开口。

乔烨看了他半晌："我有几本书落在家里了，你有时间帮我拿过来。"

乔裕的声音没有一丝波澜："好。"

乔烨笑了："你不要这个样子，一会儿回去爸该看出来了。"

乔裕半天才扯出一抹勉强的笑容，怎么看怎么别扭。

乔烨拍拍乔裕的肩膀，就像小时候一样："我没多少日子了，你从小就知道什么是温良恭谦，我对你很放心。我走以后，你要好好吃饭，注意身体，少抽烟喝酒，爸和妹妹就靠你照顾了，有时间多去看看姥爷姥姥。我只是觉得对不起你，当年硬拉着你来蹚这场浑水，不然……"

乔裕忽然觉得眼睛有些酸涩难忍，低下头拿了个苹果削皮："哥，你说什么呢，有什么对得起对不起的，乔家的担子本来就不该让你一个人来扛，以前是我太自私了。"

乔烨是乔家的长子，理所当然地一出生便被作为接班人教导养大，下面的一弟一妹自然是无忧无虑。乔家主母早逝，乔乐曦一直开玩笑，说大哥和爸是一国的，她和二哥是一国的。可乔烨、乔裕两兄弟关系一直很好。

乔烨小心翼翼地问："你和那个女孩子，还有联系吗？"

苹果皮应声而断，乔裕沉默半晌，摇了摇头。

乔烨叹了口气，也不再开口。

第二天是周末，乔裕便回家帮乔烨拿书，准备下次去医院的时候给他带过去。回到家，乔父没在，尹和畅回话，乔柏远去了外地开会，今天回来，让乔裕在家里等他。

乔裕现在住在部里分的那套房子里，大半年没回来了。上次回来的时候，乔烨的病还没那么严重，不用整天待在医院。妹妹乔乐曦虽然嫁了出去，却也经常带着江圣卓回来陪乔父，此刻他们都不在，乔裕站在楼梯上看着冷冷清清的家，心里空荡荡的。

他从毕业之后一直忙着工作，回来得少，每次回来也都是匆匆忙忙的，鲜少有这么平静闲暇的时候。

房间里还是上学时的摆设，简洁清爽，书架上摆满了厚厚的专业书，他的手指一本本滑过。最后，他坐到书桌前，随意地打开抽屉翻看。

在最下面的抽屉里放着一张纸，一张撕碎了又重新拼起来的纸。那是一份 Offer，来自那所享誉盛名的国外高校，那里有最好的建筑学院。当年他收到 Offer 没多久，乔柏远便用最简单直接的方式击碎了他的梦想，Offer 是他自己撕碎了扔在垃圾桶里的，是乔乐曦哭着捡回来，一片一片地粘好，然后气急败坏地赶他去报到，哭得上气不接下气。她知道他的梦想，可是她不知道乔烨的病，他知道这个妹妹是心疼他，可是他也清楚地知道，普利兹克建筑奖，所有建筑师追求的终极梦想，他此生是无缘了。

窗外的风吹起桌上的一沓图纸，搁置的时间久了，纸张微微泛黄，随风掀起的一角，隐约可见"纪思璇"三个字。那都是当年纪思璇留在他这里的，还有一些是她逼迫他替她画的，她经常蛮横地坐地起价，他讨价还价很久最后败北。他从不知道自己可以这么……没有原则。

妹妹乔乐曦小时候不愿意做作业便会找他代写，他虽宠这个妹妹却是从不答应的，以兄长的身份看着她哭哭啼啼地做完，还要教育她半天。

可是当那个叫纪思璇的女孩儿趴在桌上单手支着下巴，懒懒地看着他时，明明是一副居高临下的女王模样，却让他听出了撒娇的味道："乔裕，帮我画几张图吧。"

连句师兄都不愿意叫，半点儿求人的姿态都没有，却让他心甘情愿地臣服。

"清风不识字，何故乱翻书……"

清风翻乱的是他的心，他此生无缘的又何止是普利兹克建筑奖。那个叫纪思璇的女人才是他心中永远的痛，痛彻心扉，肝肠寸断，确是无法解脱，他也不想解脱。

乔柏远直到晚饭时间才回来，风尘仆仆，身后还跟着一脸雀跃的乔乐曦。

乔乐曦冲到乔裕怀里，揽着他的手臂，笑嘻嘻地叫："二哥！"

江圣卓一脸紧张地一直盯着乔乐曦，乔裕只觉得好笑，拍拍她的手，视线扫过她隆起的腹部："都快做妈妈了，还这么毛躁。"

乔乐曦倒是不在意："我看到你开心嘛，你好久没回来了！"

乔裕扶着她在沙发上坐下："开心也要当心，快生了吧？"

乔乐曦的手轻轻搭在肚子上："嗯，还有几个月，医生说是双胞胎，名字你来取好不好？"

江圣卓听了脸色一变："不是说好我来取吗？"

乔乐曦一脸鄙视地看着他："就你这文盲，能取出什么好听的名字啊？哪能和我二哥比。"

"我……"江圣卓才开口就反应过来，乔裕在乔乐曦的心中举足轻重，他可不想撞枪口，低下头小声嘟囔，"谁取都无所谓，反正是跟我姓。"

江圣卓、乔乐曦两个人青梅竹马，从小到大就没停止过斗嘴，只不过江圣卓似乎越来越知道让着乔乐曦了，乔裕笑了笑，没说行也没说不行。

乔乐曦吐槽完江圣卓之后还想再说什么却被乔柏远打断了："圣卓，你陪乐曦去吃点儿东西，乔裕，你跟我去书房。"

乔柏远转身，乔乐曦对着他的背影做了个鬼脸，无声地叫了声"老古董"，引得江圣卓歪着头笑。

乔裕板着脸警示地瞪了她一眼，继而忍不住自己也笑了起来，心里却忍不住叹气，乔书记又要训话了。

进了书房，乔裕简单汇报了最近的工作，乔柏远偶尔点头，没有多说什么，等他说完才开口问："去看过你哥了？"

以往乔裕做了例行的汇报之后，往往会被教育一番，遇到乔柏远心情不好的时候更是被骂得狗血淋头。可是近几年乔柏远说得少了，基本上都是在听乔裕说，偶尔指点一二。

话题转得太快，乔裕一顿，马上回神："看过了。"

乔柏远的眉宇间俱是疲惫："我最近忙，没顾上去看你哥，他最近好吗？"

乔裕想起温少卿的话，蓦地皱起眉头，继而舒展开来，平淡无波地回答："看上去还好。"

说完抬眸看向乔柏远，乔柏远背对着他站在窗前看着窗外的夜色。

人生三苦之一便是中年丧子，乔柏远在政坛沉浮多年，早就学会了喜怒不形于色，所有的情绪都牢牢锁在心里，听到乔烨癌症复发的消息时，他也只是恍了一下神便平静地接受了，比任何一个人都平静。可父子连心，乔裕能感觉到这个男人心底的痛，越是痛楚才越显平静。

书房里安静下来，半晌后乔柏远才再次开口："这几天去看看你姥爷。"

乔裕应下来之后便不再说话。

乔柏远看着他："其实当初让你接你哥的班是没有办法的办法，你哥的处世作风像我，你的处世作风……像你母亲，也像你姥爷。这些年你做得很好，你姥爷说得对，或许你不适合走这条路，但这并不意味着你走不好这条路。"

乔家的接班人本来是乔烨，乔裕也对这个不感兴趣，乐得清闲。可谁知乔烨出了这种事，乔裕只好半路出家硬着头皮顶上去。

乔柏远放下茶杯，拿出棋盘："行了，回来了就先休息休息，来，陪我下盘棋吧。"

乔裕听到这句话腿一软差点儿给乔柏远跪下，果然没几分钟便被骂得狗血淋头赶出了书房，他站在书房门口摸了摸鼻子，一脸没反应过来的茫然。

江圣卓和乔乐曦站在楼下齐刷刷地仰着头问："二哥，怎么了？"

乔裕做了个手势，楼下的两个人又齐刷刷地开始乐。

乔柏远没别的爱好，平时就爱下围棋，可乔乐曦打小就坐不住，乔裕跟别人对弈还行，和乔柏远就差得远了。只有乔烨还能陪着乔柏远来几盘，可如今乔烨病了，乔柏远就更寂寞了。

周一一大早，乔裕把乔烨要的书送到医院后便去了办公室。

办公室的摆放没动，以冷色为主，是乔烨的风格，桌上还放着乔烨住院前批示的文件，乔裕看了一会儿微微笑了起来。

乔烨的字是乔柏远亲自教的，字迹豪放端正，力透纸背，气盛神凝。

而乔裕的字则是跟着姥爷乐准学的，相比较之下，少了几分强势，多了几分洒脱俊逸。

字如其人，他一路走来，听到最多的就是他们两兄弟行事作风的不同。

乔烨在乔裕心中是长兄，长兄如父，母亲早逝，父亲忙于公务，他从小是乔烨带大的，虽然乔烨比他大不了几岁。乔烨话少，性格刚毅，却很宠弟弟妹妹，一母同胞，手足情深。乔裕从未想过那道挺拔巍峨的身影会有倒下的一天。

没一会儿尹和畅敲门进来，提醒乔裕会议时间到了。

乔裕最近开始接手乔烨手里的工作，第一个项目便举足轻重，说是新项目，却也不新了。

离 X 市不远有座山清水秀的山村，是今年 X 市经济的重点发展对象。那个地方也没什么出众的地方，一群人来来回回考察了好几次，最后决定发展旅游业，建个度假村。

这个项目前期工作已经进行了半年，是乔烨和乔裕合作了一半的项目。乔烨负责联系建筑设计事务所，乔裕则负责找投资方，就在准备开启项目的时候，乔烨的身体再也支撑不下去了。

负责这个项目的建筑设计事务所是乔烨亲自把的关，本打算在国内找，谁知这块肥肉谁都想咬一口，不断来公关。乔烨烦了便从国外

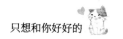

找，听说找的是世界十大建筑设计事务所之一，作品屡得好评，有创意、有新意，质量也过关，乔烨很满意。

乔裕刚在会议室门前站定，事务所这个项目的负责人就到了，身后跟着他整个团队的人。

那人五官俊朗，眉宇间俱是沉稳，主动伸手："乔部您好，我是徐秉君。"

乔裕没想到对方的团队里都是亚裔面孔，很快伸手和他握了一下："你好，进去坐下谈吧。"

进了会议室徐秉君主动开口解释："总部很重视这个项目，所以特意在团队里调了华人同事组了新的团队过来，只是不好意思，另外两位组长一个休假还没结束，一个还在国外做另一个项目的收尾工作，可能要晚几天才到。"

乔裕这边以尹和畅为首的一众人脸色已经不好看了，乔裕却笑了："没什么，我们先谈也没关系的。"

这是他们的第一次见面，却只来了一位负责人，怎么看都缺了点儿诚意，或许是因为建筑师是乔裕可望而不可即的梦想，他本能地多了几分宽容。

徐秉君的思路很清晰，连地点都勘测好了，展示了不少那个山村周围的情况，幻灯片一页页闪过，乔裕却忽然在某一页的某张照片上看到了一张侧脸，他猛然开口："停一下！"

徐秉君看向乔裕："乔部，怎么了？"

乔裕默了一默，抑制住让他返回上一页的冲动："继续吧。"

会议结束之后，乔裕抬脚走了几步之后又停住，转身："刚才那些照片是你拍的吗？"

徐秉君不知道乔裕为什么这么问，还是实事求是地回答："是我和一个同事去的。"

乔裕没再往下问，笑着说："一会儿把那个幻灯片拷给我，可以吗？"

徐秉君回以一笑，"当然。"

"谢谢。"

乔裕离开的时候，徐秉君正接着一个电话："您老人家出手，自然不凡。对了，你到底什么时候到啊？"

那边不知道说了什么，徐秉君笑着开口："好，那到时候见。"

乔裕回到办公室后便坐在办公桌后出神。

不是没有看错过。

那年平安夜，市政府在最大的广场放烟花，整个广场的人都戴着面具，遮住了半张脸，邀请了乔裕和萧子渊这两个政坛新星来点第一枚烟火。

在漫天的烟花和震耳欲聋的尖叫声中，乔裕站在高台上一低头，在不经意间似乎看到了纪思璇，虽然被薄薄的面具遮住了大半张脸，可那甜美的笑容，那双勾魂摄魄的眼睛，小巧的鼻尖，分明就是她。

可一转眼那道身影便在人群中消失了，乔裕站在主席台上找寻了半天，再也没有看见那张脸。

他的心跳都乱了，转身就要去找，却被萧子渊拉住："下面那么多人看着呢，你干什么？"

乔裕忍了又忍，着急地问站在萧子渊身边的随忆："她回来了是吗？"

随忆刚开始没听清，乔裕重复了一遍之后，她摇了摇头。

随忆自然知道乔裕口中的"她"是指谁。

乔裕似乎并不相信，沉默了半天，皱着眉似乎在压抑着苦楚："我不会去打扰她，我就是想知道刚才看到的到底是不是她。"

随忆和萧子渊对视一眼，坚持刚才的答复："乔师兄，我真的不知道她回没回来。以你和子渊的关系，她如果不想见你是肯定不会和我联系的。"

纪思璇出国之后的那么多年里，他只见过她那么一次，还不确定到底是不是她，可刚才那张照片里的背影分明就是她。

乔裕坐在电脑前，鼠标点在那个文件上，却迟迟没有打开。

乔裕觉得最近有些不对劲，这种感觉很久没出现了。或许是上次回家看到了太多以前的东西，想起了太多往事，导致他有些敏感，敏感得让他感到烦躁。

乔裕的烦躁一直持续到午饭时间，垂着眼帘盯着饭菜，脸色有些难看。

尹和畅看了半天，试探着问："乔部，怎么了？"

乔裕很快回神，面无表情地拿筷子点了点盘中的某道菜，避重就轻地转移着话题："这道菜太难吃了，以后别再做了。"

尹和畅虽觉得莫名，却也很快应下来："嗯，我一会儿就跟食堂负责人说。"

那道无辜的菜，从此绝迹于此食堂。

下午快下班的时候，萧子渊又出现在乔裕的办公室，轻叩着办公室的门，站在门口也不进来："随忆下午有手术，我这边的会议还没结束，你有空的话，能不能帮忙接一下我儿子？"

乔裕手里的工作基本告一段落，拿起车钥匙应下来："好，我这就去，接上他之后我带他去吃饭，你忙好了给我打电话。"

萧云醒和乔裕还算熟悉，看到爸爸妈妈没来，也没发脾气，乖乖跟着乔裕走了。

粉雕玉琢的男孩子吃饱喝足之后却一直盯着乔裕看。

乔裕拿纸巾给他擦着嘴角，笑着问："二叔脸上有什么东西吗？"

萧云醒皱起眉来和萧子渊如出一辙，使劲摇了摇头。

乔裕也没往心里去，笑了笑，哄着萧云醒说起了别的。

一直到萧子渊夫妇来接儿子，萧云醒牵着爸爸妈妈的手走了几步之后，才忽然一脸兴奋地回头，冲着乔裕开口："我想起来了，那个漂亮姐姐！二叔，我看过你和，呜呜的合……照……"

萧子渊眼疾手快地捂住儿子的嘴，最关键的几个字被萧云醒咽了回去。

乔裕奇怪地看着他："云醒说什么？漂亮姐姐？"

萧子渊把儿子扛上肩头，笑得云淡风轻："没什么。"

可乔裕还是很快就知道了萧云醒口中的漂亮姐姐是谁了。

那天建筑设计事务所的人过来继续讨论方案，乔裕在去会议室的路上就听到手底下的人在小声议论："真的是个美女，特别特别漂亮。"

尹和畅平时虽可以保持深沉，可到底年轻，一脸好奇地问："谁特别特别漂亮啊？"

"就是那个建筑设计事务所的人啊，这次比上次多了几个人，其中有一个特别特别漂亮的美女。"

乔裕随口接了一句："到底是有多漂亮啊，你们讨论得这么热烈。"

他推门进会议室时，纪思璇正站在窗边打电话，听到身后的动静自然而然地转身看过来。

继而，两个人极有默契地愣在当场。

乔裕的第一反应是回答了自己刚才那个问题，嗯，确实特别特别漂亮。

徐秉君本想做一下介绍，可看两人的反应也愣了一下，试探着问了一句："你们认识？"

纪思璇很快回神，挂了电话，笑了起来，"乔师兄，好久不见。"

她站在窗口，风吹起她额前的碎发，那张脸没有任何预兆地出现在面前。乔裕忽然有些喘不过气来，她没变，虽然从来没忘记过这张脸长什么样，可真真正正出现在他眼前时，还是结结实实地被惊艳了一把。当年的明媚妖娆，如今多了几分精致妩媚，一样动人心弦。

再见你时，心里有春风，满山地吹。

乔裕很快伸出手去，轻声回应："好久不见。"

纪思璇不着痕迹地吸了口气，空气中初始清爽的青草香升华为檀木香最后退为雪松香，递到自己面前的那只手，指节修长干净，白色的衬衣袖口恰到好处地盖过手腕，搭配着精致的黑色袖扣，更显优雅大气。

纪思璇微微一笑，伸手用指尖轻握了一下那只手，又极快地收回，垂着眼睛不去看他，透着几分礼貌疏离。几年不见，这个男人当真是越来越勾人了。

她在乔裕开口前转头对徐秉君说："我们是大学校友，当年我从医学院转到建筑系，乔师兄教了我不少东西。"

说到这里，纪思璇忽然顿了一下，看向乔裕神色有些微妙地继续开口："只是那时候不懂事，不知道乔师兄出身名门，言辞举止多有得罪，希望乔师兄不要放在心上。"

纪思璇的几句话说得干净漂亮，既拉了关系又捧了乔裕。可乔裕心底却有些难受，微微笑着点了一下头。当年让她叫一声师兄不知道有多难，现在却一口一个师兄叫得欢快，这是在和他划清界限吗？

她没有假装不认识他，也没有刻意掩饰什么，似乎他真的只是她的一个师兄，而已。

徐秉君和纪思璇共事几年，对她的脾气秉性也算了解。纪思璇对于客户向来是不卑不亢，还颇有几分恃才傲物的风骨，可刚才那几句话乍一听是在拉关系，再仔细一琢磨，她的行为确实反常诡异，再看乔裕的神情，脸上虽看不出什么，可总觉得哪里不对。他也没有说破，笑着开口："既然是熟人那就更好了，我想我们的合作会很愉快的。"

或许是乔裕和纪思璇的存在感太强，两个人的沉默让会议室内出现了莫名的低气压，徐秉君为了缓和气氛便给纪思璇挨个儿介绍对方的团队人员。

可刚开始介绍，纪思璇就郁闷了。

刘浩然就是刚才一群人里夸纪思璇漂亮最起劲的，马上跳出来笑得满面桃花开："纪工，你好你好，我是刘浩然，就是诗人孟浩然的那个浩然。"

纪思璇伸到一半的手忽然僵住，慢慢收回来，似笑非笑地看着他不说话。

纪思璇这边的团队里已经有人忍不住笑出来，徐秉君捂着脸反省，又忘记提前做铺垫了。

连一向稳重的乔裕都古怪地握起拳放在唇边轻咳掩饰，双肩还微微抖动。

偏偏刘浩然还一脸不自知："怎么了？"

纪思璇深吸了一口气，努力安慰自己，总不能第一次见面就发飙，实在是有损自己的形象，以后合作起来会很麻烦。她努力绽放出一抹微笑，笑得别有深意："刘浩然是吧，我记住你了。"

刘浩然还没来得及窃喜，就看到纪思璇敛了笑容向众人打了个招呼："我去下洗手间。"

"纪工"才出门，就听到会议室里的爆笑声。

两个团队都是年纪相仿的年轻人，本就有共同语言，因为"济公"关系更融洽了。

"你竟然……哈哈哈哈哈……"

"怎么了，我不就是叫了一声……"刘浩然继而恍然大悟，"哦，济公！"

喊完后自己也笑得不可自抑。

乔裕这边的人都没反应过来，经他一解释，全都爆笑出声。

徐秉君主动检讨："是我的问题，没提前跟你们说。已经好多年没人叫她……了，所以我忘了。"

一群人笑得东倒西歪："那你们平时叫她什么啊？"

站在徐秉君旁边的一个年轻男人笑着开口："建筑界有本很出名的杂志，有一期就是采访她的。其中有一段是这么写的，钢筋水泥这个男人的国度里有位女王，年纪轻轻便可以昂着下巴傲视整个建筑圈，大胆果敢又不乏细腻，敏感度很高，直击灵魂最深处，堪称鬼斧神工。每日里顶着一张祸国殃民的脸，披着一件黑色羊绒大衣，踩着十厘米的高跟鞋，飘逸又沉静地走过，没人再笑称她为'济公'，皆是恭敬地称她一声'璇皇'。纪思璇，女王如'思'，仅此一人。"

"你为什么不早说！"

"谁知道你们这么没眼色！"

他们还在笑着闹，可乔裕脸上的笑容却黯淡了几分。

璇皇。

当年那个缠着他，无所不用其极逼他代为画图的小丫头终于可以独当一面了，说明她离她的梦想越来越近，说明她终于强大到不再需要他的庇护，原来他这么多年的担忧都是多余的，她很好，真好。

等纪思璇再回来的时候，神色恢复了正常，会议进入正题。

纪思璇操作着电脑，屏幕上的幻灯片一张张闪过，她一张张讲解，视线从每个人身上滑过，偶尔停留在乔裕脸上，也是神色如常，没有任何一丝不自然的情绪夹杂在里面。

乔裕的视线一直放在屏幕上，听得认真，偶尔歪头和身边的人说一两句，或是和徐秉君互动一下，却是看都不看她一眼。

收尾的时候，纪思璇忽然笑着看向乔裕调侃道："乔师兄虽说是科班出身，可毕竟位居高位，那么多年没接触了，还听得懂吧？"

看似客气的一句话却饱含恶意，会议室里忽然安静下来，众人的视线在乔裕和纪思璇身上来回扫荡，开始八卦地脑补这对曾经的师兄妹有什么过节。

徐秉君冲纪思璇使眼色，他真的不知道这位温润儒雅的部长哪里让璇皇不痛快了，让她一上来就单挑对方。万一乔裕一翻脸，事情闹大了投诉到总部去，那他们俩就准备打包行李滚回去吧。

在这条路上走得久了，乔裕什么阵仗没见过，更何况对方是个女人。他的涵养和气度让他微微笑了一下，进门这么久第一次光明正大地看向纪思璇，那双眸子深邃如墨，隐隐含着笑意和宽和。

这个眼神她太熟悉了，就像当年她调戏他时他看自己的模样，像是在看搞恶作剧的小姑娘，温和包容，更是比当年多了几分气定神闲。

熟悉得让纪思璇的心瞬间跌到谷底。

毫无准备的一场重逢，两个人面上云淡风轻，可结束之后一个坐在会议室里出神，一个坐在回去的车里闭目养神。

徐秉君看了纪思璇一眼："怎么了？真因为那个称呼生气啊？"

纪思璇的眼睛都没睁，懒洋洋地开口："生气是肯定的，我一向是睚眦必报啊。"

刚才会议上纪思璇就频频出神，徐秉君又看了她一眼："你今天有点儿不对劲啊。"

纪思璇忽然睁开眼睛，打开窗户，看向窗外，她的声音在风中模糊无力："没什么，打了一场没有准备的仗，身心疲惫。"

徐秉君宽慰她："其实我觉得乔裕这个人还不错，和你又是校友，你不用带着这么大的敌意。"

纪思璇瞟他一眼，凉凉地开口调侃："不是才见过两次面吗？徐大组长就被收买了？糖衣炮弹真是了不得啊。当年不知道是谁教育手底下的人，客户就是客户，永远不能当成朋友。"

徐秉君笑了起来："你知道我不是那种人，我是真的觉得乔裕这个人很不错，没有趾高气扬的架子，对专业也很懂，合作起来很轻松。"

纪思璇难得沉默了，看着车外不再说话。

是啊，乔裕人不错，可以说是很不错，这件事她怎么会不知道。

此刻的会议室里只剩下一站一坐的两个人，乔裕的手指轻轻叩在手边的材料上，指尖和白纸轻轻触碰，发出轻微的摩擦声。

他沉默半晌，终于开口："关于这件事……你不想跟我解释一下吗？"

他的语气轻缓放松，听不出任何不快，却让尹和畅起了冷汗："这件事确实是我的疏忽，没有及时更新对方人员变动的信息，乔部，对不起。"

尹和畅跟在乔裕身边几年，鲜少有这样的失误。乔裕忽然间觉得，或许这就是宿命，他张了张嘴，却不知道说什么，半晌才再次开口："这样的事以后不要再发生了。"

因为我不知道如果再有一次，在这么毫无准备的情况下，我还有没有定力和她云淡风轻地瞎扯那么久。

乔裕出了会议室就直奔萧子渊的办公室，门都没敲直接闯了进去。

"她回来了你早就知道？"

萧子渊猜到了大概，从一堆文件中抬起头来轻描淡写地回答："是啊，那天随忆约了她来家里吃饭。"

乔裕紧紧皱着眉，一脸不可置信："你为什么不告诉我？"

萧子渊颇为无辜："我叫你一起了，还叫了两次，你不记得了？"

"我……"乔裕忍了忍，半天憋出几个字，"萧子渊，算你狠！"

萧子渊摸摸下巴，悠悠开口："认识这么多年，第一次听你放狠话啊。"

乔裕又想了一下："所以，云醒说的漂亮姐姐也是她？"

萧子渊毫无愧疚地点头："对啊，随忆那里有几张合影，云醒看到过。"

"萧子渊！"瞬间乔裕的怒吼声掀翻了屋顶。

当天办公室便有了新八卦——萧部长和乔部长不知道因为什么，在办公室吵得一塌糊涂，最后乔部长掀了桌子摔门而去。

萧子渊在心里补充：你们都看到了吧？清风朗月的乔部长的真实面目其实是这样的，掀桌子摔门什么的实在是太粗鲁了！如沐春风？春天刮起了龙卷风吧？

第三章

那都是因为你，乔裕

"你本来就是
我的保护神啊！"

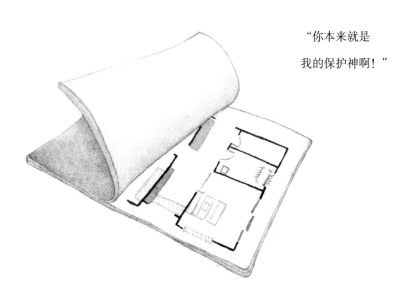

纪思璇在乔裕那里露了一面之后便回了酒店，然后拎着箱子回家，她家本就在 X 市，之所以回来之后住酒店不先回家，是有原因的。

　　她开门前靠在门上听了许久，确认里面没有动静才拿出钥匙米开门，探头探脑地小步迈进去，看到阳台上眯着眼睛晒太阳的生物便压低声音叫起来："大喵！大喵！"

　　阳台上肥肥的加菲猫懒洋洋地睁开眼睛瞟了她一眼，又高贵冷艳地闭上了，身上的毛被晒得蓬松，一张大脸显得更圆。

　　纪思璇也没在意继续轻声问："沈太后在没在啊？"

　　话音刚落一支笔就飞了过来，耳边响起冷冰冰的声音："你疯在外面几年不知道回来，还能指望它认你？"

　　阳台上的猫这时"喵喵"叫了两声，似乎在赞同那道声音。

　　纪思璇躲开后立刻扔了箱子往外跑。

　　她在外面张牙舞爪了那么多年，如果说还有什么忌惮且制得住她的人的话，那就非沈太后沈繁星莫属了。

　　纪思璇之于纪墨和沈繁星夫妇，可谓是老来得女，可纪思璇出生没几年，过惯了闲云野鹤日子的夫妇俩便觉得这是个牵绊。自从纪思璇上了中学能够生活自理且有了自我保护意识之后，同为画家的纪墨和沈繁星便经常心安理得地手牵手出去疯玩，十天半个月不着家，美其名曰，采风。经常留张字条就不见了踪影，所以纪思璇可以说是被放养长大的。

纪思璇渐渐长大，继承了父母容貌上的所有优点，且青出于蓝。某一日，当沈太后后知后觉地意识到纪思璇有些放浪形骸时，为时已晚。年少的纪思璇顶着一张祸国殃民的脸已经把小区及附近小区里所有看得顺眼的、看不顺眼的都收拾了一遍，连阿猫阿狗见了都要绕着她走。

这期间，沈太后还被叫到学校去了一次。

据说某日纪思璇在某节公开课上，忽闪着一双纯净的大眼睛天真无邪地做出评论："杨老师讲课讲得特别好，每次他讲课的时候，我前后左右桌同学的课本页数都不一样，可他们都可以听得懂老师在讲什么。"

连老师都不放过，此等彪悍行径是她沈繁星年轻的时候也不敢企及的。

纪思璇当年出国留学是自己起意自己拍板自己执行的，直到自己到了大洋彼岸安顿好了一切，才打电话通知了两位长辈。沈太后的愤怒可想而知，怒火从电话这头一路烧到了大洋彼岸，如果不是要开画展实在走不开，估计纪思璇也是在劫难逃。

走的时候没说，回来的时候自然也不用说。纪思璇是这么认为的，可她也了解沈太后瞬间暴躁的破坏力，这火压了几年，一次性爆发出来的伤害值太高。所以她抱着两个人出去采风不在家的侥幸心理打算先回来踩踩点儿，谁知正好撞在枪口上。

"回来！"

身后的声音不冷不热，纪思璇却乖乖停住，慢慢转过身笑得谄媚："哈哈哈，妈，您在呢？"

站在客厅中央的女人，即使人过中年也是风韵犹存，一丝不乱的发髻，剪裁合体妥帖的旗袍，高度适中的高跟鞋，腰身笔挺，即使在家也是一脸精致的妆容，身上的旗袍一丝褶皱都没有，完美地诠释着什么是讲究与优雅。此刻，她正似笑非笑地看着纪思璇。

纪思璇自知活罪难逃，伸着脖子往书房里看去："那个，我爸呢？"

沈太后冷哼："别指望你爸能救你，他留了张字条就不见了，说是出去找灵感，走了快一个月了。"

纪思璇一不留神把心里话给说了出来："那您怎么没一起去呢？"

沈太后捏着手里的美工刀，忽而笑得温婉."我走了怎么逮你啊？"

纪思璇一听苗头不对赶紧转移话题："老纪也真是的！怎么能这样？说走就走，回头他回来了，我帮您说他！"

边说还边极有眼力见儿地捡起地上的铅笔，小碎步迈过去一脸虔诚地双手拿过沈太后手里的美工刀，又小碎步地迈回来，蹲回原地认认真真地开始削铅笔。

此刻，她心里万分感谢沈太后，因为她刚才扔出来的是铅笔而不是美工刀。

沈太后并没有因为她刻意讨好的行径而缓和脸色，反而更加暴怒："先说你自己吧！你爸好歹还知道留张字条！你呢！说出国就出国！到了才给我打电话！"

阳台上晒太阳的大喵被猛然拔高的声音吓了一跳，抬眼看过来，又"喵喵"了两声。

纪思璇一身冷汗，不知该怎么接话。

"怎么不说话？我说你，你还不服气？"

纪思璇哪里敢，抬起头一脸真诚："服气服气！特别服气！妈，您说得特别对，都是我的错。"

"我说一句你有一百句等着，怎么着，长本事了？"

纪思璇哭笑不得，我到底是说还是不说啊？

沈太后忽然冷笑，却是歪着头去看纪思璇身后："你还知道回来啊？"

纪思璇赶紧回头寻找同盟，看到拎着行李的男人，声泪俱下地叫了声："爸！"

纪墨看了看自己的夫人，又看了看自己的女儿，动作极快得往远离纪思璇的方向挪了两步摆明立场。

沈太后大发慈悲："进来吧，念在你还知道留纸条的分儿上，今天先放你一马，等我解决了你女儿的问题，再来谈你的问题。"

"好的！"纪老爷子立刻眉开眼笑地拎着行李往里走，路过纪思璇的时候被她一把拉住。

纪思璇演得逼真："爸！都说女儿是爸爸的贴心小棉袄，就算现在天气热了，你也不能弃小棉袄于不顾啊！"

纪老爷子也极配合，为难半天叹了口气："闺女啊，别人家的女儿是爸爸的贴心小棉袄，在咱们家，你就是我的防弹衣啊！要不是你回来，今天站在这儿被炮轰的就是我啊！"

说完无情地推开纪思璇的手，头也不回地进了家门，洗澡换衣服去了。

纪思璇咬牙切齿："真没义气！"

沈太后也心疼女儿，很快松口："行了，进来吧。"

纪思璇刚松口气拎着箱子进门，可沈太后下一句话就让她直接跪在了地上。

"你先去洗澡换衣服，我去给你们做几个菜。"

纪墨和纪思璇极有默契地扔下手里的东西跑过去阻止沈太后，一人一边拉着沈太后的胳膊。

"咱们出去吃吧，我请客，给女儿接风！"

"不用不用！我不饿！"

沈太后横了两人一眼："你们俩什么意思？"

纪墨很快收回手，极艰难地挤出几个字："没什么意思，做饭伤手。"

纪思璇一脸痛不欲生的样子："油烟……伤皮肤。"

沈太后踢开拦路的两个人，雄赳赳气昂昂地去了厨房："走开！"

纪思璇眼看就要失守，找了个牵强的理由往门外跑："妈，我忽然想起来我还有事，我先出去一下，你们先吃不用管我了。"

纪墨也想跑路："我开车送你吧。"

沈太后头都没回，慢条斯理的声音从厨房传了出来："你们随意，不过如果我做完饭出来看不见你们两个坐在饭桌前，你们俩就死定了！"

几秒钟后，父女俩乖乖走回来，无精打采地坐在饭桌前大眼瞪小眼。

沈太后的速度很快，半个小时后，饭桌上就摆上了四菜一汤，一家三口的晚饭吃得其乐融融。

父女俩你看看我，我看看你，就是不动筷子。

沈太后啪一声摔了筷子："怎么着，要我喂你们啊？"

纪墨先发制人，主动给纪思璇夹菜："女儿，多吃点儿，你看你都瘦了。"

不过眨眼的工夫，纪思璇面前的菜就堆成了小山。

纪思璇顿了一下，转头给沈太后夹菜："妈，您辛苦了，多吃点。"

沈太后慢悠悠地尝了一口，菜刚入口便浑身一僵，脸色一变，硬生生咽了下去，继而端起离她最近的那盘菜全部倒进了纪墨的碗里："你出去采风这么久，在外面肯定吃不好，多吃点儿。"

纪墨一脸幽怨，想说什么，看着沈太后张了张嘴，最终没有说出来，低下头开始狼吞虎咽地扒菜，塞进嘴里嚼了两口就开始猛喝水。

纪思璇看得惊心动魄，小心翼翼地看着沈太后极委婉地建议："妈，您看以后做饭能不能少放点儿盐？"

沈太后坐得端正，理直气壮地瞟她一眼："你懂什么啊，这叫吃咸点儿看淡点儿！嫌咸啊，那就放放再吃。"

纪思璇撇撇嘴："放凉了也咸啊。"

"时间会冲淡一切。"沈太后别有深意地看了纪思璇一眼，"别以为我不知道你几年前跑到国外去，打死都不回来是因为什么。"

纪思璇心虚，再也不吵着菜咸，低头乖乖吃饭。

一顿饭吃得惊心动魄，吃了饭洗了碗，父女俩携手出门散步。

说是散步，可下了楼父女俩就坐在小区的长椅上看星星，一步都不肯走。

纪思璇唉声叹气："老纪啊，我觉得但凡你拿出一丁点儿当年追沈太后的魄力来，咱们父女俩都不至于这样被压迫。"

纪墨大概是被压迫久了，一脸平静地指出纪思璇的错误："当年是你妈追的我。"

纪思璇一脸恨铁不成钢的模样："那你怎么就妥协了呢？你不能

屈服于她的淫威，你要武装反抗啊！"

纪墨继续一脸平静地点头赞同："是武装反抗了啊，枪支弹药一应俱全。"

纪思璇眼前一亮："然后呢？起义失败了？"

纪墨的视线从星星转移到纪思璇的脸上，一副悔不当初的模样："然后啊……然后正中靶心，你就出生了。"

纪思璇抚额，我说的是这种枪支弹药吗？！

纪老爷子叹了口气，抬头看着头顶的月亮缓缓开口："你出生的第二年啊，你妈体检的时候发现胃上长了个肿瘤，那个时候我觉得天都要塌下来了。你知道我除了会画儿幅画，其他的什么都不会。当时我还只是个不出名的小画家，你妈年轻漂亮本可以找个更好的，可她却跟了我，后来结了婚，这个家里里外外都是你妈在操持，好在后来做了手术也检查出是良性。出结果的那天我就对自己说，她以后想干什么就干什么，我都让着她。我上辈子欠她的，这辈子就该被她欺负。"

纪思璇懒洋洋地靠在椅背上，垂死挣扎："可我不想被压榨啊！"

"你没听过一句话叫父债女偿吗？"

……

后来蚊子太多，父女俩抵挡不住蚊子的围攻又携手回去。

才进门就听到沈太后阴阳怪气的声调："哟，父女俩密谋回来了？"

沈太后坐在沙发上看书，眼神都没给一个。

纪墨立刻站直汇报："没有！都是她！她这个乱臣贼子于今晚八时三刻在小区花园第三张长椅上称帝，还怂恿我武装逼宫！被我义正词严地拒绝并被我一巴掌灭了国！"

纪思璇极蔑视地看了自家阿爹一眼："你至于吗你！"

说完跳到沙发上抱着沈太后的腰不撒手，拉长声音撒着娇："妈……"

沈太后一脸嫌弃，却没有推开她，反而伸手一下一下地摸着纪思璇的头发："嗯……乖。"

纪思璇心里一动，半天没说话。

半晌沈太后收回手翻了一页书之后，手没有放回原处，而是伸到了纪思璇的下巴处挠了几下。

纪思璇吓了一跳，坐起来一脸震惊："妈，你干什么！"

沈太后被她的一惊一乍也吓了一跳，很快恢复镇定，轻描淡写地回答："哦，摸大喵摸习惯了。"

纪思璇心底好不容易涌起的那点感动就这么烟消云散了……

有一种家庭地位叫——远归的女儿不如猫。

纪思璇回国后，大学室友的第二次聚会在学校后门的小吃街上举行。

天刚刚黑，这家本地菜馆里就坐满了人，菜刚上齐，纪思璇在一片喧闹中开口："给你们说件事。"

纪思璇的话音刚落，还在笑闹着的三个人立刻放下筷子正襟危坐，一脸严肃地看向她。

随忆、三宝、何哥三个人对这句话有阴影的。

上一次纪思璇说这句话是在几年前，大学毕业前夕，也是在饭桌上。

当时是在学校食堂，她夹了几粒米饭放进嘴里嚼了几下，云淡风轻地开口："给你们说件事，我跟乔裕分手了，以后见到他，别再乱叫乔妹夫了。"

说完之后又推翻自己："哦，我忘记他已经毕业了，以后也见不着了。"

话音刚落，两双筷子齐刷刷地掉在了桌上。随忆是因为已经知道了这件事，所以并没有很吃惊，默默低头继续吃饭。

半晌，何哥和三宝才从震惊中反应过来。

三宝小心翼翼地问："是因为上次我让乔妹夫请我们去吃海鲜楼太过分了吗？你跟乔妹夫说，其实我是开玩笑的，不用去海鲜楼吃大龙虾了，在学校门口随便吃一顿小龙虾就好了。"

纪思璇的神情一滞，是啊，当初他们公布恋情的时候，乔裕答应请室友去海鲜楼吃饭，后来出于各种原因没有去，现在怕是再也去不成了。

何哥握了握拳头："需要我去打他一顿吗？"

纪思璇笑了，指了指食堂里的电视屏幕："你们知道他是谁吗？"

三个人齐刷刷地回头看了一眼，正在播《午间新闻》，给出了一个中年男人的特写镜头。

"乔柏远啊，怎么了？"

纪思璇神态自若地开口："他是乔裕的父亲。"

三个人你看看我，我看看你，心里不是不震惊的。

何哥看了随忆一眼，小声开口："之前学校里有八卦的帖子啊，连萧师兄的身世背景都扒了出来，没说过乔师兄啊……"

纪思璇冷哼一声，乌黑漂亮的眼睛里满是自嘲，"是啊，乔家的二公子，隐藏得可真够深的。你们说，他这样出身的人，怎么会和我去学什么建筑，我又有什么能耐去阻挡他的前途？可真是不自量力……之前我一直觉得他言行举止出众，只当是他家教很好，现在才知道，原来是家世显赫。乔家啊，几代人积累下来的底蕴和德行，怎么能不出众？何哥，听说他从小就被扔到部队上历练过，你说，你打不打得过他？"

当年云淡风轻的一句话交代了她和乔裕的分手，几年之后，三个人实在想不出这次她会扔出什么炸弹来。

纪思璇看到她们紧张的样子，觉得好笑，"别害怕，其实也没什么大事。就是我见到乔裕了，这次的项目，其中一个合作方就是他。"

随忆低下头，腹诽了一会儿萧子渊，没想到真的被他说中了，这个项目果然是乔裕接手的。

何哥和三宝互相看了一眼，没说话。

纪思璇捏着手里的杯子抿了口酒，垂着眼帘遮下眼底的情绪淡淡开口："我想明白了，当年是我太矫情，乔裕的条件那么好，曾经和他在一起过，怎么说都是我赚到了。这次回来遇到，纯属偶然，既然是工作，就该敬业一点儿，项目结束之后，我就回去了，时间很快，也没什么。"说完顿了一下，终于抬起眼睛看了三个人一眼，笑着开口，"嗯，就是这样。"

几秒后，三宝的神情和当年如出一辙的小心翼翼："那……海鲜楼还能去吗？"

桌下，随忆、何哥又同时踢了三宝一脚。

何哥一巴掌拍在了三宝的脑袋上："就知道吃！陈师兄是喂不饱你吗？"

纪思璇笑着岔开话题："对了，三宝，你那个人生何处不相逢呢？我还没见过呢。"

三宝喝了酒，红着一张脸摇着手里的手机："他说等我们结束了来接我。"

纪思璇和何哥立刻抱头痛哭。

何哥声泪俱下："上次去阿忆家被秀了一脸恩爱，吐血不止。"

纪思璇捂着脸接下去："好不容易休养生息又被三宝打了个措手不及。"

两人异口同声："还让不让人活了？！"

三宝伸手戳了戳纪思璇，难得正经地开口："妖女啊，我一直等你回来看看陈簇。"

纪思璇一脸嫌弃地推开她："看什么？看你秀恩爱啊？"

"不是的，阿忆、何哥她们俩都见过了，我想让你也见一见。"三宝被推开又黏了上去，用一种近乎膜拜的眼神盯着纪思璇的手，"那个时候你跟我说，问我几个问题就能猜出我喜欢的人的姓氏，结果就真的从一堆姓氏里抓出一个'陈'字来，而且他的年龄你都算得出来。"

说完又小心翼翼地拉着纪思璇的手反复看："你这是仙人掌吗，怎么那么灵呢？"

纪思璇完全无语了，瞄了一眼忍着笑的随忆、何哥："你们俩就从来没告诉过她那件事的真相吗？"

两个人同时摇头。

纪思璇皱着眉神色复杂，犹豫了半晌，艰难地开口："其实……当年那件事……就是一道算术题，是你自己把答案告诉我的。当时我跟你说的是，姓氏的百家姓排位乘以2，加5，再乘以50，加上一个数，再减去你喜欢的人的出生年份，然后你告诉我了一个数字。如果设这个姓氏的百家姓排位为 x，设最后加上的那个数为 A，这道题就是：

"（2x+5）×50+A− 出生年份 =100x+250+A− 出生年份。

"关键就在于 A 这个数，一定要保证 250+A= 当年的年份。

"这样就变成 100x+ 当年年份 – 出生年份。

"这个数字的最后两位就是你喜欢的人的年龄，其他的就是他的百家姓排位。当年你告诉我计算结果之后，我就知道他的排位是十，百家姓排位第十的就是陈。"

三宝反应了半天，拿着笔在纸上划拉了半天才恍然大悟："你竟然骗我！"

纪思璇嫌弃："谁知道一道小学数学题就可以骗你那么多年……"

何哥笑得直拍桌子，三宝不依不饶地拉着纪思璇跟何哥耍赖。

随忆安安静静坐在那里，看着三个人闹，可也免不了被卷进去。

纪思璇转头问她："不叫萧子渊过来接你秀一下恩爱给我们这两只单身汪最后一击吗？"

"不了。"随忆笑得温婉，轻声开口，"这个时间云醒该睡了，他要在家哄儿子睡觉。"

纪思璇、三宝、何哥愣了几秒钟，再次抱成一团："呜呜呜，就知道她没这么好心！"

陈簇来接三宝的时候，就看到一幅画风清奇的场面。

三个抱成一团的女人一脸幽怨地看着旁边笑得温婉的女人。

纪思璇率先发现有人走近，轻咳一声，立刻坐直抬手理了理长发。

何哥假装没看到陈簇，挥舞着筷子招呼大家："快吃快吃，一会儿凉了。"

三宝笑嘻嘻地站起来拉着陈簇介绍给纪思璇。

"阿忆、何哥你都认识，这个是我大学室友纪思璇，我们都叫她妖女。妖女，这个是我男朋友陈簇。"

纪思璇眯着眼睛上上下下地打量了好几遍，眼神有些放肆。

陈簇笑着轻轻点了下头，站在三宝旁边大大方方地任由她打量。

三宝站在一旁一脸期待地等结论。

纪思璇看着三宝懒懒地点头："嗯，不错，配你绰绰有余。"

三宝立刻眉开眼笑，可陈簇听了这话似乎有些不悦，脸上的笑容敛了几分，牵着三宝的手紧了紧。

何哥粗枝大叶惯了，没注意，纪思璇和随忆却都看到了，对视了一眼，极有默契地勾唇一笑。

三宝和何哥住在医院的宿舍，两个人和陈簇一起走了。三个人离开之后，随忆才坐到纪思璇旁边："我试过了，陈师兄对三宝是认真的。"

纪思璇左颊的梨涡渐深，歪头看着随忆："听到我贬三宝会不高兴，说明在他心里并没有觉得三宝高攀，但是又没说出来，给了三宝和我面子，说明他比三宝成熟，有护着三宝的能力。三宝这个丫头啊，当真是傻人有傻福。"

随忆有些好笑："你也不怕陈簇会不高兴啊？"

纪思璇向来洒脱随性："我本来也不是什么好人，你们不是都叫我妖女吗？叫妖女的能是好人吗？"

纪思璇转头又要了一瓶酒，被随忆阻止："少喝点儿，你是靠这双手吃饭的，你好歹也在医学院待了一年，不知道酒喝多了手会抖吗？"

纪思璇歪头眯着眼睛冲着随忆笑，媚眼如丝，纵使随忆是个女人也忍不住投了降。

酒上来后，纪思璇先给随忆倒上，随忆的酒杯根本没动过，可纪思璇每隔一段时间就会给她倒一点儿，倒的次数多了，酒便溢了出来，可她丝毫不在意。

随忆拿着纸巾边擦桌子上的酒边说："不是好人也好，反正乔裕是好人，互补嘛。我是后来才听子渊说，他们小时候，数乔裕性情最温和脾气最好。他在家里又排行老二，所以大院里的孩子比他小的都叫他一声二哥，那个时候，大人们都开玩笑叫他国民二哥，现在已经晋级为国民二叔了。云醒不喜欢亲近人，可每次看到乔裕都笑呵呵地叫一声二叔。"

纪思璇听到那个名字恍若未闻，边喝边笑："阿忆，你从什么时候开始话这么多了？"

随忆点到即止，笑着岔开了话题："孕妇的性情是会比较怪，平时话少的，怀了孕就会话多啊。"

纪思璇却忽然收起了笑容，然后沉默，把杯子里的酒喝光，又拿了随忆的杯子来喝，喝完之后趴在桌子上，慢悠悠地带着笑意看向随忆，半晌才捂着脸瓮声瓮气地开玩笑，"阿忆啊，几年前就我不知死活地主动去招惹了一遭，差点儿让我多年修为毁于一旦。现如今好不容易养好了伤怎么还敢再去冒犯他，当真不要命了吗？有句话说得好，良人与美事，一朝抛掷，是绝不敢回头再看一眼的。一壶陈年老酒，醉了我这么多年，还不够吗？"

随忆黯然沉默。

纪思璇喝多了撒酒疯跟着随忆回家，一路上揽着随忆不撒手："阿忆啊，今晚让萧子渊睡书房，你陪我睡啊。"

随忆一脸无奈地扶着东倒西歪的纪思璇，边在包里找钥匙边开口："好好好，你先站好了，别摔着，我拿钥匙开门。"

随忆的钥匙还没翻到，门就自己开了。

纪思璇懒洋洋地抬头看过去，瞬间清醒，从随忆身上站直，一脸清明地绕过给他们开门的男人，冲客厅里坐在沙发上的萧子渊字正腔圆地开口："喂，萧师兄，你老婆我安全送回来了，请注意查收，我先走了。"

话音还没落，就看到有个毛茸茸的脑袋从沙发靠背后面冒了出来，眨了眨眼睛，然后指着纪思璇兴高采烈地对乔裕说："二叔，就是这个漂亮姐姐！我见过你们的合照，在书房的相册里！"

纪思璇似乎看到萧云醒的脑袋上瞬间长出了两只小恶魔的角，浑身一僵，转身就跑。

电梯还停在当前的楼层，纪思璇按下下行的按钮，电梯开了门，她一脚便踏了进去，电梯下到底层，她从电梯里冲出来，头也不回地往前走。

可身后的脚步声越来越近，很快胳膊上就感受到了阻力，一道带着笑意的声音在她身后响起："纪思璇，你跑什么？"

熟悉的声音，声线低沉清澈，即便是喘着粗气也听不到一丝的慌乱。

纪思璇平复呼吸，慢慢转过身一脸坦荡地看着乔裕："乔部，我没跑啊。"

乔裕看了她几秒钟："喝酒了？我送你回去。"

纪思璇有点儿头晕，站得无端端正，语气无比客套："不用，我打个车就行了，就不劳烦乔部了。"

乔裕也不恼，笑得人畜无害，不急不缓地开口："你叫我一声师兄，师兄送师妹没什么麻烦的吧？"

纪思璇努力让自己的笑容尽量看起来自然真诚些："是的。乔师兄的车在哪儿？我们上车吧。"

心里却默默吐槽，几年不见这个男人系统升级得太快了！

纪思璇看到那辆白色的车子时，忽然停下来笑得古怪，连声音都是阴阳怪气的："我记得以前上学的时候，你就说以后要买一辆这样的车，看车的样子呢，应该是买了几年吧？乔师兄，建筑师是一个对经验要求高，长期积累成长缓慢的职业，这些年我见过很多人扛不过去转了行，你当初的选择是对的。如果真的做了建筑师，可能几年前你还买不起这辆车。"

乔裕站在路灯下看着纪思璇，纪思璇扬着下巴一副不卑不亢的模样，看得他的眼底晦暗不明。

在纪思璇无声的挑衅下，乔裕忽然笑了，慢条斯理地纠正她："建筑师是一个对经验要求高，长期积累成长缓慢的职业这我承认。可是，按照你的逻辑，我之所以选择了现在的行业是因为我是乔家二公子，既然我是乔家二公子，那无论做什么行业，这车都该买得起。纪师妹，几年不见，你的逻辑差劲了很多。"

纪思璇本想冷嘲热讽乔裕一番，谁知竟像是使出全力的拳头打在了棉花上，他不恼也不怒，还一脸认真地纠正她的错误。如此不按常理出牌哪里是乔裕的风格，她措手不及，冷着脸打开车门上车，车门关得震天响。

乔裕站在车外忍了半天笑，好不容易调整好面部表情才上车，顺便递了瓶水给纪思璇。

纪思璇没接，看向窗外假装没看到。

乔裕好不容易忍住的笑容又出现在脸上，他低头敛了笑拧开瓶盖重新递了过去。

纪思璇这次倒是接过来了，抿了一口，也不说话。

随忆站在阳台上看到乔裕的车灯消失在夜色里，才松了口气。

站在身后的萧子渊递了杯热水给她："怎么，怕两个人吵起来啊？"

随忆喝了口水才回答："乔师兄当然不会和妖女吵，我是怕妖女……你知道的，她性子就那样，又刻薄又毒舌。"

萧子渊倒是一副气定神闲的样子，"你是没听到刚才乔裕的话，如果听到了，你就不会担心了，现在的乔裕哪里还是当初那个任由妖女欺负的傻小子？"说完转头叫了声，"云醒，过来跟妈妈复述一下刚才二叔说了什么。"

萧云醒小朋友记忆力惊人，眨了眨眼睛回想了一下便开始复述："爸爸问二叔到底是怎么想的。二叔喝了整整一大杯茶才回答。二叔说：既然她回来了，我就不会让她再走。我知道她心里怨我，所以她见了我一口一个师兄地叫。他们叫她璇皇，这几年她在建筑界混得不错，她的成就越高，心里就越恨我，她今天正在做的一切，都是当初我们说好一起做的。她心里的那口气不出来，就不会舒坦。当年是我的问题，我们才会分开，如今她回来，凭什么就什么都不在意地接受我呢？这件事，也急不得，只能哄着她慢慢出了气才能往下走。"

复述完之后，萧云醒小朋友仰着头问："可是，妈妈，二叔喝水的那个杯子是我的，他都没发现，他的杯子在另一边。还有，璇皇是谁？"

随忆顿住，忽然想起了什么："糟了，真的是一孕傻三年，我好像忘记跟妖女说当年乔裕为什么没和她一起去留学了。"

"璇皇就是那个漂亮姐姐啊。"萧子渊摸摸儿子的头回答完之后，才一脸无所谓地看向随忆，"没说就没说，乔裕自己都不说，我们着什么急。你啊，别多想，好好安胎，今天云醒还跟我说，他想要个小妹妹。"

随忆瞬间压力山大，这种事儿她说了可不算。

这是那天开会之后，两人第二次见面，当时人太多，很多话不好说，现在只有他们两个人，乔裕看着前方的路况："什么时候回来的？"

纪思璇不咸不淡地开口回答："前几天。"

明显的软抵抗让乔裕转头看了她一眼："度假村那里你去过了吧？之前学校组织去那里采风，你还记得吧？"

纪思璇状似认真地想了几秒钟："不记得了。"

乔裕并不在意她的答案继续开口："那里的变化还是挺大的，盖了所学校，还安排了老师教孩子们。"

纪思璇正襟危坐，语气中带着不易觉察的嘲讽："那都是托乔部的福。"

"所以……"乔裕的声音里带着明显的笑意，"你真的去过了？"

……

纪思璇转过头眯着眼睛开始重新审视眼前的男人，是她今天喝多了吗？为什么她总觉得，乔裕虽然还是那副温和无害的模样，却有些地方不一样了呢？有些……不易觉察的强势和腹黑？还有，现在这幅情景为什么那么诡异，哪里像是前任久别重逢的模样？

可是"强势"这个词怎么会和乔裕搭边呢？她摇摇头，确定自己今天酒喝得有点儿多，不适合迎战，索性闭上嘴，靠在椅背上转头看向窗外。

车窗上映着这个男人的侧脸，线条清晰漂亮，真好看。

纪思璇一边在心里唾弃自己，一边欣赏美色。

乔裕转头看了她一眼，微微弯了嘴角。

纪思璇知道自己带着酒气回去又会被沈太后骂，想在外面散散酒气："在前面把我放下就行了。"

乔裕在等红灯的间隙转头看着她："我记得这里离你家还挺远的，这么晚了，你还不回去吗？"

"乔师兄管得太多了吧？师妹晚上去哪儿这种事也归师兄管吗？"说着纪思璇已经解开安全带，打开车门动作灵巧地跳了出去，"师兄，晚安啦。"

乔裕想追下去，恰好信号灯变成绿色，后面汽车的喇叭声此起彼伏。他转头看了一眼那道融入夜色的身影，叹了口气，踩下油门。

纪思璇走了很久身上的酒气还没散干净，好在回去的时候沈太后已经睡了，她洗了澡躺在床上打电话。

"我说，徐大组长，韦忻那家伙到底什么时候到啊？"

徐秉君翻着邮箱里的邮件："按照计划应该是明天上午到，他发邮件说到时候会直接过去。"

纪思璇想了想："哦，那明天上午的会议取消吧，改成下午。"

徐秉君对韦忻似乎也不待见，很快回答："同意。"

第二天上午，乔裕在走廊上看到一个拖着行李箱的男人站在会议室门口东张西望。

那人一抬头看到乔裕便开口问："请问 DFS 公司的会议是在这里吗？"

一张中国人的面孔，中文却说得有些别扭。

乔裕大概猜到了："会议临时取消了，推迟到下午，您是……那位一直在国外扫尾其他项目的负责人？"

那人低头咒骂了一声，一低头左耳耳垂上的耳钉熠熠生辉，然后抬起头来介绍自己："是的，我叫韦忻。"

乔裕微笑着向这位初次见面的项目负责人伸出手去："你好，我是乔裕。"

这个面容清秀的帅气男人却在下一秒跳了起来，一脸夸张地睁大眼睛看着他，大叫着："乔裕？乔裕？！乔裕！保护神！天呢天呢！"

乔裕看着面前团团转的男人不明所以："怎么？我的名字很奇怪？"

韦忻很快摆出一副温文尔雅的模样，盯着乔裕看了许久，嘴角噙着一抹意味深长的笑容，没头没脑地开口："建筑学院里有一处标志性建筑，号称建筑系的神坛，每年建筑系考试的时候都有学生去那里挂卡片，内容大致相同，无非是考试能过之类的。可是纪思璇挂的和别人不一样，恰好她每门考试的成绩都好得令人发指，于是便有好事者摘了她的卡片来看，可又不懂中文，于是拿来给我看，问是什么意思。你猜我们的璇皇写了什么？哦，对了，就是纪思璇，我们都叫她璇皇。"

乔裕心头一颤："写的什么？"

韦忻一笑，薄唇轻启："两个字，乔裕。"

韦忻不顾乔裕的沉默继续说着："别人问我乔裕在中文里是什么意思？是不是类似于阿门之类的祈祷语。那个时候我不知道乔裕就是你，只是觉得应该是个名字，可是那帮老外会错了意，以为是保护神。你不知道从那之后，每年考试季，你的名字就挂满了整个建筑，那叫一个壮观。不知道是不是心理作用，挂了你的名字之后竟然真的有好多人过了考试，从此一发不可收拾。乔裕这个名字几乎被所有的建筑系学生奉若神明，经久不衰。即便我和纪思璇毕业之后还是如此，乔部要是有时间可以去看看。"

乔裕垂着眼帘，不知道在想什么，耳边却响起了女孩儿的调戏声。

"哎，乔裕，你说考试的时候，我在卷面上写我是你的女朋友，老师会不会给你个面子让我过了？"

"嗯……真有想法，我是你的保护神吗？"

"你本来就是我的保护神啊！"

记忆扑面而来，乔裕的神色未变，只是低垂的眼眸中静静流淌着谁都看不到的隐忍。

"很搞笑的一件事吧，可是毕业那天晚上，我看到璇皇站在建筑前一脸悲伤，默默站了很久。我从来没在她脸上看到过那种表情，她一直是……"韦忻停顿了一下，似乎在想形容词，"明媚的、洒脱的、光芒万丈的，对，就是光芒万丈！后来我一直在想，一个人要有多伤心，脸上才会出现那种表情。我现在明白了，那是因为你，乔裕。"

那是因为你，乔裕。

一直到下午开会前，乔裕的耳边还在不停地环绕着这句话。

说是三位负责人，可纪思璇和徐秉君似乎对韦忻格外不待见，你一言我一语夹枪带棒地围攻他。

徐秉君拿笔指了指韦忻，给乔裕那边的人做介绍："这位看上去时尚又帅气，有才华又很风骚的男士呢，就是我们的主创建筑师韦忻韦工了。"

纪思璇补充："韦忻这名字嘛，听上去就不像什么好人，韦小宝的韦，忻嘛，心理阴暗又斤斤计较，一个男人取了个女孩儿名字，一定有一段不为人知的故事，是吧，忻忻？"

"你再叫我忻忻，我真的会翻脸！"韦忻还没等纪思璇继续补充就夯了毛，只可惜中文发音依旧不标准，"我们已经见过了，好吗？我们相谈甚欢，是吧，乔部？我的中文明明讲得很好的！"

乔裕这边的人都在憋笑，只觉得DFS公司派来的这三位真的是太有意思了。一个有种正经的萌，一个是漂亮的女王大人，现在又来了个帅气的搞笑男，他们对即将开始的项目充满了期待。

乔裕别有深意地看了纪思璇一眼之后，才笑着看向韦忻："是的，韦工。"

一下午的会议复杂而冗长，后来因为乔裕被其他事情叫走才提前结束，结束前敲定两天以后去度假村实地考察。

散会的时候，韦忻凑到纪思璇面前，示意她去看匆匆离开的乔裕："故人重逢，怎么样啊？"

徐秉君奇怪："你怎么知道她跟乔裕是校友？"

韦忻一脸得意："哼，我跟璇皇研究生可是同班同学，知道很多你不知道的事情呢，老人家！"

徐秉君立刻翻脸："我就比你大了几岁而已，谁让你们俩跳级的！"

纪思璇白了韦忻一眼："来得这么晚，还这么多话！"

韦忻继续挤眉弄眼："建筑学院的神坛奇观哦。"

周围已经有人围过来了，好奇地问："什么奇观啊？"

纪思璇扯着韦忻的胳膊到角落里，压着声音恶狠狠地开口："我警告你，韦忻，你如果敢在乔裕面前乱说话，我就让你有来无回！看你还敢不敢在这个地盘上撒野？！"

韦忻睁大眼睛，挥舞着手臂求救："喂，请问，离这里最近的大使馆在哪儿？我要寻求救助！有人恐吓我！"

纪思璇松开他，趾高气扬地瞪他一眼，然后昂首阔步地离开。

乔裕去看乐准的时候天已经黑了，他刚下车就看到乐老夫人站在门前朦胧的灯光下等他。

"姥姥。"乔裕快步走过去扶着老人往里走，笑着开口，"怎么在这里等啊，我又不是不认得路。"

乐老夫人年轻时是个美人，性情秉性更是没得说。乐老爷子一生戎马铁骨铮铮，唯独对夫人言听计从，可见一斑。

乐老夫人拍拍外孙子的手，一脸慈祥："刚吃了饭，要出来走走，顺便等你。你姥爷念叨你半天了，在书房里，快进去吧。"

乔裕点点头，转头示意身后的人上来扶着乐老夫人，刚走了几步又被叫住。

乐老夫人到底心疼外孙，暗示乔裕："你姥爷教你的那些东西，你还记得吧？"

从小到大乐准教他的东西数不胜数，乔裕被问得一头雾水，等进了书房看到乐老爷子在写毛笔字才恍然大悟。

乐准正在写林则徐的《十无益格言》，听到开门声也没抬头，手底的字舒展流畅，又不失风骨，乔裕默默站在几步之外认真看着。

乐准写了一会儿后开口问："兄弟不和，交友无益，下一句是什么？"

沉静内敛如乔裕也有年少调皮的时候，孩童时期的乔裕不知道被罚抄写这《十无益格言》多少遍，记忆深刻，条件反射般地回答："行止不端，读书无益；做事乖张，聪明无益。"

乐准笔下动作很快，继续问："还有呢？"

"心高气傲，博学无益；为富不仁，积聚无益；巧取人财，布施无益；不惜元气，服药无益；淫逸骄奢，仕途无益。"

乐准写完最后一句才放下笔，笑着抬起头看了乔裕一眼，招呼他："过来喝茶。"

乔裕知道这是过了关。

乐准抿了口茶缓缓开口："今天去看了你哥哥，他的脸色很不好，我知道他没说实话，当着你姥姥的面，我不好问，怕她担心。"

乔裕知道乐准想问什么，皱了皱眉，姥爷毕竟年事已高，他斟酌半晌才开口："情况不是太好。"

"你父亲知道吗？"

"不知道，哥瞒着所有的人。"

饶是乐准在战场上见惯生死的，也不免有些动容，竟是半晌都说不出一个字。

乔裕心里也难过，看到姥爷这样本想宽慰两句，可思来想去也找不到什么合适的话，心底更加郁闷了。

乐老夫人敲了下门，很快推门进来，手上端了托盘，托盘里是两碗甜汤，笑着问："爷孙两个说什么呢，脸色这么难看？"

乐准手里的拐杖一下子打在了乔裕的小腿上："被这小子气死了！这么大了也不知道领个孙媳妇儿回来。"

乔裕也配合，站起来接过姥姥手里的托盘，笑着回答："姥爷说，乐曦那个丫头都做妈妈了，让我抓紧！"

乐老夫人很是赞同，一脸嗔怪："你啊，岁数不小了，可以谈恋爱了，态度积极点。"

乔裕哭笑不得，看着两位老人一脸无奈："怎么积极啊？一次谈两个？"

乐准的拐杖很快又招呼上来："你这小子！"

说完三个人哈哈大笑。

乔裕又陪着两位老人说了会儿话才离开。

出了门，乔裕又回头看了一眼，橙色的灯光朦胧温暖。二楼书房的灯还亮着，当年他和比他高半个头的乔烨在那间书房里听乐准的教导，这似乎还是昨天的事。

乔裕母亲早逝，父亲忙于工作，乐准在他们的人生道路上做了最初的启蒙者和引导者。

炎热而漫长的夏天，窗外的知了叫个不停，小伙伴的嬉笑声还在耳边，屋内闷热不堪。乐准在书房里一边踱步一边念着什么，他和乔烨站在小板凳上才勉强够到桌子，拿着毛笔写着乐准说的话。

乐准中气十足的声音还隐隐在耳畔回响。

"学书须先楷法，作字必先大字。大字以颜为法，中楷以欧为法，中楷既熟，然后敛为小楷，以钟王为法。大字难于紧密而无间，小字难于宽绰有余。书法又分南北派……"

"人之初，性本善……"

小点儿的男孩儿写着写着忽然费力地歪头去小声问旁边大一些的男孩子："哥，苟不教的苟是哪个字，怎么写啊？"

大一点儿的男孩子停下笔想了想，很确定地回答："应该是小狗的狗，小狗不叫了啊。"

小男孩儿大眼睛眨呀眨："小狗为什么不叫了啊？"

下一秒振聋发聩的怒吼声就响起："什么狗不叫！不是小狗的狗，是一丝不苟的苟！'一丝不苟'没听说过吗？"

吓得笔都掉了的兄弟俩被溅了一脸的墨汁，一脸呆萌地齐齐摇头，发顶竖起的几根头发跟着摇摆，齐声开口回答，露出整齐白皙的乳牙："没听说过。"

乐准瞪着眼睛："上次不是教过了吗？'苟不教，性乃迁'，是说如果从小不好好教育，善良的本性就会变坏！记住了吗？"

白白净净的两个男孩子使劲点头："记住了！"

"写一百遍！"

兄弟俩又被吓得一怔，眼睛睁得大大的看着乐准不敢说话。

一直在旁边静静看书的乐夫人轻咳了一声。

乐准脸色缓了缓，松了口："算了，写十遍吧！"

再大一点儿的时候，他和乔烨终于知道了什么是"苟不教"。从《三字经》到《诫子书》，认识了更多的字，乐准又教他们什么是"书味深者，面自粹润"。

于是，他和乔烨又把书架上的书囫囵吞枣般地翻了一遍，差点儿把书架都拆了。后来又长大一点儿，乐准又教他们什么是教养和家风。

再后来，乔烨来得少了，乐准对他的要求也越来越高。

"言辞要缓，气度要宏，言动要谨。"

"律己，宜带秋气。处世，须带春风。"

"人要学会隐忍和积累，养得深根，日后才能枝繁叶盛。"

……

那年，乔裕外调去南方，临走前来看乐准。那个时候发生了太多的事，乔烨的身体每况愈下，而他也放弃了自己的梦想又要远行，纪思璇出国或许再不能相见，他越发的沉默，和乐准在书房里坐了一个小时，直到乐准全套的工夫茶结束都没有开口说过一句话。

乐准把杯子递过去："当初你的名字是我给取的，何为裕？古书说，强学好问曰裕；宽仁得众曰裕；性量宽平曰裕；仁惠克广曰裕；宽和不迫曰裕；宽和自得曰裕。裕者，仁之作也。林语堂先生说，八味心境，浓茶一杯。喝了这杯茶就走吧。"

往事近在眼前，乔裕转过头继续往前走，忽然想起了什么，若有所思地低声重复了一句："态度积极点儿……"

他停下来拿出手机，靠在车上开始打电话。

很快彩铃结束，取而代之的是一道慵懒的女声："喂，哪位？"

乔裕顿了一下，自报家门："乔裕。"

纪思璇反应极快，波澜不惊地开口："哦，乔部啊，不好意思我下班了，有事明天再说吧。"

说完啪一声挂了电话。

乔裕本来也不知道给纪思璇打电话说什么，可被她这么忽然挂了电话也蒙了，愣了几秒钟，忽然笑出来，收起手机上车回家。

纪思璇挂完电话就盯着自己的手机出神，翻来覆去地在屏保和通话记录之间切换。

沈太后看着电视，余光瞟了她一眼："等电话啊？"

纪思璇立刻把手机扔到一边，扔完之后又觉得自己的反应过激，轻手轻脚地捡回来，看了看沈太后的脸色才回答："没有。"

沈太后高深莫测地看了她一眼，慢悠悠地开口："没有就关机睡觉吧，明天不是要去实地考察吗，你起得来吗？"

纪思璇看了一眼墙上的时钟，立刻急匆匆站起来："睡了睡了！"

她让乔裕的一个电话扰得心神不宁，躺在床上自我催眠了半天也没睡着，于是开始理性地分析。

乔裕，师兄，乔家二公子，乔部长，炙手可热的新贵，合作对象。

从师妹的角度，他曾经教过她不少东西；从合作对象的角度，为人正直、脾气平和，没有架子，又是科班出身，极好沟通；从纯女人的角度，长相、身材、背景、修养、气度、秉性，样样拔尖，可谓是男神中的男神；从前女友的角度……

纪思璇扯着被子蒙在脑袋上，当年她是怎么从女友变成前女友的？

简单，狗血。

他是个温和的人，就连分手也说得委婉。

"思璇，我不能和你去留学了。"

"我父亲给我安排了工作，我一毕业就要过去。我父亲……你可能听过他的名字，他叫乔柏远。"

那个时候，她才真正知道和她在一起那么久的男孩儿到底是什么人。是啊，她听过，她怎么可能没听过，乔柏远，乔家，那么，乔家的二公子怎么会和她去做什么建筑师呢？

她就像个傻子一样，还想着什么天长地久。

那个和她兴致勃勃地讨论留学计划，谈起普利兹克建筑奖就神采飞扬的男孩儿，那个才华横溢看到他的作品就觉得温暖的男孩儿，原来都是一场梦。

或许是梦里的一切都太美好，忽然醒来她真的难以接受。或许那个叫乔裕的男孩儿跟她说他的建筑梦想是真的，而如今告诉她，他选择了现实也是真的。直到今天，她对乔裕当初的取舍都耿耿于怀，所以才会在那么多人面前嘲讽他听不听得懂，所以才会在看到那辆车时嘲讽他舍弃了梦想，选择了前途无量的一条路。

她至今都在佩服自己当时的表现，冷静，大气，就算心里难过得差点儿喘不过气来也没有一点儿失态，只是静静地听着，看着乔裕，等他说完，平静地接了一句："哦，我知道了。"

然后干净潇洒地转身离开，没再看他一眼，没再见他一面。

一转身就过去了这么多年。

一夜翻来覆去，第二天果然起晚了，她踩着点儿到了集合地点。

第四章

第一次亲吻，甜蜜

屋外的槐花开得正好，微风吹过，
鼻间都是花香，还有他的气息。

一群人远远就看到戴着墨镜、穿着一身短袖长裤的白色运动装、白色短袜、白色板鞋的纪思璇不急不缓地晃过来。

　　徐秉君注定是操心的命，站在车边等了半天，"大姐，您这是去实地勘测还是去度假啊？"

　　纪思璇微微拉了一下墨镜，眯着眼睛看他："你再叫我一声大姐试试，老年人！难道你想让我穿着裙子踩着十厘米的高跟鞋出现在你面前吗？"

　　徐秉君无语："怎么这会儿才来？"

　　纪思璇抬手看了一眼腕上的表："不是没迟到吗？韦爵爷都没来你揪着我不放干什么！"

　　徐秉君拿出手机准备再催一遍："那个万年摆谱王什么时候准时过？"

　　纪思璇从他身边晃过："对啊，你省着点儿力气待会儿训他吧！天太热，我先上车了。"

　　说完扶上墨镜继续晃上车。

　　他们的人太多，尹和畅便安排了大巴车，这样方便也划算，坐同一辆车里交流起来也方便。尹和畅安排了女士坐在前排，男士们都坐在后排。

纪思璇上了车前后看了看，乔裕坐在车尾，尹和畅坐在他旁边正和他小声说着什么，并没注意到她，其他人三三两两地坐在一起聊天。她冲众人笑了下算是打了招呼，之后挑了个空座坐下补眠。

有人凑到纪思璇组里人面前小声八卦："璇皇有没有男朋友啊？"

纪思璇手底下的人跟她时间不短，听到这个问题如鲠在喉，费力地摇头。

"璇皇这种条件怎么可能没有男朋友？"

"兄弟，听哥们儿一声劝，千万别出手。璇皇呢，漂亮是漂亮，有才也确实有才，可我们无福消受啊。其实她还有个外号，叫少男心收割机。你知道收割机的工作流程吧？你敢把心递过去，她就敢收割，碾压、翻滚，然后把你碎成渣的心打包扔到身后。这些年追璇皇的人伤亡惨重，轻者另寻佳人，重者对女人这个群体都失去了信心，孤独地活着了。"

"不至于吧？"

"所以，所谓女王，只可远观，不可亵渎也。"

众人一脸戚戚然，往纪思璇的方向看了看，心有余悸地按捺下一颗颗即将萌动的春心。

乔裕跟尹和畅说完话之后，一抬头便看到纪思璇已经到了，她双手抱在胸前正在睡觉，窗外的阳光照在她的脸上，留下一片金黄与炫目，再看到一群人边看着她的方向边说着什么，他低下头微微笑起来。

韦忻来得一如既往的晚，徐秉君揪着他从车头一路道歉到车尾。韦忻使劲挣扎着拍开他的手："我的衬衣！新买的！皱了！松手！"

　　几天相处下来,大家也混熟了,便凑在一起八卦,说说笑笑了一会儿。美女从来都是引人注目的,没一会儿便有人引着纪思璇说话。

　　"璇皇,你和徐工、韦工一直是搭档吗?"

　　纪思璇转头看了一眼车尾正在和乔裕相谈甚欢的徐秉君和韦忻:"差不多吧,搭档的次数比较多,他们一个是理论帝,一个是实战派,搭档起来既有激情的碰撞又不会天马行空,都是好搭档。"

　　"还有呢?"

　　"还有?"纪思璇扯下墨镜仔细想了想,"一个要钱,一个要命,韦工在追设计尾款上无人能及,徐工压榨起手下来毫不手软。"

　　一阵哄笑声之后,又有人问:"那相同点呢?"

　　有年轻的女孩子起哄:"当然是都很帅啦!"

　　"相同点嘛,就是都不要脸。"纪思璇眯着眼睛想了想,认真开口,"比如你去问韦工,韦工韦工,你怎么长得那么帅啊,他就会回答,天生的,羡慕不来。如果你去问徐工,徐工徐工,你怎么长得那么帅啊,徐工就会问你,让你准备的方案做好了吗,拿来我看。"

　　"哈哈哈哈……"

　　"璇皇,是不是常有人说你漂亮?"

　　纪思璇一脸理所当然:"对啊。"

　　"有什么感受?"

　　纪思璇兴致缺缺:"我漂亮我一直都知道啊,不需要别人说。"

　　众人乐了:"哈哈哈……"

　　"璇皇,你和我们乔部是校友,他大学的时候是不是有很多女孩子追?"

　　"嗯……"纪思璇本来还勾着唇损别人,听到这里忽然觉得心虚,戴上墨镜遮挡住闪烁的目光。

　　笑声早就引起了后排的注意，唯一了解内幕的韦忻笑得花枝乱颤，冲她挑了一下眉，似乎在说，看你怎么回答。偏偏乔裕还一脸微笑好整以暇地看热闹。

　　徐秉君抬头看了一眼后，继续低头盯着电脑。

　　或许是乔裕并不阻拦的态度鼓励了一群八卦的人，他们继续往深里扒。

　　"那他大学里谈没谈过女朋友？"

　　纪思璇有些坐不住了，强装镇定地回答："谈……谈过……"

　　"谈过几个？漂不漂亮？"

　　纪思璇真的崩溃了，就差狠狠心撒谎，告诉他们其实我跟你们乔部上大学的时候真的不是很熟，可又没什么底气，正不知怎么接招时，乔裕带着笑意的声音缓缓响起："谈过一个，长得很漂亮。"

　　韦忻在一片起哄声中开始煽风点火，故作好奇地问："有璇皇漂亮吗？"

　　乔裕听后微微歪头看向纪思璇，目光专注，似乎真的在比较两者的容貌。

　　纪思璇仗着有墨镜遮挡视线，就肆无忌惮地和他对视。

　　这大概是时隔这么多年来，她第一次这么毫无忌惮地看他，从眼角眉梢到唇角下巴，脸上的轮廓线条被她细细地勾勒了一遍。其实乔裕的眉眼长得特别好，是少见的丹凤眼，狭长漆黑，眼尾斜飞入鬓，深邃有神。微微笑着时，唇角微扬，眼波流转，清澈明亮，无端让人觉得温暖。不过短短的几秒钟，她终于承认，这个男人，无论长相还是气质，依旧是她的菜，可她早没了当初年少轻狂时的无畏和勇气，再也做不出当众宣布他的归属权这样的事。

又过了几秒钟，纪思璇看到乔裕迎着她的视线缓缓开口："我女朋友更漂亮。"

其实她戴着墨镜，乔裕根本看不到她的视线落在了什么地方，或许一切都源自她的心虚。

韦忻憋着坏："一家之言不足信，璇皇你肯定见过乔部的女朋友。你说，有没有你漂亮？"

纪思璇听了乔裕的话不知道是松了口气还是自己跟自己生气，他这话的意思是说，自己没有当年好看？

总之一口气不上不下地憋得她心烦，纪思璇横了韦忻一眼之后，不冷不热地开口："当然是乔部的女朋友漂亮了，我若说我漂亮，岂不是得罪了乔部。"

韦忻一脸不服："可你也不是愿意委屈自己的人啊。"

纪思璇咬牙切齿："韦忻，你一个男人怎么那么八卦！"

徐秉君终于从电脑里抬起头，看看乔裕，又看看纪思璇，又看了看格外兴奋的韦忻，忽然间好像发现了什么。

一场八卦以纪思璇和韦忻的唇枪舌剑而画上了句号。

纪思璇转过头时视线别有深意地从乔裕脸上滑过，与他的视线不期而遇，她心里憋着的那口气似乎忽然有了发泄口，嘴角噙着抹笑颇为惋惜地缓缓开口："不过，可惜了呀，再漂亮也是前女友了。"

"前女友"三个字被她缓慢清晰地吐出口，一颦一笑间挑衅意味十足。

好在乔裕并不在意，只是笑了笑，算是礼貌回应，随后便收回了视线。

快到中午的时候，他们才到达目的地。这里确实是个山清水秀的好地方，蓝天白云，空气清新，一扫旅途的疲劳。纪思璇跟着嘻嘻哈哈的一群人下车，隔着墨镜微微眯起眼睛看着不远处的树林。

这个地方纪思璇不是第一次来，不久前为了拍照片她才来过。其实，她第一次来是在更早以前。

那年春天院里组织写生，就是来的这儿，也就是在这儿，她第一次见识到乔裕发火是什么样的。

那时候是写生的最后几天，她因为受到乔裕的敲打和鼓舞而提前完成了作业，每天就在这个山清水秀的世外桃源里乱窜，悠闲地看着别人疯狂地赶作业。

那天下午她昏昏沉沉地睡着午觉，醒来的时候已经四点了，洗了脸出来就听到村口小孩子的哭声："你们别打它，我家里有鸡，你们想吃，我把鸡给你们好不好？"

紧接着是几个成年人凶狠的怒骂声："滚开！谁不知道村里你家最穷！哪里有鸡！"

纪思璇找到声音的来源时，周围已经围了不少同学，人群中间是几个拿着气枪的成年男子，旁边还站着一个六七岁的小男孩儿，看样子都是村里的人。

小男孩儿抱着其中一个男人的腿："我家真的有鸡！我不骗你！"

"有你什么事儿啊！鸟都被吓跑了，你赔得起吗？！"男人似乎不耐烦了，一脚踢开孩子，拿着气枪瞄准树林里的鸟。

纪思璇看着周围的男男女女，有的纯属是看热闹的，有的似乎是看到小孩子被欺负于心不忍，却碍于几个成年男子的凶狠不敢上前。

她有些气愤，刚想上前就看到乔裕从人群的另一边走出来。他扶起摔在地上的小孩子："劝君莫打三春鸟，子在巢中待母归。连小孩子都懂的道理你们不懂吗？"

几个男人看着乔裕，大概觉得这个白白净净看上去瘦弱的学生没什么威胁力，一脸蔑视："你谁啊？我们村的事你凭什么管？"

乔裕半蹲在地上拍着小孩子身上的灰尘，看都不看他们一眼，一脸平静地开口："你们做错了事，别人还管不得了？"

说完他拍拍手站起来，迎着挑衅的目光看过去，不喜不怒，不卑不亢。

几个男人打量了几眼乔裕，围成一团小声嘀咕了几句，然后有个人冲着乔裕伸出手："想管也行啊，给钱吧！给了钱我们就不打鸟了。"

纪思璇饶有兴致地看着，本以为乔裕肯定会用最温和的方式解决，更何况他并不差钱。

可乔裕竟然轻笑了一声，缓缓开口："凭什么给你们钱？"

他的声音清冽低沉，他的眼里看不到怒意，脸上的线条依旧温和放松，连嘴角的弧度都弯得恰到好处，一切如常，却让人在第一时间清晰地感觉到他在生气。

纪思璇的少女心立刻被气场全开的乔裕激活，拿着手机在同寝室四个人的群里刷屏。

"哇咔咔！"

"老娘的眼光真的是好到爆棚啊！"

"看上的男人长得好看就算了，人品还那么正！"

"简直就是没有天理啊！"

刚刷完就看到乔裕指指站在旁边的孩子对她说："思璇，你先送他回家。"

纪思璇还没从兴奋中回神，乖乖地点头，走过去牵着小孩子的手，边问他家住哪儿边往外走。

等纪思璇送小男孩儿回家再折回来时，人群已经散了，她错过了乔裕成年之后的第一场打架。她和几个带了伤痕，耷拉着脑袋的男人迎面走过，虽然不敢相信还是不死心地拉住旁边认识的几个同学："结束了？你们有录下来吧？"

那几个人明显还处在震惊中，答非所问："以后千万不要得罪乔裕。"

"对对对……"

"一出手就明显看出来是练过的。"

"对对对……"

"乔师兄温柔起来那么帅，没想到打起架来简单粗暴比平时还帅！"

"喂喂喂，你们女生不是说不喜欢动粗的男人吗？"

"哦，其实这种事情还是要看脸。"

……

纪思璇一脸期待地看着他们，几个人齐齐摇头："事情发生得太突然了，画面太美，我们没来得及录。"说完又有人同情地看着她说，"纪师妹，或许你错过了乔师兄最帅的样子。"

纪思璇一脸悔恨交加地跑开，找到乔裕的时候他正坐在竹凳上，拿着棉签给手上的伤口消毒，或许是疼得厉害，他的眉头皱成一团。

听到脚步声，他抬起头看到她，扯着嘴角笑了一下。

纪思璇这才发现他的嘴角也肿了，虽然比那几个挑事的男人好了不少，但毕竟以寡敌众，也是结结实实地挨了几拳。她走过去接过他手里的棉签，站在他面前帮他给伤口消毒，满脸不高兴："怎么同学们看到你和他们打架都不帮你啊？"

乔裕替他们开脱："是我让他们别动的，打架被老师知道会被记过。"

纪思璇轻轻捏着乔裕的下巴让他微微抬起头，拿着棉签轻轻点在嘴角的红肿处，一脸心疼："他们就是想要钱嘛，给他们就好了。"

两个人一站一坐，乔裕又被她捏着下巴仰着头，姿势有些奇怪。他抬手揉揉她的脸："因为有小孩子在，小孩子的是非观并没有那么明确。如果真的给钱了事，就会让他以为自己做得不对。可事实上，他并没有什么错。"

纪思璇还在为没有看到实况而耿耿于怀："所以你就让我把他带走，怕他看到你是用拳头来解决问题的？"

乔裕弯了弯唇角："不全是因为他，也是不想让你看到，毕竟打架不对。"

纪思璇被他一句话哄得心花怒放，虽然依旧板着脸，手下的动作却愈发轻柔："那你还打？"

乔裕的手轻轻搭在她的腰上："这帮人不讲道理，我生性愚钝，想不出什么好的办法。"

那个时候他们在一起没有多久，并没有多少亲密的举动。之前也就是牵牵手抱一抱而已，此刻他的动作自然，两个人又挨得极近，像是被他搂在怀里。

纪思璇也就开始胡搅蛮缠："我不管，乔裕，我都没看到！他们都看到了！你再打一次给我看！"

乔裕无奈："还打，你就不怕我被劝退啊？"

纪思璇扔了手里的棉签，捏着他的下巴坏笑着低头在他的唇上蜻蜻点水般地一碰："好啦！"

她站在那里俯视着面前这张脸，其实这个角度对脸部线条和五官的要求特别高，可乔裕这张脸显然经得住角度的考验。

纪思璇从小就被人夸长得好看，可乔裕的好看跟她并不一样。乍看并没多惊艳，可看久了便会觉得自己当初没有慧眼。他的脸棱角分明，五官深邃立体，帅气又耐看，眉宇间那一抹平和清淡的神韵从眼角蔓延到整张脸，让他整个人看上去温良宜人，大概就是这股气质让人忽略了他原本极佳的容貌。

就像他这个人一样，所谓润物细无声，即是如此。

乔裕大概没想到她会在这个时候调戏他一把，愣在那里直直地盯着她看。

纪思璇轻咳一声："你……这个样子如果老师问起来怎么办？"

乔裕站起来叹了口气："实话实说呗。"

"那不行！打架会被罚的！不如我吃点儿亏，就说你亲我时被我咬的？"

"噗……到底是谁吃亏啊？！"

"哈哈哈……"

她不服气地仰着头，后来到底有些不好意思了，皱着眉低下头来，咬着唇，一张脸红得滴血。刚好错过了他唇边强忍的笑。

乔裕垂眸看着她，粉嫩的唇瓣被她咬得泛红，刚才她一触即离，微凉甜美的触觉似乎还在，他竟想尝尝那软软糯糯的唇，想也没想就覆了上去。他乱了气息，把她往怀里带了带。

后来，她红着一张脸轻捶他，他才肯放开她，抵着她的额头低喘轻笑。

她的眼睛湿漉漉的，粉色的唇泛着诱人的色泽。乔裕忍不住又轻轻点了几下，却越发上瘾。

屋外的槐花开得正好，微风吹过，鼻间都是花香，还有他的气息。

早已过了槐花的花期，纪思璇深吸了口气，似乎还能闻到空气中的槐花香。

乔裕一行人要和村里的干部和村民交涉土地和修建旅游区的相关事宜，纪思璇、韦忻和徐秉君要实地考察和基础数据的测量，于是分头行动。

傍晚时分，两拨人才碰头开了个短会，累了一天，中午也没吃好，乔裕看着大部分人都没精打采的便提前结束了会议，集体去村主任家吃饭。

他们人多，到的时候饭还没做好，浩浩荡荡一群人又如幽魂般散到各处。

纪思璇沿着小路在村里溜达，这几年这里真的没有任何发展，所有的一切似乎都定格在她第一次来的时候，没有任何变化。

她想起上次来的时候，听说这里建了所学校，还是乔裕牵线搭桥的，于是想去看看，可走来走去有点儿迷路，正郁闷呢，就听到身后有人试探着叫她："是纪姐姐吗？"

纪思璇回头，看到一个十几岁的男孩儿半是不确定半是惊喜地看着她。

男孩儿背着书包，似乎是刚刚放学。她盯着他看了看，忽然笑了："那个时候你还小，竟然还记得我啊？"

男孩腼腆地笑了笑："那个时候你和大哥哥帮过我的，我会记一辈子。"

男孩的纯朴让纪思璇觉得温暖，笑着走近："后来有没有人再欺负你？"

"那年大哥哥临走前还特意来看我，告诉我我做的是对的。"男孩儿有些局促地捏着衣角，"就算别人可以在拳头上暂时压制我，可对就是对，正义是站在我这边的。我不能因为怕别人的欺负而是非不分。大哥哥给妈妈留了钱，还把他的笔送给了我。"

这些纪思璇并不知道，原来还有人跟她一样记得当年的事情，她笑着开口，"有一句话叫，赠人玫瑰，手有余香。就是说帮助了你，大哥哥自己也很快乐。"

男孩儿点点头："这几年大哥哥一直都来看我们，还带了很多书，说是纪姐姐送给我们的，说你太忙了，就托他带给我们。"

纪思璇的笑容一滞，眼底的落寞一闪而过。

"村主任说，等度假村建好了，我们就会富起来，是这样吗？"

"嗯。"

"纪姐姐，前面是我家，你要不要去看看，我妈妈看到你会很高兴的。"

纪思璇想了想："好！"

纪思璇对男孩的妈妈还有印象，可她没想到几年不见这个女人会病得这么严重。男孩的母亲见到纪思璇确实很高兴，或许是太激动了，咳嗽得根本停不下来，男孩手忙脚乱地给她递水。

男孩的母亲喝了水总算止住了咳嗽，便打发男孩去做作业。

男孩听话地出去了。

纪思璇看到男孩的母亲一脸病容，心里有些难过："看过医生了吗？"

男孩的母亲却很平和："去过了，乔先生和村主任一起带我去大医院看过，真的治不好了，在那里等死，不如回来陪陪孩子。看着他，我心里也高兴。"

纪思璇不死心："病历有吗，我能看看吗？"

男孩的母亲指着柜子："在那里，不好意思啊，姑娘，你自己拿一下。"

纪思璇看过诊断书心里更难过了。

"姑娘，你长得好看，心眼儿也好。乔先生也是，你们都是好人。"

男孩母亲只是随意地说这话，却在纪思璇的心里激起涟漪。

在过去的几年，她在异国，那么长的日子里，没有人跟她提起乔裕，更不会把他们牵扯到一起。可回到这里，似乎当年所有的一切都回来了，每个人和她聊天时都会很自然地提起乔裕，就好像，他们这几年从来没有分开过。

或许是吃药的缘故，男孩的母亲和她说着说着话就睡着了。

纪思璇轻声地退出来，去了旁边的屋里。

男孩把书本拿给纪思璇："纪姐姐，你帮我看看，我做得都对吗？"

纪思璇接过课本，若无其事地开口："哦，我看看，你先做别的作业。"

说完，状似认真检查般地慢慢挪到男孩身后，悄悄把钱夹在书里递回去："嗯，做得都对，一会儿拿给你妈妈看看，你妈妈看到你这么聪明一定很高兴。"

男孩笑得无邪，接过书欢天喜地地跑去找妈妈了。

纪思璇也悄悄离开了。

可走了没多远就被男孩给追上，他的手里捏着一块手帕，里面的东西纪思璇心知肚明。

"妈妈说，你和大哥哥已经帮我们很多了，不能再要你的钱。"

纪思璇半蹲下来："你知道吗，姐姐喜欢投资，投资的意思呢，就是说我现在投入一小笔钱，以后会收获一大笔钱。这笔钱是我借给你的，等你以后上了大学工作了肯定会还给我的，而且会还我更多，对不对？"

男孩使劲点头："嗯！对！"

"所以，以后妈妈不舒服了，你就拿这些钱给妈妈看病。姐姐以后会经常来这里，不够的话，你就去要建度假村的那块空地上找我。"

男孩低着头没回答。

纪思璇知道，他是不会去找她的。

沉默了一会儿，男孩忽然抬起头："姐姐，以后我真的会还你的！"

"好！"纪思璇忽然有些不好意思，皱着眉很为难地问，"那个……我要去你们学校，应该怎么走？"

纪思璇在男孩的指引下绕来绕去，总算是看到了校门。

她是招蚊子的血型，即便穿了长裤，还是被叮了满腿的包。乔裕找到她时，远远地就看到她坐在操场的单杠上，腿一晃一晃地眯着眼睛哼曲儿，一边唱还一边隔着裤子使劲地挠着。

开会时就见她坐立难安，特地去买了清凉油来找她，谁知道她竟然跑到这里来了。

那个时候他就爱拿这件事逗她。

"乔裕，晚上一起去画图室画图吧。"

"好啊。"

"真的啊？你不嫌我吵你啊？"

"你去了，蚊子就不会叮我了。我就能安心画图了。"

......

乔裕走近，站在她面前，她忽然睁开眼睛，低头看了看："乔裕。"

"嗯？"

"退后点儿。"

乔裕听话地退了一步。

"好了好了，就站在这儿。"纪思璇说完了晃晃脚，脚下的影子一下一下地踢在乔裕投在地上的影子上。

乔裕，这些年每次我看到自己的影子就会想，什么时候你能站在我触手可及的地方，近到你的影子就在我的脚下，我一伸脚就能触碰到。

她心里酸涩难忍，脸上却带着俏皮的笑，低着头嘴角的弧度越弯越大，最后笑出声来。

乔裕却没有笑，默默向她伸出一只手："下来吧。"

纪思璇一脸嫌弃地摆摆手："让开让开，我自己能下去。"

说完微微用力，一跃而下，然后蹲在地上不起来。

乔裕立刻紧张地弯下腰拍拍她的背："怎么了？扭到脚了？"

她埋着头半天没出声，忽然站起来，扬着下巴睨了他一眼："乔裕，你怎么还是那么好骗？"

乔裕知道她在逞强，有些无奈："好了好了，我知道你没受伤，去那边坐一下吧。"

纪思璇还是端着一副居高临下的模样指挥乔裕："你走前面，不许回头。"

乔裕才转身，她的一张脸就皱成了一团，揉着脚踝一步一步地挪过去。

纪思璇在台阶上坐下后，乔裕半蹲在她面前，捏着她的脚轻轻揉了几下。

她挣扎了两下，乔裕沉着声音开口："别动！"

纪思璇自知男女实力悬殊，主动放弃反抗。

没想到，时隔这么久，他竟然再次蹲在了她的面前。

相同的动作，相似的场景，却物是人非。

乔裕揉了几下之后，把她的裤腿往上提了提，然后就看到她满腿都是红点，有的已经肿起来了，有的被她挠出了血。

他低着头一个包一个包地擦药："痒吗？"

纪思璇不挣扎，也不回答。

乔裕等了半天没有回复，抬头看过去。

纪思璇忽然转头看向一边，状似心不在焉地嗯了一声。

痒，心痒。

乔裕忽然笑起来，轻声叫了一声："纪思璇？"

他的尾音勾着笑意，声线干净温柔，像一根羽毛轻轻在她的心上挠，这好像是她回来之后，他第一次心平气和地叫她的名字。

纪思璇越发不敢看他，脖子扭得都快抽筋了，尽力平稳地又"嗯"了一声。

乔裕的声音里带着明显的笑意："好了。"

纪思璇很是莫名地看着还蹲在原地的乔裕："好了你怎么还不起来？"

乔裕一脸隐忍："脚麻了……"

后来两个人并肩坐在操场的台阶上，谁都没说话。清凉油的味道在晚风中渐渐消散，取而代之的是他身上清冽的气息。

过了很久，乔裕才打破沉寂："你没有我的手机号？"

纪思璇想起昨晚那个电话就来气，一副官方的口吻回答："和客户沟通是徐秉君和韦忻的差事，我不和客户直接接触，所以不存客户的联系方式。"

乔裕转头问："为什么？"

纪思璇站起来，居高临下地看了他一眼："因为长得太好看，怕客户忽略了方案，埋没了我的才华。"

乔裕扑哧一声笑了出来，看到纪思璇的脸色越来越难看才忍住笑意："我是说，我的手机号码没换过，你为什么没有？"

纪思璇还想再说什么，手机竟然应景地响起来，接起来"嗯"了一声挂断。挂了电话她也懒得再接着和他争辩什么，转身往回走："吃饭了。"

乔裕走到村里的诊所前，忽然停下来，让她在门口等他一下。

他进去后很快出来，手里拿了巴掌大的布袋，递给纪思璇。

纪思璇拿在手里捏了捏，低头嗅了嗅，然后皱着眉一脸嫌弃地塞回去："什么味儿啊？"

乔裕重新递给她："艾叶和醋。艾叶有行气活血、温经通络的功效，你回去之后用微波炉热一下，敷在脚上，脚就不会疼了。你现在是不疼，说不定明天早上就会肿起来。"

纪思璇活动了几下脚，隐隐有些疼，她便老实收起来："你还懂这个？"

乔裕笑了笑："温少卿教的。"

"温少卿？"纪思璇想了想，"他不是学临床的吗？"

乔裕边走边慢慢跟她解释："温少卿家里都是医生，爷爷辈是中医，到了他父亲这一辈才开始涉及西医，其实他从小接触的就是中医……"

看到两个人远远地走过来，刘浩然挤眉弄眼地八卦："哎，你们觉不觉得那两个人……没那么简单？"

"有有！璇皇气场那么强的一个人，再看乔部，平时那么温和，现在站在她旁边，一点儿都没有被压制的感觉。啧啧啧，反而觉得两个人气场很合。"

"是啊是啊，你看乔部，穿白衬衫真的好阳光好帅气啊！"

"之前我一直以为白衬衣男神是韦爵爷，原来乔部才是白衬衣杀手，我的少女心啊。"

韦忻不乐意了："喂喂喂，不要伤及无辜，好吗？"

"哈哈哈，不是那个意思，韦爵爷也很帅！"

"现在夸我晚了！"

尹和畅站在一旁听了半天，开始皱眉，抬头看了看，却又不得不承认，两个人站在一起确实般配。

吃饭的时候因为没有那么大的桌子，他们就分了好几桌，分散坐在村主任家的大院子里。

遵循女士优先的国际惯例，女士们都坐好了，男士们还在等着端菜。

戴小寒凑到纪思璇面前："璇皇，你们有没有同学聚会什么的，你知不知道乔部现在有没有女朋友啊？"

戴小寒是徐秉君组里的，难得工作狂的手底下还有喜欢八卦的人。

纪思璇刚准备好好回答，可一抬头就吓了一跳。她这边的人不了解情况就算了，乔裕手底下的几个小姑娘也是满眼粉红泡泡的模样。

她咬了咬唇："我不知道，怎么，你们也不知道？"

几个小姑娘一脸挫败："我们不敢问啊，就算问了，乔部也是笑笑不说话。"

纪思璇抿了口凉水，轻描淡写地分析："态度这么暧昧，多半是有了吧？这种男人身边没有女人围绕才会比较奇怪吧？"

这话恰好被路过的尹和畅听见，他紧皱眉头："你别胡说，我们部长最洁身自好了！"

纪思璇一脸戏谑："洁身自好？那就是有隐疾喽。"

尹和畅的眉头皱得更紧了，大概是碍于纪思璇是合作方不好说什么，半天才憋出两个字："胡说！"

纪思璇好笑地看着他："你怎么知道我胡说？"

"哈哈哈……"

一群人笑过之后又开始起哄。

"尹秘书，还是算了，你不是璇阜的对手。"

"说真的，尹秘书，乔部到底有没有女朋友？"

尹和畅一张脸憋得通红："我不知道！"

"你是乔部的秘书呀，乔部的饮食起居都是你负责，你怎么会不知道？"

纪思璇垂眸想了想，忽然冲着灶台旁的某个人开口："喂，乔部，我们这边的小姑娘想知道你有没有女朋友。"

乔裕正从村主任手里接过盘子，纯朴老实的村主任听了手一抖，差点儿把盘子扔了。乔裕眼疾手快地接住，然后端着盘子走过去，最后停在纪思璇身边，弯腰把盘子放在桌子中央，开口回答："有女朋友。"

桌子有些矮，他因为放盘子所以弯着腰，又因为站在她旁边，一时间两人挨得很近，就好像他趴在她耳边说话一样，颇有耳鬓厮磨的意味，她甚至可以感觉到他吐出的气息。

只是耳鬓厮磨说的是情话，此刻他短短的几个字却是把尖刀，狠狠地插在她的心上。

纪思璇浑身一僵，捏着杯子的手猛地收紧，半晌举到嘴边抿了一口，凉彻心扉。

耳边都是惊呼声，周围好像又围过来几个人，八卦着这个消息，可纪思璇却渐渐听不到了，她觉得自己像个傻子，几年前是，现在更甚。

乔裕似乎还想再说什么，她却忽然站了起来，看都没看他一眼便走开了。

乔裕想说的话一直到晚饭结束都没有找到机会说出口。

回程的时候，天已经黑透，坐在车里的每个人都是一副筋疲力尽的模样。纪思璇窝在大巴车最后一排的角落里补眠，车外不断有灯光照进来，她坐起来从包里翻出眼罩戴上继续睡。

斜后方窸窸窣窣的声音结束，乔裕弯着唇角无声地笑了下。她还是那个样子，睡不醒的时候脾气坏得出奇，谁的面子都不给。

上学的时候乔裕偶尔被她硬拉着陪她上课，教室里那么多人，她堂而皇之地大声斥责："后面说话的同学能不能小声点儿，不要影响前面同学睡觉。"转过头才发现讲台上的老师目瞪口呆地看着她，她才硬生生地重新说，"不要影响……老师讲课。"

恰好那个老师是认识他的，看看他，又看看她，想说什么，又似乎不知道该说什么，脸色极其精彩。

他们两个其实是两类人，他走的是中规中矩的路线，她执行的是剑走偏锋的方针，他上课从来都是认真听课的学生，而她一直都在睡觉，有自己的想法，从她手里出来的作品有灵气，直击人心，就像她的人。

不知谁的手机铃声响起，很快有人接起来，声音不大，却是磨磨叽叽地不肯挂断。纪思璇不安分地动了几次，大概真的是忍到极限了，磨着牙阴森森地开口："电话挂，或者你挂，自己选一个。"

进组久了，他们都知道璇皇的手段作风，打电话的人立刻噤声挂了电话。

才安静没多久，又响起手机嗡嗡的振动声。

乔裕皱着眉按掉，回了条短信，让来电人稍后再打过来。回了短信按返回键，收件箱里只有寥寥的几条短信，他并不喜欢和人发短信，总觉得冷冰冰的文字很无趣，多半都是别人给他发，他懒得回。往下翻了几个，就看到一个联系人，点开，长长的聊天记录静静躺在那里。

身后的呼吸声均匀绵长，大概是这几天累坏了，可乔裕却睡不着。

这些年他换过手机，每次换手机这些记录他都要备份到新的手机里。他一直觉得文字冰冷无趣，可这个人给他发的短信却让他感到温暖有趣，从最初她的调戏到后来她的撒娇无赖，再到后来，她给他发的最后一条信息。

"乔师兄，四年时光，打扰了，再见。"

时间停在几年前，她出国求学的那一天，他当时坐在离她不远的机场监控室里，他没回复，一句"打扰了"满是对陌生人的礼貌疏离，也许回到最初陌生人的关系对他来说都是奢望。他知道她并不是在跟自己道别，她是在跟曾经的岁月道别，从此以后，海阔天空，纪思璇的世界里再没乔裕。

行驶中的车突然刹车变道，纪思璇猛然惊醒，下一秒便坐起来摘下眼罩，"乔裕"两个字就那么自然地脱口而出。

几秒钟后，她抬手捂住半张脸，缩回角落。

那一刻纪思璇心中有种宿命的荒凉，极其无奈地叹了口气。

自己是怎么了？是今天遇到了故人，旧事想得太多？还是被乔裕的一句"有女朋友"刺激到了？

其实刚才有些混乱，她的声音也轻，又坐在角落里，应该没有人听清。

那是一种本能，猛然惊醒后第一时间想要找那个人的本能，乔裕深有体会。

车子重新上路，乔裕在一片昏暗里也坐到最后一排，无声无息地把纪思璇揽到怀里。

纪思璇挣扎了几下，不知道是在恼他还是在恼自己，声音压得极低咬牙切齿地问："你这是干什么？可怜我吗？你这样对我，你女朋友知道吗？！"

乔裕握住她的手不放："我不记得我们谈过分手的事情，我没说过，你也没说过，所以我们从来没分手，你就是我的女朋友。"

纪思璇一脸冷笑："这种事难道非要那么清楚地说出来吗？"

乔裕眼底俱是认真："这种事难道不应该清楚地说出来吗？"

纪思璇被堵得说不出一句话，昏暗中，两人对视半晌，互不相让。

纪思璇挫败地垂下眼睛，叹了口气轻声开口："乔裕，你有意思吗？"

乔裕不忍，揽过她硬生生地压在胸前。

纪思璇恼羞成怒，低低的声音里带着压不住的暴躁："乔裕！"

乔裕在她头顶轻声开口，带着安抚和诱哄："嘘，乖，快睡。"

她一拳打在他胸口，用尽了全力，手被震得又疼又麻，眼睛酸涩难忍："放手！"

乔裕闷哼一声，握着她的手抵在胸口，那种真实的疼痛让他安心，让他知道这一切是真的，有生之年，他还可以再揽她入怀。

纪思璇还想再挣扎，却在下一秒僵住。

他的下巴轻轻摩挲着她的头发，声音里带着虚妄的苍白无力："你就当可怜我。"

手腕处，他的指腹温热，手下，他的心跳如雷，一下一下撞击着她的掌心。他的语气里带着诱哄，带着难以觉察的低声下气，带着轻微的……颤抖。

她终于安静下来，乖乖窝在他的怀里。

他知道那种猛然惊醒后想要找那个人却怎么都找不到的绝望，在梦境与现实的拉锯中，理智渐渐占据上风时，那种空虚和绝望汹涌而至，让人不知所措，只想缩回自己的世界静静舔舐伤口，周而复始，永不磨灭，他尝过那种痛，所以不舍得留她一个人。

乔裕紧了紧手臂，轻拍着她的后背，她终于乖巧地在他怀里了，心底的那个破洞渐渐被填满，那种满足是从来没有过的，只是……这路程太短。

他不知道她有没有睡着，在快进城的时候，她忽然坐起来，低着头理着头发，声音也恢复了平静："快到了，你坐回去吧。"

直到下车纪思璇都是快快的，别人都只当她是累了，并没多问。

乔裕回去换衣服的时候才无意间发觉胸前有一块水渍，摸上去有些潮湿，他不记得什么时候沾到了水，抑或是……

这个位置恰好是刚才纪思璇趴过的位置，所以她……哭了？

纪思璇的悲伤并没有持续多久，回到家推开家门时，她才觉察到不对劲。

家里没人？

她打开灯，只看到大喵蹲在玄关处，守着旁边的一个旅行包，行李包上放着一张折好的纸条。

纪思璇有种不好的预感，这种感觉太熟悉了！就像她某天放学回来，发现纪氏夫妇又不见了一样！她和大喵对视了一会儿，一人一猫都从对方眼里看到了熟悉的嫌弃和无奈。纪思璇叹口气，弯腰捏起那张纸，寥寥几个字：

"我们去采风，照顾好大喵，它要用的东西都在包里。"

纪思璇又看了一眼大喵，一个不愿照顾，一个不愿被照顾，相看两相厌的一人一猫在玄关处僵持不下。

纪思璇不死心，拿出手机打了父母的手机，都是关机，最后哀号一声冲到沙发上装死。

大喵依旧冷艳高贵地蹲坐在原地，淡定地喵了一声。

第二天纪思璇临出门前看了一眼在阳台上晒太阳的大喵，狠了狠心踩上高跟鞋出了门。可没走几步又折回来，极不情愿却又不忍心地说："大喵，来，我带你去上班。"

因为项目还没有正式启动，所以乔裕把他办公室所在的那一楼层的所有房间都清了出来，安排纪思璇一行人在这里办公。

当纪思璇从电梯里出来的同时，一只猫头也从包里探了出来，立刻引起了注意。她目不斜视地走过，推开会议室的门才转身，勾了勾手指："进来开会。"

众人坐好之后，韦忻指着纪思璇的包："我说，璇皇，您这是……"

纪思璇把大喵从包里捞出来放在桌子上："来，叫叔叔。"

韦忻立刻摆手："别这么客气，叫哥哥就行了，把我都叫老了。"

纪思璇一脸莫名："我是让你叫它叔叔，照它的岁数换算成人类的得四十多岁了。"

韦忻看看大喵，又看看纪思璇："你让我管这个包子脸叫叔叔？！"

纪思璇见不得别人欺负她的人，和她的猫："它不是包子脸，就是毛长得比较快又比较蓬松而已。正式介绍一下，这是我的猫，中文名纪小花，英文名大喵·压脉带。"

众人无语，这名字……我们怎么好意思叫出口。

纪思璇站在会议桌前，环顾了一圈，挑着眉问："你们有意见？"

众人纷纷开始打哈哈："没有没有，哈哈，好巧啊，这猫也姓纪。"

"我的猫当然跟我姓。" 纪思璇把大喵塞回包里，"大喵，跟侄子侄女们打个招呼，我们走了。"

韦忻看着纪思璇昂首挺胸地出了会议室，揪住旁边的徐秉君："病菌！璇皇带猫上班你都不管？"

徐秉君坐得稳如泰山："带不带猫，我不在意，我只知道璇皇比你敬业得多，昨晚已经把她那部分做出来了。请问韦工，你的那部分呢？"

说完抬起头看着韦忻。

一群人最爱看三个组长掐架，一双双眼睛亮晶晶的。

韦忻看了看众人，拉着徐秉君往外走，一边走还一边压低声音："那么多人看着呢，能不能给我点儿面子？"

快到中午的时候，纪思璇才发觉不对劲，乔裕一上午都没有出现，连那个明明长了一张娃娃脸却故作深沉的秘书都没有踪影。

昨天在车里……然后他就不敢出现了？

第五章

没有你的那六年

"今年是第六年,发生了一件很好的事情,"

乔裕微笑地看着前方, "你回来了。"

乔裕乘坐的是今天一早的飞机，和尹和畅下了飞机便直奔酒店。尹和畅办了入住手续，一转身就看到一辆车停在酒店门口，从车上下来一个温婉美女，笑着就向乔裕走过去："来了怎么也不说一声？"

　　乔裕抬起头，笑了一下："没告诉你，你不还是知道了吗？"

　　薄季诗一愣，继而笑起来："这可是我的地盘，你是在质疑我薄家的能力吗？"

　　乔裕笑得温和："不是这个意思，只是今天累了，打算明天再去拜访的。既然你先来了，就一起吃饭吧。"

　　尹和畅作为一枚电灯泡，看着基本没有交流安静吃饭的乔裕和薄季诗，味同嚼蜡。饭吃到一半，薄季诗接了个电话，回来就说要先走。

　　薄季诗等了一下，乔裕依旧是满脸微笑地目送她，并没有开口要送她的意思。她顿了一下，很快告别，走到酒店门口又回头看了一眼才离开。

　　尹和畅小声提醒乔裕："乔部不送一下薄小姐吗？"

　　乔裕头都没抬，继续吃饭："我和她没有那种缘分，别无端误了人家。"

尹和畅猛地抬头去看乔裕，他明明还是那副温和的模样，嘴角那抹浅笑的弧度都没有变，他怎么忽然觉得有点儿冷呢？

乔裕觉察到他的诧异，喝了口水咽下嘴里的食物才缓缓开口："从飞机落地到现在不过两个小时，她就能知道她的地盘上来了谁走了谁。你说，这样的女人，乔书记会喜欢吗？"

尹和畅撇撇嘴，像璇皇那么高调的人，乔书记大概也不会喜欢。

尹和畅跟乔裕身边几年了，这几年他看着乔裕越发清隽风发，也越发深沉，难以捉摸。而这一切在纪思璇出现之后变得越发诡异，他凭着直觉觉察到两人之间绝不是所谓的师兄妹那么简单。

这个地方乔裕待过两年，这次故地重游主要是和度假村项目的投资方来做最后的洽谈，当时找的投资方恰好是薄家。

薄家在南边算是名门望族，弃政从商后盘踞在沿海一带，人脉之广，涉猎领域之全，颇有占地为王一手遮天的意味。

本是公事，可薄家的当家人薄震既没约在工作时间也没约在公司，而是约了乔裕第二天晚上去薄家吃晚饭。

乔裕也坦然接受，第二天准备了礼物准时赴约。

下了车就看到薄仲阳站在几步之外等他，几年不见，这个男人倒是愈加挺拔。薄仲阳笑着过来打招呼，叫了一声："二哥。"

乔家和薄家在乔裕小的时候是住在一个大院里的，后来薄家举家南迁，便断了联系，直到后来薄仲阳去北方小试身手，他们才又重新有了交集，便重拾了小时候的称呼——"国民二哥"，乔裕当之无愧。

乔裕无奈："我就比你大了那么几天而已，不用叫二哥。"

薄仲阳笑了笑，和乔裕慢慢往里走："大一天也是大。季诗在厨房帮忙准备饭菜，知道你要来，在厨房忙活一下午了。"

乔裕听了不觉有些好笑："当年你追我妹妹不成，如今又非要把你妹妹跟我扯到一起，怎么，就那么想和我做一家人？"

薄仲阳一脸无奈的苦笑，压低声音嘱咐："千万别再提这事儿了，我老婆不知道怎么知道了这件事，揪着我的小辫子不放，这段时间好不容易忘了，千万别提醒她了。"

乔裕看了薄仲阳一眼，收起打趣微微笑了一下，点了点头。

其实，薄仲阳和薄季诗并没有他们口中的兄妹情谊，反而是众人皆知的，不和。

薄家给男孩子起名字时以"伯仲叔季"来示长幼有序，只有得薄震欢心的孩子才会用这四个字，可这个"季"字却破例给了身为女孩儿的薄季诗，可见薄季诗并不简单。这几年兄妹俩的明争暗斗并不是什么新闻，乔裕一旦和薄季诗在一起，薄季诗凭借乔家准儿媳妇的身份，便可以扬眉吐气一把。薄仲阳这样的人，又怎么会眼睁睁地看着对他不利的事情发生？

他一反常态地积极撮合，反而更让人起疑。

薄仲阳带着乔裕直接去了书房。

乔裕把礼物递过去："薄董。"

薄震立刻接过来，笑着开口："都是自家人，又是在家里，像小时候一样叫我薄叔叔就好。"

乔裕笑了笑，并不反驳，却也不再开口。

薄仲阳看看薄震，又看看乔裕，嘴角弯起一道极微妙的弧度。

很快传来敲门声，薄季诗推门进来，询问般地看看薄震和乔裕："饭已经好了，边吃边聊吧？"

薄震从桌后站起来，如长辈般亲切地揽着乔裕的肩往外走："那就边吃边聊。"

饭桌上乔裕也没有主动提起来意，只是聊聊家常。

饭后，薄夫人指挥薄季诗把水果端出来，薄震又招呼乔裕吃水果。

乔裕也不急不躁，又极配合地开始吃水果，气定神闲地和薄家一家人从国际形势谈到国内经济，从南北差异聊到陈年旧事。

薄震仔细观察了一会儿乔裕，发现他话并不多，眉宇间的沉静越发明显，听别人说话的时候会认真看着对方的眼睛，始终都在温和地笑着，偶尔开口说出的话却一针见血正中靶心。

就像当初这个年轻人带着项目来找他，他本来并不打算投资。不久前，薄仲阳去北方试水，结果并没有他想象的好，他是商人，看重利益是天性，可他又不是普通的商人，星星点点的利益他并不在意。

可乔裕简简单单的一句话就让他转变了心意。

当时乔裕坐在他对面，隔着长长的会议桌，安静地听着他的推辞。乔裕的身后是乔家和乐家，虽说离得远，可两家的人脉关系盘根错节，牵一发而动全身，所以即便是在自己的地盘上，薄震也不得不拒绝得委婉一些。

乔裕似乎对他的拒绝并不吃惊，安静地听完之后缓缓开口："《老子》说，将欲歙之，必固张之；将欲弱之，必固强之；将欲废之，必固兴之；将欲夺之，必固与之。春秋末期，各种新兴势力不断壮大，在晋国，形成了以韩、赵、魏、智、范、中行为首的大族，史称'六卿'。

"范、中行被兼并后，智伯就向魏宣子提出领地要求，魏宣子当即拒绝。魏宣子的谋士任章却献计说：请不要正面拒绝智伯，不妨满足他的要求，他尝到了甜头，一定骄傲得意，更加贪得无厌，四处伸手，到那时，其他大夫必然会不满，从而促使各家联合起来去收拾孤立又骄傲轻敌的智伯，他的性命还能保住吗？魏宣子听从任章的妙计，划出一些土地给智伯。后来，智伯果然被赵、魏、韩三家所厌。魏宣子不但收复了失地，还分得了更多的土地。

"薄董难道真的以为'沿海一薄'的帽子可以戴得长久？薄董以为薄家这些年风生水起是因为什么？薄家当年从北方举家南迁，就没想过回去？薄仲阳几次三番去北方试水难道真的只是巧合？这个项目并不是无利可图，只是要看薄董看重的是什么'利'。"

薄震从往事回神，喝了口茶，开口："时间不早了，我和乔裕还有事要谈，去书房吧？"

乔裕点点头，很快起身，跟着薄震去了书房。

薄震开门见山地拿出合同："合同早就准备好了，我已经签了字，集团会尽快确定人选过去配合你。"

乔裕接过来看了几眼，笑着抬起头："那就谢谢薄董了，希望我们合作愉快。"

乔裕从薄家离开后，薄季诗敲开了书房的门。

"爸爸，这个项目，我想负责。"

薄震看着窗外，乔裕的车灯在黑暗中闪了闪，很快消失不见，他才开口："你哥哥也说了同样的话。"

薄季诗顿了一顿，昂起头看着薄震，目光坚定："我会从他手里赢下来。"

薄震并没有发表什么意见，依旧背对着她："有才而性缓，定属大才；有智而气和，斯为大智。若是有了乔裕的支持，你哪里还需要这么辛苦？"

薄季诗没接话，只是低下头笑了一笑。

　　乔裕行事，受了乔家和乐家的双重影响，温和有礼，锋芒俱敛，不显山不露水，可那并不代表别人可以为所欲为予取予求，这种人恰恰最该小心。不是懦弱，不是忍让，而是一种安静的强大。

　　薄季诗还记得乔裕刚刚调任到这里的时候，那个时候他根基未稳，提了议案之后被几个所谓的南方元老丝毫不见气质风度地吼，一点儿也不支持："这是在南方，不是在你们北方！"

　　后来结果到底如何，她早已不记得了，只记得乔裕眉目沉静地坐在那里，不见慌乱不见尴尬，微微抬眸扫了一圈。她站在薄震身后，只那一眼，她便知道，什么是气场。

　　果然，短短几个月后再也没有人敢在乔裕面前大声说一个字，那些倚老卖老的元老们被他轻松愉快地收拾得服服帖帖。

　　他那样一个男人，不需要有多么雅人深致，不需要有多么口若悬河，就只单单坐在那里，就已经掷地有声。这样一个男人，怎么会看不明白薄震的用意？她在这个时候顺势而上，岂不是会被他看轻？

　　薄季诗刚从书房出来便看到靠在楼梯口的薄仲阳。

　　薄仲阳一脸似笑非笑："四小姐，命中贵人出现，可要好好把握机会啊。"

　　薄季诗一脸温婉地看着他："时间不早了，二哥早点儿休息吧。"

　　兄妹俩擦肩而过时，脸上的笑容忽然散去，留下一脸清冷。

　　第二天尹和畅准备去叫乔裕去机场的时候接到了他的电话。

　　"我去买点儿东西，你不用等我了，我们在机场会合。"

　　尹和畅一头雾水地挂了电话，觉得乔裕最近的行为一直在偏离轨道，不知道为什么他在第一时间把原因归结到了纪思璇的身上。

　　尹和畅和乔裕坐在候机厅里等待登机时，他看了看旁边正专心看文件的乔裕，欲言又止，终于鼓起勇气准备开口时却被打断了。

　　一个穿着机长制服的男人穿过偌大的候机厅，在万众瞩目下走到乔裕的面前停住，坐下。

　　或许是制服诱惑，或许是那人本就出色，周围几个年轻的女孩儿正满脸兴奋地讨论着。

　　乔裕收起手里的文件，笑着开口："你怎么在这儿？"

　　沈南悠踢了踢地上的黑色行李箱："我过来培训啊，和你一班飞机回去，在旅客名单里看到你的名字就过来打个招呼。"

　　乔裕看着他："就这样？"

　　沈南悠忽然笑了，忍了半天才藏起笑容一本正经地开口："念在多年兄弟，提醒你一句，三少爷来袭。"

　　乔裕听到这个名字，皱了皱眉，紧接着便和沈南悠心照不宣地相视而笑。

　　乔裕在飞机上还没坐稳，就有个香艳的女子长裙飘飘地坐到了他身边，空气中弥漫着香甜的气息。女子坐下后倒头就睡，飞机还没起飞，她的头已经靠到了乔裕的肩膀上。

　　乔裕礼貌地把她的脑袋扶回座椅的头枕上，可没过多久，她又靠了回来，循环几次后更是变本加厉，就差滚到乔裕的怀里去了。

　　乔裕看了一眼一直在旁边看热闹的沈南悠，很无奈地微微拔高声音："陈三儿，你玩儿够了没有？"

　　很快隔着两排的座位上探出一只脑袋："你怎么知道是我？"说完打了个手势，身边装睡的时尚女郎就起身去了别处坐，然后陈慕白凑到乔裕旁边坐下。

乔裕有些无奈地看他一眼。

陈家祖上是正儿八经的八旗，虽说已经这么多年了，可他身上难掩一股皇家的雍容华贵，当然，八旗子弟那种慵懒劲儿他也没逃脱得了。

陈慕白盯着乔裕看了半天才开口："二哥，本来他们说你不近女色我还不信，现在我倒真有几分怀疑，你是不是……"

乔裕有些自嘲地哼了一声后便开始闭目养神。

陈慕白见乔裕不搭理，他也不在意，摸着下巴自顾自地开口："当时是陈家先对不起你妹妹，后来陈家出事的时候你那么仗义，我总觉得对不起你。你知道我不喜欢欠人情，我琢磨了一圈，钱权你都不差，就差一个美娇娘了。可能这些年你太忙了没顾上，要不我给你介绍几个……"

乔裕对陈慕白的啰唆忍无可忍，转头看他一眼："慕少，你不觉得你脸上少了一颗媒婆痣吗？"

陈慕白嘴角抽了抽，转身去扯沈南悠的衣袖："他这是怎么了？以前的乔裕是多温和无害啊！我怎么忽然觉得有些冷飕飕的呢，是大姨夫来了吧？还是说南边太复杂，把我亲爱的二哥都带坏了？"

沈南悠看了看乔裕的脸，又冲一脸兴致的陈慕白笑笑，他知道乔裕不是不近女色，多半是心里有人了，偏偏陈慕白还不要命地去戳他的痛处。

他还清楚地记得几年前，乔裕特意来找他，在机场的监控室里一脸痛楚不舍地送一个女孩子上飞机。这个男人眼底的舍不得谁都看得出来，可他询问是否拦下来时，却被乔裕拒绝了。

他从来没在这个温和儒雅的男人脸上看到过那种表情。

他坐在沙发上眼睛一眨不眨地盯着屏幕上的那道身影，良久的沉默，后来甚至不自觉地点了支烟。

自己无意阻止，可他还是转过头来解释，一开口声音喑哑："我知道这里不许抽烟，我只抽一支，抽完就走。"

说完继续盯着屏幕，直到飞机冲入天际，他手中只剩下了烟蒂。那支烟从头燃到尾，他却没有抽一口。

沈南悠眼睁睁地看着火星离他的指尖越来越近。

或许是指间的疼痛让他回神，乔裕很快起身，神色也恢复了正常，对他说："谢谢你，我走了。"

说完，又看了一眼早已没有那道窈窕身影的监控屏幕，果决地转身离开。

那段时间乔烨刚刚出事，是乔裕最难熬的时候。那时，他进入政坛已有不短的时间，早就学会了喜怒不形于色，再难熬也不见他在人前露出那种神色。只有那一次，他破了功，带着无奈，带着不舍，带着无能为力的虚脱和绝望。

沈南悠在机场待得久了，见多了离别，清楚地知道如果一个人在送别时会露出那种表情，又怎么会轻易忘记？

乔裕出差回来的第二天恰好是周末，他落了一份文件在办公室便去拿。办公楼里空荡荡的，他在走廊上和一只大摇大摆走过的猫擦肩而过，他愣了一下，转头看了一眼，看到那只大脸猫停在了电梯前。

乔裕看了看周围，不知道这只猫从哪儿来的，他笑着摇摇头，继续往前走。

可等他从办公室拿了文件出来，那只猫竟然还蹲在电梯前。

他走过去按了按钮等电梯上来，那只猫便和他一起等在那里。电梯门很快打开，他走进去之后，那只猫蹲在电梯门口看着他。

乔裕拦住就要合上的电梯门，问："你要进来吗？"

那只猫很快起身，一脸傲娇地迈着猫步不急不缓地进了电梯。

电梯门慢慢合上，乔裕和它对视，试探着问了一句："你……去几楼？"

那只猫看着电梯口的几排数字一脸惆怅，乔裕无奈，便按了一层。

到了底层，乔裕出了电梯，那只猫也跟着出来，然后一直跟着乔裕到车边。

乔裕转头看看它，实在不知道这只猫是谁的，从哪里来，又为什么要一直跟着他，他就这么把它带下来，它的主人找不到它了会不会着急？

没办法，乔裕又带着猫坐了电梯回到办公室所在的楼层，索性也不回家了，就在办公室里加班。

纪思璇的工作告一段落之后，她才发现之前一直在窗台上晒太阳的大喵不见了。她找了一圈，到处没有大喵的踪影，却发现乔裕办公室的门是虚掩着的。

她推门进去时，乔裕正坐在窗边的桌子后看文件，偶尔抬眸看一眼电脑，手边简简单单地放了一支笔、一杯水。

窗外的阳光照进来，大喵缩在乔裕手边的桌上晒着太阳假寐，忽然睁开眼睛跃跃欲试想要去捞桌角鱼缸里的鱼。乔裕眼都没抬，却忽然弯了嘴角，抬手安抚性地顺了顺它的毛，大喵立刻乖乖躺了回去，一脸受用地闭上了眼睛。

窗外阳光大好，屋内一室静谧，似乎一切都很熟悉，似乎一切就该是这个样子，似乎这个场景早已发生过无数遍，似乎一切都很好，可纪思璇的眼睛却隐隐有些疼。

乔裕很快发觉了纪思璇的存在，抬头看向她时，纪思璇反应极快地合了合眼，隐藏住眼底的情绪，指着那只早就改旗易帜根本不知道它主人是谁的大喵，"它，我的。"

逆着光的男人光芒万丈，金色的阳光浅浅淡淡地勾勒着他的轮廓，深邃狭长的眼睛里弥漫着笑意，纪思璇在自己的心跳声中听到了他声音里的惊喜。

"它是纪小花？"

纪思璇微微偏头，终于看清了他的脸，原来他还记得。

乔裕之前是见过纪小花的。

那年纪氏夫妇又去采风，纪思璇被迫担任了照顾人喵的工作，可学校不允许养宠物，她只能隔一天便回一趟家，有几次是乔裕送她回来的。

那段时间纪思璇一直致力于带乔裕回家，可他骨子里还是很传统的，女方父母又不在，怎么都不愿上楼去。

可她软磨硬泡的次数多了，他也就动摇了，也就去过那么一次，见过那么一次，只不过当时的纪小花真的还是朵"小花"，和如今的包子脸"判若两猫"，所以他才没有认出来。不知道是不是因为大喵认出他来了，所以才会一直跟着他。

刚才一人一猫的场景，纪思璇曾经幻想过无数次。等他们结了婚，就把大喵接到自己家里来。她觉得世界上最美好的事就是，在不上班的周末，他们待在家里什么都不做，抑或是各忙各的互不干扰，可她一抬头就可以看到他，和晒太阳的大喵，再加一点儿他眉宇间的温柔那就再好不过了。

只是没想到这样的场景真的出现在她的眼前，却是在这么多年之后。

惆怅的纪思璇忽然想起了什么，眼底渐渐积聚起冷漠和自嘲。不过短短几秒钟的时间，乔裕便看了一场精彩的变脸表演，他有些蒙，小心翼翼地问："怎么今天来加班？"

纪思璇又恢复了那副冷艳高贵的模样："怎么我加不加班还需要向乔部报告？合同里有写这一条吗？"

乔裕皱眉："现在不是上班时间，不用叫我部长。"

纪思璇的嘴角弯得恰到好处，可眼底的阴郁依旧那么明显，不咸不淡地开口："那请问乔公子，还有事吗？"

乔裕始终不明白她忽然翻脸是因为什么，思前想后也只能想到这么一个原因："你……生理期？"

纪思璇的嘴角立即抽了一抽，神情复杂地瞪了乔裕一眼。

乔裕便知道自己猜错了，很理智地开始转移话题："前几天出差……"

纪思璇忽然开口打断，看也不看乔裕一眼，连语气都冷了几分："乔部出差这种事，不用告诉我。"

乔裕瞬间恍然大悟，试探着问："你是……因为我出差没告诉你，所以在生气？"

纪思璇一愣，把头扭到一边，生硬地回答："你想太多了。"

乔裕明显看到了她脸上的不自然，笑了笑没有继续追问，从桌边的抽屉里拿出一个小瓶子，走到纪思璇面前递给她。

纪思璇接过来看了看，白色的药膏，极简易的说明，专治蚊虫叮咬的。

乔裕继续刚才被打断的内容："前几天去了南方出差，蚊虫比北方猖獗，这种治蚊虫叮咬的药特别有效，就带了一瓶给你。以后被蚊子叮了别使劲抓，留了疤就不能穿漂亮裙子了。"

她呼吸一滞，好熟悉的一句话，当年她欲擒故纵，故意说给他听，想让他心疼，如今同样的话由他说出来，疼的竟然是她自己的心。

纪思璇咬了咬牙，再开口时笑得眉眼弯弯，却把手里的瓶子塞了回去，一语双关："乔师兄有心了，不过，我不需要。"

乔裕看着纪思璇，良久之后低下头，满是无奈地叹了口气。

他一直都知道，纪思璇向来是最难哄的。

纪思璇的心却因为他的一声叹息忽然软了下来，一抬眼就能看到他眼底的一片青灰。她低下头皱着眉纠结了半天，忽然伸手从乔裕手里抢过药膏，僵硬着声音道："谢谢了。"

乔裕笑着看了她一眼："时间不早了，去吃饭吧。"

纪思璇本来就是带着大喵来这边的食堂蹭饭的，听到他这么说，便转身往外走。

两个人重逢后第一次坐在一张桌子上吃饭，纪思璇情绪不高低着头不说话，乔裕却难得话多。

"周末我有时候会来加班，加班的福利，可以点菜。我会点两个菜一个汤，一荤一素，夏天点冬瓜荷叶汤，冬天点山药排骨汤。"

他们坐下后很快就有厨师过来问："乔部又加班啊？今天想吃什么？"

乔裕也没问纪思璇的意见，直接开口："就照平时的来，再多加一个糖醋排骨和一份米饭。"

菜上得很快，乔裕拿起桌上多出来的一双筷子给纪思璇夹菜："这是我平时经常吃的，尝尝。"

纪思璇没说话，两个人安安静静地吃完一顿饭。

从食堂出来，纪思璇要回办公室却被他拉着往外走。

"这里有条小路可以通到我住的地方，不开车的时候我会走这条路。我现在住的地方是部里分的房子，你走的那一年我调任西南，回来之后，便搬到这里。"

纪思璇一脸嫌弃地停下脚步："乔部长的生活我真的没兴趣知道，请问我可以回去了吗？"

乔裕并不理会她在说什么，抱着手里的大喵继续往前走："一会儿会路过人工湖，去看看吧。"

纪思璇索性不走了："我不去！把猫还给我！"

乔裕转头看了她一眼，笑了笑："还是去看看吧。"

说完也不等她同意，继续往前走。

纪思璇跺毛："乔裕！"

这次他头也没回："马上就到了，累了的话坚持一下，湖边有长椅，可以休息一下。"

眼看着他就要走远，纪思璇叹了口气，小跑几步跟了上去。

后来两个人坐在湖边的长椅上，长椅边的柳树枝长长地垂下来，大喵窝在纪思璇的怀里不安分地去够柳叶。

纪思璇自知反对无效，以一种非暴力不配合的态度冷着一张脸安安静静地听着。

"我每天早晨会围着湖跑几圈，"乔裕的声音在微风中缓缓响起，"那边早餐店里的粥很不错，是他们的招牌，有机会可以尝一尝。也不是每天都去吃，前一天晚上加了班或者应酬晚了第二天早上就会起不来，来不及了就去食堂吃。"

纪思璇抬眼去看，果然有个店铺，店铺门口有个大大的招牌，上面写着"早餐"两个字。

乔裕指了指离湖最近的一栋楼："我住那栋楼，上去坐坐？"

纪思璇抬眼看他，他从刚才开始就不对劲，从头到尾把他的生活交代了一个遍。

谁要听这些？！

她终于问了一直想问的问题："你在干什么？"

乔裕神色郑重而认真："我就是想跟你说一说，这些年我每天是怎么过的。"

纪思璇冷哼："没兴趣知道，请问我可以回去了吗？"

乔裕没带她原路返回，而是走了另外一条路："早上上班我一般会开车，走的是这条路。有时候尹和畅会开车来接我，有时候我自己开车过去。那辆车……"

乔裕说到这里忽然顿住，转头看了纪思璇一眼才继续开口："那辆车是你走后的第二年买的，那个时候我刚刚从西南调回来，有天路过4S店，就看到了，不知怎么的就想买下来，选的是你喜欢的颜色。"

纪思璇低头沉默，是，当时他们曾经讨论过，乔裕是喜欢黑色的，可她喜欢白色。那天晚上天很黑，可她还是看出来那辆车是白色的。

"你走后的第三年，那一年发生了好多事，我妹妹出了点儿事。"乔裕轻描淡写地说着，眼底的墨色却越来越浓，"后来事情解决得不好，她要去国外读书。那天我去机场送她，她抱着我哭得一塌糊涂，我看着她就想到了你。我知道她不想走，当时她男朋友就在旁边，看着他，我就像看到了我自己，想留，却不敢留。你走的那天，我去送你了，你不知道吧？"

纪思璇唯有沉默。

"那一年春天，我调任南方，年底又调回来。萧子渊和随忆结婚也是在那一年，我以为你会回来，可直到婚礼结束，你都没有出现。

"你走后的第四年，你的消息便渐渐多了起来。同学聚会的时候，有还在建筑界的同学会说起你，做了某某教授的关门弟子，在各大事务所实习，在国外还斩获了新人奖，网上也可以看到你的作品。很巧，我也是在那一年又晋升了一级。那一年随忆怀孕，云醒出生，我还是以为你会回来，可你还是没有。"

"你走后的第五年，我哥哥因为身体不好把工作渐渐移交到我手里，很忙，忙到连吃饭的时间都没有。压力也大，学会了抽烟，萧子渊教的。因为应酬和饮食不规律，住了两次院，从那之后就不敢再大意，开始戒烟，按时吃饭，锻炼身体。"

"今年是第六年，发生了一件很好的事情，"乔裕微笑着看着前方，那双含情目情意浓浓，缓缓开口，"你回来了。"

"你呢？"他转过头看着她，侧脸的线条柔和，眼角眉梢都带着暖暖的温柔，"要不要说一说你这些年是怎么过的？"

第六章

我们，来日方长

喜欢，大概是这个世界上最独断最没有道理的事了，不是权衡利弊，不是见色起意，就是忽然间有了那么一个人，让你牵肠挂肚、割舍不下。

当天夜里下了一场暴雨，第二天仍然阴沉沉的，纪思璇醒得很早，盯着厚重窗帘边缘透进来的白光出神。

她做了一晚上的梦，梦里都是乔裕的脸，梦里的他笑着问她：你呢，要不要说一说你这些年是怎么过的？

眉眼何其精致，笑容何其温柔，让她即便已经醒来，依旧忍不住沉溺其中。

半晌纪思璇拿出手机来，调出个号码，接通后开门见山地开口："我今天休息一天。"

她赖在床上挺了大半个上午的尸，快中午了才起来，喂了大喵之后又躺在沙发上发呆，最后烦躁地坐起来，拿出手机开始召唤人。

午后，四个女人悠闲地坐在咖啡厅里看着杂志喝着下午茶。

三宝指着杂志上的一页问："这条裙子好不好看？"

纪思璇看都不看："三宝，你说你穿什么裙子啊，女人才穿裙子。你说你除了身份证上写着性别女之外，你和女人还有什么关系？"

三宝一脸委屈地看着纪思璇，看着看着忽然笑了："妖女，你说我留你这个发型好不好？待我长发及腰，少年娶我可好？到时候陈簇就可以娶我了！”

纪思璇懒懒地抬头，上上下下打量了三宝半天，唉声叹气地摇头："我看是没什么希望了。"

三宝一脸疑惑："为什么？"

纪思璇慢条斯理地揶揄她："因为你没有腰啊。"

三宝连中两箭，立刻把杂志一扔，泪眼婆娑地奔到随忆怀里找安慰。

何哥看着横空出现在她面前的杂志不知如何是好，扔也不是，拿着也不是，一脸惊恐地看着妖女，诚恳地求饶道："妖女，念在我们同居过五年的分儿上，求你别说……"

纪思璇抿了口果汁，毫不留情地出招："何哥啊，我说你再相亲不成功啊，就信基督教吧！"

何哥颤颤巍巍地开口："为什么？"

纪思璇笑得倾国倾城："因为这样你就有主了啊。"

何哥也扔了杂志扑到随忆身边颤抖："阿忆！你看她！"

随忆左拥右抱地坐在一边笑："这妖精修为太高，我等招架不住，快去搬救兵。"

三宝不死心，微微反抗："妖女，说真的，我真的瘦过。"

纪思璇不紧不慢地接招："八斤四两的时候吗？三宝，说真的，你赢在了人生的起跑线上。"

三宝再一次扎进随忆怀里，吐血身亡。

何哥往前推了推随忆，企图抵挡一部分火力："你为什么不攻击阿忆啊？"

纪思璇歪着头坏笑："因为她老公是萧子渊啊，萧子渊那是谁都能招惹的吗？你也找个萧子渊那样的老公，这样我也不会攻击你了。再说了，孕妇你们都欺负，有没有人性？"

何哥刚想开口忽然顿住，然后看着三宝朝她挤眉弄眼。

三宝眨着眼睛一脸懵懂，直到听到身后的声音才猛地睁大眼睛，弹跳起来去打招呼："护士长，好巧啊。"

一个中年女人带着一个二十几岁的年轻女孩站在几步之外皮笑肉不笑地寒暄："任医生，这个是我侄女，你没见过吧？"

三宝拼命摇头："没见过没见过。"

中年女人拍了拍自己的侄女："对了，你导师什么时候能有空啊？我想让他帮我侄女看看，调理一下身体，她啊，就是太瘦了。"说完又去掐三宝的腰，"任医生，要不你教教我侄女，到底怎么才能吃成你这么胖？"

三宝乐呵呵地傻笑，也不在意。

纪思璇却看不下去了，转头问："这大妈是谁啊？"

随忆凑到她耳边小声回答："挺有资历的护士长，旁边那个是她侄女。听说她一直想把她侄女介绍给陈簇，奈何神女有意，襄王无心，这也就算了，谁知没过多久，陈簇就和三宝在一起了，就有事儿没事儿地挤对三宝。"

何哥心有戚戚然地补充："嘴还特别毒！"

纪思璇扬着下巴瞄了一眼："哦，看着是挺恶毒的，我还以为是灰姑娘的后妈呢。"

恶毒后妈还在补刀："女孩子啊，还是瘦一点儿好看。你看我侄女，是不是挺瘦挺好看的？"

"是啊，是挺瘦的，所以啊，有病就得去看兽医。"纪思璇扬着声音，阴阳怪气地开口，"我们有没有去做兽医的同学啊，介绍一个给她。"

何哥一口水直接喷出来："噗……"

女孩儿一脸愤怒地瞪着纪思璇："你！"

恶毒大妈走近两步："长得挺漂亮的一个小姑娘怎么说出来的话那么难听呢？"

纪思璇靠着椅背，好整以暇地看着来者不善的两个人："原来说话好不好听跟长相有关系啊？怪不得我听你说话那么难听呢。"

"你说谁难看呢？"

"说你啊。这么明显都听不出来吗？"

"你是谁啊？我跟任医生说话和你有什么关系？！"

"没关系啊，我有病，没吃药而已，怎么，你也没吃药？"

中年大妈被气得浑身发抖，拽着自己的侄女头也不回地走了。

三宝坐回来之后，纪思璇伸手去捏她的脸，一副恨铁不成钢的模样："你是不是包子吃多了啊？别人这么欺负你，你都不还击？"

三宝还是笑呵呵的模样，微微红了脸："我怕陈簇为难。"

纪思璇哀号一声："走了走了，我们还是去逛街吧。"

四个人逛了一下午，吃了晚饭又去了附近一家很有小资情调的酒吧消磨时光。

三宝是沾酒即醉的量，偏偏还每次都要喝，才喝了几口就揽着纪思璇涕泪齐下："妖女，你怎么能那么狠心呢？走了那么多年都不回来……我好怕你一直都不回来……好怕好怕的……"

念着念着，三宝忽然唱了起来："Hello！看我！你在害怕什么？是我错……我好怕好怕啦，我神经比较大，好怕好怕好怕啦……"

三宝唱得开心，余下三人听得三脸黑线。

过了会儿，纪思璇艰难地扶住不断下滑的三宝，然后转头对随忆和何哥说："我一直都不敢回来，因为回来看到你们，我就会想起以前，想起，乔裕……"

妖女这么肆无忌惮地说出那个名字时，随忆心里一颤，何哥立刻一巴掌拍到三宝身上："你没事儿说这个话题干什么？！换一个！"

三宝迷迷糊糊地看着三个人："换一个？哦，那我们什么时候去海鲜楼啊？我好怕它哪一天忽然关门了，我才去过一次啊，呜呜呜……"

何哥又要一巴掌拍过去，却被纪思璇拦住，她笑得不可自抑："好了好了，她喝多了，根本不知道自己在说什么。"

后来何哥赴了三宝的后尘，一头栽在吧台上睡得昏天黑地。

随忆看着安静下来的纪思璇："到底怎么了？你今天一天都不对劲。"

纪思璇正指着下巴看台上轻声唱着情歌的男人，听到随忆的声音转过头来，一脸认真地问："阿忆，你为什么喜欢萧子渊？他做没做过什么事……让你特别感动？"

随忆想了想："喜欢，大概是这个世界上最独断最没有道理的事了，不是权衡利弊，不是见色起意，就是忽然间有了那么一个人，让你牵肠挂肚、割舍不下。萧子渊让我感动的不是某一件事，而是他对我的态度，在他所有的规划里都给我留了位置。"

纪思璇脸上的笑容渐渐消失，垂着眼帘不说话。

一个男人不用说什么山盟海誓，他最大的诚意是慢慢告诉你，在那些你不在的日子里他是怎么度过的每一天。虽然你不在，他也留了你的位置。过去是这样，未来也是这样。

随忆大概猜到了："乔裕又做了什么？"

　　纪思璇深吸一口气，眯着眼睛一脸困惑地想了很久："其实根本就是什么都没做……"

　　纪思璇从包里翻出清凉药膏递给随忆看："就是出差回来给了我这个，拉着我胡说八道了半个下午，没了。"

　　随忆接过来看了几眼："真的只是胡说八道吗？"

　　"不是胡说八道。"纪思璇的眼底是满满的挫败，不想承认却又不得不承认，"这世上大多惊天动地、动人心魄的爱情都没什么好结果，最缠绵悱恻的爱情就是以正正经经的态度平平淡淡地过好每一天，为自己也对对方负责。没有那么多死去活来，陪伴到老才是情深。

　　"那个男人当年对我就是如此，寝室楼下摆蜡烛啊，唱情歌啊，他从来都不会做，就知道整天板着脸皱着眉跟我说：'纪思璇，建筑史看完没有，你已经比别人晚了一年还不努力点儿，怎么跟得上？纪思璇，你有时间学学这个制图软件。纪思璇，你的概念太虚，进度太慢，质量太差，没有深度，数据太水，线稿拉得不行，模型不够挺，渲染不够逼真。重画，重做，重测，重来。'

　　"把你的作业批得一无是处，可等你提前完成交上去的时候，才知道别人才刚刚做了一半，老师会一脸惊喜地夸奖你。我在国外的时候，别人会跟我说，纪思璇你的画图基础特别扎实，习惯特别好。其实我父母都没有正正经经地教过我，我学建筑的优势不过是有美术基础，仗着有些天赋和悟性，可那些技巧和习惯都是乔裕教的。连我自己的教授都会跟我说：'其实我中意的关门弟子是个男生，也是中国人，还是和你一个学校的，叫乔裕，你认识吗？可是他没有来，你的作品里有他的影子。'

　　"你能明白那种感觉吗？所有的记忆铺天盖地地压下来，一次又一次，这个男人编织了一张网，无声无息地把我淹没，根本就逃脱不掉。如今我回来了，还是如此，他温温和和地看着你笑，你生气、恼怒、讽刺、毒舌，你所有的反抗和抵触，他都照单全收，又无声无息地收网。随风潜入夜，润物细无声，大抵便是如此吧。这个男人不是懦弱，他是真的温柔，一种因内心强大而生出的温柔。"

纪思璇的眼睛有点儿红，忍了忍，笑着转头："有点儿喝多了，语无伦次的，你就当没听到。"

随忆把药膏还回去："那你就和他在一起啊。"

纪思璇傲娇地把头扭到一边："凭什么？我不要！是他说不能和我一起去留学了，是他先放的手，凭什么我回来了就当作什么都没发生过，再和他在一起？"

随忆忍俊不禁："妖女，你觉不觉得……"

纪思璇头都没抬，声音里却有了明显的懊恼："觉得。"

"那你……"

纪思璇静静地看着随忆，微微笑着："可是阿忆，当年你和萧子渊，就不矫情吗？"

随忆歪着头想了想，忽然笑了，不得不点头承认："矫情。"

"不矫情叫什么谈恋爱啊？"纪思璇眯着眼睛看向随忆，眼底一片清亮，"你说我长得这么漂亮，还不能矫情一把了？"

随忆歪过头去抖动双肩："妖女，我就喜欢你这种真性情。还有，其实，寝室楼下摆蜡烛、唱情歌、表白的戏码，你是早就看够了吧？当年那么多人在寝室楼下叫你的名字演偶像剧，还不是被你一句'肤浅'落得个惨败收场？"

"是吗？"纪思璇抿了口酒，"完全不记得了。"

"其实，你回来过的吧？那年平安夜？乔裕看到你了，就那一眼，他差点儿疯了。"随忆忽然一脸正色，"当时他抓着我的手臂，问我看到的是不是你，那么用力，大概他自己都没有意识到。当时那么多人看着，他的声音都在颤抖。我看着他压抑着自己不要失态，用尽所有的力气把失控的情绪给逼回去。从你走了之后，他从来不向我打听你的消息，只有那一次。

"有一年他们部里有同事生了孩子，是个女孩儿。孩子的父亲想了几个名字让他们看看哪一个好听。当时我也在，乔裕指着纸上的'璇'字，跟他同事说，听说名字里带个璇字的女孩子会长得很漂亮。那个同事想了想问，比如说？乔裕笑了笑才回答，比如说，民国名媛周璇。有人又问还有呢？乔裕顿住，嘴角动了动，忽然笑了，说还有很多，他一时间想不起来了。

"子渊低头轻轻跟我说，乔裕刚才肯定是想说你。可'纪思璇'三个字于他而言，是有着怎么都说不出口的艰难吧。这些他是不是从来都没跟你说过？乔裕的隐忍和爱意都掩藏在他温和的笑容里。妖女，我以前认为无论别人怎么样，乔裕和妖女是一定会在一起的，虽然后来发生了那么多事，可我依旧这么认为，一直到现在。"

纪思璇抬手揉了揉随忆的脸，拉长声音："萧夫人，这过了期的糖你还'嗑'什么啊！"

随忆拍开她的手："你发没发现，'乔'字和'妖'字，这两个字多像啊！"

纪思璇懒洋洋地开口："哪里像？'乔裕'是有口无心，'纪思璇'才是有口又有心。"

被念叨了一晚上的乔某人此刻刚看完乔烨，和温少卿并肩从医院走出来，去赴被夫人抛弃了的萧大公仆的酒局。

坐下后，萧子渊拿着酒单示意两人。

温少卿摆摆手："明天有手术，我喝水算了。"

乔裕也摇头："我开车了。"

萧子渊捏着酒单皱眉："难得我有这个兴致，你们两个真是扫兴。每当这个时候，我就分外思念一个人。"

说的是谁，三个人心知肚明。

温少卿顿了一顿："林辰就没和你们联系过吗？"

"他怎么会跟我联系。"萧子渊嫌弃地看了一眼温少卿，"有这么一个表弟。"

温少卿横他一眼，又看向乔裕。

乔裕看着酒单乐得补刀："昔日兄弟一朝反目为哪般啊？你们俩有多久没说过话了？"

温少卿的脸黑了一黑，很快反击："乔二，你有什么资格说我？纪大美女你搞定了？"

乔裕立刻偃旗息鼓了。

人生大赢家萧子渊笑得春风得意："喂，你和你们家丛律师到底是什么状态？"

"丛大律师每隔一天就会给我发一封律师函，我现在……"温少卿刚说了一半，放在桌上的手机振动的同时屏幕也亮了起来，一条短信。

三个人同时探头看了一眼——

"你会在二十四小时内收到我的律师函……"

温少卿见怪不怪地划开屏幕看了一眼："我看看这次给我安的是什么罪名啊？"

温少卿忽然愣住，一脸不可置信。

"怎么了？"

"说我……性骚扰？！"

温医生气得跳脚的同时，萧子渊接到了自家夫人的电话。

随忆悄声开口："你叫乔师兄一起过来吧？"

萧子渊把手机拿远了一点儿，特别真诚地询问乔裕："我要去接我老婆，你要不要一起去？"

乔裕奇怪地看着他："你接你老婆，我去干什么？"

萧子渊别有深意地问："你确定？"

乔裕想起上次被他坑过一回，有些犹豫："她……也在？"

萧子渊憋着笑："你猜呢？"

乔裕掀桌："我说萧子渊，我怎么觉得你那么坏呢！"

最后三个人兵分两路，乔裕和萧子渊去善后，温医生去找丛律师算账。

纪思璇像是嗅到了什么，忽然闪了人，于是随忆目睹了一下刚才被她赞为温润儒雅的乔裕发飙的场景。

扑了空的乔裕憋着火质问萧子渊："萧子渊，你故意的吧？"

萧子渊偏偏也不解释，还冲随忆使眼色让她也别解释，一脸事不关己的无辜："我又没说她会在，是你自己要来的。"

乔裕到底还是做了一回司机，把何哥、三宝送回医院宿舍，又护送萧氏夫妇回家，途中还顺路去了萧家老宅把萧云醒小朋友给接上。

萧云醒小朋友睡得迷迷糊糊的，被萧子渊抱在怀里，揉着眼睛叫乔裕："二叔。"

乔裕从后视镜笑着看过来："乖。"

萧云醒小朋友还记着上次匆匆一别的事情："二叔，你后来追到那个漂亮姐姐了吗？"

乔裕幽怨地瞪了萧子渊一眼，心里默默升起弹幕——果然是亲生的，父子俩真有默契，一起围攻我。

萧子渊继续无辜："不是我教的！"

这一天的后遗症就是，乔裕把萧子渊拉入了外交黑名单，自此对他的话采取三思而后动的原则。

纪思璇第二天早上醒来就头痛欲裂。她一手揉着太阳穴一手拎着装着大喵的包，行尸走肉般踏进办公室时，发现她的桌上放着一份粥，还有一杯绿颜色的不明液体。

她端起来闻了闻，西芹味中带着淡淡的清甜。

她又去看旁边的粥，还是温的，拿起勺子尝了几口，味道确实不错。她端起旁边的西芹汁抿了小小一口，差点儿吐出来。

手机极应景地振动了两下，她点开信息看了一眼，是乔裕。

"西芹汁可缓解宿醉头痛。"

纪思璇摩挲着杯壁出神，几分钟后回了一条——

"据说在古希腊时期，是禁食西芹的，因为西芹中含有促进性欲的物质。"

正在开早会的乔裕看到这条短信的时候差点把手机给扔出去。

昨天目睹了心情颇为诡异的纪思璇横扫整条商业街的场面后，三宝回去就开始不正常了。

第二天中午在医院食堂里，她揪着陈簇的袖子撒娇："我不舒服，好像病了，给我买个包包吧！"

陈簇一头雾水："病了就要治啊，跟买包有什么关系？"

随忆和何哥对视一眼，异口同声地回答："妖女有云，包，治百病。"

"呃……"陈簇一脸愕然。

随忆打电话控诉纪思璇的时候，纪思璇在电话那头笑得前仰后合："后来呢后来呢？"

"后来……"随忆叹了口气，"被陈簇两个肉包子给搞定了。"

"哈哈哈……"

纪思璇笑着挂了电话，一转身就看到乔裕被人众星捧月般地簇拥着从拐角处走过来。他正歪头和旁边人说着什么，抬头看路时看到她，愣了一愣。

纪思璇收起笑容扬着下巴目不斜视地从他身边走过。

乔裕停下脚步，转头看着那道身影消失在门后，才转过身继续往前走，低头去看手里的文件。

这个丫头不知道在和谁打电话，笑得那么开心，刚才转身的一瞬，笑意从那双澄澈妩媚的眼睛里溢出来，整张脸都明媚得发亮，让人移不开视线。就像当初她站在斑驳的树影下，远远地叫他的名字，阳光透过树叶的缝隙照在她的脸上，却不及她那双波光流转带着笑意的眼睛亮。

想到这里，乔裕转头去看走廊窗外的阳光，微微笑起来。

纪思璇，我们，来日方长。

那天乔裕从医院离开后，乔烨特意叫了尹和畅来医院。

乔烨的精神看上去还不错，叫了尹和畅坐下后便问："我看他眉眼间有点儿落寞，最近出什么事了吗？工作不顺心？"

尹和畅欲言又止："工作还好，只是……"

"什么？"

尹和畅不知道该不该说。

乔烨起身把病房门关好："没关系，你说吧。"

尹和畅说得隐晦："大概是和女人有关。"

乔烨想了想："也不为难你，我问几个问题，你只需要回答'是'或者'不是'就行。你什么都没说过，是我自己猜的。我父亲逼他娶薄家的女儿？"

"不是……"

乔烨想了半天，忽然灵光一闪："他之前喜欢的那个女孩儿回来了？"

"嗯……"

乔烨听到这个消息很高兴："是个好消息，我找个机会去见见。"

尹和畅想了又想，还是说出口："我调查过，那个女人……好像风评不好。"

乔烨忽然收起笑容："胡说！我弟弟喜欢的人怎么会不好呢？尹助理，你要记住，永远不要从别人口中认识一个人。"

乔烨自知时日不多了，动作很快地联系上了纪思璇。

纪思璇挂了傅鸿邈教授的电话后就赶到了 X 大。

当年她从医学院转专业到建筑系就是傅鸿邈教授拍板同意的，后来出国的推荐函也是这位老教授亲自写的，出国后也时不时地保持着联系。这中间除却乔裕的牵扯，她对这位教授还是很感激的。

傅鸿邈还是一贯的老顽童模样，指着坐在自己左手边的男人笑着介绍："这就是纪思璇了，思璇啊，这位是我以前的学生，他有件事想请你帮忙。"

乔烨从旁边拿出卷好的图纸开门见山："我想给我女朋友建座房子。但是因为毕业之后做了别的工作，在建筑设计方面，我已经是外行了。我这里有当初画了一半的图纸……"

纪思璇本能地想要拒绝："傅教授，我这次回来是公司在这边有个合作的项目，项目很快就启动了，进组以后要封闭赶工，怕是不能……"

乔烨看出她的为难，很快解释："知道纪小姐很忙，其实只是想请纪小姐帮忙完成图纸，其他的事情我自己会跟进。"

纪思璇看向傅鸿邈，傅鸿邈点了点图纸："打开看看，看了你会接的。"

纪思璇勉为其难接过图纸，只打开看了一眼就愣在那里。

这张图纸竟让她有种说不出来的熟悉，这种熟悉感让她莫名地恐慌，抬眼看着乔烨："先生贵姓？"

乔烨笑了笑："免贵姓天。"

纪思璇看了看图纸，又抬头看了看乔烨："这个姓氏倒是挺少见的。冒昧问一句，这个……是您本人画的？"

乔烨点头："是啊，怎么了？"

纪思璇仔细打量着乔烨的脸，确认自己和这个人没有什么交集之后，收起图纸："没什么，如果天先生不介意的话，我想先拿回去看一下，会尽快给您答复。"

乔烨和傅鸿邈对视一眼，点头同意。

傅鸿邈送纪思璇出去的时候，纪思璇还是有些怀疑："这个天先生真的是您的学生？"

傅鸿邈一脸坦荡地胡说八道："是啊，怎么了？"

纪思璇表示怀疑："我为什么从来没见过？"

"他比你早了几届，你进校的时候他早就毕业了，所以你不认识。"

乔烨看上去是比她大了几岁，纪思璇暂且相信，又问出下一个问题："那他为什么找上我？"

傅鸿邈一脸赞赏地看着纪思璇："久仰你的大名啊。"

纪思璇一脸"要不要这么爱演"的模样吐槽傅鸿邈："我才刚回国，而已……"

"哦，我推荐的，你可是我的得意门生啊。"

"啊哈，您老人家最得意的不一向都是……"纪思璇自嘲着开口，说到一半忽然顿住，不再往下说，脸上的笑容也消失殆尽。

傅鸿邈看她一眼："是啊，可惜老眼昏花啊，那个臭小子竟然放我鸽子！一想起来就想把他抓回来打一顿！"

眼看着就要走到校门口，纪思璇摆摆手结束话题："我先走了。"

傅鸿邈不放心："你不会不接吧？我的面子你不会都驳吧？"

纪思璇一脸认真地想了想："说不定哦，反正现在我也不是您的学生了，正所谓山高师父远，徒已毕业，师命有所不受。"

傅鸿邈立刻暴怒："你这个逆徒！"

纪思璇一脸气定神闲："喂，傅教授，这是在学校，说不定附近就有您的学生，注意一下为人师表哦。您虽然被叫成'副'教授，可却是正儿八经的教授哦。"

傅鸿邈立刻摆出一副慈祥模样，用力地扯出一抹笑容。纪思璇扑哧一声笑出来，摇了摇手里的图纸："知道了知道了，会好好考虑的。"

纪思璇离开后，傅鸿邈回到办公室时，乔烨还在，他摸着下巴看了乔烨半天："说真的，你和你弟弟真的是一点儿都不像。不然今天肯定穿帮了。"

乔烨有点儿不放心："她从图纸上能看出是乔裕画的吗？"

傅鸿邈摇头："其实两个人在一起时间久了，是会相互影响的。他们两个人的风格和笔触在大三那年就已经很像了，有的时候乔裕替纪思璇做作业，会刻意模仿一下她的风格，画出来的图几乎以假乱真，对此，我睁一只眼闭一只眼罢了。乔裕那张图纸只画了一半，设计之初又考虑到了纪思璇的喜好，因此感觉很像，可是又说不出哪里像，所以纪思璇刚才看了图纸才会松口。"

乔烨点点头："那我就放心了。傅教授，这次麻烦您了。"

纪思璇回到办公室后，把图纸钉在展示板上，后退了几步看了很久。

透明玻璃的办公室，韦忻在隔壁看了半天，走了过来："哦，璇皇！你竟然接私活儿！"

纪思璇看了他一眼，很正经地指着图纸问："你觉得怎么样？"

韦忻看了几眼，吊儿郎当地称赞："璇皇出品，当然不同凡响。"

纪思璇皱眉："你也以为这是我画的？"

"不是吗？"韦忻又仔细看了看，"这不就是你的手笔吗？"

纪思璇也是一脸困惑："我也觉得是我，可我真的没画过啊。"

"那这图纸是从哪儿来的？"

"以前教我的教授介绍的一个男人给的。"

韦忻一脸恍然大悟："哦，你还是接私活儿！"

纪思璇收起图纸，无赖地看着他："嗯，我就是接私活，怎么着吧？"

韦忻立刻换上狗腿的笑脸："不怎么着，就是想问问你国内的行情，我这种级别的接私活儿是个什么价啊？"

纪思璇挥挥手像是赶苍蝇一样："你这种人接什么私活，缺钱花就回家继承家业，不需要接私活儿。"

韦忻立刻一脸惊恐地左右看了看："不是说好了忘了这件事吗？你又提！你看我从来都不提你跟乔裕是……"

纪思璇一个眼风扫了过去，韦忻立刻闭了嘴，双手捂住嘴，瓮声瓮气地往门外挪："我什么都没说……"

纪思璇还在死命瞪着他，企图用眼神杀死他时，半开的门被人轻轻敲响。

乔裕手里抱着大喵，看了看两人，最后冲纪思璇开口："我找你有事。"

韦忻如同看到救兵一般，立刻闪出办公室："你们聊你们聊！"

纪思璇懒懒地靠在桌边，绷着脸一脸傲娇："什么事？"

"它……"乔裕弯腰把大喵放到地上，"跟了我一天，我怕你担心，所以送回来。"

纪思璇无奈地看了看窝在乔裕脚边的生物，恨铁不成钢，不自觉间态度也软了下来："它平时最讨厌人亲近了，我也不知道它为什么总是黏着你。如果你觉得烦，我今天把它送到阿忆家里，让她帮我看几天。"

乔裕笑着看着她："没事的，让它在这儿吧。"

那么温柔的语气，纪思璇一时愣住。

就在纪思璇神情恍惚的时候，听到乔裕再次开口："我手里除了这个项目之外，还有别的项目，所以不是每天都在办公室。明天要去下面视察，就不来办公室了，有事的话你打我手机。手机号你还记得吧？"

纪思璇轻咳一声，一脸不自然得睨了他一眼："你想去哪儿就去哪儿，告诉我干什么？"

乔裕笑了笑，没去揭穿她，恰好手机响了便走出去接电话。

乔裕刚出办公室，纪思璇就蹲在地上使劲揉捏大喵的脸："这位大叔，你能不能矜持一点儿啊！你是跟我姓的，老跟着别人算怎么回事啊？喂你吃、给你洗澡的人是我是我是我啊！你考虑一下黏着我啊？"

乔裕站在几步之外，一边接电话一边看门内一人一猫在较劲。

一个愤愤不平一个高贵冷艳，后来冷艳高贵的那个受不了愤愤不平的那个的蹂躏和碎碎念，挥起爪子挠了愤愤不平的那个一爪子，趁机跑了出来。

乔裕看着看着便无声地笑了起来，回神的时候才听到薄季诗的声音在电话那端响起："喂？信号不好吗？"

乔裕心虚，轻咳一声："我这边信号不太好。"

薄季诗也没在意："上午给你打电话的时候，在忙？"

乔裕笑了一下："不好意思，当时不太方便。找我什么事？"

薄季诗轻描淡写的声音里带着些许的得意："哦，就是跟你说一声，我们大概很快就会见面了。我赢了薄仲阳，这个项目由我负责。"

乔裕没想到薄震会派薄季诗过来，虽然惊讶也只是恍了一下神，很快回答："恭喜。什么时间到提前说一声，到时候我安排人去接你。"

乔裕挂了电话回到办公室的时候，就看到大喵已经再次回来了，旁若无人地窝在他办公桌旁的窗台上抱着尾巴睡得一塌糊涂。

　　他走过去轻声叫了一声："纪小花？"

　　某只冷艳高贵听到声音眯着眼睛看了他一眼，乔裕挠了挠它的下巴："可能是我的原因，她最近心情不好，你不要在意。"

　　说完又揉了揉它的脸："刚才有没有捏疼你啊？"

　　大喵一脸享受地蹭了蹭。

第七章

小小花招后的一片柔情

她聪明，古灵精怪，偶尔会耍耍花招，无伤大雅。就像《小王子》里说的那样，只恨我当时年纪小，看不懂她那些小小花招背后的一片柔情。

薄季诗保持着一贯雷厉风行的作风，很快就到了。

乔裕作为东道主和旧识，请她吃饭。

两个人随便聊了两句项目上的事情，便安安静静地吃饭，吃到一半薄季诗晃动着手里的红酒杯，目光有些涣散地看着摇曳着的红色液体："她是个什么样的姑娘？"

乔裕的怔忡反应换来了薄季诗的调笑："就是你心里的那个人啊，你可别告诉我没有。"

"嗯……"乔裕迟疑了下，不知道想起了什么忽然笑了起来，"她可能是个不怎么招同性喜欢的姑娘。"

薄季诗夸赞："只这一条就知道她有多出色了。"

乔裕似乎心情很好，脸上的笑容也明朗了起来："何以见得？"

"你不知道，让一个女人喜欢另一个女人有多难。当一个女人不喜欢另一个女人的时候，说明这个女人身上有着让她望尘莫及的地方，当大多数的女人都不喜欢一个女人的时候，说明这个女人身上有太多让人望尘莫及的地方。这是对一个女人最大的肯定，望尘莫及之后便是嫉妒。"薄季诗抿了口酒，微醺看向他，"她很漂亮吧？"

"相当漂亮。"乔裕想了想，"当年她毕业的时候，X大流传着一句话，从此X大无美女。不过她不是花瓶，她一向自诩是又华又实的官窑出品。"

"很有才华？"

"当年她的才情连我都佩服。"

"还有呢？"

乔裕垂着眸娓娓道来："是个鲜有的真性情女孩，看上去眼高于顶谁都瞧不上，心地却是最善良的。"

"继续。"

"聪明，古灵精怪，偶尔会耍耍花招，无伤大雅。就像《小王子》里说的那样，只恨我当时年纪小，看不懂她那些小小花招背后的一片柔情。"

薄季诗心里一沉，面上却依旧笑着："接着说。"

"看上去极不正经，可却是个死心眼儿的姑娘。"

乔裕想起当年自己红着脸被纪思璇调戏的种种，不由得低着头笑起来。

薄季诗托着下巴，表示怀疑："真的就没有一丁点儿的缺点？"

乔裕点头，神色间似乎隐隐藏着丝落寞："有啊，有点儿小任性，脾气又偏，还很霸道，她一旦决定了的事情从来没有变过……"

所以当年她才会走得那么决绝，一点儿余地都没有留。

薄季诗从乔裕的语气中听不出他任何的不悦不耐，抑或是嫌弃，反而有种觉得这些缺点很可爱的愉悦感："你还喜欢她？"

乔裕笑得宠溺，说得无奈："就是因为她太霸道了，我拿她没辙啊，只能陷了进去。当初她的出现太突然太惊艳，来不及细细思索便爱上了。

这些年我想了很久很久，把所有有关她的一切全都想了无数遍，好的，坏的，却发现还是爱她。"

薄季诗一副受不了的表情："喂喂喂，你不要笑得那么明显好吗？你没注意到旁边那几个女孩子从你第一次笑就开始不停地流口水了吗？"

乔裕敛了几分笑意，低下头抿了口水。

薄季诗的笑容却渐渐加深："说真的，你有没有想过，其实你只是怀念那段岁月，你放不下的也只是曾经岁月里的那个人。"

乔裕很快摇头，垂着眼帘掩饰住眼底的情绪："我也曾这么安慰过自己，可是当那个人就那么站在你面前的时候，你才发现，你怀念的不是那段岁月，你怀念的从来只是那个人。曾经也好，现在也罢，无论她是不是变了，你爱的都只是那个人。"

薄季诗似乎觉察到了什么，笑容却没有一丝变化："又见到她了？"

乔裕没有隐瞒："是。"

薄季诗来了兴致："怎么样？"

想起那个人乔裕又笑了起来："变漂亮了，以前就很漂亮，现在更漂亮了。个性还跟以前一样，本来就惹眼，现在气场更强了。"

薄季诗调侃道："你都压不住？"

乔裕笑了笑没说话。

薄季诗继续问："那你们要在一起了？"

"不知道。"乔裕似乎并不想再聊，抬起手腕看了下时间，"时间不早了，我让司机送你回去吧。"

薄季诗看着乔裕的侧脸，她不知道他口中那个女孩到底是谁，可是她确定的是，乔裕这辈子只会喜欢那一个女孩。

她认识乔裕的这几年，他一直都是浅浅淡淡的样子，偶尔眉宇间还带着几分挥之不去的郁色，从没有像今天这样笑得这么明媚爽朗，只是提起那个女孩便是如此，心里该是爱到了什么程度？

薄季诗一直想见一见这个让乔裕神伤的女人，只可惜初次见面似乎并没有那么愉快。

薄季诗这次来除了带了三个得力干将之外，还带了一个助理。第二天一早，他们一行五人出现在乔裕办公室里，薄季诗做了介绍之后，那个女助理就冲着乔裕笑得调皮："乔部好！"

乔裕一眼就看出来薄季诗对这个年轻的助理不一般，别有深意地看了她一眼。

薄季诗自知瞒不过去，笑了一下有些不好意思："我表妹，谢宁纯。她父母想让她历练历练，就让她跟着我了。"

裙带关系向来复杂，更何况是薄家的家务事，乔裕点点头并没有多说什么，让尹和畅通知大家开会。

合作方终于到齐，三方合作最忌讳某一方姿态放得太高。所以初次见面很重要，乔裕没想到还是出了岔子。

两个合作方分坐在会议桌两侧，乔裕手底下的人坐在他对面，颇有三足鼎立的意味。

谢宁纯是个娇生惯养的大小姐，更何况薄家在商场上强势惯了，会议开始没多久，她便趾高气扬地拿着支笔指指点点："介绍一下你们的职务吧，就从你开始！"

说完笔尖对准了纪思璇，众人心里一颤，默默吐槽，上来就单挑女王，手气真好。

纪思璇手里也捏了支笔，懒懒地靠在椅背上，气场全开，似笑非笑地看了她半晌。

就在小姑娘要被吓哭，全场以为璇皇要翻脸的时候，她的嘴角却忽然绽开一抹笑意，缓缓开口："植物嘛，我养了盆仙人掌，不过前两天刚被我戳死了。"

说完歪头看向旁边。

坐在旁边的韦忻也是个不怕事儿大就怕事儿不够大的主儿，强忍着笑一本正经地回答："我有盆吊兰，尹助理送的，还没死，你喜欢的话可以拿走。"

纪思璇开了个好头儿，韦忻的接力棒又接得漂亮，后面的人几乎都忍着笑处在崩溃边缘极"配合"地回答了这个问题。

"我的植物是文竹！"

"我养的多肉！"

"我养的发财树！"

……

一向稳重正派的徐秉君一直皱着眉，到了他这里算是最后一棒，当着众人的面儿也只能和事务所站在一起，半天憋出一句："我不喜欢植物。"

一排人回答完之后，便是此起彼伏的爆笑声。

乔裕手底下的人处于中立位置，想笑又不敢笑，表情近乎扭曲。

谢宁纯气不过，看向乔裕："乔部……"

刚开口就被乔裕打断，他低着头摆手："我没有植物，我过敏。"

小姑娘彻底哭了，也不顾场合转身就找靠山："表姐！"

乔裕一直低着头忍笑，一副助纣为虐的模样。

薄季诗看了他一眼，端庄大度地笑了笑："好了，他们逗你玩儿呢。"

说完拿过她手里的笔扔到桌上："以后不要拿笔指人，不礼貌。还有，上班时间不要叫我表姐。"

薄季诗隔着会议桌向纪思璇伸出手去："早就听说过璇皇的名字，只是没想到这么有才华的建筑师竟然还这么漂亮，刚开始我还以为是哪位的秘书呢。"

谢宁纯不服气，小声嘀咕："化的吧？卸了妆不知道还能不能看。"

笑里藏刀的招数纪思璇不是没见过，笑着轻握了一下薄季诗的手："是化的啊，不把自己的脸化得漂亮点儿，怎么能把薄总的钱花得漂亮啊？"

薄季诗瞪了谢宁纯一眼："不许胡说八道，璇皇本身就是美女。"

纪思璇听得浑身起鸡皮疙瘩："不用客气，叫我纪思璇就好。"

薄季诗冲着谢宁纯笑了一下："过来叫人。"

谢宁纯眼睛一转，坏笑着字正腔圆地叫了一声："纪工。"

纪思璇手一抖，抬头看了她一眼。

周围人窸窸窣窣了半天，虽没有笑声，却一个个开启了振动模式。

薄季诗瞪了谢宁纯一眼，谢宁纯一脸不服气。

乔裕皱了皱眉，刚想说什么就看到纪思璇把手里的笔一丢，面无表情地转身出了会议室。

纪思璇的字典里向来没有"隐忍"两个字，初次见面就不欢而散。乔裕看着她的身影消失在门口，一向温和的脸上出现了几丝冷冽，视线落在轻搭在桌面的手指上，沉默半晌才开口，声线清冽低沉，没有指名道姓，话却是难得说得重。

他说："我这个师妹不喜欢别人这么叫她，以后就不要再这样称呼她了。既然是合作，那便是建立在平等互利的基础上，大家都是一样的，不存在哪一方非要压倒另一方，如果对这个原则有意见，恐怕以后合作起来会很困难。我这个人挺怕麻烦的，如果真的有这种想法建议提前说出来，毕竟项目还没正式启动，还有反悔的机会。不过说到强势和压倒，如果真的非要划分等级，主场作战自然有优势，高高在上的那个人，也该是我。她刚才没有当场掀桌子已经很给我面子了，我这个人不喜欢无关紧要的人消费我的东西，如果还有下次，我这个东道主，不介意做一回地头蛇，让人知道什么叫仗、势、欺、人。"

表面上是在说项目，可谁都听得出来，乔裕是在护着纪思璇。

整个会议室顿时鸦雀无声，气氛有些压抑。

谢宁纯的脸红了又绿，绿了又白，一时之间很下不来台，薄季诗的脸色也不怎么好看，众人都惊呆了，不知该如何收场。

好在乔裕很快恢复了随和的模样，语气也缓和了许多："好了，今天先到这里吧，大家都去忙吧。"

说完率先出了会议室，身后跟着尹和畅一众人。

韦忻和徐秉君对视一眼，等薄季诗一行人出了会议室才敲着桌子吐槽："如果刚才我没听错的话，乔部是想说'能干就干，不能干就快点儿收拾东西滚蛋'？是谁跟我说，乔部是个看起来很温和很谦逊很好说话的人？老人家，这次，你看走眼了！"

徐秉君对于刚才的情况也是始料未及，他确实小看了乔裕，"别人的强势是在表面上，乔裕的强势却是在骨子里，看不见摸不着，连大声说话都不会有，但自有一番气度稳住全场。"

韦忻难得地赞同他。

"说真的……"徐秉君一脸疑惑，"你觉不觉得乔裕对璇皇……

嗯哼？"

韦忻有把柄在纪思璇手里，明明知道一个大八卦却说不得。他抓耳挠腮半天才忍住，心里滴着血回答："我也不是很了解……"

会议室里的情况纪思璇一概不知，因为此刻她正在听墙角。

茶水间大概是除了卫生间之外最容易听到八卦的地方，其实她也不是故意要偷听，只不过正好赶上了，便听了一会儿。

"薄氏这次派来的负责人竟然是个女的耶。"

"那个是薄家的四小姐，你不知道？"

"你们在说哪个薄家啊？"

"还有哪个薄家？当然是'沿海有风波'的薄家啊。听说跟咱们乔部家里还是世交呢。"

"不会还定过娃娃亲吧？"

"有可能哦。看上去郎才女貌的也般配！"

"嗯嗯……"

"对了，上次乔部主动说自己有女朋友，是不是就是这个薄四小姐？"

"不会吧？"

纪思璇听够了墙角，转身就走，只不过来的时候心情不太美丽，听完之后更心塞了。

回到办公室时就看到乔裕在里面等她。

纪思璇深吸一口气，进门之后硬着头皮认错："刚才是我不对，不该直接走人，会议纪要我会自己看，不会耽误工作的，下次不会了。如果你是来说这件事的，我已经认错了，你就别开口了。"

说完之后见半天没反应，她抬起头就看到乔裕好整以暇地看着她，嘴角还噙着一抹笑。

纪思璇有些不好意思，硬装出一副凶恶的模样："你笑什么？"

乔裕示意她坐："笑你啊。"

纪思璇坐下后还是一脸莫名其妙："我有什么好笑的？"

乔裕弯着眉眼打量了她半天："说真的，我有点儿好奇，你这个脾气啊，这些年到底是怎么混下来的？"

纪思璇明显抵触这个话题："我平时不这样。"

乔裕试探着问了句："这几天生理期？"

纪思璇手边的纸巾盒下一秒便飞了出去："不是！"

乔裕笑着接住："好了，这件事也没什么大不了的，不用放在心上。我就是来跟你说一下，下周末傅教授大寿，你要不要一起去？"

纪思璇疑惑地看着他："就这事儿？"

乔裕点头："就这事儿啊。"

纪思璇完全不相信，以前上学的时候，她每次修改图纸或者模型改到发脾气撂挑子的时候，都会被他训一顿。虽说训完之后也会哄她，可大道理总会先摆出来，该训得训，该哄得哄，极有原则和底线，可现在又是什么情况？

乔裕在纪思璇这里轻描淡写，可青天白日就变身的消息很快就传了出去。他的直属上级是从小看着他长大的长辈，把他叫到办公室里唉声叹气半天："你连一碗水端平都做不到吗？"

乔裕站在办公室中间，像个受训的小学生，垂着眼睛仔细想了想，然后抬起头看着这位长辈，在老人满眼的期冀中诚实地回答："嗯，确实做不到。"

宋承安一口水喷了出来，毫无威严形象可言："你……"

乔裕递了张纸巾过去，也不解释，安安静静地等他发飙。

宋承安晓之以理、动之以情道："我知道那个是你师妹，你向着她呢也是人之常情，可是你不觉得让她和投资方握手言和，好好合作才是为她好吗？"

"之前在学校里，她有时候改图纸或做模型烦了也会撂挑子，那个时候我会训她，她不高兴我也会那么做，那是为她好。可是现在不是她的问题，有了别人掺杂进来。我再拿这些大道理去压她，她会委屈，这并不是为了她好，因为这件事不是她的错。"乔裕完全不为所动，一番话说得极为冠冕堂皇，"她没有当众翻脸就已经很给我面子了，所以她的里子面子我都要保全。"

宋承安拍着桌子怒吼："你又不是第一天进到这个圈子，再说你从小到大看得还少了，这个世界上的事情哪有什么绝对的对与错？"

乔裕一脸无辜："既然没什么对和错，那您叫我来是……"

宋承安自掘坟墓悔恨不已，盯着乔裕看了半天："不对，你该不会是看上她了吧？我可听说那是个美女。"

乔裕坦荡地看着自己的上级兼长辈："嗯，看上了。"

所以才不要做什么端水大师，如果可以的话，他想一碗水全都泼过去。

……

乔书记在当天晚上就找了乔裕谈话，除了谈话双方，还有乔乐曦和江圣卓旁听。

乔书记对于子女的择偶问题并不十分在行，乔烨没有这方面的问题他不用操心，乔乐曦和江圣卓是青梅竹马，他也不用操心，作为家长第一次面对这个问题，他完全没有章法。

乔柏远沉默了半晌终于斟酌着开口："其实找人生伴侣不一定要挑最漂亮的，漂亮只占了很小很小的一方面。"

乔裕大概猜到了宋承安是怎么跟乔柏远说的："那什么占了大方面？"

乔书记对于乔裕的配合很满意，渐渐放松下来："你喜欢，这个因素占了大方面。你看你妹妹和圣卓，就是个例子，一定要找个你喜欢的。"

江圣卓和乔乐曦在旁边猛点头，乔裕看了一眼，波澜不惊地开口："哦。"

乔书记一副孺子可教的模样："你说说，喜欢什么样的？"

乔裕特别认真地开口："喜欢漂亮的。"

乔柏远这么多年来第一次被懂事有礼的二儿子给呛得说不出话来，半天才憋出一句："你……从什么时候开始这么肤浅的？"

乔裕很真诚地自我剖析："我一直这么肤浅，大概从十几岁开始，大一下半学期的那个夏天。"

最后乔裕被一脸阴沉的乔书记赶出了书房，乔乐曦却是一脸兴奋地拉着乔裕问东问西。

"二哥，你喜欢的那个人是谁啊？长什么样子？有照片吗？给我看看。你们怎么认识的？真的很漂亮吗？我能去看看吗？"

乔裕被她一连串的问题问得无奈："现在还不是时候，只是我看上人家了，人家未必看得上我，以后再说吧。"

乔乐曦不服气，揽着乔裕的胳膊撒娇："我二哥那么好，怎么会有人不喜欢！"

乔裕有些好笑："好了，时间不早了，热闹也看完了，快回去休息吧。"

那天晚上，乔柏远在书房里坐了很久，对于乔裕反常的强势很是担忧。他敏锐地觉察到这件事或许只是个开始，他忽然想起乐准的话。

当年他怕以乔裕的个性不适合从事这类工作，和乐准聊了很久，乐准听他说完了才开口。

"乔裕啊，是低调惯了，不愿和别人争，否则啊……有些人低调，是因为随时高调得起来，有些人谦逊，是因为随时骄傲得起来。总的来说，乔裕是属于最骄傲的那类人，是骄傲到根本不屑于展示骄傲的那类人。你这些年的心思都用到乔烨一个人身上去了，对自己的小儿子啊，当真是不了解。"

乔柏远转头看了一眼书桌上的全家福，站在他右后方的少年眉目清秀，对着镜头微微笑着，温和从容。他轻轻叹了口气，自己是真的不了解这个小儿子吗？

纪思璇到底有些心虚，下班之后挨到人都走光了才去找尹和畅。

尹和畅听到她的来意："会议纪要……还没整理出来，我觉得，也没有什么整理的必要了。"

纪思璇不知道他是什么意思，也不在意："没有就算了，那你把会议录音拷给我吧，我自己听。"

尹和畅的脸色更难看了，支支吾吾半天："会议很短，你离开之后很快就结束了。"

纪思璇一脸莫名："再短也有人说话吧？我总得了解一下开会说了什么吧？"

尹和畅皱着眉，誓死要维护乔裕的形象："你还是别听了。"

"啧……"纪思璇盯着尹和畅，很是奇怪，"尹助理，我有得罪过你吗？就是个会议录音而已，有这么困难吗？"

尹和畅一咬牙，从抽屉里拿出还没来得及销毁的录音笔递给她："就只有乔部一个人说了话，你带回去慢慢听吧！"说完又小声嘀咕了一句，"别让别人听到，影响乔部的形象。"

纪思璇越看越觉得尹和畅古怪，收了录音笔便走了。

乔裕被乔柏远赶出家门之后没有直接回家，而是去了纪思璇家楼下。其实他不太记得到底是哪一户了，只是勉强靠着模糊的记忆找到那一栋，车子停在楼前，坐在车里仰头看着亮起的窗口。

不知过了多久，他回过神来，一手去储物柜里摸烟和打火机，一手打开车窗，无意间余光扫到窗外竟然站着一个人，吓了一跳。

纪思璇弯着腰看他，抱在胸前的包里探出一只猫脑袋，不知站在那里多久了："你怎么在这儿？"

乔裕刚刚拿出烟和火机，手停顿在半空中，收回来也不是，放回去也不是，浑身僵硬一脸紧张地看着她。

纪思璇看他半天没反应，探了探头，很快便看到了车里的情况，一副抓包的得意："乔部不是说已经戒烟了吗？"

乔裕有些羞愧，把烟扔回到储物柜里，打开车门走下来："偶尔才抽，很久都没碰了，才碰就被你撞上了。"

纪思璇也不是没心没肺，更何况乔裕眉宇间带着几分疲惫，正色道："是不是我给你惹麻烦了？"

乔裕一脸宽慰地笑笑："没有，怎么会呢？"说完垂下眼睛抚了抚大喵的脑袋，动作轻缓又温柔。

纪思璇咬了咬唇："听说，薄季诗……"

乔裕抬头看着她，依旧是神色轻松的模样："没什么大不了的，有我在。"

纪思璇看着他的眼睛，格外认真地问："是这件事没什么大不了的，还是说薄季诗没什么大不了的，抑或是……我没什么大不了的？"

乔裕没有回答，而是毫无预兆地在下一秒上前轻轻拥住她，一手放在她的脑后，一手搭在她的腰间。

纪思璇一滞，忽然不敢动了，也说不出一句话来。

其实他只是虚揽着她，更何况中间隔着大喵，她轻轻一挣便能挣脱出来。

乔裕大概在等她适应，看她没有反抗才微微用力拍了拍她的后背，歪头轻轻蹭了下她的侧脸，很快松手，抬头压了压她随着夜风飞起的长发，笑得温暖，让人安心："你怎么会是没什么大不了的呢？"

纪思璇忽然红了脸，垂着眼睛半天才想起来，眼神闪烁地凶他："你刚摸了大喵不要再来摸我！"

乔裕低下头沉沉地笑出来，夜风中他的笑声传出去很远，而后在她恼羞成怒的眼神里收起笑容："怎么回来得这么晚？"

纪思璇低头找了找，举着录音笔给他看："我去找尹和畅要会议的录音了，结果他磨磨叽叽半天都不肯给我。"

乔裕又是一僵，本能地想要去抢那支录音笔，却被纪思璇躲了过去。

纪思璇觉得不止尹和畅，连乔裕一听到"会议录音"几个字都是古里古怪的模样："你干什么？"

乔裕故作镇定："开会也没说什么，你还是别听了，给我吧。"

纪思璇对这个录音更好奇了，索性塞到了包的最里侧："不给，你走吧，我要回去听录音了。"

乔裕拉住她，似乎真的着急了，打着商量："真的没什么好听的，给我吧？"

纪思璇拍开他的手，学着他的模样笑得温柔："乔部快点回去吧，路上小心点儿哦。"

说完头也不回地走了。

乔裕抚着额叹了口气，站在原地很久才上车回家。

回去的路上他本就心不在焉，又接到了薄季诗的电话。

薄季诗的态度好得令人发指："白天的事情实在不好意思，本来想当面跟你道歉的，可是你好像一直很忙。我表妹年纪小不懂事，我已经骂了她，希望你不要介意。"

本来这个僵局就要由乔裕打破，现在薄季诗主动示好反倒让他有些不好意思："算了，以后注意就好了，这件事本来就是个意外。"

薄季诗一贯温婉得体："要不明天我请你和纪思璇吃饭，算是赔罪？"

乔裕想了一下："缓缓吧，她和你不一样，一向骄傲得厉害，没那么快缓和。"

"理解，有才华的人傲气一些也是理所当然的。"薄季诗忽然转了话题，"之前你说的那个女朋友……是纪思璇吧？"

乔裕倒是有些吃惊，毕竟他从没跟她提过纪思璇的具体信息："怎么猜到的？"

薄季诗笑了起来："女人的第六感啊。"

乔裕也没打算瞒她："是她，怎么了？"

"嗯……"薄季诗顿了一顿，"怎么说呢，和我想的不太一样，我记得你以前说过，喜欢温柔娴静的贤妻良母。"

乔裕干脆打了转向灯靠边停车："我也以为我会喜欢温柔娴静的贤妻良母，可事实上我喜欢的那个类型叫'纪思璇'。"

薄季诗沉默了一会儿忽然反应过来："你当初没那么排斥我，是不是因为我名字里有个同音的'季'字？"

乔裕忽然不说话了。

薄季诗知道乔裕这是在抵触这个话题，他行事一向温和，很是照顾对方的感受，对于不想回答的问题从不拒绝，但是会保持沉默。

"啧啧啧，真是……怪不得今天你那么生气，宁纯也是活该。我本来还打算帮她说说情，看来是没什么必要了。"

面对薄季诗的试探，乔裕并不接招，只是轻笑了一声。

"我表妹从小被她父母宠坏了，我父亲也很喜欢她，不然也不会让她跟着我了，以后合作的时间还那么长，有些地方要是她做得不妥当，你就当给我个面子，多多包涵。"

薄家的面子乔裕总归是要给的，即便他在上级和自己的父亲面前表现得那么强势。但也不想看着乔烨前期的心血付之东流，他缓了口气："你是聪明人，猜得到我的底线。只要不触及我的底线，我自认为还是个很宽容的人。"

说完正事之后，乔裕就有些心不在焉，薄季诗很有眼色地挂了电话。

手机屏幕很快黑下去，乔裕却并不着急重新上路。他盯着手机忽然有些紧张，不知道纪思璇听到那些话之后，会有什么反应。就算他不想承认，却也不得不承认，他们毕竟分开了六年，没有见面，没有联系，连那一点点信息也是从别人口中辗转听到，也无从考证真实性。

六年，说长不长，他却觉得度日如年，行尸走肉般地熬日子。说短也不短，足够改变一个人。

在跟时间的对抗中，他们是不是都是不愿妥协，不愿改变，一如当初的模样？

纪思璇回到家喂完大喵，洗了澡躺到床上之后才打开录音笔，边闭着眼睛敷面膜边听。刚开始的情况她在场，并没什么特别的，可从她出会议室之后便是大段的空白。她以为没电了，睁开眼睛看了一眼，指示灯正常，她便以为没有了，果真如乔裕所言，没什么可听的，抬手就关了。

临睡前，她还是觉得蹊跷，乔裕和尹和畅的反应实在是太奇怪，既然什么都没有，那两个人到底紧张个什么劲儿？她便又打开录音笔，听到大段空白的时候她也没关，就这么一直等着。

乔裕的声音就在她快要睡着的时候毫无预兆地响起，纪思璇猛地睁开眼睛。

他的声音从录音笔里传出来，带着沙沙的电流声，和以往清和带笑的声音不同，能明显感觉到他的不悦。

"我这个师妹不喜欢别人那么叫她，以后就不要再那么称呼她了。

"高高在上的那个人，也该是我。"

她认识的乔裕从来都是低调谦逊的，从来没有说过这么孤傲自大的话。

纪思璇关掉录音笔，终于知道乔裕跟尹和畅那么别扭是为哪般了。

原来刚才他在她耳边说的那句"有他在"不是随口说说而已。

纪思璇不知道如果今天她没有坚持非要拿到录音，自己又会错过了什么。

随忆说得对，乔裕真的是只会做不会说的人。

　　她忽然有些不知所措，她不知道现在和乔裕到底是什么关系。说实话她不是不感动，可是要破镜重圆吗？他没说过，她也不甘心就这么束手就擒。

　　对，她不甘心。她从来都知道自己除了乔裕不会再喜欢上别人，可又不甘心就这么放过他，如果真的束手就擒了，那她这些年又算什么？他当初为了所谓的前途舍弃了她，如今事业有成了便又打算坐拥江山美人？这世上哪有这么便宜的事？

　　可乔裕怎么看都不像是会为了前途而舍弃她的人。

　　或许就是因为他不像，所以这么多年她还不肯彻底死心吧。

　　纪思璇把脸埋进枕头里，随忆说得对，她就是矫情。

　　她在床上翻来覆去，一不小心踢到放在床边桌上的图纸。她这才想起来还有人在等她的答复，打开图纸看了几眼，忽然下定了决心。

　　第二天，纪思璇给乔烨打电话告诉他，这个案子准备接下来时，乔烨却约她去看看那栋别墅。

　　那块地依山傍水，不远处有个湖，而且离市区近，也很安静，确实是个好地方。纪思璇忍不住夸赞："地方很好啊，天先生对女朋友真好。"

　　乔烨却忽然问："纪小姐喜欢这里吗？"

　　纪思璇有些奇怪："嗯？"

　　乔烨一时大意，不慌不忙地圆谎："因为我想给女朋友一个惊喜，还没带她来看过，所以想问问纪小姐。从女士的角度来看，她会不会喜欢这里。"

　　纪思璇环顾了一圈："您女朋友我不好说，单纯从我的角度，我很喜欢。"

　　大体看了一圈之后，两个人坐在湖边的草地上休息，湖附近隐隐可见正在建造的别墅区。纪思璇偷偷打量了乔烨一眼，暗暗咂舌，又一个土豪。

乔烨递了瓶水过去："纪小姐有没有想过，以后的家是什么样子？"

"我吗？嗯……"纪思璇顿了一下，老实回答，"以前想过，后来就不想了。"

乔烨很好奇："为什么？"

纪思璇看着湖面微微出神："因为找不到另一半啊，一个人住再好的房子也就是个房子，不是家。"

乔烨笑起来："纪小姐这么漂亮又有才华，怎么会没有人喜欢，是太挑了吧？"

纪思璇忽然转头看着乔烨，不知道为什么，这个男人给她一种很熟悉的感觉，可她又确定自己并不认识他。这种熟悉的感觉让她卸下防备，如朋友般闲聊着。

"其实你也很帅，看你的样子也是事业有成，追你的女人肯定不少吧？所以你肯定知道那种感觉，你做什么别人都会先看你的脸，然后就会下定论，你就负责貌美如花好了。其他的他们就不会再多看一眼，无论你多努力，别人都不会感兴趣。女孩子太漂亮也不是什么好事，会被同性排挤，会被人说成花瓶，再多的努力、再好的成绩都会被归功到长得好看。同理啊，异性喜欢你多半也是喜欢你的容貌，肤浅又无趣。"

乔烨深有同感，就像早些年，无论他多努力做出多好的成绩都会被归功到乔家的庇护上来："这个话题好像太沉重了。说点儿别的，你一个女孩子为什么非得在这个男人的行业里插一脚？其实学建筑不一定非要做建筑师的。"

"刚开始是为了某个约定，可是后来对方爽约了。再后来……"纪思璇低头抚弄着脚边的杂草，声音忽然低下去，"中国历史上有个女人，叫吕碧城，你听说过吗？"

乔烨想了想："绛帷独拥人争羡，到处咸推吕碧城？"

纪思璇惊喜地抬头看了乔烨一眼："对，就是她。"说完又低下头去，"我想做到最好，想让他知道，当初的约定我一直在努力，即便是他放弃了，我也会一个人完成梦想。我要闪耀一辈子，让他一辈子都无法忘记。还有一个原因，当初我们在一起有很多人不看好，后来分开了也有很多人看笑话。不是说人以群分吗？我希望以后别人说起我的时候，会因为他是我以前的男朋友而高看他一眼。她们说我不配拥有他，我就想让所有人都知道，他爱过的人是值得他爱的，配不配，我说了算！"

乔烨知道纪思璇说的是普利兹克，当年乔裕曾经不止一次跟他提过。

那个少年笑着叫他哥，谈起普利兹克的时候，眼睛里满满的都是对梦想的渴望和兴奋，那种摩拳擦掌的朝气，那种亮得发光的眼神，乔烨永远都记得。

乔烨想到这里忽然笑了，纪思璇抬头看他，然后愣住。

乔烨很快回神："怎么了？"

纪思璇摇头，勉强笑着："没什么，就是觉得你笑起来像我认识的一个人。"

乔烨怕再聊下去会被纪思璇看穿，约定了签合同的日子，便回了医院。

乔烨推开病房的门就看到乔柏远在等他，似乎等了有一会儿。

他换了病号服从洗手间出来，乔柏远才开口："怎么跑出去了？"

乔烨并没打算让乔柏远知道这件事，随口说道："在医院待得闷了，就出去走走。"

乔柏远也没多问："这几天有点儿忙，没过来看你，身体怎么样了？"

乔烨在乔父面前难得活泼："您看我精神不是挺好的？"

乔柏远看着越来越瘦的乔烨，心里有些难过，却没有表现出来，只是点点头。

乔烨却看出了什么："您是不是有什么心事？"

乔柏远确实有了心病，沉吟半晌："我对你弟弟……是不是关心太少了？"

乔柏远难得这么坦诚，乔烨有些惊喜："您不会不知道，前些年乐曦对您意见那么大，和您对乔裕的态度不是没有关系的。我之前也跟您提过，您听不进去。当年……当年那件事，您这个做父亲的和我这个做哥哥的不是没有责任的。"

乔柏远点头，似乎在反思，半晌又开口："他好像有喜欢的女孩子了？"

乔烨不知道乔柏远是知道了什么还是只是随口一问，有些心虚："他自己说的？"

乔柏远也不确定："算是吧。"

乔柏远把那天的情况说了之后，乔烨脸上的笑容越积越多："爸，乔裕的眼光比我们想象的都要好，他为了乔家已经放弃了那么多，这件事就让他自己做主吧。"

不知道乔柏远有没有听进去，最后他只是点了点头，转而说起了别的事情。

第八章

你晕针，我晕你

她什么都不用做，什么都不用
说，只是坐在那里看着他，他就只
有缴械投降这一个选择了。

乔裕开完会回到办公室就看到桌上多出来一盆植物，小巧精致的白色瓷盆中绿色的枝叶生机勃勃，他打电话叫了尹和畅过来。

　　尹和畅很快便出现，乔裕指了指那盆植物："哪里来的？"

　　"薄总一早送过来的，说是作为昨天的赔礼。"

　　乔裕低头嗅了嗅，有些郁闷，为什么偏偏送薄荷。

　　尹和畅看他一脸为难，主动开口问："要送回去吗？"

　　乔裕皱眉："那不是显得我小气了。"

　　"那……"

　　尹和畅刚开口就有道女声打断他："那就留下呗。"

　　尹和畅转头看过去，点点头算是打了招呼。

　　纪思璇笑得诡异，看着乔裕继续刚才的话："乔木，薄荷，多般配啊！"

　　尹和畅一脸恍然大悟，怪不得刚才乔部那么为难呢，原来有这个含义。

　　乔裕看着眼前的盆栽咬牙切齿，纪思璇却看都不再看他，转身把录音笔塞到尹和畅手里，还状似无意地开口："它是不是坏了？录到我出去之后就是一大段空白，什么都没听到，可能是没录进去，拿去修一修吧。"

乔裕听了这话，不知道是有些失望还是松了口气，看向纪思璇时忽然碰上她的目光："找我？"

纪思璇的手指缓慢而暧昧地冲着乔裕而去，却在乔裕身上一转，最后定格在大喵身上，歪头解释："我找它。"说完转身往外走，"大喵，走了。"

大喵这次很给纪思璇面子，很快从桌上跳下来，跟着她走了。

尹和畅愣在原地，看着乔裕黑着的一张脸，试探着问："这薄荷……是留还是不留啊？"

乔裕推到他面前："你收的，你自己看着办吧！"

尹和畅欲哭无泪。

当天下午，薄季诗发挥了投资方的优势，请所有人吃饭，吃饭的地点和菜品无一不在无声地告诉众人，薄家就是有钱！

撒钱的同时又平易近人，还是个美女，于是一顿饭还没吃完，薄家四小姐就俘获了整个项目组，三方人马，大部分人员的心。

座位是谢宁纯提前安排好的，乔裕和纪思璇丝毫没有意外地不在一桌，乔裕和薄季诗的位子又丝毫没有意外地挨在一起。

乔裕一顿饭吃得心不在焉，勉强应付着。

谢宁纯格外卖力地制造各种话题撮合乔裕和薄季诗，后来被薄季诗瞪了几眼才老实下来，众人这才知道原来乔裕和薄季诗早就认识。

乔裕又不好发作，只能状似无意地不时往纪思璇的方向看过去，偏偏纪思璇跟没事儿人一样，眼神都不给他一个。

一顿饭纪思璇都默不作声，韦忻和她坐在一桌，视线不停地在她和乔裕身上来回飘，偶尔和乔裕的视线在空中相遇，韦忻便格外兴奋，体内的八卦因子不断积聚，后来实在忍不住了便开始挑事儿："璇皇？"

纪思璇正低头玩手机，头都懒得抬："说。"

"人家在那边回忆往事呢，您倒是给点儿反应啊。"

纪思璇终于抬头看他："你知道影视剧的黄金定律吗？"

韦忻摇头："那是什么？"

纪思璇瞟了一眼隔壁桌，用不大不小的声音缓缓开口："影视剧的黄金定律之一，一般来说，如果某个人开始回忆往事，那她离死就不远了，绝对活不过十分钟，而且还会死得很惨。"

……

于是在接下来的十分钟，包厢里格外安静。

吃了饭一群人不尽兴，又赶上明天是周末，便又吵着去唱歌。

纪思璇一晚上兴致缺缺，到了包厢里不知道触发了哪个按钮，一脸兴奋地要唱歌。众人自然集体鼓掌，只是音乐声响起的时候，乔裕整个人就不好了，一首《你究竟有几个好妹妹》听得他坐立难安。

不了解情况的便起哄鼓掌，了解情况的便是一副看好戏的模样。

音乐声结束，纪思璇在众人的掌声中微笑着去了洗手间。

乔裕等了半天她都没回来，很快也找了个借口出了包厢，站在走廊拐角等她。

纪思璇出了洗手间没走几步就看到了乔裕，站在走廊拐角的窗边和一个男人说话，一贯温和的脸上挂着淡淡的笑，余光扫到了她便很快和那人打了招呼向她走过来。

纪思璇若无其事地看他一眼，继续往前走。

乔裕拉住她："还生气啊？"

纪思璇摇头："没在生气。"

乔裕本来是打算来哄哄她的，谁知她竟然云淡风轻地回了个没生气，干脆拉着她到走廊尽头，站定了才试探着问："真的？"

纪思璇一脸无所谓："一个小姑娘而已，又不是没见过。段数又低招数又烂，还不足以让我生气。"

乔裕不解："那你刚才……"

纪思璇看都不看他，扭头看着窗外，一副完全不把谢宁纯放在眼里的慵懒："配合她啊，不然她一个人在那里跳来跳去，多尴尬。真正的女王有足以和美貌匹敌的容人雅量，浮尘往事是过眼云烟，云淡风轻才是王道。"

乔裕听着便觉得苗头不对，很快开口解释："我跟薄季诗……"

纪思璇打断他，皮笑肉不笑地看他一眼："你跟薄季诗很般配啊，门当户对，乔家二公子配薄家四小姐，很好很般配。"

乔裕一直处在劣势被她压着打，急着开口解释的话到嘴边忽然停住，一改刚才的理亏模样笑着点头："嗯，说得有道理，确实般配。"

纪思璇忽然僵住，不可置信地转头看着他。

乔裕终于找到开口的机会，嘴角噙着笑不慌不忙地继续说："其实乔家和薄家认识很多年了，之前一直住在一个大院里，后来薄家举家南迁，就没再见过了。前几年我调任南方的时候才重新联系，薄季诗在薄家很得宠，所以才会派过来负责这个项目，我之前也不知道会是她来。她二哥以前追过我妹妹，薄家二公子配乔家大小姐，也很般配吧？"

纪思璇微微扬着下巴看他："所以呢？"

乔裕好脾气地笑着："所以我都交代清楚了，你还想听什么？"

纪思璇这才发觉着了他的道，咬牙切齿地挤出两个字："阴险！"说完转身就走，直到聚餐结束都没有再看乔裕一眼。

后来站在门口等车的时候，纪思璇站得离乔裕远远的。谢宁纯拉着薄季诗笑嘻嘻地凑到乔裕面前："乔部，我跟表姐坐你的车吧？"

"我还有事，可能不顺路，我让尹助理送你们，"乔裕说完转头看向纪思璇，"我跟你商量一下周末傅教授寿宴的事情，你坐我的车吧。"

纪思璇瞬间演技爆棚，一脸懵懂地看着乔裕："你在说什么？哪个傅教授？我不知道啊。"

在喧闹的夜晚街头，众人忽然安静下来，看看乔裕，看看纪思璇，看看薄季诗和谢宁纯，个个都是一副看好戏的模样。

乔裕在众人的注目下缓缓开口："傅鸿邈教授的八十大寿，这周末。"

纪思璇一脸嫌弃："你是不是喝多了？人家明明是七十大寿好吗？"说完就恨不得咬掉自己的舌头。

乔裕看着她似笑非笑："你不是不知道吗？"

纪思璇轻描淡写地压下心虚："忽然……想起来了。"

她还是在众人的注视下上了乔裕的车，两个人安安静静地坐在后排。

乔裕看看一直扭头看着窗外的纪思璇："教授的礼物准备了没有？"

纪思璇还在闹别扭："没有。"

乔裕也不意外，好脾气地笑着："打算空着手去？"

这句话一出，车内的气氛忽然变了。纪思璇转过头来看着他，两个人对视了半天，忽然各自别开头去，笑起来。

这句话是有典故的。

有一次乔裕陪纪思璇去上课，谁知纪思璇竟然带错了教材，偏偏还被教授抓到。那位教授是出了名的古板，气得浑身颤抖："这位同学，你空着手来上我的课，也太不尊重我了吧？"

纪思璇确实不是故意的，左右看了看，忽然指着乔裕很真诚地冲教授说："教授，我不是空手来的，我带了我最喜欢的人来听您的课，还不够给您面子吗？"

满教室的学生哄堂大笑，躺枪的乔裕抚着额恨不得找个地洞钻进去。

偏偏那位教授还是认识乔裕的，指着纪思璇问："什么情况？"

乔裕叹了口气站起来："教授不好意思，我女朋友，刚转到建筑系来，好多课程都还分不清楚，她不是故意带错教材的。"

教授看了看两个人，到底还是给乔裕面子："都坐下吧，下次注意。"

回忆起往事，乔裕没忍住又笑起来。

纪思璇皱眉道："太忙了没来得及准备。"

傅鸿邈年轻的时候称得上才子，到了这个年纪又算得上泰斗级的人物，脾气有些古怪，生日从来不收乱七八糟的礼物，只收学生的建筑模型，每年一次，跟收作业一样。可以不来，但了必须要准备好，要是不过关，他真的会把你轰出去。

他教学多年，教过的学生混迹在建筑的相关行业，其中不乏行业翘楚，资历老一点儿的已经做到了领军人物，可他照轰无误。于是每年生日宴上，年轻一些的后辈就能有机会看到一位老人把自己的老板骂得那叫一个酣畅淋漓。

纪思璇没毕业的时候见识过一次，一个个衣冠楚楚的行业翘楚老老实实地站在那里被骂，哼都不敢哼一声，还得赔着笑脸。

她想想就不想去了，开始打退堂鼓："说得好像你准备了一样，要不就算了，不去了，明年再说。"

乔裕根本不按照剧本走："我准备了。"

纪思璇把包甩过去："你是不是闲的？那你自己去吧！我不去了！"

乔裕摸摸鼻尖，一本正经地分析："我看行，反正在大家心里，你就是那种恃才傲物不拘小节的人，也不在乎再多加一条目无尊长。其实也没有很多人知道你回来了，也就傅教授和同班的几个知道而已，你放心，我不会说漏嘴的。"

纪思璇咬唇，最关键的就是傅鸿邈知道她回来了啊！七十大寿她要是不出现，以后还怎么再见面！

她快速计算着如果今天晚上不睡，能不能在明天上午勉强做出来应付了事，怪就怪她这几天被乔裕弄得晕头转向，完全不记得这件事了。纪思璇无意间一抬头就看到乔裕的笑脸，顿了一顿，眯着眼睛看着他，忽然笑起来，讨好地看着他："乔师兄？"

乔裕一脸受用："嗯？"

纪思璇建议道："傅教授一向最喜欢你了，而且你又转行了，送点儿别的礼物他应该不会把你赶出来的吧？"

乔裕笑着点头："嗯，不会把我赶出来，然后呢？"

纪思璇迟疑了下，还是厚着脸皮开口："然后你那个……模型给我吧？"

乔裕听了也不说话，就这么看着她，看得她越发心虚，躲闪着视线不敢和他对视。

果然下一秒她就听到乔裕的声音："你以前……不是这样的。"

纪思璇从他的声音里听出了失望，低着头皱眉，想要给自己开脱一下："我就是……"

乔裕很快再次开口："你以前都是直接说，喂，乔裕，你这个模型不错，正好我这周要交作业了，我拿走了啊。"

他学得惟妙惟肖，纪思璇更加羞愧不已，恨不得马上推开车门跳下车。

可很快她又听到乔裕带着笑意的声音："就知道你不会做，我做了两个，分你一个。"

这下纪思璇真的恼了，正好汽车稳稳停住，她抱着包推开车门又狠狠地甩上，头也不回地走了。

乔裕也没拦她，看着她进了楼才让司机发动车子准备回去，手无意间搭在后座上却摸到了一串钥匙。

拿出手机给她打电话，还没说话就听到她夹着电话翻东西的声音，丝毫不记得刚才还在和他置气，隐隐有些着急："乔裕，我的钥匙找不到了。"

上学的时候她就丢三落四的，经常可怜兮兮地跟他说。

"乔裕，我的饭卡找不到了。"

"乔裕，我的学生证不见了。"

"乔裕，我的借阅证好像丢了。"

……

乔裕低头看着手里的钥匙，忽然笑起来，轻声回答："落在车上了。"

纪思璇立刻松了口气："我还以为丢了呢，我马上下去拿。"

"不用，你跟我说房号，我送上去。"

纪思璇也懒得跑一趟，和他说了楼层和房号之后便站在门口等着。

乔裕刚出电梯就看到纪思璇在和一个快递员说话，手里拿着笔低头在快递单上签字。

快递员很健谈，一边等她签收一边聊天。

"刚回来啊。"

"是啊，怎么这么晚了还在送件？"

"这几天活儿比较多。"

乔裕站在她身后，听了会儿忽然绕到门边，边拿着钥匙开门边转头对纪思璇说："厨房的灯坏了，我买了新的，一会儿我来换上。"俨然一副男主人的模样。

纪思璇一头雾水地看着他，乔裕冲她眨了眨眼。

纪思璇不知道他是什么意思，便配合地"嗯"了一声。

等快递员走了，纪思璇才问："你刚才什么意思？"

乔裕打开门把钥匙递到她的手里："没什么，不想让快递员以为你是自己一个人住。让他以为家里有个男人，安全些。"

纪思璇看了他半天才垂下眼睛低低地"哦"了一声。

两个人一个门里一个门外地站着，谁都不说话，忽然间气氛有些尴尬。大喵从门里探出脑袋，喵喵叫了两声。

"快进去吧，我先走了。"

"哦。"

"明天早上我来接你。"

"哦。"

纪思璇本想说送他到电梯口，可大喵已经抢先一步跟上乔裕，蹲在电梯口目送他。电梯门关上后，纪思璇双手抱在胸前，挑衅般地看着大喵："你跟他走好了？还回来干什么？"

大喵看都不看她，翘着尾巴踏着猫步悄无声息地从她身边走过，进了家门，换来她一声冷哼。

第二天上午十点，乔裕如约来接她。两个人并肩走进酒店包厢时，一群人轰动了。

"我的天哪，这俩是什么时候又搞到一起的！"

"这到底是什么情况？不是说分手了吗？"

"我的女神啊，不是说她还单身吗，情报有误啊，我本来还打算好好表现一下呢！"

两个人才进来，就看到傅鸿邈一脸嫌弃地在训人。

"哟，沈工是多少年不亲自动手了啊？你做的这叫纸模啊，不仔细看，我还以为是个纸团呢！"

纪思璇探头看了看傅鸿邈手里的纸模，又低头看了看自己手里的纸模。

嗯，确实是个纸团。

傅鸿邈还在继续："下一个！哟，你小子现在做了总工，在跟我炫耀手底下的人多是吧？这是你做的？烧成灰我都能认出来，这不是你做的！欺负我年纪大了眼神不济记性不好是吧？"

一个个业界精英被批得体无完肤，过关了的坐在桌前吃水果看热闹，还在排队交作业的则是一脸忐忑。

马上轮到纪思璇时，她忽然退缩了，看着玩了一路的纸模，忽然不舍得送出去，拿在手里不放。

乔裕的专业素质一向过硬，纸模做得特别挺，赏心悦目，似乎这些年即便没接触也没有荒废了这门手艺。

乔裕就排在她身后，看她停在原地，低声问："怎么了？"

纪思璇看了他一眼说道："师兄你的手艺太好了，我太喜欢了，所以不想送人了"这种话，她肯定说不出口，撇撇嘴，言不由衷，"没什么。"

谁知乔裕却像是她肚子里的蛔虫，很快许诺："没关系，你喜欢的话，我再给你做。"

纪思璇一脸傲娇地歪过头去："不喜欢！"

她才把手里的纸模递过去，傅鸿邈就发飙了。

"纪思璇，你给我站过来！还有你，乔裕！上学的时候，你就哄着乔裕帮你画图做模型写作业，你以为我看不出来？我睁一只眼闭一只眼罢了，都毕业多少年了，还来这套！"

纪思璇反倒松了一口气："哦，那还给我吧。我回头再交一个给您。"

傅鸿邈看看她，又看看乔裕，忍不住感叹："你们俩可真是亲师兄妹啊！怎么都有交了作业又要回去的毛病！"

纪思璇一脸茫然："啊？"

话音刚落就有个男人跳出来，声泪俱下地控诉乔裕。

这个男人是他们系里的千年老二，无论是基础课还是专业课，永远被乔裕压一头，大学五年，一直致力于超越乔裕。

"对！当年我好不容易有门课得了第一名，结果他们一个个都阴阳怪气地夸我好厉害！我还得意了很久，结果后来才知道是你主动放弃的！不带你这样碾压人的！"

说完又幽怨地看了纪思璇一眼："都是因为你！"

纪思璇更困惑了："跟我有什么关系啊？"

那人说完又拉住乔裕："乔裕，当年我一直没亲口问过你，建筑设计作业的模型，你记得吧？他们说是因为纪思璇喜欢，你才自动放弃评优秀的，因为不是优秀就能自己留着了，这件事是骗人的吧？如果她真的喜欢，你再做一个就是！"

一群人再次阴阳怪气地打击他。

"是啊，再做一个就是。你啊，活该单身！"

"情商低得简直令人发指！"

一群人闹得欢，乔裕笑着看他们互相打击。

纪思璇看着他的侧脸，似乎隐隐想起了什么。

后来席间，她找到傅鸿邈问起这件事。

"他……真的是自己放弃优秀的？"

"是啊，当年他打算出国，得了这个优秀可以加分的。再说了，我还准备放在陈列柜里让以后的学生好好学学呢。谁知他非要自己留着。我问了半天才知道，是你说喜欢，他想留给你。"

纪思璇皱着眉想了半天："是不是一个木质的建筑模型？"

傅鸿邈印象很深："对，果然是给你了吧？"

纪思璇忽然心虚，若有似无地"嗯"了一声。

傅鸿邈看她神情不自然，试探着问："不会弄丢了吧？说实话啊，后来那么多届学生，做模型都没法儿跟乔裕比，丢了真的是可惜了。"

纪思璇轻咳一声，可到底底气不足，小声反驳："没丢。"

傅鸿邈这下放心了："那回头拿来给我吧，我给学生们看看再还给你。"

纪思璇东张西望，就是不敢看他："让我烧了。"

傅鸿邈气得胡子都在颤，半天憋出一个字："作！"

那个模型，是真的被她烧了。

那个时候他们刚刚分手，好多模型和图纸都被她一把火烧得干净，烧到后来实在舍不得了才留下了一些。

纪思璇忽然有些后悔当时的冲动了。

在接下来的时间里，纪思璇便时不时若有所思地盯着乔裕看。

乔裕问了她几次，她什么也没说。

后来寿宴结束，一群人把喝多了的傅鸿邈送回职工家属楼，三五成群地走在学校里，不知道是谁提议要去建筑学院的教学楼看看。

纪思璇没去，因为那里满满的都是他们共同的回忆，她不敢去触碰。

乔裕也没去，因为那里承载了他曾经的梦想，亲手埋葬的梦想，不敢触碰。

很快一群人便走散了，因为还是暑假期间，学校里并没什么人。

乔裕一个人在空旷的校园里逛了很久，又是一年夏末，在天还微亮的黄昏，走在学校的主干道上，满是熟悉。

当年他牵着纪思璇的手不知道在这条路上来来回回地走了多少次。

没走几步就看到纪思璇站在宣传栏那里看着什么。

宣传栏里贴着各式活动的海报，寻物启事，寻人启事，各类小广告，倒卖电话卡、二手书、生活用品的，还有各类奖学金公示结果，寝室卫生检查结果，乱七八糟一片狼藉。

纪思璇一张张地仔细看过去，乔裕不知何时走到她身后："在看什么？"

她指着寝室卫生检查结果上的某个寝室号歪头对他说："当年我住这个寝室，是个优耶。"

乔裕极配合地上前看了一眼，然后找到男生寝室那里，指着一个寝室号："我住这个寝室。"

纪思璇顺着他的手指看过去，那个寝室号后面的括号里写了个"差"字，她立即哈哈大笑起来。

乔裕扫了一眼所有男生寝室的检查结果，那叫一个惨烈，基本上都被评为差。他微微皱眉："现在的孩子也太不讲卫生了吧？"

纪思璇一脸揶揄："说不定当年你们寝室也是脏、乱、差呢！"

乔裕不服气："怎么可能，萧子渊有洁癖，恨不得一天打扫三遍。温少卿本就是学医的，肉眼看不到的细菌他都嫌弃，更何况看得到的。林辰不是处女座，却胜似处女座，看到床单上的条纹不够直，他都受不了。"

纪思璇听着听着，忽然收起笑容，轻声问："那你呢？"

乔裕没觉察到她情绪的低落，继续开口："我是过敏体质，灰尘多了会打喷嚏发烧浑身痒。"

纪思璇听了一愣，转头看他："你是过敏体质？"

她和他在一起那么久却不知道这件事。

乔裕也是一脸莫名："我没跟你说过？是遗传，我跟我妹妹都是，我大哥却没事。不过说起来，我好像很多年都没中招了……"

乔裕还没说完就被纪思璇恶狠狠地打断："呸呸呸！不要乱说话！"说完还瞪了他一眼。乔裕有些好笑，他从来不信这个，却也不再继续说。

纪思璇又指着检查结果最下方的备注图开口："我睡这个床位，你呢？"

乔裕垂眸看了看："嗯……男生寝室和女生寝室的格局好像不太一样，我是睡在靠门边的位置，因为那个时候经常通宵做作业，回来得晚怕影响他们休息，就睡在靠近门口的床位。"

他说到这里忽然想起什么："你想不想去看看？"

那个时候纪思璇一直心心念念地要去男生寝室见识一下，只不过学校不允许，她一直没有机会。

她使劲点头："想！"

乔裕想了想："去试试看吧，说不定让进呢。"

似乎这个楼里的学生刚刚毕业，寝室楼里进进出出的都是粉刷墙壁的工人。纪思璇站在门口往里看了看，乔裕在值班室不知道和宿管大妈说了什么，很快拎着一串钥匙走了过来："走吧。"

乔裕拿着钥匙开门，转了几下之后忽然顿住。纪思璇有些奇怪："怎么了？"

乔裕微微转头笑了 下："没什么。"

然后便推开了寝室门。

在推开门的一瞬，他似乎看到了当年的影子。萧子渊半卧在床上看书，温少卿坐在桌前又不知道捏着人体的哪块骨头在研究，林辰站在寝室中央拿着卷宗念着稀奇古怪的案例，耳边乱哄哄的。萧子渊在毒舌，温少卿在调侃，林辰气急败坏地跳脚，还有隔壁寝室打游戏的声音。

原来那些稀松平常的日子早已深深地刻在了他的脑海里，没什么稀罕的事情，却难以忘怀。

床位的栏杆上贴着新生的名字，他走到自己的床位前，似乎隐隐看到的是自己的照片和名字。

纪思璇跟着走过来："是这个吗？"

乔裕转头看着她，如果能够回到他入校的那一天，让他重新来一遍，他和她还会是今天这样的处境吗？

纪思璇被他盯得有些奇怪："怎么了？"

乔裕摇摇头:"没什么,就是这个床位。"

纪思璇在寝室里来来回回转了几圈:"这就是男生寝室啊,也没什么特别的嘛!"

乔裕笑:"这个时候当然没什么特别的,等人住进来就特别了。桌子、椅子、床上堆成山的杂物啊,攒了好久不洗的臭袜子啊,洗完澡不穿衣服在走廊里裸奔的男同学啊,还有开着寝室门集体看片儿的啊,偷偷用电锅煮夜宵的啊,天气太热集体抱着枕头和凉席去天台打地铺的啊,多了去了。"

纪思璇的眼睛忽然一亮:"是不是所有的男生都看片儿?你们寝室看不看?"

"呃……"乔裕结结实实地给自己挖了个大坑。

纪思璇猜到了答案:"看?"

乔裕一脸不自然地转移视线。

纪思璇眯着眼睛调侃他:"你们四个一个个平时那么道貌岸然,原来也都是好色之徒嘛!"

乔裕极快地看她一眼,反驳道:"那不一样。"

"有什么不一样的。没关系,你不用不好意思。我也看过。"

乔裕抚额。

纪思璇看着他一脸的窘迫越发地开心:"说一说嘛,你比较喜欢哪个……"

乔裕觉得这里是个是非之地,不宜久留,便催着纪思璇下楼。

两人路过小食堂的时候,发现食堂竟然还在营业,大概是为留校的学生服务的。

纪思璇伸着脖子指指里面:"我想吃这里的红烧排骨。"

乔裕无语："小食堂只能刷学生卡。"

言外之意，没得吃。

纪思璇不死心，左右看看，忽然碰碰他："那边几个女生看你半天了，你牺牲一下色相，去借，肯定手到擒来。"

乔裕挑眉示意她："那边几个男生也看你半天了，你也牺牲一下色相？"

纪思璇的好胜心一下子被激了起来，挑衅地抬起下巴："你以为我借不来？"

……

最后这顿饭是用了纪思璇靠着"牺牲色相"借来的学生卡吃上的，因此乔裕也落下了一个"吃软饭"的名头。

事实证明有些话果然是不能乱说的，纪思璇扶着呼吸困难不断咳嗽的乔裕进入急诊室时，由衷地感叹。

值班医生很快给出诊断结果："过敏，病人之前接触过什么吗？海鲜、花粉，或者刺激性的气味？"

"嗯……"纪思璇仔细回想着，"午饭吃了海鲜，不过他海鲜不过敏的。下午去了刚刷过油漆的房间，这个算不算？"

"那应该就是了。"

"严重吗？"

"不严重，但是需要打点滴，你去缴费领药吧，然后回到这里找护士。"

纪思璇走了几步忽然想起来什么，又退回来："那他对猫过不过敏啊？"

"因人而异。"

纪思璇拎着一包药水不时探着身子往门口看，嘴里还嘀咕着："护士怎么还不来呢？"

乔裕难受得睁不开眼，昏昏欲睡。

纪思璇突然看着他："要不……我给你打吧？怎么着我也是在医学院混过一年的人。"

乔裕忽然精神了，眯着眼睛看她半天才大义凛然地伸出手去："好。"

纪思璇哈哈大笑，不自觉地伸出手去捏了捏那张视死如归的正经脸："你怎么那么可爱呢？你忘了？我晕针啊！"

可她捏完就笑不出来了，动作僵硬地慢慢收回手指。

乔裕却很快伸出手去握住她准备撤离的手，轻轻抵在眉心，闭着眼睛用拇指轻轻摩挲着她的手心。

纪思璇只觉得手指触碰到的地方一片火热和潮湿，他脸上又带着不自然的潮红："发烧了？"

乔裕轻声呢喃了一声："你晕针，我晕你。"

纪思璇看着半垂着头的乔裕，撇撇嘴，在心里默默吐槽了一句"肉麻"，可到底还是没有把手抽回来。

后来值班的护士终于来了，可乔裕却没打算松开她的手。

从护士给乔裕的手背消毒开始，纪思璇就开始紧张，一直盯着护士的动作，被乔裕捏着的那只手不自觉地握紧，力气大到他都感觉到疼了。

乔裕转头有些无奈地笑着，有气无力地开口："害怕就不要看啊，到底是你挨针还是我挨针啊？"

纪思璇的注意力都在那根针上，明明怕得要命还非要看，眼睁睁地看着那细细的针尖慢慢滑入血管，猛地闭上眼睛，深吸了口气，又慢慢呼出来。

护士贴完最后一张胶布解开压脉带时，抬头看了看反应完全相反的两个人，挨针的那个反而在安慰旁观的那个，真有意思。

纪思璇也只是晕了一小会儿便没事了，时间有些晚了，输液室里没什么人。他生病了也是安安静静的，不说话，只是垂着眼睛，轻轻捏着她的手，不知道在看什么，不知道在想什么。

那一刻，纪思璇的心忽然间软得一塌糊涂。

她看了会儿他上下扇动着、长而卷的睫毛，开口问："很难受吗？"

他似乎也没在出神，很快看向她勉强笑了一下："还好。"

纪思璇抿了抿唇："都告诉你不要乱说话了！"

乔裕知道她是指自己下午说的那句话，有些好笑："哪里就那么准了？不过就是个巧合罢了，如果真的有用的话……"

他后面几个字本就说得轻，说到一半又忽然顿住，再开口便转移了话题："我想喝水。"

纪思璇也没在意他之前想说什么，很快站起来："我去买吧，你在这儿等我。"

等她出了输液室，乔裕看着门口才轻声开口："如果真那么准的话，我早就说上几千万次'我好像很久没见纪思璇'了。"

纪思璇回来的时候，乔裕已经睡着了，只是他似乎睡得不安稳，额头上细细密密的都是汗。

她轻手轻脚地坐下，一低头便看到乔裕的手。

他的手长得很好看，十指修长骨节分明，当年上学的时候拿笔画图就很养眼，后来轻握着鼠标的样子也好看，就算是现在被插着针管轻轻搭在椅子把手上，这双手依旧好看得不像话。

她不知道看了多久，一抬眼就看到他已经醒了，正静静地看着她。

四目相对的瞬间，纪思璇听到了自己的心跳声，就像当初隔着玻璃第一次见到他。明明已经认识了很久，明明已经分开了很久，明明自己并没有真的原谅这个男人，可她还是不可抑制地心跳如雷。

乔裕发现自从她回来后，他好像还没有好好地看过她。她的眉眼，她的脸庞，似乎岁月拿她没有一点儿办法，依旧明艳如初，还有明明不好意思却依旧硬撑着和他对视的那份倔强。

他也是，拿她一点儿办法都没有，她什么都不用做，什么都不用说，只是坐在那里看着他，他就只有缴械投降这一个选择了。

他合了合眼，脑袋依旧昏昏沉沉的。

"思璇？"

"嗯？"

"你再不去叫护士拔针，我就要回血了。"

纪思璇立刻回神，抬头看了一眼马上空了的输液袋，立刻跑了出去。

乔裕浑身乏力，却忍不住笑起来。

乔裕输了液并没有什么效果，纪思璇边开车边看他一眼："回去有没有人照顾你啊，要不要把尹和畅叫来，或者我送你回你父母家？"

乔裕低头揉着太阳穴："不用，回去睡一觉就好了。"

纪思璇把他送回去，扶着他进了门，又烧了水倒了一杯放在他面前："那我先走了？"

乔裕坐在沙发上点头："好，我就不送你了，你把车开走吧。"

纪思璇点点头，走到玄关还是不放心，又折回来："你睡吧，等你睡着了我再走。"

乔裕撑着沙发站起来："我先去洗澡，你随便看看吧，电视遥控器在那儿，那边是书房，不想看电视那里有书。"

纪思璇催着他去洗澡，乔裕很快进了卧室。她一个人在偌大的客厅里转了几圈，经典的黑白色泽为基调，将多彩多姿收敛于简练之中，大气中又透着点儿温馨，果然是乔裕的风格。

很快主卧的卫生间里传来哗啦啦的流水声，纪思璇就站在主卧门口听着，一直听到水声结束。

又过了一会儿，她敲开主卧的门，把乔裕按进被子里，坐在床斜对面的沙发上，像完成任务一样一眼不眨地盯着他："你睡吧。"

乔裕想说什么，张了张嘴又闭上，很快眼睛也闭上了，可也就闭上了十秒钟他就忍不住睁开："你这样看着我，我睡不着。"

纪思璇似乎也意识到自己盯着他挺别扭的，很快站起来："哦，那……我去别的房间看看，你快睡吧，等会儿我回来看你睡着了，我就走了。"

她从厨房晃到书房，从书房晃到客房，一共就那么大的地方，她晃来晃去又回了书房。

书房的书柜占了整整一面墙，上面摆满了书，纪思璇一排排地扫过，然后把旁边的梯子搬过来，光着脚爬上去，在最上面一层看到了几本眼熟的书。

她随手抽出一本，是当年上学时候用的专业教材，随手翻开，扉页上工工整整地写着"乔裕"两个字。她又往后翻了几页，除了乔裕做的笔记之外，还有她故意涂鸦的一些乱七八糟的小漫画。

她正看着就听到乔裕的声音："思璇，你走了吗？"

"没有！"纪思璇应了一声，从梯子上下来拿着书光着脚跑过来，"你怎么还没睡着？"

"可能晚上睡多了，这会儿不太困。"乔裕说完看了一眼她的脚，"天凉了，别光着脚站在地上。"

纪思璇低头看看，然后又左右找了找，抬头问："我的鞋呢？"

乔裕觉得纪思璇有的时候有点儿笨笨的可爱，很快笑起来："坐床上吧！"

纪思璇迟疑了一下："我没洗澡没换衣服，刚才还在医院里待了半天。"

乔裕靠在床头看了她半晌，忽然把枕头扔到地上，一副理所当然的模样："那你坐地上吧。"

纪思璇下一秒就坐在了床角，一脸凶悍刁蛮："凭什么我要坐地上！我就要坐床上！"

乔裕抿着唇笑，纪思璇说完才知道又中计了，继续恶狠狠地凶他："你快点睡！我还赶着回家呢！"

乔裕打了个哈欠："这是我说了就算的吗？要不你给我念书听吧，说不定我听着听着就困了，就念这本吧！"

"这本？"纪思璇低头看了一眼封面，"《建筑史》？"

乔裕躺到枕头上，闭上眼睛："嗯，开始念吧！"

纪思璇撇撇嘴，端着课本开始一个字一个字地念："中国建筑之特征，建筑之始……"

纪思璇觉得乔裕就是个变态，别人睡不着都是听音乐听故事，他睡不着竟然要听《建筑史》。

乔裕很快开口打断："别从第一页开始念。"

纪思璇不服气："这不是第一页，第一页是序，我念的是绪论部分！"

乔裕闭着眼睛提要求："往后翻，随便找一页。"

　　纪思璇一脸不情愿，动作极大地翻着书，就差把书撕成两半，找到中间一页没头没尾地开始念："故宫四周绕以高厚城垣，曰紫禁城。城东西约七百六十米，南北约九百九十米……"

　　乔裕忽然开口："九百六十米。"

　　纪思璇仔细看了看："南北约九百六十米……"

　　乔裕微微睁开眼睛看了她一眼，小声嘀咕："怪不得当初报志愿会报错。"

　　纪思璇把书扔到一边，深吸了口气："不念了！你自己看吧！"

　　乔裕举手投降："好好好，你说多少米就是多少米，念吧。"

　　纪思璇赌气般地又改回来："南北约九百九十米，其南面更伸出长约六百米，宽约　百三十米之前庭……"

　　纪思璇念了两页之后便哈欠连天，这才意识到乔裕的选择有多么正确，这么无聊的书果然是治疗失眠的利器。

　　她翻到下一页的时候恰好是故宫的全景图，图旁边的空白处，黑白线条简单地描绘了两个小人儿，一个男孩儿，一个女孩儿。

　　女孩儿旁边画了一个对话框："乔裕，等下雪的时候我们去故宫看雪吧？"

　　男孩儿回了个："好的。"

　　那是纪思璇画的，明显是她一个人在自问自答。

　　她笑了笑，忽然看到右下角有几个极小的字。

　　××××年×月×日，今天北京下了好大的雪，我去了故宫看雪，可你却不在。

　　笔迹明显不是上面作画的人，而且看线条的新旧程度也像是后来补上去的几个字。

她至今都没有看过大雪覆盖的紫禁城，她也早已忘了这件事。

纪思璇安静了很久，再抬起头的时候乔裕已经睡着了。

他单手垫在脑袋下侧躺着，呼吸平缓均匀。手背上一片青紫，隐隐可见针眼。

纪思璇伸出手去想要摸一摸那张脸，最后只是帮他往上拉了拉薄被，把书放在床角，转身走了。

第九章

离心最近的地方

"QY"最简单的黑色，最平常的英文字体，最隐秘的位置，却牵扯着他的心，撕心裂肺般的疼痛。

在这个夏天就要过去的时候，度假村项目终于启动了。

启动仪式纪思璇没有出席，而是去跟乔烨签了合同。

纪思璇看着左下角的签名，迟疑着问出来："沁忍？这是……"

乔烨撒起谎来脸都不带红的："哦，这是我女朋友的名字，纪小姐不介意吧？"

纪思璇当然不介意："不介意，你已经提前把所有费用都打给我了，写谁都无所谓。"

纪思璇签了合同回来，就看到李佳抱着个花盆一脸慌张地冲向她。

"璇皇璇皇！你们家大喵把乔部的薄荷又抓又咬的，现在只剩下一盆土了，怎么办？要不要买盆新的放回去？"

纪思璇低头看了一眼，原本枝繁叶茂的一盆薄荷草此时只剩下了半片叶子，那叫一个惨："嗯，最近天太热，吃点儿薄荷有好处。对了，猫能吃薄荷吗？"

说完就拿出手机来开始查资料："我还是查一查，不能吃的话我抓紧带它去看医生……"

边说边走远了，留下抱着花盆的李佳一头黑线："璇皇！这个怎么处理啊？"

纪思璇头都没回："拿去给乔部看一眼吧，死要见尸嘛！"

据说乔裕从启动仪式上回来看到那盆薄荷时，只是"哦"了一声表示自己知道了，便没了后续。

璇皇和"薄荷"的战役还在持续。

隔天开会，谢宁纯忽然指着幻灯片右上角的 Logo 问："纪工啊，DFP 是什么意思啊？"

纪思璇看她一眼："没什么意思，公司名称缩写，就跟你的名字是 NC 一样。"

"噗……"几秒钟之后整个会议室的人再次开启振动模式。

名字缩写为"脑残"的谢宁纯在众人的振动模式下黑了脸。

乔裕因为有别的事情没有参加会议，谢宁纯告状无门，只能坐在那里生闷气。

会后，徐秉君觉得和投资方的关系搞得太僵不是办法，便来试探一下纪思璇的态度，看一看有没有和解的可能。

"你不喜欢谢秘书？"

纪思璇正在对着电脑画图，头都没抬，可有可无地"嗯"了一声。

徐秉君觉得纪思璇不是那种嚣张跋扈的人："原因呢？"

纪思璇当然不会说她是恨屋及乌，避重就轻地回答："不喜欢她的姓。"

徐秉君一头雾水："她的姓怎么了？谢，有什么奇怪的吗？"

纪思璇抬头微笑："你拆开读一读啊。"

办公室没关门，外面工作间里已经笑疯了，韦忻隔着玻璃对纪思璇竖大拇指。徐秉君受不了："你能不能正经点儿？"

纪思璇一脸无辜："我很正经啊，我这么正派的一个人，怎么能容忍这种人混进项目组。虽然她隐藏得深，可我有火眼金睛啊。"

徐秉君暴走。

这边行不通，徐秉君又派了韦忻去那边讲和，谁知却忘了韦忻也是个不靠谱的。

韦忻坐在谢宁纯对面的沙发上喝着茶，笑得人畜无害，颇有讲和的意思，只不过……

"谢秘书啊，其实璇皇这个人呢，挺特别的。表面看上去她不爱搭理你，甚至还处处针对你，其实呢，你不要多想，她就是讨厌你，没别的意思，就是这样。"

谢宁纯的脸由红转绿，最后把韦忻赶了出来。

韦忻站在紧闭的门前，一头雾水："我说错什么了吗？"

大喵作为助攻小能手还时不时地制造着"惊喜"。

那天纪思璇正在乔裕办公室里跟他商量公事，乔裕低头看着文件，再抬头时，电脑屏幕上方赫然露出一只猫头，大喵站在电脑屏幕后面看着他。

乔裕伸手摸了摸它，笑着问："你来了，好久没见你了。"

大喵忽然从桌上跳下来，跑了几步跳到乔裕身上，缩到他的手臂下，又把脑袋钻到他的手底下。

纪思璇目瞪口呆地看着这一切："大喵，你干什么？"

很快就有人回答了她，匆匆追过来的李佳上气不接下气："璇皇璇皇！你们家大喵趁着办公室没人，把薄总养的金鱼捞出来放在阳台上晒成鱼干了！"

纪思璇看着闯了祸还知道寻找庇护的猫精，轻描淡写地回答："是吗，没腌一下吗？一定是沈太后平时做菜太咸了，它想换点儿清淡的。"

"啊……"李佳再次无语。

李佳走了之后，纪思璇看着乔裕，乔裕抬头不明所以地和她对视。

纪思璇冲他挑了挑眉，就是不说话。

乔裕无语："你想让我说什么？难道你要我怀疑你，指挥一只修炼成精的猫去搞破坏吗？"

纪思璇皱了皱眉，神色颇为微妙："看来，和薄总的梁子是结下喽。"

谁知薄季诗没有出现，她刚回到办公室，就迎来了怒气冲冲的谢宁纯。

"纪思璇！你是什么意思？！"

纪思璇看着甩在她面前的鱼干，一脸淡然："哦，我的猫干的，我赔。"

谢宁纯看到她不咸不淡不当回事儿的态度就来气："这是赔的事儿吗？！你就是故意的！我表姐大度不跟你计较，你就这么欺负她！"

纪思璇终于抬头看她一眼："你怎么知道我是故意的？"

谢宁纯气结："就算不是故意的，可你上班带着猫算怎么回事儿啊？"

纪思璇睨着她别有深意地开口："薄总上班可以带猪，我就不能带猫吗？"

谢宁纯没听出她话里的意思："我表姐什么时候上班带猪了？"

纪思璇扬了扬下巴示意她，谢宁纯下一秒就反应过来，气得跳脚："你才是猪呢！"

"闭嘴！"薄季诗的声音忽然从门外传过来，她很快走进来，笑着给纪思璇道歉，"不好意思，她年纪小不懂事，我回去好好骂她。"

谢宁纯很不服气地叫着："表姐！"

薄季诗皱着眉看她："你当这是什么地方？薄家还是谢家？一点儿规矩都没有！再这样就不要再跟着我了！"

谢宁纯白了纪思璇一眼，郁闷地低下头去。

纪思璇瞄了一眼门外路过的乔裕，他似乎看了有一会儿了。她也索性不再说话抱着双臂看这对表姐妹演戏。

这场戏没什么新意，无非是端庄大方又得体的大家闺秀制止了一场恶斗，薄季诗笑着说着好话，纪思璇微笑着照单全收，心里到底是怎么想的就未可知了。

等她再往门外看的时候，乔裕已经走了。

等薄季诗和谢宁纯走了之后，韦忻在隔壁敲了敲玻璃，幸灾乐祸地调侃道："璇皇，看看人家这戏编排的，活脱脱一个知书达理的大家闺秀，有胸襟有气度。您呢？就是个不顾大局的任性丫头，理亏了还胡搅蛮缠，啧啧啧，遇到高手喽！"

纪思璇瞟他一眼："多事！"

韦忻越说越兴奋："说真的，这个薄四小姐段位真的很高，这才多久啊，你看看整个项目组，哪有不夸她的？什么端庄啊，大度啊，懂事啊，温婉啊，我听得耳朵都起茧子了。"

纪思璇靠在隔间上眯着眼睛审视他："韦爵爷不是一向最喜欢美女的吗？怎么就这么不待见薄总？"

"她也不是伪装得不像，不过有的时候偶尔一个眼神很奇怪，骗骗徐秉君那种老眼昏花的老年人就算了，她是逃不过我这双眼睛的！一旦知道她在伪装再去看她时，就会觉得这个人假得可怕。你没看到乔部都看不下去，中途退票走人了吗？"

纪思璇下意识地往门外看了一眼，口是心非地回了一句："是吗？没注意。"

韦忻忍不住赞叹："我可是亲眼看到薄季诗是故意引乔裕过来的，不过乔部对你真的是有情有义，当时那种情况，任谁看了都要偏到薄季诗那边去了。可他硬是当作什么都没看见，转身就走了。"

纪思璇看了他一眼，拎起桌上的鱼干问韦忻："喂，你知不知道这是什么品种？"

韦忻看着面目全非的鱼干："你还是去问卖鱼的吧。"

下班前乔裕来敲门："一起走吗？请你吃饭，谢谢你那天没有抛弃我，还照顾了我大半个晚上。"

纪思璇不冷不热地扫了他一眼，极其简洁地给出回复："没空，不饿，你先走吧。"

乔裕干脆走进来坐到她对面："又在生气啊？"

纪思璇正在对着电脑看着什么，时不时点一下鼠标，心不在焉地回答："没有。"

乔裕干脆单刀直入："因为下午我没进来帮你说话？"

纪思璇觉得可笑："我需要吗？"

乔裕表示同意："我也觉得你不需要，所以就没进来，免得影响你发挥。"

纪思璇忽然笑着看他，一开口便满是嘲讽："难道不是因为乔部这个中立者谁都不想得罪，干脆视而不见吗？"

乔裕看着她，渐渐敛了笑意，眼底晦暗不明，半晌才开口："我在你心里就是这种人吗？"

纪思璇垂着眼睛不去看他，凉凉地开口："哦，太多年不见了，不知道乔部现在到底是哪种人，不过这么年轻就位居高位，也不该是什么善类吧？"

周围忽然安静下来，纪思璇低着头听到耳边有些压抑的呼气声，然后便是他离开的脚步声。

他一向隐忍，这次大概是真的气着他了吧。

纪思璇垂着眼睛强忍着不去看他，余光却扫到门边轻手轻脚地跟在大喵身后，迈着猫步走过的韦忻，拔高声音吼："滚进来！"

大喵和韦忻俱是浑身一僵，大喵转身看了看纪思璇又看了看韦忻，喵了一声之后事不关己继续往前走。韦忻就没那么淡定了，双手投降转过头来："我不是故意偷听的……真的，我发誓！我正在拐角逗你们家纪小花，谁知道就听到了不该听的……下次你们关门好吗？"

纪思璇眯着眼睛一脸危险地看着他，韦忻艰难地咽咽口水，试探着问："璇皇，我们以前是同学，现在是同事，算起来也认识不少年了，算是比较熟了吧？"

纪思璇面无表情地瞟了他一眼之后低头对着电脑画图。

韦忻看她没有反驳才继续开口："有没有人跟你说过，你画图的时候特别专注，能让人感觉到你对建筑的那份追求、纯粹、美好，但很孤独。"

纪思璇头都没抬，心不在焉地敷衍他："是啊，独孤求败啊，优秀的人总是寂寞的。"

韦忻总觉得纪思璇在逃避什么："我怎么觉得你跟乔裕之间那么奇怪呢？一会儿一变，前一秒还能坐在一起聊天，下一秒你就翻脸冷嘲热讽的。还有刚才，你出口伤人不是因为薄季诗这件事吧？总觉得你是因为有别的事却又不直接说，便借着这件事把气出来，乔裕得罪你了？"

纪思璇沉默不语。

她确实不是因为这件事，韦忻都看得明白的事情她不会看不清。乔裕当时不进来其实是在偏袒她，她不是不明白。她是在因为当年的事情生乔裕的气，她本以为自己不气了，可每次想到当年的事或者看到和过去有关的东西，回到故里，见到故人，她心里便觉得憋闷，想要报复他。

听到别人提起乔裕，听到别人夸她，看到他的车，看到度假村，看到教材里的那幅画和那句话，看到谢宁纯不遗余力地撮合着他和薄季诗。这一切就像是炸弹的导火索一样，平日里还好，可一旦触碰，她就敏感地跳开。

韦忻还在喋喋不休："还是说你在考验他？不对啊，你们以前在一起过，说明他过关了，不需要再考验了。还有啊，你们俩当初为什么分手？你这么一冷一热一阴一晴的，谁受得了？你对别人也不是这样啊？"

韦忻的声音在纪思璇越来越阴暗可怕的眼神里渐渐变小："呃，我收回刚才的话，乔裕受得了，他肯定受得了。"

纪思璇啪一声合上电脑："韦忻，你到底想干什么？"

韦忻一脸怒其不争："我是怕你错过幸福，于心不忍啊！"

纪思璇不耐烦地揭穿他："说实话！"

韦忻一脸为难，半晌神色略为复杂地交代实情："嗯……他们设了个赌局，赌你和薄季诗谁能上位，我在你身上押了大筹码，所以……"

纪思璇指着门口咬牙切齿地开口："滚出去！"

韦忻自知得罪了她，边赔笑脸边小步地往门外挪。

"那个……"

就在韦忻马上就要挪出去的时候，纪思璇迟疑了一下开口叫住他："谁的赔率高？"

韦忻的脸上立刻挂起安慰的同情笑容："他们从家世、背景、性格、脾气、年龄、生肖、血型、星座等各个方面进行了分析，结果是你太过高贵冷艳，只可远观不可亵渎，而薄季诗的温婉大方接地气和乔裕的清贵不可方物比较般配。"

当年在学校里也是这样，纪思璇早已习惯了自己不被看好："那你还押我？"

说起这个韦忻便开始兴奋："我这个人比较喜欢赌爆冷啊。"

纪思璇思量半晌，又皱起眉："你的意思是说，乔裕跟我在一起属于爆冷？"

韦忻快要哭了："我还是走吧……"

后来谁也没走成，他们被事务所和乔裕手底下玩得好的一群人拉着去吃了饭，后来又去了附近一家很有名的酒吧喝酒。

纪思璇本就心情不好，玩真心话大冒险的时候连续栽了好几轮，后来话题越来越隐私，竟然问起了历届男朋友。

纪思璇抿了口酒，扫了乔裕一眼后问大家："你们想听哪一任？"

乔裕忽然觉得自己有些喘不过气来，他不知道在他们分开的那几年里，她有没有……

他很快站起来："我去外面抽支烟。"

众人的心思都在八卦上，竟然没在意乔裕早已经戒烟了。

"哪一任都行啊！"

"对对对，我们不挑的。"

"到底有几任啊？"

"其实就只有一任，"纪思璇已然喝多，酒气熏染着她的眉眼，脸颊带着好看的嫣红，嘴角噙着一抹暧昧的笑，闭上眼睛开始回忆，"前男友啊，他很有才华……才华横溢……又低调谦逊……"

"哦！"平日里一群端着的人终于被激活了身体里的八卦因子，不知是喝多了还是因为可以听到璇皇的八卦而太兴奋，一双双眼睛冒着红光。

"是业内人士？"

纪思璇还在笑，懒懒地趴在桌上单手支着脑袋："以前是，他的设计很温暖，笑起来也很温暖，你看着他笑心里就暖融融的……"

她因为喝了酒，声音里多了几分散漫慵懒，听上去有些缥缈虚幻。

"你这么自负的人，可从来没听你夸过谁有才华，到底是多有才华啊？"

有人不服气："我们也很温暖啊！"

"你们？"纪思璇挑着一双魅惑的眼睛一个个扫过去，愈显淡定妖媚，"你们一个个表面上装得阳光灿烂，心底最是冰冷阴暗。看上去温润如玉实则腹黑毒舌，看上去清淡孤高实则闷骚无限。他才是真的王子，他连拒绝别人的时候都是温和的，你们和他没法儿比……"

"还有呢还有呢？"

"还有啊……"纪思璇忽然张开左手的手掌举到自己面前，盯着某处不知道在看什么，最后慢慢收拢五指，抵在额头上，"还有我把他留在离心脏最近的地方。"

众人不懂了，只当她在说醉话："既然这么好，你怎么踹了人家？"

纪思璇忽然敛起笑容，嘟着嘴一脸委屈："不是我踹了他，是他不要我的。"

"谁信啊？要不要这么爱演！我们可是看着你践踏了多少男人的心，你不记得你叫什么了？少男心收割机啊！"

纪思璇忽然又笑了起来，眼睛直直地盯着某个角落出神，眼神越来越涣散："真的是他不要我了，他不要我了……他毕业那年，不止不要我，连他的梦想都不要了……"

众人哄笑完了一抬头，看到乔裕捏着手机站在门口，一脸错愕，不知道站在那里多久了，也不知道听到了多少。

"乔部，你错过了璇皇的真心话啊！"

众人也喝醉了，起着哄笑话纪思璇："是啊是啊，竟然有个男人不要璇皇啊！"

纪思璇有些动作迟钝地转身，眯着眼睛努力看了半天，也只能辨别出一个轮廓。她刚想站起来，却头一晕腿一软就往前栽了过去。

一双手有力地扶住她，头顶有道声音缓慢却坚定地响起："他没有不要她。"

说完打横抱起纪思璇，对众人点了一下头："她喝多了，我先送她回去，账我已经结了。"

众人一脸惊愕地看着乔裕所有的动作，直到门关上了才慢慢反应过来："乔部刚才说什么了？"

早已在沙发角落里睡着的韦忻此刻迷迷糊糊地坐起来，口齿不清地回答："你们那么多人都没听见吗？乔裕说，他没有不要她……"

众人"哦"了一声后，猛然停住面面相觑，怎么意思好像变了呢？这个"他"明明是那个男人，怎么经某人一重复，"他"就变成乔裕了呢！

乔裕没有不要纪思璇？！

乔裕出来的时候，车已经停在了酒吧门口，他抱着纪思璇上车。

才开车没多久，尹和畅便看着后视镜提醒乔裕："乔部，后面有辆车一直跟着我们，好像是之前的那个记者。"

乔裕坐在后座抱着纪思璇，正弯腰给她脱鞋，压低声音问："哪个记者？"

"就是上次拍到您和薄小姐吃饭，后来您让我去压下来的那家杂志社的记者。"

乔裕皱着眉，低头看了看半睡半醒的纪思璇，很快开口："去我家。"

车子很快掉头，开了一段路之后乔裕从后视镜里看到记者的车在警卫处被拦下来了，这才松了口气。

车子在距离乔家五百米的地方便停住了，乔裕脱下风衣遮住了纪思璇的大半张脸才下车。走到自家门前，拉住正在擦车的司机小声问："李叔，我爸在没在？"

司机老李点着头："在，刚回来。"

乔裕往家里看了一眼："你把车借给我用一下，别跟我爸说。"

老李也是看着乔裕长大的，这个从小到大跟调皮捣蛋都不搭边的男人竟然提出这种要求，他一时愣住。

乔裕一向不擅长撒谎，垂着眼帘开始编理由："我的车坏了……"

老李看他编个理由如此为难也是不容易，把钥匙递给他："天亮之前还回来，乔书记明天一早要出去。"

乔裕点点头，开着车到阴影处把纪思璇换到乔柏远的车上，从另一条路送纪思璇回家。

纪思璇本来歪在副驾驶座上睡觉，不知梦到了什么，忽然挥舞着手臂挠了他一爪子。乔裕眼疾手快地躲开,一手开车,一手握住她的手,不敢动不敢用力,只是握着。

她喝了酒,体温有些高,手心里渐渐起了汗。等红绿灯的时候,乔裕从储物柜里拿出纸巾给她擦手心,擦着擦着,他忽然愣住,垂眸盯着那处不知所措。

她刚才说:"我把他留在离心脏最近的地方。"

所有人都以为她说的是醉话,包括他。

可左手无名指内侧,指根部位分明文着两个小小的字母——

QY

最简单的黑色,最平常的英文字体,最隐秘的位置,却牵扯着他的心,撕心裂肺般的疼痛。

她一向是刀子嘴豆腐心,下午尖酸刻薄地说不知道他到底是什么样的人,不过是借题发挥。他知道她在气他,他也是一早就做好准备让她出气,可到底还是没忍住。

别人怎么看他怎么想他,他都可以不在意,可是如果那个人是纪思璇,他就没办法做到无所谓,他不想在她心中变成那么不堪的人。

他牵着纪思璇的手放在唇边轻轻吻了下,转头看着睡着的人,轻声而郑重的道歉:"对不起,纪思璇,对不起。"

一开口,他便听到了自己声音里的颤抖,短短几个字,泄露了他的情绪。

当年他实在是没有别的办法了……

信号灯很快由红转绿,乔裕缓缓启动车子,却再也舍不得放开她的手。

他把她送回家,抱着纪思璇走到门口,放下她扶住,轻声叫醒她:

"钥匙呢？"

纪思璇被叫醒，睡眼惺忪地睁开眼睛，一脸迷茫地看着他，条件反射地去包里找钥匙，摸了半天拎出一串钥匙递给他，然后左右看了看，最后选择倒在他身上，脸埋在他的脖子里继续睡。

乔裕一手扶着她一手去开门，可一把她放到沙发上时她忽然醒了。

接下来的整个晚上，乔裕过得有些艰难，因为喝了酒的纪思璇闹起来实在是太欢腾了。

她看着乔裕眨了眨眼睛："我要喝水！"

饮水机里早就空了，乔裕只能去厨房烧水，可她等不及，站在沙发上手舞足蹈地叫唤："我要喝水！喝水！喝水！"

乔裕从厨房出来就看到她一脚踏空眼看就要从沙发上摔下来，他快步走过去一把抱住她，却被她压倒在沙发上，紧接着便感觉到了唇间的柔软香甜。

纪思璇居高临下地睁着眼睛看他，却并没有动作，看了半天忽然伸出舌头舔了一下，感觉到冰凉湿润，便变本加厉地去撬他的唇舌，嘴里还不清不楚地嘟囔着："我要喝水……"

她的身体紧紧地贴着他，乔裕气息乱得一塌糊涂，抵着她的额头，努力克制着自己，哑着嗓子："乖，别闹了，快起来……"

乔裕觉得她已经迷糊了，坐起来试探着问："你知不知道我是谁？"

"你？"妖女歪着脑袋想了半天，"你是乔裕！"

说完又跳起来站在沙发上一脸兴奋地问："你回来啦？"

乔裕索性站起来，扶着她的腰防止她摔下来："我去哪儿了？"

纪思璇努力想了想："你不是去国外留学了吗？"

乔裕无语："那是你！"

纪思璇一愣，继而傻傻地一拍额头笑起来："哦，对，是我。"

乔裕心里一动："你这些年在国外过得好吗？"

"不好。你看有一次我做模型的时候还把手伤了，流了好多血，很疼很疼。"她说完举着手去给乔裕看。

乔裕低头一看，手心上果然有道伤痕，只是时日久了，淡了许多。

他摸了一下，纪思璇立刻叫唤："疼！"

乔裕很快收回了手，不敢再碰。

明明早就不疼了，她似乎知道自己叫唤得大声点儿，眼前这个人就会心疼自己。

她撒着娇又把手递出去："你吹吹，吹吹就不疼了。"

乔裕低头轻轻吹了一下，她立刻咯咯地笑起来："痒！"

她站在沙发上比乔裕高出很多，摇摇晃晃地伸手去捏乔裕的脸："你为什么不和我一起去呢？"

乔裕耐心地任她为所欲为："我……你都不记得了？"

纪思璇的手贴在他的脸上，歪着头想了半天，费力地睁着眼睛："不记得了，我想不起来了，乔裕，我困了。"

困了的纪思璇明显比醉了的纪思璇乖巧许多。

她坐在沙发上，脚踩在装满热水的盆里，像个小孩子一样噼里啪啦地踩着水，嘴里还哼着不知道是什么旋律的曲子，似乎很高兴。

乔裕拿着热毛巾给她擦了擦手和脸，看看她，迟疑着问："你要不要……把睡衣换上？"

纪思璇低头看看自己，下一秒便开始解纽扣。

乔裕一脸惊恐地拦住她，她便莫名其妙地看着他。

乔裕帮她把上衣整理好，心有余悸："我是让你去卧室换。"

纪思璇点点头，乖巧地扯过擦脚布擦干净脚上的水，抱着睡衣去了卧室。

乔裕在外面等了半天，里面都没动静，他敲敲门："你好了吗？"

还是没动静。

他心一横，直接推门进去，可那个说好去换睡衣的人却抱着睡衣歪在床上睡着了。

乔裕叹了口气，伸手想把睡衣从她怀里扯出来，可才一动，她就醒了，迷迷糊糊地看着他。

乔裕扯过睡衣，掀起被子看着她自发地钻进去，这才起身。

他去厨房倒了一杯水回来放在她的床头，刚想关台灯就看到纪思璇睁着眼睛盯着他看。这会儿她倒是精神了，只是看他的眼神有些奇怪，像是不认识他似的。

她整张脸都躲在被子里，只露出一双波光潋滟的眼睛。乔裕和她对视了半天，忽然俯下身想去吻她的眼睛。

谁知纪思璇反应极快地拉高被子，躲在被子里瓮声瓮气地叫唤："你不能亲我，这世上除了他谁都不能亲我。"

乔裕微微笑着问："他是谁？"

纪思璇钻出被子，一脸狡黠："我不告诉你。"

乔裕忽然明白了什么："是乔裕吗？"

"嗯！"纪思璇边点头边脆生生地回答，笑眯眯的模样在昏暗的灯光里尤其晃眼。

乔裕忽然喘不过气来，胸口那颗心一下一下猛烈地撞击着，震得他整个胸腔钝钝地疼，半天才艰难缓慢地吐出几个字："他……"

纪思璇却忽然没了动静，呼吸变得绵长均匀。

乔裕垂眸抚着她的脸，面无表情地轻声接下去："他是个浑蛋。"

一句骂人的脏话从他口中吐出来依旧是优雅异常。

乔裕看着闹腾了一晚上的人终于安静了下来，心里却无法平静下来，最后还是俯下身吻了吻她的额角，贴着她的脸颊喃喃低语："思璇，你要乖点儿……"

她睡着了倒真的是难得的乖巧，乖巧得让他心疼。

乔裕守了她一个晚上，第二天一早只来得及到办公室换了衣服就往会议室赶，紧赶慢赶还是迟到了。会议恰好是乔柏远在主持，脸黑如锅底地看着乔裕走进来。

乔裕硬着头皮找到位子坐下后，就看到坐在他对面的萧子渊欲笑不笑地盯着他看。

乔裕皱了皱眉，然后萧子渊就真的笑了起来。

当着众人的面，乔柏远也不好说什么，会议结束之后便去了乔裕的办公室。

乔柏远坐在沙发上，乔裕没敢坐，给他倒了杯茶之后便站在一旁准备挨训。

乔柏远环视了一圈之后，状似无意地问起："听说你昨晚回家了？"

乔裕心里一惊，车他当时就让尹和畅还回去了，难道还是被发现了？

被发现了他也就不再忐忑，老老实实地承认："嗯。"

乔柏远还是了解乔裕的，他一向有担当，做过的事情不会不认："还借了我的车？"

乔裕继续点头："嗯。"

"做什么去了？"

"我的车被记者盯上了，送个朋友回家。"

"什么朋友？"

乔裕一顿："女朋友。"

"上次说的那个建筑师？"

"是她。"乔裕看向乔柏远，揣摩着他的反应。

乔柏远喝了口水："薄震前几天给我打电话，托我照顾一下他女儿，还探了探我的口风。"

乔裕大概猜到了什么事，正想着该怎么开口比较好，就看到乔柏远站了起来，神色如常地开口："行吧，你自己的事情自己做主。"

乔裕被他反常的举动弄得一头雾水："就这样？"

乔柏远站起来准备离开时，忽然生硬地抬起手来，在他头上拍了拍："我还有事先走了，记住了，以后开会不要迟到。"

乔裕一脸惊悚，父亲拍拍儿子脑袋这种亲密动作他小时候都没有过这种待遇，今天的乔柏远实在是太吓人了。

乔裕从震惊中回神之后的第一个反应就是给乔烨打电话。

"哥，是不是你帮我说话了？"

乔烨似乎没有在医院，有些吵，声音里带着笑传过来："怎么了？"

乔烨听完之后直想笑，乔柏远这次真的是用力过猛吓到乔裕了。

第十章

二维码里的秘密

纪思璇，毕了业，我就娶你。

睡到九点多才起床的纪思璇又恢复了女王的架势，神清气爽地出现在办公室，走了一路，所有人看她的眼神都有些不对劲。

　　她抓住路过的韦忻和徐秉君问："我今天有什么不对吗？"

　　韦忻微笑着摇头："和以往的每一天一样漂亮，一样有气场，一样盛气凌人，一样高贵冷艳，没有任何不对，女王大人。"

　　徐秉君觉得提醒她一下比较好："你真的什么都不记得了？昨天晚上？"

　　纪思璇喝得断片儿，努力回忆着："昨天晚上，我喝多了……然后……不记得了……"

　　徐秉君想了想，艰难地做出决定："不记得也好。"

　　纪思璇看着两个人一脸古怪，撇撇嘴，刚走了两步就和乔裕在走廊上狭路相逢了。

　　乔裕边走边低头揉着太阳穴，并没有注意到她。

　　纪思璇站定，看着他一步步走近。

　　乔裕走近了一抬头才看到她，放下手来问："来了？"

　　纪思璇别的记不住，却还记得自己在和他生气，冷眼看着他眼底一片青色，倦意掩都掩不住，忍不住毒舌："哟，乔部长昨天的夜生活是不是太丰富了，您是不是有点儿入、不、敷、出啊？"

走廊上原本路过的人纷纷在心里鄙视她，璇皇真是过分，乔部长肯定是照顾醉酒的她一晚上，现在她神清气爽了却来嘲笑恩人，真是恩将仇报！过分！太过分！非常过分！一会儿回去要把这个月的零花钱全押到薄季诗那边！

乔裕神色复杂地看了她几眼，似乎根本不敢相信，错愕地张了张嘴，最后却是什么都没说就转身走了。

纪思璇看着他的背影更加恐慌了，怎么今天都那么奇怪呢？她又转头问韦忻："对了，昨晚谁送我回去的？"

韦忻一脸坏笑："就是刚才你说的那个入不敷出的人啊，大概你自己就是你口中那个丰富了他的夜生活的人吧，哈哈哈……"

纪思璇却笑不出来了。

最近关于乔裕和纪思璇、乔裕和薄季诗的绯闻闹得沸沸扬扬，开会的时候众人均会自发地把乔裕两边的位子给空出来，然后一脸看好戏的模样等着主角们登场。

乔裕来得最早，脸色不太好看，虽说还是温温和和地笑着打招呼，可总觉得他神色间带着郁闷。

然后便是薄季诗，进了会议室之后看了看余下的两个空位，神色不变地挑了一个坐下。

纪思璇到的时候只剩下一个座位，没得挑，只能坐下。

会议很快开始，乔裕正在说前期进度和接下来的工作安排。纪思璇手一滑，手边的笔便骨碌到了桌子底下。

她弯腰低头去桌下捡笔，乔裕明明没有看她，连语速都没有变，却忽然伸出一只手挡在了桌子的棱角处。

在她捡完笔抬起头之前又自然地收了回去。

整个过程连看都没看一眼，似乎只是本能的反应。

纪思璇没看到，可所有人都看到了，于是纪思璇一坐回来就看到众人一脸震惊地盯着她。

薄季诗垂着眼睛，面无表情。

众人看看乔裕，看看纪思璇，又看看薄季诗，心里的弹幕如雨后春笋一般冒出来。

"我是不是该把所有的钱押到璇皇那边啊！"

"乔部真的不是外貌协会吧？"

"乔部好温柔啊！"

纪思璇被盯得有些不自在，看了一圈之后看向韦忻，挑眉问他怎么了。

韦忻点了点手机。

一秒钟后，纪思璇的手机振动，收到一张图片。

一只手虚挡在她的脑袋旁，旁边便是桌子的棱角。

那只手……

她一脸惊讶地看向乔裕。

乔裕正说到关键处，觉察到她的目光，停下来问："我哪里说错了？"

纪思璇摇头："没，没有。"

韦忻发了一串叹号过来。

纪思璇明明已经不生气了却还是端着，不咸不淡地回复："可能他对谁都这样吧。"

韦忻看不下去了："璇皇，您别得了便宜还卖乖好吗？您就没发现乔部坐着的时候，身子都是歪向您这边的吗？"

"是吗，没注意。"

"果然是妖女！小心遭天谴！"

"人妖相恋才会遭天谴。"

因为进度落后，接下来的几天，事务所的所有人都在熬夜刷图出方案。

乔裕因为手里另一个棘手的项目也在加班开会，会议结束之后，一群人经过办公区就看到一屋子的男男女女脸上都敷着一张面膜，忙得热火朝天，在黑夜里看起来格外恐怖。

一群人凑过去看热闹："你们在干什么？"

因为敷着面膜说话格外僵硬："璇皇说，熬夜刷图一定要敷面膜。"

有人往里间的办公室看了看："那璇皇怎么不贴？"

"璇皇说，做人要厚道一些，天生丽质的要给那些先天不足的留条路走。"

"你们又不是靠脸吃饭，那么在意外表干什么？"

"璇皇说，不能因为自己有才华就不把自己捯饬得好看一些。"

"你们这是在向璇皇学习？"

"璇皇说，我们一定要好好学习努力发挥自己的才华，这样才能有前途，不能像她一样，仗着自己颜值爆表就整天混吃等死。"

"你们为什么那么挺纪思璇啊？就因为她长得好看？"

"你不知道吗？璇皇带的组忠诚度是最高的，进组的基本没有想要换组的。她只是表面上高贵冷艳罢了，其实人很好，又有才华，一点儿都不小气，可以学到很多东西。当然了，长得好看也是其中一个

237

原因。"

"还有,璇皇说,拼颜值和拼才华呢,我们都不行了,只剩下拼命了。她如果再不教点儿东西给我们,她怕我们拼命都赶不上她,她就真的寂寞了。我觉得好霸气好有气场啊!"

"她还敢把大客户的面子踩在脚底下,扬着下巴问对方,我手底下的人说不行,你来找我我又跟你说可以,那他以后还要不要混啊?我也跟你混好吗?"

有个女孩子靠过来指着自己的眼睛: "璇皇还教会我画眼线啊,她说要想眼线画得好,天天要拉钢笔稿,真的好用耶!"

……

乔裕一愣,看了看里间工作室里正对着电脑的某人,恰好某人听到笑声也看了过来,两人的视线在空中相遇,又若无其事地分开。

其实这个是乔裕教她的。

那个时候纪思璇在学化妆,眼线怎么都画不好。乔裕看了半天拿了眼线笔在她眼睛上试了一下。

当时纪思璇对着镜子验收成果时,心里立刻"咯噔"了一下。

乔裕鼓励她,等她拉线手不抖的时候,画眼线就不是问题了。

果真如他所言,等她拉线手不抖的时候,小小的眼线,信手拈来。

其实乔裕一直都没告诉她,那个时候他就是为了哄她好好拉线稿才那么说的,没想到就真的那么好用。

纪思璇在里面敲了敲玻璃: "喂喂喂,不要以为夸我两句就可以不用干活儿了!快点干活儿!今晚做不完谁都不许走!"

众人哀号一声看向徐秉君。

徐秉君一向是个加班狂人,扶了扶眼镜安慰他们: "其实你们只是还没做完而已，那边还有一个根本就还没开始，拖延症晚期无药可救患者，是吧，韦爵爷？"

韦忻端着咖啡杯靠在桌边，手里还拿块抹布慢条斯理地擦着桌子："所谓磨刀不误杀猪工，等我擦完桌子，喝完咖啡，吃了夜宵就开工。"

众人吐槽：不会说就不要说！不是杀猪是砍柴啊！还有擦桌子和赶工到底有个毛线关系啊！

有人哀号一声歪在桌子上装死："人家在吃饭，我们在画图；人家在睡觉，我们在做草模；人家在打游戏，我们在做模型；人家在约会，我们在手绘；人家在谈恋爱，我们在谈方案。搞建筑的都找不到女朋友啊！"

"你知道吗？找不找得到女朋友和搞不搞建筑无关，主要是看脸。你看韦爵爷，什么时候缺过女朋友？"

韦忻立刻跳起来："喂喂喂，不要又攻击我好吗？"

乔裕笑着看了半天，后来被人叫了出去。

韦忻看着大喵亦步亦趋地跟在乔裕身后，又靠在纪思璇办公室门前问："璇皇，为什么大喵这么喜欢乔部？"

众人附和道："对对对，我也发现了。"

纪思璇也看了一眼："我怎么知道？"

韦忻说得隐晦："你不是说，宠物随主吗？是不是因为你……所以……"

纪思璇上上下下地打量着他："韦忻，你是不是闲得没事干啊？"

韦忻一脸幽怨："我都快成筛子了！每次都是被攻击对象，你就不安慰我一下吗？"

纪思璇头都没抬，推了推手边的纸巾盒："我没空，忙死了，如果你实在难过得受不了，可以自己安慰下自己，喏，抽纸都给你，全拿走吧。"

"噗……"

众人笑喷。

韦忻低头看了一眼，立刻大叫："我去！你竟然在干私活儿！"

纪思璇抬头看他一眼："闭嘴！"

韦忻一脸委屈："为什么别人加班都有红袖添香，到我这里，屁都没有！"

纪思璇被烦得受不了："如果你真的想要，我可以找人给你放一个。"

韦忻被打击得体无完肤，终于安静下来，老老实实地去赶工了。

几分钟之后乔裕回来了，站在一旁跟徐秉君说话。

纪思璇拎着水杯准备去茶水间倒水的时候被同事林晓叫住，林晓道："璇皇，我这边有点儿问题，您帮我看一下。"

纪思璇坐下对着电脑操作着："这里是这样，然后这样，然后，咦……"

她试了几次都显示命令无效之后，下意识地开口："乔裕，Sketchup 边线显示的快捷键是什么来着？"

乔裕正在和徐秉君说着什么，听见后转头看着她，也很自然地回答："Alt+D。"

纪思璇似乎并没意识到有什么不妥："对对对，我总是不记得。Alt+D，这样可以随时看模型效果。"

周围忽然安静下来，她这才发觉不对劲，歪头看了一眼，发现所有人都停下来看着她跟乔裕，一脸震惊。

习惯真的是个很可怕的东西。

　　纪思璇这才反应过来她刚才做了什么，企图解释："哦，我们是一个专业的，之前教Sketchup的是同一个老师，那个老师教了很多小技巧。哈哈，乔师兄记性真好，都还记得。那个……你们接着忙吧，我去喝水。"

　　说完，看似镇定地拿起杯子在众人的注视下不紧不慢地出了办公室。

　　乔裕垂着眼睛沉默，她以前就总是记不住这个快捷键，每次都是画着画着图忽然问他。不知道他不在的时候，有没有人可以回答她。

　　纪思璇出了办公室便直奔拐角，站在一片黑暗处挠墙。

　　"乔裕你回答什么啊！你不回答不就什么事都没有了！你根本就是故意的！还有你！纪思璇！不就是个快捷键！你怎么老记不住！林晓，我记住你了！你没事儿问我干什么！那么多人你不会问别人？！"

　　她正挠得开心，就听到大喵喵喵叫了两声，一抬头就看到它蹲坐在几步之外看着她，眯着眼睛，眼底的鄙视不言而喻。

　　纪思璇挥手赶它，一脸烦躁："回去睡觉去！"

　　说完忽然意识到什么，大喵出现的地方，乔裕肯定在附近。

　　她挪了几步刚走出拐角，就看到乔裕靠在墙边低着头在笑。

　　纪思璇恼羞成怒，板着脸瞪他："笑什么笑，我在生气呢，严肃点儿！"

　　乔裕右手握拳放在嘴边轻咳一声，看着她："反省完了？"

　　纪思璇挺直腰杆目不斜视："我需要反省什么？"

　　乔裕忽然敛了笑意，一脸郑重地开口："那天是我不好，我跟你道歉。纪思璇，对不起。"

　　纪思璇没想过他会这么正式地跟她道歉，本来就是她借题发挥。现在他先服软，反倒让她有些不知所措。

她垂着眼睛，不知道该怎么接话。

乔裕很体贴地转移了话题："不过为什么那么久了，你还是记不住那几个快捷键呢？"

纪思璇盯着地面轻描淡写地回答："我比较懒，不想记。"

我怕我记住了就再也没有问题问你了，你就会真的慢慢从我的世界里消失了。我记不住，就会一直问你，不管你回不回答，你都在。

乔裕看了她半天，她单薄的身影在黑夜里更显得消瘦无助，却依旧挺得笔直，似乎只要她嘴上不承认，她就永远不会被打倒，倔强得让人心疼。

他忽然上前轻轻揽她入怀，声音在空旷的走廊里听起来格外低沉："我不知道过去的那么多年，你深夜加班开口问边线显示的快捷键，却没有人回答你时，你是什么样的心情。"

纪思璇机械地靠在他怀里，是什么心情？刚开始会泪流满面，次数多了便麻木了，可还是会下意识地问出来，然后再自嘲地笑笑，因为她知道根本不会有人回答。

那个时候同事多是外国人，只是知道她会忽然冒出一句中文，却不知道这是什么意思。既然同事们听不懂，她也根本不需要找借口掩饰什么，随便一句话就可以搪塞过去。

她心酸得难以自抑，却依旧在逞强，"没事啊，我已经习惯了。我问，没人回答，因为你不在。事情本来不就该是这个样子的吗？我为什么要问？因为我自己没有记住啊，都是我自己的错。当年也是我先招惹了你，所以我活该，全都是我自己的错，跟你没有半点儿关系。"

乔裕知道她在怪他，她的每一个字都在怪他，他不怕她怪他，他只怕她真的就这么放下了。她的每一个字都深深地砸在他的心上，手不自觉地收紧，却一个字都说不出来。

他的怀抱干净温暖，气息清冽，熟悉如初，离得那么近，似乎只要她稍微伸出手去就能够触碰到他，就能够回到曾经幸福的日子。

她余光扫到在不远处的人影，那人不知站在那里看了多久，被发现了也不见惊慌。她和那个人对视了许久，才面无表情地推推乔裕，神色早已恢复如常："有人。"

乔裕从容的松开她转头看过去，却顺势牵上了她的手。

薄季诗拎着几个袋子站在几步之外，看到交叠在一起的两只手笑了笑："知道你们加班，我来送夜宵，你们继续，我会留两份给你们俩。"说完很快进了办公室。

两个人对视了几秒钟，气氛忽然有些尴尬，也没办法再继续了。

乔裕看看她："饿了吗？"

纪思璇垂着眼睛点头："嗯。"

乔裕牵着她准备回去："那去吃饭吧。"

纪思璇忽然扬起头，一脸傲娇地板着脸，颇有宁死不屈的意味："我不吃她买的东西。"

乔裕叹了口气，哭笑不得又拿她没有一点儿办法，无奈地看着她："你啊……"

他抬手看了一眼时间，这个时间基本上也没什么外卖了，想了想便牵着她往外走。

纪思璇边叫大喵跟上来边问："去哪儿啊？"

十几分钟后，纪思璇在满屋的香气中看着站在厨房里被腾腾升起的热气环绕着的那个男人，只觉得不真实。

很快乔裕便端了笼屉出来，递给她一双筷子："尝尝。"

　　一个个虾饺躺在笼屉里，个个色泽洁白晶莹，闻起来鲜美可口。纪思璇夹起一个尝了一口，继而整个塞到嘴里，好吃得眯起了眼睛。

　　她吃了两个之后才发觉乔裕坐在旁边一直看着他，嘴角噙着一抹笑。

　　纪思璇看了眼盘子笼屉示意他："你怎么不吃？"

　　乔裕坐在那里神色温和："我不饿，你吃吧。"

　　纪思璇吃了几个之后便放慢了速度，开始闲聊："这是你做的啊？"

　　"不是，记不记得之前我跟你说，要带你去吃的那家私房菜？是从那里带回来的。那天……"乔裕顿了下，"本来是想叫你来家里吃饭的。你没来，在冰箱里放久了，是不是没那么好吃了？"

　　纪思璇知道他说的"那天"就是她无理取闹的那天，心虚地笑笑："好吃！"

　　乔裕也没揪着不放："下次带你去吃，新鲜的会更好吃。"

　　那家私房菜馆，在上学的时候乔裕就想带她去了，可是怕她知道他的身份，便想着等毕业了再带她去，谁知终究是没有这个机会。

　　饭后乔裕洗碗，纪思璇在一旁干站着做监工，不时拿手去戳他手上的洗洁精泡泡。

　　她忽然想起刚回国的时候，她站在厨房外，看到萧子渊和随忆也是这样在厨房里。

　　怦然心动只是刹那芳华，或许柴米油盐才是一辈子的不可磨灭。

　　乔裕看她出神以为她无聊，便转头告诉她："那边锅里有甜汤，自己去盛。"

　　纪思璇去拿碗："哦，你吃吗？"

　　乔裕继续低头洗碗："我不吃。"

过了一会儿乔裕忽然轻声开口："纪思璇。"

她正吃得开心，模糊不清地应了声："干吗？"

"你到底什么时候才会原谅我？"

他依旧背对着她在洗碗，流水的声音不断，手里的动作不断，似乎只是随口提起。她却忽然欢快不起来了。

"哦。"纪思璇放下碗，情绪忽然低落了下去，"他们应该吃得差不多了，我该回去继续加班了，先走了。"

乔裕马上冲了冲手，跟着出了厨房："我送你。"

大喵四仰八叉地躺在地毯上睡得一塌糊涂，乔裕征求纪思璇的意见："让它在这儿吧？"

纪思璇点点头："好。"

出了电梯，在楼前遇到几拨人，大多是乔裕的同事，和他打招呼之后便一脸八卦地盯着纪思璇。

纪思璇毫不羞涩地回视，反倒弄得人家有些不好意思。

乔裕牵过她的手，笑着开口："我女朋友。"

"哦哦，哈哈，女朋友啊，好漂亮！"

"谢谢，那我们先走了。"

两个人刚走开几步就听到身后的讨论声。

"乔部什么时候交女朋友了？没听说啊。"

"不知道。"

"那女孩是谁啊，看着有点儿眼熟。"

……

走远了之后，纪思璇才甩开他的手："乔裕，你下次再占我便宜，我就打你了！"

乔裕皱眉："你以前占我便宜，我也没说什么啊？"

纪思璇看他一眼转身往前走。

所谓出来混，迟早是要还的。

两人一路无语，送到办公楼楼下，纪思璇站定："好了，你回去吧。"

乔裕抬头看了看楼里亮起的灯："我也没什么事，陪你上去吧。"

纪思璇摇头："看情况肯定要加班到天亮了，你明天还要忙，不要熬着了。况且大喵还在你家，它自己在那儿，我也不放心。"

乔裕不再提刚才的话题，点头："好，那你进去吧。"

乔裕看着纪思璇进了电梯才转身往回走，走了几步又站定，忽然开口："四小姐最近是有偷窥别人的癖好吗？"

薄季诗很快从阴影里走出来，不好意思地笑了笑："又被发现了。"

乔裕转身看着她："找我有事？"

薄季诗跟纪思璇不一样，纪思璇是个大气洒脱的人，而薄季诗做什么都是千折百转，她今晚来送夜宵的时候，乔裕就知道她有话要说。

"我爸今天打电话把我骂了一顿，听他口气好像是乔书记拒绝了他'联姻'的建议。以前他就想让薄仲阳娶你妹妹，来个薄乔联姻，可惜没成，后来便使劲撮合我们俩，打算来个乔薄联姻，可惜啊……又是镜花水月。"

乔裕轻笑了一声："其实这样也好，早点儿说开了，对大家都好。"

薄季诗笑得温婉又调皮："是对你好吧？免得纪思璇误会我们俩。"

乔裕的笑容渐渐加深，似乎还夹杂了别的情绪在里面："我们俩本来就没什么可让她误会的，更何况你也该找个人照顾你了。"

薄季诗似真似假地皱起眉，一脸的苦恼："可是这样一来，我就没办法再跟乔家搭上关系了，没有了乔家的影响力，我以后的路怕是更难走了。"

乔裕倒不怕她图的是乔家的势力，就怕她图别的，听了心里倒也松了口气："以后如果需要我帮忙，可以直说。"

薄季诗也没客气，极快地开口："那你帮帮忙，娶了我吧！"

乔裕一愣："不要开这种玩笑。和自己喜欢的人才能结婚，单纯为了利益而拴住两个人，对谁都不好。"

"单纯为了利益……"薄季诗若有所思地重复了一句，很快展颜一笑，"好了，不逗你了，我还有事，先走了。"

纪思璇上楼的时候，刘浩然正坐在徐秉君手底下的一个小姑娘旁边，一脸的殷勤。

纪思璇走过去敲敲桌子："监工啊？"

小姑娘看到纪思璇脸红了一下，瞪了刘浩然一眼："你快走吧！"

刘浩然也有些不好意思。

纪思璇笑了笑："没事，他有这个心陪你也算不容易，好好虐虐这满屋的单身人士！"

众人又是一阵哀号。

纪思璇转身时，余光扫到刘浩然的笔记本电脑，她指着右上角的窗口问："这是什么？"

"哦，这是我们部里自己的通信软件。对了对了，璇皇，你和乔部是校友，那你知不知道乔部的头像是什么意思啊？"

纪思璇弯腰看了一下："什么头像？"

"就是这个啊，"刘浩然点出备注乔裕名字的头像，"一个缺了角的二维码。"

"哦，不知道。"纪思璇摇头，"大概是因为乔布斯有个缺了一口的苹果，乔部就想有个缺了一块的二维码吧？"

众人哄笑："哈哈哈哈……"

刘浩然一脸好奇："不过乔部用很久了，我们当时都觉得，这个二维码肯定有着意义非凡的信息，只可惜少了一个角，扫不出来信息。"

"可能吧。"纪思璇并没往心里去，等这个话题快结束的时候，她才忽然想起什么，心里一紧，"你发给我看一看。"

"好啊。"

纪思璇回到电脑前，点开那个二维码眯着眼睛盯着看了很久，忽然站起来冲了出去。

在纪思璇的记忆里，乔裕和二维码确实同时出现过。

那个时候他们约好一起去国外留学，他已经收到了心仪学校的Offer，而她也准备申请那所学校的交流生名额。乔裕马上就要毕业，整天在制图室里做毕业设计的收尾工作，而她也是整夜整夜地准备申请资料。

那天上午他们在制图室里，纪思璇不知道自己什么时候睡着了。醒来的时候就看到乔裕以一种奇怪僵硬的姿势站在画图板前修图。

她动了一下，下一秒便被刺目的阳光给逼回原地，原来他是在替她遮光。

她一动，乔裕便觉察她醒了，转头看过来。

纪思璇眯着眼睛看着他握着笔的手，轻声感慨："乔裕，你的手怎么能那么好看呢？"

乔裕听了也不回答，只是笑着看着她。

她眯着眼睛趴在桌子上，慵懒妩媚得像只猫。

纪思璇看他不说话，这才坐起来，一脸正经地问："是不是忽然觉得本姑娘闭月羞花温良贤淑，你想要娶回家啊？"

逆着光的乔裕温暖朦胧，纪思璇看不到他的表情，只能看到他上扬的嘴角。

她愣愣地看着他，半晌抿着唇冲他一笑，那笑容清澈纯净，纯净得透着几丝妖气，那一刻乔裕似乎闻到了宿命的味道。

很快她便听到他带着笑意的声音："纪思璇，我给你手绘个东西吧。"

正正经经地叫着她的全名，然后低头在图纸的右下角开始画。

可才画了一会儿，手机就响起来，他出去接了电话回来就匆匆忙忙回家去了。

等他再回来时就告诉她不能一起去留学了。

纪思璇在回家的路上很忐忑，因为她不确定那张图纸当年有没有被自己一怒之下给烧掉。

她把杂物箱的东西里里外外翻了很久都没有，最后颓丧地坐在地上，垂着头一脸遗憾和沮丧。

她安慰自己，或许当年乔裕手绘的那个东西并不是二维码，即便是找到了也不一定对得上。

纪思璇，你还在抱什么希望？你已经不再是当年那个无所畏惧的小姑娘了，怎么能因为一个虚无缥缈的可能大半夜地跑回来，找一张或许早就已经不在了的图纸，愚蠢又荒诞。

她站起来打算收拾一下回办公室时，杂物箱的箱盖被碰翻到地上，箱盖里夹了张叠得工工整整的图纸，那张早已泛黄的图纸。

图纸右下角那块黑白相间的格子早已模糊不清，其实她当时并不知道乔裕是在画二维码，一直都不知道，直到刚才刘浩然提起，她才忽然意识到，这些黑白相间的格子或许是二维码。

纪思璇带着图纸回到办公室，比照着乔裕的头像，画画擦擦了一晚上，天快亮了的时候终于绘成了一个完整的二维码。

她捏着手机却不敢去扫，她不知道到底能不能扫出来信息，也不知道到底会扫出来什么信息。

她盯着那张纸看了许久，终于打开手机，摄像头对准二维码，那条横线从上到下缓缓滑过，嘀一声清亮的响声后，信息出来了。

天渐渐亮起来，纪思璇坐在办公室里一动不动，看着第一缕阳光从窗外照进来。

韦忻伸了个懒腰，转身看到纪思璇半天不动，走过来敲敲门："璇皇，你怎么了？"

纪思璇依旧盯着窗外，缓缓开口："没怎么，就是忽然有点儿感动。"

韦忻完全听不懂她在说什么："没事儿吧你？"

纪思璇不在意他听不听得懂，眼神渐渐放空，轻声问："韦忻，你会为一个人手绘二维码吗？"

韦忻看着她："手绘二维码？二维码不是可以自动生成的吗，为什么要手绘？你想要什么信息，告诉我内容，我帮你搞定。"

纪思璇轻笑一声，脸上却没什么笑意："就是说你不会这么做喽？"

韦忻一脸莫名："谁会这么做啊？你想手绘？应该也是可以的吧。"

纪思璇半天没有说话，过了很久才开口，声音苍白无力："所有的二维码都是一个个方格组成的，输入信息，自动生成，然后画格子、数格子，该涂黑的涂黑，该留白的留白，再擦掉铅笔留下的线，就画好了。可是我见过一个人，不用画格子，不用数格子，可以在白纸上直接画，轻轻松松信手拈来，那他该是之前练习了很多遍吧？"

她的话说到最后几乎变成了自言自语，韦忻知道她并不是在问自己，却还是配合地问出口："那个人是谁？"说完一抬头就看到一直歪头看向窗外的纪思璇此刻泪流满面，一滴滴泪从眼角溢出滑过脸颊。

她一只手压在桌上的一张纸上，手指轻轻摩挲着上面的图案，那图案分明是一个手绘的二维码：

纪思璇，毕了业，我就娶你。

原来，他那天是想跟她说这个，原来，他当初是动了娶她的心思的。

这一刻，这个大气洒脱的女子泪如雨下。

韦忻知道她不想被打扰，很快退了出去，还体贴地帮她关上门。

乔裕才上班就在走廊上碰到打着哈欠的韦忻，熬了一夜的韦爵爷依旧帅气十足，抓着乱糟糟的头发，慵懒地冲他打招呼。

乔裕抬了抬手，给他看手里的袋子："我买了早饭。"

韦忻只字不提纪思璇的异常，笑嘻嘻地靠过来揽着乔裕，一脸的不正经："乔部，来这么早，是不是把璇皇一个人放在这里跟我们待在一起一晚上不放心啊？"

其实两个人认识没有多久，这么熟稔的动作正常人会下意识地排斥，可乔裕也没推开他，笑着配合他："她对你们确实挺特别的。"

　　韦忻歪着头想了想："其实璇皇对我们的态度……还真是挺特别的。和我们在一起，她要么是没把自己当女人，要么是没把我们当男人，不过无论是哪一种，都挺伤自尊的。她的小女人模样是'隐身对乔裕可见'的状态。她在别人那里是无所不能的女超人，在你面前才是女人。"

　　乔裕的笑容忽然变了意味："就像你的身份对谁都是'隐身不可见'一样吗？"

　　韦忻忽然嗅到了危险，警惕地看着他："什么意思？"

　　乔裕拍拍他的肩让他放松下来："伦敦华人圈有名的韦家小公子，我还是认得的。"

　　韦忻脸色大变："璇皇跟你说的？"

　　乔裕听了也很惊讶："她也知道吗？我不知道她知道，我也是偶然才知道的。"

　　韦忻左右看看，小声开口："不要说出去！"

　　乔裕一脸纯良的笑。

　　韦忻开始做交易："你和璇皇的事情，我就从来没跟别人说过！"

　　乔裕依旧一脸无害："那是因为你有把柄在她手里吧？"

　　韦忻眼看威逼不奏效，便打算利诱："我跟你说个秘密，作为交换，你不可以说我的事。"

　　乔裕本来就不是长舌的人，不过既然有人主动给封口费，他也不介意收了："好。"

　　韦忻一脸警惕地盯着他，似乎有些不放心却又催眠自己："我知道乔部是君子，言而有信，我就不让你写书面保证了。"

　　乔裕有些好笑地点头。

"璇皇电脑里有个加密的文件夹。"

"你怎么知道的？"

韦忻心虚地低头东瞧西看："我黑过她的电脑。"

"里面是什么？"

"不知道。"

"密码呢？"

"黑到一半被她发现，然后我的电脑就泡在咖啡里了……"韦忻忆起往事痛心疾首，"我的图纸啊，我的资料啊……全都没恢复回来！"

韦忻又笑嘻嘻地看着乔裕："我觉得以你们俩的关系，你应该知道密码啊？我一直想知道里面是什么，改天我们去试试？你肯定能试出来。"

乔裕摇头："我不知道。"

韦忻又回忆了一下："有一次我好像看到过，密码是六个数字，前三位好像是122，后面三个就不知道了。应该是她常用的密码，你觉得熟悉吗？"

122，这是什么数字？

乔裕摇头。

韦忻收回手臂，撇撇嘴，很是无趣地看着他："乔部，你真没意思。"

乔部还是温温和和地笑着："怎么，韦爵爷没套出我的话很失望？"

韦忻被揭穿也不见不高兴："他们说得对，乔裕，你真的是手中有花，心中有剑。"说完便转身离开，走了几步之后又转头对他说，"不过那个加密的文件夹是真的有，你有机会可以去试一试，我觉得肯定跟你有关。"

乔裕点点头,韦忻便转身离开。

乔裕拎着早饭进了办公室便看到一群行尸走肉的人,看到他动作缓慢地打招呼,机械地围过来吃早饭。

他拿了一份送到纪思璇办公室时,她已经收拾好情绪,余光扫到乔裕进来,很快从旁边扯了张纸盖在之前的二维码上。

乔裕也没在意她那一瞬间的紧张:"怎么恹恹的,吃了早饭回去休息吧。"

纪思璇直勾勾地盯着他,眼底情绪复杂。

乔裕被她看得有些奇怪:"怎么了?我记得你以前连熬几个通宵依旧活蹦乱跳的,怎么才   夜就蔫了?"

纪思璇别有深意地幽幽开口:"乔裕,我年纪大了,熬不起了。"

乔裕没有听出她话里的意思,笑起来:"怎么会,你本来上学就早,正当年啊。"

纪思璇也不说话,就这么面无表情地看着他,眼底晦暗不明。

乔裕终于发现她的不对劲,把粥打开,放了个勺子进去,递到她面前:"你怎么了?昨晚发生什么事情了?"

纪思璇又看了他许久,皱了皱眉忽然想要问他。

当年你是动了娶我的心思的,那为什么不过短短几天就放弃我了呢?

她忽然垂下眼帘遮住眼底缓缓流淌的情绪,抬手揉着眉心掩饰住脸上的崩溃,一开口却是平静无波:"没什么,就是累了。"

尹和畅很快敲门:"乔部,您约的人到了,在办公室等您。"

乔裕点点头,抬手看了眼时间又转头跟纪思璇说:"你先吃早饭,我很快结束，然后送你回家休息。"

江圣卓扶着乔乐曦从车上下来，嘴里边嘱咐着她要小心些边劝着："还是回去吧，二哥知道了肯定要不高兴。"

乔乐曦挺着大肚子一脸的兴致盎然："没事的，我就是想来看看啊，听说爸回绝了薄家联姻的建议，肯定是二哥没同意。我来看看到底是个什么样的女人，让我二哥这么上心，我就偷偷看一眼，二哥不会知道的。"

江圣卓无奈，只能扶着她往登记处走。

登记处的值班人员是认识他们俩的，乔乐曦开门见山地问："那个度假村的项目，听说合作方里有个女的，她在哪个办公室啊？"

纪思璇当然没有等乔裕送她，收拾好情绪打着哈欠从办公楼走出来，恰好遇到薄季诗来上班，两个人在办公楼门前打招呼寒暄了两句。

值班人一看便乐了，指了指正在说话的两个人给乔乐曦看："两个都是，你问的是谁？"

乔乐曦想了想："就是和我二哥传绯闻的那个。"

值班人又指了指："两个都是。"

乔乐曦看看纪思璇，又看看薄季诗，不知道到底是哪一个。她低头悄悄问江圣卓："哪一个？"

江圣卓和乔乐曦都没见过薄季诗，上次也忘记问纪思璇的名字，只能靠猜。江圣卓看了一会儿实在猜不出来："我怎么会知道。"

乔乐曦追问："你觉得是哪一个？"

江圣卓看了看，示意她："那个吧，不是说长得特别漂亮吗？"

乔乐曦顺着江圣卓指示的方向看过去，撇撇嘴："就知道你会选漂亮的那个，色狼！"

江圣卓一脸被冤枉的无奈，乔裕喜欢漂亮的就是有眼光，他选漂亮的就是色狼，更何况还是她非要他选的。

乔乐曦仔仔细细看了会儿，左边这个确实长得很漂亮，可气场太强，右边那个看上去比较温婉，应该是和乔裕比较搭，虽然没有左边那个漂亮，却也是个不折不扣的美女。

说完她皱着眉思索了半晌终于做了抉择，向薄季诗走过去。

纪思璇之前在乔裕那里见过乔乐曦的照片，兄妹俩的眉眼有几分相像。她从乔乐曦笑着揽过薄季诗的手臂说她是乔裕的妹妹时，就明白乔乐曦认错人了。她也不拦着，站在一旁冷眼看着乔乐曦拉着薄季诗亲亲热热地说话。

江圣卓在一旁越看越觉得不对劲，给乔裕打了个电话。

乔裕还在会客，向客人示意了一下便站到窗边接起来。

一接起来江圣卓就急匆匆地问："二哥，你喜欢的那个女孩子长什么样啊？"

乔裕有些莫名其妙："怎么突然问这个？"

江圣卓顶着被骂的危险主动交代："你亲爱的妹妹好像认错人了。"

乔裕似乎猜到了什么："你们在楼下吗？"

江圣卓都快哭了："你快说个明显的特征。"

乔裕也没为难他，想了一下："她应该是带了只猫。"

"猫！"江圣卓哀号一声便挂了电话，火速跑到乔乐曦的耳边小声地说了几个字。

乔乐曦一脸惊悚，看着眼前的女人："姐姐，你贵姓啊？"

薄季诗丝毫不见惊讶："我叫薄季诗。"

乔乐曦傻眼了，和江圣卓对视一眼，异口同声地开口："糟糕！"

两人再转头准备找纪思璇时，她已经走远了。

乔乐曦小跑了几步追上纪思璇："姐姐，姐姐，对不起，我刚才不知道你才是我二哥的女朋友。"

纪思璇遇到乔裕的事情便格外小心眼儿，扶了一把气喘吁吁的孕妇才凉凉地开口："我不是，喏，那个才是，你们继续姐妹情深去吧。别跟着我了，孕妇离猫远一点儿。"

孕妇的脾气本就古怪，乔乐曦又被纪思璇高傲的眼神和不冷不热的语气给激怒："什么嘛，我又不是故意的！我二哥怎么会喜欢这么小气的女人！不就是长得漂亮点儿，有什么了不起！"

江圣卓默默腹诽，你当年比她还小气！

乔裕从楼上下来的时候，纪思璇已经不见了踪影。

几分钟后，江圣卓和乔乐曦耷拉着脑袋没精打采地坐在乔裕办公室里，乔裕正在办公桌前忙，看也不看两个人。

乔乐曦和江圣卓对视一眼，可怜兮兮地撒娇道："二哥，我知道错了，你不要不理我嘛……"

"你说你都快生了，不好好在家待着，胡闹什么？"乔裕说完看着江圣卓，"还有你，就由着她这么胡闹？"

江圣卓早就习惯了在这兄妹两面前里外不是人了："你也说了她快生了，我哪敢拒绝她。"

乔裕知道纪思璇嘴上不说，其实很在意这些事情，叹了口气："算了，你们俩回去吧。"

乔裕不敢吵纪思璇睡觉，快到中午的时候才给她打了个电话，她似乎还在睡觉，鼻音很重。

"见到我妹妹了？"

纪思璇半睡半醒地"嗯"了一声，她其实一直都是半睡半醒的，心里压着事儿梦里都是以前和乔裕在一起的片段，包括那个二维码。可她又清醒地知道那是梦，不愿意醒来，就连此刻乔裕的声音顺着电流传过来在她听来都有些不真实。

"她不是故意的，你认识她的啊。我给你看过照片的，她认错了，你怎么也不解释？"

纪思璇好像翻了个身，换了只耳朵听电话，窸窸窣窣之后才听到她有气无力的声音："不想解释。"

乔裕听她恹恹的便不再多说："你先睡，我今天不忙，下午去接你出来吃饭？"

纪思璇现在有些怕见他："不用了，今晚还要赶工，我睡一会儿就要去办公室了，天要冷了，再拖下去就开不了工了。"

乔裕也没多说，很快挂了电话。

纪思璇继续半睡半醒地躺在床上，不知过了多久传来门铃的声音。她一脸迷糊地爬起来，一打开门就看到乔裕站在门口，手里还拎着一袋刚买来的菜。

纪思璇揉揉眼睛，上上下下地打量着他："你干什么？"

乔裕亲昵自然地抬手理了她睡乱的头发："来给你做饭啊。"

纪思璇靠在门上挑眉看他，不咸不淡地开口问："你很闲啊？"

乔裕看着她迷迷糊糊却依旧一脸傲娇的模样只觉得可爱，忍着笑模糊不清地开口："这不是来给你赔礼道歉吗？"

纪思璇脑子里一团糨糊，不知道他在笑什么，也懒得和他理论，让开来，"进来吧。"然后趴在沙发上又昏睡过去。

梦里有脚步声、水声、油烟机工作的声音，很吵，她却觉得心安，很快又有了刺耳的手机铃声，响了许久她才闭着眼去摸，摸到也没看，直接接起来喂了一声。

那边顿了一下，很快开口："乔部在吗？麻烦让他接一下电话。"

纪思璇被吵醒，一肚子的火："你找他，打他电话啊，给我打干什么！怎么，你以为我们的关系好到我会知道他在哪里吗？"

那边沉默了好大一会儿，等她说完才轻声辩解："我打的就是他的电话……"

纪思璇一愣，从耳边拿下手机看了一眼，烫手一样立刻扔掉，爬起来转身就走。

闻声赶来的乔裕拦住她，一手圈着她的腰，一手捡起手机："我是乔裕。"

纪思璇乍毛一般推开腰间禁锢的手臂，乔裕无声地笑着看她闹脾气，听完之后很快回答："好的，我知道了，就先这样吧。"

挂了电话之后，另一只手也圈上她的腰，忍俊不禁地看着她，眼神宁静："纪思璇，我重新追你好不好？"

纪思璇瞬间清醒，张牙舞爪的动作也停了下来，像看神经病一样看着他半晌。她忽然想起那个二维码，想起门铃响起前的那一刻，那个梦里，还是学生模样的乔裕站在制图室的阳光里，弯着眉眼笑着对她说：纪思璇，毕了业，我就娶你。

梦里的那张脸和眼前的脸很快重合，他还是那般笑着的模样问她：我重新追你，好不好？

她眼圈忽然有些涨，忍了忍，故作冷静地开口："说得好像……你追过我一样。"

乔裕摸摸鼻子，有些愧疚，好像真的没追过……

纪思璇眯着眼睛一脸慵懒地看着他："你打算追我之前没去打听过吗？不知道璇皇是出了名的难追吗？"

乔裕似乎没预料到她会是这种反应，愣愣地看着她。

纪思璇看他发愣的样子，终于扳回一局，哼了一声，扬着下巴走开了。

乔裕站在原地，愣了许久，终于明白她这算是没有拒绝才笑着去了厨房。

纪思璇从卫生间里探出脑袋看着他的背影渐渐红了眼眶。

乔裕送纪思璇去办公室之后便接到了江圣卓的电话。

"你要不要来看看乐曦，你知道孕妇本来就敏感，情绪不稳定，她回来之后一直在房间里生闷气。"

乔裕应下来，很快赶了过去，江圣卓看到他就是一副看到救兵的模样。

乔裕在门外敲了敲门，里面没有反应。

他又敲了两下："乐曦，二哥进来了？"

说完才推开门就接到一个飞过来的抱枕，乔乐曦坐在床边的地毯上满是委屈地瞪他："二哥，我讨厌你！"

乔裕和门外的江圣卓交换了个眼神，关上门走过去靠着床坐到地上："她也这么说过，她说，乔裕，我讨厌你！她是我见过的最洒脱大气的女孩子，不矫揉造作，也不虚伪阴险，很有才华。其实你们俩有的地方很像，比如说没那么多花花肠子，不喜欢的绝对不会委屈自己笑脸相迎。"

乔乐曦横他一眼："我才不是！"

乔裕满是宠溺地看着这个唯一的妹妹，笑着开口："好好好，你不是。我和她的事，我没跟别人说过，因为我觉得这是我们俩的事，没必要告诉别人。可是现在我想跟你说，因为你是我妹妹，她是我爱的人，我希望你们俩可以像一家人一样相亲相爱。"

乔乐曦揪着乔裕的衣角："二哥，我不喜欢她。她不就是长得漂亮点儿吗？如果她长得不好看你还会喜欢她吗？"

乔裕皱了皱眉："这个问题，我实在不知道该怎么回答。因为我喜欢她的时候，她就是这个样子，我也不知是因为她长得好看才喜欢她，还是因为喜欢她就顺便喜欢她的好看。"

乔乐曦也知道这种假设法其实很荒谬，一脸挫败地低下头。

乔裕缓缓开口："我们是大学校友，她比我低一届，是她追的我。我不知道她喜欢我什么，所以刚开始只当是她在恶作剧，就像小时候你捉弄二哥一样，我也没往心里去。你见过了，她很漂亮，学校里追她的人也很多，我想着时间久了她厌了也就放弃了。时间久了你会发现，她虽然傲慢，可为人很正派，会帮助别人，却不是没有原则，看不惯的人或者事绝不会忍气吞声。当她真的跟我说她要放弃的时候，我知道她是欲擒故纵，可我还是沦陷了。后来……后来因为大哥生病了，我不能和她一起去国外学建筑而分开了。我没告诉她真正的原因，她以为我是为了仕途才放弃她的，所以就头也不回地走了。一直到前段时间她回国，我们才重新有了联系，她因为当年的事怨恨我，所以我们也并没有重新在一起。我说她是我的女朋友，目前来看，只是我的一厢情愿。"

乔乐曦开口问："你为什么不告诉她？"

"那个时候不告诉她是怕她会为了我放弃出国的机会，她那么有才华，为了我放弃了自己的梦想，我会心疼。"

"那她回来了，你为什么不说清楚，说清楚她就不会怪你了。"

乔裕转头看了她一眼，有些为难却还是说出来："你还记得……妈妈出事的那天吗？你被爸爸送去了圣卓家，爸爸的秘书去学校找哥哥送到了姥爷家。我因为下课早就先走了，大概就是在那个时候错过了。姥爷以为爸爸会去找我，爸爸以为姥爷会去找我，可谁都没去找我。我回到家，可家里一个人都没有，然后便看到妈妈躺在满是血的浴缸里，身体都凉了。我当时太小，早就被吓蒙了，只知道傻傻地等人来找我。我一直都不提，因为我知道你们有多愧疚，其实当时我在家里很怕，怕到那段时间每天晚上都会做噩梦。可是跟你们的愧疚比起来，我觉得也没什么，恐惧只是一时的，终将过去，你们才是我最看重的亲人。就跟那件事一样，当初她以为我是为了前途才不跟她去留学的，也是我让她这么以为的，当初她以为是我先放的手，所以她头也不回地走了，现在她回来了，如果我再告诉她真相，她会愧疚，我不想让她愧疚。这些年我没为她做过什么，唯一能做的也就只有这个了。"

乔乐曦忽然泪崩，抓着乔裕的手不停地道歉："二哥，对不起，我们当时忘记带你走了，真的对不起，对不起……"

乔裕拍拍她的背，扯了几张纸巾给她擦眼泪："好了好了，哭什么，过去那么久了，我们都该释怀了。

"当年你远走异国，江圣卓跟我说，他怕他再深的感情都抵不过你身边一个温暖的肩膀。我又何尝不怕？她的脾气又特别偏，一直都排斥和我见面，排斥我的消息。我怕我一旦有动作她就会抗拒得厉害，所以我什么都不敢做。你也在国外待过，那种寂寞和辛苦最是清楚，你是因为心里有江圣卓，你也知道他心里有你，所以你不会怕。可是她什么都不确定，当年也是带着我抛弃了她的误会离开的，却一直孤身一人在等我。如今她拒绝了所有的诱惑回来了，她肯回来就是最大的让步。二哥真的什么都没为她做过，只这一点我就万劫不复了。所以，你能不能为了二哥，尝试着喜欢她呢？”

乔乐曦抽抽噎噎泪眼蒙眬地看着他，最终还是点了点头。

乔裕走的时候，江圣卓一脸狗腿地送到门外："我哄了一天她理都不理我，你一个小时就搞定了，你是怎么做到的？"

乔裕叹口气："这种事情，一个男人对自己喜欢的女人，总是没有一点儿办法的。"

江圣卓似乎听出了话外之音，坏笑着开口："所以你现在要去哄你对她一点儿办法都没有的女人了？"

乔裕上了车降下车窗："我去看看我哥。"

江圣卓听后敛了笑，目送乔裕离开。

乔裕到的时候乔烨正对着电脑看着什么，看到他进来，便合上电脑放到一边："怎么这么晚了还过来？不是说了吗，忙就不要来了。"

乔裕坐到病床上，勉强笑着："很久没来了，来陪陪你。"

乔烨越来越瘦，看得他心里难过。

乔烨试探着问："听说……你喜欢的那个女孩子回来了？"

乔裕一愣："听乐曦说的啊？"

乔烨顺坡下驴："啊，对，听乐曦说的。怎么样，有戏吗？"

乔裕叹口气："好像还在生气，不过我会努力的。"

乔烨拍拍他的肩："好好加油！"

兄弟俩又随便聊了聊别的，乔裕走的时候乔烨忽然叫住他，正儿八经地叫着他的名字："乔裕！"

乔裕回头："嗯？"

乔烨问得认真："你有没有什么想让哥哥为你做的？"

乔裕摇头，有些好笑："没有，哥，我又不是小孩子了。你好好养病，不要操心别的。"

乔烨点点头："好。"

乔裕走了两步又转身："你呢，哥，你有没有想让我为你做的？"

乔烨笑起来："说过了啊，你替我好好照顾爸，照顾妹妹。"

乔裕郑重应下来："知道了，那我先走了。"

乔裕离开后，乔烨打开电脑，看着纪思璇传给他的草图，微微笑起来。

第十一章

刹那，怦然心动

生活里的喜欢往往没有那么百转千回，就是有一瞬间，他让你的心动了一下，软了一下。

熬了几天通宵，方案终于出炉。纪思璇跟徐秉君、韦忻初步定了稿，可当纪思璇在会上讲完之后，效果并不好。

　　谢宁纯率先开口，不屑的语气里头杂着冷嘲热讽："璇皇的名头这么响，我还以为有多大能耐，也不过如此。不是国外著名的事务所吗？怎么一点儿都看不出来。"

　　出钱的是大爷，纪思璇忍了忍："中国有自己的文化，中国的建筑也该有自己的文化底蕴和地域设计，不该跟在西方建筑界后面拾人牙慧。"

　　"也是不错的，或许是我期望太高，并没有想象中那么惊艳。"薄季诗迟疑着开口，继而轻描淡写地把问题抛给乔裕，"乔部觉得呢？"

　　乔裕默不作声，一页一页地翻看着手里打印出来的方案。

　　一时间会议室里静寂无声。

　　徐秉君和韦忻对视一眼，刚要开口，就听到纪思璇的声音。

　　"曾经有一个人跟我说过，建筑之所以存在，最基本的功能就是庇护场所，安全与舒适是最基本的需求，不要让浮夸无实的外观设计和创新造型掩盖了最初的目的，功能性和美观性要相互平衡，不要本末倒置。建筑不是突兀空洞的，而是要和周围的人、物、风景搭配得浑然天成。那个时候我不以为然，后来我见过了那么多的建筑，遇到过那么多优秀的建筑师，那个时候我才意识到他说的是对的。我一直以为我在建筑上很有悟性，后来我才知道他才是最有悟性的，我领悟到的只是表面，他才是领悟到了建筑的真谛。"

谢宁纯一脸不屑："那个人是谁？业内人士？很出名？"

纪思璇神色黯然："他转行了。"

谢宁纯嗤笑："真是可笑，一个转了行的人说的话有什么信服力？是混不下去了吧？"

徐秉君忽然开口："领悟得如此之深，看得如此之透彻，我还真是想知道这话是谁说的，看看有没有机会结识一下。"

纪思璇看向乔裕，目光沉沉。

良久，乔裕终于开口说了第一句话："我说的。"

话音落下，又是一室沉寂。

纪思璇望向乔裕："我倒是想问一问乔师兄，当初你是这么教我的吗？"

过了很久，乔裕才再次开口，声音里带着往日没有的清冽低沉："直到现在，我还是这么认为。每一座建筑都应该有自己的品格和灵性，不仅仅是创新与奢华，还是自然与舒适，节能和低成本并不会拉低建筑本身的价值，造型与功能要相辅相成，不着痕迹。建筑师是活的，建筑也理当是活的，有感染力的。好的建筑不是技术和才华的堆叠，而是情感与内涵的融合。璇皇、徐工、韦工，在你们的设计方案和理念里，没有任何感染力，我感受不到任何情感的投入，没有灵魂的建筑空洞无味。从它只能是一座建筑的那一刻起，它便丧失了存在的意义。"

说完之后，他才抬眸回视纪思璇，紧紧盯着她，眼神和语气是从未有过的强势和直击人心："你的设计很有辨识度，可这里，我基本看不到。纪思璇，你在逃避什么？"

纪思璇心里一紧，他竟然一眼就看穿了她在逃避。

她承认她在敷衍，从踏上度假村所在地的那一刻起，她就本能地抵触，故地重游想起的便是故人，她不愿付出心血，从头到尾不过是在敷衍，在逃避，逃避回忆和曾经受到伤害的痛楚。

纪思璇和他对视良久，深吸一口气缓缓吐出来，一脸挫败地垂下眼帘轻声开口："改。"

会议很快结束，当会议室里只剩下事务所的人时，韦忻还处在震惊中，难得正经地叹息："真是可惜了，建筑界的损失啊！"

加班赶工做出来的方案被如此嫌弃，不免有人吐槽，或许是负能量积聚太多爆棚，后来所有的矛头都对准了拍板人乔裕。

纪思璇冷眼旁观半晌，冷笑着开口："别人我不知道是不是不懂装懂，我只知道当年 X 大流传着几句话，是说学校里风云人物的，其中有一句就是，数风流才子，还看'建乔'。所谓的'建乔'说的就是建筑学院的乔裕。他带着学弟学妹参加竞赛拿奖拿到手软，老师根本不需要操心，轻松愉快游刃有余。即便不做这一行了，也不是你们可以随便编排的。"

众人你看看我，我看看你，明显看出纪思璇的不高兴，都不敢再多说什么，被徐秉君和韦忻轰出了会议室。

纪思璇坐在会议室里静静地出神，她就坐在刚才的位子上没动，垂着眼睛看着桌子的棱角，忽然抬手摸了摸自己的脑袋。

当时如果她动作再大一些，大概就会碰到那只手了吧。

身后传来咔嚓一声开锁声，会议室的门被打开，很快进来一个人，就站在她身后。

"刚才开会我说的话，让你不高兴了？"

纪思璇没回头，只是轻声否认："没有。"

她觉察到乔裕一直盯着她看，便转身笑了一下："真没有。我只是……"她脸上的笑容忽然消失殆尽，沉吟良久，"我只是觉得……"

说了几个字之后她又顿住，欲言又止，似乎很是纠结。

天色渐渐暗下来，屋内一片昏暗，乔裕越来越看不清她脸上的表情，她安安静静地坐在那里，长睫轻掩，却不再开口。

几声突兀的敲门声之后，会议室的门被轻轻推开，尹和畅站在门口，看到没开灯也不见吃惊，对着黑暗中的身影开口："乔部，都安排好了，准备去吃晚饭了。"

乔裕很快回答："好的，你先出去，我们马上来。"

尹和畅关上门退了出去。

纪思璇跳起来，颇有雀跃的意味："啊，可以吃饭了，我都快饿死了！"

她说完便往门口走，经过乔裕的时候，却忽然被他从身后抱住，下一秒，她的耳边便响起他温柔而执着的声音："你觉得什么？"

他的手臂松松垮垮地挂在她的腰上，他的气息就在她的耳边，缓慢温热，纪思璇忽然有些慌。

我只是觉得，乔部对璇皇说什么，都可以接受。意见不合，可以沟通，风格不对，可以商榷，设计不合理，也可以修改。她从未奢望过方案可以一遍就过。可乔裕对纪思璇说那些话，我竟然会难过，难过得不可思议。连我自己都理解不了，我为什么会这么难过。

乔裕，原来我自己都不知道，我会这么在意。

可是，乔裕啊，这些话，我该怎么说给你听？

纪思璇知道自己有心结，轻声开口，声音有些颤抖："乔裕，你后悔了吗？我见到的建筑越多，遇到过的优秀建筑师越多，我心里就越难过，越替你惋惜。我从他们身上会看到你的影子，可你和他们又有那么多的不一样。刚开始的几年，我接触到每一个项目甚至会控制不住地想，如果是你，你会怎么做。"

乔裕，我和你的仕途，如果再让你选一次，你会选谁？

纪思璇忽然不敢问出口。

乔裕也久久没有说话。

纪思璇一群人出了办公室，才发觉今天是万圣节。

加了一天的班，大部分人都是一身煞气，大概是乔裕的神情最为温和，有卖花的小姑娘拉住他："帅哥，给你女朋友买束花吧。"大概不知道在场的纪思璇和薄季诗哪个才是正主，视线来来回回扫了好几圈，最终放弃。

纪思璇皱眉，关键时刻不站在她这边者，处死！

最近忽然降了温，天气冷得厉害，乔裕大概觉得小姑娘不容易，便掏出钱包准备买一束。纪思璇忽然拦住他，笑眯眯地看向卖花的女孩儿："他没有女朋友，你没看出来，他……嗯？"

女孩儿反应极快，笑嘻嘻地回答："那给男朋友买一束吧！"

在场人笑喷，乔裕皱着眉看着眉开眼笑的纪思璇，倒也不生气。

纪思璇却看都没看他一眼，继续胡说八道："他是……那个，在等他男朋友买花给他！"

小姑娘睁大眼睛上上下下地看着眼前高高大大的男人，似乎接受不了这个信息，艰难地咽了咽口水，转身走了。

众人哈哈大笑，乔裕却一脸无奈地看着纪思璇。

纪思璇的脸上丝毫不见愧疚："我这是在帮你，如果你真的买了花，打算送给谁？给我吗？大概薄总会不开心。给她吗？那么多人看着，我多没面子。"

乔裕似笑非笑地看着她，看得纪思璇心底直发毛，硬撑着瞪他一眼："干什么？"

他倒也没多说什么，只是伸手拦住旁边走过的卖花女孩儿，买了一束花塞到她的怀里，带着旁若无人的宠溺和无奈："不干什么！"

纪思璇立刻拿得远远的，还推了推他："你不是花粉过敏吗？走远点。"

乔裕好像忽然明白她刚才为什么要拦着自己了，便笑着抬眼看她。

乔裕的五官柔和俊逸，一双丹凤眼承自其母，清澈温和，看着她的目光沉静又蕴含着笑意，自带一股儒雅气质。

生活里的喜欢往往没有那么百转千回，就是有一瞬间，他让你的心动了一下，软了一下。

纪思璇面无表情地看了他一眼，若无其事地转头继续往前走。

身后的一群人却轰动了："喂喂，我刚才看到了什么？璇皇脸红了耶！"

谢宁纯看着前面并肩走在一起的身影，皱着眉看向薄季诗。薄季诗宽慰地笑了笑，拉着她往前走。

即便方案没过，可前段时间所有人又是加班又是通宵的，都很辛苦，趁着过节都打算放松放松。

每个人都有自己的死穴，而纪思璇的死穴就是玩真心话大冒险。

那天晚上纪思璇点背，栽在谁手里不好非要栽在谢宁纯手里。

她心里哀号一声自认倒霉。

谢宁纯一上来就扔了个炸弹："璇皇是处女吗？我不是说星座。"

气氛一下子火爆起来。

纪思璇扫了一眼众人，那一张张充满期待的脸庞让她翻了个白眼，大大方方地回答："不是。"

"哦。"谢宁纯偷偷看了乔裕一眼的反应，心里窃喜。

乔裕的脸色有些难看，坐在那里垂着眼睛不知道在想什么。

她得意地冲薄季诗笑了笑，薄季诗冲她摇了摇头。

这一轮算是过了，谁知下一局竟然又是纪思璇。

谢宁纯接着刚才的问题："第一次是什么时候？"

纪思璇认栽："大学。"

众人听了又是一阵骚动。

纪思璇一向坦荡，索性直接问："还想知道什么，接着问？"

谢宁纯的问题越来越没下限："第一次给谁了？"

纪思璇听了眉头都没皱一下，微微笑看她。

谢宁纯以为她要耍赖，挑衅道："璇皇不会输不起吧？"

乔裕忽然端起手边的酒杯，一口气喝光，脸色有些苍白，抬头看向纪思璇，嘴上却在回答谢宁纯："给我了。"

众人一个个面无表情，极力做好表情管理，却在心里刷起弹幕。

"哇！什么情况？有没有人来跟我讲一讲！"

"太劲爆了！我的心脏受不了啊！"

"我就说乔部和璇皇有问题吧！"

那天谁都不知道发生了什么，只知道纪思璇约了乔裕见面，回来后一脸悲壮地跟随忆说，她就算这辈子再也见不到乔裕都不会后悔了，然后丝毫不知掩饰地红着眼睛回了寝室。

其实那件事是纪思璇主动的，她也不知道当时自己是中了什么邪，就是有一种执念，想要给乔裕，似乎这样就没什么遗憾了。

"上次说到的，我大学时候的女朋友就是她。"乔裕抬手指了指纪思璇，"我说我有女朋友了，指的也是她。"

他说完看向谢宁纯，没了往日和善的模样，声音也沉了几分："没有别的问题了吧？"

谢宁纯没想到会是这种结果，机械地摇摇头。

乔裕拉着纪思璇站起来，他一向修养甚佳，即便是不高兴了该有的礼节也不会少："没问题，我们就先走了，你们慢慢玩。"

说完便牵着她的手走出来，直到上了车眼底依旧笼罩着乌云。

纪思璇歪头看他，笑嘻嘻地问："你那么生气干什么？"

乔裕看她一眼："你还笑？"

纪思璇一脸不在乎："本来就是事实，我不怕别人说啊。"

"可是我怕。"乔裕看着她的眼睛，艰难地扯出一抹笑，"那天之后我很后悔，我觉得自己是个浑蛋，不能对你负责任却还是要了你。"

纪思璇忽然不高兴了，扬着下巴颐指气使地开口："喂喂喂，你记错了吧，明明是我强了你，好吗？"

乔裕心里的恼怒和难过都被这句话驱除得无影无踪，"你不生气了？"

"方案没过啊？方案怎么可能一次就过，不改个十遍八遍怎么定得下来。谁让合作方又是个懂行的，自认倒霉咯！"纪思璇说完忽然想起什么，"我在你心目中就是个这么小气的人啊？"

乔裕立刻摇头："没有没有，开车开车。"

回去的路上，薄季诗的脸色格外阴沉，不发一言。

谢宁纯被吓到了，嗫嗫嚅嚅地开口："表姐，我本来是想帮你……"

"帮我？"薄季诗冷笑一声，"帮我把乔裕彻底推远？"

谢宁纯觉得薄季诗好像忽然变了张脸，格外可怕："表姐，你……"

薄季诗一时失态，懊恼地皱起眉不再说话。

第二天一大早，纪思璇看看面前包装精美的巧克力，又看看乔裕："你干什么？万圣节过了。"

乔裕一脸理所当然："追你啊！"

纪思璇无语透了，摩挲着巧克力盒子，歪头调侃道："乔部，你是不是该去学一学该怎么追女孩子啊？"

追女孩子这种事乔裕确实不会，他也是一脸迷茫："花送了，巧克力也买了，还需要什么？"

纪思璇不知道该怎么来形容此刻的心情，剥了一颗巧克力扔进嘴里，然后面无表情地看向乔裕："不需要了，什么都不需要了，你，我也不需要了。"

乔裕已经领教到了女人心海底针这个真理，怕再说下去估计她会直接翻脸，一头雾水地退了出来。

当天晚上，乔裕在看完几百条关于怎么追女孩子的搜索结果后，终于放弃，转而打算咨询一下有经验的人士。他选来选去选中了萧子渊，给萧子渊打电话的时候得知随忆值夜班，而"萧有经验人士"在家带孩子时，他便很有诚意地拎了水果上门请教。

萧子渊也没客气，收了礼之后便在厨房里做水果沙拉。

乔裕不发一言低头看着他动作娴熟地去皮切块。

萧子渊也是沉得住气，乔裕不主动开口他也不会问。

乔裕半晌才鼓起勇气："萧子渊，问你个问题……"

萧子渊头也没抬："问啊。"

"你当年是怎么追上随忆的？"

萧子渊万万没想到乔裕会问他这个问题，好整以暇地抬头看着他。

乔裕被他看得心烦，捏了一块火龙果扔进嘴里，眼神飘忽故作不在意地开口："没什么，就是随便问问。"

萧子渊笑了笑，边洗手边冲着客厅喊了一句："云醒，过来吃水果。"

正在客厅玩的萧云醒很快跑过来，抱着乔裕的腿叫二叔。

萧子渊冲乔裕递了个眼色，抱起萧云醒放在料理台上才开口问："云醒，在幼儿园有喜欢的女孩子吗？"

萧云醒边往嘴里塞水果边摇头："没有。"

萧子渊继续问："那有喜欢你的吗？"

萧云醒想了想，落落大方地承认："有。"

"那她们都是怎么喜欢你的？"

萧云醒这次想也没想："把零花钱都给我买东西啊。"

乔裕有些好笑地听着父子俩的对话。

萧子渊问完看向乔裕："小孩子都懂的道理，你竟然不明白。"

萧云醒咽下最后一块火龙果，懂事地擦了擦嘴洗了洗手之后开口解释："爸爸，我都没要。"

萧子渊把他抱下来摸摸他的头："乖，你做得对，怎么能随便收女孩子的东西。"

萧云醒眨了眨大眼睛问:"那男孩子的呢?"

萧子渊拿着毛巾给他擦着手:"当然也不行了。"

萧云醒看着他,眨着大眼睛满是疑惑地问:"爸爸,那你为什么收二叔的东西?"

乔裕别过头去笑。

萧子渊一愣,敲了敲空了一半的沙拉碗:"请问都被谁吃了?"

萧云醒伸出胖胖的手指指向自己。

乔裕被逗乐,抱着他放到地上:"好了好了,二叔是给自己买的,恰好二叔家停水了,就来这里洗水果,顺便分享给你和你爸爸。好孩子要学会分享对吗?"

萧云醒点点头。

萧子渊摸摸他的头:"乖,去玩吧!"

萧云醒立刻噔噔噔地跑走了。

乔裕终于明白萧子渊的用意,调侃道:"这么说,你们家是随忆掌管财政大权喽?"

萧子渊笑得腹黑,意有所指:"老婆管钱没什么丢脸的,找不到人帮你管钱,才是真的丢脸。"

大概萧子渊的话真的刺激到乔裕了,他回家后就开始翻箱倒柜,把各类证明放到文件袋里才安心地去睡觉。

第二天一早,纪思璇又在办公室门前遇到已等候多时的乔裕。

乔裕跟着她进门,不发一言地把文件袋放到她面前。

纪思璇也没指望这个男人会忽然开窍做出什么浪漫的举动,敷衍地打开一看，然后吓了一跳。

房产证、银行卡、信用卡副卡、车钥匙，还有一堆她看不懂的纸和一串不知道是什么地方的钥匙。

纪思璇挑眉看他："你这是干什么？炫富啊？乔部，你还真是存了不少嫁妆啊。"

乔裕无奈："炫什么富，追你啊！这是我所有的财产，房子、车子、存款，家里还有几块表，你有兴趣可以去看看。"

纪思璇终于明白他在干什么了，除了无语之外竟然觉得乔裕傻得可爱，忍着笑问："谁教你的？"

乔裕不好意思说出口，眼神飘忽不定："没谁。"

纪思璇觉得以他的秉性是做不出这种举动的，眯着眼睛开始猜："萧子渊？"

乔裕摇头："不是。"

纪思璇又想了想："温少卿？"

乔裕继续摇头："也不是。"

"林辰？"纪思璇猜完之后立刻否定自己，"不对哦，林辰自己都没追上怎么教你，到底是谁呢？"

乔裕神情复杂，犹豫良久，极快地看了她一眼："萧云醒。"

纪思璇立刻趴在桌子上拍着桌子大笑，一点儿没给他留面子，笑得不可自抑。

乔裕的脸在她夸张的笑声中越来越黑，纪思璇注意到这一点后终于不再笑了，轻咳一声很正经地问："乔裕，这几年就真的没人追你吗？"

乔裕的心情已经低到了谷底，像个生闷气的小孩子："没注意。"

纪思璇忍不住又偏过头去笑。

乔裕觉得自己被萧子渊耍了，很没面子地悄悄跑路，嘴里还嘀咕着："当年我就说过追女孩子那一套我真的不会，甜言蜜语也不会，你也没说要学，现在到底要怎么学啊？"

纪思璇听到之后笑得更大声了。

乔裕去找萧子渊算账的时候，萧子渊正在接随忆的电话。

随忆问萧子渊："昨晚你和云醒怎么着乔裕了？我刚下班就接到妖女的电话，她跟我投诉你。"

萧子渊一脸大仇得报的畅快感："我说过了，当年我追你的时候，他嘲笑我，现在终于让他还了债。"

乔裕走到办公室门口时听到这一句才幡然醒悟，一脸郁闷地转身去茶水间，打算接杯冰水来救赎一下这个早晨。

谁知茶水间又是个雷区。

纪思璇在茶水间等着微波炉热牛奶时，薄季诗敲了敲门走进来，依旧是一副温柔又抱歉的模样："昨天的事情不好意思了。"

纪思璇歪头看她一眼："乔裕又不在，薄总不用这么客气。"

薄季诗解释道："你误会了，其实我跟乔裕就只是普通朋友而已。我们……"

纪思璇对她的路数很清楚，接下来她大概就要不露痕迹地描述她跟乔裕的关系到底有多"普通"，她不耐烦地打断："没人说你们不是普通朋友。"

薄季诗领会到纪思璇话里的意思，忽然笑了："你不相信这个世界上，男女之间是有纯洁的友谊吗？"

纪思璇也学着她的模样笑："是啊，男女之间是可以有纯友谊的，只要一个打死不说，一个装傻到底。薄总，在这个世界上我见过真正温婉端庄的女人只有一个，她叫随忆。她的温婉端庄是在骨子里，可你的温婉端庄却是在脸上。一个人的气质和修养，无关于容颜，而是内在的经历所留下的印记，优雅端庄不是装扮出来的，所谓相由心生，境由心转。薄总，你走到今天所依赖的是骄傲、虚荣、嫉妒和报复，而非天生的善良，如何贤良淑德得起来？"

她早过了锋芒毕露不给别人留余地的年纪，现在的她也会不着痕迹地解决对手了。

乔裕一转身刚好听到"打死不说"和"装傻到底"这句，纪思璇不咸不淡的口气让他在心里惊呼，坏了——原来她知道。

薄季诗忽然觉得自己真是要多悲哀就有多悲哀，当初她以朋友之名接近乔裕，本以为自己是聪明的，因为倘若自己在他面前露出爱慕，他必定会有多远躲多远。此刻她才明白，其实在一开始，她就把自己的后路给堵死了。朋友？她本以为朋友和女朋友只有一步之遥，却不知咫尺天涯的道理，真是聪明反被聪明误。

她记事之后第一次见乔裕是她父亲带着全家北上去乔家拜访。那年她十三四岁，真正的豆蔻年华。

那天下了很大的雪，她站在乔家客厅的落地窗前看院子里正在玩雪打闹的一对兄妹，哥哥明显比妹妹大了几岁，十几岁的少年五官柔和，眉眼间有一种说不出的温暖，女孩儿机灵漂亮，眉眼间和男孩儿有些像。

哥哥明显在让着小妹妹，一次次故意地没有躲开雪球的攻击，很快身上便积了不少雪，可妹妹身上却干干净净，笑嘻嘻地叫二哥。

她转头看了一眼自己的几个哥哥，他们从来不会让着她。薄仲阳便是她的二哥，却从来不曾这样对她。

后来乔柏远沉着声音叫了一声，男孩儿立刻故作一脸惊恐地和妹妹对视，可眼底都是笑意。他拍了拍自己和妹妹身上的雪，又细心地理了理妹妹的头发和衣服，这才牵着妹妹的手进了客厅。

刚才还是个活泼灵动的少年，转眼就谦恭有礼地站在众人面前打招呼。他站在几步之外听完大人的介绍，温柔地笑着对她点头："薄季诗你好，我叫乔裕，我们小时候见过的。"

是啊，薄家举家南迁之前，他们是邻居。

从那天起，那个叫乔裕的男孩儿就像那场雪一样，下进了她的心里。

再遇到他时，竟然是家里安排的相亲。当年的翩翩少年早已成长成温润儒雅的男人，她看出他的抵触和不情愿，率先开口："乔裕，其实我们互相都没那个意思，不过还是吃了饭再走吧，免得你回去不好交代，我也会被骂。"

他想了想便同意了，只是那顿饭她食之无味，因为她说他们互相没有那个意思时，他没有反驳。后来渐渐熟络起来才知道，他并不是看不上她，而是因为他心里早就有人了。她到底还是晚了一步。

他接到调令离开的那天并没有太多喜悦，后来她送他去机场，他站在航站楼前，看着天上不断升降的飞机出神。

她问他在想什么，他对她说："有一个人，想起来时，整颗心都是疼的。"

她当时心里一惊，脸上却是大大咧咧的笑容："那就不要想了呗。"

他脸上是她从未见过的寂寥和黯然，连嘴角惯有的那抹笑都染上了一丝神伤，轻声低喃："不想了？那就连心都没了。"

那个时候她幡然醒悟，这个男人，她此生无缘了。

可她不甘心，于是努力在他面前维护着自己温婉大度的形象，希望他终有一天可以看到自己。可他却一直和她保持着安全距离，礼貌却疏离。她曾经尝试过越线，可没有成功，他在这方面似乎特别谨慎小心，她连一丝丝把柄都抓不到。

温柔但心有所属，随和却立场坚定，不浮夸不骄躁，看上去永远是一把温温和和的剑，斜斜刺出，杀人于无形，这才是乔裕，温柔儒雅，却也是招惹不得。他真的是在内心扛住千斤重，表面却很淡然的人。

其实对于薄季诗的情愫，乔裕多多少少是能感觉到的，所以面对她时格外小心谨慎，可纪思璇比他想象的要敏感得多。

薄季诗在纪思璇嘲讽的眼神里努力绽放出一抹笑，毫不失礼，连嘴角的弧度都恰到好处，维持着最后的尊严，却在走出茶水间时看到乔裕站在门口。可乔裕并没在看她，自始至终都是一脸紧张地盯着纪思璇，而纪思璇却是一副捉到奸情的得意和傲娇，嘴角那抹意味不明的笑看得他心里发毛。

薄季诗低头自嘲地笑了笑，薄季诗啊薄季诗，你当真是无计可施啊。

果然在接下来的一整天里，纪思璇都无视乔裕的存在，就连乔裕约她晚上一起吃饭都被她给拒绝了。她收拾着手边的图纸，放到收纳桶里，然后抬头笑吟吟地看向他，只字不提茶水间的事，只是语气和笑容都格外平和："不了，我下午要出去一趟，约了别的男人。"

乔裕大概猜到她要去见客户，即便她言辞暧昧他也不见生气，反而态度良好地建议道："那我帮你带纪小花吧？"

纪思璇看了他半晌，脸上的笑容忽然加深："好啊。"

下午纪思璇果然不在，乔裕挠着大喵的下巴问它："我带你去见个人吧？"

说完便拿出手机给乔烨打电话。

乔烨那边有些吵，乔裕有些奇怪，他哥最近好像经常出去。

"哥，你不在医院啊？"

"我约了人谈事情，找我有事？"

"没什么，就是这两天没去看你，给你打个电话。"

乔烨看着纪思璇已经走近，不急不缓地开口："那我回去了给你回电话。"说完很快挂了电话。

乔裕放下手机，和大喵大眼瞪小眼了半天："那晚饭只能我们一起吃了。"

大喵喵了一声，似乎同意了。

乔裕轻叹一口气："还好你不会拒绝我。"

纪思璇坐下时，乔烨刚好挂了电话，心里松了口气，面上却不动声色地道歉："不好意思，因为我比较赶时间，辛苦纪小姐这么快赶出来。"

纪思璇把手里的图纸递过去："没关系，公司接的项目马上就要动工了，以后就没有那么多精力了，我本来也打算赶一赶的，早点儿交差比较好。"

纪思璇打开电脑，屏幕转向乔烨，指着图纸的某一处："有几个地方我还是跟您商榷一下，根据您的喜好定一下。"

乔烨喝了口水："没关系，你定吧。"

纪思璇似乎没遇到过这么好说话的客户，愣了一下："啊？不是打算送给女朋友的吗？不拿给你女朋友看一下吗？"

乔烨这才发觉失言，笑着解释："我是说，其实我女朋友还在生我的气。"

他似乎并不介意暴露自己的隐私，纪思璇只能不咸不淡地安慰了一句："你费了这么多心思，她会原谅你的。"

乔烨听了眼睛一亮："会吗？如果是你，你会吗？"

纪思璇一直觉得他脸色苍白一脸病态，但此刻脸上却带着不一样的光彩，让她不自觉地认真想了想才回答："我？还是要看因为什么吧。"

乔烨看着她："如果一个男人曾经在你和其他人或者事情上没有选你，你会原谅他吗？"

"当然不会！"纪思璇斩钉截铁地回答完之后似乎想到了什么人，垂着眼睛低声补充了一句，"也许……也会有例外吧。"

乔烨笑了起来："纪小姐似乎和上次见面时不太一样了。"

"是吗？"纪思璇把话题转回来，指着图纸，"有几个地方我标注了，给您说明一下，这里，一定要用原木的，还有这里，这里要用……"

乔烨忽然转头看向她，这话他也曾听一个人强调过。

那个时候乔裕也曾指着图纸的一角给他看："还有啊，这里，一定要用原木的。"

只字不差。

乔烨忽然间觉得很欣慰。

纪思璇看他出神，在他眼前摆了摆手："怎么了？"

乔烨回神："没什么，你继续说。"

后来纪思璇离开的时候，乔烨忽然叫住她："纪小姐！"

纪思璇转身："嗯？"

乔烨似乎有些为难："我知道这个要求很无理，可是我们以后大概不会再见面了，你能不能……"

他忽然顿住，看了纪思璇几秒钟后笑着摇头："没什么，我们有缘再见吧！"

　　纪思璇觉得眼前这个谦和有礼的男人很熟悉，可他们并不认识，她从第一次见面就觉得有些奇怪，但因为这是最后一次见面了，就没多想："好，希望天先生的女朋友看到你为她建的房子后，能早点儿原谅您。"

　　乔烨笑着道谢，看着纪思璇离开的身影轻声开口："你能不能像乔裕一样叫我一声哥，因为我不知道自己还等不等得到乔裕带你来见我。"

　　纪思璇的心结被那个二维码解了一半，方案改起来倒也快，只不过一切都要重新来过总还是需要时间。

　　她连熬了几个通宵之后终于扛不住趴在桌上睡着了。

　　乔裕来看她的时候她睡得正香，他轻手轻脚地捡起地上滑落的毯子给她盖上，看了她一会儿，便百无聊赖地左右看了看。

　　桌上放着刚刚打印好的图纸，上面还贴了一张徐秉君留的便笺，大意是说有几处需要纪思璇醒来之后改一下。乔裕闲来无事便打开图纸钉在画架上看了起来，还顺手拿起铅笔改了几处。

　　纪思璇不知道什么时候醒了，看着乔裕一脸专注地对着图纸也没打扰他，右手支着脑袋看了一会儿忽然开口："乔裕，你的笔还在。"

　　乔裕一惊猛然回头，手里的笔掉落在地上，滚到了纪思璇的脚边。

　　她捡起来递过去："建筑师是建筑之魂，魂不灭笔不落。"

　　乔裕伸出去接笔的手一抖，僵在原地半晌才接过来放到了桌上的笔筒里，轻描淡写地开口："早忘干净了，就是一时手痒随便画两笔，你不介意吧？"

　　纪思璇忽然问："昨天中午，我们在食堂吃的什么？"

　　乔裕一愣，不知道她为何忽然问这个问题，还是想了想："糖醋排骨，好像还有……"

纪思璇很快再次开口，一连串的问题根本不给他反应的时间。

"普通混凝土小砌块的主要规格是多少？"

"390×190×190。"

"6+12A+6 的中空玻璃的中部传热系数是多少？"

"2.8。"

"可见光透射比呢？"

"0.71。"

她问得快，他答得也快，几乎是脱口而出，没有经过任何思考。

纪思璇问完之后便似笑非笑地看着他不说话。

乔裕条件反射地回答，那些数字在他的脑子里，根本不需要去回忆。

纪思璇微微挑眉："早忘干净了，为什么这个还记得？"

乔裕企图回避："我的记性一向还不错。"

纪思璇反问："记性不错？你连昨天中午吃的什么都想不起来，却记得混凝土小砌块的规格？记得传热系数？记得透射比？"

乔裕沉默半晌，眉宇间闪过一丝哀伤："我承认我是有意识地去记，可那又怎么样，思璇，我这辈子是不可能成为建筑师了。"

纪思璇垂下眼，她也不知道自己这么做是在逼他什么，纵然她知道乔裕这辈子都不会成为建筑师了，可这句话从他自己口中说出来时，她还是觉得难过。

韦忻敲门进来的时候就看到两人默默坐着，脸色都有些难看，他自觉来得不是时候，却还是一脸八卦地走进来："在吵架啊？"

纪思璇一个眼风过去："关你什么事！"

韦忻被吓得一颤："我有正事，'徐病菌'让我来问问，你改好了吗？"

乔裕很快起身："你们聊，我先失陪。"

乔裕走到门口又回头看了一眼，对着图纸讨论的两个人让他想到曾经的自己和纪思璇，想到他们曾经的梦想。

他忽然间觉得烦躁，很快走了出来。

徐秉君站在走廊尽头，正对着窗外抽烟，看到乔裕便笑着点了点头。

乔裕走过去："能不能给我一支？"

徐秉君没见过他抽烟，却也不吃惊，递了烟和打火机过去。

乔裕把烟放到嘴边，靠近火苗的瞬间却忽然顿住，很快把烟拿下来，捏在了指尖，另一只手把玩着那只火机。

徐秉君看着他的一举一动，他从没见过哪个抽烟的男人会把到嘴边的烟拿下来。

他忽然开口："乔部当初到底为什么转行？"

乔裕看着窗外轻描淡写地开口："其实也算不上转行，我也没有真的入行，只不过大学学的是建筑专业而已。"

徐秉君没再追问却忽然说起了别的："纪思璇和韦忻当初进事务所的时候，我是面试人之一。当时我从走廊上走过，在一堆等待面试的人里听到纪思璇正在跟韦忻用中文说话，我就放慢脚步听了几句。当时是终面，说实话竞争很大，气氛有些紧张，可那两个人就坐在那里嘻嘻哈哈地开玩笑，在一群面容严肃的面试者中间尤为显眼。韦忻瞄了一眼旁边人准备资料的那张纸，转过头故作一脸紧张地开始演，如果面试官问我为什么选择建筑师这个行业，我怎么回答啊，我没准备啊。或许是怕那个白人听到，所以那时他说的是中文。纪思璇也很配合，低头想了想，忽然漂亮的眸子里积聚起满满的笑意。当时我觉得这个女孩子真的好漂亮，明媚耀眼的那种漂亮。说得夸张一点儿，我觉得当时整个走廊都亮了很多。"

乔裕跟着笑起来，他可以想象得到，她每次恶作剧的时候都是一脸的古灵精怪。

徐秉君很快开口："她说：'你知道吗？建筑师这个行业在国内一般会根据姓氏被称为'×工'，你可以告诉面试官，你想让越来越多的人叫你'攻'！让你'攻'的形象深入人心！'韦忻的中文几年前差劲得很，问她什么是攻。纪思璇跟他用英文解释之后，韦忻相当惊喜，后来面试的时候他就真的这么回答了，还是用的中文，当时另外一个听得懂中文以优雅著称的法国人当场喷了水。其实我当时比较好奇，这么漂亮的女孩子为什么学建筑，后来看到她的简历才知道她大学报的第一志愿是临床医学。女孩子做医生比做建筑师好太多了，面试的时候便问她是怎么想到转专业的。她说，本来学的是临床医学，可医学院……"

乔裕看着窗外，轻声接下去："医学院考试那么难，我想去建筑系看看。"

徐秉君并不吃惊："我就问她，建筑学院的考试不难吗？"

"她说……"徐秉君这次停下来，看着乔裕。

乔裕看着玻璃里的自己，他从那双眼睛里似乎看到了当年那个小姑娘，她低着头眉飞色舞地在一张纸上写着什么。

他的眉宇间染上了一抹笑意，合了合眼："虽然建筑系考试也很难，但是建筑系的汉子多啊。"

徐秉君别有深意地笑着："你果然知道，我觉得似乎还应该有一句，乔裕，下一句是什么？"

"下一句？就算建筑系的汉子再多，"乔裕转头看了一眼办公室，几层玻璃之后那道身影恰好也抬头看过来，他的眼神深邃笃定，"可我只喜欢你啊。"

纪思璇看他的嘴一张一合，神情有些异样，便一脸疑惑地看着他，似乎在问他说了什么。

乔裕很快笑着摇了摇头。

不知道徐秉君有没有听懂乔裕在说什么，他也没有再问，转而继续刚才的话题："你知道的，搞建筑的人多半都是沉闷无趣的，这两个人就像是两个另类，却成功通过终面进入事务所。后来成为公司颜值和才华一体的最佳代表，每年靠着他们，公司吸引了好多实习生来当廉价劳动力。"

乔裕似乎意识到了什么，转头看向他的眼神里多了些审视："为什么跟我说这些？"

徐秉君一脸轻松："就是今晚忽然想起来了，找个人说一说。"

乔裕觉得事情似乎没有那么简单："然后呢？"

"然后，我在想，"徐秉君看着他的眼睛一本正经的开口，"如果乔部当初选择去做建筑师的话，我们或许可以一决高下。"

一直以来徐秉君说到纪思璇的时候用的都是"璇皇"这个称呼，可今天晚上他自始至终用的都是"纪思璇"。

乔裕恍然大悟："你……"

徐秉君忽然笑了，食指竖在唇边，一脸神秘地开口："嘘……"

说完拍拍身上的烟灰："我要去继续加班了。"

乔裕看着他的背影出神，原来这个男人对纪思璇是存了这样的心思。

不知道改了多少遍之后，最终方案终于定了下来，效果图出来之后，作为外来的和尚，徐秉君心安理得地把烦琐的流程全都扔给乔裕去协调。

薄季诗提出去实地看一下再做决定，谢宁纯整天在办公室里，无聊了很久，听说出去玩立刻兴高采烈地去做准备。

很快要开始施工了，度假村离市区太远，来回跑不方便，乔裕跟两方都商量之后，让尹和畅在工地和市区的中间位置租了两套别墅，一套办公，一套住宿。

租下来之后一直是尹和畅负责收拾和布置的，这次正好一起把工作用具和行李搬过去。

纪思璇正愁开工以后大喵没处放，就接到沈太后的电话，说他们回来了。她如释重负，当天下午便把大喵送回了家，简单收拾了一下行李就准备走了。

她站在门口边穿鞋边汇报："沈太后，老纪，我走了啊，有事给我打电话。"

谁知穿好鞋一回头就看到大喵跟在她身后，纪思璇皱眉："你跟着我干什么？沈太后回来了，你以后不用跟着我了。"

大喵就这么看着她。

纪思璇想了想，恍然大悟："你不会是想跟我去见乔裕吧？你记不记得你姓纪，不姓乔啊！"

沈太后收拾东西的手一顿，抬起头问："乔裕是谁？"

纪思璇惊觉失言，赔着笑脸粉饰太平："没谁没谁，合作方。"

沈太后没那么容易被敷衍："大喵跟他很熟？"

纪思璇下意识地撇清关系："怎么会？大喵不喜欢亲近人！不熟，一点儿都不熟！"

沈太后唤了大喵一声，大喵反常地没动："那它老跟着你干什么？"

纪思璇蹲下来使劲把大喵往沈太后的方向推，赔着笑脸："它大概是舍不得我。"

沈太后一针见血地戳穿她："平时它可是看都'舍不得'看你一眼啊！"

纪思璇恼了，扯住准备逃离现场的纪墨："爸，你看我妈！"

沈太后一脸危险地笑着："哟，这是炫耀你有爸，我没有了是吗？"

纪思璇想起已经驾鹤西去的姥爷，松开扯着纪墨的手紧紧捂住嘴，模糊不清地开口："我走了……"

说完打开门逃出去，留下纪墨一脸无辜地举起双手表示自己什么都没干。

度假村除了薄季诗一行人没去过，其他人都去过了，也没了兴奋劲，出发的时候正是午休时间，一车的人都安安静静地睡午觉、玩手机。

才出了市区，谢宁纯就在座位上大声嚷嚷："前面服务区停一下，我想去洗手间！"

司机从后视镜看过来："好的。"

薄季诗看她一眼："不是出发前才去过吗？"

谢宁纯小声回答："我还想去。"

谁知谢宁纯一去，很长时间都没回来，睡得迷迷糊糊的人睁开眼睛纷纷问："怎么停了？这么快就到了？"

为了避嫌，纪思璇没和乔裕坐在一起，她坐在车尾，乔裕和她隔了几排，跟尹和畅坐在一起。

后来车上的人等得着急了。

"司机师傅，怎么还不走啊？"

"晚饭前还能不能赶到了？"

乔裕低头吩咐尹和畅下去看一下。

尹和畅很快回来，脸色铁青地走到薄季诗面前，到底是乔裕教得好，都气成这样了还忍着怒气客气地问："薄总，您要不要下去看看？"

薄季诗似乎意识到了什么，很快点头收了电脑，下了车。

乔裕低声问了尹和畅几句，尹和畅皱着眉说了一句什么，然后乔裕神色一顿，拍了拍他的肩膀。

乔裕下意识地回头去看斜后方的纪思璇，谁知她正挑着眉一副看戏的模样冲他幸灾乐祸地笑呢。

他无奈地看了她一眼便收回了视线。

尹和畅忽然小声开口："乔部，其实璇皇人挺好的，虽然她也是女孩子，但是从来不因为自己是女孩子就心安理得地给人添麻烦。"

乔裕乐了："你不是不太喜欢她吗？"

尹和畅老实地点头："刚开始确实是，我觉得她太招摇了，后来接触久了就觉得她性格很好，起码不会……仗势欺人。还有……"

"还有什么？"

"还有上次我还听到她当着很多人的面维护你……"

乔裕还想问什么就看到薄季诗揽着谢宁纯上了车。

谢宁纯一脸不情愿："表姐，我不想坐大巴，我们自己开车去不行吗？"

薄季诗最近很是神伤，不想和她多啰唆："坐下，不要说话。"

谢宁纯一偏头看到尹和畅便冲了过来，刁钻蛮横地瞪着他："小人！"

尹和畅气急："我什么都没说！"

薄季诗一个眼神过去，谢宁纯立刻讨好地冲她笑着回了座位。

韦忻又感叹，转身去问纪思璇，故意大声问："这脸变得够快啊，璇皇，女人都这样吗？"

纪思璇早就看不过眼了，千金大小姐的姿态她见得多了，基本见一次打击一次，从不手软，遂凉凉地开口："女人才不这样，家里的狗狗倒是经常这样，冲路人吼完之后回头看主人，就是这个感觉。"

事务所的人一向是不搭理谢宁纯的，她再刁蛮无理也不能把他们怎么样。乔裕这边的人却是早就受够了她，如果不是因为薄季诗的"和善"和东道主的气度，早就翻脸了。

乔裕所处的位置其头很尴尬，管吧，会被人说没有东道主该有的气度，不管吧，谢宁纯仗着是投资方越发过分。

现在纪思璇主动打击她，众人也只当什么都没听到，默默在心里暗爽。谢宁纯明显听到了，转头瞪纪思璇："你说谁呢？！"

纪思璇一副云淡风轻的模样笑着回她："非得对号入座是吗？"

徐秉君皱着眉："姑奶奶，您老人家别再惹事儿了，行吗？"

韦忻立刻插科打诨："快看快看，你猜乔部会说什么？"

徐秉君忍不了了："你的乐趣就只剩这个了是吗？"

韦忻打了个哈欠："无聊嘛！"

乔裕恍若未闻，在众人的注视下一派轻松地抬手招呼司机："师傅，可以开车了！"

"好嘞！"车子很快启动。

韦忻低着头拍着大腿猛笑。

才从服务区出发没多久谢宁纯又嚷嚷："前面能不能停一下？"

薄季诗直接驳回："师傅，不用停！"

谢宁纯揽着薄季诗的胳膊撒娇："我这次是真的想去，真的，表姐。"

"懒驴上磨。"纪思璇睡得迷迷糊糊，不轻不重地说了一句。

她当时说得无意，可很快就遭报应了。

天渐渐黑了，车里一片昏暗，除了偶尔照进来的车灯，就只剩下手机屏幕的白光。乔裕想看看纪思璇是否睡醒了，便转头看了一眼。她似乎已经醒了很久了，不知道为什么，看上去是一副一脸焦躁、坐立难安的样子。

他很快起身，走了几步过去跟她身边的女孩儿低声说："换下位子吧。"

女孩儿点点头便让开了。

乔裕坐下后低声问她："怎么了？"

纪思璇看他一眼，迅速低下头，似乎有些烦躁："没怎么！"

乔裕上上下下地打量着她，以为她病了可又不像："到底怎么了？"

纪思璇极快地扫他一眼，模糊不清地回答："我想上洗手间。"

"大的小的？"

"小的。"

她因为不好意思，语速极快又刻意压低了声音，可乔裕还是听清了，有点想笑，又怕她翻脸，使劲忍着笑："很着急吗？还能不能等一下？"

纪思璇觉得自己的脸都丢光了，硬着头皮用凶悍掩饰自己的羞愧："不能！"

乔裕才动了一下就立刻被她拦住。

"你干什么？"

"让司机停车啊，下高速了，应该可以靠边停车了。"

纪思璇皱着眉生闷气："别说，好丢人！我刚才还说别人懒驴。"

她巴掌大的脸因为三急之一而皱成一团，显得格外可爱，乔裕忍不住伸手摸了摸她的脸："那你忍得了啊？"

"忍不了！"她是真的很想去洗手间，可还不忘推开他的手，"我说了，不许占我便宜！"

乔裕看了一眼车窗外，这次没给纪思璇机会阻拦，很快站起身来："司机师傅，我有点儿晕车，先停一下吧，我下车缓缓。不好意思了，各位。"

乔裕的人缘一向好到人神共愤，做什么都会被原谅，很快有人帮着解围。

"没事没事，我也坐累了，下车走走。"

"是啊，我也下车呼吸一下新鲜空气。"

乔裕没再去看纪思璇，很快下车。

纪思璇也若无其事地站起来，打了个哈欠下车去了。

两个人在车边转悠了一下，极有默契地到了大巴的另一面会合。

纪思璇憋得脸都红了，也顾不了那么多，抓着乔裕的手臂问："哪里有洗手间啊？"

"这种地方哪里有洗手间，"乔裕指了指旁边的一大片庄稼地，"走远一点儿随便找个地方解决就行了。"

说实话，纪思璇作为女孩儿从小到大没做过这种事情，犹豫着："这个……不太好吧。"

乔裕看着她调侃道："哦，我看你也不是很急嘛，要不先上车，到了地方就有洗手间了。"说完还装模作样地看了看前面的路，"其实也不是很远，再有四十分钟就到了。"

纪思璇立刻转身往庄稼地里走，边走边嘀咕："很急很急，忍不了那么久。"

乔裕笑了一下便跟在她身后打开手机的手电筒给她照路："小心点儿啊，别踩到庄稼，别摔着。"

走了一段之后，他拉住纪思璇，关了手电筒："行了，就在这附近吧。"

纪思璇又往里挪了几步，不放心地转头："你帮我看着点儿啊。"

乔裕实在是想笑，憋得五官都有些扭曲了，好在天黑她看不到："好。"

纪思璇又不放心地嘱咐："你别看啊。"

乔裕无奈："天这么黑，我看不见！"

纪思璇走了几步又停住："你别站那么远啊，过来点儿。"

乔裕走近了几步："你怕啊？"

纪思璇立刻恶狠狠地回答："我才不怕！"

乔裕拿这个倔脾气的姑娘真是一点儿办法都没有，叹了口气，抽下风衣的腰带，走了几步把其中一头塞到她手里，然后又走开几步转过头去："你牵着那头，我不看。"

很快他便感觉到腰带的另一端高度在下降，然后便是窸窸窣窣的声音。

他忍不住抖动双肩，手里的腰带立刻被用力地扯了一下，似乎感觉到了她的羞愤，他轻咳一声："好了好了，我不笑了，真的不笑了。"

很快又是一阵窸窸窣窣的声音，紧接着是脚步声，手里腰带的牵扯感渐渐消失，紧接着纪思璇便把另一头递还给他。

乔裕忍俊不禁："好了？"

纪思璇脸红得头都不敢抬："嗯。"

乔裕缠了缠腰带捏在手里，另一只手极自然地去牵她的手："那走吧。"

纪思璇解决了生理问题之后，便开始忧虑，根本没在意他在牵着自己，低着头问："我是不是挺矫情的？"

乔裕使劲忍住笑，一脸正经地点头："嗯，知道就好。"

天很黑，她根本看不到他脸上的表情，却听出了他声音里的笑意："你还笑！你就不会说我一点儿都不矫情啊！"

乔裕连做了几个深呼吸，声音终于正常："好好好，你一点儿都不矫情。"

走了几步纪思璇忽然开口："谢谢你啊，帮我背了黑锅。"

乔裕轻笑："谢什么，那我岂不是要谢谢你，帮我手底下的人出气？"

纪思璇看他一眼："你说什么？"

"你知道我的位置尴尬，有些话不好说，你就帮我说了。其实你本来没必要针对谢宁纯的，别人看不出来，我怎么会不明白。"

"胡说八道。"

乔裕勾了勾唇角，不再说什么。她说他胡说八道，那就当他是胡说八道吧。他现在的心思都被那自然交缠在一起的两只手牵动。

他有多久没有这么好好地牵过她的手了？

才走出庄稼地就碰上伸着懒腰的韦忻，韦忻看看两个人，浑身散发着一股流氓气质："哟，什么情况，又是野地，又是腰带的，你们俩口味好重啊。"

纪思璇面对别人时从来都是霸气女王范儿，一巴掌挥过去："滚！"

两人踏着韦爵爷的"尸体"一前一后上了车，然后若无其事地回到各自的位子上。

第十二章

心慌，且狼狈

我不知道，这样的一个我，

你还要不要。

到别墅的时候天已经黑透了，好在提前请了厨师，已经做好了饭菜等他们。

折腾了大半天，众人都累了，吃完饭按照提前分好的房间入住。

纪思璇是自己一间房，在二楼。下午在车上睡多了，晚上自然失眠。她在床上翻来覆去地睡不着。

已经到了深秋，夜里有些凉，她披着毯子准备出去逛逛。

从楼梯下来时，才走了几步就看到客厅旁边的工作间还亮着灯，复古的不规则实木长桌，搭配着同款的长椅，长桌正上方的三盏吊灯发出温馨的橙光，她这个角度只能看到桌上放着的一只手。

她又往下走了几个台阶，便看到乔裕正对着电脑看文件，手边放了个白色的茶杯，极简单的样式，可她却觉得好看得不得了。可能他觉得时间晚了没人会出来，便换了家居服，松松垮垮的款式穿在他身上却有种说不出的好看。纪思璇在心里轻叹一声，原来他居家的时候是这个样子啊。她站累了便坐在台阶上，又看了一会儿才被他发现。

乔裕抬头看到她时，先是一愣，眼底很快便染上一抹笑意，继而弯起唇角，整张脸都因为这个弧度而柔和起来。

纪思璇忽然想起第一次见到他的时候，他们离得那么近，如果当时他抬起头来，肯定会看到她，那个时候的他会不会也这样对她笑？

乔裕看她目光呆滞地看着自己，笑着冲她招招手："过来。"

纪思璇很快站起来走了过去，乖乖站在他面前。

"失眠啊？"

"加班啊？"

两个人同时开口，又同时点头，对视几秒钟后又各自别过头去笑。

纪思璇探头看了一眼电脑屏幕，屏幕上的文件有显眼的红色印记，桌上的文件袋上也盖了个红色的印戳，这大概是机密文件吧？

乔裕也没有遮掩的意思，眼角眉梢始终带着笑意："想看啊？"

纪思璇撇撇嘴，摇头。

乔裕坐着没动："想看就看啊。"

纪思璇知道轻重，摇摇头，转过身去。

下一秒她就惊呼一声，原来他身后的那面墙是一面书墙，挑高的入墙式书柜上摆满了书。恰好旁边放了梯子，她想也没想便扔了毯子噔噔噔地爬了上去。

乔裕被她吓了一跳，很快站起来去帮她扶梯子。

她也不怕摔下来，就这么坐在梯子的顶端看着面前的一排书一脸兴奋地开口："乔裕乔裕，我前几天接的那个活儿也是个别墅，主人也设计了一面书墙，让我改成挑高的了，不知道等装修好了有没有机会去看一看。现在好多人不愿意做这个了，可是我很喜欢，大概是两年前吧，我在国外还做过一个，跟这个不太一样，那个是……"

乔裕很久没见她这么高兴了，像个孩子一样，也没打断，就这么笑着看她张牙舞爪地比画。

　　她动作越来越大，他一直提着一颗心怕她摔下来，却也不想扫她的兴让她下来，就这么一直仰着头看着她，随时准备接住她。

　　好在她说了一会儿就停了下来，顺手抽了本书又噔噔噔地爬下来，捡起毯子乖乖坐在他旁边准备开始看书。

　　乔裕收好了梯子才重新坐下，纪思璇歪头看他："我打扰到你了吗？"

　　他摇摇头："没有，我就快结束了。"

　　其实没有，他之前因为她的关系放了太多的时间和精力放在度假村的项目上，手里其他跟进的项目只能加班了。

　　"哦。"纪思璇不再说话低头看书，她本来是看这本书的封面还不错，可翻了几页之后才发现里面全是一些看不懂的图和不知道是什么语的外文。

　　她走马观花一般很快翻了一遍，然后随手扔到一边，便趴到桌上双手垫在下巴上出神。

　　乔裕看了眼那本被嫌弃的书，又看看她："怎么了？"

　　纪思璇有气无力地回答："一点儿意思都没有。"

　　乔裕看了眼对面墙上的时钟，已经快两点了，他往后撤了撤身体，拍拍自己的腿："躺过来。"

　　纪思璇犹豫了一下，很快抱着毯子躺了过去，闭上了眼睛。

　　长椅的好处便在于此，她整个身体都有支撑，不用费力去找着力点。

　　她感觉到乔裕歪着身子，好像在她身后的书架上找着什么东西，很快又转回来，满意地自言自语着："啊！这本好。我记得上学的时候，一上这种课你很快就能睡着。"

　　然后便是翻书的声音，纪思璇以为他会给她讲故事，谁知她一睁眼便看到书皮，以及书皮上很和谐很醒目很有名的一句话。

她反驳道："那是因为那个老师总是一字不漏地照本宣科好吗？又不是只有我一个人睡，那个老师是出了名的'催眠师'，他的课是大家公认的'补觉课'，又不是只有我一个人那么干！"

乔裕没理会她的反对，随便翻了一页便开始读。

纪思璇闭着眼睛听着那些熟悉又陌生的词组，忽然觉得挺有意思的。

夜已深，他的声音刻意放缓放轻，低沉悠扬。纪思璇渐渐放松了下来，果然有几分催眠效果。她放在毯子里的手忽然动了动，凭着记忆找到了手机录音功能，悄无声息地录起了音。

乔裕念了一会儿忽然停住："我们刚分开的那两年，我也会睡不着。"

"嗯……"

"睡不着的时候，我就会看以前上学时候的课本，会发现很多小惊喜。"

"嗯……"

"思璇？"

"嗯……"

"你原谅我了吗？"

屋内忽然安静下来，两个人似乎连呼吸都刻意放轻放缓，过了很久，纪思璇才闭着眼睛回答，一向清脆的声音里夹杂着无助和彷徨。

"我不知道。乔裕，我真的不知道。"

乔裕心里一软，安抚地拍了拍她："睡吧。"

纪思璇很快便睡着了。

乔裕抱起她准备送她回房间时，她还不自觉地往他怀里钻了钻，他低头看着她笑了起来。

温暖朦胧的灯光下，那张笑脸温柔又缱绻。

第二天，纪思璇醒来的时候发现自己已经回了房间，愣了几秒钟才反应过来，洗漱下了楼，已经有人极其"贤妻良母"地准备好了早餐，一群人围着餐桌夸赞不已。

纪思璇才坐下就有人挑衅。

谢宁纯一改往日的针锋相对，笑吟吟地招呼纪思璇："璇皇快尝尝，我表姐的手艺特别棒！"纪思璇很配合地低头吃起来。

谢宁纯看了一眼乔裕才意有所指地继续开口："怎么样，是不是很好吃？老人都说抓住一个男人的心就要先抓住他的胃，璇皇，听说你不会做饭哦？"

纪思璇本来起床气就重，再加上昨晚失眠，还有此刻对方用的这种调笑语气，她是不会做饭啊，这有什么丢人的。

她也不见恼，只是勾唇一笑："如果你真是这么认为的话，那我明确地告诉你，你的手位置放高了。要不你把手往下抓一下试试？"

璇皇就是璇皇，一出手便让谢宁纯气急，众人愕然。

一旁的韦忻默默伸出大拇指。

破土动工那天，热闹非凡又兵荒马乱，来了不少的领导和媒体，对于这种事，纪思璇和韦忻一向是有多远躲多远，留下徐秉君撑场面，极有默契地分头遁了。

罕见的是薄季诗竟然也不在，薄氏的代表是个和乔裕年纪相仿的男人，也姓薄，看样子和乔裕也很熟悉。

纪思璇出来的时候发现村里很多人来围观，她在人群里看到熟悉的少年，便走过去和他说话。

乔裕急匆匆地来找她时，她刚送了少年离开。

他捏着车钥匙，领带被扯得乱七八糟："我妹妹要生了，我要回市区看她。"

纪思璇想起那个和他眉眼相似的女人笑道："快去吧！终于做舅舅了。"

乔裕走了几步转头问："你要不要一起去？"

纪思璇看了看周围："算了，她本来也不喜欢我，而且这里我也得看着点儿，以后有机会再去看她吧，替我恭喜她。"

乔裕赶到医院的时候，乔乐曦已经生了，病床边围了一群人看着这对可爱的龙凤胎。

江圣卓的父母正高兴地打电话给孩子的太爷爷汇报，乔柏远大概在给乐老爷子打电话汇报，三个老人兴奋得像三个孩子。

乔裕笑着走过去打了招呼，穿着病号服的乔烨立刻抱着怀里的孩子给他看："都说外甥像舅舅，你看他长得像你还是像我？"

乔裕低头去看他怀里的男孩儿，又去看了看江圣卓怀里的女孩儿："都还没长开呢，这哪儿看得出来。"

乔裕笑着看向靠在病床上的妹妹："还好吧？"

乔乐曦是顺产，除了有些虚弱外并没什么别的不舒服，点点头："还好。"

乔裕真心替她高兴："这下真的是做妈妈了，以后别没轻没重地胡闹了。"

"知道啦！"乔乐曦吐吐舌头。

乔裕用手指轻轻摩挲着孩子的小脸："名字起好了吗？"

江圣卓的父母恰好挂了电话，看着乔柏远："让孩子姥爷给起吧！"

乔柏远推辞："那怎么行，让孩子太爷爷起吧。"

"还是孩子的太姥爷给起。"

"孩子爷爷奶奶起吧！"

"不行不行，还是……"

三位长辈推辞来推辞去，可见是真的高兴，连一向严肃的乔柏远脸上都堆满了笑容。乔烨更不用说，从知道乔乐曦怀孕那天起就盼着这一天。

乔裕忽然抬头看了看乔乐曦和江圣卓，兄妹俩极有默契，乔乐曦和江圣卓对视一眼后很快开口："我想让我大哥给起。"

说完看向乔烨，笑着开口："大哥，你来起好不好？"

乔烨一愣，苦笑着摇头："算了，那么多长辈呢。"

江圣卓的父亲一脸赞同："我也觉得你来起比较好，就这么决定吧。"

乔烨知道他们的心意，也就没推辞。

一群人正讨论得热闹，乔裕一回头便看到靠在病房门口一身白衣的温少卿，笑着走过去，两个人出了病房。

乔裕似乎很久没见他了："你怎么过来了？"

温少卿开着玩笑："过来道喜啊，好歹当年江圣卓和你妹妹在一起的事情，我还是助攻手呢！"

乔裕想起当年的事情便笑起来："那怎么不进去？"

温少卿忽然一脸正色地看着他："其实我是来找你的。"

温少卿和乔裕并肩站在窗前，看着渐渐发黄飘落的树叶："有新生命出生，就会有老生命凋零，这是自然规律。乔裕，冬天快到了，你做好心理准备了吗？"

乔裕忽然敛了笑，垂着眼睛，脸上倒也看不出什么。当时他和乔烨的主治医生谈过，主治医生说如果熬得过这个冬天，开了春还可以再看，如果熬不过这个冬天，也已经算是奇迹了。

温少卿并不催他，过了很久，才听到他的回答。

"我大概是……永远都做不好这个准备了。"

后来乔乐曦累了，一群人便出了病房，江父江母回了家，乔柏远站在病房门前和乔烨说了会儿话也走了。

乔烨站在几步之外等着乔裕送他回病房，他好像对起名字的事很紧张："你说用什么字比较好呢，是两个字好还是三个字好？"

乔裕脚下慢了两步，低头看着斜前方的乔烨，忽然伸手去握住他越来越瘦的手："哥，我还记得小时候你牵着我的手，一起去上学。"

乔烨吓了一跳，很快笑起来："是啊，那个时候你的手还那么小，一转眼我们都长大了，结婚生子的事情竟然都让那个小丫头抢了先。"

乔裕不想惹他伤感，笑着低下头去遮掩眼底的情绪。

乔裕送乔烨回病房后便一直不肯走，直到乔烨把他赶了出来。

"你不忙吗？你老待在我这里干什么，快走快走！"

乔裕才被赶出病房手机就响了起来，他接起来听着听着脸色一变，电话还没挂便大步往外走。

纪思璇忙了一上午，快吃午饭的时候才结束手头的工作，她看了一眼手机，什么提醒都没有。

尹和畅找的厨师手艺很好，午饭的时候一群人围着餐桌把厨师夸成花。

四十几岁五大三粗的汉子脸红得像个苹果，挠着头不好意思地看着他们。

后来不知道是谁把电视机给打开了，随意换着频道，换了几下之后忽然停住，全都安静了下来。

纪思璇不知道发生了什么事，抬头去看。

电视屏幕上，乔裕的西装外套披在了薄季诗身上，一手拉着满身狼狈的薄季诗往前走，一手去挡镜头，衬衣袖口那颗袖扣格外刺眼。

众人看完以后齐刷刷地看向纪思璇，纪思璇慢条斯理地继续吃饭，似乎什么也没听见什么也没看见，一切如常。

被盯得久了，纪思璇也恼了，扔了筷子，面无表情地问："都吃饱了？吃饱了去干活儿吧！"

说完便站起来回了办公室。

韦忻看着某道怒气冲冲的背影，幸灾乐祸地起哄："啊哦，后院起火喽。"

整整一个下午，整个工作室都笼罩在低气压下，快下班的时候，有人小心翼翼地敲门进来："璇皇，一起去吃饭吧！"

纪思璇头都没抬："你们先走吧，我晚上加会儿班。"

几个人你看看我，我看看你，神色各异，很快离开。

徐秉君和韦忻交换了个眼神，也走了。

乔裕回来的时候已经晚上九点多了，本来一群人在一楼嘻嘻哈哈地看着电视，看到他进来时笑容倏地僵在脸上，半天才想起来打招呼。

他扫了一圈："你们组长呢？"

"璇皇说要留在工作室加班，今晚不回来了。"

乔裕无视众人看他不正常的眼神，转身问尹和畅要钥匙："我出去一趟，明早我自己过去，你送他们就行了。"

工作室和住宿的两栋别墅离得不近也不远，开车不过五分钟，乔裕却觉得五分钟的车程比平时长了不知多少倍。

屋里只留了一盏台灯，纪思璇捧着茶杯靠在桌子前，眼神直直地看向漆黑的窗外，不知道在想什么。后来站累了便进了里间的休息室，和衣躺下。

整个工作室静悄悄的，不知道过了多久，忽然响起脚步声。脚步声越来越近，纪思璇的第一反应竟然是装睡。她认得这个脚步声，是乔裕。

乔裕进来后没开灯，在壁灯微弱朦胧的光线里轻手轻脚地给她盖上被子，才收手就看到她猛地睁开了眼睛看着他。

他吓了一跳，很快回神："吵醒你了？吃晚饭了吗？"

他弯着腰姿势有些怪异，她就这么静静地看着他，乌黑漂亮的眸子里看不出任何情绪。

无论乔裕问什么，她都不回答，只是盯着他看，像是不认识他似的。从他俊逸柔和的眉眼看到线条清晰漂亮的下巴，垂下眼眸想了几秒钟又重新看过去。

在橙色朦胧的光晕里，他的眉眼柔和温暖，可她的眼里却始终不带温度。

后来乔裕干脆坐在床边，沉吟半晌主动交代："薄季诗和我是当初两家都认识的一位长辈牵的线，我没同意，薄季诗也是不同意的。只不过因为两家逼得紧就相互打个掩护，更何况她当初主动说对我没有那个意思，我也就没多想。那个时候，我没想到你会回来，想着既然不是你，和谁在一起都没有分别。她在薄家一向受打压，今天也是着了她哥哥们的道，我在南边的时候她帮过我，于情于理我今天都不能袖手旁观。"

纪思璇终于开口，冷冰冰的语气让他心头一跳。

"你没想过我会回来，所以，你也没想过要去找我，对吗？"

她从来在意的都不是别人，她在意的是他的态度。

不知是停电了还是保险丝断了，台灯忽然灭了，屋里瞬间陷入了黑暗，很快温度也降了下来。

黑暗中，他看不到她的表情，只能听到她的声音不带一丝情绪地缓缓响起："乔裕，我刚才一直在想，我们之间，一直以来，从大学到现在，是不是一直都是我在强求？也许，你并不爱我，你和谁在一起都是一样的，也包括我。"

之后，屋内便陷入了长久的沉寂。

纪思璇等了半天，还是没有动静，又过了一会儿，身边的人站了起来，然后脚步声响起。

乔裕走了。

她皱着眉捶了下床，用力过猛了？不对啊，当年他也没被镇住，这些年没长进怎么还退化了？还是这招用得多了所以免疫了？可是算上这次，她一共就用了两次啊！而且这次明明是她真情流露！

她趴在床上出了半天神，感觉又冷又饿，边爬起来边自省，以后一定要吃饱了再战斗，不然中途饥饿值上升太影响战斗力了。

谁知她才一动，明亮的应急灯就亮了起来，光源的尽头就在那个男人手里。他靠在门边好整以暇地看着她，一手拎着应急灯，还极贴心地选择了一个不会闪瞎她双目的角度，另一只手里拎着两只饭盒。

纪思璇愣愣地坐在那里，看了他半晌才想起来说话："你……你不是走了吗？"

乔裕笑了笑，也没回答，只是把应急灯和饭盒放到桌上，又把一个装满热水的玻璃杯塞到她手里："饿了吧，起来吃点儿东西。"

纪思璇是属鸭子的，嘴硬起来连沈太后都没辙："我不饿！"

乔裕微微蹙着眉，唇角却噙着一抹笑意，看着她有些好笑地开口："我说，纪思璇，你是不是吃醋了？"

纪思璇愣了一下，随即一抹冷漠出现在眼底，企图掩盖那不易觉察的羞赧，讥诮道："因为你？"

乔裕也不恼，冲她伸出手，轻声开口："过来，吃饭。"

纪思璇坐在床上没有要动的迹象，不是因为别的，而是因为他的一句话。

空气中散发着食物的清香，有些刺目的白色灯光里，那个男人眉目沉静，语气温柔和缓，还带了点儿对闹脾气小孩子的诱哄，让她瞬间没了反击的能力，甚至脸上那摇摇欲坠的冷漠也要支撑不下去了。

纪思璇捂住脸深吸一口气，再一次认命，很快站起来走到桌边坐下，开始吃饭盒里的东西。

"你刚才出去买的？"

"不是，回来的路上正好碰到，想起你喜欢吃，就打包了一份。到了那边的别墅发现你不在，就顺手放在冰箱里了，刚才回去用微波炉热了一下拿过来的。"

"哦。"

纪思璇安安静静地吃着，乔裕也一直没说话，似乎在等什么。

就在纪思璇吃好了放下筷子的时候，乔裕忽然深吸一口气，似乎在鼓起很大的勇气下定决心。

在纪思璇准备站起来，椅子与地面摩擦发出第一声轻响时，她终于听到乔裕的声音，于是又坐了回去。

"其实那时候，我去找过你，在你出国的第三年。那年正好出国访问，只不过不是去你在的那个城市，但也不远，也就几个小时的车程。刚开始我并不确定该不该去找你，不知道如果去了能不能见到你，如果见到了要和你说什么。尽管有那么多的不确定，在工作提前一天结束时，我还是决定去了。"

乔裕安安静静地坐在阴影里，垂着眼睛，语气平和得像是在叙述别人的故事，可说到这里，声线忽然清冽低沉下来，似乎还带着不易觉察的颤抖。

"那所学校跟我在网上看到的一样，但也不太一样。当时也不知道走到哪儿了，看到了图书馆就进去了。从一排排的书架前走过，后来停在一排书前，随手抽了一本出来，随手翻了几页，然后在书后的借阅卡上看到了你的名字。'纪思璇'三个中文字夹在一堆英文字母里尤为显眼，是你的笔迹。下一秒我便扔下书落荒而逃，心慌，且狼狈。"

乔裕轻轻吐出一口气，似乎陷在回忆里不可自拔，过了半晌收拾好情绪才再次开口："那所学校……曾经是我的梦想。我从踏上那片土地开始，就有些恐慌，想要逃离那里，却又强逼着自己走进去。可'纪思璇'这三个字的出现就像是致命一击，让我彻底崩溃。我在学校里来来回回走了很久，对人生的无奈，对梦想的遗憾，对你的愧疚，对未来的彷徨，一瞬间全都席卷而来，一颗心撕扯般的疼痛，那一刻我才清晰彻底地体会到什么叫曾经一直追求的东西，再也没有资格去拥有。"

纪思璇放在腿边的双手微微颤抖着紧握成拳，不敢抬眼看他。

乔裕终于抬眸看向她，眼底情绪复杂，带着那么多的不确定和彷徨，轻声问："我不是没想过去找你，而是那件事让我觉得……自卑。我不敢去找你，因为我不知道……"

他顿了一下，似乎是用尽了全身的力气才再次开口："我不知道，这样的一个我，你还要不要。"

这个被外界誉为最年轻、最有前途的政坛新贵，这个在众人面前自信优雅的男人，此刻却坐在自己面前，忐忑又脆弱，像个无助的孩子，把他埋藏在心底最深处的卑微与内疚一刀一刀地挖出来，捧到她面前给她看。

乔裕说完之后便陷入了静默与深思中。

纪思璇静静地看着他，若是换了别人，她大可冷嘲热讽地继续补刀——这一切都是你自己选的，你有什么好难过的？

可面对眼前这个男人，她却一句嘲讽的话都说不出来。

她张了张嘴想要说点儿什么，还没出声就感觉到鼻子一酸，泪水极快地从脸颊滑过。

第二天纪思璇醒来的时候，还是觉得憋闷，又有些恨铁不成钢，凭什么他轻轻松松的几句话她就原谅他了啊。

本来心里就不舒服，早上到了工作室之后，她又看到桌上堆放的杂志报纸，不知是谁这么贴心，报纸杂志一字排开，最上面的那一面几乎都是乔裕和薄季诗的照片。

昨天的事情一出，绯闻满天飞。

纪思璇再次被激怒，直接导致早上开会的时候，她各种不给面子不配合。

今天是视频会议，视频那端是施工方的团队，还有乔裕上面的领导，重要性不言而喻，就连一向不怕事儿大的韦忻都慌了，纪思璇的衣袖都快被他拽坏了，她却始终无动于衷。

　　万一乔裕的领导生气了，怕是连乔裕都没办法粉饰太平了，闹到总部去那是理所当然的，韦忻觉得这次他们真的可以打包滚蛋了。

　　无论乔裕提什么建议，纪思璇总有理由来反对，最后连一向温和儒雅的乔裕都冷了脸，双方一时间陷入僵持。不知什么时候视频那端忽然安静了下来，乔裕的手机响了几次都被他挂了。

　　过了会儿有人敲门进来："乔部，薄小姐的电话，接不接？"

　　纪思璇阴阳怪气地开口："快接吧！怕是等着你去救命呢！"

　　乔裕的脸黑得更彻底了，很快抬手关了视频，看着会议室内的人："你们都先出去，麻烦纪思璇留下。尹秘书打电话通知参加视频会议的人员，我们这里信号不好，网络断了，视频会议改到明天。"

　　会议室很快退得只剩下两个人，纪思璇带着几分不屑几分嘲讽看着乔裕，她倒要看看这次他又要说什么鬼话。

　　乔裕一脸冷峻地和她对视，难得在她面前有部长的样子，一开口平日里温和的声线都带着几分冷冽："你知不知道今天的会议有多重要？"

　　纪思璇完全不为所动，轻描淡写地回了两个字："知道。"

　　乔裕立刻皱起眉："你知不知道，你说的话被视频那端的人听了，他们会怎么想你？"

　　纪思璇根本就不在意别人怎么看她："知道。"

　　她满不在乎的态度让乔裕忍不住说了重话："知道你还这么没分寸？你对工作就是这么没轻没重的？我真怀疑这些年你在国外都学到了什么！"

　　纪思璇猛地抬头看他，漂亮精致的下巴此刻线条锋利，眼底俱是不可置信。过了半晌，她才缓缓开口："我怎么样，我学到了什么，不劳乔！部！长！挂心！我这种平民百姓是比不得薄家大小姐知书达理识大体。"

乔裕也被激怒，有些口不择言："这就是你的职业素养？这就是你所谓的梦想？"

这话一出口他就后悔了，果然纪思璇已经收拾东西站了起来，一口一个乔部长叫得他心惊肉跳，偏偏脸上还挂上了诡异的笑："既然乔部长对我不满意，就请跟总部联系，换个让乔部长满意的人来，恰好我也对乔部长没什么好感，本来就是双向选择，既然双方都不满意，我也没有留下来的必要。"

说完站起来打开门准备出去，门却被乔裕大力按了回去。

纪思璇一下火了，猛地挥开他的胳膊要去重新开门。

乔裕自然不肯，出手阻拦，缓了语气："对不起，刚才是我失言，我收回那些话。"

他怕伤了她不敢使全力，而她偏偏用尽全身力气来对付他，似乎把他当成了敌人，低着头一脸愤懑委屈地使劲推开他的钳制："你走开，你根本就不是乔裕，乔裕才不会这么对我……你就是个渣男，言而无信，出尔反尔，脚踏两条船，玩弄别人的感情……"

她越说越离谱，乔裕实在听不下去了，一手钳住她的手腕把她按压在门上，另一只手捏着她的下巴，逼着她和他对视。

一向斯文儒雅的乔裕此刻被气得咬牙切齿："纪思璇，我是不是对你太温柔了，让你觉得我不是个男人！"

纪思璇一脸倔强和愤怒，眼底渐渐起了雾气："放手！"

乔裕一看到她红了眼眶就已经心软，却逼着自己强硬下去："我只说一遍，你记清楚了。纪思璇，你对我而言，从来都和别人不一样。当初我没有选择和你一起出国，那并不代表你不重要。'我爱你'这种话我从来没说过，但并不代表我不会做。我承认我没想过要去找你回来，那是因为我不知道你还愿不愿意回来。我是说过除了你，和谁在一起都一样，可那并不代表我和别人在一起过。这些年我和你断了联系，那是因为我怕耽误你，如果有个更好的人可以照顾好你，我愿意放手。可是你现在回来了，我为什么要放手？"

他难得如此强势，一贯温和如玉的眉眼此刻竟带着几分凛冽，这个样子的乔裕是她从没见过的，纪思璇一时间忘了反抗，澄澈妩媚的眼睛里满是讶异："你……你从什么时候会说这种话了？"

乔裕一向对她都是宠爱却不溺爱，该宠的宠，好到没边儿，该训的训，半点儿商量都没有。纪思璇一向居高自傲，也难得有个人说话她会听。当年如此，现在也是如此。

徐秉君早上去了趟工地，赶回来开会时就看到一群人站在门边听墙角。

他走近了问："怎么了？开完会了？都站在这里干什么？"

韦忻知道事情闹大了，心虚地看了他一眼："乔部和璇皇在里面……好像在吵架。"

徐秉君立刻气得跳脚："怎么我一会儿不在就出幺蛾子啊？！乔裕怎么都算是一半的客户吧？你知不知道客户就是上帝啊？"

韦忻小鸡啄米似的点头："知道。"

徐秉君恨不得一巴掌拍死他："知道，你还不拦着点儿？！"

韦忻心有戚戚然："一个是上帝，一个是璇皇，诸神之战，我一介草民岂敢参与？"

……

众人笑喷。

韦忻有些担心地问："到目前为止，你还没接到总部的电话吧？"

徐秉君摇头："没有啊，怎么了？"

韦忻把早上的事情大概说了说，然后安慰徐秉君："如果总部让我们收拾东西滚回去，你千万别惊讶，老年人，情绪波动太大对身体不好。"

徐秉君听了之后觉得不对劲："不对啊，我回来的路上进了视频会议的，开着开着就什么都听不到，什么都看不到了，后来尹秘书给我打电话说信号不好，网络断了后我才退出来。"

众人一脸奇怪地看着他，徐秉君似乎也意识到了什么，看向韦忻。

韦忻这下终于放心，一扫刚才的郁闷笑了起来："虚惊一场啊虚惊一场……"

会议室的门忽然打开，纪思璇率先出来，目不斜视地从众人面前走过。

过了一会儿，乔裕才出来，神色如常地跟众人打招呼，让大家都去忙，这才回了办公室。

等他走远了，事务所的人一股脑地涌进纪思璇的办公室，纪思璇正在收拾东西。

徐秉君目瞪口呆地看着她："你这是干什么？"

纪思璇看他一眼："收拾东西准备回去办离职手续啊。"

"啧啧啧！"韦忻把纸箱里的东西又一件件拿出来摆回原处，"别忙活了，璇皇啊，我觉得你上辈子肯定什么都没干，光踩狗屎了，这辈子才有运气遇上乔部。"

纪思璇一脸莫名其妙："什么意思？"

徐秉君开口解释："好像他一开始就觉察到你不对劲，之后就按

315

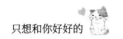

了静音键关了摄像头，视频那边什么都没听到，什么都没看到。"

过了几秒钟纪思璇才反应过来，气不打一处来。

又被他耍了！

乔裕回办公室后叫了尹和畅进来，他坐在办公桌后看着尹和畅也不说话。时间一分一秒地过去，尹和畅的后背渐渐开始冒冷汗，受不了压力主动交代："乔部对不起，不是我要说的，是乔部非要问我，我真的没乱说话，我只是告诉他璇皇回来了，其他的我都没说……"

乔裕听得头疼："什么乱七八糟的……"

尹和畅解释了一下："是那个乔部，您哥哥……"

乔裕这才听明白："我不是说这件事，说了就说了，没什么大不了的。刚才会议室里有人来说薄季诗给我打电话，那人是你手底下的？"

尹和畅点头。

乔裕想也没想就做了决定："让她走人。"

尹和畅不明白这是为什么。

"就算是你也不敢在我开会的时候，大庭广众之下告诉我，谁给我打电话找我吧？薄季诗的手都伸到我这儿来了，你都没觉察？尹秘书，我妹妹的事情我不希望再发生在纪思璇身上。"

乔裕每次称呼他为"尹秘书"时就代表乔部很生气，后果很严重。几年前乔乐曦被人陷害在图纸上动了手脚导致她远走异国，这件事是乔裕的雷点，尹和畅自然知道事情的严重性，很快应下来，马上去办了。

"还有这些，"乔裕点了点桌上的报纸杂志，"也去处理一下。"

乔裕这些年真的担得起"清心寡欲"四个字，作为零绯闻的超级钻石王老五突然破了戒，在第一时间就收到了来自各方的"贺电"。

不了解真实情况的纷纷祝贺，他一个个解释过去。

了解真实情况的纷纷幸灾乐祸，他一个个还击回去。

就连乐老爷子都乐呵呵地给他打了个电话，夸奖他动作快。乔裕无奈地解释自己确实有行动的对象，却不是薄季诗，结果被乐老爷子以"既然不是，还闹了这么大动静出来"的罪名把他骂了个狗血淋头。

薄仲阳参加完动工仪式准备回南方时特意叫了乔裕送机，不知道是打算祝贺还是幸灾乐祸。

乔裕到了酒店，找到薄仲阳的房间。离登机的时间还早，薄仲阳正坐在沙发上看新闻。看到乔裕进来立刻一脸坏笑地叫他过去看。

又是那个新闻，镜头里的薄季诗被他挡在身后，脸上没有一丝表情，不见惊慌不见恐惧，似乎早已预见到了一切。

薄仲阳看了乔裕一眼："度假村的项目是她放弃了好几个小项目换来的，跟了这么久终于到了露脸的时候。你以为她今天为什么不出席动工仪式，而是去出席一个什么小到不能再小的新店开业的剪彩仪式？几天前，她就打电话回去让我父亲安排我来代她出席动工仪式，明显就是知道那天会出事。人是她雇的，泼油漆、砸鸡蛋的戏码也是她提前安排好的，她自编自导自演了一出戏，还把罪名推到别人身上，以退为进装无辜扮柔弱博同情一向是她最擅长的戏码，我不相信你看不出来。一年前她手里有个大项目，为了冲利润让数据好看她背地里用了劣质的材料，现在问题暴露出来了。她就是想通过和你闹绯闻来转移公众注意力的，你为什么还要去？乔裕，你这个人就是太善良了。"

乔裕一脸平静："是，我都知道。我不是善良，我是不想再欠她什么，我会跟她说清楚，这次帮了她，我们就两清了。"

"不用了，我已经听得很清楚了。"薄季诗忽然推门进来，看着薄仲阳，"爸爸叫我跟你一起回去。"

薄仲阳耸耸肩："你随便啊。"然后站起来拍了拍乔裕的肩膀走了出去，把地方留给两个人。

薄季诗的脸上再也不见平日里的温婉可人，而是面无表情地看着乔裕。

乔裕毫不躲闪地回视。

薄季诗冷笑一声："乔裕，其实有的时候，我觉得你特别可怕，根本不敢面对你。你知道吗？你身上有一种特殊的气场，心如明镜看得透一切，叫脸上永远都在淡然地笑着，你不是看不清我的用心，却依旧可以对我笑，就像看到那些让你厌恶的人和事还可以笑得出来。我本以为你就是这样子，对所有的人都是微微笑着的模样，可后来我才知道你对别人笑并不代表什么，你真正温柔以待的只有纪思璇。你的温柔，你的隐忍，你的情不自禁，你的孩子气，唯独只对她。"

乔裕关了电视机站起来："事情没有你想的那么糟糕，我们还是朋友。你准备一下吧，一会儿我送仲阳和你去机场。"

说完他打算离开，走了几步去开门，薄季诗忽然开口阻止他："不要开！外面都是记者，如果被他们拍到我们俩从房间里走出去，写出来的东西有多难听，你不会不知道。"

乔裕转头看着她，眉眼沉静异常。

薄季诗默默和他对视，然后便看到他丝毫没有犹豫地把手放到门把手上，轻轻一按，门开了。

走廊里空无一人。

　　薄季诗低下头苦笑："乔裕，我真的是败给你了。你真的是一点儿机会都不给我。但凡你刚刚有一丝犹豫，我就有了你的把柄，你就真的这么坦荡吗？"

　　乔裕走了出去，站在门外，在门缓缓关闭的空隙里，他看着薄季诗的眼睛轻声开口："一个男人对一个女人最大的诚意就是干净。而且我相信你，相信你的本性还是善良的。"

Orange
橘子洲

好好的 只想和你

下册

东奔西顾 著

江苏凤凰文艺出版社
JIANGSU PHOENIX LITERATURE AND
ART PUBLISHING, LTD

第十三章

从未流逝的时光

何以致区区？耳中双明珠。

纪思璇下了班吃完饭就在客厅里磨蹭到最后，抱着电脑刷网页，乔裕和薄季诗的那条新闻早已不见了踪影，铺天盖地而来的热点新闻是一位知名演员结婚的喜讯。

纪思璇关了网页，开始把电脑里近期的文档图纸归类存档，结束的时候在 E 盘的角落里看到一个文件夹，她忽然顿住，鼠标点在文件夹上久久不动。

后来她还是输了密码打开文件夹，里面是六个文件夹，文件夹的名字恰好是六个年份。她点开第三个文件夹，很快便找到了想找的文件，几篇新闻报道和几个视频资料。

乔裕没有说谎，那一年他确实去了离她所在城市不远的另一座城市访问，时间对得上，地点也对得上。

她从来没仔细看过，连点开都没点开过，只是机械地收集而已，这些年她第一次有勇气打开看。当时是个访问团，他站在一群青年才俊中间其实并不显眼，却无法忽视他的存在。

他或是随着人群从镜头前信步走过，或是坐在空旷的会议厅里额首聆听，偶尔发现镜头对着他时，便看向镜头不慌不忙地微笑。

后来国外记者采访接待访问团的负责人，问到中国访问团里他个人最喜欢哪一位。那个中年白人男士很快给出答案——乔裕。

他说乔裕是个温柔又特别的男人，看上去没什么特别，却又让人觉得很特别。还说乔裕不想被人注意的时候可以完全隐藏在人群中，想被人注意到的时候任何人都遮挡不住他的耀眼光芒。

有本杂志因为这件事还特意写了一篇乔裕的专访，请了资深政治记者点评。那位资深记者对于这种答案倒是毫不惊讶，他说，乔裕是半路出家，有乐家和乔家长辈的指点，又矜持低调地度过了漫长的蛰伏期，位居高位之后反而更加谦逊沉稳，有着这个年纪少见的涵养和气度，不浮躁不功利，谈吐不凡，气质干净，相貌出众又谦恭有礼，没有人会不喜欢。

纪思璇看到这里抿着唇笑了笑，是啊，这么温柔这么好的男人，没有人会不喜欢，所以那个时候，她才会那么卑微地安慰自己。那么多人喜欢他呢，她不能那么贪心地一直霸占着他，所以他们才会分开。

乔裕从机场回到别墅时，已经快十一点了，他一进门便看到纪思璇抱着电脑坐在沙发上。

不知道她在看什么，微微出神，嘴角噙着笑，眼圈却有些发红。头顶的灯光柔和了她半张脸的明艳，带着少见的温婉恬静，大概是才洗了澡，头发半干未干，没有妆容，气质干净出尘，乔裕看得出神。过了许久他才回神，换了鞋走近，轻声问：“看什么呢？”

纪思璇条件反射般啪一声合上电脑，这才抬头看过去，一秒钟恢复正常：“没看什么。”说完便准备抱着电脑潜逃。

乔裕眼疾手快地拦住她，把她按回到沙发上，自己则拉着她的手顺势坐到了沙发前的地毯上：“我有话跟你说。”

纪思璇点头示意他继续。

"这个项目呢，进行到这一步，我跟进得也差不多了，后面按照图纸慢慢施工就行了。我手里还有别的项目，以后不能整天待在这边了，可能只是偶尔来看一看进度。你不喜欢的人呢，暂时也走了，你就安心工作，我周末休息了就过来看你。"他说完便靠在她的胳膊上不再动，似乎很累。

紧贴着她手臂的那片肌肤热得异常，纪思璇静默了会儿忽然开口问："你是不是发烧了？怎么额头那么热？"

最近这几天降温，乔裕好像真的有些发烧。

他很快抬起头来，温温柔柔地冲她 笑："有点儿，没事，我睡一觉就好了，你也早点儿休息吧。"说完便站了起来。

纪思璇也跟着站起来，小声嘀咕着："我本来就打算睡了……"

乔裕忽然明白了什么，转头看她，灯光下他的笑容有些模糊："你不会是在等我回来吧？"

纪思璇上上下下地打量着他，面无表情地给出答案："你想太多了。"说完一扬下巴，上楼睡觉去了。乔裕笑着跟在她身后也上了楼。

第二天，纪思璇偶然经过乔裕的办公室，便听到他不时咳嗽几声，她用余光往里瞟了几眼面无表情地走过。

当天下午她从工地回来去厨房找水喝的时候，就听到乔裕在厨房里咳嗽。

她皱了皱眉，很快走开了。

乔裕才从厨房里出来就在厨房的吧台上看到几盒药，他拿起来看了看，都是治感冒咳嗽的，他左右看了看，一个人影也没有。

　　冬天无声无息地降临，天气一天天冷起来，乔裕如他所说，来得少了，倒是每天都会给纪思璇打电话，却不再提纪思璇到底什么时候原谅他的话题。

　　纪思璇每日在工作室和工地里混迹时光，他不提，她也不会主动触及。

　　有一天乔裕路过萧子渊办公室的时候听到里面有说话的声音，便敲了敲门走进去，然后便看到一大一小两道身影。

　　大的那个坐在窗前闭着眼睛晒太阳，小的那个乖乖坐在沙发角落里看一本花花绿绿的书。

　　听到敲门声，萧子渊睁开眼睛看着他，萧云醒抱着书甜甜地叫他二叔。

　　乔裕笑着应了一声，转头调侃萧子渊："你这个样子也不像加班啊，怎么周末还跑过来，父子俩被随忆扫地出门没地方去啊？"

　　萧子渊懒得理他，闭上眼睛继续晒太阳："差不多吧，本来说好一起去游乐园，结果医院临时叫随忆回去，她就抛弃我们父子俩回医院了。而我们回去太麻烦，就近来办公室待会儿，顺便等她。"

　　乔裕一脸同情地看向萧云醒，被抛弃的小家伙丝毫不见沮丧，懂事得让人惊叹："你怎么让他自己一个人看书？他才多大啊。"

　　萧子渊转头看了一眼："你小时候不就是这样吗？自己一个人安安静静地坐在角落里看书。"

　　乔裕听了一愣，想了想好像确实是这样："你还记得啊？"

　　萧子渊点头，看着萧云醒的眼睛里带着父爱的光芒："记得啊，记得特别清楚。如果可以选择的话，我倒是希望他以后可以像你一样。"

　　乔裕倒是第一次知道还有父亲是这么想的："你不希望他以后像

你吗？"

萧子渊摇头："不希望，如果我不是萧子渊，让我在认识的人里面选择一个人成为他，我会选你。"

乔裕乐了："我？我有什么好？"

萧子渊转头看他："不记得吗？当年学校论坛里有一个投票，是让女生选最想嫁的对象，你的票数是最高的。"

乔裕一脸无语地看着他："只比你多一票而已，你要不要记这么多年啊？"

萧子渊却一脸正色："那一票是我投的。"

乔裕差点儿掀了桌子："你……无聊不无聊。"

萧子渊回忆了一下："我偷偷去后台看过，你的票里有很多都是男生投的。"

乔裕似乎明白了萧子渊拐弯抹角说这么多的意思："你想掰弯我？"

萧子渊不再开玩笑："不是那个意思，我的意思是说，女人喜欢什么样的男人或许是因人而异，可男人认同的同性类型基本上是一致的。"

乔裕很怀疑眼前这个男人到底是不是萧子渊："今天怎么了，这么感性。"

萧子渊看着沙发角落里小小的人儿："以后你做了父亲就会懂了。"

乔裕有些好笑："你说这么多就是为了炫耀你有儿子，我没有是吧？"

萧子渊一脸欣慰："你懂就好。"

乔裕伸手打了他一拳，才转身就看到萧云醒跳下沙发跑过来："二叔二叔，我最近在学《百家姓》！萧是第99个，和穆萧尹。二叔我会背你的姓氏哦，池乔阴郁，乔是第282个。"

乔裕摸摸他的小脑袋，夸赞道："好聪明啊。"

萧云醒一脸骄傲："你随便提，我都会背。"

乔裕想了一下："那……纪呢？"

萧云醒很快回答："席季麻强，第134个。"

萧子渊在一旁乐了："你二叔问的不是这个季，他问的是纪念的纪。"

萧云醒挠挠脑袋："纪念的纪啊，熊纪舒屈，第122个。"

乔裕忽然顿住，觉得这个数字很熟悉，下意识地重复了下："122？"

"是122啊，二叔，你怎么了？不对吗？"

"你刚才说乔是第几个？"

"282啊。"

"122，282……"乔裕低声重复了几遍，忽然心跳加速，像是想到了什么，猛然抬起头，"二叔还有事，先走了，回头再去看你。"说完跟萧子渊打了个招呼就急匆匆地走了。

萧云醒一脸迷茫地问："爸爸，纪念的纪怎么了？"

萧子渊挑眉："纪念的纪啊，你记不记得那个漂亮姐姐，她就姓纪啊。"

萧云醒眨了眨圆圆的大眼睛："又和漂亮姐姐有关系？为什么每次一说到漂亮姐姐二叔就不正常？"

萧子渊被他逗笑："连你都发现了？你二叔还真是失败啊。"

乔裕到工作室找纪思璇的时候，才知道她去了工地。

纪思璇戴着安全帽拿着图纸站在高台上和现场施工人员说着什么，看到他的时候，眼底闪过一丝惊喜，很快转头又交代了几句："那就先这样吧。"

乔裕站在原地看着她下来，虽然她的脸上看不出高兴，可她的脚

327

步却轻快很多："不是晚上才到吗？怎么提前这么多，有事啊？"

乔裕昨天跟她打电话时说是晚上才到，可他等不及了，便直接过来了。

他没有立刻回答，只是静静地看着她。

天气已经很冷了，寒风凛冽，或许是她在室外待得久了，脸被吹得通红，可眼睛却很亮。他伸手轻轻触碰了一下她的脸，果然冰凉一片，顺手理了理她被安全帽压乱的头发，若无其事地笑了笑："没什么事，就是有点想你了。"

他无视纪思璇脸上的诧异，神色自若地牵着她的手往办公室走："冷吗？"

纪思璇一时间愣住，忘了把手抽回来。

想她了？这会是乔裕能说出口的话？她走了六年，重逢时都没能听到他一句想她，现在他们不过才几天没见而已，他竟然冒出来这么一句？

周围不时有工作人员路过，笑着和两人打招呼。

纪思璇反应过来后猛地把手抽回来，一脸嗔怪："他们看到了！"

乔裕又笑了笑，重新把她的手紧紧包在手心里，深深地看着她，说得不羁又坦荡："看到怕什么。"

纪思璇总觉得那双眸子里忽然多了些复杂难懂的东西，他看着她，像是很高兴，又像是很难过，她有些不知所措。

之前他们也会有轻微的肢体接触，可只要她一表现出抵触，他就会放手，可这一次他却强行和她十指相扣，牵着她往外走。

工地旁边有个临时办公室，里面乱七八糟地堆了很多东西，一面墙上贴满了 A4 纸和便笺纸。纪思璇给他倒了杯水："是不是又乱了？

其实这才是建筑师的样子。没有那么光鲜亮丽，只有穿梭在工地的灰头土脸，当年毕业时的壮志雄心也最终归于这些钢筋水泥。"

乔裕每次来看施工进度的时候都会大致收拾一下，可下次来的时候又是一片狼藉，后来堆的东西多了他怕收拾了他们会找不到，干脆就放弃了。

他接过来喝了一口，转头看向窗外，已经可以看出度假村的雏形了。他不知道是高兴还是失望，淡淡开口："进度很快。"

纪思璇也看向窗外，在一片嘈杂的轰鸣声中点点头，轻声附和："是啊。"

总部派的室外景观设计师昨天已经到了，还让他们加快进度争取早些回去。完工意味着项目结束，结束了当然好，可以好好休息一下，可这个项目结束便意味着她和乔裕将会再次离别。

纪思璇不愿再往下想，很快开口打破沉寂，简单收拾了一下，看向他："走吧，回工作室那边？"

回了工作室，纪思璇对着电脑继续工作，乔裕坐在一旁心不在焉地翻了几页书，不时抬头看她一眼。

纪思璇干脆停下来，歪着头看他："有话跟我说啊？"

乔裕踟蹰了一下："借你的电脑用一下，可不可以？"

纪思璇把电脑往他那边一推："用啊。"

乔裕抱着电脑坐到了她的对面，极快地扫了她一眼，她正低头玩手机，并没注意他。

他按照韦忻告诉他的，很快找到那个文件夹，双击之后输入密码的窗口便弹了出来。他有些紧张，下意识地又去看了她一眼。

纪思璇低着头面无表情地开口："你老盯着我干什么，你在用我的电脑上黄色网站吗？"

"怎么会？"乔裕故作轻松地笑了笑，很快低头输入了六个数字——122282，然后文件夹便打开了。

里面是按照年份一字排开的几个文件夹，他随手打开一个，然后顿住，静静地看了很久，然后才动了动手指把所有的文件夹都打开看了一遍。里面全都是这些年关于他的资料，视频、照片、新闻截图、杂志扫描件，有些连他自己都不记得到底是什么时候的事了。他看了一眼最新访问记录，是那一年他去国外访问的新闻资料，时间恰好是那天晚上。

原来当时她看的是这个。

乔裕半天都没有动静，纪思璇抬头看着他，只觉得他神色有些古怪，虽然面色如常，可眼睛里却带着刻意抑制的意味，不知道在看什么，连她站起来走过去都没发现。她悄悄走到他身后，低头看了一眼，然后也僵住。

这些资料她一个都没看过，只是前几天才匆匆看了一下。这几年她恨他，所以不看，可又不想错过，便机械地收集，然后全部堆在这个文件夹里。她不知道乔裕是怎么知道的，今天他从出现在她面前那一刻开始就不正常，大概是预谋已久了。

她的气息离他很近，她不动，乔裕也不敢动。

半晌，纪思璇缓缓站直，站在他身后冷冷地问："你怎么知道密码的？"

乔裕没有看她，也没有动，对着满屏幕关于他的资料，缓缓开口："熊纪舒屈，池乔阴郁，122，282。"

纪思璇有些恼怒，有些羞赧，就像一丝不挂地站在他面前，就像她所有的口是心非都被他揭穿。

"你到底是怎么猜到的！"

乔裕忽然站起来转身看着她："关于我怎么猜到的一会儿再告诉你，其实我更想问的是……"

他说到一半忽然顿住，纪思璇便开始紧张，她怕他会借此羞辱她，毕竟她之前就是这么对他的。她不敢看他，随手端起桌边的杯子低头喝水企图掩盖慌乱，屏住呼吸等他继续开口。

乔裕看着她的举动忍不住勾起嘴角："我想问的是，为什么你的姓氏要在我的姓氏前面？"

"噗……"纪思璇呛了水猛烈地咳起来。

乔裕慢条斯理地拍拍她的后背："别紧张。虽然说我没有男尊女卑的思想，可我毕竟也会有那么一点儿的介意，你看能不能改成282122？"

纪思璇一把挥开他的手，恶狠狠地看着他："谁紧张了？你快说你到底怎么猜到的？"

"韦忻告诉我前三位是122。"

"后三位呢？"

"萧子渊的宝贝儿子告诉我的。"

"萧云醒？他怎么会知道？"

"他最近在学《百家姓》，不愧是萧子渊和随忆的儿子，连排位都记得住，他告诉我'乔'是282，我就顺便考一考他，问了他'纪'是第几个。"

纪思璇没想到自己会栽在一个几岁的孩子手里，恼羞成怒："他才几岁啊？！学什么《百家姓》？萧子渊是不是有病？！"

乔裕倒不这么认为："你不觉得我们跟这个孩子很有缘分吗？"

纪思璇嗤之以鼻："不觉得。"

乔裕笑了起来，指指电脑："我能不能……拷回去慢慢看？"

纪思璇立刻把电脑抢回来："不能！你以后不许再碰我的电脑！"

乔裕知道再撩拨下去她会真的爹毛，适时收了手。

两人各自占据着工作台的对角，各怀心思地开始了长久的沉默。

冬季天黑得早，可是谁也没有去开灯，两人就这么安静地坐在一片黑暗里。

后来纪思璇的手机铃声打破了沉寂，也打断了两人的沉思。

她接起来听了几秒钟，然后"嗯"了一声后挂断，清了清嗓了对着乔裕开口："喊我们回去吃饭。"

"嗯，走吧。"乔裕很快起身，往门外走。

纪思璇走在他身后等他开门。

谁知他却忽然停住脚步，转过身垂眸看着她不说话。

周围一片漆黑，她勉强从窗户透进来的月光中看清他的脸，那双深邃的眼睛里蕴着无限的温柔缱绻，像是含着一汪清泉："怎么了？"

他还是不说话。

纪思璇以为他有什么不适，下意识地抬手覆在他的手臂上，仰头问道："你……"

她刚开口就看到他的身影压了过来，紧接着被他反手一拉便跌进了他的怀里，她双手抵在他胸前，刚刚隔开一段距离，便腰间一紧被他按回怀里，她还没来得及出声抗议就感觉到唇上一热。

温柔而漫长的一个吻，不见一丝丝的急切和强势，他温柔又坚定，也让她心跳如雷，忍不住战栗。

耳鬓厮磨，呼吸相闻，温暖又轻柔的触感从唇角到颈侧，暧昧的气息在空气中静静流淌。

他在她耳边轻声低喃："思璇，我很想你……每一天都很想你……这些年我曾无数次的像刚才那样坐在黑暗里想你，想我们曾经的一切，可是那些黑暗里没有你，现在你回来了，真好……谢谢你，谢谢你没有放弃我。"

黑暗中，毫无预兆的一声"啪"打断了所有的旖旎。

纪思璇一脸冷艳地打开门往外走，看都不看他一眼，低头慢条斯理地揉着手，连嘴边的哈气都显得那么的倨傲。

"乔部大概是贵人多忘事，忘了我的话了。我说过的，你再占我便宜，我就会打你。"

乔裕揉着半边脸忍不住叹气，又开始叫他乔部了……

晚饭的时候，乔裕和纪思璇之间隔了几个座位，一个捂着半张脸，一个捂着嘴，神色微妙。

韦忻第一时间嗅到了不寻常的气息，他看看纪思璇又看看乔裕，低头脑补了下，压低声音问纪思璇："你们俩一个捂脸一个捂嘴，发生什么了？你是不是强吻乔部的脸了？"

纪思璇无语，瞪他一眼："我像是做这种事的人？"

韦忻立刻点头："当然！"

纪思璇忽然想到大学那会儿她确实强吻过乔裕，还不止一回，一时间心虚气短，索性不理他。

韦忻一看她的反应便得意起来："怎么着？被我猜中了吧？"

纪思璇翻了个白眼："猜中你个大头鬼啊！"

韦忻不得不承认，美女连翻白眼都是美的："总不会是乔部强吻你，你打了他一巴掌吧？"

纪思璇转头反问："为什么不会？"

事实就是这样啊！

韦忻轻哂一声："别说我不信，就在座的，你随便找个人说，也没人会信。"

纪思璇气得扔了筷子。

饭后，乔裕递了几张邀请函出去："平安夜快到了，部里安排了宴会，这是邀请函，诸位如果有时间都去看看吧。"

一群人在这里待了几个月，不是对着图纸就是在施工现场听噪声，听到有活动都一脸兴奋。

纪思璇捏在手里看了看，神色恹恹。

乔裕怕她不去便解释了一下："就是跟各个分管部长有合作的单位，建筑这边除了你们，还有几个建筑设计院和建筑集团公司。度假村的项目是重点，上面点名让你们出席。"

纪思璇和韦忻听完之后同时把邀请函塞到徐秉君怀里，异口同声地开口："你的活儿。"

徐秉君无语："你们俩能不能体恤一下老人家，我当初把你们俩招进来，简直就是人生中最大的污点！"

纪思璇看徐秉君隐隐有发飙的迹象，悄悄把邀请函抽回来："怎么会？我第一次负责投标就中了，而且赢得很漂亮！你多有面子啊！"

徐秉君冷哼："可是事后，业界开始流传我们事务所能力不足美色来凑！严重怀疑我们的专业素质！"

纪思璇无辜道："怪我咯！那也比某些人第一次负责投标没中强吧？"

韦忻不服气："虽然我第一次负责投标没中，但是我拿下了招标方最漂亮的姑娘和最高的标底费啊！"

"你还好意思说？"徐秉君把邀请函拍到他的脑袋上，"到时候都得去，一个都不能少！"

乔裕微笑着看他们，从那晚之后，他再见到徐秉君，仔细留心观察，却没发现任何蛛丝马迹。徐秉君对纪思璇好像就是普通的同事关系，没有一丝逾矩，很有分寸，眼神、动作，没有一丝的不自然。徐秉君面对他时，也是一切如常。好像那晚他们根本没有遇到，徐秉君也根本没有暗示过他任何事情。

乔裕第二天离开的时候，有些不放心，点到即止地说了一句："中期汇报要开始了，这次宴会，薄季诗可能也会过来。"

纪思璇自知她跟乔裕的问题一向都出在两个人身上，和别人没有关系，就算没有薄季诗也会有别人，所以她对薄季诗并没有多大抵触，点点头表示自己知道了。

乔裕说完也不上车，又开始看着她不说话。

纪思璇挑眉："还有事？"

乔裕摇头。

纪思璇歪了下头，看了眼他身后半开的车门，似乎在问，还不走？

乔裕笑了笑，伸手握住她的手，低头摩挲了半晌才上车离开。

平安夜那天，事务所一众人准时赴约，只不过进场的时候不怎么愉快。

大概会有重要的领导出席，进入酒店还要进行安检。他们到的时候已经排起了长队，酒店门前负责接待的工作人员又是看人下菜碟的角色，看着他们眼生，拿着邀请函随便瞄了一眼便放到了一边，余光忽然扫到了队尾的一群人，立刻笑容满面地招呼："赵所长您来了！不用排队不用排队，直接安检就行了。"

于是左一个赵所长，又一个李总工，后来的几拨人都过了安检，纪思璇一行人依旧被晾在一边。韦忻看不过去想要过去理论，却被纪思璇拉住。

纪思璇还保持着目不斜视的姿势，漫不经心地开口："没关系，咱们还年轻，还可以多等好多年，有的人呢，就不一定了，这么着急一看就知道没几年了。"说完，才转头看了一眼正要往里挤的某设计院的人，又很快收回目光，眼底俱是轻蔑，那群人明显身影一僵。

乔裕和一群同事才结束会议，刚刚走近酒店就听到这句，微微垂头无声地笑着。乔裕身边的一个男人笑着对乔裕说："早就听说璇皇是个奇女子，如今一见啊，果然真性情！"

乔裕敛了笑意，转头对萧子渊说："我不方便出面，你带他们从内部通道进去吧，这群人都是欺软怕硬的，他们这么等下去还不知道什么时候能进去。"

萧子渊当即拒绝："我是有家室的人，纪师妹长得太招摇，我可不想看到明天关于我跟她的绯闻满天飞。"

乔裕想了想："算了，还是我自己来吧。"

萧子渊一本正经地激他："设计院的人都在呢，都是你邀请来的，你这一碗水歪得都见底了，以后你还混不混了？再说你们现在还是合作期呢，懂不懂得避嫌啊？"

乔裕犹豫了一下，很快一脸坦然："没事。"

刚才的男子一脸惊愕地看着萧子渊，又看看乔裕："乔部，什么情况？别人都说你跟这位璇皇……我可是不信的。"

乔裕笑了一下，扔下一句"这个可以信"之后便走向纪思璇的方向。

接下来男子脸上的表情更精彩了，眼看着乔裕跟众人打了招呼之后，在众目睽睽之下一脸坦荡地牵着纪思璇的手腕，带着事务所的一群人从员工通道过了安检进入宴会厅。

"萧部，这都是什么情况？乔裕可一向都是最循规蹈矩的啊！"

萧子渊一脸玩味："这个事情……怎么跟你解释好呢，总结一下就是乔裕把他这辈子所有的离经叛道都用在这个女人身上了。"

这种宴会一向最是无聊，无非是认识一拨又一拨完全不感兴趣的人，乔裕在还好，后来他被人叫走，本地的几个设计院和建筑集团便轮番地过来说一些酸不溜秋的话，以排解当日没有中标之愤。

刚刚应付完一群人，纪思璇悄悄歪头问徐秉君："这个项目，所里到底收了多少钱，他们这么打击报复？"

韦忻也侧着脑袋过来听："我也想知道。"

徐秉君伸了几根手指，纪思璇心领神会："怪不得……忍了！"

她今天难得低调，穿了件没什么特色的白色束身长裙，腰间的黑色刺绣倒是极吸引眼球，黑白搭配的硬朗感被她穿出了柔软妖媚的气息，再加上本就出色妖娆的容貌，还是引了不少雄性动物蠢蠢欲动。

设计院的出席人员里有不少 X 大出来的老师、师兄、师弟、同学。他们看看乔裕，又看看纪思璇，视线来回掉转了几遍之后才拉住准备上前搭讪的同事，不想看到飞蛾扑火的惨剧。

即便如此，还是有不少不明生物上前试探，纪思璇想起徐秉君的嘱咐，努力保持着微笑，说着一些不痛不痒的话题。忍到后来，她干脆躲到角落的柱子后面对着觥筹交错的一群人作壁上观。

韦忻一如既往地招女孩子喜欢，嘴巴一张一合便逗得几个女孩子哈哈大笑。

徐秉君也是一如既往地敬业，正在跟施工单位的负责人讨论得热火朝天。

萧子渊正在跟一个美女聊天，眉宇间隐隐带着不耐烦，纪思璇拿出手机找了找角度。嗯，这个角度刚刚好，完全看不到萧子渊脸上的不耐烦，只能看得出两人挨得极近和美女眼底的仰慕。

她顺手发给随忆，没有任何文字描述。

随忆倒也极配合她，回了个：搓衣板、方便面、榴莲、遥控器、电子秤都准备好了，任君选择，单选多选皆可。

纪思璇收起手机笑得开心，转头去搜寻乔裕的身影。

乔裕身边一直就没空过，被众星拱月般地被围攻了一晚上，他也颇为好脾气地端着酒杯笑了一个晚上，纪思璇都替他累得慌。他本就清隽俊逸，加上一身妥帖得体的西装映衬下，在一群脑满肠肥中尤为显眼。

纪思璇对男士西装没有特别深入的研究，却也能一眼认出那是出自某个以低调奢华著称的高级定制品牌，她忍不住赞一句"有品位"。她觉得这个男人除了在追女孩子方面是个白痴之外，其他方面堪称完美。

她正看得起劲儿，便看到乔裕忽然转过头直直地看了过来，却也只是扫了一眼，很快收回目光，不知道对围着他的一群人笑着说了句什么，很快转身离开，转身的瞬间看了她一眼。

纪思璇心领神会，跟徐秉君和韦忻打了招呼之后便跟在乔裕的身后出了宴会厅。

她出来的时候不见乔裕的身影，有服务生主动上来带路，一直绕到酒店的后门，她推门出去的时候，乔裕已经拿着大衣站在门外等她了。

纪思璇接过他递过来的大衣边往身上裹边打冷战："好冷啊！"

她低头扣着纽扣，乔裕看了一会儿抬手帮她理了下衣领，又把搭在手臂上的围巾给她围好。

他离她很近，近到她能闻到他身上清冽的气息，和夹杂着的淡淡酒香。

他不是没有给她围过围巾，在她的记忆里，他倒是经常做这件事，从学生食堂出来的时候，从自习室出来的时候，就是因为曾经做过了几百遍，所以即便隔了这么多年，他再做起来依旧是那么自然流畅。

她抬眸看他，他压了压围巾翘起的一角，才看向她："怎么了？"

纪思璇想了一下开口问："你给别的女孩子围过围巾吗？"

乔裕想了想："我妹妹。"

"哦。"纪思璇一脸若有所思，"那看来你人生中好多第一次都给你妹妹了，第一次牵女孩子的手，第一次抱女孩子，第一次背女孩子……"

乔裕无力反驳，有些好笑地帮她补充："小时候我还和我妹妹在一张床上睡过。"

纪思璇神色认真地问："如果你以后结了婚，还有什么第一次是留给你老婆的吗？"

乔裕很认真地想了又想，摇头："没有。"

纪思璇看着他一脸嫌弃："怪不得找不到女朋友。"

乔裕低下头去笑。

纪思璇觉得自己确实挺无聊的，敛了神色问他："你叫我出来干什么？"

乔裕牵着她往马路对面的广场走："怕你太无聊了，出来透透气。"

纪思璇是闲杂人等消失了无所谓，她躲在围巾后面转头看他："就这么出来，你没事？"

乔裕摇摇头："没关系，逛一会儿就回去。"

广场上很热闹，循环放着轻快俏皮的《铃儿响叮当》，到处都是嬉笑的人群，还有穿着人偶服的圣诞老人摆着搞笑的动作和行人合影。纪思璇到处乱看，也不看路，任由乔裕护着她小心地换到一条人少的小道上。

乔裕在欢快的音乐声中看着某处忽然开口："那年平安夜，这里放了一晚上的烟花。"

纪思璇垂着眼睛很快接口："是我。"

她停下脚步抬眸看着乔裕缓缓开口："当时你看到的是我。"

乔裕浑身一僵，猛地转头看她。

纪思璇却不再看他，嘴角噙了抹笑，笑意却没有到达眼底，轻描淡写地再次开口："没什么，就是当时想回来看看，就回来了。"

她往前走了几步，站在台阶上看着不远处的高台，缓缓开口："有一个人，从小到大都没有人教她什么是对的，什么是错的。父母只是在大方向上告诉她，但是有很多小的事情她没有那么清晰的辨别能力。忽然有一天，她遇到一个人，那个人一点点地教她，教会了她很多东西。虽然宠她却有原则，有原则却又纵容她。明明知道她做得不对，可看到她那么高兴便由着她去，然后自己默默在后面替她善后。后来在离开他的那么多日子里，她才一点一滴地受益，可那个人却早已不在她的身边，而她也不确定自己是否还有勇气再去见他……"

她顿了一下继续开口："当时我就站在这里，乔裕，那是你毕业之后我第一次见你。时隔几年，我以为我可以放下了，在你没看到我之前，我还是这么以为的。可是就在你看到我的那一刻我才知道不行，原来我做不到。我放不下你，可是我也不想原谅你。看，乔裕，纪思璇就是这么自私又霸道。"

昏暗的灯光下，她的侧脸依旧明媚惑人，乔裕觉得她在改变，从一开始的抵触到现在她一脸沮丧眼尾微红地告诉他，她不想原谅他。

他最见不得她不高兴，有些懊恼不该提这个话题，神色轻松地哄她："好了好了，我就是随口一提。不怪你，都是我不好。我还不够好，所以你不想原谅我。别不开心了，我有圣诞礼物送给你。"

他不知从哪里变出两枚耳钉，动作极快地把她原本戴着的耳钉取下来，又轻轻帮她戴上，神色认真嘴角挂着清浅的笑："何以致区区？耳中双明珠。"

纪思璇看不到，抬手摸了摸耳垂上带着暖意的耳钉，低声重复："何以致区区？耳中双明珠……"

乔裕笑着问："喜欢吗？"

灯光有些暗，他刚才动作又快，她其实没怎么看清，不过摸着也知道价格不菲："收乔部这么贵重的礼物，不太好吧？"

乔裕一听她叫他"乔部"就浑身不自在。

"我也有礼物送给你。"纪思璇从大衣口袋里捏出一张手掌大小的纸片，在他眼前晃了晃。

乔裕对那个图案太熟悉了，他闭着眼睛都可以画出那个二维码，有段时间他甚至有些魔障地在纸上徒手画了很多遍。

他苦笑一声："你什么时候发现的？"

纪思璇想也没想："就是那天去你家吃饭回来之后。"

"怪不得……怪不得乐曦把你认错了，你也不生气，怪不得我说重新追你，你也答应了……"乔裕从她手里接过来低头看着，"你发现了却一直没说，现在忽然告诉我是因为那天我发现密码的事情？"

纪思璇毫不掩饰地点点头。

乔裕揉了揉眉心，继而抬手捏了捏她的脸，哭笑不得："真是个睚眦必报的小女子！"

两个人悄悄溜回去的时候，宴会已经到了尾声，乔裕因为中途消失被灌了好几杯，他招架不住不停地冲萧子渊使眼色。

萧子渊接收到信号的第一反应是转头去看纪思璇，纪思璇下意识地摸了摸自己的手机，刚刚陷害完人的心虚便涌了上来，转过头一脸抱歉地看了一眼乔裕，咬了咬唇。

糟糕，她好像间接把乔裕的求救对象给得罪了。

萧子渊也不至于真的见死不救，磨蹭了一下便端着酒杯过去插科打诨，顺手解救了乔裕。

回去的时候，乔裕喝了酒没法儿开车，两人坐在后座上。纪思璇一抬手就摸到了自己耳垂上的耳钉。乔裕喝得有点儿多，靠在后座上闭目养神，偶尔睁开眼睛看她，她歪头看着窗外，车窗上映着她笑意盈盈的脸庞，看了几次之后他忍不住笑起来："真的很喜欢啊？"

纪思璇听到声音便转过头看着他，手也不自然地放下，一脸傲娇："还行吧。"

繁钦的定情诗，她在少女怀春的年纪读过，最喜欢的恰好就是"何以致区区？耳中双明珠"这句。

时间晚了，纪思璇就没有回城外的别墅，就近回了父母家。她回到家的时候父母已经睡着了，她轻手轻脚地洗漱上床，明明累了一晚上，躺在床上却怎么都睡不着。

她打开台灯，看着指间的那枚耳钉，细碎的钻石镶在缎带上，缱绻环绕着中央的主钻，在灯光下熠熠生辉。

她不是没有比这更贵重的首饰。她顺利进入事务所那年，沈太后一出手便是大手笔，帮她置办了一套钻石首饰，还说这就是她的嫁妆了。

可她当时远没有现在开心，她也没有预料到自己会因为乔裕的这个举动如此开心。她躺回到枕头上闭着眼睛叹息："纪思璇啊纪思璇，你当真是傲娇又矫情啊……"

与此同时，回到家的乔裕把纪思璇送给他的那张二维码拍照上传，更换现有头像。

第十四章

寒冬已逝，夏至未至

我以后一定建一座房子，

房前要有个大大的花园，

春看百花秋赏月，夏纳凉风冬踏雪，

屋里的采光一定要好，

无论什么时候都可以看到纪思璇

在阳光里对我笑。

平安夜的宴会上，薄季诗没有出席，而出现在了中期汇报的现场。

上次的事情似乎对她打击很大，乔裕也听说薄震因为这件事很生气，只是她不提，他也只当什么都不知道。

后来他们到现场看施工情况的时候，薄季诗也是一脸郁色，不过待人还是一如既往的温婉和气，至少表面看上去是这样。看到一半，纪思璇、韦忻和徐秉君被施工负责人叫走了，薄季诗忽然提出和乔裕去楼顶看看。

乔裕猜到她大概有话要说，便让尹和畅带着其他人随便看看，和她去了楼顶。

楼顶的景致不错，薄季诗却无心欣赏，走了几步看着站在另一幢楼中间楼层的某道身影，别有深意地开口："工地好危险啊，随便一块砖头掉下去……"

乔裕笑得云淡风轻，他和薄季诗站在楼顶吹着冷风，也看向那道身影轻声开口："如果她真的出了什么意外，那我大概就只有从这儿跳下去的份儿了。"一贯温柔平和的声音在怒号的风中听起来是那么的苍白无力。

薄季诗有些意外地看他一眼："那你父亲呢，你妹妹呢？"

乔裕不为所动："我父亲和妹妹，我自会安排人好好照顾。"

薄季诗怎么都没想到乔裕是这种态度："那你当年所做的牺牲还有什么意义？"

乔裕转头看着她："意义？当年我因为我父亲、我哥、我妹妹，因为整个乔家，舍弃了她。那么这一次，怎么轮也该轮到她了，无论其他选项是什么，我都会选她。"

他的云淡风轻有些惹恼了薄季诗："你这是干什么，当时你哥哥出了事也没见你这样。"

乔裕看到对面楼里的纪思璇正皱着眉说着什么，他想起她前段时间总结的建筑师几大必备技能之一，便是会吵架。跟结构师吵，跟施工吵，跟甲方吵，吵完之后便能神清气爽地继续画图，然后下次见面继续吵。

薄季诗不知道他想起了什么，只见他的嘴角忽然扬起，缓缓开口："那是因为我知道她是安好的，她一切安好，我的心就不会死。一辈子那么长，如果没有信念做支撑，那么日日活着都会是煎熬，我也会累。"

薄季诗开始怀疑眼前的乔裕，到底还是不是那个雪天里她见到的，眉宇间带着稚嫩却不失温和的少年。经过多年的磨砺，他那丝稚嫩怕是早已化杀气于无形。

她气极反笑："乔裕，这话你是故意说给我听的吧？你放心，这种事我不会做。"

乔裕看向她时依旧温温和和地笑着，声音轻且缓："你不会做，那薄震呢？"

薄季诗神色一滞，她没想到他会看得这么透彻。

乔裕无视她突变的神情，继续开口："你不杀伯仁，伯仁却因你而死。

347

虽然你不会做，可薄震动手前肯定会跟你打招呼，而你不会提醒我一个字，我说得没错吧？"

薄季诗敛下心中的不豫："乔裕，即便纪思璇真的出了事，你永远也怪不到我头上。"

乔裕的眼底难得闪过几分凌厉，一开口也是掷地有声："你回去告诉薄震，我敬他是长辈，但如果他真的打算什么，尽管试试看。他们要的不过是让我娶你，可是我告诉你，我不会娶你。我要娶的那个人是纪思璇，从来都是。"

薄季诗冷笑一声，话已经说到这里，她也不介意撕破脸了，半是胁迫半是怀疑地开口："即使是拿纪思璇要挟你？乔裕，你不是那种人。"

乔裕看着纪思璇的身影微微笑了一下："其实每个人心里都有阴暗的一面，我也有。所以不要挑战我的底线，你不会想知道我阴暗的那一面会有多残暴。"

当年他曾很苦恼地问过乐准一个问题，他踏入这行时间久了，会不会耳濡目染地变成工于心计、不择手段的人。

乐准给他的答复：将这世上的丑恶肮脏、权谋诡计、世态炎凉、阴谋暗斗全都看个遍，才会真的豁达，才会知道什么是真正的温柔以待。这个世界在变，环境在变，倘若人不变，必将会被淘汰。你若还是学校里的模样，日后还怎么保护你想保护的人？时间久了，你就会知道，你不会因为这个世界而变得冷漠暴躁，反而会更温和，经历得越多会越温和。

纪思璇仰头看着从对面楼顶下来的两个人，他和她边走边说着什么，天气那么冷，薄季诗穿得单薄，抱着双肩在寒风中微微战栗。

韦忻站在一旁搓搓手，在嘴边哈了一下气："哎呀，真冷啊！"

纪思璇看都没看他："冷就回屋。"

韦忻一脸幸灾乐祸："回屋怎么惹人怜啊？你说，乔裕会不会把大衣脱下来给她披上？"

纪思璇没兴趣和他讨论这种问题："不知道。"

韦忻倒是很有兴致："猜一猜嘛！"

纪思璇硬生生吐出两个字："不会！"

韦忻继续问："他会不管薄季诗？"

纪思璇皱皱眉："也不会！"

韦忻笑呵呵地继续点评："薄总是高手啊。一出招就直击男人的心底，连我都忍不住想要跑过去抱抱她，给她温暖了。"

纪思璇终于看他一眼："那你怎么不去？"

韦忻笑得满脸开花："因为我想看看乔裕会怎么做啊。"

从楼顶下来之后，乔裕快走了几步，跟等在一旁的尹和畅不知道说了什么，然后就看到尹和畅脱了大衣走到薄季诗身边，递给她。

尹和畅回来之后，乔裕把自己的大衣递给他，尹和畅和他推搡了几下，最后还是穿上了。

一群人又浩浩荡荡地往楼下走，乔裕忽然转头往这边看过来。

韦忻目瞪口呆："乔裕真的是⋯⋯这大概是教科书般的典范吧？既没有半分暧昧又不失风度，做了一个男人该做的却又不会越界，璇皇果然调教有方啊。"

纪思璇咬着唇，脸上倒是看不出喜怒。

乔裕过来找她的时候，韦忻打了个招呼便自动消失了。

乔裕牵过纪思璇的手摸了摸："冷不冷？"说完也没等她回答就把她拉到怀里，"手这么凉，抱着我暖一暖。"

他穿了件薄薄的羊绒衫挡在风口，身上确实很暖，纪思璇不自觉地想要靠近，风声依旧在耳边呼啸，她却一点儿都不觉得冷。

"怎么不说话？"乔裕放开她，想要看看她的脸，"生气了？"

纪思璇却抱着他的腰没动，脸贴在他的怀里："没有。如果你是那么无情的人，当初我也不会喜欢你。"

乔裕听出她声音里的异样，试探着问："那你为什么不高兴？"

纪思璇老实地回答："我在解结。"

我在解心结，所以，乔裕，你再等等我。也许，等春暖花开了，纪思璇就是乔裕的了。

过了平安夜，很快就到了春节。随忆、三宝、何哥照例来给纪思璇的父母拜年，这几年纪思璇不在，她们却一年都没有落下。

沈繁星笑着给她们包了红包，在她们三个人准备离开的时候，她却忽然叫住三宝。

"璇璇啊，你送阿忆跟文静下楼，我有点儿事儿问三宝。"

明显被支走的三个人俱是一愣，看看沈繁星又看看三宝，不知道这两个人有什么秘密。

三个人出了门之后，沈繁星便笑着拉着三宝的手："三宝啊，刚才聊天的时候，你说的那个乔师兄是不是叫乔裕？"

乔裕的事情，纪思璇曾经一再嘱咐她们不要在沈太后面前提起，三宝也是一愣："您知道了？"

沈太后面不改色地开始诓她："嗯，知道了。"

三宝觉得不太可能，吞吞吐吐地撇清关系："乔师兄……就是我们的一个师兄而已，没别的。"

沈太后笑了一下："就是一个师兄啊，那就好那就好。"

三宝默默松了口气。

沈太后忽然一脸愧为人母的内疚："我们家璇璇啊，从小就不太喜欢跟我说她的事。这也怪我，她从小啊，我就对她关心不够，她的很多事情我都不知道，我这个做母亲的失职啊！"

三宝宽慰她："阿姨，您不要这么想，妖女她其实特别爱您！"

沈太后似乎很沮丧，低下头轻声开口："那就好，对了，他们当初为什么分手？"

说到这个，三宝也颇为苦恼，挠着脑袋开口："其实我也不是很清楚，就是忽然分手了，那天妖女告诉我们……"

当三宝意识到自己在说什么时，猛地捂住嘴："我什么都没说。"

沈太后一改刚才的涕泪齐下，笑着往三宝手里又塞了个红包："来来来，阿姨给你压岁钱，你给我讲讲，他们俩到底什么关系。"

纪思璇推门进来的时候就看到三宝一脸讨好的笑容和沈太后一脸欲笑不笑的样子。

她眯着眼睛一脸危险地看向三宝。

三宝立刻心虚地大喊："我什么都没说！不是我说的！"

纪思璇咬牙切齿："我都看见你口袋里露出的红包了！"

三宝低头看了一眼，立刻又往里塞了塞，然后不好意思地冲她笑。

纪思璇在沈繁星眼神的压力下，拎起三宝的衣领，以工地有十万火急的事情为由，迅速从家里逃了出来，然后站在楼下蹂躏了三宝半个多小时才放她走。

当年她跟乔裕的事情，她从来没跟家里说过。上次她送大喵回来就已经说漏了嘴，再加上这次三宝叛国投敌，她相信以沈繁星的智商和情商完全可以推断出来，这是怎么回事儿。

于是心虚的纪思璇一直在工地，待到除夕那天下午才敢回家。

这期间，沈繁星倒是很沉得住气，一个电话都没有给她打。

家里，沈繁星正在指挥纪墨包水饺，看到她回来一脸惊愕："你怎么在这儿？"

纪思璇一脸委屈："我特意回来陪你们过年啊。"

沈繁星摆摆手："不用你陪，你在这儿，我和你爸特别扭。你出去玩吧。"

纪思璇看了一眼外面已经黑了的天："大过午的，你让我去哪儿玩儿啊？"

沈繁星冲她笑了一下："往年我叫你回家过年的时候，你在哪儿玩儿，今年就继续去哪儿玩儿吧！"

纪思璇哀号一声就被赶出了家门，她站在门口边挠门边吐槽。

沈繁星是她见过的最小气的女人！不就是几年没回家过年吗？至于这样吗？！

乔家的除夕夜过得比往年要热闹些。

乔裕把乔烨从医院接了回来，乔书记也难得没下基层慰问，江圣卓、乔乐曦夫妇带着一对龙凤胎聚在乐准这里吃年夜饭。

吃了年夜饭之后，乔乐曦就被乔柏远赶回了江家。毕竟，嫁出去的女儿在娘家过年说不过去，更别提还拐带了人家的儿子和孙女孙女。

两位老人一向作息正常，晚上十点准时睡觉，吃了年夜饭便回房间休息了。

乔柏远一年到头也就这几天可以休息，才看了一会儿电视便一脸倦意，就睡在了乐家。乔烨的精神也不太好，乔裕和他说了会儿话便送他回了医院休息。

乔裕从医院出来给纪思璇打电话的时候，她正蹲在市中心的广场上吹着冷风，看一群活力四射的男男女女跨年，等着数倒计时。

他到了广场，远远地就看到她裹着厚厚的羽绒服，一脸没精打采地站在角落里，盯着广场中央巨大的屏幕。

他走过去揉了揉她的脑袋："怎么不回家，待在这里做什么？"

纪思璇叹了口气，一脸委屈："我妈说，要等数了倒计时才准回家。"

乔裕觉得好笑："这是什么道理？"

纪思璇看他一眼，带着幽怨开口道："大概是对我这些年不回家过年的惩罚吧。"

"呃……"乔裕心虚，这话听起来好像和他关系很大啊。

乔裕陪她数了人生中最无奈的新年倒计时之后，便送她回家。

谁知两个人站在楼下说话的时候，竟然遇上了从外面回来的纪墨和沈繁星。

纪思璇有些措手不及，她不敢说乔裕的名字，支支吾吾地用了最简短的六个字进行了介绍。

"我朋友。我爸妈。"

沈繁星上上下下地打量着乔裕。乔裕眉目俊朗，目光沉静，微笑着叫了声叔叔阿姨，笑起来的时候眉眼间染上了一抹温柔。沈繁星转头看了一眼纪思璇，这倒是她会喜欢的类型。

沈繁星看了多久，纪思璇就屏气凝神了多久，沈繁星打量完之后没开口，只是冲纪墨使个眼色。

纪墨心领神会，轻咳一声看向乔裕，一脸真诚地问："小伙子，会打麻将吗？"

纪思璇差点儿给他们跪下了，这才知道他们俩刚才出去，大概是找麻将搭子未果便提前回来了："爸，妈，算了吧，人家要回家过年呢。"

沈繁星不理会她，转头冲着乔裕开口："只打几圈，很快的！"

乔裕根本没反应过来便在纪思璇自求多福的眼神中，被纪墨和沈繁星架上了楼。

从乔裕进门开始，纪思璇就开始心惊胆战。

纪墨很随意的一句"小伙子第一次来吧？要不要参观一下？"就让她草木皆兵，觉得这完全是在试探！

以纪思璇对沈太后的了解，她绝对不会允许自己趁她不在，私自带男人回来。

乔裕倒是镇定得很，摸了摸依偎在他脚边的大喵，看着纪思璇近乎讨好的眼神，犹豫了下面不改色地回答："是啊，第一次来。"

后来四个人开始打麻将，除了纪思璇心不在焉时不时点炮之外，其他三人都是一脸愉悦其乐融融，本来一切都很美好，直到……

沈太后打了几圈之后对乔裕的表现很满意，笑着问："小伙子贵姓啊？"

纪思璇心里哀叹一声，该来的终究是来了。

乔裕悄悄把手伸到桌下轻握着她的手，安抚性地用手指轻轻敲打着她的手背，一脸坦然地迎上沈繁星的目光，轻声开口："我叫乔裕。"

沈繁星忽然扔了手里的牌，脸上的笑容也淡了几分，垂着眼帘不说话。

纪墨倒是很欣赏乔裕的担当。乔裕这个名字，几天前沈繁星跟他提过，自己的女儿为了这个男人在外面漂了几年都不愿意回来，他本来也有些抵触，可纪思璇的事情一向是她自己做主，他也不怎么担心。今天再一看两人的眼神动作，便完全不担心了。

纪思璇在桌下小幅度地踢了踢纪墨，纪墨看了看沈繁星的脸色，权衡了一下，在气氛完全冷下来之前开口救场："我饿了，煮饺子吃吧，璇璇你说呢？"

纪思璇使劲点着头："我早就饿了！妈，您去煮饺子吧？"

我怕您再在这里坐一会儿，我就真的得吃速效救心丸了。

沈繁星的视线从三个人的脸上扫过，然后进了厨房开始煮饺子。

太后一人煮饺子，旁边站了三个跟班。

沈繁星看着在热水中翻滚的饺子，忽然开口问了第一个问题，不提往事只问眼前："所以说，你们俩现在是男女朋友关系？"

乔裕看了纪思璇一眼，开口回答："还不是，我还没追上。"

沈太后也不知道是站在哪一边的，看了纪思璇一眼评价道："也是，她一向比较矫情。"

纪思璇的嘴角抽了抽，心里咆哮：我这么矫情到底随谁？！还不是随你！

这话她当然不敢说，低眉顺眼地站在那里挨批斗。

她不知道别人家的父母遇上这种事会是个什么反应，可总归不该是沈繁星这种淡漠的反应。

沈太后又默默看了会儿翻滚的饺子，然后开口："行了，可以吃了。"说完便开始到处找漏勺，边找边嘀咕："怎么没有啊，我记得是放在这里的啊。"

乔裕听到了马上打开最上面的橱柜："在这里在这里，我上次用完之后收拾了一下，统一放到这里了。"

气氛再次尴尬起来，四个人大眼瞪小眼半天。沈太后一脸计谋得逞的得意："上次用完之后？上次是什么时候？除了上次之外还有几次？"

纪思璇欲哭无泪，一脸恨铁不成钢地给了乔裕一拳。

乔裕颇为汗颜，他真的领教到了这位太后的厉害。

好在之后沈繁星的态度总算正常了，修长的手指狠狠戳在纪思璇的脑门儿上："你竟然敢趁我跟你爸不在，带男人回来！纪思璇，你死定了！"

乔裕看到纪思璇的额头上很快浮起一片红，有些心疼，几次想抬手去帮她挡一下，都在沈繁星的余光中放弃。

这大概是乔裕过得最鸡飞狗跳的一个除夕夜了。后来纪思璇耷拉着脑袋送他下楼，乔裕一手牵着她，一手放在她额头上，用掌心轻轻揉着那片暗红，皱着眉轻声问："疼不疼啊？"

不提还好，一提纪思璇就来气，瞪他一眼："你还说！都怪你！你肯定是故意的！没事儿收拾什么漏勺？以后跟沈太后说话一定要小心小心再小心！说不准哪句话，她就开始挖坑了！"

乔裕从来没见过纪思璇这么忌惮一个人，忍不住笑着逗她："看今天这情况，你觉得还会有以后吗？"

纪思璇一愣，忽然收起一脸凶狠，苦着脸问他："乔裕，我现在根本不敢回家了，怎么办？"

新年的第一天，纪思璇站在自家楼前和乔裕相顾无言，纠结成一团。

乔烨终究是没有挨过这个冬天，离立春只差了几天。

那天一早，天还没亮，乔裕就接到医院的电话，很快便眼眶微红地出现在了病房门前，看着主治医生的嘴一张一合，却听不到他在说什么。

温少卿轻轻拉了主治医生的衣袖示意了一下，然后拉着乔裕往角落里走，只说了一句话。

"夜里走的，走得很安详。"

乔裕忽然转头看向窗外，下巴的线条锋利刚毅，半晌才开口，声音里带着强忍着的颤抖："通知我爸和乐曦了吗？"

温少卿摇头："都没有，我觉得还是你通知他们比较好。"

乔裕点了一下头，神色平和："那我出去打电话。"

冬末的早晨依旧冷得彻骨，他下了电梯，站在楼前，使劲吸了几口凉气，用尽全身的力气捏着手机，他该怎么开口？

乔柏远接得很快，才响了一声他便接了起来。

乔裕顿了一下："爸，您起床了吗？"

乔柏远有些奇怪："刚刚起床，怎么了？这么早打电话。"

"有件事，我说了您别激动。"乔裕顿了下，努力了半天，可那几个字怎么都说不出口。

乔柏远似乎已经预感到了，一直安静地等着他开口。

最后乔裕咬着牙吐出几个字："大哥走了，您来医院一趟吧。"

话音一落，两边皆是沉寂。

过了很久，乔裕才听到乔柏远的声音传过来："好，我马上到。"

乔裕给乔乐曦打电话，是江圣卓接的。

"乐曦还没起床吗？"

"还没，昨天宝宝闹到后半夜，她才睡着没一会儿。"

"哦……"

"二哥，你有事儿啊？"

"也没什么事儿，等她醒了，你再跟她说，你们再过来就行了。"

江圣卓听出了不对劲，忽然开口："你等一下，我马上去叫她。"

乔乐曦皱着眉接过电话，下一秒便泪如雨下，傻傻地看着江圣卓。

江圣卓便知道自己猜得没差，把她抱在怀里却说不出一个关于安慰的字。

温少卿站在几步之外，看着乔裕挂了电话渐渐蹲到地上，右手紧紧握着手机，左手捂住整张脸微微颤抖。

乔烨留下两个信封，一个写着乔裕的名字，一个写着乔乐曦的名字。

乔乐曦打开来，里面是一张纸，纸上写了两个名字：以瑜，以瑾。

她看完之后便泣不成声。

留给乔裕的信封里是一把钥匙，他不知道这是什么钥匙，却也没有精力去深想。

度假村的项目到了最后收尾阶段，天快黑的时候纪思璇才一脸疲惫地从工地回来，一下车就看到等在别墅外的乔乐曦。

乔乐曦看到她很快跑过来，红着眼睛问她："你去看看我二哥好不好？"

纪思璇心里咯噔一下："乔裕怎么了？"

乔乐曦一脸悲伤："我大哥……不在了。"

纪思璇不敢相信地看着她："怎么会……"

乔乐曦的眼泪很快下来："昨天夜里走的。"

纪思璇看着这张和乔裕相似的脸庞，有些不忍："进去说吧。"

乔乐曦跟在她身后进了别墅。

纪思璇带她去了自己的房间，又下楼给她倒了杯水，再回去的时候，她已经收拾好了情绪。

其实乔乐曦并不喜欢纪思璇，可是当她找不到乔裕的时候，脑中却浮现出纪思璇的脸，原来她在潜移默化中已经接受了纪思璇。

"都说家里如果是三个孩子，中间那个肯定是最不受宠的。爸爸疼大的，妈妈疼小的，二哥虽然不至于不受宠，但总会有些地方被忽略，会照顾不到。可他从来都不放在心上。他是我见过的最温柔善良的男人，我曾经以为，这个世界上没有哪个女人能配得上他。"乔乐曦喝了几口热水才继续开口，"他有没有跟你提过我妈妈的事？"

纪思璇摇了摇头："没怎么提过，只是说过母亲早逝。"

乔乐曦点点头："嗯，我妈妈是自杀，所有人都没想到，所以出事那天一切都很混乱，混乱中所有人都忽略了他。我有人照看，大哥有人照看，可唯独二哥被关在那所房子里，等所有人想起他的时候，天都快黑了。那一年我二哥八岁，我不知道八岁的他是怎么度过那几个小时的。可他从没提起过那件事，因为他怕我们内疚，就像他从来没告诉你，他当年为什么不能和你去留学一样。"

纪思璇有些抵触这个话题："不是因为他的仕途吗？"

乔乐曦苦笑一声："那一年，大哥体检的时候体内发现了癌细胞，好在发现得早治疗及时，做了手术，恢复得也很好，本来以为就没事了。可在二哥毕业那年，又复发了，很快又做了手术，可是癌细胞扩散得很快，这次连手术都做不了了，只能保守治疗。当时的我对此一无所知，我以为是父亲不愿意让二哥学建筑，所以后来一直怨恨他。老一辈的人有些想法是我们无法理解的，在他们的观念里，总要有个人来继承家业，长子不行，便由次子顶上。其实到现在我都无法理解，可是我会体谅。二哥说如果选择题里的选项是你，那么他选的只会是你。可当年二哥要做的选择题，是在他的梦想和大哥里选一个，如果是你，你会选哪一个？什么所谓的仕途，于他而言，根本没有诱惑力。你们不是很相爱吗，你为什么会相信二哥会为了仕途放弃你？"

纪思璇眉头紧锁，有些不知所措，是啊，她为什么会一下子就认定了乔裕是为了仕途而放弃了她？

她颤抖着声音开口："他可以告诉我啊，他为什么不告诉我？"

乔乐曦抹掉眼角的泪："他说，他想让你成为你想成为的那种人，你那么有才华，为了他而放弃梦想，实在是太可惜了。后来你回来了，他还是不愿意说，他不愿让你内疚。你说，我二哥是不是个傻子？"

纪思璇不知道该怎么形容自己此刻的心情，眼前忽然变得模糊，眼泪在不知不觉间滚滚而下。

意有所至而爱有所亡，这么简单的道理，难道乔裕都不明白吗？

是他说的，他们不能一起往前走了，于是她毫不犹豫地转身走了，可他却一直留在原地守候。

她一直以为他是错的那一个，所以理直气壮地胡搅蛮缠，折磨他也折磨自己，可今天才知道，她才是狠心的那一个。

原来当年先放手的那个人，不是他，而是她。是她抛弃他去了国外，在他那么困难的日子里，在他身边的人不是她。

他们错过了那么多年，怎么追得回来？

她渐渐听不到乔乐曦在说什么了，回神的时候只听到很熟悉的两个字。

纪思璇猛地抬头看她："你刚才说什么，沁忍？"

乔乐曦有些奇怪："我二哥的字啊，他没跟你说过吗？是姥爷给取的。"

纪思璇忽然意识到了什么，神色间有些焦急："你大哥……长什么样子，有照片给我看一下吗？"

乔乐曦不知道她为什么忽然变了脸色，但还是从手机里翻出一张合影，指着其中一个人给她看："这个就是我大哥。"

纪思璇的手不受控制地颤抖，真的是他。

怪不得他会拐弯抹角地来找她，怪不得他带来的那张图纸会那么熟悉，怪不得她总觉得他很熟悉，怪不得他那么执着地问她喜不喜欢那栋房子……

"当年我转行，我女朋友很生气，我想给她赔罪。"

"如果一个男人曾经在你和其他人或者事情上没有选你，你会原谅他吗？"

原来一直以来他说的都是她跟乔裕，她却没有听出来。

纪思璇倏地抓住乔乐曦的手："乔裕在哪儿？"

乔乐曦就是为了这件事才来的："今天从医院出来之后，我就一直联系不上他。你知道他去哪儿了吗？"

下一秒纪思璇便冲了出去。

她给乔裕打了一路的电话，都是无法接通，一直到进了市区才终于有了信号。耳边的铃声响了很久他才接起来，却没有出声。

纪思璇试探着叫他："乔裕？"

他极轻地应了一声："嗯。"

纪思璇听到他的声音才松了口气，软着声音他："你在哪里？"

他却不再说话。

静默许久，纪思璇在他轻缓的呼吸声中再次开口，却是泣不成声："乔裕，对不起，真的对不起。今天你妹妹来找我，我才知道……对不起……我错了……"

"别哭了。"他终于出声，声线依旧干净温柔，却带着不易觉察的颤抖，"你记不记得你毕业那天晚上，你们班的散伙饭吃完之后，你在校园里走了很久，然后坐在露天礼堂的台阶上也是这样哭。其实那天我一直跟在你身后，我看着你把我们曾经一起走过的地方都走了一遍，你走了多久我就跟了多久。后来我站在树下的阴影里看着你哭，心疼得要命，当时我特别恨自己，我怎么能让你哭成这样。可即便这样，我都不能上前对你说一句别哭了……"

电话忽然挂断，纪思璇再打过去的时候，那边已经关机了。她抬头对司机说："师傅，麻烦去 X 大。"

乔裕看着电量耗尽自动关机的手机，随手扔到一边，陷入沉思。

纪思璇毕业的那天晚上，他在酒桌上就有些不对劲了，来者不拒，话却比平日里更少了。

应酬结束之后，他让司机掉头去 X 大。

车子停在树下的黑影里，他来得晚，露天礼堂里的毕业晚会已经到了尾声，音乐声和人声震耳欲聋。

晚会结束，大批的学生涌出来，他坐在昏暗的车里看着人群涌动，本不抱什么希望，可看着人越来越少，他的心还是渐渐发凉。

可就在他马上要放弃的时候，视线里却又出现了那张脸。

纪思璇正歪着头和旁边的三个女孩儿说话，边走边说，马上就要在视线中消失时，却忽然回头朝车子的方向看了过来。

他坐在一片黑暗中，关了灯外面的人基本辨别不出车内有没有人。他知道她根本看不到自己，却还是莫名紧张起来。

三个女孩儿发现她没跟上来便叫她。

"妖女，走喽！土豪说请我们去海鲜楼腐败！"

是啊，海鲜楼，他还欠了一顿饭。

她又看了几秒钟才回过头去，追上她们，渐渐消失在夜幕里。

学生很快散去，他下了车，站在礼堂台阶的最后一排，周围静悄悄的。X 大每年的毕业典礼都是在这里举行，他坐在这里耳边似乎可以听到白天毕业的宣誓声。

他不知道自己是怎么想的，给当时远在大洋彼岸的萧子渊打电话："随师妹毕业你都不回来？"

萧子渊一副气定神闲的语气："你不在又怎么知道我不在？"

他笑了笑："我在。我现在就在露天礼堂。我们毕业那天，典礼结束之后其实我看到她了。所以想着她毕业了我怎么也得来看看她。白天没抽出空来，晚上应酬完这才赶过来，好在终归是看到了。"

乔裕难得这么多话，萧子渊在电话那端默默听着，半晌才叹了口气："乔裕啊乔裕，你这又是何必。"

他默默挂了电话。

是啊，见一次伤一次，他这又是何必。

可不见就不会疼，不疼他就不知道自己还有没有心。

只有那种撕心裂肺的疼痛汹涌而至的时候，他才安心，哦，还好，他还有心。

后来他让司机开车回去，自己在学校里走了走，走到建筑学院教学楼时，忽然发现她就走在他的正前方。他便一路跟着她，她一直没有发现，不知走了多久她来到这个露天礼堂，躲在一个角落里小声地啜泣。

乔裕坐在她当时坐着的位置，久久才从往事中回神，一抬头就看到纪思璇站在几步之外，看到他发现了她便缓缓走近，在昏暗朦胧的灯光里竟有些不真实。

他在抬头时还是一脸的平和，可就在看到她的那一瞬，忽然皱起眉，像个受了委屈的孩子伸手拉过她，趴在她的怀里一遍又一遍地呢喃着她的名字，好像这是他唯一可以抓住的浮木。

"思璇……思璇……"

纪思璇轻拍着他的后背，心如刀割。

乔烨的葬礼定在三天之后，乔柏远自那天从医院回来之后便病了，乔乐曦也一直郁郁寡欢。乔裕忍着悲痛忙里忙外准备了好几天，除了那天在纪思璇面前失态之后，再不敢在父亲和妹妹面前表现出半分濒临崩溃的状态。

葬礼那天气温很低，天气阴沉沉的，陆陆续续来了不少人，乔柏远带着一双儿女站在一旁还礼。

温少卿和萧子渊一家三口到得很早，皆是一身黑衣，连小小的萧云醒都是一身黑色小西装，行完礼之后，抱着乔裕的腿叫二叔。

乔裕的眼底一片青灰，摸摸他的脑袋，勉强扯出一抹笑："乖，二叔头有点儿晕，就不抱你了。"

萧云醒乖乖地点头，冲他摆摆手："嗯，二叔，你蹲下。"

乔裕蹲下后，萧云醒踮着脚尖用小手轻轻拍了拍乔裕的脑袋，嘴里还念叨着："二叔不要难过，二叔乖乖的……"

乔裕的眼圈一下子红了，抱了抱萧云醒，一个字都说不出来。

萧云醒指了指那边："漂亮姐姐说，我这么做了二叔就不会难过了，可是二叔你为什么哭了？"

乔裕看过去，纪思璇和建筑事务所的一群人站在一起，对他笑了笑。

她的眼里已不再有怨恨，不再有纠结，似乎一切都已经过去，笑容一如当初，明媚如花。

葬礼开始没多久，乔乐曦实在忍不住了，抱着乔裕哭到崩溃，他也被感染，悲由心生，很快红了眼眶，却强忍着把头撇到一边，拍拍乔乐曦的背："好了好了，刚生了孩子，总是哭对身体不好。"

他边说边招呼江圣卓过来："你来哄哄她，我去看看我爸。"

乔柏远坐在休息室里一动不动，乔裕心里忽然冒出一丝丝的恐惧，小心地碰了碰他，轻声开口："爸，您没事吧？"

乔柏远很快回神，揉了揉太阳穴："没事，你坐啊。"

乔裕虽然知道这句话有多苍白无力，却还是张张嘴说出来："爸，您别太难过。"

乔柏远叹了口气："嗯，我不难过。其实能成为父子啊，是缘分，可什么事情都会有尽头，早晚都是要分别的。只是我没想到会这么早，也没想过，会是他先走。不过想一想，也没什么，他活着一天便要受一天的折磨，早点儿走了也是一种解脱。我是他父亲，也不能再为他做什么了。"

乔裕忽然觉得透不过气来，宽慰了乔柏远一会儿便出了休息室，站在窗边透气时遇到萧子渊和温少卿。

萧子渊递了支烟给他，乔裕没接，反而笑着说："不抽了，我哥说抽烟对身体不好，以后都不抽了。"

萧子渊第一次看到乔裕的笑那么勉强，他一直都是温温和和地笑着，真诚温暖，看到他现在这个样子，反而不知道该说什么才好。

温少卿拍拍他的肩，也是什么都没说。

乔裕很快笑了下："好了，我要过去了，那边没人我不放心。"

纪思璇一直远远地看着，看着他站了一天——还礼，看着他勉强笑着和宾客说话，看着他明明已经到了崩溃的边缘却强忍着安慰父亲和妹妹。作为乔家的顶梁柱，他为所有事善后，修长挺拔的身影上似乎压了很多东西，不只是责任。

贺今从听到乔烨的死讯到如今站在这里，大脑都还是一片空白。即便现在站在这里看着黑白照片里的那张脸，仍旧不敢相信这一切都是真的。

乔烨就这么走了？

她走到乔裕和乔乐曦兄妹面前，微微弯腰轻声开口："节哀。"

乔裕和乔乐曦弯腰还礼。

按理说，这个时候贺今就该离开了，可她却站在那里没动，迟疑了下开口问："乔部，您还记得我吗？"

乔部微微点头："当然。"

这位被不少人赞为"翻译女神"的首席翻译，满腹诗书且严谨细致，他之前因为工作的关系有过几次短暂的接触。

贺今深吸了口气，又缓缓吐出来，似乎下定了决心："你可能不知道，我和你哥哥曾经做了一年多的同事，所以我有几个问题想问一下你，可以吗？"

乔乐曦似乎觉得她很奇怪，看着她却也没说什么。

乔裕依旧微笑着点头："好。"

"他是什么时候查出来……"贺今的声音里带着不易察觉的颤抖，"那个病的？"

乔裕垂着眼帘低声回答："很早之前了，做了手术恢复得也不错，可是没想到后来又复发了，再次做了手术，可是癌细胞扩散得太快，从那之后就开始保守治疗，一直拖到……"

"是什么时候查出来的，具体哪一年？"贺今的眼圈开始泛红，"我知道我问这些会让你觉得很奇怪，可是这对我真的很重要，请你告诉我可以吗？"

乔裕看了眼不远处的纪思璇："我记得那个时候我还在上大学，差不多就是哥从你们那里离开的时候。"

贺今听到这个答案似乎很是震撼，转过头怔怔地看向不远处那张黑白照片，过了半晌才再次开口："他一直都是知情的吗？"

乔裕苦笑一下，眼底的悲郁哀伤压都压不下去："是，所有的一切他都是第一个知道的，实在没办法再往下瞒了才会告诉我们。"

贺今愣愣地看着他，两行清泪从脸颊极快地滑过。

乔裕看到她这个样子，多多少少也明白了，拿出一个玉坠："哥生前一直把这个随身带着，我想，这应该是你的吧？"

贺今盯着那块玉坠，眼泪越落越多越落越快，过了许久才颤抖着手指去接。

乔裕第一次看到这位以从容不迫、美貌与智慧并重著称的贺司长失态，果然是个人都逃不过一个情字。这位贺司长在业务上自然是没的说，只是到了这个年纪依旧单身，似乎也并没有结束单身的打算，不免被人私下议论猜测其中缘由，他倒是听到过一次，只是从来没想过，这个"缘由"竟会是他的哥哥。

她动作极快地抹掉脸上的泪珠，艰难开口："谢谢。"

"还有……"乔裕叫住转身准备离开的贺今，又拿出一条手链，"这个是哥还没复查出问题的前几天，让我陪他去买的，那天他看了一整天，几乎把所有的店都走遍了，我问他，他也没说是送给谁的，后来复查结果出了之后，他就把这个压箱底了，再也没有拿出来过，我想，这应该是给你的吧。"

他是在收拾乔烨的遗物时看到这两件东西的，起初还有些疑惑，现如今看到失魂落魄的贺今，便什么都明白了。

贺今眉头紧锁，紧紧咬着唇，似乎用尽了全身的力气才抬起手去接那条手链，接到后便紧紧地攥在手心里。泪如雨下。不知过了多久，她终于抬头，把另一只手里的玉坠递还给乔裕，一开口嗓音嘶哑颤抖："手链我收下了，这个，就陪着他吧。"

看了半晌的乔乐曦忽然抓住她正要收回的手，眼神语气俱是笃定地开口："姐姐，我大哥喜欢你。"

贺今猛地抬头看向她，自己意识到是一回事，被别人这么清楚明白地说出来又是另外一回事，她强忍了许久的情绪终于在这一刻崩溃，似乎再也忍不住了，捂着嘴跑了出去。

很快乔裕和乔乐曦便听到了门外撕心裂肺的哭声和语无伦次的低吼声。

"他不是不喜欢我……不是不喜欢我啊……可是他怎么能就这么走了……都没有跟我说一声……什么都没跟我说……乔烨……乔烨……"

门外，贺今抱着一个年轻男人哭得肝肠寸断几近绝望。

"姐！姐！"

那个男人叫着她，可她沉浸在自己的伤心里泣不成声，难以自拔。

乔裕忽然有些羡慕贺今，他想这么撕心裂肺不管不顾地哭一场都不行。

葬礼结束之后，乔裕安排人送乔柏远回去休息，又嘱咐江圣卓好好照顾乔乐曦，他一个人在乔烨的遗像前默默站了很久，看着黑白照片里的那张笑脸，满眼都是小时候的事情。

蝉鸣微风的夏天，兄弟俩被关在姥爷家的书房里练书法。

"哥，我不想写了，我想出去玩儿！"

乔烨小心翼翼地往门口看了一眼，然后从写好的一摞纸中抽出几张递过去，"夹在中间，不容易被发现，我马上就写够二十张了，写完了就帮你写。"

后来他们慢慢长大……

"哥，这道题到底是怎么做的，你教我一下好不好？"

"哥，我想报建筑系，你帮我跟爸说好不好？"

"哥，我喜欢一个女孩儿，你有时间见见她吗？"

……

往事扑面而来，乔裕看着相框里的那张笑脸，用力扯出一抹笑，颤抖着开口："哥，你一路走好，我会好好照顾爸和妹妹的……"

纪思璇站在门外没有进去，靠在一旁的墙壁上看着远方的天空，乌云阴沉沉地压下来，慢慢浮动，很快她的脸上感觉到一滴冰凉，她向空中伸出手去，要下雨了吗？

"怎么不进去？"

身后忽然有道声音，纪思璇转头去看，竟然看到风尘仆仆的林辰。

她看了一眼乔裕的身影，抿着唇："他不需要人陪，他大概想和他哥哥单独待会儿吧。"

林辰大概是接了消息才从国外赶回来，一脸的倦意："纪师妹，有时候你给人一种高高在上的感觉，根本不屑于知道别人心里是怎么想的感觉，连敷衍都懒得敷衍，不拘小节，慵懒不羁。可有的时候又

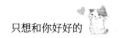

让人觉得你心细如尘，温柔细腻，心有蔷薇。"

纪思璇视线一转，看着林辰问："林师兄这么夸我，是怕我揭穿你是为了躲谁，才故意来这么晚的吗？"

林辰眼中闪过一丝被揭穿的尴尬，一抬头看到她扬了扬下巴，便顺着她示意的方向看过去。温少卿站在微雨中看着他，或许已经等了很久。

乔裕并没有做任何让人担心的举动，葬礼之后休息了几天依旧正常上下班。

几天之后纪思璇约了乔裕在湖边见面。

乔裕到的时候，纪思璇正站在湖边打水漂，她听到脚步声转头看过来。

乔裕有些奇怪："怎么约在这里见面？"

纪思璇指了指不远处的那栋房子问："你觉得熟悉吗？"

乔裕刚才过来的时候就觉得奇怪，点点头。

纪思璇向他伸手："钥匙带了没？"

乔裕把乔烨留给他的钥匙递给她，然后便看到她走过去打开了门，站在门前叫他。

他忽然明白了什么，慢慢走进去，路过花园时耳边想起了当年曾对乔烨说过的话。

"哥，我以后一定建一座房子，房前要有个大大的花园，春看百花秋赏月，夏纳凉风冬踏雪，屋里的采光一定要好，无论什么时候都可以看到纪思璇在阳光里对我笑。"

"纪思璇是谁？"

记忆里那道声音缓缓响起，乔裕穿越时空轻声回答："纪思璇是乔裕要守护一生的人。"

他声音极低，她走在前面没有听清，只是听到自己的名字以为他在叫她："嗯？"

乔裕笑着摇了摇头。

过了花园推门进屋，屋内的一切设计都是熟悉的，都曾是他的设想，都出自那张图纸，那张他画了一半就放弃了的图纸。

纪思璇站在那面挑高的书柜墙前开口解释："当时你哥哥带了一张图纸来找我，那张图纸只画了一半，他想让我补上另一半。我只觉得那张图纸很熟悉，却不知道那是你哥哥……"

她把所有和乔烨有关的事情全都告诉了他，说完之后她忽然觉得乔烨真的是个好哥哥，如果当年她是乔裕，也会和他做出一样的选择。

那一刻，纪思璇被自己的这个想法吓了一跳，继而心中豁然开朗。这些年积聚在她心底的阴霾顷刻间烟消云散，只留一心明媚的温柔。

第十五章

南有乔木，不可休思

初识钟情，终于白首。

眉眼如初，岁月如故。

那天之后，乔裕的心情似乎好了一些，可纪思璇却要走了。

项目进入尾声，事务所的人渐渐往回撤。徐秉君和韦忻几天前便回去接手新的项目了，纪思璇因为乔裕迟迟没有回去，但也只能拖到这一天了。

乔裕并没有开口留她，她也没有说什么时候再回来。

他去机场送她的时候，递给她一个盒子，笑得温柔和煦："你要走了，送你个礼物。"

纪思璇忍不住笑了笑，她也不指望乔裕这个"直男"能送出什么让人惊艳的礼物，当即便打开来看，看到后明显一愣。

是那个当年被她一把火烧了的木质模型，那个傅鸿邀跟在她身后要了好久的模型。

不，这不是当年那个了，当年那个早被她烧成了灰烬，这个明显是个新的。

乔裕垂眸看着这个"旧物"，带着歉意和遗憾开口："时间久了，细节记得不太清楚了，而且手也生了，做了好长时间才有这么一个勉强能看的，大概没有当年那个好了，你且凑合着看。"

纪思璇怔怔地看着他，原来他知道，他什么都知道。

参加傅教授的寿宴时，她什么也没说，可他什么都看出来了，大概从那天起，他就开始准备这个了吧。

当年纪思璇烧这个模型的时候还险些酿成大祸。

当时制图室里没有人，她神思恍惚，火苗蹿起来的时候她一下子就慌了，好在最后只是烧了窗帘，熏黑了半面墙。

那段时间她因为和乔裕分手心情不好，认错态度很恶劣，惹怒了负责老师，通报批评和记过处分是跑不掉的了。

乔裕听说后急得不得了，她背上这个处分，别说出国留学了，能不能拿到学位证都难说，她的梦想就毁了啊。他到处找老师和校领导说情，想替她来背这个处分，可这种事情哪有代替之说。后来实在没办法了，他求到乔烨那里，还是乔烨出面，说了情。

事后纪思璇还冷嘲热讽地谢他："不得不说我挺有眼光，幸好有你这么个有本事的前男友，不然我今天就是哭死，学校也不可能放我一马啊。"

当时乔裕被她刺得心如刀割，唯有苦笑。

想起往事，看到"旧物"，再对上那双深邃又温柔的凤眸，纪思璇眼圈一红，猛地扑进他怀里："你就不问问我什么时候回来？或者说，还回不回来？"

乔裕抱紧怀里的人，勾了勾唇角。

他微微歪头看了眼落地窗外，春天快来了啊。

纪思璇等了半天都没等到他的回应，刚想抬头看他就听到他轻而缓的声音："思璇啊，这次记得……早点回来。"

她愣在当场，过了半晌才收拾好情绪，眼尾微红地笑着调侃他："既

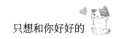

然你给我准备了礼物，礼尚往来，我也要给你个回礼。"

说完，她踮起脚尖歪头在他的侧脸上留下一个极浅的口红印。

乔裕等纪思璇的航班起飞了才往停车场走，没想到在机场这种地方还能遇到不少熟人。

先是在电梯里碰到部里的同事，那位同事带着他的新婚妻子刚刚度完蜜月回来，跟他打了招呼之后，便神色古怪地盯着他的脸看了半天，继而又是一副欲言又止的模样。

乔裕垂眸想了下，忽然心里一动，不动声色地抬起手指蹭了下刚才纪思璇亲过的地方。

果然那位同事适时递出一张湿巾来。

乔裕倒是不怎么觉得尴尬，却是没忍住无奈地笑了起来。

到了停车场，快走到车边的时候竟然又碰到了沈南悠。

沈南悠一身笔挺的机长制服，似是刚下飞机："这么巧？来送人？"

乔裕心情不错地"嗯"了一声。

沈南悠一脸坏笑地揶揄道："谁啊？这么大面子要你来送。"

乔裕忽然间有些不好意思，含糊不清地回了几个字："就是上次那个……"

沈南悠却一下子就听懂了，立刻就敛了笑，继而仔仔细细地打量着他的脸，确定他脸上没有任何哀伤悲恸后，才尴尬地开口："这么巧。"他说完也没多问什么，打了个招呼就奔自己的车去了，似是有些落荒而逃。

或许是几年前的那件事给他留下了阴影，再加上他实在搞不懂此刻乔裕脸上的一派轻松到底是不是强颜欢笑，总之，那般失魂落魄的乔裕他实在不想再看到第二次了，索性遁了吧。

乔裕看着他的背影忍不住摇头轻笑，那个时候的他有那么吓人吗？怎么一提起他就跑这么快？

他扬着声音开口："我说你……"

刚出声就被沈南悠打断，他头都没回地摆着手拒绝交流："我飞了十几个小时快累死了，有事回头再说或者你给我打电话！"

谁知这还不算完，乔裕刚发动车子，就收到刚才在电梯里遇到的那位同事的信息，大概意思是说，他的新婚妻子觉得刚才乔裕脸上的那个唇印颜色很不错，能不能问一下口红色号。

纪思璇在飞机上花了几个小时把那个木质模型仔仔细细地看了一遍，看完之后不禁感叹，乔裕这家伙实在是太谦虚了，他的手艺明明不减当年嘛！

在她小心翼翼准备收起来的时候，忽然发现了模型底座背面刻着的两行小字。

唯有相思似春色，江南江北盼卿归。

她的手指轻轻磨挲着那里，良久之后，看着飞机舷窗外的蓝天白云，露出一抹纯真明媚的笑。

纪思璇回去之后接手的新项目很是棘手，她连熬了几个通宵之后又要坐飞机赶往施工现场。早上起得太早头痛欲裂，一路上太阳穴便突突地跳着，她打了登机牌往安检口走，刚走了几步忽然停住，她站在人来人往的机场大厅，忽然不知道自己身在何处，睁大眼睛努力寻找着可以识别的标志物，寻找的过程中才慢慢想起来，哦，这是在机场啊。

这些年她在全世界各地到处跑，有时候早上在酒店的床上醒来，第一个问题就是问自己：我这是在哪儿？毫无归属感。

起飞前，她给乔裕发了条短信，然后关机。

"乔裕，我累了，想歇一歇了。我说我想你了，你就来见我，好不好？"

忙的时候还不显，可一旦停下脚步，便深切体会到了什么叫相思似海深。

她下飞机到了酒店之后便睡得昏天黑地，醒来时卷着被子在床上打了几个滚儿才从被子里钻出来，摸到手机看了眼时间，又去看最新的消息提醒记录。

乔裕没有回复。

大概是在开会吧。

她叹了口气，挠着脑袋坐起来，然后便看到了坐在床对面沙发上的乔裕。她揉了揉眼睛，傻傻地问："我这是还没睡醒吗？"

乔裕低声笑出来，弯着腰凑过来抚着她的眉眼："纪思璇，我来接你回家。"

有多久没有人如此郑重地叫她名字了？

她早已想不起来。

她在国外那么多日日夜夜，幻想过无数次，乔裕会突然出现在她面前，跟她说："纪思璇，我来接你回家。"

纪思璇丝毫不见感动，继续傻傻地问："你到底是怎么进来的？"

乔裕笑而不答。

纪思璇忽然泄了气，叹了口气张开双手："过来抱我。"

乔裕依言拥她入怀。

她扑入他的怀里深吸了口气，忽然硬着声音开口："跟我说对不起。"

乔裕没有多问，按照她的要求郑重地道歉："对不起。"

纪思璇继续提要求："说你爱我。"

乔裕觉得有些好笑："你怎么了？"

纪思璇埋在他怀里瓮声瓮气地回答："乔裕，我想你了。"

乔裕忽然敛了笑容，轻缓而坚定地开口："纪思璇，我爱你。"

她终于心满意足。

乔裕轻抚她带笑的眉眼，慢慢低头印上她的唇。

她不在的那些年，他曾在《圣经》里看到过一句话，不要惊动我爱的人，等他自己情愿。

他一直觉得说的就是他和她。

现在，他爱的那个人终于心甘情愿了。

纪思璇也没有真的就此撂了挑子走人，而是在几天之后和乔裕一起回国，参加度假村项目的庆功宴。

庆功宴是在度假村里举行的，那晚来了很多人，乔裕转了一圈之后，才发现纪思璇不见了。其实比乔裕更早发现她不见的是徐秉君。

徐秉君找到她时，纪思璇正抱着双腿，坐在度假村中央那块天然的石雕上出神。

她背对着他开口问："徐秉君，你知道男人为什么特别讨厌女人的多疑跟猜忌吗？"

她没头没脑的一句话让徐秉君一头雾水："为什么？"

纪思璇轻笑了一下："因为心虚啊，因为女人猜得太准了！有的时候女人的第六感准到可怕，连她自己都不敢相信。"

徐秉君忽然有不好的感觉："你想说什么？"

他看不到她的表情，只听到她的声音依旧轻松自在："我知道你喜欢我。"

徐秉君并没有反驳："什么时候知道的？"

"一开始就感觉到了。你知道吗？我这里，有个雷达，从上初中开始就可以在第一时间觉察到一个男人是不是喜欢我，从来没有判断失误过。"她点了点自己的脑袋，说完之后又忽然想起了什么，歪着头纠正，"哦，不对，乔裕是个例外，我觉察不到他是不是喜欢我。"

徐秉君本就是个豁达的人，他从一开始就知道自己和这个女人不会有这种缘分。他喜欢是他的事，她知道也好，不知道也罢，他都不会有任何的尴尬和不快。

纪思璇忽然站起来，转过身居高临下地看向他："你知道我为什么学建筑吗？"

徐秉君想也没想地回答："因为乔裕？"

纪思璇笑着摇摇头："不是，因为喜欢。"

徐秉君笑着点了点头。

纪思璇又问："你知道我为什么非要在建筑这条路上走下去吗？"

徐秉君发现即便他认识她这么多年，依旧追不上她跳跃的思维："因为喜欢？"

纪思璇忽然敛了笑意，目光沉静地开口："不是，因为乔裕。我们曾经的梦想，他放弃了，我会努力帮他完成。"

徐秉君循循善诱："梦想，换个人帮你完成不是更好？"

纪思璇轻笑一声摇摇头："我走上这条路不是因为他，而让我决定在这条路上走下去的，却是他。只是因为乔裕，才会有这个梦想。因为是他，梦想才是梦想，换了人，就算实现了当初的预想，对我而言，没有任何意义。乔裕才是纪思璇的梦想。"

徐秉君似乎猜到了什么："你想跟我说什么？"

纪思璇深吸一口气，又缓缓吐出来，这才开口："我想辞职。"

徐秉君并不意外："你知道吗？ Johnson 从你独立做项目负责人的那天开始就跟我说，说我留不住你，你迟早要被别的事务所挖走。我等你这句话等了很久，只是我没有想到，挖走你的会是乔裕。这事儿他知道吗？"

纪思璇摇头："不知道。"

徐秉君一脸调侃："这么护着他。"

纪思璇扬了扬下巴："后宫不得干政。"

徐秉君愣了一下，哈哈大笑。

"说起 Johnson 我不得不提一句，"纪思璇很认真地看着他，"建筑女和结构男真的是死敌，我们互相看不顺眼很久了。"

徐秉君离开之后没多久，纪思璇便听到身后的脚步声和那道带着笑意的声音。

"怎么爬那么高，也不怕摔着。"

除了两栋高楼之外，度假村的其他场所都亮着灯，纪思璇仰头看着对面灯火通明的别院，别院里坐落着几栋风格不同的独栋宅邸，那是团队里每一个人的心血。

"乔裕，我似乎还能听到这里叮叮当当施工的声音。我第一次做主创建筑师完成项目的时候，也是这样。当时我站在那栋高楼前特别想跟你说，乔裕，看吧，我终于在这条路上甩开你那么远了。可是现在，我一步一步地走回来找你，好吗？"

春天的夜晚，微风拂面，带来点点凉意。她的声音在黑夜中听起来轻缓又缥缈，却带着别样的柔和放松。

乔裕站在石雕下愣住，半晌才抬眼看向她，神情从容惬意，笑容清浅温暖，缓缓伸出手臂："下来。"

纪思璇低头看着他，扬唇一笑，想也没想就跳了下去，扑进他的怀里。

那个时候，在那所学校的操场上，他也是张开双臂要接她下来。她却宁愿受伤也不愿让他碰触半分，现在终于可以毫无顾忌地接受他，一切似乎真的不一样了。

第二天一早，有个简单的项目总结会，来了不少大领导，薄氏集团是薄震亲自出席的。乔裕作为项目负责人微笑着做完总结对所有人致谢之后问："诸位，还有什么问题吗？"

纪思璇坐在最后一排懒懒地抬了抬手："我有。"

乔裕心里一颤，一种熟悉的感觉涌上来，抬手示意她问。

纪思璇坐在位子上好整以暇地看着他，眉目含情唇角带笑："我想问，乔裕，你到底打算什么时候娶我？"

他因为乔烨的去世眉宇间一直带着郁色，可那一瞬间，纪思璇看到他眼底一闪而过的清亮和欣喜。

乔裕看着笑靥如花的纪思璇，还有眼底那一抹熟悉的狡黠，他好像忽然回到了当年学生会面试的那间教室。

当年她也是这么嚣张地笑着，笑着对他说他以后就是她的人了。

经过这么多年，乔裕没有任何长进，依旧愣在当场，一直失态到坐在顶头上司的办公室里。

宋承安气不打一处来："喂喂喂！我在跟你说话呢，你咧着嘴瞎乐什么呢？"

乔裕吓了一跳，立刻敛了神色："哦，不好意思，您刚才说什么？"

宋承安拍拍桌子："我说，有那么多领导在！纪思璇这么做，影响有多坏你知不知道？！还让薄氏的人看了笑话！"

"嗯……"乔裕心不在焉地应了声，半点儿愧疚的神色都没有，忽然开口问，"宋叔，问您个问题。"

宋承安以为他终于回归正常了，点点头："你问。"

"部里有没有规定，如果我跟纪思璇结婚的话，为了避嫌我是不是就不能分管建筑这一块了？如果是的话，是不是需要我提前打报告申请？"

"你刚才一直在想这个？"

"不是，还有别的。"

"还有什么？"

"还有关于休假的问题，结婚的话我好像还有很多事情需要准备，我好几年没休过假了，能不能这次一起休了？"

宋承安终于爆发，把乔裕往门外推："你给我滚出去！我跟你说不明白。"

乔裕一脸无奈地看着紧闭的门，无力地敲了敲："宋叔，我还有别的问题呢！如果我结婚的话是不是还需要……"

门再次打开，他的笔记本被扔了出来："回家问你爸去！"

乔裕摸了摸鼻子，若有所思："问乔书记啊……"

乔裕自知这件事瞒不住乔书记，当天下午便去了乔柏远的办公室，他坐在乔柏远对面一脸忐忑地问："爸，这件事……您会罩着我吧？"

乔柏远一愣，抬头看他一眼，乔裕从小到大都没这么跟他套过近乎，似乎这才是父子该有的模样。他脸上的威严怎么都持续不下去了，皱了皱眉，极不情愿地"嗯"了一声。

乔裕得到他肯定的回复后，兴奋地笑了两声，然后打了个招呼就跑了。

乔书记坐在办公桌后面，其实内心也是崩溃的。到底打电话帮自己孩子圆场这种事该怎么开口？他没做过这种事情啊。要不打电话问问江圣卓的爸爸？江圣卓从小调皮捣蛋，他应该比较有经验。

同时他悟出一个真理，调皮捣蛋这种事大概是每个人都要经历的，还是越早经历越好。乔裕小时候倒是罕见地乖巧懂事，可现如今……那么大了还要自己来帮他擦屁股，真的是丢人啊！

乔裕组里的人和事务所的人一向合得来，离别在即，于是决定狂欢一下，地点定在了乔烨送给两人的那栋别墅里。

韦忻参观了几圈之后，一脸疑惑地问纪思璇："我怎么越看越觉得，这像你接的那个私活儿呢？甲方是乔裕？自己家的房子自己的男人出钱按照你的喜好设计，这种事你都做得出来！来，小声告诉我，你收了多少？"

纪思璇偷偷瞄了眼正在和一群人笑着说话的乔裕，小声说了个数字。

韦忻撇了撇嘴："我怎么遇不上这种人傻钱多的甲方呢？"

纪思璇得意地笑着，忽然站直伸出手极正式地开口："韦工，这些年多谢指教。"

韦忻已经从徐秉君那里知道了她要辞职的消息，一脸沮丧："璇皇，你辞职了，我以后要一个人面对那帮死板无趣的人，好没意思啊！"

纪思璇无意地接了一句："那你来给我打工吧！"

说者无心，听者有意，韦忻摸了摸下巴，眼睛一亮似乎有了计划。

吃了晚饭一群人闲得无聊，后来忽然有人提议："我们来玩 Modern Architecture Game！我带来了！"

"乔部也是学建筑的，一起来吧！"

乔裕看了纪思璇一眼，纪思璇挑衅般地回视他。

他也没什么怕的，点头同意："好啊。"

Modern Architecture Game 这款桌游在建筑师圈子里风靡一时，以问题变态而全面被游戏者又爱又恨，每人执一颗棋子，答对题目者前进，先到圆心者赢。

到了后来，乔裕和纪思璇遥遥领先，距离圆心不过几步之遥。

可是题目越来越变态，连答了几题都没答对。

乔裕是持久战的高手，纪思璇觉得再这么下去自己丢脸是肯定的。

谁知乔裕忽然执着棋子开口建议："我们停战吧！"

此建议深得她心，纪思璇饶有兴致地回应："哦，那说来听听，怎么停？"

乔裕放下棋子："我们依照历史惯例来吧？"

纪思璇一头雾水："什么惯例？"

乔裕很快回答："和亲。"

他话音刚落，纪思璇便看到一枚戒指慢慢滑上自己的右手无名指，她盯着那里看了许久才傻傻地抬头看他。

这个温和而沉稳的男人此刻眼神深邃多情，轻轻握着她的手，缓缓开口："何以道殷勤？约指一双银。"

她下意识地去摸自己的耳垂。

何以致区区？耳中双明珠。

何以道殷勤？约指一双银。

纪思璇微微一笑，这大概是世界上最有创意的求婚了，和亲？

那笑容娇憨而纯真，纯真得甚至有点儿妖气，乔裕一时间看得有些失神。

过了许久，纪思璇才反应过来，扫了眼周围："你们商量好的吧？"

众人大笑。

纪思璇回去办了离职手续之后很快回来，回来的那天下了很大的雨，很多航班都陆陆续续地通知晚点了。乔裕坐在沈南悠的办公室里，却不见一丝焦躁，一直笑着等着。

沈南悠穿的便服，脱去了机长制服的年轻男子竟有几分雅痞的味道，一脸调侃地敲敲桌子："我说乔大部长，你老人家到底来接谁啊，等了整整六个小时了还在笑？你这个人是不是压根儿就没脾气的？"

乔裕还在笑，也没隐瞒："还是上次那个，我坐在这里送走的那个人啊。"

沈南悠一愣，继而笑起来："怪不得……"

几个小时之后，乔裕要接的航班终于降落，他等了六年的人终于回来了。

雨夜，车子后座上，雾气弥漫的车窗隐约透着窗外五颜六色的灯光，他的手轻揉着她的长发，侧过脸认真地听她说话，眼眸深邃含笑，忽然低头去吻她，唇齿纠缠，缠绵缱绻，整个车厢的光线都温柔了下来，温暖着潮湿的雨夜。

纪思璇在家里待了几天之后便又被自家父母抛弃，于是，她干脆带着大喵搬去了别墅。每天看看青山绿水，心情好了便画几幅画，乔裕每天下班回来最常看到的画面就是，一猫一人冲他跑过来。

纪思璇颓废了一段时间之后，便准备找工作，筛选来筛选去最后投了一家看上去很不错的建筑设计院。

只不过十点面试，十一点她就推门而入，面无表情地坐在了乔裕办公室的沙发上。

乔裕让尹和畅先出去，倒了杯茶走过去递给她："面试怎么样？"

纪思璇喝了口水，兴致缺缺："不怎么样。"

乔裕觉得以纪思璇的专业素质和经验找份工作还是很容易的，可是他没料到……

"什么叫不怎么样？"

纪思璇看他一眼，咬了咬唇："主面试官和我在国外屡屡于投标现场厮杀，屡屡成为我的手下败将，后来混不下去了才回国。剩下两个面试官，一个作战经验还没我丰富，另外那个……看了我的简历之后就从头到尾都不敢再看我一眼。我觉得他们的压力有点儿大，可能不会要我。"

乔裕抚着额头笑得不可自抑："所以呢？"

纪思璇立刻跳脚："所以我很生气，白白浪费我那么长时间准备，我决定从国外引一批外援过来屠城，成立个事务所把他们的生意全部抢光！"

乔裕一向走助纣为虐的路线，微微一笑："你高兴就好。"

纪思璇叹口气："我还是先考国内的注册建筑师吧。"

乔裕举双手赞成。

纪思璇每日在家看书看得天昏地暗，性情大变。某日乔裕中途回家取文件，一进门就看到她坐在落地窗前的一堆书中间，正扳着大喵的脸让它看着她的眼睛。

"大叔，你说我考试会不会过？"

大喵大概不太舒服，拿余光看着她。

"你叫一声就代表过，叫两声就代表不过，你回答吧。"

大喵立刻喵喵叫了两声。

纪思璇立刻翻脸，揪了揪它脸上的毛："你故意的吧？给你个机会重新回答。"

这次大喵叫了三声。

纪思璇扯扯它的胡子："没这个选项，再来。"

大喵大概受够了她，抬手挠了她一下，纪思璇眼疾手快地躲开，却让它跑了。

纪思璇顺着它的逃跑路线一路看过去，便看到了乔裕。乔裕蹲下摸了摸大喵，然后走过来坐到她旁边好整以暇地看着她。

纪思璇若无其事转开视线，面不改色地胡说八道："我在逗它玩儿。"

乔裕边整理书边开口："我看你考试完全没压力嘛，整天逗猫惹狗的，不如干点儿正事儿啊？"

"什么正事儿？"

"跟我回家见见长辈吧！我姥爷、姥姥，还有我父亲。"

当乔裕提出带她回家时，纪思璇自始至终都是一脸淡定、从容，还有一丝丝高傲的样子。

等乔裕出了门，她却立刻变了神色，手忙脚乱地上网百度"见公婆秘籍"，研究了大半天总觉得是纸上谈兵，没有实用性，又抱着通讯录筛了一遍人之后，拨通了随忆的电话。

电话一接通她就一股脑地发问："阿忆啊，你第一次去萧子渊家里的时候，带了什么礼物啊？有没有什么需要注意的地方？我是穿得活泼一点儿呢，还是稳重一点儿？一般会问什么问题？还有还有……"

随忆似乎刚刚下班回家，随着关门声她笑了起来："你这是要去乔师兄家里见家长吗？不用紧张……"

"谁紧张了！该紧张的是他们！"纪思璇嘴硬地反驳，说到一半忽然听到了什么，十分警觉地问，"你在哪儿？"

"刚刚进家门啊。"

"刚刚是谁在说话？"

随忆看了看沙发上坐着的人回答："我男人。"

"你男人在和谁说话？"

"你男人。"

"那你刚才说的话，他听到了吗？"

"如果他听觉正常的话，应该是听到了。"

纪思璇随即十分干净利落地挂了电话。

半小时后，乔裕坐在自家沙发上气定神闲地看着纪思璇不说话，嘴角挂着一抹意味深长的笑。

纪思璇一脸别扭，纠结了半天才举手投降："好吧好吧，我承认我很紧张。你先说说你们家的人喜欢什么，我好准备一下。"

乔裕思来想去："我觉得有门手艺你需要学一下，学会了就没什么问题了。"

几天之后，乔裕下了班回来，就看到尹和畅站在门口一脸战战兢兢。

乔裕奇怪："怎么了？今天不是上茶艺课，让你过来接送老师吗？你站在门口干什么？"

尹和畅一脸纠结。

乔裕边推门进去边问："纪思璇呢？"

尹和畅小声回答："在发脾气呢，泡了一下午茶，都快把杯子摔光了。"

乔裕忍不住乐了，怜悯地拍拍他的肩："嗯，我去书房看看。"

敲门进去，茶艺老师的脸黑如锅底，纪思璇则坐在对面一脸傲娇。

乔裕嗅到气氛不对，笑着对老师说："不好意思，今天先下课吧，我让司机送您回去。"

乔裕把老师送到门口，又交代尹和畅明天再去买一套茶具带过来，这才回到书房看那个在生闷气的人。

他坐过去问："怎么了？"

纪思璇看着他一脸委屈："我都泡一下午的茶了，老师就知道骂我，你看，我的手都烫红了。"

她的手指本就柔嫩白皙，红色的印记越发明显。

乔裕捏着她的手指看了看，没说话。

纪思璇看他态度冷淡便开始发飙："我就是学不会这些啊！我就是个没才没德的普通人，没有薄家四小姐那么德艺双馨，你去找她吧！"

乔裕还是没说话，从桌下拿出医药箱，捏着她的手，拿着棉签挑了点清凉药膏轻轻抹在红色印记上，等她的火气小了点儿才开口："两位老爷子没什么别的爱好，一个爱喝茶，一个爱下棋，下棋一时半会儿也学不会，我姥爷特别喜欢会工夫茶的女孩子，他点了头我父亲也不能说什么，你就不能为了我，委屈一下？"

纪思璇看着他："那如果你姥爷瞧不上我，你就真的不要我了？"

乔裕叹气，拉着她的手认真地看着她的眼睛："不管家里人同不同意，你，我是娶定了。只不过皆大欢喜不是更好吗？你如果不喜欢别人教你，以后我每天早点儿回来，我来教？"

乔裕几句话就把她哄得心花怒放，明明乐不可支，嘴角忍不住地往上翘却拼命忍住，故意板着脸，半天才松口："不用，你工作那么忙，我自己学。"

乔裕不放心："真的好好学？"

纪思璇保证："知道了！会好好学！不会再摔杯子了！"

乔裕看看桌子小声嘀咕："也没得摔了。"

纪思璇不好意思地笑了笑。

乔裕看她高兴了这才绷着脸继续开口："还有啊，以后有事说事，我这辈子要娶的人是你，如果再说让我去找别人的话，我就真的当真了！"

纪思璇刚才不过是憋了一天，话一出口就后悔了，睨他一眼："知道了！"

接下来的几天纪思璇倒是真的认真了不少，也算小有成就。乔裕验收成果时，看了半天。对于初学者来说，她已经做得很好了。但如果站在乐准的角度来看，只能算是中规中矩，无功无过吧。

纪思璇看乔裕半天没说话有些忐忑，试探着问："不行吗？"

乔裕看她一脸紧张，笑了笑，揉了揉她的头发让她放松下来："我小时候见过我母亲的一种冲泡方法，我教你啊。"

纪思璇看着他："你……好像是第一次跟我提起你母亲。"

乔裕脸上是释然之后的平静，缓缓开口："母亲早逝，其实我也记得不是很清楚了。只记得姥爷最喜欢母亲泡的碧螺春，到时候你按照我教的方法泡茶，一定能过关。碧螺春有很多白毫，冲泡之际常常是一杯混浊，而且是毛茸茸的，影响茶汤的颜色。先在玻璃杯里倒入温水，放茶叶，然后摇动茶杯，让杯中的茶叶多次翻滚之后，静置，等茶叶下沉，这时杯中茶汤浑浊，白毫都在水中，这时候慢慢把茶汤倒出。再在茶杯里注入半杯温水，重复刚才的步骤，等杯中只剩下碧绿的茶叶时，再倒入稍高温度的温水，泡三分钟左右，杯中茶叶涨开，汤色明亮，入口清甜醇香。"

乔裕递了一杯给她："尝尝。"

纪思璇接过来喝了一口，乔裕继续开口："三次冲水，一次比一次温度高，茶味渐渐淡下来，却依旧淡绿盈杯，毫无浑汤。"

她忽然歪着头看他，乔裕被她看得紧张："怎么了？"

"没什么。"她皱皱眉，一脸无所谓地耸耸肩，"就是忽然间觉得……嫁去你们家好麻烦。算了，不嫁了。"

乔裕立刻扔了茶杯过来抱她："不麻烦不麻烦，戒指你都戴上了，不能反悔。"

"哦，那我摘下来好了。"

纪思璇说完便作势要去摘戒指，乔裕紧紧握着她的手妥协："算了，不学了不学了，其实你已经够好了，他们会喜欢你的。"

纪思璇睨他一眼，一脸的不相信："真的吗？"

乔裕很是纠结："说实话，你是我这一辈男孩子里第一个带回家的女孩子，关于他们对晚辈的配偶是什么要求，我也不是很清楚。我觉得他们应该不会不喜欢你，如果真的不喜欢，我再想办法吧。"

乔裕说完便垂着眼睛陷入沉思，好像真的在思考如果乐准和乔柏远对她不满意该怎么办。

纪思璇轻咳一声："别那么严肃，逗你呢！我都记下来了，明天会好好练习！"

乔裕神色平静地点点头："我知道。"

纪思璇一脸怀疑："你知道？你知道还让我不用学了？"

乔裕慢条斯理地说出他的计划："我不是在配合你吗？你都说不嫁了，如果我再逼着你学不是正中你下怀，你好趁机把问题上升到一定的高度，然后就可以不用去见他们了。"

纪思璇被揭穿后恼羞成怒："乔裕，我真的很讨厌你！"

乔裕笑着去抱她，吻了吻她的额角："好了，他们都是特别好相处的人，你也很好，他们会喜欢你的，不要怕。"

纪思璇自知乔家是去定了，只能积极应战，去乔家前回了趟家。在书房里，来来回回折腾了半天，然后探出头来问："妈，我爸这几幅画，哪幅比较值钱？"

沈太后一脸淡定地在窗前画画，极给面子地赏了她一个眼神："你想干什么？"

纪思璇挑来挑去都不知道选哪个比较好，老实回答："拿去给乔裕他姥爷和他爸。"

……

沈太后虽一脸嫌弃加不屑，却还是抬手指了两下，纪思璇随即欢天喜地地包了起来。

后来纪思璇去见乔家长辈的时候，用了乔裕教的方法给乐准泡了茶，见惯风雨的乐准竟愣在当场，纪思璇递给他茶，他却一直神情恍惚，没有接。

乔裕的母亲是乐准的独女，已经好多年没人给他这么泡过茶了。乔裕这一招的高明之处在于攻的不是茶艺，而是人心。

"姥爷？"乔裕轻声开口叫他，示意他去接茶，"尝尝。"

乐准喝完之后没表态，只是叫了乔裕去书房。

爷孙俩一站一立，乐准率先发问："水洗白毫，是你教她的吧？你母亲的手法，看来你是真的看重她。"

乔裕缓缓开口："我从未忤逆过您和父亲，可这世上唯独她，我不能妥协。我从不后悔过放弃梦想走上这条路，我唯一后悔的是当年放弃了她。我一直以为当年放手是为了她好，可后来那么多的日日夜夜里，我后悔了。意有所至而爱有所亡，这么简单的道理，我为什么当时不明白？"

乐准看着他，忽然笑起来："你是真的长大了啊。"

乐准和乔裕去了书房，乐老夫人去了厨房准备饭菜，乔乐曦出去接电话，于是客厅里只剩下乔柏远、纪思璇，还有乔乐曦的一双儿女。

这对龙凤胎小小的年纪便知道看脸，一左一右地坐在纪思璇身边，歪着头冲她乐。纪思璇却一脸苦大仇深地垂眸静坐，坐在对面的乔父一脸严肃，这幅画面看上去格外有喜感。

纪思璇因为乐准的反应很是郁闷，而乔柏远呢，他倒是想开口安慰一下这个漂亮的女孩子，却不知道该如何开口，只能保持沉默。

乔乐曦接完电话进来就看到这么一个画风诡异的情景，她纠结半晌，走上前去揽着乔柏远的胳膊撒娇："爸，我喜欢这个姐姐，能不能留她在家里吃饭？"

乔柏远点头，顺着这个话题安慰纪思璇："留下一起吃饭吧。没什么的，乔裕他姥爷在部队上待得久了，所以看上去严肃了些，其实很疼晚辈的，以后你就知道了。"

乔乐曦撇撇嘴，姥爷严肃，您也不差啊。

从乔家出来的时候，天已经黑透了，纪思璇有些担忧地问乔裕："怎么样啊？"

乔裕笑着点了一下头，很是满意。

纪思璇看着他，不是很相信："你怎么知道啊，他们明明什么都没说啊。"

乔裕牵着她往车边走："因为爸爸留你吃了晚饭啊，晚饭之后姥爷让上的茶是月团，月团就是团圆祥和的意思啊。"

纪思璇看着他笑意满满的脸，提着的一颗心终于放下了。

这件事办完了，纪思璇便又投身到建筑师考试的大军中，考完之后又开始招兵买马成立事务所。

只是纪思璇没有想到，她招聘到的除了各路建筑师之外，竟然还招来了个合伙人。

韦忻神清气爽地出现在她面前，那枚耳钉依旧闪亮亮的。

纪思璇和徐秉君偶尔还会发发邮件，从他那里知道，她辞职后没多久韦忻也撂了挑子走人了，貌似还转了行。

韦忻前前后后地打量着她的办公室，然后极豪气地递出一张卡。

纪思璇看都不看，神色冷清："对不起，本人已有主，禁止投喂。"

韦忻无语："我要入伙！"

纪思璇笑着调侃他："怎么，打算重操旧业？"

韦忻听了一愣，皱着眉想了半天才问："旧业是谁？"

"那是个成语！"

纪思璇无语，为什么每一个学外语的人总是能最快最准确地掌握脏字的用法呢？

那一年的年末，事务所终于挂牌，取名玄之又玄。

作为合伙人，韦忻对此意见很大，没事儿就站在牌子前抱怨："为什么没有我的名字呢？"

沈太后正式以岳母的身份约见乔裕时，乔裕异常紧张。

从小到大，他和女性长辈的接触少之又少，完全不知道该准备什么礼物，最后只能求助于乐老夫人。

说明来意之后，乔裕微微低着头，竟然红了脸。

乐老夫人笑得清淡，可眼底却是对小辈浓浓的关怀，看着他许久才开口："我的乖外孙这么好，不会有人不喜欢。"

你不用说太多，脸红的一瞬足以说明了你有多爱她。

这个时代，人们可以出于很多看似合理的原因在一起，但是如果是因为爱情，一定要珍惜。

乔裕有了乐老夫人的指点，挑选的礼物似乎很合沈繁星的心意，只是她开口时却是笑着说起了纪思璇小时候的事情。

"她上中学的时候，有一次我被她班主任叫到了学校，听她班主任描述。教育局来听公开课，快结束的时候问班里的学生，某位老师讲课怎么样？她站起来回答了，原话是'杨老师讲课讲得特别好，每次他讲课的时候，我前后左右桌同学的课本页数都不一样，可他们都可以听得懂老师在讲什么'。那次检查很重要，据说那个老师因为她的这句话被停课调查了。"

乔裕听了一笑，这确实像是纪思璇的风格。

沈繁星也跟着一笑："回来以后，我让她去找教育局的检查组解释清楚，可她怎么都不肯去，因为她的一句话毁了别人的事业这种事是我和她父亲不能容忍的，我还差点儿打了她。"

她的倔强乔裕深有体会，会心一笑。

沈繁星却忽然敛了神色，眉宇间带着凝重："过了很久，我再去参加家长会的时候，才从她同桌那里知道，那个老师经常在课间以老师关心学生的名义……摸她的手，可是她从来没跟我说过。好在那个老师后来被调查出很多问题，被学校开除了。好在她健康开朗地长大了，那些事情并没有给她带来什么阴影。"

"可是这些，她从来没跟我说过，她是怕我和她父亲担心，她聪明，可以自己解决很多事情。报错了专业，出国留学，女孩子长得太漂亮会被孤立排挤被骚扰冒犯，这些她从来不会跟我说。可她却会对我说，妈妈，那个叫乔裕的男人对我很好很好。我不知道她口中的很好很好是有多好，乔裕，你告诉我，那是有多好？"

乔裕有些不知所措，他忽然想要去见她，立刻马上看到她。

纪思璇在办公室里改了一下午的图，抬起头揉脖子时才看到乔裕站在门口，不知道他在那里站了多久，只是这么愣愣地看着她。

她抿唇笑起来，一边继续低头收尾，一边调侃道："刚才老纪给我打电话，说沈太后召见你，怎么样，沈太后有没有为难你啊？"

等了半天也不见人回答，纪思璇再抬起头时，乔裕已经走到了她面前，神色有些奇怪。她有些好笑地开口："真的被欺负了？我跟你说啊，对付沈太后，你不能……"

下一秒纪思璇便感觉到唇上一热，她眨眨眼睛，又被强吻了？

后来她追问乔裕，沈太后到底跟他说了什么。

乔裕却只字不提往事："沈太后说你一直是放养的，是个野丫头。"

纪思璇皱眉："那你怎么回她的？"

"我说，"乔裕抬头看着她，眼睛里是纪思璇从未见过的深邃温情，"从今天开始她是家养的了。"

见过双方家长之后，某些事便自然而然地被提上了日程。

某日，乔裕应邀去纪家吃饭，说是去吃饭，其实是自己买菜然后去做饭。

他正在厨房做最后一道汤时，纪墨进来了。

乔裕笑着开口："马上就可以开饭了。"

纪墨摇摇头，往外探头看了一眼，发现沈繁星和纪思璇没注意这边才悄悄开口："小伙子啊，你报个价吧。"

乔裕一愣，想了想，大概是在说彩礼，他笑了："您说。"

纪墨忽然皱起眉，一脸为难地犹豫半晌，终于下定决心拿出一张卡递给他。"这是我所有的私房钱了，你别嫌少，选个日子尽快带她走吧。"

乔裕看着递到眼前的银行卡，不知道是该接还是不该接。纪思璇啊，你到底是有多不招你父母待见啊？

纪思璇和韦忻在工作上一向默契无间，抢生意抢到各路同行没脾气。某日纪思璇去参加投标，心情很是复杂。

作为建筑师，投标时会遇到各种熟人，最尴尬的就是遇上以前的老师和你竞标，而你以前的同学坐在评委席上。最最尴尬的是遇上以前的老师和你竞标，你以前的同学坐在评委席上，而你却中标了。最最最尴尬的是遇上以前的老师和你竞标，你以前的同学坐在评委席上，你却中标了，而评委席里的那个同学曾经追你未果。比以上再尴尬一点儿，那大概是事后大家还要坐在一起吃饭。

纪思璇打了个哈欠，觉得这顿饭还是早吃早散的好。

她作为大赢家自然成为各设计院围攻的对象。

"璇皇，喝啤的喝白的？"

纪思璇也没推诿："喝白的。"

立刻有人竖起大拇指："璇皇爽快人啊。"

纪思璇抬手叫服务生："来罐椰汁。"

……

包厢里立刻安静下来。

纪思璇放下手，冲服务生开口："开玩笑的，不要椰汁了。"

众人乐了："哈哈，璇皇真幽默，喝多少度的？"

纪思璇一本正经地回答："七八十度的就行。"

"呃……"

众人又傻了。

这下纪思璇不干了，皱着眉问："椰汁不能喝，连白开水也不给吗？现在请客吃饭都这么抠吗？"

众人完全跟不上她的节奏，碰了一鼻子灰之后终于老实了。

所谓饭局，吃饭从来都不是重点，纪思璇吃饱之后看着一群人互相劝酒实在是觉得没意思，便低头和乔裕发短信。

乔裕问她还有多久结束，他来接她。

纪思璇抬起头轻咳一声问："我有点儿事，能不能先走了？"

众人当然不肯，全票反对："当然不行！"

纪思璇如实反馈给乔裕。

乔裕回了个"知道了"之后便没了动静。

十几分钟后，包厢的门被轻声敲开，乔裕站在门前微笑着看着众人。

一群人纷纷扔了酒杯热情地围上去打招呼。

"哟，乔部也在啊。"

"这么巧啊，乔部。"

乔裕边往里走边笑着打招呼："不用这么客气，大家都坐吧。"

"乔部坐我这儿吧！"

"坐我这儿坐我这儿！"

"我就坐这儿吧。"乔裕顺势坐到了纪思璇旁边，开口解释，"过来接个人，谁知没结束对方不放人，我就坐一会儿等一下。"

立刻有人跳出来拍马屁。

"什么人啊，还要乔部亲自来接。"

"乔部来接都不放人，太不给面子了！"

"就是就是！"

"既然你们这么说的话……"乔裕转头看向纪思璇，"那我们走吧？"

纪思璇忍着笑看了半天的戏，早憋不住了："好啊。"

众人看着十指相扣的两个人并肩走出了包厢，愣在当场。

"什么情况？"

"不知道啊……"

"乔裕和纪思璇，没听说啊？"

"我们是不是得罪乔部了？"

"喂，老张，你是不是还欠着纪思璇的设计尾款呢？"

……

第二天一早，纪思璇久追无果的设计费已经全部到账。

几天之后，乔裕接纪思璇下班的时候就觉察到她不高兴，他趁着纪思璇去洗手间悄悄问她的助手。

助手摇摇头："不知道啊，今天去了一趟设计院，回来就不太高兴，午饭都没吃。"

乔裕点点头，没说什么。

纪思璇从上了车就不发一言，等红灯的间隙，乔裕转头看了她一眼："怎么了，脸色这么难看？"

"你知道每年建筑协会要评的那个建筑奖吧？"

"知道啊，今年不是还没公布结果吗？"

"前两年说我资历不够没有参评资格，今年终于够了。可今天我去设计院送审图纸，听说那个奖项已经内定了，不是亲妈生的就是受欺负！"纪思璇愤愤不平地碎碎念，说完瞟了他一眼，恨恨地开口，"腐败！"

乔裕苦笑："跟我有什么关系？"

纪思璇彻底炸毛："怎么没关系？一丘之貉！同流合污！"

乔裕宽慰她："只是听说而已，说不定是谣传。"

纪思璇却不再说话。

乔裕一手握着方向盘，一手去握她的手，摩挲着她的掌心："好了，不是午饭都没吃吗，带你去吃晚饭。"

当着纪思璇的面，乔裕没说什么，可第二天便出现在了建筑协会会长夏正平的办公室里。

他难得假公济私，和夏正平寒暄半天，开口问："方不方便把这次获奖名单拿给我看一下？"

乔裕为了避嫌，自从和纪思璇在一起之后便不再分管建筑，可会长也不敢怠慢，很快让人打印了一份送过来。

他假模假样地从第一页开始看，却都是一扫而过，看到第三页时，忽然皱眉："这个奖项……"

夏正平开口解释："哦，这是光华实业的老总亲自打的招呼，是赵家的太子爷，现在在市里的设计院给李老打杂。"

乔裕没接话，指着提名里的一个名字："其实我觉得……纪思璇不错，之前看到的投票结果她都排在第一个。"

"是这样，论才华和实力，纪思璇当之无愧，可论背景，那就差得太多了。"

夏正平才说完就发现不知什么时候一向温和的乔部脸色有些难看，尹和畅看到乔裕隐隐有发飙的迹象，竟然有些莫名的兴奋。

乔裕抿住唇角，下巴的线条坚毅锋利，脸上是尹和畅从未见过的沉郁和决然，一副山雨欲来风满楼的架势。可很快他却又云淡风轻地笑着开口："原来还需要背景啊……"

胖胖的中年男人不好意思地呵呵笑了两声："您懂的……"

乔裕合上文件夹，站起来："行吧，那就先这样吧，我拿回去慢慢看，就先走了。"

尹和畅傻眼，这样就结束了？

夏正平把他送到门口时，乔裕忽然转身，脸上还挂着浅笑："对了，夏会长，我有女朋友了。"

夏正平不知道乔裕为什么忽然跟他说这个，愣了一下笑着恭喜："恭喜乔部啊。"

乔裕似乎心情很好："你不想知道是谁吗？你认识的。"

夏正平一头雾水："我认识的，是谁啊？"

乔裕捏着文件夹，指着一个名字给他看："就是她。"

夏正平摸出老花镜戴上，仔细看过去，然后僵住。

乔裕把文件夹合上，递给夏正平，依旧笑得如沐春风："不知道我是她的背景够不够？"

夏正平点头如捣蒜："够够够！"

到了颁奖典礼的当天，纪思璇已经调整好心情，接受了内定这样的结果。可当主持人站在台上宣布那个奖项时，她还是有所期待的。

她屏住呼吸目不转睛地盯着台上，坐在一旁的乔裕却忽然转头看向她。

她不明所以，回望过去。

乔裕无声地开口："是你。"

"什么？"

纪思璇一头雾水，还没来得及细问，下一秒便在乔裕的笑容中听到了自己的名字。

主持人热情饱满地恭喜着她，请她上台领奖。

她已经傻了，愣愣地看着乔裕。

乔裕笑着提醒她："上台领奖啊。"

纪思璇很快回神，走上台去。

乔裕坐在下面看着台上，灯光下，她光彩照人不紧不慢地发表获奖感言。说到最后一句时她忽然看向他展颜一笑，乔裕心中无限满足。

又是一年毕业季，乔裕再次收到邀请回母校做访谈，气氛依旧很火爆。

到了回答问题阶段时，主持人念着手里收集来的纸条："这条是问师兄大学的时候有没有翘过课。"

乔裕摇摇头："没有。"

下面一群年轻的学生立刻大笑着起哄："好无趣哦。"

乔裕一笑："我本来就是个很无聊的人。"

下面有男生大声喊："那作弊呢？肯定也没有吧！"

乔裕认真想了想："这个还真有，帮别人做过。"

主持人也是一脸兴奋："快讲讲！"

乔裕看了眼台下第一排坐着的几位校领导，犹豫了一下："在这里讲这个不太好吧……"

台下立刻是夸张的抱怨声。

一位教过乔裕的教授忍不住也跟着起哄："讲讲讲，学校不会处理你的！"

乔裕看了眼坐在角落里的纪思璇，浅浅笑着："当时是转专业考试，我是监考……"

纪思璇和他对视了一眼，也跟着笑起来。

当时她坐在座位上看着一本正经的他就忍不住想要调戏，很快便举手问："师兄，请问第九题是不是出错了？"

乔裕完全无法预料这个古灵精怪的小丫头的剧本，她似乎随时随地都能扔出一颗炸弹来。

所有人抬头看着他，他低头从讲台上抽了张卷子，看了几秒钟又看向她："没有错。"

她站在教室的后半部，俏生生地继续问："选项 C，没错？"

乔裕沉吟半晌，似乎挣扎了许久终于艰难开口："没错。"

"好的，谢谢师兄。"她眉飞色舞地坐下，在答题卡上第九题的空白处写上了 C。

其实那道题她是会的，那次的考试对她而言很简单，她就是想调戏那个一本正经监考的人，想知道他会不会因为她而放弃自己的原则。

纪思璇回神的时候就看到乔裕一脸无奈地笑着："就是这样啊，其实她是知道这道题的答案是 C。"

"哦！"

"那个时候，我真的以为她是不会。后来我才知道，她是故意假装不会的……"

"是个女生吧？"

"她是想追你吧！"

"师兄后来有没有被追上？"

"有。"

"师兄，你不觉得谈恋爱很浪费时间吗？"

"时间啊，人都是她的了，时间算什么，浪费就浪费吧。"

"师兄对一手毕业证一手结婚证怎么看？"

"结婚这个事情只要时机成熟了，什么时间都是可以的，毕业的时候也不是不行。当年我就打算在一个女孩毕业的时候向她求婚的。"

"后来呢后来呢？"

"后来出了点儿事情就没有求成。"

"好遗憾。"

乔裕微笑着看向纪思璇："不会啊，好在后来求成了。"

"乔师兄做过的最浪漫的事情是什么？"

"她睡不着的时候，我给她念书。"

"念的什么书？"

"《思想概论》。"

……

"别人对你做过的最浪漫的事呢？"

"我睡不着的时候，她给我念书。"

"也是《思想概论》？"

"不是，是《建筑史》。"

……

主持人忍不住吐槽："师兄的世界我们果然不懂。"

"听说学建筑的和学医的男生手很灵巧，乔师兄能不能现场给我们展示一下？"

乔裕想了想，"我找个同学上来帮我一下吧。"

他说完状似很随意地指了下纪思璇："那位同学，能不能麻烦你一下？"

纪思璇很快站起来走到台上，装模作样地打招呼："帅兄好。"

乔裕扶了下她的肩："你不要动。"然后很快蹲在她面前，解开她的鞋带，又解开自己的，动作极快地开始打外科结。

坐在前排的几个学生看得真切："师兄你是有预谋的吧！"

"师兄你是不是看上人家了？"

"防火防盗防师兄！"

"咱们学校什么时候有的这么漂亮的女生啊，我怎么不知道！"

"哈哈哈哈……"

乔裕打了几个结之后，站起来牵着纪思璇的手笑着介绍："这位是我夫人。"

"啊啊……"

台下尖叫声不断。

访谈结束之后，乔裕牵着纪思璇的手在校园里一直溜达到天黑才回去。

乔裕休年假的时候准备带着纪思璇回故里看看，在此之前纪思璇一直不知道他的祖籍竟然在南方。

临出发的前一天晚上，乔裕把旅行箱从衣帽间翻出来，擦干净之后嘱咐她：“小朋友去床上躺着自己玩会儿，有什么要带的就跟我说。”

纪思璇躺在床上抱着被子来来回回打了几个滚儿，想起要带什么便大声喊他。

乔裕在卧室和衣帽间进进出出几次之后，终于大致收拾好了，便拖着行李箱去卧室慢慢整理。

纪思璇趴在床边看了一会儿，忽然开口：“我忽然想做你妹妹了，可以和你一起长大，叫你一声二哥，你就屁颠屁颠地跑来看我，多好！”

乔裕正在叠她的睡衣，有些无语地抬眸看她：“我可从来没帮我妹妹做过作业，也从来没帮她作过弊。”

纪思璇一脸认真地权衡半晌，终于忍痛割爱下定决心：“那我还是不要做你妹妹好了。”

乔裕忍俊不禁，小声嘀咕：“说得好像你想做就能做一样……”

半天没有动静，他再抬头看过去时，她已经抱着被子睡着了。

乔裕带着纪思璇在这座南方的城市待了几天，南方气候湿润，倒也养人，玩儿了几天之后便打算离开。

临走那天的清晨，他站在乔家祠堂中央，拿着毛笔在红纸上写了几个字，然后簪花挂在了祠堂前的高树上。

纪思璇站在一旁看了半天，一脸好奇地问：“这是在干什么？”

乔裕擦了擦手走过来解释：“乔家的习俗。族里男性婚后生下男孩儿，就要用这种方式告诉祖先。”

纪思璇摸着丝毫不显的小腹：“可是还不知道是男孩儿还是女孩儿啊。”

乔裕牵着她的手往外走，转头温柔地看着她："男女都一样。"

从祠堂出来，青石小路古朴幽静，乔裕走了几步才发现纪思璇没有跟上来。他停下来，轻声叫了她一声，然后向后伸出手去。

她笑嘻嘻地跟上来，从青石板上跑过，步履轻盈，绽放出大片的绚烂，空灵静致，很快牵上他的手，她站在阳光里对他莞尔一笑，极尽妖娆。

然后乔裕便明白，他这辈子算是完了。

他微微垂眸看着她，弯起唇角："真好，你还是当初的模样。"

真好，你还是当初的模样，没有因为生活的变故和我的放弃而沉默寡欢，还是当初那个明媚、朝气、勇往直前的纪思璇。

纪思璇忽然愤懑不平地开口："乔裕，我忽然觉得我好亏啊。当年是我先追的你，连求婚都是我先开的口。"

乔裕睨她一眼："你说这话不昧良心吗？二维码没看到？"

纪思璇理亏却一脸任性："我不管，反正是我先喜欢上你的！"

乔裕在春风中唇角微扬笑得胸有成竹，眉眼间不乏俊逸温情："好啊，那我们就来比比看，到底是谁先喜欢上的谁吧？"

当年夏日里的画中人，明眸清亮，笑靥生花，你怎么会比我早？

初识钟情，终于白首。

眉眼如初，岁月如故。

（正文完）

番外一

唯有乔木可相思

那年夏天，

风遇见云，花遇见树，

萤火虫遇见星光，

而我遇见你。

那年年末，某APP抢红包特别风靡。过年前圈子里的最后一次聚会，乔裕拉着纪思璇才进门就被一群小孩子围攻。

　　一个个粉雕玉琢的小孩子举着手机围着乔裕叫："二叔二叔！给我发红包！"

　　国民二叔立刻变身财神爷，笑着拿出手机点了几下："准备好了没有，开始抢了？"

　　纪思璇暗搓搓地摸出手机也去群里抢，点了几下之后便黑了脸。乔裕探头看过来："抢到多少？"

　　她细细的眉毛皱成一团："一毛八！"

　　乔裕想笑又不敢笑，轻咳一声："还不错。"

　　纪思璇睨他一眼："再发！"

　　乔裕无语："我专门包一个发给你，不好吗？"

　　纪思璇和她自己杠上了："不要！我自己抢！"

　　乔裕立即执行，且循环数次。

　　结果那天乔裕发出去了近五位数的红包，乐坏了一群小朋友，可大朋友纪思璇却连三位数都没抢到，坐在角落的沙发里生闷气。

乔裕靠在沙发靠背上，手臂轻轻搭在她的肩上虚搂着她调侃道："乔夫人啊，你不只倾国倾城，还让人倾家荡产啊！"

纪思璇仰头瞪他，灯光下，他眉目如画，经过时间的洗礼愈加清逸风雅，风度与气度早已修炼满级。简简单单的一件白衬衣被他穿出不一样的味道，此刻他刻意压低的声音里带着笑意，眉眼间温柔得一塌糊涂。纪思璇忽然间觉得自己这辈子抢到了最大红包——乔裕。

新年第一天的午后，两个人窝在乔裕的房间里晒着太阳看书。

乔裕坐在窗前的地毯上一脸认真，纪思璇新奇地在房间里转了几圈之后，便枕在他的腿上眯着眼睛晒太阳，还霸道地把他的一只手揽在怀里不放。

乔裕低头看她一脸悠闲惬意，轻声笑了一下。

或许是阳光太刺目，她拿了本书盖在脸上，声音从纸张中间传出来："你以前上学的时候是不是就像我这样躺在这里看书的？"

乔裕把书本移开一点看她，然后笑起来："怎么可能，像你这样还不两分钟就睡着了？"

书本遮挡住她大半张脸，只露出她微微弯起的唇角："你上大学之前是什么样子的？"

乔裕回忆着："不就是那个样子，还能是什么样子。"

纪思璇顿了一下："我们早点儿认识就好了，那我就可以看看你小时候的样子。"

说完，她拿下书，本来还想再说什么，却忽然指着书柜的一角，兴奋地叫："那本是不是相册？我要看！"

乔裕起身去拿，递给她，纪思璇兴致盎然地一张一张去翻，时不时一脸惊喜地拉着他问东问西。

"中学毕业照啊？别说话，我找找哪个是你。"

"找吧。"

"找到了！这个！"

"嗯，是这个。"

"你上中学的时候有没有喜欢的女孩子？"

"没有。"

"那有没有喜欢你的女孩子？"

……

求生欲让乔裕敏锐地意识到这是一道送命题，他笑着企头睨她一眼，不答反问："那你呢，你上学的时候有没有喜欢你的男孩子？"

纪思璇觉得今日这旧账翻得实在是不太高明，一头扎进他怀里，搂着他的脖子撒娇："哈哈，开玩笑的，不要生气嘛……"

乔裕一脸宠溺地看着她眉飞色舞地胡闹，心情大好。

那年夏天，风遇见云，花遇见树，萤火虫遇见星光，而我遇见你。

不早不晚，时间刚刚好，我已成长到足够好，才能和你共白首。

初春的周末清晨，窗外的阳光透过窗帘间的缝隙照进来。纪思璇慢慢转醒，摸了摸身侧，乔裕没在，她披了件睡衣坐了起来。

乔裕正在书房对着电脑开视频会议，门突然被推开，探出一人一猫两只脑袋，他竖起食指放在嘴边做了个噤声的动作。

纪思璇笑着点点头，跟在大喵身后蹑手蹑脚地走过来，避开摄像头，学着大喵的模样蹲在乔裕脚边，仰着头笑嘻嘻地看他。

不知道有没有人注意到，摄像头里的乔裕眼睛忽然亮了一下，唇角微微弯起，脸部线条瞬间柔软下来，那一刻的他眉清目朗，柔情四溢。

乔裕很快意识到不妥，立即垂下眼帘，状似去看文件，却伸手去握纪思璇的手，拉她靠在他腿上。

会议本就冗长无趣，纪思璇听了一会儿便有些昏昏欲睡，靠在那里脑袋一点一点地蹭着他，热气有意无意喷在他身上，然后使坏一般不安分地顺着他的皮肤到处游走，像是在他心里点燃了一把火。

乔裕浑身一僵，一低头想要去阻止却又呼吸一滞。

她的睡衣松松垮垮套在身上，他居高临下，一垂眸便能看到她春光乍泄。他本就不知道该把眼睛放哪儿，她脑袋猛地一点，瞬间惊醒，茫然间埋在他腿上抬头冲他一笑，一双湿漉漉的眼睛一眨不眨地盯着他瞧，媚眼如丝，又纯又欲，满是诱惑。

笑完之后，也不管他是什么情况，便在他腿间找了个舒服的姿势又睡了过去。

乔裕的呼吸早就乱得一塌糊涂，在失态的边缘游走着，他一手护着她的身体，一手放在桌上紧握成拳，忍了几息，忽然抬头对着电脑，一本正经地开口："我这边网络不太好，我需要处理一下，先休息一会儿，十五分钟后继续。"

说完，他一脚踢掉电脑插头，低头看着这个磨人而不自知的始作俑者呼呼大睡。

众人迷茫不解：怎么乔部每次参加视频会议都会出状况呢？

乔裕的身体反应一时难以平复，他捏着她的手大口喘息着，无意间一垂眸看到大喵站在一旁目不转睛盯着他们俩，他一脸尴尬："那个……你能不能先出去一下？"

这下纪思璇实在装不下去了，捂着脸笑出声来。

　　不知道大喵听懂了没有，面无表情地迈着猫步昂首阔步地离开了。

　　大喵的脚步不紧不慢，而乔裕就没那么淡定了，将宽大办公桌上的文件一扫而落，猛地使劲将纪思璇提起来压在桌上，还没等她开口求饶便狠狠地吻了下去，很快两个人唇舌纠缠、气喘吁吁地乱成一团。

　　又是一年风轻日暖，窗前的纱帘随风轻飘，室外春深似海，室内帐暖香深，如随忆所说，乔裕和纪思璇会一直一直在一起。

番外二

乍见心欢，久处仍怦然·故宫的雪

红墙白雪琉璃瓦，

踏雪寻梅香袭人。

思璇，这些年的每一个冬天，

我都在故宫，等雪也等你。

才刚过完年，乔裕就被各种饭局酒局缠身。

就是大院里的一群小兄弟，比他小了那么几岁，年纪轻贪玩，打着各种名义攒局，圈子不同，每个局的人自然也不同，又都是从小喊着他"二哥"长大的，谁的面子都不好驳，反正也闲来无事，他索性全都应了下来。

一间包厢里，烟雾缭绕，摆了几张麻将桌，一群年轻男人三五成群地凑在一起打着麻将。

忽然包厢门被推开，江圣卓走了进来。

他一进来就被烟味儿熏得直皱眉，抬眼扫了一圈："二哥呢？"

有人调侃道："故宫呢，天气预报不是说这几天要下雪吗？"

说起这个，一群人立刻来了兴致，你一言我一语地聊了起来。

"又去故宫等下雪了？"

"他是不是魔怔了？他是在故宫入股了还是怎么着啊？"

"我说，那个什么妖女是不是给我二哥下什么蛊了啊？本来好好一人，怎么现在搞得跟钦天监似的。"

"一会儿二哥来了可千万别提这茬儿！"

"废话，还用你说！"

……

自从那年乔裕从西南调回来，一进入冬天他就开始这样，每日里除了工作之外，便是关心什么时候下雪。没事儿就去逛故宫，估计故宫里的那些砖啊瓦啊全都认识他了。几年下来，身边的人或多或少都知道了点儿什么。

知道是知道，就是没有人会那么不识趣地当面提起，免得乔裕尴尬。

一提起这个话题，众人便打开了话匣子。

"说起这个，那天二哥特正经地找我，夸我人脉广路子多，问我气象局有没有熟人。你别说，我还真有认识的，我一哥们儿的妹妹就在那儿，我一牵线俩人就互换了联系方式。我也没多问他要干吗。谁知，没过一个月，那妹妹就给我打电话，特羞涩地问我二哥是不是对她有意思。"

"我一问才知道，二哥每隔几天就问她什么时候下雪。我一听就明白了，这姐妹儿误会了呗，我赶紧劝她悬崖勒马，可这姐妹儿不信邪啊，非要去表白，结果肯定是悲剧了呗。可人家回来不但不生气，还笑眯眯地把二哥从头到尾夸了一个遍，说有了下雪的信儿肯定提前跟他说。要说服啊，我就服二哥，就这种情况，换了我，人家姑娘不抽我俩大嘴巴子，也得把我拉黑再也不见啊，可人家不啊。这能耐，除了我二哥，还能有谁？！"

乔裕一贯好人缘，尽管他不在，众人听了这话还是免不了地夸他几句。

夸完之后，又有人碰了碰江圣卓："你还记不记得二哥刚调走的那年冬天，一场雪就让他大老远地赶回来，机票都卖光了，他还到处托人找票，好不容易弄到一张，谁知飞机还没落地，雪就下完了，地上连点儿积雪都没有。他下了飞机，连机场都没出就回去了。"

"你们说二哥干吗非要看故宫的雪，其实恭王府的雪景也挺不错的嘛，我记得好多年前了吧，有一回下雪，我打那儿路过，瞧了几眼，也差不了多少啊！"

"我说你脑子进水了吧，那是故宫的雪还是恭王府的雪的事吗？那是女人的事！"

"女人和女人真的有那么大区别吗，为什么二哥这么多年心心念念的就非那个女人不可呢？我看都差不多嘛！"

"哈哈哈，就冲你这句话啊，就知道你小子还没开窍呢，还有的熬！"

"呵！好像你多懂一样。"

江圣卓面色微沉，他知道那个女人是乔裕的心病，乔裕所有反常的举止都和她有着千丝万缕的关系，越是这样，他越是不想听到他们在背后议论这些。

他没好气地甩出一张牌，越发决定要下狠手，今天势必要让这帮嘴碎的家伙把裤子都输光。

这边话音才落，那边乔裕就笑着进了门，众人赶紧换了话题。

后来一群人换了个房间吃饭，有人喝了酒就有些得意忘形，忘了刚才众人的嘱咐，揽着乔裕的肩膀揶揄道："二哥，说真的，你是不是被哪个狐狸精迷住了啊？不就是个女人嘛，你至于吗？改天我多给你介绍几个，你随便挑！"

众人皆是神色一滞，气氛一时间变得复杂微妙起来。

江圣卓一抬脚毫不客气地踹了过去。

乔裕却不怎么在意地冲恶狠狠的江圣卓笑笑，继而垂下眉眼回答那人："狐狸精吗，也不是没有可能。蒲松龄不是说了吗，人间无此殊丽，非妖即狐。"

他说这话的时候，眉眼依旧儒雅温和，嘴角挂着浅浅的笑意，似乎还是那个阳光温柔的二哥，只是那微合的眼底藏着只有他自己知道的酸涩和落寞。

那人被江圣卓踹了一脚后立刻清醒了，一脸无措忐忑地看着乔裕，似乎想要解释什么却不知该如何开口："二哥……"

乔裕看他一眼，还没说什么，那人就被离他最近的两个人直接架着扔出了包厢。

一群人义愤填膺地安慰着乔裕。

"二哥，你别生气，我们以后再也不和他玩儿了！"

"对对对，二哥，你撂句话，我这就出去把他打一顿！"

"二哥，你是想要他的胳膊还是腿？"

一群人附和着要怎么把那人大卸八块。

乔裕看着众人小心翼翼的样子，无奈地摇着头，哭笑不得。

他是弄丢了心爱的人，可那是他自己的事，没必要搅得所有人都陪他伤春悲秋不得安生。他也并没有怨天尤人多愁善感，只想充实饱满地过好每一天，等着那个人回来。

他略感好笑地扫了众人一眼："好了，谁还没个喝多的时候，喝醉了说一句无心的话，我不会放在心上，把人放进来吧。大过年的，差不多就得了！"

那人进来后站在乔裕面前都快哭了："二哥，对不起……"

乔裕这下真的笑了出来，揉着眉心无奈开口："你们再这样，以后再叫我，我可不来了啊！"

有了他这句话，一群人才又热热闹闹地闹了起来。

见一群小朋友终于被哄好了，乔裕起身去外面透气，没想到竟然遇到了熟人。

会所的主人颇有情调，楼顶的露台花园设计得很有味道，就算乔裕这个曾经的专业人士看来，也是可圈可点。只是这个季节的北方，天寒地冻万物凋零，萧索的寒风吹过，不免让人心生悲凉。

乔裕想着，如果能降一场大雪就不一样了吧。

江圣扬就坐在这一片寒风中，背脊挺得笔直，一个侧影便给人一种顶天立地光明磊落的感觉。他察觉到身后有人，很快轻抬眉眼看过来。

只一眼，乔裕便看出这也是个失意人，心里忽然想起曾经那个眼底星河闪耀的少年来。

看到乔裕，江圣扬举起夹着烟的那只手，用掌心揉了揉眼睛才开口："这么巧。"

乔裕不疾不徐地走过去坐下："是很巧，好像许久没见到你了。"

江圣扬点点头："事情太多，也就过年这几天有点儿空闲。"说着捏起手边的烟盒和火机递过去。

乔裕垂眸看了眼烟盒，又掉转视线看向一旁的烟灰缸，摇了摇头，目光重新落回到他脸上，缓声开口："我最近在戒烟。"

江圣扬挑眉，似乎在问原因。

"大概是因为……"乔裕抬手摸了下自己的脸，"我想老得慢一点儿。"

江圣扬闻言有些诧异地看过去。

其实乔裕的那张脸还是挺能扛岁月的，并不太能看得出年纪，他没想到的是，乔裕竟然会在意这种事情。

乔裕的事情，江圣扬多少有些耳闻，他弯着唇角点头赞同，颇有点儿调侃的意味："是，故人未归，斯人不可老。"

乔裕略带无奈地笑着点了点头，又瞥了眼烟灰缸里堆成小山般的烟蒂："你也少抽点儿。"

也不知道他在这里坐了多久了，竟抽了这么多。

江圣扬似是很能听得进去乔裕的话，话音刚落便把手里的半根烟按灭在了烟灰缸里。

乔裕像是忽然想起了什么，从口袋里抠出个红包来，这还是给包厢里那帮臭小子准备的时候，顺手带出来的，还想着今天让江圣卓帮忙带给他，没想到就在这里遇到了。

他笑着开口："往年的老规矩，铅华洗尽，珠玑不御。"

江圣扬没忍住大笑起来，整个人也鲜活了几分，推了把他的手："我都多大了，再说了，我也没比你小几个月，从小到大收过你多少红包了，你这怎么占便宜还没够呢？"

乔裕挑眉："这不是为了哄你开心吗？红包是我给你的，怎么还成了我占你便宜了。"

江圣扬听了一愣，倒是没想到他是这个心思，笑着低头接过红包，然后便一直捏在手里。红包的背面是用毛笔写的两个词，星河长明，得偿所愿。

他微微挑眉，示意乔裕去看："是不是给错了？"

乔裕摇头："就是给你准备的，只不过见到你之后，感觉似乎有更妥帖的祝福。"

江圣扬缓慢而郑重地点着头，良久之后又笑了出来："谢谢二哥。"

乔裕就是有这种本事，自己心里已经千疮百孔了，还能几句话就让人心生暖意。

两个风雨不惊的人，就这么坐着不咸不淡地吹着冷风聊着闲话。

半晌过后，乔裕起身打算离开，刚走了两步，就听到江圣扬在身后叫住他。

"二哥，新年快乐。"

乔裕回头，轻笑着缓缓回答："新年快乐。"

饭局散了的时候，已经半夜了，乔裕喝了酒没法开车，自然有人送回来，下车后他抬头看了眼月亮，微微叹了口气。

他记得曾经有这么个月夜，也是刚过完年没多久，大晚上的，她说想他了。他竟从家里溜了出来，开车到她家楼下找她。

站在车边等她的时候，他的手心里激动得都是汗。自从放了寒假，他们就没怎么见过面，直到站在这里他才倏地意识到，他也很想她，很想很想。

他无意间抬头看了眼天上的月亮，收回视线时就看到她正笑着跑向他。

她显然也是从家里偷偷跑出来的，一看到他就扑了过来，被他抱满怀的时候还在他耳边轻声地笑，显然很喜欢这个惊喜。

他拥着她躲在树下的阴影里吻了许久，天气很冷，寒风凛冽，可两个人却像是根本感觉不到一样，耳鬓厮磨，缱绻旖旎。

后来两人又躲进车子后座，他抱着她说了好久的话。

等他回到家的时候，天都快亮了。那是他做过的为数不多出格的事情，现在想起来还是满心的欢喜和甜蜜。

一晃几年过去了，只是不知道，月似当时，人似当时否？

他席间喝了点儿酒，这会儿不知是酒劲上来了还是思念翻涌，心里闷得发慌。他拿出手机看了眼天气预报，然后默默收了起来。

这个冬天就快要过去了，怕是又不会下雪了吧。

思璇，自你走后，这里就没下过一场像样的雪。你我之约，终是难成。

你当初说过，一毕业就会回来，可是你没有，是因为我吗？初雪和你都迟到了，迟到也没什么，不会缺席就好。

没关系，慢慢来，我会好好等你。什么时候你不生气了，愿意回来了，一回来就能看到我。

第二天早上，乔裕起床后一拉开窗帘就愣住了。

连日的大幅度降温之后，初雪终于飘然而至。

窗外早已成了一个银装素裹的世界，而雪花还在纷纷扬扬地下着。

他看了会儿，猛然回神，抓了件外套就往外跑。

他到故宫的时候，时间尚早，还没来那么多人，只有几个学生模样的男孩女孩在惊叹着拍照。他看着巍峨壮阔的紫禁城，没有惊叹，没有拍照，心里没有一丝波澜，就只是那么站着，站在漫天的飞雪中，站在下着初雪的故宫里，静静地想着心里的那个人，静谧如画。

红墙白雪琉璃瓦，踏雪寻梅香袭人。如果你看到了也会很高兴吧？思璇，这些年的每一个冬天，我都在故宫，等雪也等你。

现在终于下了场像样的雪，可是你却不在。

我还能等到你吗？

谁也没有想到，毫无预兆的一场雪竟然越下越大，像是要把前几年的份额一次性全都补上。

很多年之后，乔裕依旧记得那场罕见的大雪。

这一天，故宫的雪下得那么大，一直下到了他的心里去。

他的脚边不知从哪里窜出来一只猫，轻轻蹭着他的裤脚，大概是"宫廷御猫"中的一员吧。

它让乔裕想起了纪小花，他俯身摸了摸它的脑袋，缓声开口："她终归是要回来的，所以去得久一些也无妨，对吧？"

那只猫自然不会回答他，喵了一声就跑开了。

他一直待到闭馆才离开，离开前他遥望着安静伫立在大雪纷飞中的角楼，想着纪思璇，心里却像极了此刻的天气，寒冷又潮湿。

他没开车来，打算走回去，走着走着，天就黑透了，深冬的雪夜，缓慢而沉寂。

天地之间一片肃静，耳边只有雪花悄然落下的扑簌声和脚底咯吱咯吱的踩雪声，昏黄朦胧的路灯把他的影子拉得极长，留下一串孤单的脚印。

情境刚好，时间正好，可用来思念。

乔裕一步一步地走着，心底对那个人的思念和爱意愈加深重。

他踏着雪色和夜色回到家，找到曾经的那本书。

很快翻到那一页，他无声地摩挲着那几个字。

乔裕，等下雪的时候我们去故宫看雪吧？

过了许久，乔裕提笔在旁边写下几个字。

××××年×月×日，今天北京下了好大的雪，我去了故宫看雪，可你却不在。

写下最后一个字后，他还保持着书写的姿势，似乎想要再写些什么，可手中的笔却迟迟没有落下。

纪思璇，等故宫再下雪的时候，我就娶你吧。

良久，乔裕苦笑一声放下笔，他倒是想娶，只怕她不肯嫁吧。她那么恨他，就算回来了，也不愿再和他有任何瓜葛了吧？他倒真是痴人说梦了。

当故宫遇上了雪，便惊艳了全世界。于是，远在大洋彼岸的纪思璇也被动地关注到了这场大雪。

她看到相关的消息时本能地抵触，很快关了网页，不愿去深想，可架不住有人问她。

有个华裔同事看着雪景图兴高采烈地惊叹了半天，又转头问她："璇，故宫下雪了！你有没有去看过紫禁城的雪？"

纪思璇兴致缺缺："小的时候我爸带我去写过生，长大之后就去得少了。"

因为小时候看得多不稀罕了，可当有了稀罕的人想要再一起去看看，却没了机会。

她和乔裕那个"故宫的雪"之约，终究是搁浅了，到底是谁爽了约？

也许谁也没有爽约，大概是天公不作美吧。那个时候不作美，现在就算是下再大的雪，和她又有什么关系呢？

她面色平淡，似乎内心没有丝毫波澜。

可等到夜深人静的时候，她还是打开网页，刷起了雪景图。

雪中的紫禁城，巍峨壮阔，庄严而宁静，仅仅那一张张的白雪红墙，厚重的历史感便扑面而来。被大雪覆盖的紫禁城，美得让人窒息。

托大数据的福，临睡前，她刷到了一条相关微博。

发微博的应该是个年轻的女孩子，配图却不是故宫的雪景，而是一个男人的背影，脚边还蹲着一只宫廷御猫。

"今天去故宫赏雪，看到一个好帅好温柔的男人，不敢拍正面，只偷偷拍了一张背影，背影都温柔得让我心醉，那句话怎么说的来着，真的是年纪越大越受不了温柔的男人！连故宫御猫都抵挡不住诱惑！"

纪思璇看着那个站在红墙白雪中的身影，身姿挺拔，背影清瘦，立在古老的宫墙和楼阁间，在蜡梅的映衬下别有一番风骨和韵味。而脚边的那只猫，又增添了些许童趣。

只是一个模糊的背影而已，却让她在那一瞬间，潸然泪下。

只是一个模糊的背影而已，纪思璇不知道为什么，自己可以在第一时间认出他是谁。

想想只觉得可怕，之后便是无尽的绝望，她这辈子怕是都无法忘记这个男人了吧？

乔裕开完会从会议室出来才发现下雪了，看样子应该是下了挺长时间，地上已经有了不少积雪。

他给纪思璇发信息——

乔太太，有没有兴趣一起去故宫看雪？

纪思璇倒是回得挺快，却是拒绝了——

下午要和甲方过方案，勿扰。

乔裕心里有些失落，这场雪他已经等了许久，可她却似乎已经不记得那个约定了。

失落归失落，他还是自己去了。

故宫的雪景从未让人失望过，无论哪一处都让人流连忘返。

或许是因为他们现在已经重新在一起了，再看到这漫天飞雪的紫禁城，没了当初心底的萧瑟寂寥，只觉得心生欢喜。

他沿着红墙一步步慢慢走着，看着，想着要不要拍张照片发给她看。

却不知红墙的另一侧也有个身影。

两人在红墙尽头不期而遇。

他沉沉笑了两声："某人不是说要和甲方爸爸过方案，勿扰？怎么，故宫博物院请你来改建？"

纪思璇被抓包，有些羞赧，娇嗔地瞪了他一眼。

乔裕笑着一伸手，她立刻就扑了过去。

乔裕包住她的手暖着，两人并肩前行，在雪中漫步。

纪思璇抬头看他一眼："我以为我说我不来，你也不会来了。"

乔裕笑着看过去："我为什么会不来？我来赴你的故宫赏雪之约，不管你来不来，我都会来。"

纪思璇没说话，只是又往他的方向靠了靠。

走了一会儿，他忽然开口问："为什么不想和我一起来？"

纪思璇脸上的笑容淡了些："我想自己一个人来一次。"

他转头看她："为什么？"

纪思璇顿了顿才回答，情绪低沉不少："前些日子，在书房找东西的时候看到了一盒子票根，我想知道你一个人来看雪的时候是什么心情。"

前几年，还没有流行电子票，故宫的票根他都留着，不知不觉间就存了满满一纸盒。

也不是故意要存着，只当是给自己一个念想。

乔裕捏了捏她的手心，似乎想让她高兴一些，便开起了玩笑："那一盒子的票根，其实统共也就看到了一回雪，其他的都是无功而返。你不回来，它怎敢下雪？"

他从不提那些等雪的日子有多漫长无力、等她的日子有多煎熬苦涩，也不提看雪的时候有多悲伤无望，唯一提起的只有对她的思念，相思刻骨，刻骨铭心。

她记得，当时她打开票根盒时，从里面飘出来一张纸片，是他的笔迹——

"安德烈·纪德的《人间食粮》中说：'我生活在妙不可言的等待中，等待随便哪种未来。'可我期待的人，像今年的初雪一样，迟迟未至。我已经等待了许久，又或许还不够久，我不想要随便哪种未来，我只想要那个叫纪思璇的未来。我相信我的姑娘，或早或晚，终会来临。"

或许，这就是乔裕，守候的日子里，依旧心向暖阳，明媚向上，坦然面对，守心自暖。

有时候，她也会奇怪，他看上去那么温柔好说话、那么容易妥协的人，怎么恰恰在她的事情上，执着又倔强，宽和又执拗。大概是他从未想过放弃吧。

纪思璇攀附着他的手臂，偎依在他肩头，拿头顶轻轻蹭了蹭他，小声嘀咕："我们就看这一回，以后再也不来了。我怕你每次来，就会想起不开心的时候。"

他轻笑一声，抬手抚了抚她的脸，垂眸看她："这怎么能一样，那个时候你没回来，我看不到我们的未来，看着茫茫大雪，只觉得迷茫又彷徨，现在你已经嫁给我了，心境早就不一样了。再看到这漫天飞雪，身边还有一个你，只觉得欢喜。"

他说得轻松，她却趴在他肩上半天没动。

或许是察觉到了她的情绪低落，乔裕笑着跟她聊起往事："也是巧了，就是那一回下雪，还惹出了事端。我来这里看雪，被人拍了一张背影发到了网上。当时我没发现，回去后大半夜的，好多人给我发那张照片问是不是我。后来没办法，只能……"

他做了个手势，纪思璇立刻懂了。她没忍住笑了起来，笑过几声后，忽然顿住，抬手指了指："你当时是不是站在那儿？"

乔裕抬眸一看，点头："你怎么知道？"

纪思璇的神色倏地变得微妙起来，不答反问："当时你站在那里在想什么？"

他的目光落在那处，侧颜清朗，勾唇浅笑，不需要回忆便可以给出答案。

"在想，如果你回来了，我等一个下雪天，在这里跟你求婚，你会不会答应。"

他的声音清朗又温暖，让纪思璇不自觉地盯着他看，轻声问："后来为什么没有执行？"

他的视线落回到她的脸上，眼底闪过一丝不自然："因为一直不下雪，我实在等不及了。"

纪思璇抿了抿唇，忽然开口："我见过那张照片。"

乔裕似乎颇为惊讶："嗯？"

那天她看过那条微博便睡了，醒来后想要再去找，却怎么都找不到了，暗暗后悔当时没顺手保存下来。

她睨他一眼，调侃道："那天我找了好久都找不到，原来是官方亲自下场删帖啊！"

乔裕无奈地笑着："因为这事，我还被乔同志骂了个狗血喷头。"

纪思璇有些好奇："我还没见过乔同志骂人呢，他经常骂你吗？"

乔裕轻咳一声，意味深长地看她一眼："小时候没骂过，长大后就骂得多了。之前没骂过，你回来之后就骂得多了，然后，和你结婚后就没骂过了。"

纪思璇抿着唇瞪他："我怎么觉得你在内涵我呢？"

乔裕爽朗地笑着："你知道就好，哈哈哈……"

从故宫出来的时候，天色已晚，雪也已经停了，街边的路灯已经亮起，天上的月亮又大又圆。

两人手牵手往停车场走，乔裕转头看着她，声音带笑："张潮有言：'楼上看山，城头看雪，灯前看月，舟中看霞，月下看美人，另是一番情境。'古人诚不欺我，果真是'月下对美人，情意益笃'。"

纪思璇笑，勾上他的下巴，脸上的轻佻调戏和当年如出一辙："嗯，《幽梦影》里还说，山之光，水之声，月之色，花之香，文人之韵致，美人之姿态，皆无可名状，无可执着。真足以摄召魂梦，颠倒情思。"

乔裕一愣："你从来没夸过我长得好看。"

"怎么会！"纪思璇否认，"你不好看我怎么会对你一见钟情，还当众示爱？"

乔裕却很笃定："你当年只是说我长得是你的菜，并没有说过我长得好看。"

她竟不知道他还在意这个？

纪思璇很快敛了笑意，一本正经地给出明确安抚："乍见心欢，久处仍怦然。"

乔裕终于满意。

天气太冷，两人都冻得厉害，回到家洗了个热水澡才缓过来。

乔裕笑着低声问她："乔太太，下次下雪的时候，我们再一起去故宫看雪吧？"

那双温柔的眸中掺着说不清道不尽的深情，温柔缱绻，她的心变得软软的，整个人也变得软软的，窝进他怀里软软磨蹭着他，仰头软软亲上他的下巴。

他褪下她的衣衫时，纪思璇微微挣扎了下："别，一会儿还要去接儿子！"

乔裕吻住她，模糊不清地回答："没关系，明天周末，他归乔同志，今晚不回来。"

纪思璇反应过来后，很快揽住他的脖子，身体也跟着贴了上去。

窗外月色撩人，室内春光旖旎。

当天晚上，纪思璇发了条朋友圈。

一张照片，红墙黄瓦，白雪蜡梅，还有一个半蹲在地上逗猫的背影，构图巧妙，布局完美，让人望而生叹。

还配了一句话——

这个背影，我承包了。

她发完之后顺手往下翻了翻，竟然罕见地刷到了乔裕发的朋友圈。

他也发了张照片，是雪地上正向他走来的一个影子。

配字：新雪初霁，满月当空。

纪思璇的嘴角立刻压抑不住地弯起一个大大的弧度。

他的朋友们倒是很懂他，一水地留言吐槽他要么不发朋友圈，一发就是"撒狗粮"。

余光中的《绝色》她怎会不知?

若逢新雪初霁,满月当空

下面平铺着皓影

上面流转着亮银

而你带笑地向我步来

月色与雪色之间

你是第三种绝色

她心里一动,猛地扑到旁边的乔裕怀里。

"乔裕?"

乔裕垂眸轻笑:"嗯?"

"既然周末时间充裕,不如我们来玩儿个游戏?"

"什么?"

"我们数一数,那个盒子里有几张票根,我们就……"纪思璇轻佻地冲乔裕眨了眨眼,"怎么样?"

相识多年的默契让乔裕一下子就明白了她的意思,可在床上,乔裕显然没有她放得开:"嗯……"

"怎么,怕了?"

……

很久之后,乔裕在收拾书房时翻到纪思璇的一幅旧作。

画的是当年他在故宫里的那张背影。

他拿去给她看。

纪思璇正坐在窗边教儿子乔回作画,画的恰好是故宫雪景。

"我都不记得我画过了。"纪思璇看后一愣，抬手摸了摸，"找不到原图，我便循着记忆自己画了一幅，是不是很棒？"

乔裕摸着她的头发："棒得不得了。"

一直安静画画的乔回扭头看了一眼那幅画，又仰头看了看父母，很识趣地没有出声打扰，坐回去继续专心画画。

而有些人就没有那么知情识趣了。

女儿纪南乔已经爬到了旁边的矮桌上，招手示意："爸爸你快来！我们一起做纸模！上次做到太和殿了！"

于是，在阳光正好的午后，在落地窗前的大好春光中，一家四口悠然自得地享受着这惬意的时光。

纪思璇和乔回初次合作创作的作品即将完成，乔裕和纪南乔的故宫纸模却任重而道远。

纪南乔看看自己面前的模型，又看看哥哥那边的画板，忽然出声："爸爸！妈妈！哥哥！"

乔裕手下动作未停，应了一声："嗯？"

纪思璇和乔回转头看过来。

纪南乔笑眯眯地问："等下雪了，咱们一起去故宫看雪吧？"

乔裕一怔，下意识地看向纪思璇。

恰好纪思璇也看了过来，然后，她便听到他的声音响起。

"好。"

"好耶！"纪南乔一开心，又上了桌，站在矮桌上蹦蹦跳跳，没承想，一不小心踩坏了纸模的一角，她立刻撇起嘴，一副要哭不哭的模样愣在那里。

乔裕立刻起身，把她抱在怀里轻哄："不哭不哭啊，爸爸会帮你修好的。"

乔回也条件反射般扔下画笔，跑过去手忙脚乱地哄着，那反应速度……可见平日里被妹妹的魔音荼毒匪浅。

就连趴在沙发一角晒太阳的猫咪也一改刚才的慵懒，火速跳到纪南乔身边，抬起一爪轻轻搭在她的手臂上，一脸担忧地看着她……

纪思璇看着忙得不可开交地哄女儿的父子俩和一只猫，在一旁大笑出声。

听到笑声，乔裕便抬眸看了过去，看着看着也跟着笑了起来。

哥，你送给我的礼物我一直很喜欢，我要守护一生的那个人正在阳光里对着我笑，你看到了吗？

番外三

春暖花开·赴一场白首之约

我把你放心上，
刻在了我心膛。

某天，乔裕给林辰打电话，电话拨出去了才想起来有时差问题，刚想挂断，林辰就接了起来，两人便你一言我一语地聊了起来。

乔裕轻笑："接得挺快啊，没睡觉吗？"

林辰声音紧绷，很是异常："大白天的，睡什么觉。"

乔裕敏锐地察觉到不对劲："在哪儿？"

林辰顿了下："X大。"

乔裕很是震惊："你什么时候回来的？！"

林辰则表现得冷静多了："昨天。"

"在X大干什么？"

"报到。"

"嗯？"

"以后请叫我林教授，谢谢。"

乔裕表示怀疑，试探着问："你……真是昨天才回来的？"

林辰深深吐了口气："具体来说，是今天凌晨，如果不是你表现得这么惊讶的话，我真怀疑你在我身上装监控了。"

寒暄过后，乔裕进入正题："下个月有时间吗？"

林辰有不好的预感，想也没想就回答："没有。"

乔裕声音里的笑意和得意丝毫不加掩饰："我结婚。"

林辰冷漠应答："没空。"

乔裕不理会他的答案，继续阐述自己的诉求："做伴郎。"

电话那边安静了几秒钟，一直在立淡漠冷静人设的林辰终于忍不住了："呵！你就找不到别人了吗，非得找我？我是伴郎专业户吗？"

乔裕耐心安抚："林教授，注意形象。你是不是伴郎专业户我不知道，但我实在是找不到人了，咱们四个，除了你，都结婚了。"

"你那群弟弟呢，你不是国民二哥吗？"

"你要理解，我也老大不小了，那帮弟弟大多是已婚人士，连陈三儿这种人都结婚了，我还能找得到谁？东拼西凑，好不容易拉了江小四的双胞胎哥哥，再加上沈南悠，再也找不到靠谱的了。"

一番话含沙射影别有深意，听得林辰又是一声"呵"，扔下一句："你别后悔！"

然后挂了电话。

婚礼当天，一切都井然有序地进行着。

拍婚纱照的时候，纪思璇刻意避开了白纱，她想留到婚礼现场再给他看。于是，在新娘入场环节，打开门的那一刹那，乔裕抬眼看过去，嘴角依旧带着笑，却瞬间红了眼睛。

他无法形容在看到穿着一袭白色婚纱的纪思璇的那一刻，是什么心情，只是各种情绪一下子全都争先恐后地冲上来，他的眼角便湿了。

他看着她缓步走进来，外人永远无法知道，那一刻唯美光束中的她带给他怎样的惊艳。

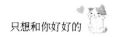

他从来不知道自己的泪点竟这么低。

纪墨牵着她的手走向他的时候，他笑着垂了下头，实则是在平复情绪。

她站在他面前，笑着看着他的眼睛，似乎在问他好不好看。

乔裕紧紧握住她的手，他本以为婚礼现场她会是情绪激动的那一个，谁知难以平复的那个人竟会是自己。等贴上她满是湿腻的掌心时，他才知道，婚礼，是两个人的紧张与甜蜜。

合影结束，纪思璇要去换上一套衣服，在走廊碰到林辰。

林辰状似不经意地提起，却被一剑封喉。

"乔裕在他进校那年的迎新晚会上，代表建筑学院唱了首民谣。"

纪思璇的时间紧迫，本无意与他闲聊，听到这句却立刻停下脚步："哪首民谣？"

林辰对她抓重点的能力表示嫌弃："这不重要。"

"然后呢？"

"重要的是，场面惊艳，全场轰动，尖叫沸腾，堪称乔裕学生生涯的名场面，你能想象得到的……当时坐在台下的那么多女生都听到了，可你却没听到，不遗憾吗？"

纪思璇神色如常地拨弄着为了婚礼新做的美甲，一张口便是漫不经心的气势汹汹："遗憾什么？当时坐在台下的那么多女生都没得到他，可我得到了，遗憾的该是她们。"

林辰点到即止，为了防止被反杀，他理智地选择了闭嘴。

十分钟后，休息室内，纪思璇勾缠着乔裕的衣襟撒娇，视线若有似无地往他裸露在外的胸膛腹肌上扫："那么多女生都听到了，我却没听到，连个视频都没留下！都说，唱民谣的男人，有种特别的迷人味道，一种让人按捺不住的要命，我却从来没见过！"

他本来正在换衣服，才解开白衬衫的最后一颗扣子，她就闯了进来，然后便半挂在他身上轻拉慢扯地折磨他，也不让他穿好衣服，白嫩细长的手指间或戳上他的皮肤，还时不时抬头看他一眼。她的眼神妩媚妖娆，像有小勾子似的，撩得他气血上涌。

不知怎的，他脑子里忽然不自觉地冒出一句诗，轻拢慢捻抹复挑……

乔裕怕再耽搁下去，他会忍不住，猛地按住她作乱的手，深吸一口气，开始解释："他的话太片面，真实情况是院里准备的节目临时出了状况，我是被抓壮丁上去的，那个时候完全一点儿准备都没有，连排练一下的时间都没有，你想也知道，当时有多紧张多混乱，我就穿着白 T 恤休闲裤，吉他是借的，歌词也唱错了好几句，跑没跑调更是不得而知，能好听到哪里去？幸亏没留下视频，不然就是黑历史！"

纪思璇则完全不按常理出牌，倏地垫脚亲了他一口："那些都不重要，你抱着吉他坐在台上的样子就够我看一辈子的。"

乔裕抚额，继续道："你当林辰是什么心思，他是不是没有告诉你，那场迎新晚会，代表法学院出战的是他，可他精心准备的一段街舞却在'最佳人气节目'投票时，以一票之差输给了我，也不知道这一票到底是怎么投的。结果出来后他那叫一个意难平啊，从那之后，我再也不敢在他面前唱歌了。"

纪思璇有些后知后觉："所以，他跟我说这话是……什么意思？"

什么意思？

乔裕苦笑，他为了在婚礼上给纪思璇一个惊喜，精心选了歌，又日夜勤加苦练，可现在，这一切都毫无用武之地了，一会儿他大概又要借把吉他上台，临场发挥唱首民谣。

这些天他的辛苦和努力林辰都看在眼里，却在这个时候给他挖了一个天坑。裕无奈地笑，这个林辰真的是……到底要记多少年仇啊！

他又想起林辰撂下的狠话，不得不佩服，林教授这是一箭双雕啊！

请林辰做伴郎，后悔倒是不至于后悔，就是这么说起来，他很是怀念当年那个玩得很野的林辰啊！

纪思璇招惹完乔裕之后，看着时间差不多，便去换衣服了。等她换完衣服回到席间，却没在第一时间看到乔裕的身影。

她正左顾右盼时，全场忽然陷入一片黑暗，舞台中央骤然亮起的光束里，出现了一个抱着吉他的男人。

说实话，纪思璇很惊讶，她刚才闹腾他那一通的主要目的是调戏，提起唱民谣什么的是为了让这场调戏师出有名，可没想到他竟然……

他其实很安静腼腆，不太会做这种当众示爱的事情。

可他还是做了。

他穿着很干净的白衬衫，坐在那里，弹着吉他，唱着不像是他会唱的……民谣。

她喜欢的人可以温柔又低调，也可以一开嗓就惊艳全场。

"我把你放心上，刻在了我心膛。"

他笑着看着她，眼睛里全是她，心里也是。

那一刻，纪思璇泪如雨下。

她要嫁的到底是什么人啊，这个世界上怎么会有这么好的人。

她会永远记得，眼前这个很好很好的男人，在一个春暖花开之日，邀她共赴一场白首之约。

番外四

璀璨星光·海鲜楼之约

曾经的那些遗憾，

好在还有机会可以弥补回来，

真好。

多年前平安夜的　句戏言，念念不忘的除了三宝同学，还有一个人。

于是今年的平安夜，三宝凤愿达成，终于在海鲜楼狠狠地吃了"乔妹夫"一顿，心满意足。

也是多亏了各方人士的照顾，这么多年了，海鲜楼的生意依旧尚可，坚挺到今天还没关门，否则乔裕的遗憾怕是要比三宝多得多。

吃到一半，乔裕出去接电话，三宝凑到纪思璇跟前，小声地叫着："妖女妖女！"

纪思璇正在研究杯中的白葡萄酒，抿了一小口，品了品，觉得还不错，便又抿了一口。

三宝伸手把她手里的酒杯挡开："别喝这个了，你想喝改天我去煎药室给你拿两瓶黄酒。黄酒和螃蟹才是灵魂伴侣，正所谓'黄雕美酒大螃蟹，滋滋咪咪到半夜'。"

纪思璇有些无语地看着她："煎药室还有你没偷吃过的东西吗？"

"……还是有的。"三宝有些心虚地垂了垂眼，又很快反应了过来，"别打岔，说正事呢。"

纪思璇好整以暇地睨她一眼："你倒是说啊！"

三宝顿了下："其实前两年，有一回，乔妹夫给我打电话，说之前说好要请我去海鲜楼吃一顿的，一直没有合适的机会，问我还去吗，如果去的话他随时都可以，可我没敢去。"

纪思璇笑了起来："为什么，那不是你的夙愿吗？"

"你不知道，他给我打电话的时候，听声音像是快要哭了一样，我哪里敢去，我也怕消化不良啊！"

"后来呢？"

"后来可能乔妹夫的这个电话太瘆人了，我连着好几天都食欲不振，一顿就只能吃一碗米饭，最后还是喝了我老师给我开的一服药才好的。"

随忆听了心里一动，也凑近了问三宝："你还记不记得是哪一年啊？"

三宝很是笃定："就是你们放烟花的那一年，我记得特别清楚，他是放烟花的第二天给我打的电话。"

随忆深深地看了纪思璇一眼，那一眼格外地意味深长。

何哥听了像是忽然想起了什么："说起这个，我也想起件事。"

说着她看了随忆一眼："阿忆，你记不记得你结婚的时候，乔妹夫不是做伴郎来着？那天你们都走了，乔妹夫一直在酒店没走，后来我听说他在酒店门口的台阶上坐了一整个晚上，好像是在等什么人。"

这下三个人看向纪思璇的眼神变得相当复杂了。

纪思璇神色一凛："你们那是什么眼神，好像我是个渣男一样。"

随忆忍不住笑起来："你不知道，自从你走后啊，乔师兄在我们这里的待遇直线下降，当然了，主要是在她俩那里。称呼从'乔妹夫'转为直呼其名'乔裕'，随着你离开的时间越来越长，她俩对你的思念越来越深，'乔裕'就变成了'乔二狗'或者'乔家小二狗'，后来你回来了，他们便勉强地称其一声'乔部'，再后来真相大白于天下，她俩唏嘘了许久，再提起乔裕来就是一声'亲爱的沁忍同志'，自打定了要来海鲜楼吃饭啊，两人对于他的称呼又研究商榷了一番，实在找不出比'亲爱的沁忍同志'更能表达她们的敬仰之情且更敬重有加的称呼了。"

纪思璇撑着额头笑得东倒西歪："乔二狗，乔部，亲爱的沁忍同志？"

三宝和何哥对视一眼，十分不自在地咳嗽起来。

正巧乔裕接了电话回来，坐到纪思璇旁边笑着问："聊什么呢，这么开心？"

"没什么没什么！"三宝立刻坐直了打申请，"乔妹夫，我还能不能……"

乔裕大概也是习惯了三宝的胃容量："加个菜？"

三宝猛点头："对对对！"

乔裕大手一挥："随便加，管够！喜欢的话一会儿打包一份也成！"

纪思璇看着他："乔部最近出手很阔绰啊，是不是……"

那几个字她没说，乔裕无奈地一笑："上学那会儿，我办了张卡，里面存了一笔奖学金，打算请她们来这里的，谁知道没用上，便一直留着，这些年断断续续地也往里打了点儿钱，几年下来，也不少了，别说请一顿，请十顿都绰绰有余。"

纪思璇奇怪："为什么陆陆续续地打？"

乔裕一顿："想你的时候就会打点儿。"

纪思璇想着那几年她确实有很多借口和理由回来，可她偏偏不回来，一次也不。

她长长地吐出口气："你这么说的话，我也觉得自己有点儿渣了。"

饭毕，有家属的来接，没家属的打车，等送走了各路人马，微醺的男人拉着纪思璇走在街头。

这是纪思璇第二次见到乔裕高兴到主动喝酒。

第一次是婚前的单身告别派对。

乔裕不知从哪儿找出个苹果，塞进纪思璇的手里后，顺势把她搂在怀里边走边笑，难得地话多。

"那年平安夜聚餐，萧子渊揽着喝多的随忆走在这条路上，他们走了一路，我羡慕了一路。当时，我看到他怎么也压不下去的唇角，再回头看看身边张牙舞爪的你，忽然间特别恼，你为什么不喝醉呢，我也想抱你。"

"呃……"纪思璇低头看着横在腰间的手臂，"就像现在这样？"

乔裕重重点着头，又紧了紧手臂，眼底的笑意星星点点地漫了出来，就像天上的璀璨星光。

曾经的那些遗憾，好在还有机会可以弥补回来，真好。

番外五

千里江山一梦回·乔烨

"他们说你'佛系'，不争不抢，不悲不喜，有也行，没有也行，我是不是也在你的'可有可无'内？所以送出去的真心和说出口的喜欢，想收回便可以收回？"

乔烨被人推醒时还处在懵懂的状态，他看着眼前的人一时不知该做何反应。

　　面前的年轻男子却兴奋地扬着手中的纸冲他喊："哥！看！我收到 Offer 了！"

　　乔烨有些不敢置信地哑声开口："乔裕？"

　　乔裕有些奇怪地看了看，又笑着推了他一把："时差还没倒过来？"

　　乔烨心里一紧。时差？什么时差？他不是死了吗？为什么会出现在这里？

　　乔烨快速地扫了一眼四周，又仔仔细细打量了下乔裕，这里确实是他的房间，只是……这个弟弟比他们最后一次见时还要稚嫩年轻许多，眼下这到底是什么情况？

　　乔裕看他久久不说话，神色也有些奇怪，渐渐敛了笑，小心翼翼地问："哥，你怎么了？哪里不舒服吗？"

　　乔烨很快回神，不动声色地笑了下："没有，就是睡得有些头疼，我睡了多久？"

　　乔裕拿起床边放着的手机给他看："喏，你自己看，都下午了！"

乔烨扫了一眼，继而垂下眼帘遮住眼底的震惊。屏幕上除了时间，还显示着今天的日期。

竟然是他癌症复发的那一年！他清楚地记得，拿体检报告的时间是在下周！

到底是从小一起长大的，乔裕很快就觉察到了他的不对劲，倒了杯水递给他："哥，你先喝点儿水，缓一缓咱们就下楼吃饭，妈都叫了好几次了。"

妈？！谁妈？！

教养礼仪一向出色的乔烨差点儿把水喷出来，他妈不是早就……

还是说，乔柏远给他们找后妈了？乔乐曦那丫头能同意？！她还不得闹翻天？

听了这话，他哪里还有什么心情喝水，和乔裕一前一后地下了楼。

乔烨按捺不住心底的好奇和着急，三两步就从楼梯上跃了下来，然后就被眼前的人和事吓得愣住。

餐桌前他爸和他妈正头靠着头、手牵手说着什么，两人忽然笑着对视了一眼。

乔烨的大脑几乎不能思考，只有几个字在脑中来回地重复——

真的是我妈。

听到脚步声，乔柏远率先松开手，坐直了些，轻咳一声，神色自若地开口："都下来了？"

而乐知微显然没有他的功力，脸微微泛红，低着头不敢直视两个儿子。

只是一低头，便露出了白皙脖颈上的一片红痕，看上去像是……

乔烨和乔裕对视了一眼，都从对方的眼里看到了一丝窥得父母房中秘事的不自在。

不仅如此，乔烨心里还有一丝震惊——他父母感情这么好的吗？！

他记得乐知微离世的时候他已经懂得很多事了，那段时间父母经常吵架，并且吵得很厉害，否则乐知微也不会想不开，乔柏远也不会内疚了一辈子。

怎么他一回来，一切都不一样了？

乔烨忽然意识到好像少了一个人："乐曦呢？"

乔裕笑得古怪："能干什么去，和江小四约会去了呗！"

乔烨一愣："约会？他们在一起了？"

乔裕再次奇怪地盯着他看："不是早就在一起了吗，你怎么好像刚知道一样……"

乔烨清了清嗓子，揉着眉心遮掩："这不是没睡醒吗？"

父母和乔裕的脸上都是一副稀松平常的模样，好像这是件再正常不过的事情。可他明明记得乔乐曦和江圣卓的情路颇有些坎坷，在一起还是几年之后的事情。

正说着，就看到乔乐曦进了门，坐到桌前就开始大快朵颐。

"爸，妈，大哥，二哥！"

乔烨愣住了，他记得乐曦因为乐知微的事情，从小就不怎么待见他和乔柏远，只和乔裕说话，怎么现在……

哦，他忘了，乐知微没事，不仅没事，而且夫妻关系如胶似漆，他们之间自然没有什么矛盾，同胞兄妹，感情自然好。

乔裕忍不住调侃道："你和江小四出去约会，他都不管你饭的吗？"

乔乐曦咽下嘴里的东西，夸张地叹了口气："别提了，不知道他又干什么了，约到一半被他爷爷揪回去了！这不还等着我吃完饭去捞他呢！"

乔烨本着少说少错的原则，在接下来的时间里，就算心里再好奇也不再发问，安安静静地吃饭。

本来他就被这一系列超出他认知的事件震得七荤八素，这边还没消化完，到了晚间他竟然又收到了一条挺意外的信息。

是段景熙发来的，问他有没有时间一起喝一杯。

他盯着段景熙的名字和那条信息看了许久，心里的讶异源源不断地往外冒。

怎么段景熙都冒出来了？他和这位段王爷什么时候是这种可以喝一杯的交情了？

看他的措辞和语气，好像他们很熟的样子？

他权当是段景熙发错了，没有理会。

谁知第二天段景熙竟然直接找上门来了。他的语气和动作里的熟稔和热络不带有一丝刻意，弄得乔烨更是一头雾水。

"不是说好的，我陪你去拿复查报告吗？"

说好的？和谁说好的？

这话就有些交浅言深了，惹得乔烨频频抬眸看过去。

这下便换来了段景熙的咂舌不满："你那是什么表情？好像我们不怎么熟一样。"

乔烨忍不住腹诽，我们就是不怎么熟啊！

心里的疑虑多了，话就那么自然地冒了出来："我们没那么熟吧？"

简简单单的几个字竟然让段景熙这位表情管理大师无懈可击的神

色出现了一道裂痕。

"没那么熟？乔烨，你不是出了趟国就傻了吧？难不成外院几年同窗加室友的情谊都是假的？"

最后一句话震得乔烨一个字都说不出来。

室友？！

他和段景熙确实是同窗，可并不是室友！更何况，他们之间并没什么所谓的情谊啊？！

当年他报的那个高考志愿，完全是出于挑战自己的目的，而段景熙则不同，他出身世家，家族里个个都是拔尖的人物，身上肩负着"子承父业"的重任。他们一个言谈有方举止有度，一个温润儒雅气质斐然，又都是难得的好相貌，自然会被拿来比较。恰好一个姓乔，一个姓段，托金庸先生的福，外界皆在传两人面和心不和。

其实倒也没什么和不和的，只是两人是真正的君子之交，平日里并没有什么交集，如果非要说到情谊，那也只有见面点头打个招呼的情谊，连彼此的联系方式都不曾有。

直到毕业，两人也没说过几句话。

后来出了校园，虽说去了同一处历练，可部门不同，两人的交集更是少得可怜。再后来他选择离开，开始走家里安排的路，两人便彻底断了接触。

倒是在他离世那年的春节团拜会上，他们见过一面。彼时，他是喜怒不形于色、手腕强硬的乔部，他是温和从容、泰山崩于前而色不变的段王爷，当时他们的位置离得并不近，眼神不经意间撞上，乔烨也如往常般轻点了下头就准备移开视线，却发现段景熙一直盯着他瞧。

后来离场的时候，段景熙的位置明明离出口更近，却特意绕到他这边来，破天荒地和他闲聊了几句，最后还问他是不是不舒服，脸色不太好看。

那个时候他已经病入膏肓，生病的消息一直压着，除了家里的亲人，外人并不知情。他只是笑了笑，随便找了个借口敷衍了过去。

谁知没过几天，段景熙竟然特意让人送了一个保温杯和一盒枸杞来，弄得他哭笑不得。他打电话过去询问，段景熙还难得开起了玩笑，说年纪大了就要服老，养生和秋裤一样都不能少。

那个时候他明明正值壮年，礼尚往来，他便让来人带了两盒西洋参回去，作为回礼送给段景熙。

那也是他们最后一点儿交集。

乔烨正想得出神，就被段景熙叫了回来。

"喂喂喂，我在跟你说话呢！你有没有在听啊？"

乔烨揉着眉心，一脸无奈："你现在话怎么那么多？你在别人面前也这样？"

段景熙挑眉："当然不，你不是自己人嘛，在你这里我还装什么成熟稳重啊。"

乔烨这边刚被这句"自己人"震得瞠目结舌，那边段景熙又自顾自地脑补了起来。

"我说，你不会已经自己去拿复查报告了吧？结果不太好？你怕我伤心就要和我划清界限？"

乔烨竟不知道这位再过几年被人夸得天花乱坠、平日里温文儒雅清风朗月、对外却霸气又毒舌、分毫不让的涉外第一人段王爷会有这么丰富的想象力。

他看了段景熙一眼："没有，我还没准备出门，你就来了。"

段景熙笑了下："那我来得正好。"

他这一笑起来倒是有几分日后那位"段王爷"温文尔雅的意思了，只是话里的不客气让乔烨有几分不自在："我自己去就行了。"

段景熙不怎么在意他的疏离："你跟我客气什么。"

乔烨忍不住讥他："段景熙，你们家的家训不是君子行正端方，独善其身吗？"

可就因为这一句话，在接下来的时间里，乔烨全方位多层次立体化地体会了一把这位"段小爷"的好口才。

段景熙连思考的时间都不需要就开始谴责他的无情："独善其身？你忘了当年你病发晕倒是谁背你去的医院？你一个手术十几个小时是谁在手术室外一直等着你的？现在倒想起来让我独善其身了？"

乔烨的记忆里并没有这些事，一时之间竟也不知道该说些什么。

段景熙看他一脸茫然的模样不像装的，面色微沉："你不要告诉我，你都不记得了？"

乔烨抬眸看了他一眼。他不是不记得了，他也是今天第一次听说。

乔烨怕说多了露怯，索性不再开口。

段景熙却不肯放过他，追问道："你这不说话又是什么意思？"

事实证明，千万不要和某些行业的资深从业者翻旧账斗嘴，压根不是对手，毫无招架之力啊。

乔烨妥协，点点腕表，准备起身："时间快到了，我们要出门了。"

段景熙忽然拦住他，不知道从哪里拿出个保温杯塞到他手里："来来来，把这个带上。"

这个保温杯倒是颇为眼熟。

乔烨下意识地打开杯盖，里面果然漂着几粒枸杞。他看看保温杯，再看看段景熙，一时之间感慨颇多。

到了医院，段景熙却不下车了，美其名曰给予他绝对的隐私权，所以在车里等他。可乔烨却觉得这个人比他这个当事人还要紧张。

医生办公室里，乔烨本来已经做好了心理准备，不外乎就是把曾经经历过的绝望再经历一遍，那个时候他尚且能接受，现在已经知道了结果，不过就是再看一遍而已，没什么不能接受的，可当他看到体检报告时却发现……

乔烨把手里的体检报告来来回回地看了好几遍，最后不确定地抬头问："没问题？"

傅寻澈觉得他不太正常，开了句玩笑："对于自己的身体很健康这件事感觉很意外？"

乔烨垂下眼帘："会不会搞错了？我要不要再复查一下？"

傅寻澈看他面带严肃，也收起了笑意："乔烨，说真的，为了你这份复查报告，我被我老板骂了个狗血喷头，我怕你不放心，特意找我老板给看了两遍。我老板看完之后问我，正常成这样到底有什么可看的？！"

乔烨的脸上难得露出了一丝茫然："是吗？"

傅寻澈安抚道："你也对我的同行们太没信心了吧？我不记得你有强迫症啊，还复查什么啊。"

"可是……"乔烨张了张嘴似乎还想再说什么，却忽然收了声，半晌才抬起头来，脸色也恢复如常，笑着开口，"真好。"

乔烨神色恍惚地回到车里，把段景熙吓了一跳。

"复查结果怎么样？"段景熙看他脸色不好，第一时间抢过他手里的报告，屏息快速扫了几眼才松了口气，"这不是没事吗，怎么你好像一副不太高兴的样子？"

乔烨不是不高兴，他是不敢相信。他就这么没事了？

乔烨不说话，搞得段景熙更紧张了，他又把体检报告从头到尾细细看过一遍才彻底放心，心情大好，继而开起了玩笑："复查没事，你不应该请我吃顿饭庆祝一下吗？"

乔烨依旧有些心不在焉，半天才点头："应该。"

虽然只有两个人，可段景熙点起菜来一点儿没含糊，最后还点了瓶酒，喝到微醺，两人的话也多了起来。

也许是看多了段王爷老神在在的样子，乔烨瞧着眼前这个略显活泼的段景熙，竟然莫名觉得有些可爱。

段景熙一抬头看到他的表情立马就不乐意了："你看着我露出一脸慈祥的笑是什么意思？跟看你弟弟似的……说起来，你弟弟快毕业了吧？"

乔烨点头："嗯，毕业就去留学，已经申请好学校了。"

"去学建筑？"

"嗯。"

段景熙挑眉，一副意难平的模样："啧，羡慕啊，你说说，像你这种长子，我这种独子，真的是命苦的可怜人啊，就活该子承父业？我们就不配拥有理想？"

乔烨倒是平静得很，慢条斯理地回答："我有理想啊。"

"什么？"

"子承父业。"

段景熙："啊……"

不过乔烨倒听出点儿别的意思来："你不想做这行了？"

段景熙轻嗤一声："谁想做这行啊？！每天唇枪舌剑斗智斗勇的，最近烦得透透的。"

乔烨忽然敛了神色，此刻的心情略有些复杂。他记得他认识的那个聪慧谦和的段王爷从未对这样的生活表现出一丝一毫的不耐烦，甚至可以说是游刃有余乐在其中啊。是不是因为他的改变，也改变了其他人的人生轨迹？他脑中忽然浮现出段老爷子的身影，他深知培养出这么一个人才多不容易，老爷子不知道花费了多少心血，如果段景熙如今的抵触真是因为他，那……这无异于掘人祖坟啊！

乔烨决定侧面询问一番，小心翼翼地问："你最近怎么样啊？"

他没怎么和段景熙聊过天，一时之间还不太适应，尺度也没把握好。友谊的小船瞬间片甲不留，段景熙不满地看着他："你那又是什么表情？好像又跟我不熟了一样。你忘了当初是谁死皮赖脸地非要跟我做朋友，我不同意，某人还三番五次地出现在我面前痛哭流涕地求我，你到底讲不讲道理？"

乔烨瞬间被气笑，就算他明白现在有很多事情都和他的认知不一样了，但他对自己还是了解的，段景熙说的那些事他压根就不会去做。他心里暗叹，他错了，他就不该和段景熙讲道理，现在的段景熙讲起理来，就没有什么不敢说的。

而原本胡搅蛮缠的段景熙却忽然敛了神色，声音都低沉了几分："你不知道，为了今天陪你来取复查报告，我紧张得好几天晚上都没睡好。"

乔烨一时之间没接话，努力分辨着这背后的潜台词。可他还没来得及说什么，就听到段景熙又絮絮叨叨地开口："几年前的晴天霹雳我可不想再经历一次了，你没事真是太好了。"

"段景熙。"过了半晌，乔烨忽然笑了起来，一本正经地伸出手去，"能和你做朋友，我很高兴。"

段景熙展示了一下完美无瑕的交际礼仪，并微笑着纠正他："是好朋友，哥们儿。"

乔烨看着他，笑着点头赞同。

和段景熙成为哥们儿，这种想都没想过的事情忽然发生了，感觉……好像还不错？

乔烨还是对段景熙刚刚的抱怨有些介怀，临别前，再次小心提起这件事，谁知段景熙却是一副极不在意的口吻："我就是随口一说，你怎么还当真了呢，我不做这行还能干什么？"

"你不是说你有理想吗？"

"我是有理想啊，我的理想就是成为一名优秀的涉外人员，广交朋友，推动合作，为祖国发声捍卫国家利益，让国际上越来越多的人看到我们伟大祖国日渐强盛，以及愈发强大的民族自信和气节啊！那句话怎么说的，有五星红旗升起的地方，就有我们的身影。"

乔烨无语，他就活该多问！喝了这么多嘴皮子还这么利索，不干这行还能干什么？

实在没忍住，乔烨睨他一眼："段景熙，你幼不幼稚？"

段景熙反倒幼稚得坦荡："我不过才二十几岁，还很年轻，又不是什么成熟稳重的国之栋梁，偶尔吐槽一下怎么了？"

乔烨听后却笑了。他差点儿忘了，现在的自己也不过才二十几岁，还很年轻，有大把的光阴可以挥霍，一切皆有可能，曾经那些来不及做的事情都有实现的可能。

乔烨这一笑倒把段景熙笑蒙了，他很是疑惑地问："你笑什么？"

乔烨敛了笑："没什么，不好意思，失礼了，你继续。"

"那我就继续……"段景熙想了半天，"我没什么好继续的了。"

……

乔烨回到家的时候已经有些晚了，没想到乔裕竟然还没睡，听到他进门，一下子从沙发上弹了起来，跑过去小心翼翼地看着他，也不说话。

他去复查的事情，一直瞒着家里，谁知一不小心被乔裕察觉了，这个弟弟自打知道后就一直有些惴惴不安，明明担忧得要命却又不敢在他的面前表现出来。这一天下来乔裕怕也是煎熬得厉害。

乔烨也没说什么，只是把复查报告递给他看。

乔裕拿过来认认真真看着，时间一分一秒地过去。

半晌，他终于长长出了口气。

后来，乔裕不知道从哪里翻出瓶红酒来，非要跟他喝两杯庆祝一下。

乔烨有些无语，怎么今天人人都要跟他喝两杯。你两杯，他两杯的，他今天都四杯了。

他抿了口酒，无意间一瞄，似乎发现了什么："你把爸这瓶酒开了？"

乔裕笑嘻嘻地点头："是啊，爸藏这么深，一看就知道是好酒。我们先喝了，明天我再跟爸说。"

乔烨有些同情地看着他："据我所知，爸妈的结婚纪念日快到了。"

"你是说……"乔裕忽然想到了什么，神色一滞，"我都这么大了，爸应该不会打我了吧？"

乔烨泰然自若地又抿了口，但笑不语。

乔裕忽然间惶恐起来，一副坐立难安的模样。

正巧乔柏远下楼来接水，难得看到两兄弟在喝酒。

乔柏远宦海沉浮多年，早已练就一身喜怒不形于色的从容，可当两个儿子齐刷刷看过来时，眼底还是闪过一丝不自然："你妈渴了。"

说完接了杯水就上楼去了。

好在他有些心虚，没顾上细看，否则今晚乔裕肯定"在劫难逃"了。

乔裕和乔烨对视一眼，调皮地眨了下眼睛。

父母关系也似乎太融洽了吧，乔烨忽然生出许多担忧来。这个岁数，这个频率，是不是伤身体啊…他都奔三了，不会哪一天忽然再冒出来一个弟弟或者妹妹吧？他倒是无所谓，不过到时候乔书记的脸往哪儿搁啊……

乔裕却没想那么多，拿着酒瓶和酒杯，一副准备跑路的样子："走走走，咱们去你房间喝。"

他没事，最高兴的就是乔裕了，红的白的啤的混着来，最后赖在他房间直喝得两颊通红，拉着他"诉衷肠"。

"哥，我遇到了一个很喜欢的女孩子，我打算等她毕业，就娶她，你说好不好？"

乔烨正望着窗外，听到乔裕的话，他很清楚地看到玻璃上的那个自己勾起了唇角。

他当然知道乔裕说的是谁，那一世那个女孩子他曾短暂地接触过几次，洒脱明媚，倾国倾城，又对他弟弟一往情深，他满意得不得了。

乔裕没得到回答，推了他一下，眼底带着弟弟对哥哥的仰望和依赖："到底好不好？"

乔烨转头看着他，笑着点头："当然好，那个时候我就担心，怕你会因为咱妈的事情而不想结婚不想成家，好在你没有。"

乔裕一脸疑惑："咱妈的事情？咱妈什么事啊？"

乔烨一愣，低头看着手里的啤酒罐，忽然笑了起来，拍了下额头："是我糊涂了，喝多了喝多了……"

他忘了，他早就不是那个"乔烨"了，乐知微也早就不是那个"乐知微"了……

乔裕看着他开口："哥，你好像和以前不一样了。"

乔烨反问："哪里不一样？"

乔裕指指他嘴边的笑意："好像爱笑了，话也多了，没有以前看上去那么……严肃强硬，特别好。"

乔烨作为乔家的长子，从小就少年老成，可乔裕作为弟弟，还是更喜欢哥哥笑起来的样子。

乔烨合了合眼，只是笑着，却没再说话。

他生病的那几年，几乎没在这个弟弟的脸上看到过笑的模样，现在看到乔裕笑着叫他"哥"的样子，眉眼飞扬，嘴角含笑，也觉得好极了。

乔裕像是忽然想起了什么："对了！哥！你不是说如果检查没事的话，就去跟嫂子表白吗？什么时候去？需要我做什么吗？"

嫂子？！表白？！

乔烨一口酒差点儿喷出来，如果不是怕露馅，他真的想直接问问乔裕，你嫂子是谁？！

乔裕忽然不适地动了动，从身后的沙发缝里拿出一个长方形的首饰盒，他打开看了眼，递给乔烨："咦，这不是你挑了好久，说是表白的时候要送给嫂子的手链吗？怎么扔在这里？"

乔烨接过来扫了一眼，只这一眼便额角直跳。

这条手链……怎么会是这条手链……

他还处在震惊中，乔裕却又动了动，再次从沙发缝里捏出个东西扔到他怀里："哥！这个你怎么也到处乱放？你不是说是嫂子给你的吗？你可不能到处乱扔。"

乔烨一时之间没看清，只想着问问这个弟弟，可等他看清楚乔裕扔过来的东西后，心里一紧。

这个玉坠……

是她！他的表白对象是她！

到了如今，他还有什么不明白的？

贺今……竟然是贺今……

"哥？哥！"乔裕推了他一下，"哥！"

乔烨一脸怔忪，下意识地问："什么？"

乔裕揉着太阳穴："我说我喝多了，有点儿头疼，先回去睡了。"

乔烨点头，心不在焉地回答："去吧。"

乔裕很快回了房间，他却坐在那里久久未动。

那一世，在他的生命快走到尽头的时候，乔裕曾经问他，还有没有什么想见的人。

他回答没有。

可他心里知道，有。

他想见的那个人就是贺今。

贺今是和他同一批进入部门的同事，有名的"佛系女神"。在一堆争名逐利积极上进的青年中尤为显眼，是一个特别的存在。

年纪轻轻，却总是一副波澜不惊的模样，不骄躁，也不矫情。没有钩心斗角，没有焦虑执着，不争输赢，一切随缘无欲无求，把一切都看得很淡，有一套自己的做事方式和节奏，对别人的眼光看法也一笑置之。

人际关系淡薄到几乎没有，成年人头疼的社交问题在她这里也根本不存在。喜欢她的人说她云淡风轻，淡定自若，不喜欢她的人说她甘于平庸，不思进取。他至今还记得顶头上司对着她时那一副恨铁不成钢的憋屈模样。

可没想到的是，在他打算按照父亲的安排去别处历练攒资历时，这位万事无所谓的"佛系女神"竟然会主动跟他表白，还硬塞给他所谓的定情信物，她家祖传的一个玉坠。

紧接着外界就开始盛传他是乔家的大公子，很快她也听到了风声，知道了他的身份后就反悔了，又硬着头皮来要回去，还要撤回表白。

她当这是微信发消息呢，还能撤回？

他下意识地不想还回去，可还没来得及处理，他就检查出来生了病，这件事便就此耽搁了。后来做完手术后他又忙了起来，其间还涉及外调，这一耽搁就到了现在。他自己都不太明白，其实他和贺今的接触并不多，不多的几次接触也都是平淡无奇的，本来以为自己对她就是比对其他人多了几分好感，可越到生命尽头他越是清楚，自己对她不是单纯地有好感那么简单，根本就是心心念念难以释怀。

那个时候他被病痛折磨得没个人形，怎么好意思去见她？

或许是回光返照，在离世的前一天，他的状态竟然好得出奇，便去见了她一面，也算是未留遗憾吧。

想到这里，乔烨沉沉叹了口气。

说是未留遗憾，其实那一世和她错过，便是最大的遗憾吧。

临睡前，乔烨如常扫了一眼下周的日程提醒，他记性还算不错，那些行程他多多少少还有些印象，可看到周末那里标记着"聚餐，贺今"

几个字时，却愣住了。

这个聚餐是他记忆里没有的。

想到他有可能会在聚餐时看到贺今，乔烨便莫名有些紧张和隐隐的期待。

到了聚餐那天，他到得不早也不晚。

乔烨已今时不同往日，不再是那个和他们做实习混日子的同事了，乔家长子的身份一出，再加上他为人又踏实稳重，每一步都走得稳妥周密，如今俨然成为最炙手可热的新贵，众人对他也比往日多了份小心和奉承。

吃饭时，他和贺今被安排在了不同桌，席间贺今一心一意地品尝菜品，相比于其他人的觥筹交错，她安静得实在有些过分了。

贺今本就不喜这种推杯换盏的聚会，她没有那种"野心"，自然懒得应酬交际，直到被旁边的女孩子轻推了一下，她才抬头。这个女孩子她没什么印象，自然不知道对方的名字。

对方倒是记得她，小声开口叫着她的名字："贺今，你看那边……乔烨一直在看你。"

她说得肯定，没有用"好像""似乎"之类的不确定字眼。

贺今经对方的提醒漫不经心地抬眼看过去，果然下一秒便撞进了乔烨漆黑深邃的眸子里。

她也只是略一惊讶，便收回了视线，低头继续看似心无旁骛地吃饭，淡然处之，可心底到底起了波澜。

三年不见，他倒是愈发温润清致了，也瘦了好多。

乔烨把她的反应尽收眼底，忍不住勾了勾唇。

众人皆传她平和淡然，内心坦然，随遇而安，什么境遇都能从容应对，果不其然。

其间不时有人来找乔烨说话敬酒，他看似认真地应酬着，其实大部分的注意力都被她吸引。

她大概是今天所有人中最认真吃饭的那个了。

他便心情极好地看她吃饭。

生病的日子里，他的胃口不好，再喜欢的东西吃不了几口就饱了，后来病得最严重的时候，更是经常一口都吃不下，现如今，看到食欲好的女孩子便忍不住会多看几眼。

乔烨从洗手间出来时，再次被贺今拦住，然后被她一句"借一步说话"请到了酒店后面的小花园，场景似乎有些熟悉。

两人刚刚在鹅卵石铺成的小径上站定，她便面色平静地伸出手："吃吗？"

乔烨低头看她摊开的掌心，那里静静躺着一个小小的透明包装袋，里面装着两块小小的圆形饼干。

他压了压跃跃欲试准备翘起的嘴角："吃。"

说完便接了过来。

贺今收回手，"贿赂"结束，再次开口时郑重了许多："乔秘书。"

乔烨这次没忍住，笑了起来："这么客气？"

"应该的。"贺今可不认为那短短两年的共事情分能让她在他面前有什么特权，她深吸一口气，"三年前的那件事你还记得吗？你能不能把我的东西还给我，当时是我昏了头才跟你胡说八道，你能不能忘了？"

乔烨神色未变地重复了句："昏了头？胡说八道？"

不同于乔裕的阳光温柔，乔烨更像父亲，硬朗坚毅，或许是身为长子，他从小就被当成接班人教育，整个人沉稳老成，不说话的时候颇有气场。

贺今被他看得心虚，只能硬着头皮强装淡定："……对。"

这次乔烨没说话，似乎对这个说法不太满意，在等她换个说辞。

贺今抿了抿唇，大概是平日里淡漠惯了，开口拍他马屁很是艰难生疏："你们这种权势煊赫的大户人家，不是都喜欢门当户对、知书达理、懂事识大体的女孩了做儿媳妇吗？我不是，我也不适合，所以东西还我，那番话你就当没听过，咱们以后还是朋友。哦，不，不是朋友，以后你就是我的领导，说不定以后我还会给你做翻译呢！"

谁知乔烨听话只挑他想听的听，有些戏谑地开口："照你这么说，你不只是想做我女朋友，还想做我夫人？"

其实话一出口，贺今就意识到不对了，可也收不回来，再被乔烨挑明，她简直无地自容。

好在乔烨也没多做纠缠，他一边从口袋里找着什么东西，一边慢悠悠地开口："伸手。"

贺今抬头看他。

他手心向下，五指虚拢，那里似乎包着什么东西。

她赶紧伸手接住。

他的指尖从她掌心飞快擦过，接着手上一沉，她低头看过去，摊开的手心里躺着一条手链。

这并不是她想要的东西，贺今面露失望："这不是我的，我要的是我那个玉坠。你贵人多忘事，是不是不记得它长什么样子了？它……"

乔烨开口打断她，细听之下还带了点儿安抚的意味："你既送了我定情信物，我自然也是要回送你一个的。你先收着这个，祖传的东西我妈手里也有，不过那是给儿媳妇儿的，以后再给你。"

贺今怔住，神色茫然地看着他。

乔烨轻笑："怎么，高兴坏了？需要我给你戴上吗？"

"你到底什么意思？"贺今觉得自己像是接了个烫手的山芋，"不是……乔烨，我错了，我真的错了。"

这下乔秘书也不叫了，直接叫了他的名字。

乔烨心里乐开了花，逼得一个佛系女子面带窘迫地跟他道歉，也是没谁了。

她本就生了张芙蓉面，此刻因为情绪激动而添了些平日里没有的光彩，站在这明媚的春光里，更让他心动不已。

那些诗词里都是怎么说的来着？

春初早被相思染？

无端蝶恋花心动，摇落东风第一枝？

草际雪痕消，梅上春心动？

……

乔烨看着面前的贺今，一种从未有过的悸动从心底滑过，那一世的一幕幕不停在脑中闪过，他忽然想要拥她入怀。

阳光下，他的眼神又亮又温柔，冷硬深邃的五官也跟着柔和下来，漆黑狭长的眼眸中藏着几分笑意，愈发显得清俊温雅了。

贺今仰头看着他，呼吸变了几瞬，一种不可思议的想法从心底冒了出来。她好像已经认识了他很久很久，她等这一天也等了很久很久，心里一直空着的那一块瞬间就被填满了。

"他们说你不争不抢，不悲不喜，有也行，没有也行，我是不是也在你的'可有可无'内？"他并不是要质问她，只是单纯好奇，"所以送出去的真心和说出口的喜欢，想收回便可以收回？"

贺今却难得有一丝慌乱，半晌才眨眨眼睛开口："不是。只是……我已经尽我最大的努力、最大限度地去争取了，尽管结果不尽如人意，但我也可以坦然接受。保持姿态，忠于内心，是我能做到的对自己最大的尊重和慷慨了。"

乔烨不知道在他们这个争强好胜的年纪，她是怎么做到这么心如止水的。

"你怎么知道结果不尽如人意？"

贺今沉默地看着他，这不是显而易见的吗？被她表白之后，卷着她家的祖传玉坠跑了三年时间都杳无音信，这还不叫"不尽如人意"？

乔烨大概也想到了这点儿，笑了笑，忽然转了话题："我倒是忘了问，你喜欢我什么？"

贺今完全没意识到两人的话题已经偏离正题，只是被他带着开始理性分析："说不太清楚到底喜欢你什么。只是你是我长这么大，第一次有感觉的异性。容貌长相有感觉，声音有感觉，言行举止有感觉……"她边说边回忆着，"就连看到你拿杯子时随意搭在杯壁上微微泛白的指尖，都有感觉……"

有一次乔烨随手递了份材料给她，她去接的时候视线恰好落在他的手上，只那一眼她心底就激起了千层浪，那一刻，她好像听到了心动的声音。

后来她便借着共事的机会假公济私光明正大地"偷看"他的手，或许是她的神色太过坦荡淡然，没有一个心动的女孩子该有的娇羞怯怵，所以没有人发现她对他存了那样旖旎的心思，想要将那双手据为己有，包括那个人。连乔烨都没有发现，所以当日他听到她的表白时，才会露出那样诧异的神色。

那个时候她并没有多想，只是觉得他那样的人自然是受欢迎的，喜欢他的人那样多，得知他还是单身之后，她便决定先下手为强。

只是这个"先下手为强"变成了"身先士卒"。

贺今抬眼看了眼面前的男人，长身玉立，那张脸自是不用说，再看这浑身的气度，一看便知来头不小，也怪她当日眼抽，有眼不识泰山，竟把他当成草根，还想要去占为己有。

"我的手？"乔烨抬起自己的一只手反复看了几眼，还伸过去用拇指和食指指尖蹭了蹭贺今的脸，"有感觉吗？"

贺今微微扭头躲了下，继而脸上开始冒火。

乔烨弯唇，原来"咸鱼"也会脸红。

他看她躲开，也没有收回手的打算，还继续把手伸到她眼前，似乎想让她看得更清楚一些："你还是个手控？"

面对他的调戏，贺今下意识地躲了一下，似是忍不住又瞄了一眼那只手："不是手控。"

一开始或许真的是"见色起意"，后来便是在共事过程中被他的惊才绝艳折服，以至于后来他乔家长子的身份曝光并且离开的时候，她还为此可惜了好一阵。

乔烨眼见她的脸越来越红，颇觉好笑地收回了手："你之前谈过恋爱吗？"

贺今此刻头脑不甚清楚，他问什么她就答什么："没有。"

"没有喜欢的？"

"嫌麻烦。"

据他所知,她不是没有人追,相反,她个性随意散漫,再加上那张看破红尘随时就要羽化登仙的禁欲脸,让她在异性中讨论度很高。他们这批人实习时,不少男同事都对她表达过浓厚的兴趣。有位自诩第一才子的男同事还曾给予过她极高的评价——至简至淡,至清至明,恬淡清简,气质冷然,世间尤物,不敢妄取。

乔烨的心里倏地起了冲动,别人不敢取,他乔烨今日便要取一回。

他一改之前沉着稳重的行事作风,难得大胆轻佻了一回。他忽然上前拥住贺今,抬起她的卜巴,直接吻了上去。在她反应过来前又适时地松了手,一切看似淡定从容,恰到好处。

可没人知道,他在做这一切的时候心跳得有多厉害。

阳光下,他的眸色极浅,却又让人忍不住沉溺其中,话音里带着轻缓的笑意:"你刚才不是问我什么意思吗?这就是我的意思。"

她的反应倒是对得起自己"佛系女神"的称号,没有情绪激动,没有言辞激烈,也没有打他一巴掌的打算,只是低着头红着脸摸着自己的唇,小声嘀咕着抱怨:"你这人怎么这样……"

"怎么,不喜欢我了?"

他似乎很高兴,眉眼舒展,笑得爽朗,不似往常淡然温和的笑,倒带了些少时的意气和不羁。他今天的话也格外多,不见平日里的沉稳安静。

贺今却很是苦恼,皱着眉也不看他,好像在做什么挣扎。

不知道是不是因为刚才那个吻,她的眼尾有些红。

乔烨看着看着,忽然想起那一世,有一次,他梦到贺今哭了,不知道因为什么,哭得很伤心。他不知道是什么事能让这个万事随缘的人哭成那样。梦醒之后，他犹豫了很久，想着要不要打个电话问问她最近有没有出什么事，如果有需要，他可以帮忙。

这么想着，话就问出了口。

乔烨听到自己很轻地问了一句："你哭过吗？"

贺今不知道话题为什么又转到了这里，想了下："极少。"

乔烨追问："最近一次呢？"

贺今忽然很奇怪地看了他一眼，继而又垂下眼帘，似乎很是为难，半晌才开口："你拒绝我的那天晚上，我做了个梦，很奇怪的梦，我也不知道自己为什么会做那个梦。具体的记不太清楚了，只记得梦里我们似乎都比现在的年纪要大些，天气很冷，下着雨，不知道是在哪里，你站在隔着条马路的街角看我，脸色不太好，有些苍白，带着病容，人也瘦得厉害。"

"我当时好像看到你了，又好像没看到，雨下得并不大，却朦胧缥缈，好像你随时都会消失一样，你当时跟我说了一句话，我想要追上去回答你什么，你却忽然不见了，然后就醒了。醒来之后只觉得很难过，心痛得喘不过气来，一种说不上来的悲怆，那种感觉太过真实，悲从中来，就忍不住大哭了一场。"

乔烨压抑住心底的震惊："然后呢？"

"然后？哭完天也快亮了，就收拾收拾准备去上班啊。你知道的，当时部门的魔鬼训练有多可怕，时刻都要准备进入战斗状态，压力很大，每个人都为了能留下来挤破头，我也不能当条咸鱼混日子啊。"贺今顿了下，"不过那天我头疼了整整一天。"

乔烨知道，对她来说，那或许是个梦。可于他而言，那就是那一世他最后一次见她时的情景。

只是当时贺今并没有看到他，他也没有和她说什么。

过了半晌，乔烨才继续问："梦里，我对你说了什么，你还记得吗？"

贺今点头："记得，你说，会者定离。"

"那你想追上去对我说什么？"

"我想跟你说，虽然有会者定离，但还会有去者必返。还有……"

"还有什么？"

"还有，你要好好吃饭，别那么瘦了。"

乔烨看着眼前目光澄澈的女子，忽然心生感动和庆幸。

幸好，他回来了。

那个时候，他已经基本把工作都交接出去了，闲来无事翻了几本佛经，看到"世皆无常，会必有离，勿怀忧恼，世相如是"这一句的时候，想到的便是贺今，只是他到底是狭隘了，贺今一句"去者必返"倒是比他有境界有格局多了。

贺今奇怪地看着他："你笑什么？"

乔烨便敛了神色正经起来："首先，我并没有拒绝你，是你那天说完就离开了，并没有给我留下答复的时间。后来你来找我要回玉坠的时候，我当时正巧有事，也没能好好与你说清楚。其次，在那之后没几天，我忽然……生了病，有些棘手，病好了之后，又一直忙得无暇顾及，所以才会耽搁了这么久，让你误会了三年。最后，我现在来给你答复，希望还来得及。"

他忽然上前一步，牵起她的手，眉宇间带着别样的深情，认真且郑重："贺今，我也喜欢你。"

贺今低头去看两人的手，指尖交缠，情意绵绵，她的心跳骤然加速。

她看似淡然冷静，其实心里早已是一片兵荒马乱。那双手温暖而干燥，让人心生贪恋，温暖到贺今不敢相信这是真的。可她到底是理智的，被她告白后便杳无音信三年的人，又忽然出现告诉她，他也是喜欢她的，这可信吗？

贺今压下心底的翻天覆地，收拾好情绪，低声询问："那你呢，你喜欢我什么？"

"我啊，我也做过一个梦，梦里……"

乔烨合了合眼，心底那种熟悉的细细密密的刺痛感再次袭来。

梦里的那双眼睛干净澄澈，跟他说她喜欢他的时候里面闪着光，潋滟又漂亮，他多想立刻就答应，可梦里的那个他却只能黯然走开。他不知道该怎么跟她解释，他直到生命尽头还在记挂着她。

乔烨想着，或许他应该告诉贺今这一切，告诉她他们曾经经历过的那一世，可又怕吓到她，或许，她还会当他是神经病？

贺今还在耐心等着他的答案，乔烨的手机却响了起来。

他示意自己要接个电话，贺今点了下头，然后耐心很好地等着。

乔烨走开几步去接电话，等挂断电话回来，一副有事要走的模样，简单交代着："今天先到这里，我下次再找你。"

贺今有些无语，怎么好像有种要随时准备好给上级汇报工作的错觉呢。

大概是因为她的表情太过微妙，乔烨顿了下："怎么了？"

"没怎么，就是，上次你也是这么说的。然后……"贺今依旧顶着那张波澜不惊的脸，轻描淡写地继续，"不见了三年。"

"你说得对。"乔烨沉吟了下，忽然又牵起她的手，"跟我来。"

回到包厢，面对众人投来或探究或震惊或意味深长的眼神，乔烨全都选择无视，朗声开口："不好意思，各位，我有事要先走一步。

我女朋友……"说到这里，他顿了下，笑着转头看了贺今一眼，才继续，"我女朋友贺今要跟我一起走，咱们改日再聚。"

一时之间，包厢里一片哗然。

连贺今自己也是愣在当场，错愕地看向乔烨。

她绝对不是这个意思啊！

众人反应过来之后，便有些跃跃欲试，不敢问乔烨，便直接问上贺今："贺今，什么时候的事啊，也没听你提过？"

"就是啊，看你平日里不声不响的，不鸣则已，一鸣惊人啊！"

"是啊是啊！"

一群人跟着起哄，话里善意也好，恶意也罢，乔烨照单全收。

他笑了笑，手下动了动，原本牵着的两只手变成了十指相扣，半挡在她身前，似乎打算替她扛下所有，一开口语气都温柔了下来："说实话，当年我一进来就喜欢她了，这三年我一直在追她，追了这么久，最近她才终于答应，还要感谢'近水楼台'的各位没有挖我的墙脚啊！"

他年少的时候都未曾这么恣意潇洒过，这下应该不负此生了吧？

在座的都是人精，乔烨半开玩笑半往自己身上大包大揽的架势，明眼人一看就清楚他对贺今有多看重，自然不会再多问什么，除了祝福的，就是起哄要让他请客的。

乔烨则是好说话地全都应下来。

贺今眨眨眼睛，一时之间不知该如何评价他的"一派胡言"，这还是那个沉稳儒雅的乔秘书吗？

从包厢出来，一路走到酒店门口的过程中，乔烨频频看表，大概是快来不及了，贺今注意到了，却没说什么。

在酒店门前，他拦下一辆出租车，打开门示意她上车，有些抱歉地开口："对不起，实在来不及送你了。"

贺今忽然间有些想笑，明明那么着急，却还这么慢条斯理又妥帖有度地做完这一切。

"不用了。"她上车后又看了他一眼，"再见。"

那天之后，乔烨又没了踪影。贺今一连几天都没再见过他，只收到过他一条信息，说是要出差几天。

贺今不知道他所谓的"几天"到底是几天，也没有刻意等他，日子照常过着。

这天，她下了班正背着手慢悠悠地往公交车站走，放在身后的手忽然被人牵住，然后身侧便出现一道熟悉的身影。

一转头，那人并未看她，目视前方地随着她的脚步走着，唇角却扬得高高的。

她又往他身后看了眼，果然后面龟速跟着他的座驾。

她的声音里难得出现了点儿雀跃："你回来了？"

乔烨扭头看着她，嘴角噙着抹笑："嗯。"

"不用回办公室了？"

"一会儿还有个会。"

"那你还来干什么……"

乔烨顿了下，看到她脸上明显的失望和语气里不加掩饰的抱怨后，又笑着开口："不过，还有时间陪你吃顿饭。"

贺今看了眼时间："这个时间啊……吃饭要排队很久。"

乔烨停下脚步拉住她："上车，去你家，我来做。"

贺今讶异地看着他。他风尘仆仆地赶回来，一会儿还要开会，现在竟然还有心思来给她做饭？

到了她家楼下，她本来想说要不要去小区附近的超市买点儿菜，就看到他直接从后备厢里拎出一个购物袋来，显然是蓄谋已久有备而来。

乔烨示意她看："包饺子。"

贺今看着他确认一遍："包饺子？"

乔烨一手拎菜一手牵过她的手："嗯，很快的。"

他的动作确实很快，天还没黑，贺今就已经吃上了。

乔烨坐在桌边看她吃，边适时把手边凉好的饺子汤推过去："好吃吗？"

"特别好吃。"贺今吃了一口，眯着眼睛一脸享受，"怎么忽然想起来包饺子了？"

"你不是想吃吗？"

"呃……你看到了呀？"

前天晚上，她临睡前看了个美食纪录片，里面讲到了饺子，一时间馋虫被勾了起来，发了条朋友圈说想吃饺子便睡了，第二天起来又觉得自己挺傻的，就删了，没想到竟被他看到了。

乔烨看着她有些窘迫，微微笑着："你昨天去吃了吗？"

贺今摇头："本来打算去的，但是好忙，就忘了。"

乔烨对此似乎很满意："看来我来得很是时候。"

贺今忽然不吃了，抬头问："你着急走吗？"

乔烨看了眼时间："还好，可以等你吃完再走。"

说陪她吃顿饭，就是要等她吃完饭才能走，还可以顺便把碗刷了。

贺今转了下其中一盘饺子，把没动过的那部分送到他面前："一起吃点儿吧。"

"我不饿，路上吃了点儿。"

乔烨说着拿过杯子喝了口水。

贺今没放弃，推过来一碗调料："我调的饺子蘸料特别好吃，秘制配方，毕业的时候，跟我一起吃过饭的同学都来问我要配方。"

乔烨只是笑。

贺今再接再厉："知道你一会儿要开会，我没放蒜泥，真的很好吃，你尝尝啊。"

最后一个"啊"字的尾音婉转悠扬，缠绵撩人，似乎带了点儿撒娇的意味。

乔烨自然没扛住，接过蘸料和筷子吃了几个。

吃完了盘子里的几个，被贺今哄骗着又开始吃另外一盘，不知不觉间，竟比她吃得还要多。

离开的时候，乔烨深深看了贺今几眼，却也没说什么。

后来几次一起吃饭，她总是找各种借口让他多吃几口。乔烨是谁啊，吃饺子那次就看出她的用意了，只是一直不知道该怎么跟她提。

某次饭后，乔烨到底是开口了："你是不是一直记得那个梦？"

贺今觉得那个梦特别压抑，寓意特别不好，下意识地回答："不记得了。"

乔烨也不拆穿她，继续问："你对梦里没来得及跟我说'好好吃饭'很耿耿于怀？"

贺今矢口否认："没有。"

"那你为什么总是投喂我？"

贺今每次一想起梦里那个瘦到脱相的乔烨，就很心疼，所以每次见到他，便想着让他多吃一点儿，就算不会胖，保持现状也不错，再也不能让他那么瘦了。

乔烨不知道该怎么跟她解释，那个梦里，他瘦得厉害是因为生了病。现在他没有生病了，自然也不会再变成那个样子。

可贺今并不知道，所以继续锲而不舍地投喂他。

时间证明，贺今的成果显著。

某天乔烨在家吃饭时，吃了一碗饭后，又盛了一碗，一抬头发现餐桌上的所有人都在看他。

他手中筷子一顿："怎么了？"

乐知微仔细打量着他："你是不是胖了？"

乔烨低头看了眼自己的腰身："有吗？"

乔裕点头："好像是胖了，胃口也比以前好太多了。"

乔烨的眉眼一瞬间变得温柔起来，大概是贺今的功劳。

乔乐曦看着他，一脸狐疑："你该不会……"

乔乐曦和乔裕对视一眼，异口同声地冲着他开口："中年发福？"

乔烨抚额，他不过才二十几岁而已。

到底是乔书记的眼光毒辣，一开口就直中要害："你是不是谈恋爱了？"

晚餐后，乔烨出门散步，在江家门口碰到江圣卓的二哥。

"哎，二杭子，问你件事啊。"

准备进家门的江圣杭转过身，面无表情地开口："我不是江圣杭，我是江圣扬。"

乔烨无语："这种把戏你从小玩儿到大都不带腻的吗？"

江圣杭瞬间现了原形，气急败坏地瞪他："你这人真没劲，说吧，什么事？"

"院里不是搞了个健身房吗，可以游泳吗，晚上开到几点？"

江圣杭微微侧目，上上下下地打量着他："大烨子，你受什么刺激了？"

"你就说你知不知道吧！"

"不知道，没去过。"

乔烨直接转身走了。

江圣杭看着他的背影碎碎念着："老四这大舅哥最近怎么奇奇怪怪的……"

后来乔烨觉得自己散步没意思，便开车去找贺今。

车停在她家楼下后，他刚想给她打电话叫她下来，就看到她正站在单元门前和一个年轻男人说话，那个男人背对着他，看不到面容。

是他？！

虽然只有一个背影，可乔烨还是第一时间就认出了那个男人，神色瞬间黯然下来。

那个时候他去见她最后一面时，其实她并没有看到他，是他的单方面"见面"。

因为他在等她的时候，看到她和这个男人拎着购物袋有说有笑地从车上下来，还下着雨，两人还共打一把伞，语气熟稔，神色放松，一看就知道感情很好。

那天他看了许久，最后没有选择上前打扰便离开了。

乔父总说他太沉得住气了，可一碰上她，他就沉不住气了。

这次乔烨很快下车，上前几步："贺今。"

贺今一转头看到他，继而笑了起来。

他也对贺今笑了一下，然后把视线放到了旁边模样端正清朗的男人身上。

等他走近，贺今才察觉到他的表情有些莫名的凝重，便开口询问："这是我叔叔家的弟弟，贺风觉，他刚从国外回来，过来看看我，你们……认识？"

乔烨的气场一下子就收了回去，整个人也放松了下来："不认识，你好，我是乔烨。"

贺风觉跟乔烨打过招呼之后，又去纠正贺今："下次别介绍错了，是哥！"

贺今摇摇头："我先出生的！"

"那是因为你早产！不然你要比我小半个月！"

贺今笑得得意："那真是可惜了，身份证上只看出生日期。"

贺风觉皱了下眉，似乎很是不平，却又很快温和地笑了起来："好了，你有朋友在，我先走了，咱们改日再辩。"

乔烨和贺今目送他离开。

贺风觉走了几步忽然被贺今出声叫住。

贺今踌躇了下，看了眼乔烨对他说："他是……我男朋友。"

贺风觉略一迟疑，仔仔细细地把乔烨打量了一番，笑着对她说："挺好的……姐。"

乔烨感觉到贺今在听到那个称呼时，一下子高兴了许多。

等贺风觉离开后，两人便往楼上走。

乔烨虽然是二十几岁的外壳，可政坛沉浮，见的人和事多了，他一眼就看出来贺风觉不是善类，但也看出贺今对这个弟弟感情不一般，一时间有些拿不准该不该提醒她一下。

他斟酌着措辞："你这个弟弟……"

他还没说什么，贺今却神色轻快地打断了他："你看出来了？"

他面色复杂地看着她。

"干吗这么看我？"贺今似乎没那么多忌讳，"他虽然看上去和善又温柔，其实骨子里是冷的。都怪我叔叔婶婶，那么小就把他一个人扔在国内，不管不顾的，等他都长大不需要了，才想起来关心。但他已经变成那样了，再怎么补偿都没用了。我们家不在这里，隔着几百公里，我爸妈也是鞭长莫及，顾不上他。"

"他自尊心强，又不肯去我们家，小小年纪就自己一个人生活，也不知道是怎么过来的。他高中那儿，叔叔婶婶又不知道抽什么疯，用了很极端的手段接他去国外读书，那个时候他好像有个很喜欢的女孩子，所以不愿意去，可是没办法啊，他当时还小，胳膊拧不过大腿，到了那边，他闹着要回来，我叔叔婶婶就没收他的电脑手机，切断了他和国内一切联系的方式，把我爸气得够呛。"

"为了这事我爸到现在都不接我叔叔的电话。他出国之后好几年都不见回来，现在是和家里闹翻了才回来的，也不知道是不是因为当年那个女孩子，我又不好问。他回来那天，我去接他，他跟我说：'你看，我终于长大了，强大到再也不用受他们的摆布了，真好。'其实他小时候不是这个样子的，很可爱的，现在变成这样，也不知道是好还是坏。好在他还把我当姐姐，不然我肯定会很难过。对了，你是怎么一眼就看出来的？"

乔烨避重就轻地回答："嗯……见的人多了，自然就能看出来了。"

贺今想想觉得有道理，情绪却忽然间低落了下去，点了点头："嗯，高门大户嘛……"

　　乔烨微微挑眉，也没多解释什么。

　　走到门前，贺今打开门刚想转身让他进来，就被一股力量拉着转了个身压到了门板上。

　　屋内没开灯，只有从窗外透进来的零星月光。

　　贺今仰着头睁大眼睛看着他狭长深邃的眸子，那里也有细细碎碎的光亮，然后那些光亮离她越来越近，越来越近……

　　一个温柔至极的吻，温情又耐心，清冽的气息丝丝绕绕地缠着她，温柔到贺今觉得下一秒自己就会化在他的唇舌间，一点儿一点儿让她卸下防备和抵触，主动抬手勾上他的脖子，踮起脚来贴上他，沉溺其中不可自拔。

　　她的心胀得有些发疼，他把她心里那些不安不着痕迹地全都挤了出去，然后那颗心便满满的都是他。

　　乔烨放在她腰间的手慢慢收紧，因为她的回应，这个吻似乎瞬间就变了意味，周围的空气一下子变得火热起来，唇齿交缠，缠绵悱恻。

　　他终于在失控前，用最后一丝理智把她按进怀里。

　　一吻结束，她趴在他胸前细细喘息着，那里温暖又惬意，耳边是他沉稳有力的心跳，她听得认真，心渐渐静了下来。

　　大概是他的怀里太舒服，贺今的眼皮开始发沉，就在昏昏欲睡的时候感觉到他的胸腔震了震："这周六有时间吗？"

　　她下意识地点头。

　　乔烨摸着她的头发，垂眸开口："带你去个地方。"

　　贺今闭着眼睛回答："好。"

"到时候我来接你。"

说着他动了几下，她很快感觉到手里似乎被塞了什么东西，掌心微凉。

她想要去看，却被他阻止。

乔烨握着她的手，静静搂着她，轻声开口："等我走了再看。"

贺今微微挣扎了两下无果，便放弃了："为什么？"

"因为我怕你感动到哭出来，被我看到了你会觉得丢脸。"

贺今忍不住笑了出来，笑过之后倒是清醒了许多。她一直紧紧握着手，等乔烨出了门才低头去看，那是一个玉的平安锁。

很快手机里有条消息提醒，是乔烨发来的一条语音。

"看到了吗，这就是上次我说的传给儿媳妇的家传之宝。"

他从乔母那儿要来的时候，还被乔母追问了半天。

很快他又发过来一条。

他的声音在耳边响起，温润低沉的嗓音在夜里听来格外蛊惑人心。

"平安锁、玉如意、无事牌，妈说，我是老大，让我先挑，我想着，这个平安锁和你送我的玉坠倒是相搭，便要了这个。"

几秒钟的停顿之后，他的声音再次响起——

"有我在，你安心。"

乔烨走后，贺今坐在沙发上抚着手里的平安锁，质地手感全然不是她那个吊坠可以相提并论的，她看了片刻，把它重新收好，反反复复地把两条语音听了无数遍，妄图压下心里的那些不安。

他大晚上的过来给她这么大一个惊喜，她该高兴的，毕竟如果不是情到深处，谁会那么郑重地把家里给儿媳妇的东西拿出来送人？

乔烨待她，真诚且尊重，心细如尘情真意切，没有一丝一毫的敷衍。可她到底是个凡人，一旦动了情，难免会患得患失。她和乔烨之间，在大多数人眼中，是她高攀了，甚至连她自己偶尔也会这么认为。倘若乔烨跟她当初设想的一样，只是个和她家世相当的青年才俊，她努努力，或许可以做到和他比肩，可他偏偏不是。

面对这样一份感情，她再也无法做到波澜不惊了。

周六上午，贺今接到乔烨的电话，说已经在楼下等她了。

她很快下楼，上了他的车。她一向没什么好奇心，也没多问他去哪里、做什么。

只是窗外的风景变得越来越奇怪，直到看到了站岗的卫兵，贺今这才正襟危坐起来，一瞬间她似乎猜到了他的意图，皱着眉问他："乔烨！你干什么啊？"

乔烨目视前方地开着车，不紧不慢地回答："带你来看看我们这种大户人家喜欢什么样的儿媳妇啊。"

贺今心存的那一丁点儿侥幸被他彻底击碎，她一瞬间就慌了，指着乔烨："你……"

他分明早就看出了她收到那个平安锁的忐忑，却什么都不说，直接憋了个大招，要带她回家见父母？！这是什么人啊！

后来乔烨把车稳稳停在一座三层小洋楼前，转过头笑着调侃她："你不是'佛系'女青年吗？不是应该无论发生什么都无惊无喜风轻云淡不起波澜吗？"

贺今却笑不出来了："这……我只是佛系而已，不是没有感情的机器啊！"

乔烨拉过她的手握着，很快便察觉到贴在一起的掌心里起了一层薄薄的湿腻，倒觉得此刻紧张到出汗的贺今颇有意思。

他也不着急，打开车窗，坐在车里和她慢慢说起了家里的情况。说起父亲和弟妹时都是简单带过，却着重说起了他母亲。

"《易传》里有句话，君子知微知彰，知柔知刚，万夫之望。我姥爷年轻的时候就很喜欢这句话，所以打算以后给几个孩子取名知微、知彰、知柔、知刚，我母亲是长姐，便占了知微这个名字，可谁承想，第三个孩子是个男孩子，怎么都觉得叫那个柔字别扭，便给改了。柔，又安也。刚，疆者，弓有力也，有力而之也。所以后面两个孩子就改成了知安、知疆。"

看到贺今眼底的疑惑，他轻笑："扯远了。"

贺今觉得他确实扯得够远的，不过被他这么一扯，她倒是没那么紧张了，诚心求教："你说这些是什么意思？"

乔烨看着她，缓缓开口："我是想说，你可以着手想一下咱们孩子的名字了。"

贺今的眼神躲闪着，这下紧张是不紧张了，又开始脸热了。

乔烨笑着摸摸她泛红的脸颊，不催促也不再安抚，把时间留给她自己："如果你准备好了，我们就下车。"

临进门前，乔烨特意歪头看了她一眼，似乎一点儿也看不出紧张了。

她的内心强大而坚韧，似乎一旦下定了决心，她便又是那个随遇而安的佛系女神贺今了。

大概是他们在车上耽搁了些时间，进门的时候，纪思璇已经到了。

贺今没想到，今天乔烨的弟弟也带着女朋友来家里。她眼底的惊艳一闪而过，跟乔烨小声惊叹："你弟弟的女朋友好漂亮啊！"

乔烨笑了笑没说什么。她不知道的是，现在的纪思璇还稍显稚嫩，几年之后的纪思璇美貌更盛，精致而明媚。他曾见过的那位"璇皇"光芒万丈明艳大气，那才是真的惊艳。

乔裕、纪思璇和乔乐曦正在楼前的花园里聊天，大概纪思璇已经见过乔父乔母了，相比贺今，面上一派轻松。

乔裕看到两人走近，便拉着纪思璇上前："思璇，这是我哥。哥，这是纪思璇。"

纪思璇明媚大气地笑着叫了声："哥。"

乔烨看着两人脸上清澈而干净的笑，一时心里感慨万千，听到这声"哥"，之前的遗憾终于补平，弟弟即将如愿去做建筑师，温柔且强大，纪思璇没有和他分开，而是会一起去求学。普利兹克建筑奖，所有建筑师追求的终极梦想，离他们又近了一步。

真好。

乔烨感觉到手指被贺今轻轻勾了下才回神，很快给她做介绍："我弟弟乔裕，他女朋友纪思璇，这个小丫头是我妹妹，乔乐曦。"说完揽着贺今看着三个人，"这是贺今。"

贺今在心里感慨，一家人基因强大，都是眉目如画的好相貌啊。

乔乐曦看上去性格很活泼，热情地叫了声："嫂子！"

乔裕和纪思璇也跟着叫了声嫂子。

贺今愣了下。

乔烨笑着看她："应他们啊！"

贺今便笑着应了一声，眉目舒展，落落大方。

乔烨往一楼客厅看了一眼："你们先玩着，我带她去见见爸妈。"

在家里的乔柏远就像个寻常人家的老父亲，看上去宽和可亲，看到贺今的时候愣了下，继而笑起来："这个姑娘我有印象，上次开会她给老袁做翻译，离我不远，会后老袁还特意跟我夸起她，说她淡然自若、处变不惊，看着年轻，专业能力绝对是顶尖的。要早知道是这样，我当时就该跟老袁好好炫耀一番才是。"

此刻贺今的脸上已经不显见到高位长者的惶恐与忐忑，大方得体地笑着应答着，不谄媚聒噪，也不卑微怯懦，进退有度，左右有局。

乐知微也对她满意极了，从贺今进门，她脸上的笑容就没收起来过。

后来乔裕、纪思璇和乔乐曦也跟了进来。

乔烨看着乐知微一左一右地拉着贺今和纪思璇聊个不停，心里顿时一暖。

两个儿媳妇儿，一个阳光明媚，一个坦荡洒脱，或许也会影响着乐知微，这辈子抑郁这两个字，再不会出现在她的字典里了吧。

吃过午饭，乔烨带贺今去参观他的房间。

说是不紧张，可一关上房门，乔烨却明显感觉到她松了口气。

贺今看着他房里的摆设，有些心不在焉。

乔烨牵着她走到沙发旁，又顺势把她拉到自己腿上坐着："这又是怎么了？"

贺今看着他的眉眼，慢慢地抬手勾勒着他的五官轮廓，微微皱着眉，似乎有些不可思议："不知道为什么，我总觉得我好像在哪里见过思璇似的，可我明明不认识她，好奇怪的感觉，对你弟弟和妹妹也是。"

乔烨看着她，眼神里带着难以掩盖的温柔缱绻。

他多多少少能猜到，或许在那一世，他死后，贺今和他的弟弟妹妹或多或少发生过什么吧。不知道她听闻他的死讯会不会伤心难过？只是这一切他再也无从知道了。

这么想着，乔烨抓过她作乱的手放到唇边吻了吻。

贺今被他亲得脸红："干吗这么看着我，我说错什么了吗？"

乔烨握着她的手不放，笑得志得意满："没什么。或许你命中注定要进这个家，所以才会有这种感觉。"

贺今逗他："命中注定？你还信这个？"

"本来不信，可现在信了。"乔烨把她拉到怀里紧紧抱住，喃喃道，"我们现在能这么在一起，真好。再没什么比这更好的了……"

两人静静地抱了会儿，忽然听到楼下乔乐曦的声音——

"大哥大嫂！二哥二嫂！来拍全家福啊！"

"大哥！"

"二哥！"

……

乔烨和贺今从房间里出来时，正巧隔壁房间的门也打开了，乔裕从里面出来，看上去有些慌乱，转头对房内说了一声："你一会儿再出来。"

房内传来一声低低的应答。

乔裕很快察觉到旁边有人，转过头若无其事地叫了声："哥，嫂子。"

乔烨和贺今极快地对视了一眼。

贺今有些不自在，借口去洗手间走开了。

乔裕似乎想要下楼去，却被乔烨拦住。

乔烨对着楼下吩咐："你去把江小四也叫来！"

乔乐曦站在楼下仰着头往楼上看："叫他干什么？"

嘴上这么说，脚下已经往门口挪动了。

等乔乐曦出了门，乔烨这才意味深长地看向乔裕。

乔裕低头整理着衣衫，心里微松，还好，没什么不妥当的地方。

乔烨却忽然笑了，拿出手帕直接按在乔裕的嘴边蹭了蹭。

乔裕不明所以，等乔烨拿下手帕他才看到上面的一抹红，一下子红了脸，不知所措地偷偷看了乔烨一眼，眼神躲闪，想说点儿什么，却又不知道该说什么，张了张嘴，半天也没发出一个音符。

"我啊……"乔烨这才半是正经半是调侃地开口，"就是感慨，原来我弟弟竟然已经是个什么都懂的大人了。"

被戳中心事的乔裕立刻脸红得要滴血，结结巴巴语无伦次地遮掩："我……哥……"

乔烨还没见过弟弟这个样子，有些好笑地拍了拍他的肩："放心，我不会告诉爸妈的。"

乔裕听了这话愈加窘迫了。

乔烨故作严肃地看他一眼："不过还是要做好安全措施。"

乔裕赶紧解释："没有……不是你想的那样，我们就是……"

"就是什么？"

"就是刚才在房间里，被她发现了我准备跟她求婚的二维码，我们一时……"乔裕努力找着合适的措辞，"一时情不自禁，不过绝对没有……没有你想的那样。"

乔烨倒是抓住了重点："你打算求婚了？"

"是啊。"乔裕点点头，又摇了摇头，"不过惊喜被她发现了，只能再想别的了……"

他嘴里还在不停嘀咕着："怎么求婚比较好呢？"

忽然想到什么，他很是慎重地征求乔烨的意见："下雪的时候在故宫求婚怎么样？思璇好像很喜欢故宫的雪景！"

"求婚？"乔烨瞬间陷入了沉思，他是不是也应该着手准备向贺今求婚了？

江圣卓倒是来得快，满面春风地跟在乔乐曦身后，不知又说了什么，逗得她往他身上打了好几拳，被打的某人笑意更浓了，两人吵吵闹闹地进了门。

乔烨坐在沙发上看着两人，慢慢笑了起来。

乔乐曦在那一世的那些事情应该不会再发生，那对他未曾谋面的龙凤胎外甥外甥女大概也会提前好几年出生吧。

想到贺今，他眼底的笑意愈发浓郁。

这次，他这个大哥在终身大事上，应该不会再被他们落下了吧。

坐在旁边的贺今看到江圣卓，不免又对着乔烨感慨一番："你这位未来妹夫长得也太好看了吧？！"

这已经是她今天第二次发出这种惊叹了，乔烨没接话，却是忽然扬声叫了乔乐曦过来，半真半假地问她："觉得你大嫂长得好看吗？"

"好看！"乔乐曦满眼星星做不得假，激动地揽着贺今的胳膊滔滔不绝地说起来，"大嫂，你何止是长得好看啊，气质也出色，哪儿哪儿都好！再说了，好看的皮囊算什么呀，你们行业的高翻们都是你这种气质吗，早知道我也去了……"

"你刚进门的时候二嫂还悄悄跟我说，你是她见过的气质最好的女人了，仙气飘飘又帅气迷人，怪不得大哥单身这么多年被你一举拿下。大嫂，不是我拍你马屁啊，我有种感觉，觉得站在我大哥旁边的那个人，就应该是你这个样子的！除了你，谁都不行！怎么了，大哥说你不好看吗？他是什么时候瞎的？你不要理他！他们这些钢铁直男都是眼盲心瞎的。"

乔烨无语，这个妹妹是不能要了，为了讨好嫂子，这么编派自己大哥。

贺今被她夸得哭笑不得。

过了一会儿，乔裕和纪思璇才下楼来，乔裕的脸依旧微微泛红，反倒是纪思璇，一副坦荡无畏的模样，不见丝毫羞赧。

好在乔乐曦并没在意，看到人齐了便去叫乔父乔母。

拍好后，乔烨低头看着照片里整整齐齐的一家人，心里说不出地满足，一时感慨万千，真的是圆满了啊。

贺今和纪思璇在乐知微的极力挽留下，吃了晚饭才离开。

乔烨送完贺今回到家时，难得没看到父母黏在一起，乐知微一个人正坐在客厅的沙发上看下午拍的全家福。

他去厨房倒了杯水放到了乐知微的手边，然后坐到了她旁边静静看着。

乐知微感知到他的视线，抬眸看过去。

乔烨笑着问："妈，你开心吗？"

那一世的乐知微在生下乔乐曦之后便得了抑郁症，那个时候他因为有了个妹妹而开心，却从来没关心过妈妈是不是过得开心。

乐知微离世后，他曾无数次地想过，她在独自面对那些黑暗的日子时，有没有后悔过成为他们的母亲？也曾无数次地后悔过，如果他能多问一句，他的妈妈是不是就不会做出那样决绝的选择？

乐知微收起照片，笑得眉目舒展："当然了！"

乔烨看得出她是真的开怀，便放心了，起身准备回房。

谁知乐知微却忽然叫住他："那你呢，儿子，你开心吗？"

乔烨起身的动作一顿，愣愣地看向她。

她说得隐晦，他似是听懂了这弦外之音，又似是没听懂。

灯光下，乐知微的脸上带着洞察一切的平和与安宁："你知道吗，当年我出嫁那天，你姥爷送给我一句梁启超的话：'为汝父乃人生一大幸事，无论如何我终乐待也。'现在我也有句话想送给你，为汝母乃人生一大幸事，无论如何我终乐待也。"

一时间乔烨心跳如雷，愣怔地看着面前的人。

当天晚上，乔烨做了个梦。

梦里是那一世，其实也不算是那一世，因为在他的梦里，他已经死了。

这天应该是他的忌日，天刚蒙蒙亮，贺今就坐在了他的墓碑前，正微微低头笑着说着什么，露出颈部细腻白皙的肌肤，在萧瑟寒冷的冬季清晨，整个人显得纤弱温婉异常。

他飘在半空中看着，他不知道现在是哪一年，不过他看着墓碑上的字迹和照片的新旧程度，推算出应该距离他离世已经过去几年时间了。

他听不到贺今在说什么，只是她说着说着忽然红了眼圈，紧接着她的双手紧紧握在一起，像是在极力克制着，可到底没忍住，很快便见她抬手抚着墓碑上的相片哭了起来。

她哭得伤心又克制，虽然乔烨听不到，却更觉得心痛难耐。其实他不愿看到她这样，他更愿意看到她放下他，能够找个人好好照顾她，共度余生。

贺今在他的墓碑前哭了许久才擦干眼泪离开。他想要跟过去看看她，可他似乎被牵绊住了，只能飘在墓碑前的半空中。

很快他看到了乔柏远、乔裕、纪思璇、乔乐曦和江圣卓。他们和贺今简单交流了几句，不知说了什么，贺今苦笑着摇了摇头，很快离开，而他们祭拜完之后也离开了。

可他却没办法离开，一直到了傍晚，他竟然看到了一个意想不到的人。

段景熙抱着一束白色的菊花风尘仆仆地出现，看样子像是从什么外事活动中抽身赶过来的。

他记得他和段景熙并没有什么交情，而这时他已经离世几年了，实在没想到段景熙竟然会记得他的忌日，还赶来祭拜他，神色间甚至还带了几分苍凉。

段景熙放下花，静静站了一会儿便离开了。

乔烨也在这个时候醒了，他睁开眼睛，眼前漆黑一片。

他在黑暗里静静坐了一会儿，才重新躺了回去。

或许，他在那一世的时候很多想法都是错的，那些他曾经以为的孤军奋战，其实羁绊了很多人的心，他的身后也有千军万马。

贺今去过乔家之后，礼尚往来，她挑了个时间，带乔烨回了临市去见她的父母。

贺父、贺母对乔烨这个人满意极了，只是了解到他的家庭后，沉默了半晌没说话。

贺今趁着乔烨去阳台接电话的空隙，本着安慰父母的心思随口说了一句："谈个恋爱而已，又不是一定会结婚，他这个人好就行了啊，想那么多干什么呀。"

贺父、贺母一听立刻不赞同地说了她几句。

贺今胡乱点着头，态度极好地低头认错。

493

她本也没放在心上，哪里知道那些话竟会被乔烨听了去，而且，还听进了心里去。

从临市回来没多久，乔烨约了贺今吃晚饭。

乔烨踩着点儿到的时候，贺今已经坐在预定好的位置上了。

他低声道歉："不好意思，来晚了。"

贺今没说话，只是一直盯着他的脸看，似乎想要看出些什么来。

乔烨微怔："怎么了？我脸上有什么东西？"

贺今试探着开口："刚才你助理给我发了条短信，说你生气了。"

原话是：开着开着会，他脸色很难看地走了。

乔烨却忽然笑了起来。他的心智比现在的年龄要大上六七岁，早就喜怒不形于色，心里再是气，面上都不会显出半分。

"我若是真的动了怒，还能叫他们看出来？"

贺今也有些奇怪，她还没怎么见过乔烨发火："那你是……"

乔烨敛了笑意，似真似假地来了一句："本来可以很快结束的会议，被他们无限延长，我和你约会的时间快到了，我有很重要的事情要跟你说，一刻都耽搁不得。"

贺今娇嗔地看了他一眼："什么事啊？"

乔烨一脸神秘："先吃饭。"

贺今本不是急性子，好奇心也不重，便真的平心静气地吃起饭来。

乔烨等她吃得差不多了放下筷子时，忽然出声叫她，神色认真且郑重："贺今。"

贺今抬眸："嗯？"

"我的仕途会沿着规划好的路线一步步往前走，再过两年可能还需要外调。"

贺今愣了下，过了一会儿才问："几年？"

"不好说。"

"去哪儿？"

"不一定。"

"还会回来吗？"

"应该会回来。"

贺今一时之间猜不透他的意思，他是要……分手？让她知难而退？

乔烨深吸一口气，缓缓把在心里练习过无数次的那句话说给她听："贺今，如果你觉得这些障碍在我们的感情面前都不值得一提的话，那我们就结婚吧！"

他说完之后，贺今神色未变，只是静静地看着他。

她迟迟未应答，乔烨开始有些紧张。他已经好些年没有过这种忐忑的体验了。

不知过了多久，她终于出声："那……我可以先问个问题吗？"

乔烨已经做好了被宣判的准备："你问。"

贺今不确定地问："你是在跟我求婚？"

乔烨简单明了地给出答案："对。"

贺今点点头，好在她没有自作多情会错意。

乔烨等了半天的结果迟迟未出，他刚想开口再问一句，就看到她忽然轻蹙眉头，睨了他一眼："哪有你这样的人啊，跟人求婚什么都不准备，连戒指都没有？鲜花呢？不是还会有人过来给我拉一段小提琴烘托气氛吗？"

乔烨眼底俱是无奈和歉意："鲜花和戒指都没来得及去取，至于小提琴，如果你想听的话，回家我可以给你拉一小段。"

贺今忍不住想笑："就是因为这个才'脸色很难看地走了'？"

乔烨也跟着笑起来，点头承认："是。如果不是他们啰里啰唆地说个没完，我应该会按照计划先去取了戒指和鲜花，然后提前到达这里，在等你的时候会好好复习几遍，再坐在你面前说这些话。"

贺今听后抿了口水，很是平静地再次开口："你去的地方应该有翻译院之类的吧，我可以去翻译学院做老师，或是去外面的翻译公司，或者我也可以辞职，在家接一些翻译的工作。"

说完便对他展颜一笑。

乔烨愣了下，反应了会儿才听出了她委婉表达出的意思，一时气血翻涌，忍不住起身上前抱住她。

后来乔烨履行承诺，穿得格外正式地在一个黄昏带着一个看上去价格不菲的琴盒登门，不用看里面的琴，贺今就知道他是个高手。

为了防止反转，在开始前她还是小心翼翼地问了一句："不会是《卡农》吧？"

话音刚落，乔烨就笑弯了腰。

看到他的反应，贺今就放心了，看来肯定不会是《卡农》了。

他很快开始。

落日的光线是个烘托气氛的高手，他站在落日的余晖中，整个人散发着不一样的光芒，优雅且从容。

贺今想起一句话。

逸思云山外，闲情花月前。

大概说得就是这样的人吧。

琴音悠扬，姿态优雅，娓娓道来一句话——

这世界有那么多人，多幸运，我有个我们。

贺今看着眼前的人，心里一暖。

是啊，茫茫人海，光是遇见，就已经很美好了，更何况，从此以后，就是我们了。

正值黄昏，他的身旁恰好是一面白墙，墙上映着他的侧影，那个影子随着他的动作而晃动着，她看着那个影子恍然间似乎看到了另一个乔烨。

琴音结束，她久久不能回神。

乔烨就站在那里静静等着。

当她再次抬眸的时候，屋内已经暗得只能看清他的轮廓。

贺今抬手打开手边的落地灯，看着那双带笑的眸子，弯着唇角开口："乔烨，你相信吗，我上辈子一定认识你。"

圣诞节的时候，乔烨大学同学聚会，他带了贺今一同前往，两人指间的婚戒在灯光下格外显眼。

说是同学聚会，可乔烨的心思压根儿没在那帮久别重逢的同窗身上，注意力全都被贺今吸引，全程眼睛都没从她身上移开过，连她起身去洗手间，他都一直站在走廊上等着。

"你是发生了什么我不知道的事吗？你最近性情大变啊！怎么现在情感这么外露？"段景熙路过时实在是看不下去了，很奇怪地盯着他，"你不是说君子温和从容、淡漠安然，才能无坚不摧吗？"

乔烨一副不以为然的样子睨他一眼："我要无坚不摧做什么？"

段景熙算是看出来了，他是不想要什么无坚不摧了，他有老婆就万事足了。

乔烨像是想起了什么："说起这个，我倒是想要好好劝劝你，也别那么内敛端着了，有时间赶紧找个女朋友才是正经事。"

段景熙笑得不可自抑："乔烨，你月老上身啊你！"

乔烨不知道看到了什么，忽然意味深长地示意他回头："如果我说，你不好好找女朋友，那边那小子以后就会成为你的情敌，你信吗？"

段景熙转头看了眼旁边包厢里走出来的那道身影，更是笑得毫无形象可言："那小子，陈三儿？！哈哈哈哈哈哈哈……你怎么不说我还会输给陈三儿呢？"

乔烨看着他，一脸高深莫测："年轻人，你对此还一无所知啊。"

段景熙完全不当回事，只当是听了一个特别好笑的笑话。

乔烨等来了老婆，也不和他多费口舌，牵着贺今的手走了。

等再次春暖花开的时候，乔烨某天开会遇到老领导，也是贺今现在的领导。

老领导却对着他又是摇头又是叹气的，似乎很是咬牙切齿。

乔烨一脸无奈："您这是对我哪里不满，您倒是说话啊，说出来我一定改正。"

老领导看着他略带质问地开口："你老婆啊，我的重点培养对象，本来是打算推她去国外进修学习，谁知她想都不想就拒绝了，你不支持啊？"

乔烨听了一愣："我不知道这件事啊，她没跟我提起过。"

老领导摇摇头，一脸惋惜："你回去好好劝劝她，名额我先给她留着。也去不了几年，很快就会回来的。"

晚上乔烨回到家，贺今已经躺在床上看书了。

他洗完澡才坐到床边，贺今已经放下书，自觉搂住他的腰窝进了他怀里。

她的性子极淡，可自从他们在一起后，她便对他多了些难得的依赖，时不时地还会对他撒撒娇让他惊喜不已。

乔烨抱着她，低头轻轻吻了下她的额头，想了下才开口："我有事想跟你说。"

谁知有道女声几乎和他的声音同时响起："我有事想跟你说。"

贺今笑着抬眸看他。

乔烨也跟着笑起来，拉过她的手握在手里揉捏着："你先说吧，我怕你一会儿忘了。"

贺今摇头："我不会忘的，你先说吧。"

乔烨看着她，神色有些严肃："出国进修的事你怎么没跟我提？为什么不想去？"

回来的路上他忽然想起来，那一世好像也有这么个出国进修的名额，他记得那个时候她是去了的。回来后她参与过不少大型的重要活动，知性又优雅，知识储备丰富，谈吐自信，应变能力强，很快就得到了晋升，后来一路扶摇直上，前途一片光明。这位美貌又睿智的贺女士不管是在业内还是在网络上都很有名气。

可这一世，她却拒绝了，他怕她会因为他而牺牲了自己的事业。

"因为我怀孕了。"贺今就这么毫无预兆地扔出一个雷，她轻轻摸着自己的小腹，浅笑嫣然，"他不让我去。"

乔烨一脸错愕地看看她的肚子，又看看她的脸，过了好半天才找回自己的声音："你要跟我说的是这个？"

贺今点头。

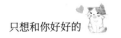

乔烨眼底的疼惜再明显不过："后不后悔？"

贺今却是一脸不在乎："后悔什么？不能去进修了？你知道的，我'佛系'嘛！这次去不成，就下次去，下次去不了，就下下次，反正进修的机会总会有的。做事总要讲个先来后到，既然他先来了，就是我们的缘分到了，自然万事都要给他让路。"

乔烨笑着摇头，倒真的是无欲无求。

他伸手覆上她放在小腹处的手背，眼神温柔地望着那里。

这里已经有了他和贺今的孩子，他这一世真的没有什么遗憾了。

风微起，春正长，莺飞草长，繁花似锦的时节，生命中总是会有不期而遇的惊喜。

他听到贺今带着笑意的声音："你喜欢男孩还是女孩？"

"男孩女孩我都喜欢。"乔烨笑着抬眸，温柔的吻落在她的眉心，缓声开口，"今生得妻若此，只愿能与吾妻挚爱相守到老，并行至白头。"

春意款款而来，岁月缓缓而行，乔烨对未来的日子充满了憧憬。

小剧场之某人吃了乔部的小饼干

乔烨坐在那里看了江圣卓许久，眉眼沉静，一言不发，看得江圣卓心里越发忐忑。

"大哥，您有事就说话啊，老这么看着我干什么啊？事先说明啊，我最近可没招惹巧乐兹那丫头！"

乔烨老神在在地笑了笑，还是没说什么。

江圣卓被他笑得心里发毛："笑什么啊？"

"你是不是吃了我放在桌子上的小饼干？"

"是啊，还挺好吃的，大哥还有吗，再给我几包？"

乔烨忽然有些咬牙切齿地开口："再给你几包？！"

过了几秒后，门内传来江圣卓凄惨的求救声："巧乐兹，你大哥打我！"

乔乐曦推门进去，一副肯定是你错的表情："我大哥没事打你干什么？"

江圣卓快哭了："我什么也没干，就吃了一包饼干！"

乔乐曦看着吃了乔秘书小饼干的某人，一脸果不其然："我大哥怎么没打死你呢！"

乔烨："我今天就把你打成小饼干！"

江圣卓："听说集齐巧乐兹哥哥们的打可以召唤神龙。"

乔乐曦："那包饼干我动都不能动，你竟然还吃了？不想活了你可以直说的。"

"陆意浓，一旦被我这个疯子缠上，你这辈子都不要想逃开了！你的未来只能有我一个人！"

"我为什么要逃？贺风觉，这个未来，我很喜欢。"

贺风觉在陆意浓家的楼下等了半个晚上，才终于看到她拎着超市购物袋和外卖袋子回来，慢悠悠地走着，似乎心情不错，嘴里还小声地哼着不知名的曲儿。

　　夏天快要进入倒计时了，她穿了件亚麻长裙，脚上踩着一双白色帆布鞋，露出白皙纤细的脚踝，在昏暗的小区路灯下散发出柔和温暖的光。

　　贺风觉心底原本带着的那点儿不耐也被那丝光治愈，看着已经进了单元门的那道身影，勾着唇慢慢笑了起来，像极了看到猎物即将落入自己预谋已久的陷阱里的猎人。

　　过了许久，他看着那个已经亮灯的窗户低喃出声："陆意浓，终于让我找到你了……"

　　第二天是周末，一大早陆意浓就被走廊上叮叮当当的搬运声和脚步声吵醒，大概是隔壁的房子租出去了吧？

　　她看了眼手机上的时间，又闭着眼睛躺了会儿，实在睡不着了，索性就起了床。

　　等陆意浓洗漱完毕打开门看出去的时候，隔壁刚好搬完，搬家公司的人正从隔壁走出来，后面还跟着一个年轻男人。

年轻男人送他们到了电梯口，一边给几个搬运工递水一边笑着道谢，看上去温和又谦逊，大概是听到了隔壁的开门声，下意识地抬眸看过来。

他一抬头，陆意浓就忍不住在心里"哇"了一声。

长得好帅啊！

等搬运工都离开了，贺风觉走到陆意浓面前，笑着伸出手去："你好，我是新搬来的邻居，我的名字是贺风觉。出自宋代王十朋的《点绛唇·细香竹》，秀色娟娟，最宜雨沐风梳际。径幽香细。草滴青襟袂。一日才无，便觉生尘态。轩窗外。数竿相对。不减王猷爱。不好意思，一大早就打扰到您，实在是最近搬家公司不好预约，只有这个时间有空。"

竹子先生？

陆意浓看着面前的人不得不感慨一句，这名字的出处可真妙啊，看看人家这身材这颜值，潇洒挺拔，清隽俊逸，可不就是一株常青不败的竹子嘛，果真是清华其外，风度翩翩哪！声音也好听，低沉有磁性，念起宋词来，别有一番韵味啊。

或许是他脸上带着歉意的笑容真诚又干净，又或许是刚才他对搬运工的客气礼貌，陆意浓对他的第一印象好极了，也笑着和他握了下手："你好你好，我叫陆意浓。"

"陆意浓，很高兴认识你。"

或许是陆意浓没太睡醒产生了幻觉，她怎么觉得贺风觉在和她握手时，脸上的笑容似乎变得有些意味深长，而且还若有似无地摩挲了下她的手指？

可明明他的动作得体又持重，只是轻握了下她的指尖就放开了，根本没有什么多余的动作。

两人做了简单的自我介绍后便道别了，然后各自回家。

陆意浓对这位容貌出众且讲文明懂礼貌的新邻居竹子先生很满意，虽然平日里和邻居并不能经常碰面，可是有个这样的优质邻居总归是好的。

但是渐渐地，她发现和这位竹子先生的接触似乎有些频繁……

新邻居似乎对她的作息很了解，来敲门的时候她刚好午觉睡醒。

他站在门外，脸上挂着局促的笑："不好意思，我可能需要麻烦你一下。我刚从国外回来，因为太久没回来了，所以对国内的事情不太熟悉，给房东打电话他也没接，你方便告诉我一下电阀水阀和气阀的开关分别在什么地方吗？"

房子交付的时候都是精装修，各家的构造基本相同，陆意浓当然可以帮忙。

她简单跟他交代了下家里的布局，并且教会了他用手机缴费。

"实在是太感谢你了，喝点儿水吧。"

贺风觉拿起两个杯子，直接从自来水管接了水，一杯递给陆意浓，另一杯已经送到嘴边，作势就要喝下去。

陆意浓看得目瞪口呆，然后眼疾手快地拦住他："国内的自来水不能直接喝，你需要装个净水器。"

"不好意思，国外的家庭净水器很普及，我以为国内也是这样，都是装好了的。"大概觉得这话说出来容易让人误解，贺风觉又很是情真意切地补充了一句，"你别误会，没有崇洋媚外的意思，只是字面上的意思，我一点儿也不喜欢国外的生活，并且绝对热爱我的祖国。"

陆意浓眨了眨眼睛，被他的表忠心逗笑，看上去挺仙气飘飘的一个人，原来是个生活小白啊。

大概是她笑得太奔放，贺风觉有些茫然地抿了下有些干涩的唇。

陆意浓下意识地问："你很渴吗？"

贺风觉老实地点点头："瓶装水上午都给了搬家公司的人，我还没来得及去买……"

陆意浓低头叹口气，没说什么转身回了家。

又过了一会儿，她手里拎着一个保温壶回来，把贺风觉杯子里的自来水倒掉，换上了温水，这才开口："一方水土养育一方人，中国人还是要喝热水，喏，这个就送给你吧！"

等他喝完了水，陆意浓又教他用手机点外卖："你自己不方便去超市的时候，可以用这个软件点单，会直接送上门，什么东西都可以，啤酒饮料、零食水果、蔬菜鱼肉、生活用品，速度会很快，而且达到一定金额可以免配送费，支付的话，可以绑定你的银行卡、微信或者支付宝，都是可以的。对了，你有微信或者支付宝吧？"

贺风觉再次茫然地摇了摇头："对不起，我太久没回来过了，给你添麻烦了。"

"啊……"这下陆意浓也茫然了，但她看着眼前这张温和无害的脸，很快笑了一下，"没关系，我来教你。"

贺风觉很快就学会了，千恩万谢地送走了陆意浓，并且成功得到了她的所有联络方式，加上了她所有社交软件的好友。

一关上门，他脸上的笑容便消失了，坐在沙发上翻看着陆意浓的朋友圈。

她的朋友圈很干净，发得并不频繁，大多是一些风景和美食，就算露脸也是含蓄又朦胧，貌似还有一个关系不错的闺密。她设置了可见时间，他很快就翻到了最后一条，没找到什么有价值的信息，至少最近半年里，她的生活里没有异性出现的痕迹。

他收起手机，盯着那个保温壶看了许久，继而低下头意味不明地笑了起来。

"陆意浓，你果真已经不记得我了……"

贺风觉在这座城市出生，并且一直生活到十几岁。

父母的工作在国外，一年到头在家也待不了几天，十几岁的贺风觉几乎可以算得上是留守"儿童"。

每天一个人上学，一个人放学，一个人吃饭，一个人做作业，一个人睡觉，有好几个春节也是自己一个人过的，孤独而自由，肆意且洒脱。

在某个闷热烦躁的夏季傍晚，一场大雨毫无预兆地倾盆而下。

恰好赶上放学时间，学校门口的便利店里瞬间就挤满了学生。

等人群都散去后，躲雨的贺风觉才从玻璃门外的屋檐下推门而入，打算照常在这里解决他的晚餐。

他坐在便利店落地窗前的用餐区域，在等着自热饭发生反应时，一个顶着书包的女孩儿从瓢泼大雨中冲了进来。

贺风觉看了眼她身上的校服，是对面 H 中的。

他所在的 S 中和 H 中，这两所学校隔着条马路，门对着门，两校的学生都是这家便利店的常客。

她在便利店里转了一圈，又不死心地问了下店员："请问还有雨伞吗？"

店员抱歉地看着她："都卖完了。"

女孩儿遗憾地"啊"了一声，瞬间泄了气，无奈地在冰柜前选了盒冰激凌，交了钱后便有气无力地坐到了用餐区。

早就过了放学时间，一时间，便利店里除了店员，便只剩下两个躲雨的人。

贺风觉在安静地吃着他的晚饭，旁边的女孩儿在吃着她的冰激凌，只是不太安静。

她吃一口看着窗外的雨叹一口气，再吃一口再叹一口气，直到贺风觉结束了用餐，她还在边吃边叹气。

贺风觉忽然有股冲动，想要提醒她一下，你再这么边吃边叹气，会让人误以为冰激凌很难吃，那边的店长就要把你请出去淋雨了。

可他到底是没付诸行动。

天渐渐黑了，大雨还没有要停的迹象，旁边的叹气声却已经消失了。

大概是因为冰激凌见底了？

两个人默契地没有选择搭讪对方，就这么安静地坐在餐桌前，隔着几个位置静静地看着窗外的雨帘，密密麻麻的雨水噼里啪啦地拍打在玻璃上，留下一道道水柱。

旁边的女孩儿不知看到了什么，忽然兴奋地跳了起来，背上书包就往门外冲。

贺风觉抬眸看了一眼，原来是有人来接她了。

她等到了要等的人，那他呢？他在等什么？

他也不知道自己在等什么，这场雨没有要停的迹象，而他又清楚地知道，不会有人来给他送伞。

所以，他到底在等什么？

正当贺风觉打算冒雨离开时，那个女孩儿又带着水汽跑了回来，手里拿了把干净的雨伞递给他，一双大眼睛乌黑漂亮，就那么看着他催促："拿着啊，快点儿回家吧。"

她额前的碎发被雨水打湿，那双眼睛蒙眬水润，让他不自觉地盯着看。

"陆小浓！"

门外有人催了一下。

女孩儿很快应了声："来了！"

见他许久不接，女孩儿就把伞硬塞到他手里，然后又打着伞跑进了雨帘。

贺风觉倏地有些不知所措。

其实他不需要伞。

这样没有任何预兆的大雨他一年总会碰上几次，淋着淋着也就习惯了。就像他的心，没人关心没人在意，冷着冷着就慢慢变硬了。

他看着手里的伞，慢慢收紧五指。

但好像，他还是挺需要这把伞的，就像干渴许久的人碰到了绿洲。

那天，贺风觉第一次在下雨天从容不迫地打伞回家，第一次感觉到了雨夜里路灯的温暖。

第二天他便托凌皓帮他找这个女孩儿。

"你帮我打听个女生。"

凌皓惊得眼珠子都快掉出来了："打听女生？！你？！你还是贺风觉吗？"

贺风觉懒得理会他的揶揄："H 中的。"

"嗯。"凌皓应了声之后，等了半天也没等到贺风觉再开口，"没了啊？"

贺风觉一脸理所当然："没了。"

凌皓快疯了："大哥！H 中除了男生剩下的全是女生，你让我怎么打听？你起码要给点儿有用的信息吧？"

贺风觉想了一下："长得很好看。"

凌皓无语："长得好看的女生多了去了。"

贺风觉又给出一条线索："名字里好像有个 lù 字和 nóng 字。"

"还有呢？"

"没了。"

凌皓再次无语，摸着下巴苦思冥想了一会儿，忽然一脸恍然大悟状："云想衣裳花想容，春风拂槛露华浓？你在考我古诗词？"

贺风觉扫他一眼，给出评价："被语文老师荼毒得不轻。"

过了几天，凌皓得意扬扬地摇晃着手机出现在贺风觉面前。

"来看看啊，H 中长得好看的女生的照片我全给你弄来了，您老快来认认。好好看啊，我一张张给你看，喏，这个，校花，是不是还不错？"

贺风觉扫了一眼眉头一皱："艳俗。"

凌皓都听不下去了："啧！嘴真毒！这个呢，校花二号。"

贺风觉的眉头皱得更深了："下一个。"

凌皓连翻了好几张都没有贺风觉要找的人。

他正打算放弃的时候，贺风觉忽然抢过他的手机，翻到上一张照片，慢慢放大，指着角落里一个模糊的面孔问："这个女生是谁？"

凌皓眯着眼睛看着："虽然很虚，可还是能看出是个清秀小佳人啊，眼光不错嘛，你从哪里发现的？这也不比校花差嘛，还是你眼光毒。"

贺风觉无视他的调侃："她叫什么？"

凌皓睨他一眼："这我哪知道，我得现找人打听。"

后来凌皓给了他一个名字，陆意浓。

陆意浓，意浓……冰肌玉容，情真意浓。

和她本人挺像。

可还没等他再打听到什么，他那对在国外打拼事业的父母终于想起了他，没征求他的意见，就把他带到了国外读书。

如今他回来了，辗转站到了当年那个女孩儿面前。

可她却已经不记得他了。

想来也是，谁会对多年前仅有过一面之缘的陌生人记忆深刻呢？

到了晚上，新邻居再次在走廊上拦住了扔垃圾回来的陆意浓。

贺风觉浑身都湿漉漉的，宽松的家居服紧贴着肌肉紧实精瘦的身体，头发还在往下滴水，却丝毫不显狼狈，反倒带着点儿凌乱美的意思，随性浪漫，别具一番风情。

他看着她，有些窘迫地开口："你方便再告诉我一下太阳能和热水器该怎么切换吗？我怎么都调不出热水。"

好心人陆某某立刻施以援手："好的好的。"

陆意浓一边跟在贺风觉身后往隔壁走，一边在心里慨叹。

啊，竹子先生的身材真棒啊！真是穿衣显瘦湿身有肉啊！

到了第二天，新邻居倒是安静了一整天，似乎没有再产生新的居家生活疑惑，只是在晚饭时间，陆意浓准备点外卖时，竹子先生按响了她家的门铃。

贺风觉拿着一个饭盒递给她："自从搬来后就一直麻烦你，也不知道该怎么表达感谢，就做了两个菜给你加餐。"

陆意浓本能地觉得不合适，把饭盒推了回去拒绝道："不用不用，太客气了。"

贺风觉说出早就准备好的措辞："是我这个新邻居送的见面礼，别的邻居我也送了。"

陆意浓这才笑着接过来："既然这样，那我就收下了，谢谢！饭盒洗干净了再还给你。"

贺风觉很快告辞："好，不着急。那我就不打扰了。"

陆意浓打开饭盒之后才发现，竹子先生所谓"加餐"的说法真的是太客气了，一荤一素，色味俱佳，香气四溢，分量也足，再配上一碗白米饭，实在是太满足了！

周一早上。

陆意浓刚踏进办公室，就看到同事们竟然在最忙碌的周一早上三五成群地凑在一起闲聊，不知道在讨论什么。

她在座位上坐好，放下包打开电脑后，转头问旁边的同事兼好友戴妙彤："这是怎么了？"

戴妙彤刚从一场热火朝天的讨论中抽身出来，冲她比画了下："大老板花大价钱从国外挖了个财务总监回来！今天就到！年薪这个数！"

陆意浓不以为意："和我们有什么关系？"

"怎么没关系啊，咱们是财务部啊，毕竟是顶头上司嘛！当然了，这不是重点，重点是……"戴妙彤一秒钟宋小宝上身，"据说这位年轻多金的新总监还很是英俊呢！大老板正带着他给高层们开会做介绍呢，估计一会儿就轮到我们了！"

陆意浓更是兴致缺缺："长得帅和我们有什么关系？不用干活了？"

戴妙彤立刻开始教育她："财务一把手耶，咱们公司你又不是不知道，财务总监可是比业务总监有话语权！刘黑胖走了之后，多少人都眼馋那个位置，你又不是不知道，现在终于尘埃落定，你就不想看看这位空降的'宫斗冠军'？"

两人正聊着，忽然有只手伸到了陆意浓面前："意浓，请你吃早餐。"

陆意浓下意识抬头看了眼手的主人，没接。

戴妙彤调侃道："邵经理，只有小浓的，没有我的啊？"

忽然一道阴阳怪气的女声也跟着响了起来："是啊，邵经理，没有我们的吗？"

那声音实在是刺耳，听得陆意浓和戴妙彤齐皱眉。

邵正阳却只是好脾气地笑了笑："下次请你们吃。"

已经有人注意到了这边的动静，梁溪却不罢休地追问："下次是什么时候？怎么陆意浓就可以是这次，我们就要等到下次？你说是吧，戴妙彤？"

戴妙彤冷哼一声："我不差那一口早饭，饿不死。"

陆意浓本来就没打算要，这下就更不能收了："邵经理，我吃过早饭了，您自己吃吧。快到上班时间了，我开始干活了。"

邵正阳一愣，举着手中的早餐问梁溪："你要吗？"

梁溪被气得直笑："别人不要的就给我？"

"那我自己吃。"邵正阳也没解释，拿上早餐就走了。

梁溪在原地站了会儿，瞪了陆意浓几眼也回了座位。

陆意浓假装没看见，等她走了才在电脑上用聊天软件问戴妙彤：梁溪最近干吗总是针对我？

戴妙彤发了个惊恐的表情：大姐你不是吧？邵正阳对你意图那么

明显，你看不出来？

陆意浓：什么意图？

戴妙彤：追你呗！

陆意浓：没看出来……梁溪喜欢邵经理啊？

戴妙彤：那不废话！

这下轮到陆意浓发惊恐表情了，邵正阳这种情商低到尘埃里的直男竟然会有人喜欢？真没天理。

让陆意浓没想到的是，她的惊恐表情刚发完，就发生了让她更惊恐的事情。

系统里忽然跳出来一条会议提醒，还是大老板亲自主持，看来戴妙彤所言不虚，会议的主要内容就是要把新总监介绍给他们吧。

那边戴妙彤已经拿着笔记本跳了起来："走走走，去看帅哥喽！"

会议室里，当陆意浓看到贺风觉跟在大老板身后走进来的时候，心中就真的只剩下惊恐了。

一身正装的贺风觉显得格外清隽挺拔，唇角挂着浅浅的笑，落落大方地开始做自我介绍。

能力很卓越，履历很漂亮，跟他那张脸一样精致漂亮。

他的唇形很是标致，唇角天然微微扬起，眼睛里似乎总是含着一抹笑意，一旦真的笑起来更是让人如沐春风。

从会议室出来，身边人都在小声讨论着。

"贺总看起来很和善啊。"

"是啊是啊，看上去好像很好说话的样子。"

"帅也是真的帅……"

"何止是帅啊……"

……

风度翩翩，温和有礼。

这是陆意浓目前听到的对贺风觉最多的评价，看来好男人是不会被埋没的呀！

她憋了一个上午，快到午饭时间的时候，还是忍不住和戴妙彤躲在茶水间里窃窃私语。

此刻茶水间只有她们两个，陆意浓还是把声音压得极低："我说我之前见过贺总，你信不信？"

谁知戴妙彤的声音比她压得更低，一副比她还神秘的表情："我也见过啊。"

陆意浓的声音一下子恢复了正常："啊？"

戴妙彤立刻哈哈大笑起来："梦里嘛！"

陆意浓无语地拍她一下："不是啦！我真的见过！你记不记得，我跟你说的我那个新邻居？"

戴妙彤回忆了下："那个五好青年竹子先生？"

陆意浓重重地点了下头："嗯！就是他！"

身后忽然传来一道温和带笑的男声："什么竹子先生？"

两人惊得浑身一震，继而双双回头打招呼。

"贺、贺总！"

"贺总！"

贺风觉看了眼陆意浓，眼底的笑意静静流淌："没事，不用那么拘谨，你们聊你们的。"

说完倒了杯咖啡就离开了，妥帖有度地保持着恰到好处的距离。

摸鱼被抓的两人也不敢再聊，赶紧回了座位。

下午快下班的时候，大老板亲自来通知，公司为了欢迎贺风觉这位财务总监的到来，组织了聚餐。

陆意浓一向对这种占用休息时间的官方聚餐很是排斥，不过一想到可以解决晚餐，也就欣然前往了。

席间，陆意浓隔着两桌人看向觥筹交错的主桌。

坐在主桌的贺风觉看上去相当混得开，面对还只是一群陌生人的同事并没有丝毫的不适应，很是轻松自在，或是微笑着点头聆听别人说话，或是不疾不徐地说着什么，左右逢源游刃有余，和周末那个面对新生活手忙脚乱的"海龟"没有一丝丝相似。

不知道是真的八面玲珑，还是逢场作戏。

他好像是一个复杂矛盾的综合体，明明第一次见面的时候，看上去那么地温文尔雅，干净又纯粹，而现在坐在一群高层中间谈笑风生，从容且淡定，似乎也是他本来的样子。

此刻，陆意浓的心情很是复杂，因为直到现在，她都还没能完全接受她的新上司住在她家隔壁这个信息。

邵正阳顺着她的视线看了过去，笑着找话题："贺总挺帅的哈？"

陆意浓本就和他不熟，再加上梁溪的关系，更是对他避之唯恐不及，眼下面对他这种若有似无的试探很是反感，勉强笑了笑，没说什么，把头转到另一边和戴妙彤聊天去了。

贺风觉正笑着和身旁的人说着什么，视线状似不经意地落到某个角落，看到时不时和陆意浓搭话的邵正阳，忽然间觉得很碍眼。

聚餐结束的时候，恰好赶上夜生活开始，一群人站在酒店门口等叫车。

角落里，陆意浓正低头看打车软件，戴妙彤小声和她开玩笑："你信不信，一会儿邵正阳一准儿要找过来要求送你。"

陆意浓心有余悸，不得不敬而远之："我可不敢上他的车，梁溪还不得吃了我，还是生吞了那种。"

两人正聊着，身边真的靠过来一个身影："送你吧，顺路。"

戴妙彤立刻笑得花枝乱颤，冲陆意浓挤眉弄眼。

陆意浓抬头看了下来人，心里腹诽戴妙彤乌鸦嘴，脸上却笑着摆手："不用不用，我打车就行了。"

邵正阳摇着车钥匙："走吧，这个时间不好叫车，要等很久的。"

这个时候梁溪不知道从哪里也冒了出来："我也顺路，邵经理顺便送送我呗？"

陆意浓赶紧撇清关系："邵经理送梁溪吧，我和戴妙彤拼车就好了。"

一群人吃饱喝足便起了八卦的心思，笑呵呵地看着这场"三角恋"起哄。

贺风觉站在众人身后冷眼看了会儿，忽然出声："坐我的车吧。"

听到声音，一群人纷纷转头看过去。

邵正阳也看向了他，似乎想要抗衡一下："贺总喝酒了吧？"

贺风觉面无表情地回视他："没喝。"

一时间众人面面相觑。

没喝？坐在主桌那里竟然还能滴酒不沾地全身而退，贺总是个中高手啊！

不知怎的，邵正阳忽然起了好胜心："我和意浓住的小区就隔了两个路口，很近的。"

贺风觉被"意浓"这个称呼激得直皱眉，回击得简单直接且粗暴有力："我住她隔壁。"

众人纷纷做出裁决，好吧，你赢了。

于是陆意浓就跟在贺风觉身后往停车场走。

贺风觉平日里总是一副温和带笑的模样，刚才那个面无表情甚至有些生人勿扰的贺风觉，竟然让陆意浓莫名产生了一丝熟悉感。

她踌躇了下，还是问了出来："贺总，咱们是不是见过？"

贺风觉侧眸看过来，眉目沉静，眼神深邃，看了她许久，才忽然勾唇笑了下："我是你邻居啊，你忘了？"

"我不是说这个……"陆意浓低头敲了敲脑袋，她不过喝了杯啤酒而已，刚才明明什么感觉都没有，怎么这会儿就感觉醉了呢？

"不好意思，可能是我认错了，当我没说过……"

陆意浓一边后悔自己的莽撞，一边在心里鄙视自己。

陆意浓，在贺风觉眼里你是个什么样子？套近乎的方式也太低级了吧？这下他会怎么想你啊？！

贺风觉的余光扫到她脸上的懊悔，忽然间心情大好。

你已经开始想起我来了吗？

陆意浓自觉丢脸，沉默了一路，直到从电梯出来，马上就要分别时，她才开口道谢："谢谢贺总送我回来。"

贺风觉轻"嗯"了一声："下班时间不用叫贺总，叫名字就好。"

陆意浓有些反应不过来："啊？"

贺风觉却又笑了，耳边的声音也轻缓温柔得不像话："啊什么？"

陆意浓本是下意识地抬头看他，谁知下一秒便撞进那双漆黑深邃的眼眸中。

那双眼睛太漂亮，让她一时怔住，忍不住溺在其中。

她这才发现，他也长了双桃花眼，和记忆深处那双眼睛一样勾魂摄魄。只不过记忆里的那双桃花眼淡漠疏离，而眼前这双桃花眼则温柔多情。

过了半晌，陆意浓回神，意识到自己一直盯着贺风觉看，一下子就红了脸。

偏偏贺风觉还一副眉眼带笑任由她看个够的模样。

有了这个认识，陆意浓更是无地自容了，红着耳尖低着头匆匆道别："我先回家了，贺总晚安！"

贺风觉看着她落荒而逃的背影，想到她一口一个"贺总"地叫着，觉得是时候祭出大杀器了。

第二天一早，陆意浓刚在座位上坐稳，戴妙彤就凑过来跟她分析昨晚邵正阳为了她跟贺风觉正面交锋，因此会被贺风觉穿小鞋的可能性。

陆意浓一时听得头大，刚想要把戴妙彤轰回座位，一抬头就看到邵正阳正往她的方向走过来。

这下她的头更大了。

邵正阳递给她一个保温杯，颇为体贴地开口："给你准备了醒酒汤，趁热喝。"

陆意浓下意识地偷偷瞄了眼梁溪的工位，果然看到梁溪正脸色阴沉地看着她。

她顶着梁溪要杀人的眼神都快哭了，大哥我就喝了一杯啤酒而且又已经过了一夜了，哪里还用得着解什么酒啊！

她好说歹说终于送走了邵正阳这尊大佛，可还是没能逃过梁溪的针对和报复。

当天下午，她从复印机里拿出复印好的文件，边低头检查着边往座位走，就快要走到座位的时候，余光看到有个身影冲了过来，她来不及躲闪，那道身影和她擦肩而过时使劲撞了下她的肩膀。

陆意浓当下便狠狠皱了下眉，手里的资料撒了一地。

她揉着肩膀抬起头，有些恼怒地看着面前的人："你干什么？！"

梁溪轻描淡写地笑了下："对不起喽。"

坐在旁边的戴妙彤拍着桌子站起来："对不起还不快捡！"

梁溪还在笑："我腿疼，蹲不下。"

陆意浓懒得和她纠缠，蹲下来自己捡。只是她才捡了两张，就看到有只穿着高跟鞋的脚踩在了她正准备捡起的那张纸上。

她不耐烦地扯了扯纸张的一角："麻烦让让。"

谁知那只脚不但没让开，反而愈发使劲地碾压着，单薄脆弱的纸上很快出现了一道裂痕和半个模糊的脚印。

听到动静，周围已经有不少人围过来看热闹了。

戴妙彤火大："梁溪你故意的吧！"

这声吼之后，空气一下子安静了下来。

陆意浓疑惑地抬起头，正奇怪什么时候戴妙彤有这么大的震撼力了，却忽然神色僵硬地从地上站了起来。

贺风觉一手插兜一手端着杯子站在几步之外，像是刚从茶水间出来，也不知道这场闹剧被他看去了多少。

看热闹的人纷纷开口喊了声贺总后，很快散去，各回各的座位。

贺风觉就这么静静地站在宽敞的办公区走廊上，半晌才沉着声音叫了一个名字。

"梁溪。"

梁溪有些心虚地松开脚，转身看向他："贺总。"

贺风觉很快开口，一副公事公办的口吻："整理一下你负责那部分的上一财年的财务数据，明天早上上班前发到我的邮箱，谢谢。对了，是整个集团的。"

梁溪在一阵抽气声中有些不可置信地确认了一遍："整个集团的？"

工作状态的贺风觉敛了神色，不见往日一贯的和缓，犀利严肃得让人不敢直视："对，有什么问题吗？"

刚才还趾高气扬的梁溪瞬间就泄了气："没、没问题。"

集团整个财年的财务数据，今天晚上怕是不用睡了。

"那就好。"

说完，贺风觉很快抬脚离开，经过陆意浓的时候，弯腰帮她捡起地上那张已经被踩躏得不能看的 A4 纸，放到了她的手里。

等贺风觉进了办公室，众人才敢有动作。

陆意浓长长地舒了口气，继续捡文件。

戴妙彤也跟着蹲下帮她一起捡。

两个脑袋靠在一起边捡边小声说着话。

"你说梁溪是不是吃错药了！干吗这么不依不饶的！"

"谁让你和她竞争主管的位置，还和她抢男人。"

"难道我和抖森的事情大家都已经知道了？"

"邵正阳邵正阳邵正阳！"

"快别提这个名字了！我都怕了，我的肩膀肯定肿了！赤裸裸的职场暴力啊！我一定要去 HR 那里投诉她！"

"贺总不是帮你讨回来了吗？"

"……那倒也是。"

一时之间陆意浓的心情有些复杂，小时候和别的小朋友产生了矛盾，老师一般都是各打五十大板，而这位上司只是惩罚了梁溪，对她却只字不提，她的内心很是忐忑啊，不会在憋什么大招吧？她盾薄血少，可招架不住啊！

下班之后，戴妙彤拉着陆意浓去了一家网红餐厅，好好地安慰了她一番，陆意浓化悲愤为食欲，揉着肚子回到家的时候已经快十点了。

她正准备拿钥匙开门就听到身后奶萌的喵喵声，一回头，一只小奶猫正坐在隔壁门边，隔壁的门半开着，投射出一束朦胧温暖的光。

陆意浓忍不住抬脚靠近，蹲在地上一下一下地抚摸着："好可爱的小猫咪啊！"

"回来了？"

头发蓬松一身家居服的贺风觉姿态慵懒随意地靠在门口，微微笑着看她。

陆意浓抬起头来，满眼都是粉红泡泡："贺总，这是你的吗？"

贺风觉点了下头："嗯。"

陆意浓忍不住把小猫捧在掌心里站起身来："它好可爱啊！"

贺风觉佯装在看她怀里的小猫，视线却在她一张一合饱满的红唇上不停跳跃，流连忘返，连她又叫了他贺总都不计较了。

不知道她刚才吃了什么，唇瓣不似平日里的粉嫩，反而红得发亮，看上去温热柔嫩，让人忍不住想要狠狠蹂躏一番。

贺风觉轻轻抿了下唇，喉结不动声色地上下滚动了下。

啧，真想亲一口。

她忽然抬头问："贺总，它叫什么名字啊？"

贺风觉眸光微闪，有些不自然地移开视线，信口胡诌道："怪兽。"

"怪兽？这个名字……"陆意浓看着怀里奶萌奶萌的小猫咪，艰难地给出评价，"听上去挺霸气的。"

贺风觉却转了话题："肩膀没事了吧？"

"啊……那个啊，没事了。"

说起这事，陆意浓便有些尴尬，好在贺风觉很快就把话题转了回去。

"你也喜欢猫？"

陆意浓猛点头："喜欢！"

贺风觉伸出手指点了下小猫的脑袋，视线却落在了她的脸上："那你可以经常来和它玩儿。"

陆意浓的眼睛一下子亮得惊人："可以吗？"

"当然。"

"谢谢贺总！"

贺风觉半真半假地威胁道："再叫贺总就不让它和你玩儿了。"

陆意浓使劲扯出抹笑，然后小心地把小怪兽放到地上，心怀鬼胎地悄咪咪回了家。

怪·大杀器·兽正被挠得舒服，忽然中断了，有些幽怨地冲那道纤细的身影喵喵叫了两声。

陆意浓掐着自己的大腿抑制住回头的冲动。

小怪兽啊小怪兽，不是你不可爱，而是"贺风觉"这三个字我实在叫不出口啊！

梁溪大概是被财务报表虐得体无完肤，终于消停了两天。

周四刚好是邵正阳的生日，按照公司惯例，会公费买个蛋糕，部门内的人再一起切切蛋糕喝喝下午茶。

一群人围着邵正阳唱完生日歌，有殷勤者举着蛋糕毛遂自荐："我来切蛋糕，我来切蛋糕！"

不知是谁接了一句，语气有些奇怪："别着急啊，最精彩的环节还没进行呢！"

下一秒，那一整个蛋糕，没人来得及吃一口的蛋糕就飞向了陆意浓的方向。

陆意浓本就有些心不在焉，虽然被戴妙彤眼疾手快地拉了一把，但还是被砸了一头一脸的奶油，蛋糕滚落，她的衣服上也不可避免地沾到了不少。

她只觉得头上被什么东西砸了一下，眼前一黑，手里的杯子跟着倾斜，饮料全都洒到了胸前，轻薄的布料立刻紧紧贴上了皮肤，不用看她也清楚自己此刻有多狼狈。

一切发生得太快，她根本没反应过来，也没看清楚是谁干的，只听到邵正阳的不可置信和戴妙彤的怒不可遏。

"梁溪？！"

"梁溪，你有病吧！"

以往也有过互相抹蛋糕闹一闹的时候，可也没有这么过分的。

陆意浓气得浑身发抖。

众人只觉得尴尬，互相看着，不知该如何收场。

梁溪这个始作俑者却是一副无所谓的语气："开个玩笑嘛，陆意浓，你不至于生气吧？邵经理过生日呢，你不会连这点儿面子都不给吧？"

陆意浓懒得和她争论，抬手捂在胸前，紧接着不知道是谁的西装外套适时地落在了她的肩头，遮住了她的满身狼狈。

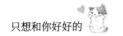

她低头匆匆道了声谢，便顶着一脸的蛋糕往洗手间跑。

身后有道脚步声一直不疾不徐地跟着她，进了洗手间便站在她旁边给她递纸巾。

陆意浓以为是戴妙彤，边清理边忍不住吐槽："这个梁溪简直有病！追不到邵正阳干吗把气撒我身上啊！我又不喜欢他！邵正阳也是个神经病！我说得那么清楚了，也尽量躲着他了，他看不出来吗？！纠缠个屁啊！还有我新买的裙子！我才穿了一次！"

她一激动就爆了粗，奶油又滑又腻，和脸上的化妆品混在一起，根本擦不干净，还越擦越脏，她越说越觉得委屈，眼看就要被气哭了，又不好意思真的哭出来，便咬牙忍着，后来实在没忍住，偷偷掉了两滴眼泪。

她低着头，本以为不会被发现，毕竟现在她的脸上除了奶油就是水，多几滴眼泪并不明显。

可下一秒，一只手就出现在她眼前，温热的指腹精准地蹭掉了她下巴上的泪珠，顺便抹掉了脸颊上浅浅的泪痕。

过了几秒后，陆意浓才忽然意识到那只手不是戴妙彤的，那分明是双男人的手！

她猛地抬起头来，然后浑身一僵。

站在她面前的人竟然是贺风觉！

他对她扬眉一笑："哭什么？"

他的笑奇异般地带着宽慰人心的作用，让人无端觉得，刚才发生的那一切似乎没什么大不了的。

不知道为什么，陆意浓下意识地不想让他看到这么丢脸狼狈的自己，立刻低下头去，瓮声瓮气地强调道："没哭，奶油蹭到眼睛里了。"

他没有接受她的借口，再次开口时声音低沉醇厚："别哭。"

浓浓，不要哭。

谁欺负了你，我定会帮你讨回来。

后来他动作轻柔耐心十足地一下下帮她擦掉脸上头发上的奶油，露出白皙柔嫩的小脸。

她本来擦得乱七八糟的奶油，那些她本以为根本擦不干净的奶油，在他手底下竟然被清理掉了，连衣服上的奶油也都被擦拭得干干净净。

陆意浓正捧着水洗脸，忽然反应过来，转头看向贺风觉："这、这里是女洗手间。"

贺风觉气定神闲地站在那里，微微笑着："所以呢？"

陆意浓所以不出来，开始转移话题："您不是去开会了吗？"

"刚结束。"

他刚开会回来就看到那一幕，一眼没看到就让人欺负了去。

贺风觉看着她有些发红的眼尾，循循善诱："有的时候，一味地忍让就是无限地纵容，纵容别人一步步逼近你的底线，最后踩在你的底线上耀武扬威，践踏你的尊严。"

陆意浓直起身来，抬起手背抹掉下巴上的水，低着头犹豫了下："我也想过还击，只是……我很喜欢现在的工作，这是我毕业以后的第一份工作，如果真的撕破了脸，以后上班低头不见抬头见的，会很尴尬。"

贺风觉听了只是很温柔地笑了下："这样啊……"

陆意浓抬眼从镜子里看着他："可是，她刚才真的很过分，对吧？"

贺风觉轻点了下头。

陆意浓又垂下了眼帘保持沉默，不知道在想什么。

两人从女洗手间出来，才走了两步，陆意浓忽然站定，气势汹汹地开口："贺总，您先回去吧，我还有件事要去做。"

贺风觉似乎知道她要去做什么，脸上挂着鼓励纵容的笑："去吧。"

陆意浓也没含糊，去茶水间接了一大杯茶水，走到梁溪身边，直接从她的头顶浇了下去。

毫无防备的梁溪尖叫着站起来，脸上还可笑地挂着几片茶叶。

大概陆意浓身上的那件西装外套，已经很明确地表明了贺风觉的态度，于是没有人站出来替梁溪说话。

这应该是邵正阳长这么大经历过的最糟糕的一个生日，顶头上司贺风觉对于办公室外的尖叫声恍若未闻，剑拔弩张的陆意浓和梁溪被一众同事拉开，请了假各自回家换衣服。

一场闹剧似乎已经落下了帷幕。

第二天上午，贺风觉打开办公室的门，冲着办公区叫了一声："梁溪，到我办公室来一趟。"

梁溪很快起身，跟在他身后进了办公室："贺总，您找我。"

"把门关上。"

贺风觉神色如常地转身，走近，在一步之距时忽然伸手扼住了她的脖子。

突然受到惊吓让她的大脑瞬间一片空白，头皮发麻过后，梁溪很快就感觉到窒息，本能地去掰他的手企图挣脱，尽管她已经用尽了全身的力气，却没有丝毫作用。

她快要喘不过气来了，艰难出声："贺、贺总？！"

他忽然变了脸，眼底的狠戾阴鸷丝毫不加掩饰，一开口却又是一贯的从容优雅："你或许不太了解，我这个人低级又没品，你最好不要再让我看到你欺负她，不然，我也不知道自己会做出什么可怕的事情来。"

梁溪的脸都憋红了，眼底都是惊恐："她是谁？"

贺风觉忽然笑了，手下的力道却又加重了几分："她是谁？你欺负了谁自己心里不清楚吗？"

因为被扼住了喉咙，梁溪的声音变得粗哑难听："陆、陆意浓？"

贺风觉却不再回答，只是冷冷地盯着她的眼睛，终于在她窒息前松了手。

梁溪瞬间脱力，一下子跌落在地上，她顾不得其他，使劲呼吸着新鲜空气，缓过来之后才抬起头不可置信地看向贺风觉，扯着嘶哑的喉咙歇斯底里地吼叫："贺风觉，你疯了吗？"

他把她掐死对他有什么好处？！杀人不用偿命吗？！

贺风觉拿起桌上的湿巾，一根一根擦拭着刚才触碰过梁溪的手指，看也没再看她一眼，听到她的话似乎觉得很可笑，继而勾着唇笑了起来："我本来就是个疯子，你不知道吗？"

梁溪看着那张带笑的脸，只觉得浑身上下都凉飕飕的，明明贺风觉平日里总是端着一副和善带笑的模样，她早就习以为常，可眼前的这个笑容只会让人觉得阴森可怕冷汗直流。

她终于认识到，贺风觉真的是个可怕的疯子。

她不敢再动，也不敢再说一句话，就那么趴在地上看着他慢条斯理地擦着修长有力的手指，想到刚才就是那只手微微用力就让自己濒临死亡，忍不住瑟瑟发抖。

不知过了多久，才听到他漫不经心地开口："滚吧。"

看到梁溪艰难地站起来，尽可能保持体面地出了办公室，贺风觉才低头揉了揉眉心，低喃道："贺风觉啊贺风觉，The person you love is gentle and kind, you can't be grumpy. ①"

女洗手间里，空无一人。

梁溪看着镜子中的自己，满脸泪痕，脖子上已经出现了一圈淤青，狼狈不堪，比那天的陆意浓要难堪一百倍。

刚才贺风觉那个疯子是真的打算掐死她。

后怕、愤怒、嫉妒、复杂的情绪一时间全都涌上心头，她咬牙切齿地叫出一个名字："陆意浓！"

周五下了班，陆意浓照例去逛了超市，采购下一周的生活用品和口粮，回到小区才踏出电梯，就看到贺风觉神色慌张地站在走廊上左顾右盼，似乎在找什么。

贺风觉看到她，便上前问："我的猫丢了，你看到了吗？"

陆意浓心里一紧："小怪兽丢了？！"

贺风觉有些沮丧地点了下头，没了在公司里雷厉风行独当一面的职场精英形象，反而像个手足无措的大男孩："我在厨房做饭，可能是门没关好，它从家里溜了出来，不知道跑到哪里去了。"

陆意浓想了下："别着急，监控去看了吗？"

贺风觉指指摄像头，有些无奈："坏了，物业还没来得及修。"

"这附近你都找过了？"陆意浓建议，"会不会跟着电梯下去了？我们去楼下找找？"

贺风觉点头赞同："好。"

陆意浓便把手里的袋子随意挂在家门把手上："走吧。"

---

① 编者注：你爱的人温柔且善良，你不能一身戾气。

到了楼下，两人分头在附近找。

等她走远了，贺风觉才把猫从宽大的外衣口袋里捞出来，放进草坪里，还往陆意浓的方向推了下："去吧。"

果然没过一会儿，贺风觉就听到陆意浓在身后惊喜地叫他："贺风觉！我找到了！在这儿呢！它躲在草丛里了！"

贺风觉脚下的动作一滞，忽然间心情大好。

可能陆意浓自己都没发现，她一激动直接叫了贺风觉的名字。

进了电梯，陆意浓还在低头小声训斥着小怪兽，让它以后乖一些不要再乱跑，训了几句之后又开始心软，于是又一通安慰。贺风觉垂眸听着看着，眼底晕染着浓浓的柔情和笑意。

出了电梯，贺风觉率先开口："谢谢你帮我找到猫，我请你吃饭吧。正好我已经做好了，要不要一起吃点儿？"

陆意浓正打算把猫放到贺风觉怀里："不用了吧，我这儿已经有了，不能浪费。"

贺风觉没接，反而指着门把手上的外卖袋子问："怎么又吃外卖？"

"一个人懒得做饭，外卖也挺好的。"陆意浓又把猫往他怀里送了送，"你带它回去吧，拜拜。"

贺风觉还是没接，直接走了几步取下门把手上的外卖袋子，然后往自己家的方向走："走吧，一个人吃饭挺没意思的，咱们共享一下。"

陆意浓尝过贺风觉的手艺，不知道比外卖好吃多少倍，被美食诱惑，她很快抬脚跟了上去。

饭桌上，贺风觉指指趴在陆意浓脚边的小怪兽提议："平时我工作忙，一个人养确实有些力不从心，不如咱们合养吧？"

陆意浓一顿，抬头看他："合养？"

　　贺风觉笑了下："当然了，大部分时间还是由我来负责它，只是我出差或者加班的时候就放到你那里，你来照顾，至于其他时间，如果你愿意的话，随时来我这里看它。"

　　陆意浓一直很喜欢猫，奈何也怕自己照顾不了，所以一直没有养一只，现在有人愿意分担，她再乐意不过了！

　　她像是怕贺风觉会后悔一样，立刻笑嘻嘻地开口："谢谢贺总！"

　　贺风觉给她盛了碗汤，似真似假地威胁道："再叫贺总就不跟你合养了。"

　　到底是喵星人的诱惑太大，陆意浓不好意思地笑了笑，轻声叫了下："贺风觉。"

　　贺风觉唇角的弧度更大了。

　　不知道为什么，陆意浓忽然间觉得两人的距离一下子近了不少："贺……贺风觉，你是哪年生的人啊？"

　　贺风觉说了个属相。

　　陆意浓眨眨眼睛："啊，就比我大了一岁啊……"

　　"是啊。"贺风觉佯装不乐意，"是不是忽然觉得叫我贺总都把我叫老了？"

　　陆意浓赶紧摆手："不是啊，你一点儿也不老，就是觉得你好厉害啊，只比我大一岁就做到总监级别了。"

　　贺风觉听了，只是笑了笑，没说话。

　　陆意浓的心态彻底放松了下来，也跟着抿唇笑了下："其实，上司住在我隔壁这件事，我一直感觉很奇怪。"

　　"有什么奇怪的？"

　　"就是会觉得别扭啊。"

"可我是先做了你的邻居，才做了你的上司。"

"这倒也是。"

聊着聊着，陆意浓突然想到了什么："贺风觉，如果我工作上出了纰漏，你会骂我吗？"

贺风觉挑眉看她："你觉得呢？"

陆意浓耸了耸肩："不知道……你工作的时候还是挺严肃的，但是好像也没见你骂过人……"

……

两人就这么坐在桌前聊着天，明明并没有相识多久，却相处得格外愉快，不见冷场，没有尴尬，就像是久别重逢的故友。

陆意浓一会儿低头逗逗小怪兽，一会儿冲贺风觉笑笑，不时抛出一个新话题。贺风觉的视线却始终没有变动，一直落在她的脸上。她在他面前终于不再那么拘谨约束了，话多了不少，笑容也多了，整个人都活泼灵动了起来，让他想起那个下雨天，她坐在窗边边吃冰激凌边叹气的样子。

整个周末，陆意浓都过得轻松且惬意，没想到周一一上班，就听到了爆炸性的新闻。

一踏进办公室，陆意浓就被戴妙彤拉住。

"听说了吗，梁溪做假账被查出来了！"

陆意浓一愣："梁溪不会做这种事吧？这不是自毁前程吗，怎么查出来的？"

戴妙彤扬了下下巴："新总监了解工作啊，周末加了两天班查出不少问题。果然对得起七位数的年薪，几眼就看出问题了。听说是销售部那边有人拿了假发票来报销,报出来之后给梁溪提成,互惠互利。"

陆意浓不解:"报销需要销售部总监签字啊,哪有那么容易?"

戴妙彤摇摇手指:"是惯犯了,一个老员工,销售部总监也是被坑了。不过,谁让他高层会议上倚老卖老给贺总难堪,也是活该!大老板震怒啊!梁溪这下只能走人了。"

陆意浓还在唏嘘,就听到戴妙彤继续:"还有啊还有啊,邵正阳好像也要走了,借调到 Y 市分公司去做财务总监。这种明升暗降的把戏,不知道是不是受了这件事的牵连。"

陆意浓不走心地评价了一句:"真可怜。"

戴妙彤忽然一脸神秘地靠近:"你觉不觉得特别巧,这两个人,一个刚刚得罪狠了你,一个一直缠着你不放,忽然间都被清理了,会不会跟你有关系?"

陆意浓忍俊不禁:"能和我有什么关系?难道我是大老板的千金?"

戴妙彤翻了个白眼:"没睡醒吧你!"

陆意浓不傻,戴妙彤的话倒是提醒了她,她扭头往贺风觉的办公室方向看了一眼,会和她有关系吗?

贺风觉从地铁站出来才发现下了暴雨。

又是突如其来的一场雨,这么多年了,他还是没有养成带伞的习惯。

他站在地铁口的角落里,正看着外面的雨帘出神就听到身后有人叫他。

"贺总?"

贺风觉没回头也知道是谁,抬手看了眼时间:"现在是下班时间。"

陆意浓走近后自觉更换称呼:"贺风觉。"

贺风觉笑了笑，转头看她："这么巧。"

陆意浓避开躲雨的人，凑到他身边："没开车？"

贺风觉摇了摇头："送去保养了。"

"没带伞吗？我们一起走吧。"

说着陆意浓低头在偌大的帆布包里翻找着，因此错过了贺风觉眼底汹涌而至的情绪。

他眸色渐浓，静静地看着她。

一样大雨瓢泼的傍晚，多年前，有个女孩儿给他递了把伞，多年后，曾经那个还带着点儿婴儿肥的女孩儿已经长大，此刻风仪玉立地站在他面前，邀他共撑一把伞。

滴水之恩，当涌泉相报，他是不是要邀请她共度余生才够有报恩的诚意？

两人肩并着肩走出地铁站，陆意浓尽力把伞举高，罩在贺风觉的头顶。

贺风觉笑了声："我来吧。"

陆意浓求之不得："啊，好啊。"

她才发现，贺风觉比她高了那么多……

贺风觉接伞的时候，并没有去握雨伞的把手，而是错开她的手往上握住了伞柄，等她松了手才重新调整位置握住了把手，完美地避开了和异性的肢体接触，绅士又儒雅，让她心生好感。

两人无声地走了几步，陆意浓忽然开口："贺总？"

贺风觉的声音从头顶传来，带着几分无奈："又叫贺总。"

陆意浓没敢抬头，深吸了口气："我是想问公事。"

贺风觉看着她发顶几根调皮的呆毛，轻轻"嗯"了一声，似乎在等她继续。

"梁溪和邵正阳为什么会忽然离开啊？"

"一个犯了原则性错误，一个是集团内部正常调动，这不是很正常的吗？"

"很正常吗？"

陆意浓问完便抬头紧紧盯着他的表情。

她的额头堪堪擦过他的下巴，让贺风觉有一瞬间的晃神。

他很快回神，语气轻松："不然呢，铁打的营盘流水的兵，说不定我这个财务总监明天也要换人做了。"

看到她脸上明显松了一口气的模样，贺风觉勾了勾唇。

既然撕破了脸低头不见抬头见你会尴尬，那就让那些会让你觉得尴尬的人走开吧。

又过了两天，贺风觉出门扔垃圾，正好碰上陆意浓送人出门，一个身材高大的男人。

两人背对着他在等电梯，挨得很近，打打闹闹语气熟络，看上去很是亲密。

贺风觉走上前去打招呼。

陆意浓给两人简单地做了介绍，贺风觉这才看清这个男人的脸。

对方也细细打量了一番贺风觉，凑在陆意浓耳边小声惊叹："你邻居是混娱乐圈的吗？！"

电梯很快来了，那人进了电梯，贺风觉谎称还落了一袋垃圾要回去取而留了下来。

等电梯门关上了，他神色轻松地开玩笑："男朋友啊？"

陆意浓笑着摇头解释："你说宝哥哥啊？不是不是，我们两家是邻居，从小一起长大的。"

宝哥哥，大名邹宝炎，听着陆意浓一口一个宝哥哥地叫着，贺风觉连贾宝玉都开始讨厌了。

他神色未变："青梅竹马？"

陆意浓笑着点了下头："算是吧。"

贺风觉讨厌青梅竹马。

做邻居久了，贺风觉发现，这位竹马经常来找陆意浓，见的次数多了，他倒是看出了点儿门道。

陆意浓心思单纯，对这位竹马没什么想法，而这位竹马对陆意浓就没那么简单了，大概是还没来得及捅破那层窗户纸。

他观察了几次，邹宝炎和陆意浓相处时，经常会忽然间脸红，会偷偷看她，还兼带偶尔的试探和对他若有似无的敌意，完全一副情窦初开的模样。

好在陆意浓从始至终都坦坦荡荡的，对于这份暧昧丝毫不知情，于是贺风觉决定，在她尚未察觉时就无声无息地解决掉这枚竹马。

一个月后的某一天，贺风觉看着正在沙发上逗猫的陆意浓："好像很久没看到你那个青梅竹马了。"

"你说邹宝炎啊？"陆意浓叹口气，"他有了女朋友，哪还有空搭理我啊。"

连称呼都变了。

竹马有了女朋友，陆意浓的心情还是挺复杂的。

贺风觉试探道："你喜欢他？"

　　陆意浓立刻否认："啊？！怎么会！他就是我哥哥！谁会喜欢自己的哥哥啊！"

　　贺风觉看着她，一脸不相信："或许，你该照照镜子，看看自己现在的表情。"

　　陆意浓摸了摸自己的脸，又叹了口气："真不是喜欢，就是……我们从小一起长大，现在他忽然要去拱白菜了，我就觉得……怅然若失。就像……小时候我们俩一直一起玩，后来上了幼儿园，他认识了新的小伙伴，就不只和我一个人玩儿了，和那种心情差不多。或许等我再遇到我喜欢的那个人，我才……"

　　说到一半，陆意浓忽然收了声，默默抬手捂住了自己的嘴。

　　贺风觉敛了神色："你有喜欢的人了？"

　　陆意浓满身落寞，小声嘀咕："很久很久之前有过一个……"

　　现在大概还是他。

　　贺风觉一时间嫉妒得发狂。

　　很久很久之前？

　　那是多久？

　　他在便利店遇到她的时候有吗？在那之前还是之后？

　　几天之后的周末，外出归来的贺风觉在电梯口碰到陆意浓送邹宝炎和他的新女友下楼。

　　那是一个外形气质跟陆意浓颇为相似的女人，和邹宝炎手挽着手，俨然一副热恋的样子。

　　而邹宝炎也满心满眼都是她，再面对陆意浓的时候，也坦然了许多。

　　而陆意浓依旧是那副傻呵呵的模样，言辞神色间皆是对好兄弟找到人生伴侣的祝福。

第二天，贺风觉就和邹宝炎的女朋友坐在了一家咖啡馆里。

他把一个信封推到对面："这是尾款。"

褪去刻意模仿的妆容和衣着后，眼前这个女人和陆意浓只勉强剩下一两分相似。

对面的女人笑着收下，摸了摸厚度，调侃道："看来对我的服务内容很满意啊，不过，你这么破坏别人的姻缘是不是不太好？"

贺风觉轻笑一声，脸上的神色依旧温和，不见一丝丝嘲讽："你还有道德底线？是他自己意志不坚定被你勾引，跟我有什么关系。"

"那倒也是，像你这样的……"那个女人饶有兴致地盯着贺风觉，"我就勾不动。"

贺风觉不欲多说，结了账就准备离开。

那个女人开口叫住他："下次再有这样的业务，记得照顾我的生意啊！"

贺风觉留下一句话就离开了。

"希望再也不会有。"

贺风觉平日里在公司走的是亲民路线，笑起来如沐春风的样子很容易让人亲近，进入公司短短几个月的时间，就已经能和下属打成一片了。在这座城市就要进入冬季的时候，他已经能和陆意浓、戴妙彤坐在一张桌子上分享八卦了。

食堂的餐桌上，戴妙彤正支着下巴挑剔着午餐，忽然想起了什么，猛地碰了碰陆意浓："对了对了，你还没告诉我，你大学时期暗恋的那个男神有没有再联系你啊？叫什么来着，霍琛？"

贺风觉手下动作一顿，视线随即跟了过去。

陆意浓前几天参加了本市的大学校友聚会，碰到了故人，却并不是戴妙彤说的那样。

"都说了不是男神，也没有暗恋，他只不过是我大学时候学生会的部长，我是部员，他那个时候挺照顾我的。他毕业后，我们就断了联系，这次大学同学聚会碰到就加了联系方式，仅此而已。"

戴妙彤明显不信："仅此而已？你难道没暗恋他？那你脸红什么？"

陆意浓立刻扔了筷子，捂住脸有些不好意思地开口辩解："真的没暗恋，就是一种仰望吧，感觉他特别优秀就很有好感。他当时有女朋友，是我们学院的一个学姐，男才女貌，是学校里有名的金童玉女，那个时候觉得他和学姐都那么优秀，又那么般配，在校园里看到他们走在一起的画面就觉得很美好，后来毕业了他们还一起去了国外留学，我一直很看好他们。只是很可惜，不知道为什么他们好像已经分手了。"

戴妙彤打了个响指："懂了，陆意浓，就你这脑回路，也够对得起你一直单身的身份。您说是吧，贺总？"

贺风觉笑了笑，没说话。

陆意浓一脸费解："我又怎么了？实话实说嘛！我确实很看好他们嘛！"

陆意浓不知道该说戴妙彤是未卜先知还是嘴开过光呢，下午快下班的时候，她忽然接到了霍琛的电话，约她一起吃晚饭。

她跟戴妙彤说了一下，戴妙彤倒是比她这个当事人还兴奋，直说两人有戏，让她好好把握。

陆意浓却不这么认为，大学时期的霍琛学习好相貌好性格好，和谁的关系都很融洽，那个时候她作为下属和他的接触自然也比别人要稍微多点儿，只是他当时有女朋友，加上他和异性的距离保持得很得当，从不和异性玩暧昧，所以她自然也从未生过什么旖旎的心思，更何况他们已经"失联"了好几年，离开象牙塔进入社会之后接触的人和事都不同，早就算是半个陌生人了，所以她现在也不认为霍琛对她会有戴妙彤以为的那种想法，或许只是普通的久别重逢的朋友间约饭？

当天晚上，贺风觉夜跑回来，恰好在楼下碰到陆意浓和一个男人站在车边说话，大概就是陆意浓口中的那个大学学长？

贺风觉远远看着那个看上去温润儒雅的男人，嘴角忽然勾起一抹玩味的笑。

撞型了，这下有意思了……

近来陆意浓有些苦不堪言。

霍琛总是打着各种旗号和她约饭，菜色花样百出，一会儿西班牙菜，一会儿泰国菜，一会儿牛排红酒，一会儿日本料理，一会儿又是各种稀奇古怪的私房菜，可陆意浓每次都吃不惯吃不饱，也不好意思提，经常回到家后点外卖再吃一顿。

时间久了，她就开始怀疑自己和霍琛吃饭的意义何在，纯属为了尬聊？

某天隆冬夜晚，贺风觉和陆意浓在小区门口的便利店不期而遇。

贺风觉手里拿着瓶醋，陆意浓手里拿着根烤肠。

贺风觉看着她忍不住笑："听戴妙彤说你去约会了，怎么，没吃饱？"

陆意浓把最后一口烤肠狠狠咬下来，幽怨地点头。

贺风觉扬着手里的醋发出邀请："今天加班，我回来得晚，刚做好菜，还煮了点儿饺子，要不要再一起吃点儿？"

陆意浓垂眸犹豫了一瞬，然后看向他重重点头。

吃饱喝足后，陆意浓坐在沙发上揉着怀里的小怪兽，有些苦恼地跟贺风觉吐槽："我是个中国胃啊！那些东西吃一顿两顿还成，老吃我也受不了啊！又贵得要死，也不能每次都让他请吧，那种地方多吃几次我这个月都得白干！说不定年终奖都得搭进去！还有啊，我这个人无辣不欢的，让我不吃肉可以，但是不吃辣，我真的活不下去，而他又偏好口味清淡营养均衡的东西，我哪里管什么健不健康、养不养生，好吃就行了呗！"

贺风觉笑着看她表情丰富地表达不满，等她看过来的时候又神色认真地想了下，建议道："或者，你可以尝试一下带他去吃你喜欢的东西，你们磨合一下双方的口味，慢慢地就能找到两个人都喜欢吃的了，经济方面也可以找到平衡点。"

陆意浓觉得此话甚是有理，所以当霍琛再一次约她吃饭时，她提出这次她来选地方。

对于首次尝试，陆意浓相当重视，深思熟虑许久才决定带他去母校那边的美食街。

他们到的时候，人并不多，陆意浓带着他进了以前上中学的时候最喜欢的一家面馆。

等面上来，陆意浓吃了一口后，才意识到霍琛似乎从进了门就没怎么开过口，便试探着问："不好吃吗？"

霍琛神色敷衍："还好。"

他自从离开学校后就再也没有在这样的环境里吃过饭，确实很不习惯，也难以适应了。

陆意浓努力找话题化解尴尬："其实最好吃的是一家牛肉粉，不过早就搬走了，不知道去了哪里。"

霍琛笑了笑："快吃吧。"

他嘴上说着还好，实则筷子都没动几下。

他似乎和周围的环境格格不入。

陆意浓偷偷抬头看了他一眼，或许，也和她格格不入。

她本来还很有食欲，看到他这个样子也兴致缺缺了。不知不觉间，陆意浓再次产生了她和霍琛不是一类人的想法。

第二天上午，戴妙彤在茶水间问陆意浓："昨晚你带霍琛去吃了什么？"

陆意浓无精打采地回答："囵囵面啊。"

戴妙彤惊得杯子都差点儿扔了："陆意浓，你脑子被门挤过吧？"

陆意浓睨她一眼："又怎么了？"

戴妙彤点点她的额头："谁会带她的男神去吃囵囵面啊？！"

陆意浓躲开："为什么不行，很好吃啊！"

戴妙彤恨铁不成钢："你完了你完了！你就做好单身一辈子的准备吧！你再想让他接地气也得一步步来吧？"

陆意浓不服气："贺总也是国外回来的，还和我们去吃肉夹馍凉皮呢！"

戴妙彤恨不得敲醒她："你当谁都是贺总啊？"

陆意浓一顿，忽然小声地嘀咕了一句:"一般人确实没法跟贺总比。"

"不对啊……你这话是什么意思？"戴妙彤凑到陆意浓脸上努力寻找着蛛丝马迹，"你对贺总……嗯？"

陆意浓立刻神色慌张地往四周看了一眼："没有没有没有！别乱

说啊！被别人听到，我会被全公司的单身女同事孤立的！"

"也是，贺总这种英俊多金又禁欲的低音炮确实很是招蜂引蝶。"

......

或许是那天的晚餐确实太糟糕，一连几天霍琛都没再联系陆意浓。陆意浓不见失落，反而松了口气。

周六中午，打算出门觅食的陆意浓一打开门，恰好隔壁也开了门，贺风觉也是一副要出门的样子。

"出去吃饭？"贺风觉发出邀请，"我也要出去吃，我知道有一家很好吃的百年老店，要不要一起？"

百年老店可比西班牙菜、日本料理之类的对她有吸引力多了。

陆意浓一下子来了兴致，笑得眉眼弯弯："好啊！"

贺风觉带着陆意浓在一条条小巷子里七拐八拐的，最后进了一家店面不大的苍蝇馆子。

进去后他也没问陆意浓的意见，直接点了两碗牛肉粉。

陆意浓深吸口气闻了闻，又吃了一口后满眼都是惊喜："啊！就是这个味儿！这是我以前上中学的时候经常吃的！原来搬到这里来了啊！我找了好久都没找到，我以为老板不做了。"

贺风觉给她开了一瓶豆奶递过去："巧了，这也是我上中学的时候经常吃的。"

陆意浓睁大双眼看向他："啊，你是哪个学校的？"

贺风觉淡定地给出答案："S 中。"

陆意浓的眼角眉梢瞬间爬满惊喜："你是 S 中的？我是对门 H 中的啊！"

贺风觉微微挑眉，笑着开口："那我们是死对头喽？"

陆意浓一愣，继而放声大笑："哈哈哈……"

S 中和 H 中建校时间差不多，师资力量差不多，生源水平差不多，年年因为升学率争得你死我活，妥妥的死对头，连带着两个学校的学生也互相看对方不顺眼。

一碗牛肉粉让陆意浓找到了多年前的"死对头"，共同的回忆让两人的话题又多了许多，一顿饭下来，两个人的关系似乎又近了一步。

从店里出来的时候，陆意浓的手机响了，她跟贺风觉示意了下后，走开两步去接电话。

恰好旁边有家冰激凌店，贺风觉看了她一眼，走了进去。

陆意浓接完电话一转身，恰好看到贺风觉拿着两个甜筒冰激凌走过来。

两个冰激凌一模一样，贺风觉随便递了一个过去。

陆意浓笑眯眯地接过来："呀，冰激凌啊，冬天吃完一碗辣辣的牛肉粉再来一个冰激凌，简直是神仙日子啊！还是抹茶味道的，你怎么知道我喜欢这个味道？"

贺风觉笑了笑没回答。

因为当年你坐在我旁边一边叹气一边吃的，就是这个味道，那个时候我十分想问问你，这个味道的冰激凌就这么难吃吗？

自从上次的"邂逅面事件"后，陆意浓时隔大半个月再次接到霍琛的约饭邀请，不过这次她有充分的理由婉拒："今天可能不太方便，我妈妈来看我了，我得回家吃饭。"

霍琛倒是不见外，似乎心情很不错地开着玩笑："伯母来了啊，不让我见见吗？"

"啊?"陆意浓听了一愣,握着手机腹诽,有这必要吗?

电话那头,霍琛还在继续,似是很有兴致:"我也很久没吃家里做的菜了,我可以跟你一起回家吃饭吗?"

陆意浓一时不知如何拒绝:"都是一些家常菜,如果你不介意就去我家吃吧。"

霍琛像怕她反悔一样立刻道谢:"那下了班我去你公司楼下接你。"

陆意浓一下午忙得焦头烂额,直到带着霍琛到了家门口,才意识到自己还没告诉陆母她要带人回家吃饭。

她正神色纠结地拿钥匙开门,眼前的门就从里侧打开了。

贺风觉站在门内,系着围裙,一副居家的打扮:"回来了?还带了客人啊?"

"贺总?"相对于他的淡定,陆意浓一头雾水,"您不是出差了吗?"

贺风觉冲她身后的霍琛点了下头,才回答:"今天上午刚回来。"

那边厨房里陆母的声音传来:"小贺啊,是小浓回来了吗?"

贺风觉应了一声:"是的,阿姨!"

陆母立刻催促:"快让她洗手吃饭。"

陆意浓给两人做了简短的介绍后,便硬着头皮带着霍琛来到厨房,拉住正在盛汤的陆母:"妈,这是我大学时候的学长霍琛。"

霍琛把手里包装精美的果篮放在料理台上:"伯母,给您带了点儿水果。"

"太客气了,快入座吃饭吧。"陆母动了动嘴角,似乎没忍住,又嘱咐了一句,"水果不要去超市买的呀,还是菜市场的新鲜啊。"

说到这里,陆母像是忽然想起了什么,又拉着陆意浓念叨起来:"说起菜市场啊,今天我到了你这里打开冰箱才发现,你这里什么菜都没有,本来想去菜市场买点儿，不过不知道在哪儿，结果在楼下就碰到了小贺。我就想问问他，谁知他说他正打算去，就和我一起去了，现在年轻人去菜市场买菜的真的不多了呀，他挑起菜来很专业啊，一看就是经常做，哪像你，连菜市场在哪儿都不知道！我们逛了菜市场回来的路上还交流了几个菜，后来才发现你们是邻居，所以就来你这里切磋一下，这几个菜是我做的，那几个是小贺做的，一会儿都尝尝啊！"

　　陆意浓被她念得头大，赶紧打断她："妈，我饿了，咱吃饭吧？"

　　陆母看着微笑等待的霍琛："吃饭吃饭！"

　　陆母先出了厨房，陆意浓不好意思地看着霍琛，小声解释："不好意思啊，学长，我妈年纪大了爱唠叨，您不要往心里去。"

　　霍琛神色如常地点点头。

　　四个人在餐桌前坐好后，陆母招呼着霍琛："霍先生，吃菜啊！就当在自己家里一样，不要客气。"

　　说完自己喝了一口汤，立刻冲贺风觉竖大拇指："小贺，你这个汤煲得真不错！"

　　一个小贺，一个霍先生，亲疏远近立竿见影。

　　霍琛夹菜的动作一顿，抬头看了眼坐在对面的贺风觉。

　　贺风觉恍若未觉，和陆母聊得热火朝天。

　　"阿姨，您做的这个笋真好吃！火候把握得真好！我一炒就老。"

　　"你也喜欢啊，我们家小浓最喜欢我做的这个菜了！我每次做她都能吃两碗饭！"

　　陆意浓捂脸，拦都拦不住："妈！妈！妈！别说了，快吃吧……"

　　……

　　一顿饭下来，霍琛根本没机会说几句话，大部分时间都是贺风觉和陆母在商业互捧，完全一副相见恨晚的模样，陆意浓偶尔插几句。

　　饭后，贺风觉主动要去洗碗。

　　陆母拦住他："怎么说也是客人，你和霍先生快去客厅坐吧！"

　　一番推让之后，陆母带着陆意浓去厨房洗碗，贺风觉和霍琛坐在沙发上喝茶。

　　霍琛丝毫没有要交流的意思，倒是贺风觉，表现得格外热情，又是续水又是递水果的，热情得让霍琛产生一种他是在贺风觉家做客的感觉。

　　厨房里，陆意浓充当主力认真刷碗，陆母则在一旁欣赏着一套刀具。

　　"看，小贺送了我一套刀具，真是好用得不得了啊！"

　　陆意浓无奈地看着自己的亲妈："妈！你不要小贺小贺的叫啦，他是我上司啊！"

　　陆母放下刀具，认真询问："哪种上司？"

　　陆意浓继续刷碗："他是我们公司副总兼财务部总监！您说是哪种上司？"

　　陆母忽然愁上心头："哎呀，一个部门的啊，这下有点儿麻烦了。"

　　"什么麻烦？"

　　"也不知道你们公司允不允许办公室恋情啊？"

　　陆意浓忽然不想说话了。

　　"小贺真棒，这么年轻就是总监了。"陆母越看自家女儿越嫌弃，"人家就比你大了一岁而已，你再看看你！"

　　陆意浓睨她一眼："你连他比我大一岁都知道？"

　　陆母一脸得意："我还知道他没有女朋友呢！"

陆意浓面带最崇高的敬意，抬起满是泡沫的手，冲她妈抱了下拳。

陆母忽然看她一眼："你这个学长是对你有意思吗？"

陆意浓看了眼客厅的方向，小声反驳："没有没有！"

"没有吗？那你带来见我干吗？"

"不是带来见你，就是吃顿饭而已，不许多想！"

陆母显然没有把陆意浓的话听进去，还在那里分析："如果让我在他和小贺之间选一个做女婿的话，我肯定选小贺，你这个学长啊，一看就……啧，怎么说呢，不像过日子的人，摆在那里是很好看，但是融不进咱们的柴米油盐。"

陆意浓的手下动作一顿，看了陆母一眼，在心里猛点头。

说得太准确了！

陆母放下手里的刀："就说他不吃辣这一点儿吧，你能忍？他看上去也不像是轻易会妥协的人，你们打算以后怎么解决这个问题？吃不到一个锅里啊，那就进不了一家门！口味不合别勉强。"

陆意浓忽然反应过来："哪有什么以后啊？！您这都说的什么跟什么啊？贺风觉跟霍琛，没人要做您女婿！"

陆母看着她边摇头边叹气，这个女儿大概是个傻的。

陆意浓送霍琛离开的时候，霍琛的脸色不太好看，难看程度和"蒜蓉面事件"那天不相上下。

两人在电梯里沉默着，直到出了电梯，陆意浓才鼓起勇气叫了一声："学长……"

霍琛几乎和她同时开口："你和你那个邻居很熟？"

陆意浓愣了一下才意识到他在说谁："你说贺风觉？他……"

霍琛却忽然打断她，声音冷淡："我知道了。"

如果不熟，谁会在人前那么自然地叫出自己上司的名字？

陆意浓抿了抿唇，这人啊，一进入社会就是会变的啊，当年阳光帅气的霍学长已经被"杀死"了，如今这阴晴不定的霍总实在是让人难以捉摸哪。

陆母第二天就打道回府了，走前还不忘热情邀请贺风觉有空了去家里玩，贺风觉欣然同意。

陆意浓无语看天。

她本以为霍琛会再隔上半个月或者更久才会找自己，谁知道第二天他就打了电话来约饭，说是有个朋友开了家私房菜，周末叫了一群人去试菜，都是和他比较熟的朋友，问她有没有兴趣。

陆意浓当然没有兴趣，可霍琛却大有她不答应他就不挂电话的架势，她无奈，只能同意了。只是这次约饭依旧不怎么愉快。

周一午饭时间，戴妙彤继续边吃饭边八卦地开始做分析："你这个霍学长啊，绝对对你有意思，不然谁会带普通异性去见自己的朋友啊，还是从小一起长大的那种朋友，这就是典型地把你和他的关系昭告天下！"

陆意浓澄清得已经不想再澄清了："说过多少次了，我们就是普通朋友……"

戴妙彤反问道："那他为什么带你去见他的朋友？"

陆意浓试着分析了下："或许是礼尚往来？我带他见了我妈，他就带我见见他的朋友呗。"

戴妙彤冷笑："我还是头一次听说这种礼尚往来呢！说真的，如果他追你，你会不会答应？"

陆意浓被问得头疼："不知道……还有，我再说一次啊，他没有要追我！"

"他带着你出现，他那帮朋友什么反应？"

"反应啊？没什么反应，挺冷淡的，冷淡中好像还带了点儿敌意，导致我那顿饭吃得消化不良！"

"敌意？是不是因为前女友深入他们人心了？"

"可能吧。"

戴妙彤更好奇了："按照你说的，他和你那个什么学姐既然已经谈了这么多年，为什么忽然分手？"

陆意浓也很困惑："我也不知道，听说是一起留学的时候分开的。"

"你没问过？"

"别人的隐私，我直接问不好吧？"

"有什么不好，他现在不是在追你吗？"

陆意浓无语："没有在追我！就是普通朋友……"

"呵呵！在确定关系前了解一下过往情史很过分吗？万一余情未了，前女友哪天忽然回来了，你就成炮灰了！"戴妙彤对她敷衍的态度完全不敢苟同，转头问贺风觉，"贺总，您说，这是不是应该的？"

一直充当背景板的贺风觉适时点头，转头看着陆意浓认真发表意见："当然，坦诚相待是男女之间发展一段感情最基础的部分，不过这些都不是重点，重点是，你就真的一点儿也不好奇？"

陆意浓当然好奇："那我……找机会问一下？"

过了几天，戴妙彤再次在饭桌上"检查作业"："你问了没啊？"

陆意浓一副心有余悸的模样："别提了，我才刚问了一句，他的脸色忽然就变得很难看，半天都没说话，尴尬死了！"

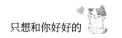

戴妙彤追问："后来呢？"

陆意浓兴致缺缺："后来给了我四个字，都、过、去、了。"

戴妙彤鄙视地看她一眼："就这样？"

陆意浓捂脸："他当时的脸色真的很吓人，我就没敢再提。"

"他这个反应也太奇怪了吧？"戴妙彤开始下结论，"你这个学长肯定有问题！哎，贺总，您之前不是也在美国吗，留学生的圈子不大的啊，您能不能帮忙打听一下？"

"帮忙打听是没问题，只是……"贺风觉看了陆意浓一眼，欲言又止。

戴妙彤扯了扯陆意浓的胳膊，陆意浓到底是没忍住好奇心，看着他点了点头。

贺风觉扯了下嘴角，让我打听？那就由着我自由发挥吧！

几天后，贺风觉把打听来的消息告诉她们。

"听说好像是学期末，他们忙着复习忘了时间，从学校出来的时候太晚了，碰上了抢劫，霍琛在关键时刻扔下徐静珊自己跑了，好在对方只是要钱，歹徒把值钱的东西都拿走后就让她离开了。据说，徐静珊回去后扇了霍琛好几巴掌，然后就分手了。"

戴妙彤听后唏嘘不已："幻灭啊，也太渣了吧……"

陆意浓觉得房子都塌了，有些不可置信："他不是那种人吧……"

贺风觉点头："也有可能消息不准确，毕竟过去好几年了，而且当时徐静珊没有把事情闹大，知道的人并不多，我也是辗转了好几个人才打听到的，你们就随便一听。"

陆意浓一脸抱歉，赶紧解释："贺总，我不是不相信你，我就是觉得……觉得这种事还是应该听当事人亲自说明一下比较好。"

戴妙彤则拍着桌子，一脸的义愤填膺："亲口说？那你也得问得出来才行啊！怎么不是！我看消息再准确不过了！你那个学长又不是什么了不得的人物，别人没事随便给他编故事干什么？！果然是知人知面不知心啊！"

虽然陆意浓嘴上说要听霍琛亲口说才相信，可心里到底犯了嘀咕，正当她鼓起勇气想要再问一次的时候，恰好霍琛打电话来约她，说是有事要跟她面谈。

陆意浓当即便同意了。

只是到了约好的那天，临下班前，贺风觉忽然召集所有人开会，布置完分工后又补充了一句："这次情况紧急，大家辛苦一下，加一下班，一会儿结束了我请夜宵，随便点。再有，年底了，事情多，大家再坚持一下，放假前我给大家发大红包！"

一群人一听这个便欢呼雀跃起来，加班也开心。

出了会议室，只有陆意浓愁眉苦脸地嘀咕："我约了人啊……"

戴妙彤忍不住拍她一巴掌："陆小浓！你还是不是人啊！贺总平时对咱们这么好，现在需要咱们一下你竟然撂挑子！拜托你有点儿人性吧！"

贺风觉本来走在前面，大概听到了什么，停下脚步，从高挺的鼻梁上摘下工作时才戴的眼镜，揉了揉眉心，转头看着陆意浓神色温柔地开口："没关系，你有事就先去忙吧。我这里……也没那么要紧。"

说完便回办公室加班去了。

他越是这么说，陆意浓越是不忍心，走到角落里给霍琛打了个电话："我今晚要加班，可能去不了了，咱们再约吧。"

"真的不行吗，我明天一早就要出差，那边的事情结束就不回来了，直接回家过年，没办法改期。我真的有很重要的话要当面跟你说。"

他的语气实在称不上好，隔着电话都能想象到他在皱眉头，陆意浓忽然间也有些不耐烦："真的那么着急可以现在说啊……"

电话那端的霍琛却沉默了下来，似乎有些迟疑。

而陆意浓忽然间好像知道了他要跟自己说什么。

他是想跟自己表白……

这个想法从脑中冒出来的那一刻，陆意浓没有惊喜，只想马上挂断电话。

手中的笔轻轻敲击着桌面，霍琛拿出最后的一点儿耐心努力说服着她："你现在只是个主管而已，就那些工作今天做跟明天做也没有太大的差别吧？我明天的出差很重要，不能耽误，你……"

陆意浓已经从他的语气和措辞中听出了他对她这份工作的不屑，虽然不明显，但是那种不经意间流露出来的却是他内心真实的想法，就是这种不经意，才最是伤人。

陆意浓冷冷地开口打断他："可是我的工作也很重要。"

最后这场通话以两人的不欢而散结束。

对，就是不欢而散。

现在想来，他们最近的几次接触好像都是以不欢而散收场。

陆意浓握着手机回到座位上后，总结出她和霍琛这场"久别重逢"后的常态就是不欢而散。

戴妙彤探头过来悄声问她："霍琛？"

陆意浓点头。

看她的神色，戴妙彤就知道两人大概闹了不愉快，不过陆意浓看上去似乎也没那么在意。

"我说……"戴妙彤顿了下，"你到底喜不喜欢你的霍学长？"

陆意浓乌黑的眼珠转了转，抿着唇回答："不知道。"

戴妙彤一脸无语："我换个问法哈，如果霍琛和你那个什么学姐重新在一起了，你什么感觉？"

陆意浓垂眸想了想，忽然笑起来，再抬头看向戴妙彤时，眼睛里闪着兴奋的光芒，话都多了起来："当然是开心啦！你不知道他和静珊学姐有多般配，那个时候……"

戴妙彤一听她又开始追忆往昔，彻底不想说话了，赶紧打断她："快加班吧！"

陆父、陆母在春节前的半个月就飞去了三亚，被抛弃的陆意浓跨越大半个城市去爷爷奶奶家过年。

大年初一，她去戴妙彤家里拜年，在那里厮混了半日，吃了晚饭才回家，刚从电梯出来，就看到一个年轻女人站在贺风觉家门口一边按门铃一边看时间，好像有什么急事。

听到脚步声，那个女人转过身来笑着问："过年好，请问这家是住着一位姓贺的男士吗？"

她一回头，陆意浓才看清她的脸。

不是很有攻击型的颜值，却漂亮得让人觉得很舒服，跟贺风觉一样，仙气飘飘。

陆意浓点头："对。"

那个女人抱歉地笑了笑："我给他带了一些饺子，是冻好的，刚才给他打电话没人接，我以为这个时间他会在家，没想到家里没人，我怕再耽搁下去会化了，能不能先放在你家冰箱？"

"啊，可以。"仙女的请求，没人会拒绝，陆意浓点着头回复她，"但是我不知道他有没有回父母家过年，你最好再跟他确认一下。"

那个女人却敛了笑，神色似乎都黯淡了几分："不用确认了，他一直都是一个人过年。"

陆意浓听了心里一紧，她身边的朋友基本都是和父母一起过年，所以她以为贺风觉也会是这样，所以放假前并没有特意问他到底怎么过年。

一直是一个人过年？昨晚也是吗？昨晚他们还互相发了新年祝福，顺便聊了几句，他并没有提起这个啊。

陆意浓很快打开门邀请她："您请进吧。"

可那个女人却没有再等下去的意思："不用了，我还有事，等他回来麻烦你拿给他吧，谢谢。"

"好的，请问您是……我该怎么跟他说？"

大过年的来送水饺，又这么漂亮，而且似乎对贺风觉的事很了解，不知道为什么，陆意浓心里隐隐有些不舒服。

"他知道我是谁。"

挺暧昧的一句话，让陆意浓愣了半天才说："好。"

那个女人跟她礼貌道别，很快离开。

陆意浓一直留意着走廊上的声音，听到隔壁的开门声，她很快把冰箱里的水饺送了过去。

贺风觉坦然收下，并没有多问什么，确实如那个女人所说，他知道她是谁。

为了表达谢意，贺风觉邀请陆意浓一起吃水饺，她明明不饿，却答应了。

于是贺风觉一心一意地在厨房煮水饺，陆意浓在一旁心不在焉地倒醋调蘸料。

她本来想问问贺风觉为什么一个人过年，又觉得既然他没有提起肯定是有难言之隐，便按捺住了好奇心。

贺风觉忽然往这边扫了一眼："可以了，太多了。"

"哦。"陆意浓有些意犹未尽地收起醋瓶，"多吗？这么多饺子呢。"

贺风觉浅浅笑着："你怎么了？"

"没什么。"陆意浓踟蹰半晌，"你知道水饺是谁送的？"

贺风觉轻描淡写地回答："知道啊。"

陆意浓顿了顿："你下次去健身房还是带着手机，让女孩子等那么久不好。"

贺风觉不甚在意地回答："没关系，她又不是外人。"

不是外人？一时间陆意浓的心情有些复杂，不是说没有女朋友吗？

过了好大一会儿她都没再说话，贺风觉便抬眸看过来。

陆意浓动了动嘴角，半天才勉强扯出抹笑："你们……看上去挺般配的。"

贺风觉一愣："那是我堂姐，她没说吗？"

"啊……没、没有。"陆意浓的脸立马就红了，还不忘努力挽救一下自己的形象，"我是说，你堂姐好漂亮！跟你一样漂亮！"

贺风觉低下头，双肩不断抖动。

陆意浓咬着唇在心里挠墙，陆意浓！你在说什么啊！

这个时候，恰好贺今打电话过来。

"我和你姐夫赶着去看歌剧，就没有等你，我把东西放在你邻居家里了，记得去拿。"

贺风觉"嗯"了一声："已经拿到了，正在煮。"

"那你多吃几个，你姐夫的手艺很不错。也别光吃饺子，毕竟是过年，自己多做几个菜，家里冷冷清清的，没个过年的样子。"

不知道贺风觉是嫌抬胳膊举着手机累，还是嫌贺今啰唆，把手机放到了料理台上，按了免提，于是贺今的声音就这么清晰无比地传了出来。

"对了，你那个邻居，小姑娘很可爱啊！你也老大不小的了，可以试着发展一下嘛！"

这话被一旁的陆意浓听了去，她的脸又是一热，刚刚褪下去的绯色又重新爬上了脸庞。

贺风觉看了她一眼，笑着轻"嗯"了一声。

不知道是赞同贺今的前半句呢，还是后半句。

他忽然想起了什么："你不是有个独家秘制的蘸料吗，怎么做？"

"那个啊，我一会儿发给你，记住，点睛之笔一定要是小米辣，别的辣椒都不行！"

"好。"

贺风觉很快挂了电话，看到旁边红着脸努力缩小存在感的陆意浓，又轻声笑了起来："煮好了，再弄一个蘸料就可以吃了。"

一听到吃，陆意浓便蹦了起来，自觉去摆碗筷。

或许是这顿饭的氛围太好，陆意浓一放松，不自觉地就问出了心中的疑惑："你怎么一个人过年啊？"

贺风觉不怎么在意地回答："没一个人啊，这不有你吗？"

陆意浓认真地看过去："我是说昨天，昨天是除夕啊！"

"昨天也不是一个人。"贺风觉垂眸看了眼趴在茶几上看电视的喵星人小怪兽，"不是还有它嘛，昨天晚上我们做了一大桌子的菜，都是好吃的，可惜你没赶上。"

还有心情开玩笑。

陆意浓娇嗔地看他一眼，想起昨晚在爷爷奶奶家一大桌子人围在一起吃年夜饭时的热闹，又想到这里一人一猫围着一桌子菜，着实冷清了些。

她沉默几秒，忽然扬起笑脸："明年你和小怪兽跟我过年！以后每一年都是！"

贺风觉看着她慢慢笑起来："好。"

霍琛在新年假期结束的前一天才回来，他从机场出来直接去找了陆意浓，风尘仆仆。

当他看到她抱着猫从隔壁出来，身后还跟着一个贺风觉时，脸色阴沉得能滴出水来。

两人都是居家打扮，而且彼此还都是一副习以为常的样子，看上去有种很刺眼的和谐暧昧。

陆意浓一抬头看到他，很是诧异："学长？你回来了？"

霍琛深吸了口气，尽量去忽略贺风觉的存在，往陆意浓的方向走了两步："我给你打电话，你没接。"

陆意浓不好意思地笑了下："哦，我手机放家里了。"

霍琛不知道该如何形容自己此刻的心情，视线从陆意浓的脸上滑落到她怀里的猫身上。

陆意浓看他一直盯着小怪兽看，也不说话，便把小怪兽举到他面前，笑着问："这是我和贺风觉合养的猫，可爱吧？"

她笑起来的时候，唇角微弯，眼睛里亮晶晶的，是霍琛最喜欢的样子，可是这次，他却很抗拒地躲避了一下："我不喜欢小动物，尤其不喜欢猫。"

陆意浓尴尬地收回手，下意识地回头看了贺风觉一眼。

贺风觉神色如常地笑着，从陆意浓手里接过小怪兽："你们聊，我先带它回去了。"

陆意浓刚想招呼霍琛去家里坐时，忽然听到霍琛好像笑了一声。

霍琛确实在笑，还笑得格外意味深长："你们一起过的年？我不在的时候你经常和贺风觉在一起？"

陆意浓似乎听出了点儿嘲讽的意思，皱眉问道："你想说什么？"

霍琛语气里自嘲的意味渐浓："你和他是什么关系呢？备胎？还是跟我一样的……暧昧对象？抑或是，我们都只是你打发时间的工具？只是玩玩儿？"

陆意浓只觉得怒火中烧，不可置信地看着他，他一句话同时侮辱了三个人："我就不能有朋友吗？"

霍琛被气笑："朋友？你真的只当他是朋友？那我呢，我是什么？"

陆意浓强忍着不适："霍学长，你到底想说什么？"

霍琛眯着眼睛看她，嘴角扯出一抹讥讽的笑："在你眼里，贺风觉比我重要吧？你是对每一个朋友都这样，还是说你喜欢一只脚踏两条船？"

陆意浓看着眼前这个面带轻嘲的男人，仿佛不认识他一般："你凭什么管我？我们又是什么关系呢？你也只不过是我的一个普通朋友而已。"

霍琛忽然敛了笑,面无表情地静静看着她,又指了指身旁的行李箱:"你很清楚我出差前要跟你说什么,我一回来连家都没回就来找你,就换来你一句'朋友而已'?我真为自己不值。"

你为自己不值?我又做错了什么?就因为你要给我的东西我不要,你就觉得不值?那你有没有想过,你给我的我想不想要?

陆意浓无力地想着。

她性子温软,从小到大也不见得和别人吵过几句,更何况是和异性,不过是几个回合下来,她便觉得身心疲惫,疲惫到不想再说一个字,不想再看那个人一眼。

好在霍琛很快就拉着行李箱走了。

不知过了多久,贺风觉打开门,看到陆意浓背对着他站在走廊中间,一动不动,背影单薄脆弱,不知道在想什么。

他慢慢走近,右手抬起轻轻搭在她的肩上,很温柔而又克制的举动,像是怕吓到她一样轻声开口:"没事吧?"

陆意浓转过身看着他。

贺风觉仔细看了看她的脸才在心里松了口气,还好,没哭。

他心里轻松,语气也自然轻快了许多:"他走了?"

陆意浓点点头,继而又皱着一张脸,似乎很是苦恼:"我又忘了问他为什么和静珊学姐分手了。"

这个时候她竟然先想到的是这个……

贺风觉忍不住笑了下,然后才踟蹰着开口:"你们吵架了?是因为我?你们声音有点儿大,我不小心听到几句。要不我去找他解释一下吧,不要因为我伤害你们之间的感情。"

"不是……我们不是那种关系,就是比一般校友关系好一些罢了。"

陆意浓忽然间觉得很迷茫，茫然地看着前方，"我们真的不是那种关系啊……我们就是学长和学妹的关系，是不是连你也以为我们是那种关系？是不是真的是我做错了什么……我是不是一开始就应该和他划清界限，可我也只是简单地想多个朋友啊……"

贺风觉的双手忽然按在她的肩膀上，缓缓开口："不是，我没那么以为，你很好，真的。你这么好，他为什么不好好珍惜呢……"

他的掌心温暖而有力，让她心生安定，可他的声音却罕见地虚无缥缈，似乎并不是在回答她，只是在无意识地低喃，带着丝毫不加掩饰的心疼和宠溺。

陆意浓听得心惊，猛地抬眸看向他。

他却并没有看她，只是慢慢收回手，垂着眼帘掩住眼底的情绪，再开口时声音已经恢复了一贯的温润清朗："其实霍先生不错，大概是因为你们之前太久没见了，相处起来需要磨合一下，你对他多点儿耐心。看得出来，霍先生喜欢你。"

陆意浓的眼底一瞬间黯淡了下来。

他为什么要喜欢我呢，他不是喜欢静珊学姐吗？我们就做朋友不好吗？

陆意浓的脑子整个晚上都乱哄哄的，她想着连贺风觉都看出霍琛喜欢她了，他大概是真的喜欢她吧，她之前没想那么多就算了，现在知道了就该早点儿和他说清楚。可转念一想，霍琛又没有直接明了地表示过，她跑去拒绝人家是不是挺奇怪的，万一是他们都误会了呢？可当她否定了自己之后，又再次想到霍琛好像是要跟她表白来着……

她就这么胡思乱想了一晚上，当然是没有睡好，第二天，理所当然地起晚了。

当她匆忙出门赶去上班的时候，发现家门上贴了张便笺纸，上面写着几行漂亮飘逸的英文。

Don't deny yourself,you are very kind,very gentle,especially worthwhile. ②

I hope your eyes always smile and get what you want. ③

新年第一天上班就迟到的陆意浓被戴妙彤揪住不放，上班时间不好明目张胆地"摸鱼"，于是就在电脑的聊天软件上逼供她。

陆意浓就简单说了说昨天发生的事情。

戴妙彤那边却半天都没反应。

过了好久，她才回了句：这些话都是贺总说的？

陆意浓：嗯。

戴妙彤：有一说一啊，贺风觉如果是个女人的话，就是个顶级绿茶，段位高啊！

陆意浓发了个捏脸的表情：胡说什么呢！

戴妙彤：我说，你怎么一点儿都不失魂落魄啊？"

陆意浓只觉得苦恼烦躁，反问道：我有什么可失魂落魄的？

戴妙彤：我倒觉得霍琛有句话没说错。

陆意浓：什么？

戴妙彤：陆意浓啊陆意浓，你扪心自问，你对贺风觉真的没感觉？没有一丁点儿男女之间的暧昧？

陆意浓看到她的回复，搭在键盘上准备打字的手指却忽然顿住了，想起那张被她叠得整整齐齐夹在手机和手机壳之间的那张便笺纸，心里一瞬间开始兵荒马乱。

---

② 编者注：别否定自己，你特别好，特别温柔，特别值得。

③ 编者注：我希望你的眼里常含笑意，得到自己想要的。

当天下午，无心工作的陆意浓在茶水间接水时有些心不在焉，回神的时候看到水正源源不断地从杯子里往外溢，下意识地去关开关拿杯子。

她不知道自己为什么会想要去拿杯子，当指尖传来剧痛时，她才意识到自己有多蠢。

其实她已经松开得很快了，可手指还是被狠狠烫了一下。

她硬是强忍着没出声，眼圈却红了。

身后忽然有人叫她，挺熟悉的一个声音，是贺风觉。

陆意浓转过身来等他说话，却悄悄把手藏到了身后。

他走了几步来到她面前。

一时之间两人都没有说话，周围一片静默。

他忽然伸出手牵住了她藏在身后的右手，拉到身前垂眸认真看着。

陆意浓看到他把自己受伤的手拢在手心里，仔仔细细地检查着，白皙修长的手指又轻又快地从红肿胀痛的伤处划过，微凉的指腹奇异般没有带来任何痛感，反而抚慰了不少。

上次共撑一把伞时，他绅士守礼地避开和她的手指接触，她心生好感，眼下他招呼都没打一声就握住了她的手，也没让她产生任何抵触。肌肤相贴，指尖触碰，酥酥麻麻的感觉从指尖一路到达心底，她的整颗心软得一塌糊涂。

陆意浓忍不住往他脸上看了一眼。

他紧紧蹙着眉，和她的视线对上后，声音低沉地开口："怎么这么不小心……"

似是懊恼似是自责。

陆意浓微怔，又不是他把她的手烫伤的，他怎么这么一副表情？

"刚才出神在想什么？"

"没什么……"

"想你的霍学长？"

陆意浓也不是扭捏的性子，既然贺风觉提起，她便实话实说："也不全是。我在想，上学的时候，我们明明相处得很好，为什么现在大家比以前更成熟更懂得为人处世了，却把关系弄成这样，也许是我们都变了，毕竟毕业那么久了，我们早就不是曾经的我们了，物是人非。"

她明明是在说她和霍琛，而贺风觉想的却是她和他。

他们也十几年没见了，圈子早就不同了，她的世界，他真的能融进去吗？

陆意浓还在想着霍琛，有些没由来的烦躁。

贺风觉垂眸看着又要出神的女孩儿，忽然开口："陆意浓。"

"啊？"

陆意浓猛然回神，下意识地看向贺风觉，一心一意地等着他说话，所有的注意力都在他身上。

贺风觉终于满意地笑了。

浓浓，不要想别人，只要看着我，只看着我一个人就够了。

一连几天陆意浓的心都乱得跟毛线团似的，自从她意识到自己对贺风觉暗生情愫后，便下意识地躲着贺风觉，而贺风觉好像也有所察觉，并没有刻意和她碰面。再加上还有个难搞的霍琛没有解决，她完全不知道该怎么办才好。

谁知她躲得过贺风觉，却躲不过霍琛。

这天下班回家，她在小区楼下碰到了静候许久的霍琛。

两人自从上次不欢而散之后，便没再联系，再碰面，双方都有些尴尬，默然站了许久。

后来还是霍琛先开了口："我在你们公司附近的小区有套房子，你搬去那边吧，这样你上班也方便。"

陆意浓听得一头雾水："我为什么要搬家啊？我现在住的这套挺好的，我很喜欢。"

霍琛一改往日的温和体贴，变得尖酸刻薄咄咄逼人："你是喜欢这套房子，还是喜欢住得离贺风觉近？"

陆意浓听得直皱眉："又关贺风觉什么事啊？"

霍琛顿了下，忽而一副很好说话的样子："不搬也可以，你辞职。"

陆意浓只觉得今天的霍琛不可理喻，莫名其妙地看着他："我为什么要辞职啊？"

霍琛深吸了一口气："因为我喜欢你，我在追你，我在吃贺风觉的醋，你看不出来吗？"

陆意浓慢慢吐出口气。

他终于清楚明白地说出来了，可陆意浓却很抵触，宁愿他没说她没听见，这样他们还可以勉强做朋友。

霍琛的视线一直落在她的脸上，像是一定要盯出一个答案来。

可陆意浓却不敢再看他，眼神闪烁，有些不知所措："我……"

霍琛继续逼问答案："搬家，或者辞职，你选一个。"

陆意浓愈发觉得莫名其妙："我为什么要选啊？"

他自始至终都没有问过一句她是不是也喜欢他，随随便便一句"我喜欢你"之后，就笃定她也倾心于他？心甘情愿地为他做出牺牲？他也太过自以为是太过狂妄自大了吧？真是被宠坏了。

可是真的爱一个人，明明不是这个样子的啊……

初春的夜晚，仍旧带着些许寒意，不然她怎么会觉得有股寒意从心底往外冒呢。

霍琛又露出了那副自嘲的表情："果然在你心里，还是贺风觉比较重要。"

他在提到贺风觉这个名字时，眼底流露出来的那份不屑让陆意浓心里很不舒服，她下意识地想要维护贺风觉："这不关贺总的事，是我自己……"

"你自己？"霍琛忽然冷笑了一声打断她。

就在陆意浓咬着唇浑身紧绷准备接收他的毒舌攻击时，身后忽然传来一阵沉稳的脚步声，紧接着一道清冷的声音随之响起。

"我已经在找房子了，会尽快搬走，工作的话，因为签了竞业协议所以暂时没有办法，除了必要的工作接触之外，我们就不要再联系了吧。"

陆意浓猛地回头，这话是对她说的。

贺风觉就站在几步之外，神色淡淡地看了她一眼，很快又把视线移到霍琛身上，眼神不善："或者，以霍先生的能力，可以帮陆意浓安排一份更好的工作。这样，霍先生应该可以放心了吧，如果放心了，就请你不要再说让她难堪的话了。"

说着他收回了视线，低垂眉眼不再看任何人，声音里带着一丝不忍和不易察觉的心疼："她都快哭了……"

他的嗓音低沉得似乎只是在自言自语，可陆意浓却很清楚地听到。

他在和她撇清关系吗？

陆意浓鼻子发酸，小声叫出口："贺风觉……"

贺风觉应该开心，她总算没再叫贺总。

可他却神色疏离地纠正她："还是叫贺总吧。"

陆意浓有些委屈："是你说，让我下班时间叫你名字的。"

贺风觉扯了扯嘴角，却没有任何笑意："我收回那句话。其实贺总也不用叫了，以后出了公司，你我就当作不认识。你不是已经开始避开我了吗？"

说完他身形微动，陆意浓下意识地想要去拉住他："贺风觉……"

她想告诉他，她不是因为霍琛才躲着他。

可他却身形微动，很巧妙地避开了她的手，头也没回地进了电梯，转身，按下楼层，垂眸看着地面，电梯门关上，电梯上行。

陆意浓就这么站在那里看着，有些不知所措。

她叫了他的名字，可他却没有理她，他在避嫌，虽然是为了她好，但她却一点儿也不希望他这样。

她的心里又酸又胀，胀得她快要喘不过气来了，隐隐带着些许疼痛，这是她从未有过的体验。

她和霍琛冷战，十天半个月不搭句话她也没感觉，只觉得松了口气，现在只是因为她叫了贺风觉一声，而他没搭理自己，她就有些难过得快要受不了了。

后来陆意浓也不知道霍琛是什么时候走的，而她又是怎么回的家，等她缓过来的时候已经坐在了自家的沙发上，抬头看了眼墙上的时钟，她竟然神游了两个多小时！

第二天早上的例会上，贺风觉给大家介绍了个新人，一个长相清秀性格活泼的女孩儿，寥寥数语，却能让人察觉到两人是旧识。后来分配近期工作时，说到陆意浓的工作范围，陆意浓抬起头目光灼灼地盯着贺风觉。

贺风觉的目光又轻又快地从她身上滑过，丝毫的眼神交流都没有，到嘴边的名字却变成了另一个："吴悦，你来负责。"

吴悦忽然被点到名字，愣了下才应答："好的，贺总。"

陆意浓怔怔地看着贺风觉，心里忽然间憋闷得像是要喘不过气来一样。

过了半晌，她才收回目光，低下了头。

不过半个上午的时间，戴妙彤就打听到了吴悦的底细，拉着陆意浓在茶水间分享。

"听说是贺总的大学直系学妹，之前他们在国外一起共过事，回国后就来投奔贺总了。"

陆意浓可有可无地点了下头，低头拨弄着杯中的茶包。

戴妙彤推她一把："喂！跟你说话呢！"

陆意浓眼睛都没抬："我在听啊。"

"你听出什么了？"

"什么？"

"你这个人怎么一点儿职场敏感度都没有啊！邵正阳和梁溪才走，这个时候来了个贺总的学妹，你说她是来顶替梁溪呢，还是来顶替邵正阳？"

"有什么区别吗？"

"区别大了！邵正阳空出来的是个经理的位置！你可是那个位置的有力冲击者！"

听到这里，陆意浓忽然笑了："现在不是了。你刚才不是说了吗？

吴悦有海外留学和工作背景，还是名校毕业，又是贺总的学妹，我哪里还有什么优势可言。"

戴妙彤察觉她的情绪不太对，小心安抚着："话也不能这么说，咱们和贺总的关系也很好啊！"

陆意浓敛了笑，又恢复了那副漫不经心的样子，抿了口水回答她："或许吧。"

戴妙彤还想再说什么，可是茶水间不断有人进进出出，她们便结束话题回去工作了。

午餐时间，戴妙彤和陆意浓来得早，如常般帮贺风觉占了一个座位。

贺风觉到得有些晚，戴妙彤远远看到他，就伸着手招呼："贺总贺总，坐这里！"

贺风觉脚下动作一顿，冷淡地点了下头掉转了个方向去了别的座位，那个位置恰好坐着吴悦。

戴妙彤一头雾水："咦，贺总怎么了？喜新厌旧都不带掩饰一下的吗？"

陆意浓无精打采地摇了摇头。

戴妙彤盯着陆意浓，又看了看不远处贺风觉的背影，敏锐地嗅到了一丝八卦的气味："还是说，你和贺总怎么了？"

陆意浓还是摇头。

戴妙彤咬着筷子开始分析："早上开会也是，明明是你擅长的领域啊，贺总为什么交给吴悦？分你的权，夺你的势，给他学妹铺路，还是说你得罪他了？"

陆意浓沉沉叹了口气。

一连几天，贺风觉真的如他所说，除了必要的工作接触，他像是从她的生命中消失了一般，当然了，从那天之后，他们之间必要的工作接触也让他成功避开了，有事都是找吴悦传话。

连戴妙彤都察觉到了不对劲，下了班一出公司，她就拉着陆意浓吐槽："贺总这几天不太对劲啊，以前见着谁都端着一张笑脸，现在精气神都没了，整日里淡漠疏离的，任是谁都不拿正眼瞧一下，当真是目下无尘孤高自许啊！"

陆意浓也不接话，低着头抠手指。

戴妙彤对她的态度很不满："喂喂喂，你也发表下自己的看法啊，不然我一个人八卦有什么意思？"

陆意浓抬起头委委屈屈地看了她一眼，又抿着唇抠手指去了。

"我说你这又是怎么了？"戴妙彤指指办公楼，"咱们部门最近风水不行啊，你看你，跟霜打的茄子似的，再看看贺总，也是那副鬼样子……"

戴妙彤说着说着，倏地福至心灵，瞪大双眼问："你和贺总？！你们俩该不会……"

陆意浓赶紧捂住她的嘴，往周围看了看，发现没什么熟人，才拉着她往地铁站走。

"没有没有没有！贺总是什么人，我又是什么人，他怎么会喜欢我呢！"

"听你这意思？是你单相思他？你跟他表白，他婉拒，继而连朋友都没的做？他现在这副高冷的谪仙人模样纯属是针对你？那新来的吴悦拿的又是什么剧本？"

"你脑洞怎么那么大？"陆意浓睨她一眼，忽然小声嘀咕了句，"不过……你勉强算是猜对了一半吧。"

"哪一半？"

陆意浓看着她不说话。

这下戴妙彤还有什么不明白的，神色极其震惊，却还记得压低声音："你真的喜欢贺风觉？！"

陆意浓烦躁地扯了扯头发："其实我自己也不太清楚，就是……心里总是惦记着他，有事没事就会想到他，无缘无故就会想起他……"

戴妙彤意味深长地看着她下结论："陆意浓，你完蛋了！"

陆意浓确实完蛋了，地铁坐反了方向不说，还直到坐到了终点站才发现，等她回到自家楼下的时候天都黑透了。

霍琛又在楼下等她，看样子像是等了很久。

陆意浓感觉他们好像许久未见了，上次见面还是初春，现在都可以穿裙子了。

本来霍琛这么无声无息地出现就够吓人的了，更吓人的是，他手里竟然还捧着一束花。

她下意识地就要躲起来，脚下刚动了一步她忽然意识到，她躲起来不是怕见到霍琛，而是怕这一幕会被贺风觉看到。

真是怕什么来什么，陆意浓刚退到楼角的阴影里，身后忽然有人影晃过，她一转头就看到了贺风觉。

贺风觉神色如常地看了她一眼，然后极其自然地收回了视线，就像是看到了一个陌生人。

就在陆意浓犹豫着要不要打招呼时，贺风觉就目不斜视地进了单元门，甚至连站在显眼位置的霍琛都没能得到他一个眼神。

贺风觉的态度很明确，不在乎。

陆意浓叹口气，默默转身离开了。

这个时间跨越大半个城市回父母家不太现实，陆意浓便去了戴妙彤家借宿。

第二天下了班，陆意浓怕霍琛又去她家楼下等她，便和戴妙彤逛到很晚才回家，回到家从电梯里出来的时候，恰好碰到贺风觉出门扔垃圾要进电梯。

这段时间他们偶尔碰到也是互相无视，陆意浓立刻低下头，刻意假装没看到。

擦肩而过，他进了电梯，电梯门缓缓关上。

陆意浓在原地站了会儿，大概是因为之前被贺风觉关心惯了，现在他对她不闻不问漠不关心的做派让她一时难以接受。

无力地走到家门口，发现大门把手上别着一束惹眼的玫瑰花。想也知道是谁送的，如果不是和贺风觉关系微妙，她真想让他帮忙顺便扔到垃圾桶里去。

她从小到大没谈过恋爱，对于这种复杂的关系实在是束手无策，她一会儿想想贺风觉，一会儿想想霍琛，整个人烦躁得不行。

心情不好，自然无心工作。

第二天下班前，陆意浓罕见地被贺风觉叫到了办公室。

一份文件扔到她眼前的桌面上："陆主管如果是这种做事态度的话，最好早点儿让贤吧。"

陆意浓已经想不起来他们上次说话是多久以前了，他一直刻意避着她，没想到再次主动找她说的第一句话竟然是这个。

她忽然很想问他一句，让贤，让给谁？他那个学妹吗？

吴悦确实很优秀，邵正阳走后留下的经理空缺一直没人顶上，公司里越来越多的人猜测那是贺风觉留给吴悦的。

她想起很久之前，她曾问过贺风觉，如果她工作上犯了错，他会不会骂她。

他当时怎么回答的来着？

她默默拿起那份文件，没有看他，很是平静地开口："好，今晚我会改好，辞职报告也会尽快发给您。"

说完转身离开。

贺风觉不可置信看着她决绝的背影，没想到她也是个狠人。

戴妙彤看她从贺风觉办公室出来后脸色不好，凑过来小声问："挨骂了？"

陆意浓摇摇头。

戴妙彤叹气："你最近的状态是不太对，有什么你就和贺风觉说清楚啊。你们俩总这么着也不是办法啊。"

陆意浓心里憋着一口气，说什么说，都让我给他学妹让贤了，我还有什么可说的！老娘再也不喜欢他了！

那份文件数据复杂，处理起来极其麻烦，直接导致陆意浓加班到很晚，紧赶慢赶终于搭上最后一班地铁，从地铁站出来才发现下了大雨。

她低头去包里找伞，找了半天才想起，她的伞在很久之前落在了贺风觉车上，这个城市已经很长时间没有下雨了，她也就忘了这件事。

电闪雷鸣，大雨倾盆，或者自备雨伞，或者有人来接，或者选择冒雨前行，渐渐地地铁口只剩下陆意浓一个人，她蹲在角落里，盯着地上溅起来的水花默默出神。

直到陆母给她打电话，她才机械般地接起来。

"小浓啊，我给你寄了点儿酱菜，小贺上次说很喜欢，你记得分他一半啊！"

不知道为什么，陆意浓的眼泪一下子就落下来了。

陆母说了半天也没得到回应："你那天雨声怎么那么大，还没回家啊？"

陆意浓吸了吸鼻子："嗯，加班了，刚出地铁站。"

"那快回家吧，回家再说。"

"妈，我的伞丢了。"

"一把伞而已，不至于的。怎么跟小时候似的，丢把伞哭一场。"

陆意浓拿手背使劲蹭了蹭脸："我没哭，就是觉得可惜，那是我最喜欢的一把伞……我的工作也丢了……"

正说着，忽然有只手把她从地上拉了起来，抢过她手里的手机放到耳边。

"阿姨，我是贺风觉。"

陆意浓顺着那只手看过去，贺风觉站在她面前，手里举着她的那把伞，整张脸都掩在阴影里。

不知陆母说了什么，贺风觉看了她一眼，面无表情，不过声音倒是一如既往地温和有礼："没有的事，可能最近工作太忙她压力太大，成年人的崩溃您懂得，过一夜就好了……当然当然，我肯定会好好照顾她的，您放心吧……好，我这就带她回家，您也早点儿休息吧。阿姨再见。"

挂了电话，贺风觉把手机放进她的包里，好整以暇地看着她："你的工作什么时候丢了？"

陆意浓委屈地咬着唇："你说的让我让贤。"

贺风觉无语："就你这阅读理解能力，你是怎么考上大学考过
CPA 找到工作的？几个数据而已，改了几个小时，坐地铁都能坐反，
还能干什么，说让贤都是抬举你！吴悦下半年就要和未婚夫移民去澳
洲，来公司不过是为了要个国内工作经历，你要给她让什么贤？"

陆意浓突然意识到贺风觉毒舌起来，一点儿都不比霍琛差，甚至
更胜一筹。

过了两秒钟，她才意识到不对劲："你怎么知道我那天坐反了？"

贺风觉看着她，却没回答。

那天从公司出来，他就一直跟着她。他和她在同一节车厢，隔得
并不远，她却一副神游天外的样子，根本没发现他。

他的车停在不远处的路边，打着双闪，两人小跑几步上了车，上
车之后谁也没再开口。

车子开进小区，远远就看到霍琛撑着伞站在楼下。

陆意浓看到了，贺风觉也看到了。

在这么一个风雨交加的夜晚，再次看到捧着玫瑰花的霍琛，陆意
浓只觉得"狗血"。

还隔着一段距离，贺风觉就停了车，双手搭在方向盘上，垂眸不语，
似是无声地驱逐。

陆意浓了然，拿着雨伞准备下车，手刚搭上把手就听到贺风觉叫她。

"我这周末搬家，怪兽你要留着吗？"

陆意浓转头看过去，说不出要还是不要。

要吧？毕竟小怪兽是贺风觉的。

不要吧？她确实和小怪兽有了感情，而且已经很久没看到它了……

她低下头沉默，心里很难受。

贺风觉等了几秒钟，再次开口："还有两天时间，你可以再考虑一下，周末之前给我答复就可以。"

陆意浓抿了下唇："如果我要了小怪兽，那以后就真的是你一个人过年了。"

良久之后，贺风觉发出一声很轻的哂笑："习惯了。"

陆意浓在关上车门前最后看了一眼他已经湿透的右肩，而他自始至终都没有看她一眼。

贺风觉的车子很快从她身边滑过。

陆意浓忽然间不想再躲了，撑伞走到霍琛面前。

霍琛把花放到她怀里，温柔地笑着，他说不要求她搬家了，也不会再看不起她的事业，可陆意浓却一点儿也高兴不起来，甚至还有些莫名的烦躁。

他的眼底带着志在必得的骄傲自信，唯独少了求爱时该有的忐忑和藏不住的爱意。

他眼里没有她，心里也不见得多喜欢她，更何况是爱？

她心不在焉地听着霍琛的话，看着他的嘴巴一张一合，却听不进去一个字，满脑子都是风雨中贺风觉面无表情的一张脸。

两个人隔着一把伞的距离，却像是隔着千山万水。

几分钟后，霍琛终于说完了。

陆意浓一脸平静的样子，完全出乎他的意料。

他印象中的陆意浓，是个单纯乖巧、文静温柔的女孩子，她听到自己的表白，没有意料中的脸红心跳，眼底反而带着如释重负般的解脱。他试探着问道："你呢，你怎么想的？"

陆意浓发现，自己对霍琛这个学长的那点儿仰慕也都没了，她是真的不喜欢他。

戴妙彤说得没错，她只是喜欢霍琛和徐静珊在一起的状态，他们分开了，霍琛在她这里就什么都不是了。她早该跟他说清楚的。

陆意浓看着他："你喜欢我吗？"

霍琛愣了下才回答："是。"

她缓声开口："学长，刚才我看到你站在这里等我的时候，忽然想起那个时候你也是像现在这样，经常站在女生寝室楼下等静珊学姐，然后你们一起手牵手离开。"

"刚才你跟我说那些话的时候，你知道我在想什么吗？我想起当年你跟静珊学姐表白的情景。那个时候我才刚进校，转眼这么多年过去了，我自己都不知道，原来我竟然能记得这么清楚。我记得当时你送学姐的花是……紫丁香？"

霍琛在听到徐静珊的名字时，脸色瞬间变得极其复杂，半晌才有些艰难地开口，还是那句话："我和徐静珊已经过去了。"

陆意浓难得执拗地反问："既然过去了，为什么你不愿意提起你们分开的原因？"

霍琛深吸了一口气，像是鼓起了莫大的勇气妥协道："如果你想知道……"

陆意浓摇着头打断了他："我不想知道了，那些和我没有关系不是吗？"

霍琛以为自己还有机会，还没来得及欣喜，就听到陆意浓的声音再次响起。

"学长，我们还是做朋友吧。"

他浑身僵硬地看着她把那束玫瑰放回他手里，转身缓步离开。

话已至此，霍琛有霍琛的骄傲，并没有多做纠缠。

那天之后，他再也没有出现在陆意浓面前。

似乎他们之间的一切都随着那夜的大雨冲刷殆尽。

霍琛从她的生活里消失了，陆意浓和贺风觉也没了交集。

陆意浓那边一直保持沉默，到了周末，贺风觉也没等到她的回复。

大概是看出他对陆意浓的意难平，凌皓这个知情人一边撸着猫，一边苍白无力地安慰他："好事多磨嘛。"

贺风觉坐在沙发里，眉眼都没抬一下："你磨吧，我不磨。"

凌皓没忍住，笑喷了，后来眼看着贺风觉的脸色越来越黑，这才耸耸肩："走吧！"

贺风觉丝毫没有要动的意思："去哪儿？"

凌皓指指地上打包整齐的纸箱："不是搬家吗？"

贺风觉挑眉看他一眼："我什么时候说我要搬家了？"

凌皓都震惊了："不搬家您老人家把家里所有的东西都收进纸箱里干什么？"

贺风觉轻描淡写地回答："我手贱。"

凌皓指着他，颇为无语："你不是手贱，你是脑子有病，没得治那种。"

两人安静地坐了会儿。

凌皓和贺风觉认识这么多年，还从来没见过他这个样子，心里也不舒坦，小声嘀咕："当自己是许仙啊，不就借给你把伞吗？还非得记这么多年？"

贺风觉轻飘飘地瞥他一眼，嘴里嫌弃道："游湖借伞的是白素贞，

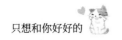

文盲！"

凌皓气得半天才想起来反驳："那你以后别叫贺疯子了，干脆叫白娘子算了！"

贺风觉讥讽道："你是小青？"

凌皓气得猛撸猫。

贺风觉懒得再搭理他。

这天陆意浓醒得很早，她怕自己看到贺风觉搬走会情绪失控，便一大早躲了出去，快天黑了才回来，开门的时候，还刻意往隔壁看了一眼。

隔壁大门紧闭，也不知道搬没搬走，门口还放着一箱东西，大概是搬家收拾出来打算扔掉的？

她往箱子里随意扫了一眼，然后顿住，总觉得角落里那把伞有些眼熟。

她没忍住，挪了几步蹲到了箱子旁，从箱子里拿出那把伞仔细看着。

手里的伞看上去有些年头了，但是被保存得很好，折得整整齐齐的，她正打算打开魔术贴撑开来看一看时，却在魔术贴上看到了"LYN"三个字母刺绣。

看得出来年代确实有些久远了，那几个字母都有些脱线了。

她瞬间愣住，继而有些不可置信。

上学的时候她总是丢伞，满校园都是相似的伞，根本找不回来，陆母便在她的伞上绣上了名字。

自从绣了名字后，伞果然没再丢过，除了……

除了那年她主动送出去的那一把。

怪不得那个时候，在地铁站，她站在贺风觉身后，看着他的背影，只觉得孤独落寞得熟悉。

　　她本来是那种下了班恨不得躲着领导走的人，那天却在自己都没反应过来之前就出声叫了贺风觉。

　　一时之间，她有些恍惚，她从来都没想过，当年那个高冷疏离的男生，和后来这个温和阳光的男人会是同一个人。

　　那他呢，他有没有认出自己？

　　她正想着，忽然察觉到身后的门开了，从里面走出来一个男人。

　　那个男人看到她蹲在那里翻箱子，似乎吓了一跳。

　　她怕对方误会自己在偷东西，尴尬得不知所措："那个……"

　　凌皓双手抱在胸前，好整以暇地站在那里看着她，还开起了玩笑："哦，这些纸箱和里面的东西都不要了，你要的话可以拿走。"

　　陆意浓满脸黑线："我不是……"

　　她不是收废品的啊！

　　陆意浓把伞放回原处，站起身来，有些紧张地询问："您是新搬来的邻居？之前住在这里的那个人已经搬走了吗？"

　　凌皓看着她笑起来："你找贺疯子啊？"

　　陆意浓满脸疑惑："贺疯子？"

　　凌皓拍了下自己的嘴，改口道："哦，贺风觉。"

　　陆意浓心里一紧："对，他已经搬走了？"

　　凌皓看出她的紧张，故意拖了几秒钟才回答："没有，他还在，你去敲门吧。"

　　陆意浓挠了挠头，一脸纠结。

　　去敲门？敲了门说什么？问他那把伞？

　　那个男人忽然靠近，盯着她的脸仔细打量着，嘴里还小声念叨着：

"还真是女大十八变，如果在大街上碰到，我还真认不出来了，不过使劲看的话，还是能依稀看到点儿小时候的影子……"

陆意浓不适应地撤到安全距离，一脸警惕地看着他。

凌皓也后退了两步，举起双手做投降状："别怕别怕，我不是坏人，我错了，你别跟贺疯子说这事，他知道我离得这么近看你，会打断我的腿挖了我的眼的！"

陆意浓皱眉，越发觉得眼前这人奇怪了，怎么老是说一些莫名其妙的话。

"好了好了，我真的要走了。"凌皓像是要逃命似的慌里慌张地抬脚就走了。

陆意浓看着他慌不择路地进了电梯，一头雾水："这人怎么这么无厘头啊……"

谁知一转头就看到贺风觉站在她身后。

她咽了下口水，小声叫他："贺总……"

贺风觉狠狠皱了下眉，咬牙切齿地闭着眼沉沉出了口气。

又开始叫他贺总。

陆意浓一看到他的脸色就反应过来了，立刻急吼吼地更正："贺风觉！"

贺风觉眉宇沉静地看着她，似乎在等她继续。

叫了他之后，她又不知道该说什么了，低着头在那里纠结，半晌才踟蹰开口："你能不能……能不能别搬走……"

陆意浓问完之后，便仰着头一直盯着贺风觉，想要知道他的答案，又怕知道他的答案。

她看到贺风觉的嘴唇动了动，心里一紧，正屏住呼吸等待判决，耳边却忽然听到另一个声音。

"小浓？"

陆意浓下意识地看向声音来源，又很快转回来看了看贺风觉。

贺风觉垂着眼帘，谁也没有看，很好地掩饰住内心的情绪，不知道在想什么。

陆意浓只能往高屿川的方向走了两步："你怎么来了？"

或许是她和贺风觉之间的气氛有些奇怪，高屿川打量了半天站在旁边的贺风觉，见陆意浓没给两人做介绍的意思，这才把手里的礼品盒递过去："上次阿姨来看你，帮我妈给我捎了点儿东西，我也不知道该怎么感谢，这不正巧，公司发了盒燕窝，我也用不上，你下次回家带给阿姨吧。"

陆意浓没接："不用了，我妈也是顺手的事。"

高屿川执意要给："我一个大男人也用不上啊。"

陆意浓想了下："你留给秦阿姨吧。"

高屿川摆摆手："我妈从来不吃燕窝，你快收着吧。"

陆意浓现在没有心情为了一盒燕窝和高屿川寒暄，便伸手接过来："好吧，那谢谢你了。"

高屿川看着陆意浓的手，忽然深吸一口气："你明天……"

可惜他还没说完，就被陆意浓打断。

"你还有事吗？"

高屿川紧张得手足无措，窘迫得脸都红了："没、没事了。"

陆意浓抿唇看了他一眼："那……再见。"

贺风觉看着那个男人进了电梯，才开口问："他是谁？"

"我妈同事的孩子。"陆意浓见他终于愿意跟自己说话了，恨不得一股脑把所有高屿川的信息都告诉他，"他叫高屿川，也住这个小区，是个程序员，他妈妈和我妈妈……"

贺风觉盯着她的脸，神色晦暗不明。她粉嫩的唇瓣一张一合，却在说别的男人，还是在他面前，他心里愈发烦躁，面上倒也不显，只是冷了几分："你喜欢他？"

"怎么可能？！"陆意浓摆着手否认，"就是一起吃过几次饭。"

贺风觉换了个问法："那他喜欢你？"

陆意浓大惊失色："更不可能！"

贺风觉不知她的"自信"源于何处："你怎么知道？"

陆意浓似乎颇为自傲："女人的第六感啊。"

贺风觉听后竟然意味不明地低头笑了一下，喉结轻滚，等再抬起头来时忽然挑起她的下巴，一个吻就落了下来。

不是单纯意义上的唇贴着唇，而是一个真正意义上的亲吻。

雄性荷尔蒙气息扑面而来，清冽干净的气息中还夹杂着烟草的焦香微苦。

他竟然抽烟？

陆意浓被迫承受着他的强势索取，他干燥温暖的手掌紧紧贴着她脸侧耳后的肌肤，而她的颈后早已被激起了一层细细密密的汗。

不知过了多久，贺风觉终于放开了她，还不忘替她抹掉唇边不知是谁的口水，看着她晶亮的唇，他没忍住，又在她的唇角落下一个轻吻。

陆意浓完全傻了，睁大双眼不可置信地看着他，眼底还带着朦胧的水汽。

贺风觉垂眸睨着她，原本粉嫩的唇瓣在他下了狠劲的蹂躏下，已经变成了鲜艳诱人的红色，他抬起手来，用指腹不轻不重地摩挲着那娇艳欲滴的红唇，继而低沉磁性的嗓音在她耳边炸开。

"呵，女人的第六感？浓浓，你的第六感有没有告诉你，我喜欢你喜欢得要命？"

他的动作缓慢而有力，似乎隐隐压抑着什么，陆意浓狠狠打了个寒战："你说你喜欢我？怎么可能呢……"

贺风觉收回手指，认真地看着她，轻描淡写、神色轻松地放出一个又一个的雷："怎么不可能？你还记得梁溪吗？我为什么把她赶出公司？还有邵正阳，他为什么去了分公司？还有你那个小竹马，他的女朋友出现得可真及时。还有霍琛，在我的参与下，你和他的关系是不是越来越差？你一点儿都不明白吗？现在又来了个什么程序员，这还只是我看到的，我不在的这些年呢？你身边又有多少这种角色？对了，我一点儿也不喜欢猫，我只是喜欢喜欢猫的你。"

陆意浓直愣愣地看着眼前的男人，胸口起伏不定，脑子里乱成一团，不知道该怎么消化这些信息。

贺风觉还在继续："还有，你不是想知道，霍琛和徐静珊为什么会分手吗，我之前是骗你的，其实他们分手是因为……"

"你别说！"陆意浓忽然抬手捂住他的嘴，阻止他继续说下去。

贺风觉拿开她的手，嘴角挂着一抹玩味的笑，一点儿都不像他："傻姑娘，你怕什么？还是说你心里已经认定我是个卑鄙无耻的小人？不过，你也用不着遗憾，毕竟霍琛那家伙跟我一样，都不是什么好东西。"

陆意浓一直在摇头，却说不出一个字来。

她的心里有些乱，却也听不得贺风觉这么作践自己。

贺风觉不想再伪装下去了，早就打算破罐子破摔和盘托出了，即便早就有了心理准备，但看到她震惊又慌乱的眼神时，整颗心还是疼得让他呼吸一滞。

他扯着嘴角自嘲一笑，转身回了家，没有丝毫依恋地甩上了房门。

陆意浓失魂落魄地回到家，大脑像是不受控制一般，不停循环着刚才贺风觉的话。

他不在的这些年？那是什么意思？他是什么时候认出她的？还是说……他一直记得她？他是回来找她的？

可他为什么会记得她？就因为当年那把伞？

所以，刚才那是场……表白？一场乱七八糟的表白？可是他怎么会喜欢自己呢？

她正想得出神，被手机铃声拉了回来，一接起来还没来得及说话，就听到戴妙彤噼里啪啦地说起来，一副不吐不快的架势。

"我今天去给我爷爷过寿，你猜我看到谁了？"

"谁？"

"你女神，徐静珊！"

"嗯？！"

"她现在竟然是我堂哥的女朋友！而且两个人还打算年底领证！你说巧不巧！你之前不是给我看过她的照片吗？她一进门我就认出来了！不得不说，你女神是真女神，这次见了之后我才明白你为什么这么粉她。你给我看的那几张照片照得太没水平了，真人比照片好看一万倍！"

戴妙彤滔滔不绝地表达完对徐静珊的仰慕之情后，便沉默了。

以陆意浓对她的了解，肯定还有更让她惊讶的事情："就这？"

戴妙彤吞吞吐吐半天："还有一件事，之前咱们不是托贺风觉帮忙打听她和霍琛分手的事吗？"

这件事刚才贺风觉才提起过，陆意浓听得心里一紧："怎么了？"

"你知道的，我大嘴巴嘛，就偷偷问了我堂哥，徐静珊恰好听到了，她也没扭捏，就直接告诉我了。我之前还想着贺风觉会不会添油加醋故意抹黑霍琛之类的，这么看，是我小人之心了。他告诉我们的那些还是往轻了说呢，事实是你那个霍学长就是个黑心黑肺的！贺风觉那么轻描淡写的，也不知道是怕脏了你的耳朵呢，还是照顾你的心情。"

陆意浓听得一头雾水，刚刚贺风觉明明不是这个意思啊，听他的意思，他就是故意抹黑了霍琛啊。

她急忙追问："到底怎么回事？"

"那我说了，不过你要有个心理准备啊。当时那伙小混混想要的除了钱，还有别的，就是那个……在这种情况下霍琛还是选择扔下徐静珊跑了，而且徐静珊还差一点儿……就遂了……其实他们心里都清楚，如果不是徐静珊拖住那帮人，霍琛根本就跑不了。幸好我堂哥和几个朋友路过，救了她，不然啊……"

戴妙彤没再说下去，却听得陆意浓心惊肉跳。

一时间她有种吞了苍蝇般的恶心："怎么会这样呢……"

原来是这样，怪不得刚才贺风觉的脸色那么难看，大概是她下意识的举动伤了他的心。

"我堂哥那个人啊，他就是个傻子！情商低得吓人！他把所有女生都当哥们儿，但是救了徐静珊之后，不知怎么就开窍了，看上人家了，不过徐静珊很快就结束学业回了国，他们就断了联系。后来回国之后，不知怎么就又碰到了，联系几次之后，他那个猪脑子也不知怎么想的，就敢去表白，你女神竟然还同意了！一来二去的，他们就在一起了。

而且看上去竟然还很甜蜜！我跟着吃了一晚上的狗粮！"

戴妙彤唏嘘了起来："说起我堂哥来啊，也真是个神人，他小时候太调皮，就被送到了少林寺，直到该上小学了才接回来，后来别人家的孩子都在上补习班啊学吹拉弹唱跳啊，他却在拳击啊散打啊空手道啊自由搏击啊综合格斗啊这种打打杀杀的道路上一去不复返了。他长得不算高大，也就一米八多一点点吧，还长了张娃娃脸，看上去也文文弱弱的，像个弱鸡，结果却是个王者！"

"他上中学那会儿，有一次被高年级的学生拦下抢劫零花钱，结果他一出手，嘿嘿……就他啊，精力全都放在打打杀杀上，学习也就用了三分力吧，结果中考、高考，全都是踩着分数线进重点学校，连出去留学都能拿到名校的 Offer，他的狗屎运真是从小走到大，现在连徐静珊这种女神都能看上他！ Unbelievable（不可思议）！这不是狗屎运是什么！我就没见过狗屎运这么好的人！"

陆意浓倒觉得这出英雄救美很圆满："人家这叫傻人有傻福。"

"行吧，我就是知道了后比较震惊，所以来跟你分享一下，最后总结一下，贺风觉啊，是个可以托付终身的人，你好好考虑一下吧。"

戴妙彤大概说累了，很快挂了电话。

整个晚上陆意浓都睡得浑浑噩噩的，第二天一大早就去隔壁敲门，没有人应。她又敲了敲，很是执着，过了很久才等来贺风觉一脸不耐地打开门。

她本来是想问他昨天那句"我不在的那些年"到底是什么意思的，可看到他脸颊带着不正常的潮红，她又把来意忘了，一脸关切地开口："你怎么了？"

贺风觉眯着眼，微微扬起下巴，语气散漫慵懒，似乎懒得再装："你来干吗？"

话虽不客气，却没有赶人的意思。

他说完转身往门内走，由着陆意浓跟进来。

虽是让人进了门，可他却没有招呼客人的意思，懒散地窝进沙发里，泰然自若地捏起烟灰缸上搭着的半支烟，叼进嘴里，狠狠吸了一口，然后缓缓吐出一大口的烟圈。

陆意浓站在那里，看着烟雾缭绕后的那张脸，有些手足无措。

他还穿着昨天的衣服，精神也不太好，似乎……一夜未眠？

一直以来，他给人的感觉很阳光很干净，陆意浓还清楚地记得一年多之前，他们第一次见面时，他清澈爽朗地笑着介绍他的名字。可眼下，她实在没办法把当时清秀俊逸的"竹子先生"和眼前颓废散漫的人结合到一起。

他一根接一根地抽着烟，屋内很快就变得云雾缭绕起来，她不适地捂住口鼻，小声咳嗽了一声。

贺风觉的动作一顿，低头吐出最后一口烟，很快起身，打开窗户，拿着烟灰缸去了阳台。

他穿得单薄，想到他脸上的潮红，陆意浓很快跟到阳台，追问道："你是不是发烧了？"

贺风觉在她开口前已经灭了烟，轻飘飘地扫了她一眼："你不是觉得我很可怕吗？"

陆意浓愣了下，认真开口解释："我从来没觉得你很可怕。我昨天只是不敢相信……"

贺风觉勾起唇角："不敢相信我斯文儒雅的外皮下，居然是个阴险狡诈城府颇深的疯子？"

陆意浓的心像是被人狠狠地攥了一下，又疼又憋闷，疼到让她喘不上气来，她看着他轻声开口："你别这么说自己……我是不敢相信你会喜欢我……"

暗恋的人有多卑微，卑微到从来没敢想过喜欢的人会喜欢自己。

贺风觉又烦躁地往唇间塞了根烟，打着火机，抿着唇眯着眼睛凑到火苗前。

陆意浓忽然开口："别抽了！"

贺风觉轻哂一声，一副浑不吝的模样，含着烟含糊不清地回了句："你是我的谁？管得着吗你？"

他连眼皮都懒得抬一下，甚至看都没看她一眼。

陆意浓心底积压的委屈和害怕一下子全都涌了上来，不顾形象地"哇"一声哭了起来。

贺风觉手下动作一顿，慢慢合上火机，终于看向她。

陆意浓也不再管他看不看自己了，只想不管不顾地哭个痛快。

半晌，贺风觉叹口气，拔下嘴里的烟，随手扔到一边，无奈地揉了揉眉心，抹了把脸，走上前去，抚上她的脸，低头吻掉她的眼泪："算我输了好不好……"

他一哄，陆意浓哭得更大声了，大有不哭个山崩地裂不罢休的架势。

贺风觉无法，只能搂在怀里轻声哄着。

"浓浓，别哭……"

"浓浓，浓浓……"

陆意浓哭得一抽一抽的，还不忘开口问："你是不是发烧了？"

贺风觉一怔，老实回答："不知道……"

他是真的没注意到这个，心里已经够难受的了，哪还有精力去在意生理上的不舒服。

陆意浓没想到她大哭一场的结果是，贺风觉竟然乖得不像话。

她把他按到床上，量了体温，喂了药，用温毛巾给他做物理降温，全程他竟然没有表现出一丝一毫的不情愿和不耐烦，配合度极高，只是一直静静地看着她，看得她心里有些忐忑。

毕竟他露出"真面目"之后，看上去并不像是个喜欢受别人摆弄的人。

过了一会儿，陆意浓又给他量了次体温，温度下去了些，脸颊余下一层极浅的粉色，看上去有点儿可爱。

她给他喂了点儿米粥之后，看他的精神似乎好了些，这才清了清嗓子郑重开口："我想起来你是谁了。"

学生时代初见时的冷然淡漠，让她怎么都没办法在十年后见到温雅谦逊的贺风觉时，会以为他们是同一个人。

她的嗓子哭得有些哑，微微喑哑的声音传到贺风觉耳中，让他脑中有瞬间的恍惚。

"什么？"

陆意浓抿着唇，提醒道："那把伞……"

靠在床头的贺风觉收回视线，神色不自然地看向别处。

那把伞是他故意放在那里的，他在赌，那是他最后的机会了。

好在他赌赢了，她还记得他，所以来找他了。

陆意浓眨眨眼睛，开始试探："你和那个时候真的一点儿都不一样了，我也变了好多吧？你是什么时候认出我来的？"

贺风觉似乎又添了嘴硬的属性："什么伞？我不记得了。"

眼看着陆意浓有些错愕地看着自己，似乎又要哭了，贺风觉才面带窘迫有些不自在地说了实话。

"我一直认得出你，我就是回来找你的。"

有些话一旦起了头，就没那么难说出口了，贺风觉娓娓道来："那个雨天之后，我只来得及打听到你的名字，就被我父母带出国了，刚开始的几年……因为换了新环境课业繁重，我没办法和国内联系，后来便是一路求学、工作，也一直在留意你的信息，只是了解到的并不多，直到去年有了合适的机会，我就毫不犹豫地回来了。"

他没说的是，他父母为了让他留在国外，手段极其极端，却非常有效，刚开始那几年他跟凌皓都断了联系，后来的他学会了伪装，学会了虚与委蛇，终于迎来了羽翼丰满的一天，彻底摆脱掉了身上所有的桎梏。

陆意浓按捺住性子，装作漫不经心地问："你为什么要打听我的名字？为什么留意我的信息？为什么要回来找我？就因为我借了你一把伞？"

贺风觉抬眸看向她，脸上依旧带着病态和倦意，眼睛却如含着一汪湖水，清澈明亮："因为我喜欢你。"

终于听到了想听的那句话，陆意浓还不满足："你为什么喜欢我？"

贺风觉却陷入了沉默。

他自己也说不清到底是为什么，好像就是因为她借了他一把伞，又好像不止是因为一把伞那么简单。他只记得，那是个很平常的下午，他忽然清楚地意识到，不知道什么时候他的心里起了执念，她就是那个执念。

初见时，她是闯进他生命中的第一缕阳光，带给他无限温暖，这些年一直牵挂不舍，执着地追寻，其实理智地想一下，他并不了解她，他是理智的人，也恰恰是最不理智的人，所以才会记挂那么多年。再见时，才意识到她哪里都好，哪里都长在自己的审美上，哪里都让他觉得舒服，似乎她就该是他的人。凌皓说得对，他就是个疯子。

"那么难回答吗？"陆意浓似乎颇为不满，开始帮他出主意，"你可以说我沉鱼落雁闭月羞花啊，再不济，也可以说我知书达理善解人意啊，或者冰雪聪明柳絮才高啊！"

贺风觉看着她毫不脸红地夸着自己，只觉得心情大好。

他忽然明白为什么了，因为她总是能轻而易举地抚平他心底所有的暴躁阴鸷。

贺风觉冲她轻轻一笑，眉眼微弯，极尽温柔。

大概是他笑得太好看，陆意浓也忘了纠结这个"为什么"，只是问："那个时候你为什么不买把伞啊？"

她去得晚，便利店的雨伞卖完了，没办法。可他明明到得很早，为什么不买把伞呢？

贺风觉摇了摇头："因为每次都没人来接，每次都要买，家里的伞都快装不下了，就不想再买了。"

陆意浓忽然开始心疼他："那天如果我没给你那把伞，你打算怎么回家？"

"淋雨回家。"

回答得稀松平常，似乎已经做过无数次。

陆意浓的心底涌出一股说不出的难过，她忽然倾身上前抱住他："贺风觉……我会好好疼你的。"

贺风觉任由她这么抱着，两人紧紧靠在一起，都没有再说话。

过了一会儿，陆意浓抬起头来看着他。

她就这么跪在床边，搂着贺风觉的脖子，看着他的眼睛，格外严肃认真地开口："贺风觉，我想亲亲你。"

两人就这么默默对视，后来也不知道是谁主动，两张唇就粘到了一起，一时间缠绵缱绻、难舍难分。

最后她靠在他怀里喘息着，他把她抱得很紧很紧，像是要嵌进他的身体里。

她只觉得他身上烫得厉害，想着可能是又烧起来了。

陆意浓一连几天都没睡好，现在忽然放松下来，很快就窝在贺风觉怀里睡了过去。

贺风觉也好几天没睡好了，可是垂眸看着交叠在一起的两只手，却没觉得困倦，反而格外兴奋。

陆意浓不知道自己睡了多久，蒙蒙眬眬间只觉得被子蓬松柔软，被窝里温暖惬意，像是有个小太阳，舒服得她不自觉地往正上方的热源蹭了蹭。

这一蹭才意识到自己似乎未着寸缕，有个滚烫的东西压在她身上。脖子上若即若离的湿热微痒感让她不自觉地仰头躲开，抬手挡了一下。

很快，那种奇怪的感觉便跑到了指尖，她收回手，那种感觉又跑到了她的唇边。

陆意浓的意识渐渐回笼，睁开眼睛看到被子里同样赤身裸体的贺风觉，顿了一下后勾起嘴角，搂他的脖子开始享受这个吻，并且不自觉地给出回应。

肌肤相亲，耳鬓厮磨，是她熟悉的气息。

贺风觉却忽然停住，看着她低声问："你不怕？"

陆意浓没有回答，而是搂着他的脖子把他的身体又往自己身上压了压。

举动轻佻大胆得和往日大相径庭。

贺风觉抵着她的额头，深吸一口气，平日里眼角眉梢的如沐春风全都化作了隐忍克制，不知是发烧还是情动的缘故，眼尾红得惊人："陆意浓，一旦被我这个疯子缠上，你这辈子都不要想逃开了！你的未来只能有我一个人！"

大概是刚睡醒，陆意浓的嗓音中带了些罕见的慵懒："我为什么要逃？贺风觉，这个未来，我很喜欢。"

贺风觉听到后愣了一下，继而眉眼间的狂风骤雨悉数消散不见，瞬间染上了窗外春日暖阳的和煦明媚，眼神清澈，勾唇浅笑。

陆意浓回了他一个更加明媚的笑容。

贺风觉，我还有好多好多话没来得及告诉你。

你不知道那个大雨的傍晚并不是我第一次见你，你不知道学生时代的我曾经在便利店偷看过你多少次，你不知道我当时鼓起了多大的勇气给你递那把伞，还是在我妈面前。

只是那个时候的我太自卑太懦弱，如果我再勇敢一点儿，去打听一下你的名字，或许我们就不会错过这么久了。

还有，她还应该感谢一下她的妈妈。

陆意浓现在还记得那个傍晚，她跟来接她的陆母之间的那段对话。

"妈，我跟你说过的那个我喜欢的男生也在里面躲雨。"

"啊？搭话了吗？"

"我没敢……"

"叫什么名字知道了吗？"

"不知道……"

"你是我生的吗？怎么这么尿，一点儿都没有当年我追你爸时的魄力！"

"我是不是你生的，你不是应该最清楚吗？"

"你跟我怎么就这么贫呢，还不快去给他送把伞！"

"不太好吧……他又不认识我……"

"送把伞不就认识了吗？许仙和白素贞就是这么认识的！快去！记得问名字！"

......

金风玉露一相逢，便胜却人间无数。

贺风觉做了一个很长很长的梦，梦里是另外一个故事。最大的不同是那个时候他没有出国留学，而是留在了这里。

因为凌皓帮他打听到了陆意浓的名字，因此敲诈了他一顿大餐。

他和凌皓吃完自助回到家换鞋的时候，身后忽然传来了开门声。

他手下动作一滞，却没有回头。

紧接着门被打开，一道声音响起："怎么才回来？"

他没有正面回答，只是"嗯"了一声，然后抬脚往自己房间走。

贺父似乎已经习惯了他的冷漠，把行李箱放在玄关，又叫了他一声："吃过饭了吗，你妈也回来了，一会儿就到。你想吃什么就点外卖。"

他还是没回头："我吃过了，你们自己点吧。"

"等等，我们这次回来还是为了上次电话里跟你提过的事情。"

他站在原地，背脊挺得笔直："我说过了，不去。"

随后推开房门，又"砰"一声关上，然后放下书包，安静地坐在书桌前，衣服也没换，垂着眼帘不知道在想什么。

手机响起，是贺今的例行慰问电话。

挂了电话，他还是被叫到了饭桌前。

父母之间的感情淡薄，从他记事起便处于常年分居的状态，也不见吵架，只有彼此间的冷漠，对他也是。就是这样一对貌合神离的父母，对他的管控却是出乎意料地一致，那就是专制。

旧事重提，他又重复了一遍，声音轻缓但坚定："我不去。"

贺父和贺母似乎还想再说什么，家里的电话忽然响起。

是他的大伯打来的，说了很久，他也无意去猜测电话的内容。

挂了电话，贺父坐在沙发上久久未动。

半晌，才叹了口气似是妥协似是无奈，回到饭桌，贺母问："大哥说了什么？"

贺父没回答，而是看着他："不去就不去吧。"

贺母皱着眉，想要说些什么，贺父拿筷子点了点盘子："吃饭吧。"

饭后，他在厨房里刷碗。

贺父和贺母关着门在房间里吵了很久。

这还是他第一次听到父母吵架，声音大到两层门板都压不住，他坐在床上给自己塞上耳机。

过了一会儿，贺母来到他的房间，眼睛有些红："儿子，我和你爸商量好了，如果你实在不想去的话就算了，你长大了，有了自己的想法，我们也不能总是掌控着你。我和你爸订了明天的机票，我们都太忙，今年过年不一定能回来……"

他不想再听下去，因为后面的话他已经听过无数次，出声打断："谢谢。"

贺母愣了一下，叹口气，离开了。

过了几天，下午放学时间，他照例在便利店解决晚饭时，就看到陆意浓被一个男生追着跑进来。她烦不胜烦地停下脚步，转头对那个男生说："我都说过了，不去不去，我真的约了人！你快走吧！"

那个男生像个狗皮膏药一样，笑嘻嘻地反问道："你还能约谁？我都打听了，戴妙彤今天请假没来！"

"我……"

他看到她脸上的厌烦与为难，想也没想就叫出了声。

"陆意浓！"

她和那个男生同时抬头，看向声音的来源。

他站起身来，拉开了旁边的座位，看着她继续开口："你迟到了。"

她一脸愣怔，而那个男生倒是迅速反应过来，不可置信地问她："你约的人是他？"

看那个男生的意思，大概是认识他，不过他并不关心。

看她呆呆傻傻地站在那里，他又催促了一声："快过来，饭要凉了。"

"啊……哦！"

她很快回神，没再理会旁边的男生，小跑着过去了。

两人坐下后，他递了筷子和勺子给她，她倒也没客气。

被无视的那个男生不知什么时候怀着什么样的心情离开了。

吃饭的时候，她一直在出神，手下的动作倒是不慢，一勺一勺往嘴里塞，直到那份饭的最后一口也进了她的肚子。

不知怎地他忽然就想笑，问道："吃饱了吗？"

她猛然回神，反应过来眼前的状况后脸很快红了，却还是老实回答：

"没有。"

"那……"

"我请你吃牛肉粉吧！就在后面那条街！很好吃的！"她在他的注视下声音一下子小了下去，小心翼翼地问，"你吃过吗？"

他没回答，只是冲她笑了笑。

十分钟后，两人站在了卖牛肉粉的小店里排队。

快排到时，贺风觉忽然开口："要一碗吧，吃不完浪费。"

"啊，好呀。"陆意浓主动询问，"你能吃辣吗？"

"都可以。"

吃完饭，两人重新走在路上时，她才终于问出来。

"你怎么知道我叫陆意浓啊？"

他在心里笑，才想起来问哪？

他没正面回答，转移了话题："伞，我今天忘了带，改天还你。"

"好啊。"她说完还小声补充了一句，似乎怕他听到，几不可闻，"其实也不用还。"

贺风觉站在十字路口问："你往哪边走？"

陆意浓指了个方向："这边，你呢？"

"顺路，一起吧。"

说完他就看到了她眼底的笑意，似乎很开心，他却不知道她在开心什么。

他把她送到楼下，道别前，他提出交换一下联系方式。

她很快同意，只是在输入联系人姓名时，拿着手机有些不知所措。

他想了两秒才反应过来，拿过她的手机，帮她把名字打上。

"我的名字是贺风觉，出自宋代王十朋的《点绛唇·细香竹》，秀色娟娟，最宜雨沐风梳际。径幽香细。草滴青襟袂。一日才无，便觉生尘态。轩窗外。数竿相对。不减王猷爱。我爷爷给取的。"

她看着屏幕上的那三个字，忽然又笑了起来。

他跟她道别，走过转角，过了几秒钟又退回来，就看到她还站在原地发呆，脸上还在傻笑，然后忽然疯跑着冲向一个刚刚走到楼前的中年妇女。

中年妇女吓了一跳，一把接住她："干吗呢？"

"妈妈！他叫贺风觉！"

"谁？"

"白娘子！"

他勾唇浅笑，原来他叫白娘子吗？

凌皓第二天一大早就跑来找他："你知道今天学校的八卦头条有多离奇吗？他们竟然说你昨天和女孩儿约会！你就说离不离谱吧？！"

他一脸平静地回答："不离谱。"

"咦？"凌皓很是狐疑，"你都还没听我说呢，他们说有人看见你昨天和一个女孩在便利店吃完自嗨锅，又去吃了特辣牛肉粉，还同吃一份！离不离谱？你就说离不离谱吧？他们竟然不记得你有洁癖还不吃辣！"

"嗯。"

"你嗯是什么意思？"

"就是承认的意思。"

"那女生是谁？"

"陆意浓。"

"你可以啊，贺疯子！我才给你打听来名字，就成你女朋友了？"

"不是女朋友。"

"怎么呢？"

他坦言："我没有表白。"

凌皓彻底抓狂："贺疯子，要不是咱俩从小一起长大，我真的要打你了！"

又一个下雨天，他在放学前趴在桌上睡着了，醒来的时候教室里已经没人了，天也黑透了。

他冒着雨跑向便利店，还差几步就到屋檐底下时，忽然雨停了。他抬头，看到了头顶的伞和努力举着伞的人。

她一脸嗔怪："你怎么这么晚啊？"

他抬手接过雨伞遮住两人："你在等我？"

"是啊。"

"怎么不给我打电话？"

"我打了！关机！"

他这才想起来，前一天晚上好像忘了给手机充电，怕是早就没电了。

他认真而执拗地追问："为什么等我？"

从来没有人特意等过他。

她理所当然地回答："下雨了，我怕你又没带伞，就在这儿等你啊，人都走光了都没看到你！我还以为你已经走了！还好我没放弃。"

她额前的碎发因为沾了湿气衬得那双眼睛格外清澈透亮，他静静看着那双眼睛，开口问："你怎么知道我会来这儿？"

"你不是每天都在这里吃晚饭嘛。"

"你怎么知道我每天都在这里吃晚饭？"

"我……"她忽然收了声，小声抱怨，"因为我每天都会在玻璃窗前来回溜达好几遍偷看你啊，你没关注过而已。"

"嗯？"他笑了一下，他似乎发现了什么了不得的事情。

"我看到过几次……"

"上一个下雨天那次呢？"

"那次啊，那次是碰巧。"

其实是意外之喜。

她帮学生会加班画海报，谁知画完了雨还没停。她本来以为这个时间他早走了，谁知到便利店买伞的时候看到他竟然还在。

她就坐到了他旁边看雨。

一边想让雨别停，这样她就可以和他多待一会儿了。

一边又想让雨快点儿停，这样他就可以不被雨困住，早点儿回家了。

他闭上眼睛，等着短暂的眩晕结束："那天你怎么没有跟我说话？"

"你也没有跟我说话呀。"她偷偷瞄了他一眼，"再说了，我们又不认识，如果不认识的人忽然跟你说话，你不会觉得很奇怪吗？"

他睁开眼睛，看着她："是你就不会。"

她眨了眨眼睛，过了几秒钟才反应过来，眼神开始躲闪，脸也微微泛红，慌里慌张地低头去找东西："那个……你脸上都是水，快擦擦吧。"

她盯着他看了几秒，又抬手摸了摸他的额头："脸这么红，是不是发烧了？哎呀，好烫！真的发烧了！"

他却浑不在意，垂眸侧了下身："走吧。"

她抬脚跟上："你不吃晚饭了？要不要去医院啊？"

"不吃了，先送你回家。"

到了她家，上次见过的中年妇女正等在楼下："怎么回来这么晚？"

说完之后才发现站在她身后的人。

她轻咳一声解释道："妈，这是我……同学，我们只有一把伞，他就先送我回来。"

她的母亲看上去很热情，和别的家长很不一样，看到他们走在一起没有表现出任何的不适，也没有对这个年纪的男生女生该有的忌讳："都到家门口了，上去坐坐吧？还没吃饭吧，我都做好了，一起吃吧。"

他婉拒："不用了，阿姨。"

她忽然揪了揪他的衣袖，小声嘟囔了一句："去吧去吧，我妈妈做饭可好吃了。"

他不忍拒绝："那……打扰了。"

他竟不知道，那颗冰冷僵硬的心还有被一句话就软化的一天。

"不打扰！我喜欢热闹！"她的母亲似乎很高兴，拉着她走在前面，小声说着话，"你可以啊，陆小浓！这就领回家了？"

她极快地回头看了他一眼，压低声音："小声点儿！别瞎想！人家就是送我回来！对了，咱家有没有退烧药、感冒药之类的啊，他好像发烧了。"

……

进了家门，就看到她父亲笑呵呵的模样："回来了？可以开饭了。哦，小浓带了朋友来啊，快请进，快请进！"

他自己的父亲从来没有对他这么笑过。

家常菜他很久没吃过了，尽管身体不舒服头疼欲裂，还是吃了两碗饭。她说得没错，她妈妈做饭确实很好吃，他忽然有些遗憾，他好像从来没有吃过他妈妈做的菜。

放下碗筷，他忍着眩晕站起来，准备道别。

她父亲也跟着起身："外面还下着雨呢，我开车送你吧！"

话音刚落，就被她母亲拧上了大腿，笑着对他说："小贺啊，你还生着病呢，外面又是风又是雨的，就别回家了，打个电话跟你爸妈说一声，今天在这里睡吧！"

她父亲很快反应过来："对对对！快打电话说一声。"

他笑了笑："我父母没在家。我自己回去就行了，离得不远。"

她母亲故技重施，在桌下揪着她父亲大腿上的布料，小声嘀咕着："留下吧，留下吧，你还发着烧呢。"

"对对对，你是小浓的朋友，还发着烧，我们不知道就算了，知道了肯定不能让你自己一个人回家，就留在家里睡一晚吧，发烧这事可大可小，家里有大人比较稳妥。"

"你叔叔说得对！听话啊。"

她父母并不是寒暄客套，看上去是真心实意地要他留下。

他垂眸看着她因为使劲而泛白的指尖，点点头："谢谢叔叔阿姨，那我打扰了。"

她父亲摆摆手，还是那副笑呵呵的模样："不打扰，不打扰。"

她的母亲却忙活开了："小浓，快去客房换套新的床单被罩。小贺，我去给你找件你叔叔的衣服换洗，你去洗澡，脏衣服放进洗衣机里，明天一早就干了。"

他的父母也喜欢发号施令，却没有她妈妈的发号施令这么让人心生温暖。

临睡前，她给他发消息——

贺风觉，你睡了吗？

还没。

我可以过去看一下你吗？

过来吧。

半分钟后，他看到穿着睡裙的她蹑手蹑脚地推门进来，轻轻关好房门，然后坐在床边，很自然地摸了摸他的额头，今天第二次。

她收回手，很是苦恼地皱着眉："怎么吃了药还不退烧啊。"

她的一系列动作带起空气流动，他很快闻到了她身上的味道，红石榴沐浴露的清新混合着她身上独特的香甜，和他身上的味道一样，又不一样。

她却恍然未觉，示意他躺下："快睡吧，如果明天还不好，就去医院吧。"

她很快回了房间。

半夜，他起床去卫生间的时候，不小心听到了她父母房中的对话。

"小浓这丫头终于开窍了，我也可以放心了。还知道领回来给咱们看看，真是长大了啊。"

"是是是，小伙子长得还挺帅，跟我年轻的时候不相上下。"

"你快得了吧！人家比你帅多了好吧。"

"那你当年还对我穷追不舍？"

"我当年眼瞎！"

他听着这番你来我往的斗嘴，心里想，这才是正常家庭该有的样子吧。

第二天，他的烧退了。

一进校门，他就被凌皓揪住了校服下的衣摆："贺疯子，你这个宇宙无敌人洁癖竟然没换衣服啊！你什么时候一件衣服连着穿过两天的啊？"

他扯回衣摆："洗过的。"

"那也掩盖不了你夜不归宿的罪行！说！昨晚去哪儿了！"

"陆意浓家。"

……

后来，一切的一切都不一样了。

她父母偶然得知他的父母都不在国内而他独居之后，便经常力邀他去家里做客。久而久之，他的晚饭地点由便利店转移到了她家，偶尔留宿。

她经常蹲在便利店门口截他，用各种美食诱惑他。

"你们终于下课了，走走走，我妈说今天吃大盘鸡！"

"终于考完了，走走走，老陆说请客吃蒸汽海鲜！"

"天太冷了，走走走，去吃牛肉火锅！"

总之，他的食堂再也不是便利店了。

寒假来临，冬日暖阳下，她站在便利店门口招呼他，笑得比阳光都明媚。

"贺风觉，别忘了去我家过年啊！我爸妈包的饺子可好吃了！"

在这种特别的日子，他还是决定不去打扰："不用了，我可以自己过年。"

她却一把揪住他，瞪圆了眼睛问："为什么不用！走！现在就去！过完年再回你自己家！"

身边的凌皓看不下去了，拦住他："贺风觉，你最近有点儿过分啊，不是说好去我家过年吗，我都跟我爸妈说好了，我还是不是你最好的朋友了？"

他瞥了凌皓一眼："狗狗才是人类最好的朋友。"

凌皓抓狂：“我？！”

她在一旁狡黠地笑着：“小青，你要不要一起来啊？”

对了，凌皓自从认识了她之后，便多了个外号，一时间全校都知道他有了个“小青”的花名。

第二年夏天，他参加高考，他的父母没有出现，只打了一个电话。是她和她的父母陪他进的考场，考试结束，也是她和她的父母带他去庆祝。

出成绩的时候，他的父母依旧没有出现，这次连电话都没有一个。分数他基本算是满意，收到录取通知书之后，她的父母带着她和他去了海边度假。

一年后，她考进了他的大学，同一所学校，同一个专业，成了他的直系学妹。后来，两人又一起读了研究生，同一个导师，毕业后又进入了同一家公司。

整个大学和研究生期间，他的父母没有回来过一次，他们好像已经不记得他这个人，只记得每半年按时打一笔学费和生活费，然后又变成一年打一次。只是后来，那张卡他已经不会再动了。

他和陆意浓订婚的时候，他父母依旧没有回来。

那一刻，他好像忽然明白了，当年他母亲那句“你长大了”似乎就是一声隐晦的宣示，被抛弃了的宣示。

还是贺今听说后，打电话来质问他，然后通知了他的大伯大伯母。

他大伯大伯母连夜赶来，第二天一早又是准备礼品，又是订酒店，出任了他亲生父母的角色。订婚很简单，两家人坐在一起吃了顿饭，这事就算定下了。

又过了半年，他们领了证，正在筹备婚礼。

他坐在电脑前，想了许久，还是打算通知他父母一声。

删删减减，却发现没什么话要说，只剩下干巴巴的五个字：我要结婚了。

他盯着那行字，忽然间觉得好像也没有什么通知他们的必要了。

这时传来开门声，紧接着就是一道兴奋的声音响起："贺风觉！你快来！我打包了咱们最喜欢的那家牛肉粉！"

他转头，轻笑着对着客厅应了一声："来啦！"

他又坐了几秒钟，忽然低头一笑，然后合上电脑，站起身来，出了房间。他决定跟这个世界言和，跟自己和解。

门外，他的全世界正在等着他，他的自在人生，他的情深意浓。

窗边，风吹得书桌上的一摞红色喜帖哗啦啦地响，趴在桌角晒太阳的猫咪被惊醒，伸了个懒腰又闭上了眼睛。

不知何时，最上面的一份喜帖被风吹开，露出里面的一句诗——

金风玉露一相逢，便胜却人间无数。

还有两个名字。

陆意浓 贺风觉

曾经说要好好疼他的那个女孩儿真的做到了。

番外七

庭树蝉声初入夏·小剧场合集

小剧场一
丛律师的律师函永远不会缺席

在丛容"领养"了巨型泰迪熊风风后没多久,温少卿要出差去外地参加一个学术研讨会,便把狗狗让一让托付给了丛容。

他回来的那天,刚出电梯就看到丛容家的家门没关,屋内一人一狗正在对峙,场面一度陷入胶着。

丛容的脚边,风风倒在白色的棉絮之中毫无生命体征,肚子被撕裂,一道极长的伤口看得人触目惊心。

丛容听到动静,抬眸冷冷看过去。

温少卿轻"啧"了一声走近:"丛律师,你对它做了什么,竟然逼得风风小朋友剖腹?看这刀法,从我专业的角度分析,很干脆也很决绝,它一定是抱着必死的决心,对这个世界和你毫无留恋。"

丛容被气笑,冷哼一声:"温医生这倒打一耙的本事真是了不得,当年是在高老庄拜的师吧?您不觉得您家这位更具有作案能力吗?"

温少卿立刻大惊失色,看着让一让:"你干的?为了什么?"

让一让很无辜地叫了一声，跑到温少卿脚边冲他吐了吐舌头，露出天使般的微笑。

温少卿摸着下巴很认真地思索着："让我来猜猜，争宠？你不是号称汪汪界的傻白甜吗，怎么我出了趟远门回来，你就变成黑莲花了？嬛嬛是你吗，嬛嬛？"

丛容冷哼一声："演够了吗？"

温少卿立刻一脸正色地开始替换毛季的让一让碰瓷开脱："看这惨烈程度，它们一定进行了一场惊心动魄惨绝人寰的厮杀。我看让一让似乎也掉了不少毛，毕竟它俩体型悬殊，您这边……想来也是不需要我负责的吧？"

丛容的态度强硬且气愤不已："怎么不需要？当然需要！"

温少卿挑眉看她，笑着开口："既然你强烈要求了，那我当然可以对你负责一辈子，一辈子够吗？"

"不是对我！"丛容涨红着脸拍拍风风，"是对它！"

"对它啊？"温少卿看了眼地上的泰迪熊，兴致缺缺地开口，"让一让咬的，又不是我咬的。"

丛容面无表情地看着他："根据《民法典》规定，饲养的动物造成他人损害的，应由动物饲养人承担侵权损害赔偿责任。"

温少卿挣扎了下："或许是，它事出有因呢？"

专业领域里的丛律师一向是手起刀落又美又飒："《民法典》第一千一百六十六条，行为人造成他人民事权益损害，不论行为人有无过错，法律规定应当承担侵权责任的，依照其规定。"

温少卿不死心："又或许是，风风同学先动的手呢？"

丛容点点头，似乎颇为赞同："根据《民法典》第一千二百四十五条规定，饲养的动物造成他人损害的，动物饲养人或者管理人应当承担侵权责任，但能够证明损害是因被侵权人故意或者重大过失造成的，可以不承担或者减轻责任。请问你如何证明是风风先动的手？"

温少卿叹口气，最后看了眼脚边的让一让，一副"为父也救不了你"的模样，然后又深吸了口气，笑着问丛容："要不，把让一让炖了？你喜欢红烧还是干煸？"

眼看丛容的脸色越来越难看，温少卿适时收手，决定不再逗她，脱了外套，挽起衣袖，蹲到风风面前："以我多年的临床经验，我觉得还是可以抢救一下的。我先来检查一下啊，哎呀，都漏棉絮了，它急需　场手术。你或许不知道，我的缝合技术特别棒，伤口愈合之后特别好看，实在不行，我就给它绣一幅画在肚子上，绝对不影响美观，我保证一定负责到底且分文不取。"

说完，温少卿让丛容稍等一下，他需要去做一下术前准备。

做好术前准备的温少卿很快提着一个工具箱回来，他把棉絮重新填回风风的肚子里后，从工具箱里拿出一套手术缝合针来开始缝补风风的肚子。

丛容垂眸看着这个席地而坐动作娴熟在安静缝合的男人，他低着头，眼底的深邃和锋芒皆被掩住，带着一种别样的温柔，侧脸线条清晰漂亮，眉宇间笼着浅浅淡淡的温润与沉稳。她忽然想起两个词，韬光逐薮，含章未曜。

这样的温医生轻轻松松地撩动着她的心扉。

丛容忽然间心生自豪，年少的自己真是慧眼识珠，那个时候看进眼里的人现在依旧是个发光体。

她静静看着，直到他收了针她也没有回神。

温少卿微笑着唤醒她，从容有些尴尬地收回视线。

他示意她去看："怎么样，还满意吧？这可是我的看家本事了，如果还不满意，我还可以以身相许。"

从容恼羞成怒，咬牙切齿地把一人一狗推出门外。

门外，一人一狗四目相对。

温少卿眯着眼睛沉声开口："杀熊凶手！"

让一让趴在地上耷拉着耳朵小声呜咽着。

第二天一早，一封律师函准时出现在了温少卿家的门缝里。

让一让：凤凤，你看我凶不凶猛？厉不厉害？这个家里只能有一个宠物，你看是你自己动手还是我给你递刀？

——温少卿 & 从容《你是我的小确幸》

小剧场二
不将颜色托春风

萧云醒换好衣服准备下班的时候，在电梯里碰上大学校友兼同事韩京墨。

韩京墨嬉皮笑脸地调侃他："怎么样啊，萧总师，作为咱们系统内最年轻的总师，感想如何？"

萧云醒倒是不见喜色，眉宇间带着些许疲惫，垂眸揉着眉心："有点儿累。"

"谁问你这个了。"韩京墨听了轻嗤一声，"你们家小陈总打算怎么给你庆祝？"

听到那个名字，萧云醒手下动作一顿，嘴角不自觉地弯了弯，一股说不清道不明的情愫从眼底一闪而过，轻声开口："她啊，她可能……还不知道。"

他这次参与的项目，密级很高，他们已经许久没有联系了。

韩京墨看到他这副模样，一脸恶寒地搓了搓胳膊："萧云醒，你这辈子就一头栽进这个叫陈清欢的坑里，千万别出来！"

萧云醒懒得理他。

韩京墨又问："不对啊，照你们一日不见如隔三秋的黏糊劲，你回来了怎么没给她打个电话？"

萧云醒难得实话实说："我想给她一个惊喜。"

"呵呵，呵呵呵……"韩京墨言归正传，"一会儿一起去喝两杯吧？"

"不去。"

"为什么？反正你放假了，喝两杯的时间都挤不出来？别告诉我你想陈清欢想得不行了，归心似箭想要马上见到她！"

"嗯。"萧云醒极轻地应了一声，"确实很想她。"

韩京墨本来是调侃他的，谁知他竟然就这么认下了，忍不住轻"啧"一声："你别以为这么说就可以不请客！"

萧云醒笑了下："请是要请，不过……我有更重要的事。"

萧云醒回到家换完鞋，第一件事就是去看那块便签板。

在玄关处最显眼的位置挂着一块便签板，那里密密麻麻地钉满了她留下的便签。

他找到最新的日期匆匆扫过，心里隐隐有些失落。

上面写着她出差了，出差的时间、地点、归期。

不过，好在归期就是明天。

旁边还有无数张之前日期的，看来他不在的日子里，她出差很频繁啊。

他打开便签板旁边的纸盒，那里是她写给他的信。

这是她这些年的习惯，他不在的日子里，她会每天给他写一封信放进这里，或长或短，日常琐事，新奇见闻，浓浓的生活气息。

他这次离开得太久，此刻，里面已经堆得满满的。

萧云醒想起曾经有位作家说过，为使人生幸福，必须热爱日常琐事。云的光彩，竹的摇曳，雀群的鸣声，行人的脸孔，需从所有日常琐事中体味无上的甘露。

陈清欢分享给他的，再琐碎他都甘之如饴，热爱已是融入骨血的本能。

日常琐事皆浪漫，字里行间见相思。

他就这么坐在玄关的地毯上，开始看了起来。

不知看了多久，他一抬头，天都要黑了，他的周身撒满了纸片，一张张全是陈清欢对他的深情。

夕阳从窗外照进来，橙色的光线平铺了半个房间，恰好他看到最后一封信。

　　助理杨夕的妈妈打来电话，说家门口的紫薇花开了，她第二天就请假回了家。我好像从来没见过紫薇花，抑或是见过却不知道那是紫薇花。难道紫薇花也有"陌上花开，可缓缓归矣"的作用？

　　晚上看《人间草木》恰好也看到老先生提到紫薇花，我更好奇了。不过我没有去查，我想等你回来告诉我紫薇花是什么样子，你一定知道。

　　看到这里，萧云醒忍不住笑了，他一张一张给收拾好，重新放回纸盒中，然后起身去床头找到那本书，果然里面有一页被折了一个角，他想了想，带着书去了书房。

　　他许久没有动笔作画了，毛笔字倒是还时常练一练，国画却是被彻底扔下。

　　他调好颜色，转了转手腕，就在那本书的那页纸上颇为慎重地落下第一笔。

　　手生了，一幅图画画停停的，总算画好了，勉强能看。

　　收笔后，他想了一下，题上了一句诗。

　　独占芳菲当夏景，不将颜色托春风。

　　他看着纸上那团开得热闹的紫薇花，忽然想起一句话——

　　凌晨四点钟，我看见海棠花未眠。总觉得这时，你应该在我身边。

　　他打电话给杨夕问了陈清欢回来的航班时间，第二天早起跑了步，收拾了一下家，去菜市场买了菜，又在去机场的路上订了陈清欢最喜欢的那家甜品，说好回来的路上取，路过花店的时候又停下车准备去买一束花。

　　花店里很稀罕的是两个大男孩在忙碌着，其中一个看到萧云醒便很热情地过来招呼。

"先生想买什么花？"

萧云醒面露犹豫。

"是想送给什么人？"

"送给我太太。"

"她生日还是结婚纪念日？"

萧云醒笑了笑："不是什么特别的日子，就是想送她一束花。"

他一笑，店员小伙子像是被这阳光闪了一下眼，一时间有些晃神，说："那……"

萧云醒主动问："有紫薇花吗？"

"没有。"

他看了眼角落："那个是补血草吗？"

店员有些诧异地看着他："是，您是行家啊，别人都以为它叫勿忘我。"

"我外婆家里种了一院子的花，我结婚的时候，老人家亲自准备了捧花，里面就有这个。"

最后，萧云醒买了一捧补血草走了。

店员看着他的车离开还站在那里。

另外一个男孩站在店里叫他："喂，看什么呢？"

"唉，为什么又高又帅有知识有情调的男人都结婚了啊！"

"别发神经了，该去送花了！"

"来啦！"

飞机上，陈清欢合上电脑休息了一会儿，然后便捧着航空杂志出神。

　　杨夕收了萧云醒的封口费，一个字都没透露，只是状似无意地问道："陈总，一会儿下了飞机是让司机送您回自己家还是您父母那边？"

　　"回我父母家吧。"陈清欢回答完，迟疑了下，又改口，"算了，还是回我自己家吧。"

　　她想着，万一萧云醒回来了呢，虽然可能性不太大。

　　杨夕看了眼她的神色明知故问："萧先生回来了？"

　　下一秒杨夕便看到一向鲜活娇媚夺人心魄的陈清欢一下子落寞下来，轻轻摇了摇头。

　　陈清欢无声地叹了口气。

　　他这次可真算得上是音信全无，她记得他走的时候天气还没开始热，现在秋天都快结束了。

　　杨夕跟着陈清欢的时间也不短了，忍不住替她唏嘘："您这样也太不容易了吧。"

　　陈清欢倒是笑得释然："航天不就是这样吗，一代又一代航天人的牺牲、奉献、坚持、钻研，默默无闻，为了航天事业和祖国的科研奋斗终生。以前我也没觉得怎么样，但现在，可能航天家属做久了，越来越能体会到那群人的不容易。不为名不为利，只是为了那份坚持。漫漫星河，是一代又一代航天人不灭的坚持和梦想。他说，每一个航天人心中都有同一个航天梦，坚守不住，愧对前人，难见后人。不过这样也挺好，他看他的星星，我搞我的数字，大家都空闲的时候，再待在一起，什么都不干，挺不错的。"

　　陈清欢确实是这么想的，是真的挺不错的，只是……真的很想见他啊。

　　杨夕暗示了她一下："说不定您一回到家，萧先生就在了呢。"

陈清欢笑着点头："或许吧。"

她们搭乘的是最早的航班，下机的时候机场的人还不是很多。

陈清欢一出来就看到了他。

抱着花的男人长身玉立地站在那里，举手投足间自有一股风流姿态，让人想忽视都难。

萧云醒就着清晨的太阳看过去，她眉眼微挑，明亮的眸子含情带笑地从他面上扫过。

上车后，陈清欢活泼得不得了，一扫刚才的忧愁沉闷，坐在副驾驶的位置上把花紧紧抱在怀里，歪着身子面对着他："你好像很开心，有什么好消息吗？"

她看他好像一直在笑。

萧云醒转头看了她一眼，笑着点头："是有个好消息。"

"你放假了？"

"是可以休息几天。"

"几天？"

萧云醒伸出一根手指。

陈清欢有些失望："一天？"

"一周。"

陈清欢兴奋得就差蹦起来了："这么久？"

"嗯。"萧云醒神色淡定地继续开口，"还有，我评上总师了。"

他稀松平常的语气说出这个消息，倒是把陈清欢震得半天没反应过来。

"你怎么好像不怎么兴奋？"

"还好吧。"

"这不是你的梦想吗？"

萧云醒低眉浅笑："我的梦想啊，算是其中之一吧。"

陈清欢倒是有些奇怪："你还有什么其他梦想，我怎么不知道？"

萧云醒把车停在甜品店门口，一边打开车门一边笑着回答她："我最大的梦想就是……你啊。"

陈清欢，我已见过银河，却仍只爱你这一颗星。

——萧云醒＆陈清欢《云深清浅时》

小剧场三
绿树浓荫夏日长

1

外甥女乐蘅前些日子从国外回来，乔裕得知她在国外学的是法律且想继续读书时，第一时间就想到了林辰，打算找个时间跟他正式提一下。

乐蘅的母亲是乔裕的表姐，比他大了十几岁，他幼年矢怙，住在乐家比住在乔家的时间要长得多，这位阿音表姐性子温柔恬雅，落花无言，人淡如菊，亦母亦姐地陪伴他长大。她女儿的事情，乔裕自然十二万分地用心。

等乐蘅调整好了时差，差不多适应了国内生活之后，乔裕和纪思璇便亲自带着她去 X 大认门。

春末夏初，是 X 大校园最美的时节，乔裕和乐蘅走在前面，两人低声用粤语交流着。

纪思璇因为接电话落后了几步，等她挂了电话才发现身边多了个人。

林辰也没想到会在这个时间的 X 大校园里碰到这两个人，他扬扬下巴示意了下前面并排走着的两道身影，一脸揶揄地开口："纪师妹，来捉奸？"

纪思璇无语："乔裕的外甥女乐蘅，才从国外回来没多久。"

林辰对这个名字略有耳闻，也没有上前打招呼的意思，只是和纪思璇一样，落后几步跟着。

他听着听着有些疑惑地问："他们俩怎么说粤语呢？"

纪思璇一直盯着前方，心不在焉地替他解惑："乔裕的表姐夫是中国香港人啊，小丫头小时候在那边长大，后来大一点儿了才移的民，所以习惯说粤语。"

"你这么一说，我倒是想起来了。"林辰点点头，忽然坏心眼地挑拨离间，"听说乔裕和他这位表姐感情很深啊，当年就是因为她嫁去了香港才特地去学的粤语，纪师妹，嫉妒吧？"

纪思璇像是看神经病一样看了他一眼："这有什么可嫉妒的，乔裕只爱我一个。"

林辰被噎了一下，无话可接。毕竟她说的是事实，乔裕确实只爱纪思璇一个。

又走了几步，一直盯着前方的纪思璇忽然深吸了口气，精致的脸庞微微泛着潮红。林辰吓了一跳："怎么了？"

纪思璇兴奋得满眼都是粉红泡泡，嘴角翘起的弧度压都压不下去，努力放低声音惊叹："我每次听到乔裕说粤语就控制不住心跳，好温柔啊，这个世界上怎么会有这么温柔的男人啊！"

林辰这才注意到，原来纪思璇一直盯着前面不是在看路，而是在看乔裕，他忍不住侧目揶揄："我记得当年学生会面试，你第一次见他就这个模样，你们结婚都这么久了孩子都有了，你怎么还是这副德行？"

纪思璇敛了神色，慢条斯理地内涵他："你不懂，找对了人，一辈子都在谈恋爱，每天都是初恋。"

林辰一副酸葡萄模样："我是不懂，我也不是很想懂。"

过了一会儿，他又开口："你听过乔裕唱粤语歌吗？"

这下纪思璇终于把注意力从乔裕那里转移到了他脸上，一脸诧异地摇了摇头。

林辰终于扳回一局，很是得意："这么看来，他也不是那么爱你嘛！"

纪思璇还没来得及反击，林辰就说一会儿还有课，抬脚走了。

林辰确实有节课，他下了课回办公室的路上，碰到两个院里的学生。

两个女生脑袋凑在一起，不知道在讨论什么，神色激动双眼放光，就差尖叫出声了。

他笑着问了一嘴："说什么呢？"

两人听到声音猛然抬头，看到林辰立刻打招呼："林教授好。"

林辰平日里和学生们走得还算近，学生们在他面前也没有那么拘谨，很快你一言我一语地跟他分享了起来。

"刚才我们在湖边碰到一个超级温柔的帅哥牵着一个超级漂亮的美女在散步。"

"真的是一对璧人啊，女的长得既精致又妩媚，男的既儒雅又温柔，最关键的是啊，他正在低声给他女朋友唱粤语歌，眉眼好温柔啊！比湖边阳光下的微风都温柔，啊啊啊，这个世界上怎么会有那么温柔深情的男人啊！"

"最最关键的是，唱的是我最喜欢的《每天爱你多一些》，您是没看到那个帅哥的神情啊，真的是温柔似水啊！"

林辰一愣，某些话怎么听着这么耳熟呢，反应过来之后又忍不住笑了起来。

这两个人还真是……

这个纪师妹呀……

2

乔裕带着外甥女乐薇去 X 大拜师的时候，正赶上 X 大一年一度的毕业典礼，林辰正站在台上作为教职工代表致辞。

乔裕遥指着台上那道身如修竹容貌清隽的身影对乐薇说："看，那个就是林辰，你以后的导师。"

阳光太足，乐薇眯着眼睛远远看了一眼，没发表任何看法，倒是被旁边树上的声声蝉叫吸引了注意。

乔裕又指了指某座楼的方向："我们先去办公室等，我和他约好了，他一会儿就过来。"

乐薇又扭头看了一眼，若有所思地跟在乔裕身后往前走。

乔裕和乐薇没等几分钟，林辰就推门进来了。他脱了西装外套，解开领带，拆下袖扣，把衬衣衣袖挽起，露出肌肉线条流畅的小臂，一套动作下来行云流水得体妥帖，坐下后喝了口水才开始跟乔裕吐槽。

"温少卿那个不要脸的，本来定的他上台，谁知离上台还有十分钟时他说有台紧急手术撂挑子不干了，把稿子扔给我就跑了，那稿子写的什么玩意儿啊，幸亏我专业素质过硬，不然 X 大百年名校的声誉非得毁在他身上不可！"

乔裕低着头笑："你们俩能有一天不打的吗？"

林辰倾了倾身，刚想跟他理论一番才发现对面沙发上还坐着个小姑娘。他忽然收了声，敛了神色，一本正经地坐好。到底是做了教授的人，在乔裕面前再怎么胡闹，有外人在时也端的是一副为人师长的端正肃穆正人君子模样。

"这位是？"

"跟你提过的，我外甥女，乐蘅。"乔裕歪头看了看乐蘅，"乐蘅，这是林辰林教授，他是我们 X 大法学院的门面担当实力担当，还是一家颇有名气的律所创始合伙人，是你们的业界大佬，以后的日子你要跟他好好学，知道吗？"

乐蘅从林辰一进门就盯着他瞧，模样那叫一个认真。

这个年纪的男人儒雅清隽，满身的清贵之气，单单坐在那里也是招人的，更何况还有这么多头衔，她没想到乔裕给她找的老师会这么年轻。

乐蘅听到乔裕点她的名字，便老实地点了点头，然后继续若有所思地盯着林辰。

或许是她的眼神太直白，乔裕看了眼林辰，轻咳一声提醒乐蘅收敛下。林辰无所谓地笑笑，气定神闲地坐在那里和乔裕闲聊，任由乐蘅目不转睛地看着。

十分钟后，全程沉默的乐蘅像是睡醒了一般，忽然满脸惊喜地看着林辰飙英文："我想起来了，我第一次见你是在大舅舅的葬礼上，第二次见你是在小舅舅的婚礼上，第三次见你是在刚才的毕业典礼上。"

乔裕拍拍她轻声提醒："回国那么久了要习惯说中文了。"

林辰倒是不介意，笑着用英文回答她："我很期待我们的下一次见面，在你的开学典礼上。"

乐蘅张了张嘴想对乔裕说什么，忽然想到了什么，把英文单词吞了回去，开始叽里呱啦地说粤语："阿舅，这个就是你给我找的老师？他真的是教授吗？好年轻啊！他今年几岁？"

乔裕开始无奈地叹气。

林辰用粤语回答她："我和你舅舅同岁。"

乐蘅一脸惊讶地看向他，不死心地用闽南语问："你听得懂？"

林辰同样用闽南语微笑作答："你闽南话怎么说那么溜？只是不巧，我也会那么一丢丢。"

乐蘅似乎被激起了好胜心，叽里咕噜地说着什么。

乔裕想拦都拦不住，直接由叹气转为抚额。

林辰倒是对答如流："西班牙语啊，不好意思，我恰好也会一点点。"

他的一点点气得乐蘅咬牙切齿，用法语问："你还会什么？"

林辰气定神闲地喝了口水，一句话用了好几种语言："法语啊，我也可以正常沟通。德语也尚可，俄语也还不错，其实我的阿拉伯语说得最好。"

乐蘅终于服气，一脸挫败地看着他，回归粤语："不好意思，我不会，还有什么你不会的吗？"

林辰似乎很是为难："嗯，那我得好好想想……"

乔裕笑，出声终结两人的对话："林教授的语言天赋好到人神共愤，技能点是满的，只要有的最差他也能说两句，放心吧，当你老师绝对够格。"

乐蘅自小受西方教育长大，骨子里多少还是带了些放荡不羁爱自由的，可再看向林辰的时候却变得又乖又戾了。

她垂着眼睛乖巧地点了点头，直到跟着乔裕起身告别时都没再开口。

乔裕和乐蘅走了没几分钟，又推门进来："饭卡借我用一下。"

林辰坐在桌后抬眸看他："干吗？"

乔裕笑了笑："我老婆说想吃三食堂的糖醋排骨了，她一会儿过来，我先去买好等她。"

林辰忽然想起刚才他跟乔裕吐槽温少卿时，乔裕没有立刻立场坚定地站在他这边，冷哼一声："去找温少卿借啊！"

乔裕奇怪："他不是在医院那边吗，不方便。"

林辰把姿态放得颇高："借饭卡啊，可以，一百万押金。"

乔裕像看神经病一样看着他："我老婆说得果然没错，老男人单身久了，是会变态的。我还是找温一刀借吧。"

"回来！"林辰把卡扔到桌上，似笑非笑意味深长地开口，"一会儿怕是还得去湖边唱粤语歌吧，太辛苦了，多吃点儿补补，我请客。"

乔裕闻言浑身一滞，神色倏地复杂微妙起来，继而不自然地轻咳一声，看似淡定地拿上卡走了。

身后隐隐传来林辰的歌声："而每过一天，每一天，这醉者，便爱你多些，再多些，至满泻……"

3

秉着认真负责的态度，林辰在暑假期间把乐蘅叫到了学校，想了解一下她的专业程度，好制订教学计划。

谁知这一简单了解，就发现了不得了的事情。

乐蘅推门进去的时候，一身浅色休闲装的林辰正靠在窗边看书，一本看上去有些年头的书。

正值盛夏，窗外浓密的枝叶遮住了强烈的阳光，在他周身洒下一片斑驳的树影，他就站在那光影中间，整个人笼罩着一层浅浅的光圈。

听到开门声，林辰抬眸看过去。

可能是对上次的事心有余悸，她小心翼翼地看着他，等他看过来时，便立刻移开了视线。

林辰收了书，笑着开口："别紧张，今天叫你来就是想问下你之前的学习情况。"

乐薇看着他，刚张了张嘴就被他打断。

"不许说粤语！"

"也不许说英文！"

"说普通话！"

乐薇顿了下，极其艰难地开口："我……不太会。"

林辰的职业敏感度让他一下看出问题所在，眯着眼睛审视她："是不太会，还是不会？"

乐薇咬咬唇，老实回答："不会。"

林辰转头看了眼窗外湛蓝的天空，想到一个词，晴天霹雳。

之前他以为她只是不习惯说中文，没想到的是她竟然压根不会。

怪不得呢，她一直话少，他只当小姑娘腼腆，谁知是故意不说话怕露馅。

谨慎起见，他还是又确认了一番："能听懂，但不会说？"

乐薇心虚地点点头："嗯。"

林辰想了下，继续问："能听懂多少？"

这下乐薇却一直看着他，不再开口。

过了几秒钟，林辰才反应过来，无奈抚额妥协："英文粤语都可以。"

乐蘅终于笑了，眉目舒展地看着他流利回答，鲜活灵动得和刚才为难勉强的模样判若两人："日常对话都可以听懂，说就困难了。"

林辰一向守信，可这一刻却疯狂地想反悔，可再看眼前这人，他却一句重话都说不出口。

小姑娘模样不错，生得唇红齿白，五官精致明媚，带着乐家人一贯的好相貌，仔细看起来，和乔裕还是有那么一丁点儿像的，此刻那双乌黑澄澈的杏眼就这么单纯无辜地看着他。

"你……"林辰一时有些恍惚，半晌不自然地收回视线，"你先回去吧。"

"哦。"乐蘅看他一眼，很快开门走了。

门关上后，林辰一时感慨万千。那天和乐蘅斗语言的时候，他本来以为他赢了，而且赢得很漂亮，谁知他竟输得一败涂地。

乔裕是个坑，天坑。

当天夜里，林辰辗转反侧夜不能寐。第二天一大早，他就面沉如水地带着礼物登门了。

准备去上班的乔裕被他堵在家里："你这是……"

林辰笑了笑，试探着问："请问，能退货吗？"

乔裕一下就听懂了，倏地敛了神色："不支持 7 天无理由退货。"

林辰一本正经地回答："我有理由，理由很充分。"

乔裕摇摇头："也不支持 15 天申请售后。"

林辰："啊……"

乔裕皱眉思索着："到底怎么了？还是说乐蘅干了什么？"

他一问，林辰立刻忍不住了，口若悬河地把基本情况说了一下。

然后，乔裕便陷入了沉思，半晌才试探着问："真教不了？"

林辰绷着一张脸摇头："我教个女儿估计都没这么费劲。"

乔裕看着他小声反驳："你又没有女儿……"

林辰立刻掀桌子："嗯？！"

两人面对面坐在沙发上，一时相顾无言。

过了许久，林辰开口打破沉默，声音很是挫败："乔二，你知道吗，我从业这么多年，你是第一个坑我坑成功的。"

乔裕也很无辜："我说我真的不是故意坑你的，你相信吗？今天之前我真的没有意识到她中文这么差，我一直以为她是习惯了说粤语，没想到她是不会说普通话。我记得她小时候表姐带她回来探亲的时候，她的中文没那么差啊。"

林辰"呵呵"了两声："我帮你问过了，还住在香港的时候，每次去看乐家老爷子之前都会找老师恶补一下。后来移民之后，你表姐和表姐夫为了让她尽快适应国外生活，基本上都是说英语，用进废退，不用自然也就不会了。这还得亏她的粤语底子好，这么多年还没忘，不然啊，早就露馅了。"

乔裕还在努力争取："要不，你就当收了个留学生，反正你们交流起来也没有障碍。"

林辰彻底翻脸，忍不住爆粗："我又不是研究国际法的！"

乔裕彻底没办法了，试探着问："要不，我给你唱首粤语歌？你随便点？"

交涉失败，林辰拂袖而去，还不忘把带来的东西带走。

过了一周，林辰又把乐蘅叫了过去。

只不过这次不再是晴空万里，而是乌云蔽日，天气阴沉得跟他的脸色如出一辙。从乐蘅进门，林辰就只说了个"坐"字，之后就一直垂眸保持沉默，让她很是忐忑。

过了许久，他终于开口："你上次说不会说普通话，那写呢？可以说英文或者粤语。"

乐蘅心虚地伸出两根手指："会写……两个。"

林辰追问："两个？哪两个？乐蘅？你自己的名字？"

乐蘅摇摇头："不是，我的名字有点儿复杂。"

"那是什么？"

"一和二。"

林辰忍不住发自内心地夸赞："……厉害。"

大概是他脸上的表情太过复杂微妙，乐蘅抿了抿唇，也沉默起来。

林辰抱着一丝侥幸，继续问："读呢？"

乐蘅又伸出两根手指。

林辰忽然有了不好的预感："一和二？"

"不是。"这次乐蘅不心虚了，弯着眉眼笑眯眯地回答，"是我的名字，乐蘅。"

林辰简直震惊了："不认识字？！"

然后乐蘅又被他轰走了。

林辰一想，不行，还是得退货，于是又提着东西去了乔裕家。

没想到，乔裕这次竟然避而不见。

林辰站在他家门口给他打电话。

乔裕冠冕堂皇地说他出差了，大约需要一个月才回来。

林辰努力压制住不断升高的血压："一个月？！一个月X大都开学了！"

乔二肯定是故意的！

乔裕在电话那边安抚着："我了解过，她之前就读于世界排名前三的顶级法学院，成绩也是顶尖的，你收了她不丢人。"

林辰却忽然沉默了，不知道是在认真考虑，还是在做无言的反抗。

乔裕没办法了，只能开始打感情牌："你真不记得她了？她小时候你还背过她呢。"

林辰终于有了点儿反应："嗯？"

"你记不记得大学那会儿，有一次咱们去玩儿，顺便去看了我表姐，我表姐的女儿非要跟着咱们出去，结果从太平山顶下来的时候，她闹脾气哭着不肯坐车，还是你背着她从山顶走下来的，那个时候她一直管你叫哥哥，我还开玩笑说差辈了呢。乐蘅就是那个小姑娘。"

头顶的感应灯忽然灭了，黑暗中林辰的心却蓦地软了一下。

原来是她呀，当年那个糯米团子一样的小哭包都长这么大了啊。

林辰也不知道为什么，十几年前的事情，他竟会记得那样清晰，连那天明媚的阳光下，她脸上晶莹的泪珠是怎么滑过脸庞掉落在他脖颈消失在他白色 T 恤上的都记得清清楚楚……

那个小丫头哭得实在没什么美感，却莫名让人想要妥协。

也许，这也是一种缘分。

任重而道远的缘分。

不知过了多久，他忽然笑了，也松了口："那……行吧。"

他一开口，头顶的感应灯又亮了，他抬头看了一眼，似乎连心里都被照亮了。

乔裕听上去很兴奋："真的？！"

"真的，好了，没事了，我走了。"林辰转身往电梯的方向走，心情似乎很不错，还唱起了歌，"而每过一天，每一天，这醉者，便爱你多些，再多些，至满泻。我发觉我最爱与你编写，哦噢，以后明天的深夜……"

好脾气的乔裕忍不住怒吼："闭嘴！"

——林辰 & 乐蘅

敬请期待

小剧场四
情之美好

某个春光明媚的日子，沈南悠一行人约好去山里的民宿玩儿。

民宿老板娘很是热情好客，建议他们下午可以去爬旁边的一座山："你们来得正好，这个时节，山间不冷不热，繁花盛开，景色宜人，最适合游玩了。下了山刚好赶上晚饭，休息一晚，明天再去旁边的溪涧儿，那里山深林密，蜿蜒曲折，再好不过。"

他们从善如流地采纳了老板娘的意见，临出门前，老板娘还嘱咐他们："山上有个风铃凉亭，那里景致最美，一定要去看看啊！记得发朋友圈帮我宣传下，那里我可是花了大价钱的！"

云端低头悄悄笑，老板娘怎么还和前些年一模一样。

他们顺着山路走，很快就到达了老板娘口中的风铃凉亭。

古色古香的亭子里和亭前的几棵樱花树上都挂满了一排排透亮的玻璃风铃，颇为壮观。风铃颜色不一，图案不一，风铃下挂着彩色的卡片，一个个看上去精致又可爱。

微风拂过，风铃摇晃，叮当作响，悦耳又动听。风铃下的卡片跟着旋转，跳跃，五彩斑斓。粉白相间的花瓣雨纷纷扬扬地落下，漫天飞舞，还带来一阵阵清香。

春光明媚，春风和煦，花瓣飞舞，铃声清脆，如梦如幻，引得不少人纷纷开始拍照。

也有人开始看彩色卡片上的留言，大多是来这里的游客写下的，什么都有。

祝福啊，许愿啊，情话啊，誓言啊……

一群人看了会儿也兴高采烈地去旁边选风铃，写留言，写好之后又去找地方悬挂，或挂在亭间，或挂在树梢。

沈南悠随手捏住面前的一张卡片看了看，一转头看到云端正盯着某个风铃出神："怎么了？"

云端猛然回神，摇头。

沈南悠看着旁边自取的风铃和纸笔："要不要写一个？"

云端还是摇头。

当天晚上，他们住在山里的民宿。

夜深了，沈南悠睡不着，辗转反侧，终是起身。

夜里的山路不好走，他爬了许久，回到白天来过的凉亭。

山里不是繁华的都市，天一黑，伸手不见五指，唯有暗香浮动。

他用手机的手电筒照着，在白天云端看的方位找了许久，密密麻麻的风铃下，都是一些游客写的话。他一张张看过去，并没有什么特别。

山间的夜风乍起，风铃跟着摇曳生姿，随风起舞。

他无意间一抬头，在一片旋转的风铃卡片中忽然看到了她的笔迹。他抬手拂过，飘飘荡荡的一张纸便落在了他的掌心。

不见合欢花，空倚相思树。沈南悠，你大概已经不记得我了。

沈南悠用手指轻轻摩挲着上面的字迹。大概时间久远，再加上风吹日晒，字迹已然不太清晰，不知道她是什么时候来过这里，怀着怎样的心情，留下这么一句话。

他静静看着，久久不能回神。

不知过了多久，他去旁边取了笔，提笔在纸张背面添了一句。

然后又在亭子里坐了会儿，吹了会儿夜风，才下山离开。

第二天清晨，云端被窗外的鸟叫吵醒。昨晚她睡得不太好，起床后才发现时间还很早，整个民宿都是静悄悄的。

她想了想，也去了那个亭子。

那个风铃是她亲手挂上去的，所以一下子就找到了。已经过去很久，风铃下她曾经留下的字条有些褪色，上面的字迹也不太清晰了，勉强可看。

她笑了笑，刚想伸手抚过，却忽然起风了。风铃轻摇，叮叮当当地响了起来，带着下面的卡片飞舞旋转了几圈。

风停之后，卡片也慢慢停了下来，卡片的背面停在她眼前，然后她看到了那排字。

字迹清晰可见，像是刚刚才写上去的。

那行字，就像此刻明媚的清晨阳光，穿过山间的层层雾气，细细碎碎地洒在她的脸上，照进她的心里，温暖又美好。

心乎爱矣，遐不谓矣。中心藏之，何日忘之。云端，我从来不曾忘记过爱你。

——沈南悠＆云端

敬请期待

图书在版编目（CIP）数据

只想和你好好的：全2册 / 东奔西顾著 . -- 南京：
江苏凤凰文艺出版社，2022.6
ISBN 978-7-5594-6833-8

Ⅰ.①只… Ⅱ.①东… Ⅲ.①言情小说－中国－当代
Ⅳ.① I247.5

中国版本图书馆 CIP 数据核字（2022）第 080484 号

只想和你好好的：全2册

东奔西顾　著

策　　划	橘子洲文化	
监　　制	王　瑜	
责任编辑	白　涵	
特约策划	王　婷	
整体绘图	KUNATATA　梦游兔　东隆冬　Mochy	
封面设计	林　丽	
出版发行	江苏凤凰文艺出版社	
	南京市中央路 165 号，邮编：210009	
网　　址	http://www.jswenyi.com	
印　　刷	北京中科印刷有限公司	
开　　本	880mm*1230mm 1/32	
印　　张	20	
字　　数	437 千字	
版　　次	2022 年 6 月第 1 版	
印　　次	2022 年 6 月第 1 次印刷	
书　　号	ISBN 978-7-5594-6833-8	
定　　价	78.00 元（全二册）	

江苏凤凰文艺版图书凡印刷、装订错误，可向出版社调换，联系电话 025-83280257